KB132196

내일 또 내일 또 내일

TOMORROW
내일 또 내일 또 내일
AND
개브리얼 제빈
장편소설

엄일녀 옮김

TOMORROW
AND
TOMORROW

문학동네

이번에도 H. C.에게— 일이든 놀이든

세상엔 오직 사랑뿐
우리가 사랑에 대해 아는 거라곤 그것뿐
한데 그걸로 됐어, 화물열차의 무게는
레일이 골고루 나누어 져야지

—에밀리 디킨슨

차례

1장 » 아픈 아이들

1

메이저가 스스로를 메이저라 칭하기 전에는 샘슨 메이저였고, 샘슨 메이저Mazer이기 전에는 샘슨 매서Masur였으며—단 두 글자를 바꿈으로써 겉보기에 멀쩡한 유대계 청년에서 세계 창조 전문가로 변신했다—어린 시절에는 샘이었고, 할아버지 가게에 있는 〈동키콩〉 오락기 속 명예의 전당에는 S.A.M.으로 올랐지만, 어쨌든 대체로는 샘이었다.

저물어가는 20세기의 12월 어느 늦은 오후, 지하철에서 내린 샘은 에스컬레이터로 가는 통로가 역내 광고판을 멍하니 바라보고 있는 불활성 인파로 꽉 막혀 있는 걸 보았다. 안 그래도 늦었는데. 한 달 넘게 뭉개고 있던 지도교수 면담에 가는 길이었고, 겨울방학 전까지는 반드시 면담을 끝내야 한다는 게 모두의 합치된 의견이었다. 샘은 군중을 좋아하지 않았다—그 속에 끼는 것도, 집단으로 즐기는 온갖 멍청한 짓거리도. 하지만 이 군중은 피해갈 수가 없었다. 지상 세계로 올라가고자 한다면 헤치고 나아가는 수밖에 없었다.

샘은 코끼리처럼 거대한 군청색 모직 피코트를 입고 있었다. 룸메이트인 마크스가 1학년 때 시내 육해군 불하품 상점에서 산 걸 얻어 입은 것이었다. 마크스는 샘이 입어도 되냐고 묻기 전까지 비닐 쇼핑백에 든 그 코트를 꺼내보지도 않고 한 학기 내내 그대로 썩히고 있었다. 그해 겨울 추위는 혹독했고 4월의 북동풍(4월인데! 이 미친 매사추세츠의 겨울이라니!)은 기어이 샘의 자존심을 무너뜨려 마크스에게 그 방치된 코트를 빌려달라고 물어보게 만들었다. 샘은 옷 스타일이 마음에 드는 척했고, 마크스는 샘이 입는 편이 낫겠다고 했으며, 샘도 마크스가 그렇게 나올 줄 알고 있었다. 군수품 상점에서 중고로 구입한 것들이 대체로 그렇듯이 코트도 곰팡이와 먼지와 시신에서 나는 땀냄새를 풍겼고, 샘은 왜 이 옷이 불하품으로 나오게 되었는지 깊이 생각지 않으려 애썼다. 그래도 입학할 때 캘리포니아에서 가져온 윈드브레이커보다는 이 코트가 훨씬 따뜻했다. 왜소한 체격을 더 커 보이게 하는 효과도 있을 거라고 생각했다. 사실 터무니없이 벙벙한 코트는 샘을 더 작고 어려 보이게 할 뿐이었지만.

요컨대 스물한 살의 샘 매서는 사람들을 밀치고 뚫고 나갈 체격이 아니었으므로, 〈프로거〉* 의 저주받은 양서류가 된 기분으로 요령껏 인파를 헤치며 나아갔다. 마음에도 없는 '죄송합니다'를

---

* 1981년 일본 코나미에서 개발한 오락실용 아케이드 게임으로, 위험한 도로와 강을 건너 개구리들을 집으로 보내야 한다.

연발하면서. 인간의 두뇌가 실로 훌륭하게 코딩됐다는 증거는 '아 어쩌라고'의 뜻으로 '죄송합니다'를 발화할 수 있는 것이라고 샘은 생각했다. 종잡을 수 없는 캐릭터 또는 미치광이 또는 날건 달로 설정된 경우가 아닌 바에야 소설과 영화와 게임 속 등장인 물들은 자신의 말과 행동의 총체이며, 사람들은 캐릭터의 대사와 행동을 액면 그대로 받아들인다. 그러나 본래 정직하고 예의바른 보통 사람들은 이것을 말하면서 저것을 뜻하거나 느끼거나 행동 까지 가능케 하는 이 필수불가결한 프로그래밍 없이는 단 하루도 버티기 힘들다.

"길이 여기밖에 없어?" 검은색과 녹색의 마크라메 모자를 쓴 남자가 샘에게 소리질렀다.

"죄송합니다." 샘이 말했다.

"젠장, 거의 보였는데." 아기띠를 한 여자가 샘이 자기 앞을 지나가자 작게 중얼거렸다.

"죄송합니다." 샘이 말했다.

종종 누가 급히 자리를 뜨면 군중 사이에 틈이 생겼다. 그 틈 이 샘에게 탈출구로 기능해야 했건만. 무슨 이유에선지 오락거 리에 굶주린 새로운 인간들이 눈 깜짝할 새 밀려들어 그 자리를 메웠다.

지하철 에스컬레이터 앞까지 거의 다 와서 샘은 사람들이 뭘 그렇게 뚫어져라 보고 있나 확인하려 몸을 돌렸다. 지하철역을 꽉 채운 인파에 대해 얘기하면 마크스가 뭐라고 할지 귀에 선했 다. "넌 그게 뭔지 궁금하지도 않았냐? 네가 잠시만 인간 혐오자 이길 그만두면 저 밖에 사람들이 사는 세상과 만물이 있다는 게 보일걸." 인간 혐오자가 맞긴 했지만 그래도 샘은 마크스가 자신을 인간 혐오자 취급하는 것이 못마땅했고, 그래서 뒤를 돌아보았다. 옛 전우 세이디 그린을 보게 된 건 바로 그때였다.

그동안 세이디를 전혀 보지 못했던 것은 아니었다. 두 사람은 각종 과학전람회와 게임아카데미 리그, 그 외 수많은 경시대회(웅변, 로봇, 작문, 프로그래밍)의 단골 참가자였다. 동쪽의 평범한 공립고등학교에 다니든(샘), 서쪽의 고급 사립학교에 다니든(세이디), 로스앤젤레스의 머리 좋은 애들이 거치는 노선은 엇비슷했다. 두 사람은 행사장 가득한 너드들 너머로 눈길을 교환하곤 했다—그들 사이의 데탕트를 확인해주듯 세이디가 빙그레 웃을 때도 있었다. 그러고 나면 세이디는 항상 우르르 몰려드는 영리하고 매력적인 아이들에 둘러싸였고, 이내 그 독수리떼에 휩쓸려가버렸다. 샘과 비슷한 청소년들, 하지만 더 부유하고 더 하얗고 더 좋은 안경과 치열을 가진 아이들. 샘은 세이디 그린 주변을 맴도는 또 한 명의 꺼벙하고 못생긴 너드가 되고 싶지 않았다. 가끔은 세이디를 악당으로 만들어 세이디가 자신을 냉대하는 장면을 상상하기도 했다. 세이디가 거들떠보지도 않고 등을 돌리는 장면. 시선을 피하는 장면. 하지만 세이디는 한 번도 그러지 않았다—그랬다면 차라리 나았을 텐데.

샘은 세이디가 MIT에 입학했다는 것을 알고 있었고, 그래서 하버드에 진학했을 때 혹시라도 우연히 마주치지 않을까 기대했다. 그러나 2년 하고도 6개월 동안 샘은 그런 가능성을 현실화할 만한 행위는 하나도 하지 않았다. 그건 세이디도 마찬가지였다.

그런데 지금 저기 있다, 세이디 그린이, 실물로. 세이디를 보고 샘은 하마터면 눈물이 날 뻔했다. 풀릴 듯 말 듯 오랫동안 골머리를 썩이던 수학 증명 같았다. 충분히 휴식을 취하고 맑은 눈으로 보니 갑자기 완벽하고 명쾌한 해법이 나타난 기분이었다. 저기 세이디가 있군, 샘은 생각했다. 맞아, 그러네.

샘은 세이디의 이름을 소리쳐 부르려다 말았다. 마지막으로 세이디와 함께한 게 언제였는지 까마득했다. 그렇게 오랜 시간이 지났는데, 샘 자신처럼 객관적으로 봐도 어릴 때 그대로 하나도 변하지 않았다고 할 수 있을까? 또 자신이 세이디를 모멸했었다는 사실은 어쩜 그리 홀랑 기억 저편으로 보내버렸을까? 시간은 참으로 알 수 없다고, 샘은 생각했다. 아니 다시 생각해보니 그런 감상은 틀렸다. 시간은 수학적으로 설명 가능했다. 알 수 없는 것은 가슴—가슴으로 표상되는 두뇌의 일부분—이었다.

세이디는 군중 모두가 골똘히 쳐다보는 뭔가를 물끄러미 보다가, 이제 발길을 돌려 시내로 향하는 레드라인 지하철 쪽으로 가는 중이었다.

샘은 세이디의 이름을 소리쳐 불렀다. "세이디!" 들어오는 지하철의 덜컹거리는 소음과 더불어 평소 인간들이 내는 온갖 잡음으로 역 안은 매우 시끄러웠다. 한 십대 여자애가 첼로로 펭귄 카페 오케스트라 곡을 연주하며 모금을 했다. 손에 클립보드를 든 남자가 행인들을 붙잡고 보스니아 스레브레니차 학살 때 피난 온 무슬림 난민을 위해 잠깐 시간을 내어줄 수 있는지 물었다. 세이디 바로 앞에는 육 달러에 생과일주스를 파는 가판대가 있었다. 샘이 세이디의 이름을 처음 외쳤을 때 가게의 블렌더가 윙윙 돌아가기 시작했고, 퀴퀴한 지하의 공기에 감귤향과 딸기

향이 퍼졌다. "세이디 그린!" 샘은 다시 한번 소리쳤다. 여전히 세이디는 듣지 못했다. 샘은 최대한 걸음을 빨리했다. 속도를 올려 걷자 예상과 달리 이인삼각 경기를 하는 것처럼 뒤뚱거리는 느낌이 들었다.

"세이디! 세이디!" 이건 좀 바보 같지만, "세이디 미란다 그린! 당신은 이질에 걸려 죽었습니다!"

드디어, 세이디가 돌아보았다. 세이디는 천천히 군중을 훑어보다가 샘을 발견했고, 고등학교 물리시간에 본 타임랩스 비디오에서 장미가 만개하는 것처럼 얼굴에 미소가 피어났다. 아름답다고 샘은 생각했고, 어쩌면 조금 작위적인 미소일까 의심스러웠다. 세이디는 여전히 미소를 머금은 채―오른쪽 뺨의 보조개, 거의 알아차리기 어렵지만 살짝 벌어진 앞니―샘에게 걸어왔고, 인파가 세이디를 위해 갈라지며 길을 터주는 느낌이었다. 세상이 그에게는 한 번도 보여준 적 없는 움직임.

"이질에 걸려 죽은 건 우리 언니야, 샘 매서." 세이디가 말했다. "나는 뱀한테 물린 후 기력이 다해서 죽었어."

"그리고 들소를 쏘기 싫어서 죽기도 했지." 샘이 말했다.

"그게 무슨 헛짓거리니. 들소 고기는 썩은 내 나서 못 먹어."

세이디가 두 팔 벌려 샘을 부둥켜안았다. "샘 매서! 안 그래도 만나고 싶다고 쭉 생각했는데."

"전화번호부에 내 이름 나와 있어."

"뭐, 오가다 우연히 자연스럽게 마주치고 싶었나보지." 세이디가 말했다. "바로 이렇게."

"하버드스퀘어엔 무슨 일이야?" 샘이 물었다.

"그야 당연히 매직아이 보러 왔지." 세이디가 쾌활하게 대꾸하며 바로 앞에 있는 광고판을 가리켰다. 그때 처음으로 샘은 출퇴근 인파를 좀비떼로 바꿔놓은 가로 60인치 세로 40인치짜리 초대형 포스터를 인지했다.

전혀 다른 방식으로 세상을 보라
이번 크리스마스에 모두가 원하는 선물
매직아이

포스터의 이미지는 크리스마스답게 청록, 다홍, 황금색의 사이키델릭한 패턴이었다. 패턴을 한참 들여다보면 두뇌가 스스로를 속여 숨겨져 있던 3D 이미지가 떠오른다. 오토스테레오그램이라 불리는 이 기법은 기본적인 소양을 갖춘 프로그래머라면 누구나 쉽게 만들 수 있다. 이게? 샘은 생각했다. 이딴 게 그렇게 재밌나. 샘은 끙 소리를 냈다.

"맘에 안 들어?" 세이디가 말했다.

"저런 건 아무 대학 기숙사 휴게실에나 다 있을걸."

"저 그림은 아니야, 샘. 저건 오직 지하철역 한정으로—"

"보스턴의 모든 지하철역이겠지."

"미국의 모든 역일라나?" 세이디가 웃음을 터뜨렸다. "샘 너는 매직아이로 세상을 보고 싶지 않아?"

"난 항상 마법의 눈으로 세상을 바라보고 있어. 어린애처럼 경이감으로 부풀어 터질 지경인데."

세이디가 대여섯 살쯤 되어 보이는 아이를 손으로 가리켰다.

"쟤 좀 봐, 엄청 신났어! 방금 막 봤나봐! 좋겠다!"

"너도 봤어?" 샘이 물었다.

"아직 잘 안 보이네." 세이디가 실토했다. "근데 이번 지하철
은 정말 놓치면 안 돼. 지각할 거야."

"그래도 마법의 눈으로 세상을 바라볼 5분쯤은 있겠지." 샘이
말했다.

"글쎄, 다음에."

"그러지 말고, 세이디. 다음 수업은 늘 있잖아. 어떤 것을 응시
하면서 주위 사람들 모두가 똑같은 것을 응시하고 있음을 자각하
는 때가, 적어도 모든 사람의 두뇌와 눈이 단일한 현상에 반응하
는 때가 살면서 몇 번이나 있겠어? 모두가 같은 세상에 속해 있
다는 증거를 언제 이만큼이나 확실히 거머쥘 수 있겠어?"

세이디가 피식 웃으며 샘의 어깨를 가볍게 주먹으로 쳤다. "방
금 그거 되게 샘스러운 말이다."

"나는 샘이거든."

세이디는 출발하는 전동차의 바퀴 굴러가는 소리를 들으며 한
숨을 내쉬었다. "컴퓨터그래픽 고급과정 F 맞으면 너 때문이야."
세이디는 자세를 고쳐 잡으며 다시 포스터를 쳐다보았다. "샘 너
도 같이 해봐."

"네, 선생님." 샘은 어깨를 펴고 똑바로 앞을 노려보았다. 세
이디 옆에 이렇게 가까이 선 게 몇 년 만일까.

포스터에 적힌 안내문에 따르면 눈에서 힘을 빼고 숨겨진 이미
지가 나타날 때까지 한 지점을 집중해서 봐야 한다. 그래도 잘 보
이지 않으면 좀더 포스터 가까이 왔다가 천천히 뒤로 물러날 것

을 권하지만, 이 지하철역에는 그럴 만한 공간이 거의 없었다. 어차피 샘은 저기에 어떤 이미지가 숨겨져 있든 별 관심이 없었다. 크리스마스트리나 천사, 별, 아무렴 다윗의 별은 아니겠고, 때에 맞게 진부하며 대중에 호소하는 무언가, 매직아이 상품을 더 많이 팔아치우려는 목적의 무언가일 것이다. 오토스테레오그램은 샘에게 단 한 번도 통한 적이 없었다. 샘은 자신이 쓰고 있는 안경과 관련이 있을 거라는 가설을 세웠다. 지독한 근시를 교정하기 위한 안경은 두뇌가 착시를 일으킬 만큼 눈에서 힘을 빼게 허용하지 않았다. 그리하여, 적정 시간(15초)이 지난 후 샘은 숨겨진 이미지를 보려는 노력을 접고 대신 세이디를 관찰했다.

　머리가 더 짧아지고 더 세련되어진 것 같긴 한데 그래도 예전과 다름없는 적갈색 곱슬머리다. 콧등의 옅은 주근깨도 여전하고, 피부도 전처럼 올리브색이지만 캘리포니아에서 살던 어린 시절보다는 하얘졌다. 입술이 건조하게 텄다. 눈동자도 전과 똑같이 황금색 반점이 있는 갈색이다. 샘의 어머니인 애나도 그런 눈이었는데, 어머니는 그렇게 눈동자가 여러 색인 것을 홍채이색증이라고 부른다고 알려주었다. 당시 샘은 이색증 때문에 어머니가 죽을지도 모른다고 생각했다. 그게 질병 이름처럼 들렸다. 세이디의 눈 밑에는 거의 티나지 않게 살짝 다크서클이 있었고, 생각해보니 그건 어릴 때도 있었다. 그래도 역시 피곤해 보였다. 샘은 세이디를 바라보며 생각했다. 시간여행이 이런 거로군. 누군가를 쳐다보는데 현재의 그 사람과 과거의 그 사람이 동시에 보인다. 그리고 그런 시간이동 모드는 유의미한 시간을 알고 지낸 사람들 사이에서만 작동된다.

"보인다!" 세이디가 말했다. 눈이 반짝 빛나면서 샘의 기억 속 열한 살 소녀 때부터 익숙한 표정을 지었다.

샘은 얼른 시선을 포스터로 돌렸다.

"너도 봤어?" 세이디가 물었다.

"응, 봤어." 샘이 말했다.

세이디가 샘을 쳐다봤다. "뭐였어?"

"저건," 샘이 말했다. "아주 멋지네. 그야말로 크리스마스다 워."

"진짜 본 거 맞아?" 세이디의 입꼬리가 비틀리며 올라갔다. 이 색증의 두 눈이 재밌어 죽겠다는 듯 샘을 응시했다.

"응, 하지만 아직 못 본 사람들을 생각해서 발설하진 않으려고." 샘은 몸짓으로 주위 인파를 가리켰다.

"알았어." 세이디가 말했다. "무척 사려 깊으시네요."

자신이 못 봤다는 걸 세이디가 알고 있음을 샘도 알았다. 샘은 세이디를 보며 씨익 웃었고, 세이디도 샘을 보며 배시시 미소 지었다.

"신기하지 않아?" 세이디가 말했다. "오랜만에 만난 것 같지가 않다. 매일 이 지하철역에 와서 저 포스터를 같이 노려본 기분이야."

"우린 영적 주파수가 일치하니까." 샘이 말했다.

"맞아, 우린 영적 주파수가 일치하지. 아까 했던 말 취소할게. 이번 게 제일 샘스러운 말이네."

"샘스러우니까 샘슨이지. 근데 넌ㅡ" 샘이 말하는 도중에 블렌더가 다시 윙윙거리기 시작했다.

"뭐라고?" 세이디가 말했다.

"넌 다른 스퀘어에 와 있다고." 샘이 다시 말했다.

"'다른 스퀘어'라니?"

"여긴 하버드스퀘어잖아, 넌 센트럴스퀘어나 켄들스퀘어에 있어야지. 너 MIT 갔다고 들었는데."

"남자친구가 이 근처에 살거든." 세이디는 그 얘기를 더이상 거론하고 싶지 않다는 투로 말을 돌렸다. "왜 이름들이 하나같이 스퀘어인지 모르겠어. 사실 광장이랄 것도 없잖아, 안 그래?" 시내로 향하는 전동차가 또 들어왔다. "지하철 또 왔다."

"지하철은 원래 그렇게 다니니까." 샘이 말했다.

"그러게. 한 대 오고, 또 오고, 또 오고."

"지금과 같은 경우에 우리가 해야 할 적절한 일은 커피를 마시는 건데." 샘이 말했다. "커피가 너무 클리셰 같다면 아무거나 네가 마시고 싶은 걸로. 차이. 말차. 스내플. 샴페인. 우리 머리 바로 위쪽에 무한 음료의 세상이 펼쳐져 있잖아? 저 에스컬레이터를 타기만 하면 돼. 그리고 그 세상에 우리도 동참하는 거지."

"나도 그럼 좋겠는데, 이 수업은 정말 빠지면 안 되거든. 강의 내용을 절반은 알아들었을까. 망하지 않으려면 출석 점수라도 건져야 해."

"설마." 샘이 말했다. 세이디는 샘이 아는 가장 똑똑한 사람 중 하나였다.

세이디는 다시 한번 가볍게 샘을 얼싸안았다. "이렇게 우연히 보니 참 좋다."

세이디가 전동차를 향해 걸어갔고, 샘은 세이디를 붙잡을 방법을 강구하기 위해 머리를 쥐어짜냈다. 만약 이게 게임이라면 일시정지를 누르면 될 텐데. 아예 다시 시작해서 이번엔 다른 얘기를, 딱 맞는 얘기를 할 수 있으련만. 인벤토리를 뒤져 세이디가 가지 않도록 만들 수 있는 아이템을 찾아낼 텐데.

심지어 전화번호도 교환하지 않았잖아. 샘은 절망에 빠졌다. 샘의 머리는 1995년에 사람을 찾아내는 방법을 열심히 탐색했다. 예전에는, 샘이 어렸을 때는 사람들이 영영 모습을 감출 수 있었지만 이제는 전처럼 그렇게 쉽게 사라져버릴 수 없었다. 불명확한 디지털 정보를 해독해 무질서한 아날로그 실물로 전환하고자 하는 욕구만 있다면 추적은 점점 더 수월해졌다. 그리하여 샘은 지하철역에서 만난 옛친구의 모습이 점점 작아져가고 있음에도 세상은 같은 방향—그 뭐냐, 세계화라든가 초고속 정보통신망이라든가—으로 흘러가고 있음을 위안으로 삼았다. 세이디 그린을 찾는 건 쉬울 거다. 세이디의 학교 이메일도 유추할 수 있다—MIT의 이메일은 늘 똑같은 패턴을 쓰니까. MIT의 학생 명부를 온라인으로 찾아볼 수도 있다. 컴퓨터과학과 사무실에 문의할 수도 있다. 캘리포니아에 있는 세이디의 부모 스티븐 그린과 섀런 프리드먼-그린에게 전화할 수도 있다.

그러나 샘은 스스로를 잘 알았고, 본인이 어떤 일을 추진했을 때 우호적인 반응이 있으리라 확신하지 않는 한 절대 나서서 행하지 않는 타입임을 자각하고 있었다. 샘의 두뇌는 비겁하리만치 비관적으로 작동했다. 샘은 세이디가 쌀쌀맞게 굴었다고, 그날 수업이 없으면서도 자신을 떼어내려 핑계를 댄 거라고 혼자 멋대로 상상한다. 샘의 두뇌는 세이디가 정말 자신을 보고 싶어했다면 연락할 방법을 알려줬을 거라고 우긴다. 샘은 세이디의 인생에서 고통스러웠던 시절을 상징하고, 따라서 당연히 세이디는 자신을 다시 보고 싶어하지 않는다고 결론을 내리게 된다. 아니 어쩌면, 종종 의심해왔듯, 샘은 세이디에게 아무것도 아니다—그저 부잣집 여자애의 보람찬 선행의 대상이었을 뿐이다. 하버드스퀘어에 남자친구가 산다는 말도 뇌리를 떠나지 않았다. 세이디의 전화번호를, 이메일 주소를, 물리적 주소를 알아낸다고 해도 그 중 어느 것 하나 이용할 리 없었다. 그리하여 현상론적 무게가 짓누르자 이번이 세이디 그린을 마지막으로 보는 것일 가능성이 높다는 깨달음이 왔고, 더럽게 추운 12월의 어느 날 지하철역 안에서 멀어져가는 세이디가 어떤 모습인지 샘은 조목조목 기억에 담으려 노력했다. 베이지색 캐시미어 모자, 손모아장갑, 목도리. 무릎 아래까지 내려오는 낙타색 피코트는 확실히 육해군 불하품 상점의 물건은 아니다. 제법 해진 청바지는 밑단이 너덜너덜한 부츠컷이다. 흰색 줄무늬의 검은색 스니커즈. 폭이 세이디의 몸통만하고 물건이 가득 들어 있는 황갈색 가죽 메신저백, 가오리 스타일의 크림색 스웨터. 세이디의 머리칼—반짝거리고, 살짝 젖었고, 견갑골 바로 아래까지 내려온다. 이런 시점에서 보면 진정한 세이디를 알 수 없다고, 샘은 판단했다. 이 지하철역에 있는 수많은 머리 좋고 집안 좋은 대학생 여자애들과 잘 구별되지 않는 모습이었다.

막 시야에서 사라지려는 찰나, 세이디가 돌아서더니 샘에게 달려왔다. "샘! 너 아직도 게임하니?"

"그럼." 샘은 좀 과하다 싶게 열정적으로 응답했다. "당연히 하지. 맨날 해."

"자." 세이디가 3.5인치 디스켓을 샘의 손에 쥐여주었다. "이거 내가 만든 게임이야. 아마 넌 무시무시하게 바쁘겠지만 혹시 시간 나면 한번 플레이해봐. 네 의견이 무척 듣고 싶거든."

세이디는 다시 지하철로 달려갔고, 샘은 세이디를 쫓아갔다.

"잠깐만! 세이디! 너한테 연락은 어떻게 해?"

"거기 디스켓에 내 이메일 주소 있어." 세이디가 말했다. "리드미Readme 파일에."

지하철 문이 닫히고, 전동차는 세이디를 MIT의 스퀘어로 돌려보내기 위해 출발했다. 샘은 디스켓을 내려다보았다. 게임의 제목은 '솔루션Solution'이었다. 손글씨로 라벨을 써서 붙여놨다. 샘은 어디서든 세이디의 손글씨를 알아볼 수 있을 것이다.

그날 저녁 늦게 귀가한 샘은 게임 디스켓을 컴퓨터 옆에 올려놓긴 했지만 곧바로 인스톨하지는 않았다. 하지만 세이디의 게임을 플레이하지 않는 것이 엄청난 동기부여가 되어 한 달 가까이 마감을 넘긴, 그쯤 되면 크리스마스와 새해 연휴 이후로 미뤘을 법한 3학년 2학기 전공 논문계획서를 쓰기 시작했다. 몹시 고뇌하며 머리와 손을 쥐어짠 끝에 나온 논문 주제는 '선택공리 부재 시 바나흐-타르스키 역설에 대한 대체 접근'이었고, 계획서를 쓰는 것만으로도 꽤나 지루해서 논문 작성에 수반될 지난한 역경에 실시간으로 공포심이 들었다. 샘은 자신이 수학에 소질이 있는 건 분명하지만 특별히 흥미가 샘솟지는 않는 것 같다는 의심이 들던 차였다. 샘의 지도교수이자 나중에 필즈상을 수상하게 되는 하버드대 수학과의 안데르스 라르손 교수는 그날 오후 면담에서 샘에게 이런 말까지 했다. 헤어질 때 마지막으로 던진 말이었다. "자네에겐 놀라운 재능이 있어, 샘. 하지만 무언가를 잘한다는 게 꼭 좋아한다는 것과 동의어는 아니라는 사실을 알아둘 필요가 있지."

샘은 마크스가 포장 주문해온 이탈리아 음식을 함께 먹었다— 마크스는 자신이 집을 비우는 동안 샘이 남은 음식을 먹고 지낼 수 있도록 적정 분량보다 훨씬 많이 주문했다. 그러면서도 연휴 동안 같이 텔루라이드에 스키 타러 가자고 한번 더 졸랐다. "진짜 같이 가자니까, 스키 타는 게 부담돼서 그런 거라면 어차피 다들 산장에서 빈둥거릴 텐데 뭐." 방학이나 연휴 때 집에 갈 돈이 없는 샘은 대체로 학교에 남았고, 그래서 늘 이런 식의 초대장이 일정 간격으로 발부됐다가 퇴짜를 맞았다. 저녁을 먹은 후 샘은 도덕적 추론(비트겐슈타인이 자신의 『논고』가 전부 틀렸다고 결론 내리기 전 그의 초기 철학을 다루는 강좌였다) 수업에 필요한 참고도서를 읽기 시작했고, 마크스는 여행 갈 짐을 정리했다. 짐을 다 싼 다음에는 샘에게 줄 크리스마스카드를 써서 근처 수제맥줏집의 오십 달러짜리 상품권과 함께 샘의 책상에 놓았다. 그때 디스켓이 마크스의 눈에 띄었다.

"〈솔루션〉이 뭐야?" 마크스는 초록색 디스켓을 집어들더니 샘에게 내밀었다.

"친구가 만든 게임이야." 샘이 말했다.

"어떤 친구?" 마크스가 물었다. 함께 산 지 3년 차였지만 친구 얘기를 하는 샘이라니 퍽 낯설었다.

"캘리포니아에 있을 때 친구."

"이거 해볼 거야?"

"언젠가는. 근데 구릴걸. 그냥 성의를 생각해서 한번 해보려고." 이런 식으로 말하니 세이디를 배신하는 느낌이었지만, 구릴 거라는 생각에는 변함없었다.

"무슨 종류의 게임인데?" 마크스가 말했다.

"몰라."

"제목은 멋지네." 마크스가 샘의 컴퓨터 앞에 앉았다. "나 시간 좀 남는데. 컴퓨터 켜서 같이 해볼까?"

"그러지 뭐." 샘은 혼자서 해볼 계획이었지만, 마크스와는 원래 정기적으로 같이 게임하는 사이였다. 그들은 격투 게임을 특히 즐겼다. 〈모탈 컴뱃〉 〈철권〉 〈스트리트 파이터〉. 이따금 〈던전 앤 드래곤〉 캠페인을 플레이하기도 했다. 샘이 던전 마스터를 맡은 그 캠페인은 2년 넘게 지속되고 있었다. 〈던전 앤 드래곤〉을 파티원 두 명으로 플레이하는 건 특이하고 은밀한 일이어서, 이 캠페인의 존재는 주변의 아무도 알지 못하는 비밀이었다.

마크스가 디스켓을 플로피디스크 드라이브에 밀어넣었고, 샘이 하드디스크에 설치했다.

몇 시간 후, 샘과 마크스는 처음으로 〈솔루션〉을 끝까지 깼다.

"와 이거 도대체 뭐냐?" 마크스가 말했다. "아지다가 집에서 엄청 기다리겠는걸. 날 죽이려 들 텐데." 아지다는 마크스의 현재 애인이었다―키 180센티미터의 스쿼시선수이자 가끔 아르바이트로 모델 일도 하는 터키 여자애였고, 이것은 마크스의 연애

상대로서 평균적인 이력이었다. "솔직히 한 5분쯤 한 것 같았는데."

마크스가 코트를 걸쳤다—세이디 것처럼 낙타색 코트였다. "네 친구 진짜 죽인다. 어쩌면 천재일지도. 그런 놈은 또 어떻게 알게 됐어?"

2

샘을 처음 만난 날, 세이디는 언니 앨리스의 병실에서 쫓겨난 상태였다. 앨리스는 열세 살답게 기분이 오락가락했고, 한편으론 암으로 죽어가는 사람답게 기분이 안 좋았다. 이들 자매의 어머니 새린은, 하나의 몸뚱이로 사춘기와 암이라는 이중 폭풍 전선을 붙잡고 싸우는 건 감당하기 벅찬 일이라며 앨리스에겐 아주 많은 양의 자유가 주어져야 한다고 했다. 아주 많은 양의 자유란 세이디에게는 앨리스의 기분이 풀릴 때까지 대기실에 있어야 함을 뜻했다.

세이디는 자기가 뭘 했다고 앨리스가 화를 버럭 낸 건지, 이번엔 잘 짐작이 가지 않았다. 〈틴〉 잡지에 나온 빨간 베레모를 쓴 여자애 사진을 보여주고 '이 모자 언니한테 잘 어울리겠다'라든가 그 비슷한 얘기를 했었다. 정확히 무슨 말을 했는지는 잘 기억나지 않지만, 어찌됐든 앨리스는 그 말을 고깝게 듣고 황당한 소리를 질러댔다. 로스앤젤레스에서 누가 그런 모자를 쓰니! 그래서 네가 친구가 없는 거야, 세이디 그린! 앨리스는 화장실로 들어가 목놓아 울기 시작했고, 코는 점액으로 막히고 목구멍은 염증투성이였으므로 숨이 막혀 캑캑거리는 소리가 들렸다. 침대 옆 의자에서 자고 있던 섀린이 깨어 앨리스에게 진정하라고, 그러다 병난다고 달랬다. 난 어차피 병자인걸, 앨리스가 말했다. 그쯤 되니 세이디도 울음을 터뜨렸다―친구가 없는 건 사실이지만, 그래도 그걸 대놓고 찌르는 건 야비하다. 섀린은 세이디에게 대기실에 가 있으라고 했다.

"이건 불공평해요." 세이디가 어머니에게 말했다. "내가 뭘 어쨌다고. 언니가 완전 어이없게 구는 거잖아요."

"맞아, 불공평하지." 섀린도 동의했다.

쫓겨나면서 세이디는 어쩌다 일이 이렇게 된 건지 파악하려 애썼다―앨리스한테 빨간 모자가 잘 어울릴 거라고 생각한 건 진심이었다. 하지만 곰곰 돌이켜보니, 모자가 어쩌니 하는 말을 들은 앨리스는 항암치료 때문에 점점 숱이 줄어드는 머리칼을 지적하는 줄 알았을 거라는 결론이 나왔다. 만약 앨리스가 정말로 그렇게 생각했다면, 애초에 그 바보 같은 모자를 언급한 것 자체가 미련한 짓이었다. 세이디는 언니에게 사과하려고 앨리스의 병실 문을 노크했다. 섀린이 창문 유리 너머에서 입 모양으로 말했다. "나중에 오렴. 앨리스 지금 잔다."

점심때가 가까워지자 세이디는 배가 고팠고, 그러자 언니에겐 좀 덜 미안해지고 제 자신이 더 불쌍해졌다. 앨리스가 미친년처럼 난리를 친 것도, 벌받은 사람이 세이디 자신이라는 것도 화가 났다. 세이디가 누차 들었다시피, 앨리스는 아프긴 해도 죽어가는 건 아니었다. 앨리스가 앓고 있는 종류의 백혈병은 특히 완치율이 높았다. 치료도 잘 듣는 편이었고, 앨리스는 예정대로 가을에 고등학교에 들어갈 수 있을 것이다. 이번 입원 기간은 고작 사흘이었고, 그것도 어머니 말에 의하면 '혹시 모를 기우'에서였다. 세이디는 '혹시 모를 기우'라는 문장이 마음에 들었다. 혹시 모를 여우나 혹시 모를 늑대, 북극곰 같은 게 연상됐다. '기우'라는 건 모종의 생물―어쩌면 세인트버나드견과 코끼리의 혼종―이 아닐까 상상했다. 커다랗고 영리하고 다정한 동물, 실존적 위협이라든가 하여간 각종 위험에서 그런 자매를 지켜주는 듬직한 존재.

눈에 띄게 건강한 열한 살짜리 여자애가 보호자도 없이 대기실에 혼자 있는 것을 발견한 간호사가 바닐라 푸딩을 갖다주었다. 간호사는 세이디가 아픈 형제자매 때문에 방치된 수많은 아이들 중 하나임을 알아보고 휴게오락실을 좋아할 것 같다며 가보라고 권했다. 거기 닌텐도 게임기가 있다고, 평일 오후에는 쓰는 사람이 거의 없다고 장담했다. 세이디와 앨리스는 이미 닌텐도를 갖고 있었지만, 어머니가 차로 집에 데려다줄 때까지 남은 다섯 시간 동안 세이디는 달리 할 게 없었다. 여름이었고, 『팬텀 톨부스』는 벌써 두 번을 독파했고, 그 책이 그날 세이디가 병원에 가져온 유일한 책이었다. 앨리스가 화가 나지만 않았다면 자매는 평소처럼 하루종일 같이 놀았을 것이다. 제일 좋아하는 아침 퀴즈쇼 〈프레스 댓 버튼!Press That Button!〉과 〈프라이스 이즈 라이트The Price Is Right〉를 시청하고, 〈세븐틴〉 잡지를 읽으며 함께 성격테스트를 하고, 액션 어드벤처 게임 〈오리건 트레일〉을 하거나, 학업을 보충하라고 앨리스에게 사준 10킬로그램짜리 랩톱 컴퓨터에 기본으로 깔려 있는 교육용 게임들 중 아무거나 하나를 플레이했을 것이다. 자매는 함께 시간을 보내는 방법을 항상 어렵지 않게 찾아냈고, 그 가짓수는 무궁무진했다. 세이디에게 친구가 별로 없을지는 몰라도 필요하다고 느껴본 적도 없었다. 앨리스야말로 완벽한 모범답안이었으니까. 앨리스보다 더 똑똑하고, 더 담대하고, 더 예쁘고, 더 운동 잘하고, 더 웃기고, 더 (빈칸에 원하는 형용사를 넣으시오)한 사람은 없었다. 다들 앨리스의 병이 나을 거라고 했지만, 가끔 세이디는 저도 모르게 앨리스가 없는 세상을 상상했다. 함께 나누는 농담과 음악과 스웨터와 냉동 브라우니와 한밤중 이불 속 맘 편히 닿는 자매의 맨살이 결락된 세상, 그리고 무엇보다, 세이디의 천진한 가슴속 깊숙한 비밀과 수치를 지켜주는 앨리스가 누락된 세상이라니. 세이디가 앨리스보다 더 좋아하는 사람은 없었다. 부모님도 할머니도 그만큼은 아니었다. 앨리스 없는 세상은 달에 내려간 닐 암스트롱의 자글자글한 사진처럼 황량했고, 열한 살짜리 아이를 밤늦도록 잠 못 이루게 만들었다. 잠시 닌텐도 월드로 피신하는 것도 나름 위로가 될 것이다.

그런데 휴게오락실은 비어 있지 않았다. 웬 남자애가 〈슈퍼 마리오 브라더스〉를 하고 있었다. 세이디는 남자애가 환아임을 알아보았다. 자기처럼 환자의 형제자매거나 면회객이 아니었다. 대낮에 파자마를 입고 있었고, 의자 옆 바닥에 목발 한 쌍이 놓여 있었으며, 소년의 왼발은 중세시대 새장처럼 보이는 기계장치에 둘러싸여 있었다. 자기처럼 열한 살이거나 한두 살쯤 위일 거라고 세이디는 대략 추정했다. 마구 엉킨 검은 곱슬머리, 들창코,

안경, 만화처럼 둥근 얼굴. 학교 미술시간에 사물을 기본 도형으로 분해하여 그리는 법을 배웠는데, 이 아이를 묘사하려면 주로 원형이 필요할 것이다.

세이디는 남자애가 앉아 있는 의자 바로 옆 바닥에 앉아서 화면 속 플레이를 지켜보았다. 제법 잘했다—그 판을 다 깨더니 마리오를 장대 꼭대기에 사뿐히 올려놨는데 그건 세이디가 터득하지 못한 기술이었다. 세이디는 게임을 하는 것도 좋아했지만, 솜씨 좋은 플레이어를 지켜보는 것도 즐거웠다—춤추는 걸 보는 느낌이었다. 남자애는 한 번도 세이디를 쳐다보지 않았다. 정말이지 세이디가 거기 있다는 것도 모르는 것 같았다. 첫번째 보스전을 클리어하자 그러나 우리의 공주님은 다른 성에 있습니다라는 문구가 화면에 떴다. 소년은 세이디를 쳐다보지도 않고 말했다. "나머지 판은 네가 할래?"

세이디는 고개를 저었다. "아니. 너 진짜 잘한다. 난 네가 죽은 다음에 하지 뭐."

소년은 고개를 끄덕이더니 게임을 재개했고, 세이디는 계속 구경했다.

"좀전에. 내가 그렇게 말하면 안 되는 거였는데." 세이디가 사과했다. "그니까, 네가 진짜로 죽어가고 있다면. 여긴 어린이 병원이니까."

소년은 마리오를 조종해서 넝쿨을 타고 올라가 코인이 잔뜩 있는 구름 많은 구역에 다다랐다. "여긴 그런 세계지, 모두가 죽어가는." 남자애가 말했다.

"그러게." 세이디가 말했다.

"하지만 현재 나는 죽어가고 있지 않아."

"다행이다."

"넌 죽어가니?" 남자애가 물었다.

"아니. 현재로선 아니지."

"그럼 어디가 문제인데?"

"나 말고 우리 언니. 언니가 아파."

"네 언니는 어디가 문제인데?"

"이질." 세이디는 자연스러운 대화의 종결자인 암을 들먹이기 싫었다.

소년이 부가 질문을 하려는 듯 세이디를 바라보았다. 그러나 질문 대신 컨트롤러를 세이디에게 넘겼다. "자. 어쨌든 엄지손가락을 좀 쉬어야겠어서."

세이디는 능숙하게 그 판을 진행하며 점수를 올려 생명을 하나 더 추가했다.

"너도 그렇게 못하진 않네." 남자애가 말했다.

"집에 닌텐도가 있거든, 일주일에 한 시간씩밖에 허락을 안 해주지만." 세이디가 말했다. "하지만 이젠 아무도 나한테 신경 안써, 언니가 병에 걸린 다음부턴……"

"이질 말이지."

"응. 원래 이번 여름방학엔 플로리다에 있는 항공우주캠프에 가기로 했는데, 언니가 심심하지 않게 옆에 있어줘야 한다고 집에 있으래." 세이디는 〈슈퍼 마리오〉에 잔뜩 나오는 버섯처럼 생긴 몬스터 굼바를 위에서 쾅쾅 밟아 없앴다. "굼바 얘네들 참 불쌍해."

"그냥 졸개들인걸." 남자애가 말했다.

"하지만 얘네들은 자기네랑 아무 관련 없는 일에 휘말린 거잖아."

"그게 졸개의 운명이지. 거기 파이프 속으로 들어가." 남자애가 훈수를 두었다. "거기 밑에 코인이 많아."

"나도 알아! 안 그래도 내려가려는 중이었어." 세이디가 말했다. "언니는 맨날 나한테 짜증을 내는데 이럴 거면 내가 왜 항공우주캠프에 안 갔을까 싶어. 내 생애 처음으로 자고 오는 캠프인데다 혼자서 비행기 타는 것도 처음이었는데. 어차피 2주짜리였고." 세이디는 그 판의 거의 끝에 다다랐다. "저 높은 장대 위에 올라앉는 요령이 뭐야?"

"달리기 버튼을 가능한 한 오래 누르고 있다가 웅크린 다음 떨어지기 직전에 점프해." 남자애가 말했다.

세이디의 마리오가 장대 꼭대기에 올라섰다. "봐, 성공했어. 그나저나, 난 세이디야."

"샘."

"네 차례." 세이디는 샘에게 컨트롤러를 돌려주었다. "넌 어디가 문제야?" 세이디가 물었다.

"교통사고." 샘이 말했다. "발이 스물일곱 군데 부러졌어."

"꽤 여러 군데 부러졌네." 세이디가 말했다. "과장이야, 아님 정확한 숫자야?"

"정확한 숫자야. 난 숫자에 아주 까다롭거든."

"나도 그래."

"근데 숫자가 약간 늘어나기도 해, 뼈를 다시 맞추기 위해 다른 데를 부러뜨려야 해서." 샘이 말했다. "발을 아예 잘라내야 할지도 몰라. 왼쪽 발로 전혀 설 수가 없어. 지금까지 세 번 수술했는데 이건 발이라고 할 수도 없어. 그냥 살 주머니에 뼛조각bone chips이 든 거야."

"그 말 맛있게 들린다." 세이디가 말했다. "역겨웠다면 미안. 네가 그렇게 얘기하니까 감자칩이 생각나서. 언니가 아픈 후로는 식구들이 끼니를 자주 건너뛰어. 내가 굶어죽어도 아무도 모를걸. 오늘도 푸딩 한 컵 먹은 게 다야."

"너 좀 이상한 애구나." 샘의 말투에 흥미와 관심이 묻어났다.

"나도 알아." 세이디가 말했다. "발을 절단해야 할 일이 없기를 진심으로 빌어, 샘. 그나저나 우리 언니는 암이야."

"이질인 줄 알았는데."

"뭐, 항암치료를 하니까 이질이 생기더라고. 이질은 우리 자매 사이의 농담 같은 거지. 너 〈오리건 트레일〉이란 컴퓨터게임 알아?"

"알지도." 샘은 순순히 무지를 인정하지 않았다.

"너네 학교 컴퓨터실에 아마 있을 거야. 내가 제일 좋아하는 게임이야, 좀 지루하긴 해도. 1800년대에 황소 두 마리가 끄는 왜건을 타고 동부 해안에서 서부 해안으로 가려는 사람들 얘기인데, 게임 목적은 파티의 모든 구성원이 죽지 않고 서부에 도착하는 거야. 사람들을 충분히 먹여야 하고, 또 너무 빨리 가지 말고 적절히 물자와 비축품 같은 걸 사야 하지. 하지만 가끔 누가, 심지어 네가 죽기도 해, 방울뱀에 물린다든가 굶어죽는다든가 또는一"

"이질에 걸려서."

"맞아! 바로 그거야. 언니랑 나는 그것만 나오면 너무 웃겨서."

"도대체 이질이 뭐야?" 샘이 물었다.

"설사병." 세이디가 목소리를 낮췄다. "우리도 처음엔 몰랐어."

샘이 웃음을 터뜨렸다가 느닷없이 뚝 그쳤다. "나 아직 웃고 있는 거야. 단지 웃으면 땡기고 아파서."

"그렇다면 웃긴 얘기는 두 번 다시 안 합니다. 맹세합니다." 세이디가 묘하게 단조롭고 무감한 투로 말했다.

"그만해! 그 말투 때문에 더 웃겨. 뭘 흉내낸 거야?"

"로봇."

"로봇은 이런 식이지." 샘이 제 식대로 로봇을 흉내냈고, 그 바람에 둘은 또다시 한바탕 뒤집어지며 폭소했다.

"너 웃으면 안 된다며!" 세이디가 말했다.

"네가 날 웃기면 안 된다는 거지. 근데 사람들이 진짜 이질로 죽어?" 샘이 물었다.

"옛날에는 그랬을걸."

"사람들이 묘비에 그걸 새겼을까?"

"묘비에 병명을 새기진 않았을 것 같은데."

"디즈니랜드의 헌티드 맨션에서는 새겨. 이제 난 이질로 죽고 싶다는 생각이 드네. 우리 게임 바꿔서 〈덕 헌트〉 할까?"

세이디가 고개를 끄덕였다.

"총을 연결해야 할걸. 저기 바로 위에 있다." 세이디가 라이트

건을 가져와서 게임기에 꽂았다. 그리고 샘에게 먼저 쏘라고 양보했다.

"너 엄청 잘한다." 세이디가 말했다. "집에 닌텐도 있어?"

"아니, 하지만 할아버지 가게에 〈동키콩〉 오락기가 있어. 그래서 공짜로 실컷 했지. 게임이란 건 원래 아무거나 하나를 마스터하고 나면 다른 것들도 쉽게 할 수 있어. 난 그렇다고 생각해. 결국 시력과 손놀림의 협업, 그리고 패턴의 관찰이니까."

"맞는 말이야. 잠깐, 근데 뭐라고? 너희 할아버지네 〈동키콩〉이 있다고? 끝내준다! 난 옛날 오락기들이 너무 좋아. 무슨 가게인데?"

"피자 가게." 샘이 말했다.

"뭐라고? 나 피자 완전 좋아하는데! 내가 지구상에서 제일 좋아하는 음식이 피자야. 그럼 넌 아무 피자나 다 맘대로 먹을 수 있어, 공짜로?"

샘은 노련하게 오리 두 마리를 사살하며 고개를 끄덕였다.

"그거, 뭐냐, 내 꿈이잖아. 넌 실제로 내 꿈처럼 살고 있는 거네. 나도 꼭 데려가주라, 샘. 그 가게 이름이 뭐야? 어쩌면 가봤을지도 몰라."

"'동&봉 뉴욕스타일 피자하우스.' 동하고 봉은 우리 할아버지 할머니 이름이야. 한국어로는 딱히 웃긴 이름은 아닌데. 이를테면 잭과 질 같은 거지." 샘이 말했다. "가게는 K타운의 윌셔에 있어."

"K타운이 어디야?"

"이보세요, 로스앤젤레스 출신 맞아? K타운은 한인타운이지.

어떻게 그걸 모를 수 있어? K타운 하면 다들 아는데."

"한인타운이야 알지. 거길 K타운이라고 부르는지 몰랐어."

"넌 어디 사는데?" 샘이 물었다.

"플랫츠."

"플랫츠가 어디야?"

"베벌리힐스의 평지 쪽." 세이디가 말했다. "K타운하고 아주 가까워. 봐, 너도 플랫츠가 뭔지 모르잖아! 로스앤젤레스 사람들은 각자 자기네가 사는 동네만 안다니까."

"네 말이 맞는 것 같다."

오후 내내 샘과 세이디는 가상의 오리들을 몇 세대나 도륙하며 신나게 수다를 떨었다. "저 오리들이 우리한테 무슨 짓을 했다고." 세이디가 한마디했다.

"우린 디지털 먹거리를 위해 녀석들을 잡고 있는 거야. 디지털 우리는 저 가상의 오리가 없으면 굶어죽는 거지."

"그래도, 저 오리들이 안됐어."

"굼바도 안됐다며. 넌 그냥 기조가 다 불쌍하다군." 샘이 말했다.

"맞아." 세이디가 말했다. "〈오리건 트레일〉의 들소도 불쌍해."

"왜?" 샘이 물었다.

세이디의 어머니가 휴게오락실에 얼굴을 내밀었다. 앨리스가 세이디에게 할 얘기가 있다고 했고, 그건 앨리스가 화를 풀었다는 신호였다. "다음에 말해줄게." 세이디가 샘에게 말했다, 과연 다음이란 게 있을지는 알 수 없었지만.

"담에 보자." 샘이 말했다.

"저 친구는 누구니?" 섀런이 휴게오락실을 나서면서 세이디에게 물었다.

"그냥 저기 있던 남자애." 세이디는 샘을 돌아보았고, 샘은 다시 게임에 집중하고 있었다. "친절하고 괜찮았어."

앨리스의 병실로 가는 길에 휴게오락실을 쓰라고 말해준 간호사와 마주치자 세이디는 감사를 표했다. 간호사는 세이디의 어머니에게 미소를 지어 보였다—솔직히 이렇게 예의바른 애들은 요즘 찾아보기 어렵다는 듯. "내가 말한 대로 비어 있었지?"

"아뇨, 남자애가 한 명 있었어요. 샘······" 세이디는 아직 샘의 성을 몰랐다.

"샘을 만났어?" 간호사가 갑작스럽게 관심을 보이자 세이디는 혹시 자신이 병원의 암묵적 규칙을 깬 게 아닐까 걱정됐다. 환아가 휴게오락실을 쓰고 싶어할 때는 그 방에 들어가면 안 된다는 규칙이라도 있는 걸까? 앨리스가 암에 걸린 후로는 지켜야 할 규칙이 아주 많았다.

"네." 세이디는 열심히 해명했다. "같이 얘기도 하고 닌텐도도 했어요. 제가 거기 있어도 별로 싫어하지 않는 것 같았어요."

"샘, 곱슬머리에 안경 쓴, 그 샘 맞니?"

세이디는 고개를 끄덕였다.

간호사가 섀런에게 단둘이 얘기할 수 있겠냐고 물었고, 섀런은 세이디에게 먼저 언니한테 가라고 일렀다.

세이디는 앨리스의 병실 문을 열고 들어가면서도 불안했다. "나 아무래도 사고 친 것 같아." 세이디가 다짜고짜 말했다.

"뭘 어쨌길래?" 앨리스가 물었다. 세이디는 자신이 저질렀을지도 모르는 범행에 대해 설명했다. "그쪽에서 너한테 쓰라고 했잖아." 앨리스는 합리적으로 추론했다. "넌 하라는 대로 한 거니까 네 잘못일 리가 없어."

세이디가 앨리스의 침대 위에 앉았고, 앨리스는 세이디의 머리를 땋아주기 시작했다.

"간호사 선생님이 엄마한테 얘기하자는 건 너 때문이 아닐걸, 내기해도 좋아." 앨리스가 말을 이었다. "나에 관한 얘기일 수도 있어. 어느 선생님이었어?"

"몰라."

"걱정하지 마. 만약 진짜로 네가 사고 친 거라면, 엉엉 울면서 언니가 암에 걸렸다고 해."

"그 모자는 내가 잘못했어." 세이디가 말했다.

"무슨 모자? 아, 그거. 내 잘못이야. 나도 내가 뭐가 문제인지 모르겠어."

"백혈병이겠지." 세이디가 말했다.

"이질이야." 앨리스가 정정했다.

집으로 돌아오는 차 안에서 어머니는 휴게오락실에 대해 아무 말도 꺼내지 않았고, 세이디는 자연히 그 건은 그냥 넘어가나보다 했다. 두 사람은 100주년을 맞은 자유의여신상에 대한 NPR 방송을 듣고 있었고, 세이디는 자유의여신상이 실제로 여자라면 얼마나 기분이 나쁠까 싶었다. 사람들이 자기 몸속을 들락거리다니 얼마나 이상할까. 사람들이 침입자나 질병이나 머릿니 혹은 암처럼 느껴질 텐데. 그런 생각을 하고 있자니 심란해졌고, 어머니가 라디오를 끄자 마음이 놓였다. "오늘 네가 같이 놀았다던 그 남자애 말인데."

올 게 왔군, 세이디는 생각했다. "네." 세이디는 조용히 말했다. 창밖을 보니 K타운을 지나가는 중이어서 열심히 '동&봉 뉴욕스타일 피자하우스'를 찾았다. "제가 사고 친 거죠, 맞죠?"

"아니. 왜 그렇게 생각해?"

왜냐하면 요즘 들어 세이디는 거의 항상 사고를 치기 때문이었다. 아픈 언니가 있는 열한 살짜리는 야단맞을 짓을 하지 않는 게 불가능하다. 세이디는 맨날 적절하지 않은 말을 하거나 너무 시끄럽게 굴거나 너무 많은 것(시간, 사랑, 음식)을 요구했다. 전에는 말하지 않아도 받았던 것들이고, 그보다 더 많이 달라는 것도 아닌데. "그냥요."

"간호사가 그러는데, 그 남자애는 큰 교통사고를 당했대." 새런이 말을 이었다. "다친 후로 지금까지 6주 동안 두 마디 이상 말을 한 적이 없다더라. 어마어마하게 아팠을 거고, 앞으로도 아주 오랫동안 병원에 들락거려야 할 거래. 걔가 너하고 얘기한 건 굉장한 일이라던데."

"진짜요? 저한텐 되게 평범해 보였는데."

"병원에서 그 아이 마음을 열려고 무던 애를 썼다던데. 상담치료사, 친구, 가족. 근데 너희 둘이 무슨 얘기 했어?"

"딱히. 별건 없었어요." 세이디는 당시 대화의 기억을 더듬었다. "게임 얘기?"

"뭐, 이건 전적으로 네 맘에 달렸지만, 내일 또 병원에 와서 샘하고 얘기해줄 수 있는지 간호사가 묻더라." 세이디가 뭐라 대답하기 전에 새린이 덧붙였다. "너 내년에 바트 미츠바* 하려면 봉사활동해야 하잖아. 분명 이것도 봉사활동 점수에 포함될 거야."

다른 사람하고 같이 노는 것은 리스크가 만만치 않다. 그것은 속마음을 열고, 나를 드러내고, 그 때문에 다치더라도 감내하겠다는 뜻이다. 개로 치면 배를 드러내고 누워 꼬리를 흔드는 셈이다―네가 나를 해코지할 수도 있지만 그러지 않을 거라는 걸 난 알아. 그리고 이 개는 주둥이를 들이대고 내 손을 마구 핥지만 절대 물어뜯지는 않는다. 같이 노는 것은 신뢰와 사랑을 필요로 한다. "게임보다 더 사적이고 내밀한 행위는 없습니다. 섹스도 그만 못하죠." 여러 해가 지난 후 게임 웹진 〈코타쿠〉와의 인터뷰에서 샘이 이렇게 얘기한 것처럼 말이다. 이 언급은 숱한 논란을 일으켰고, 인터넷은 이렇게 반응했다. 좋은 섹스를 경험해본 사람이라면 절대 그런 식으로 얘기할 리 없다. 분명 샘한테 뭔가 심각한 문제가 있다.

다음날 세이디는 병원에 갔고, 또 다음날에도, 또 다음날에도, 이후로도 샘이 입원할 만큼 아프긴 하지만 놀 수는 있을 만큼 괜찮은 날이면 꼬박꼬박 병원에 갔다. 두 사람은 아주 잘 맞는 게임 파트너가 되었다. 대전 게임을 할 때도 있지만, 싱글 플레이어 캐릭터를 둘이 같이 조종할 때가 가장 재미있었다. 키보드와 컨트롤러를 주거니 받거니 하면서, 필연적으로 위험천만한 게임 세계를 헤쳐나가는 이 가상 인물의 여정을 어떻게 하면 좀더 편안하게 만들어줄 수 있을까 머리를 맞대고 방안을 논의했다. 게임을

---

* 유대교에서 행하는 12세 여자아이들의 성인식.

하는 동안 두 사람은 비교적 길지 않은 인생사를 서로에게 들려주었다. 그리하여 세이디는 샘의 모든 것을 알게 됐고, 샘은 세이디의 모든 것을 알게 됐다. 적어도, 알게 됐다고 생각했다. 세이디는 학교에서 배운 프로그래밍(베이직, 파스칼 조금)을 샘에게 가르쳐주었고, 샘은 세이디의 그림 실력을 원과 사각형 이상(크로스해칭, 투시법, 명암법)으로 끌어올렸다. 열두 살에 이미 샘은 뛰어난 데생 화가였다.

사고 이후로 샘은 M. C.에서 스타일의 복잡한 미로를 그리기 시작했다. 샘의 치료를 맡은 정신과 전문의는 엄청난 신체적 정서적 고통을 감당해야 할 때 미로가 도움이 될 수 있을 거라고 생각했고, 그래서 샘의 미로 그리기를 환영했다. 의사는 미로를 샘이 현재 상황을 타개할 계획을 세우고 있다는 희망적인 조짐으로 해석했다. 그러나 그건 의사의 착각이었다. 샘의 미로는 언제나 세이디를 위한 것이었다. 샘은 세이디가 가기 전에 세이디의 주머니 속에 그림을 하나씩 슥 밀어넣곤 했다. "너 주려고 만들었어"라고 샘은 말하곤 했다. "별건 아니고. 다음에 올 때 가지고 와, 풀었는지 보게."

훗날 샘은 사람들에게 이때의 미로가 게임을 만들어보려는 자신의 첫 시도였다고 말한다. "미로는 가장 순수한 형태로 증류된 비디오게임이죠." 그럴지도 모르지만, 그건 자체 보정된 시각을 거친 자화자찬이었다. 그 미로들은 세이디를 위한 것이었다. 게임을 디자인하는 일은 결국 그 게임을 플레이할 사람을 그려보는 일이다.

매번 샘을 만나고 나면 세이디는 간호사들 중 한 명에게 몰래 봉사활동 시간기록지를 내밀고 서명해달라고 부탁했다. 대부분의 우정은 정량화가 불가능하지만, 그 시간기록지는 세이디가 샘과 친구로 보낸 시간의 정확한 수량을 기록하여 보여주었다.

세이디의 할머니 프리다가 그 봉사활동의 진정성을 우려하여 처음 말을 꺼낸 것은 두 아이의 우정이 몇 달째에 접어들었을 때였다. 프리다 그린은 종종 샘을 만나러 가는 세이디를 병원까지 태워다 주었다. 프리다는 화사한 무늬의 실크 스카프를 머리에 둘렀고, 새빨간 미국산 컨버터블을 몰았으며, 날씨가 허락한다면(로스앤젤레스에서는 대체로 허락이 떨어졌다) 자동차 지붕을 열고 달렸다. 키가 153센티미터도 채 되지 않아서 열한 살인 세이디보다 3센티미터 정도밖에 크지 않았지만, 1년에 한 번씩 파리에서 일괄 구매하는 맞춤복으로 늘 완벽하게 차려입었다. 구김 하나 없는 새하얀 블라우스, 연한 회색 모직 바지, 부클레 또는 캐시미어 스웨터. 프리다는 가죽 핸드백과 선홍색 립스틱, 우아한 금제 손목시계, 월하향 향수, 진주귀걸이 한 쌍이라는 5대 무기 없이는 절대 집을 나서지 않았다. 세이디가 보기에 프리다는 세상에서 가장 스타일리시한 여자였다. 세이디의 할머니인 동시에 로스앤젤레스의 부동산 거물이었고, 실무에서는 엄정하고 빈틈없이 용의주도하면서 양심적이라는 평이 자자했다.

"우리 세이디." 프리다는 서쪽에서 동쪽으로 차를 몰고 가면서 말했다. "내가 병원에 데려다주는 일을 아주 기쁜 마음으로 한다는 거 알지."

"고마워요, 할머니. 저도 감사하고 있어요."

"근데 내 보기엔, 네가 들려준 얘기에 따르면 말이다, 그 남자애와는 단순히 친구 사이가 아닌 것 같던데."

물에 젖은 봉사활동 시간기록지가 세이디의 수학 교과서에서 삐죽 나와 있었고, 세이디는 종이를 안으로 쑤셔넣었다. "그건 엄마의 아이디어였어요." 세이디가 변명했다. "의사 간호사 선생님들도 내가 도움이 된다고 해요. 지난주엔 걔네 할아버지가 나를 꼭 안아주고 거기다 버섯 피자 한 조각도 줬는걸요. 그게 뭐가 문제인지 모르겠네."

"그래, 하지만 그 아이는 그런 사실을 모르지, 그치?"

"네." 세이디가 말했다. "그 얘긴 나온 적이 없으니까요."

"네가 그 얘기를 꺼내지 않은 이유가 있을까?"

"샘이랑 같이 있을 땐 무척 바쁘거든요." 설득력 없는 대답이었다.

"아가, 나중에 가면 그 얘기가 나올 테고, 그럼 그 친구 마음이 상할 수도 있어. 그 친구가 네 의도를 진정한 우정이 아니라 자선이었다고 생각하게 되면."

"둘 다면 안 되나?" 세이디가 말했다.

"우정은 우정이고 자선은 자선이지." 프리다가 말했다. "할머니가 어릴 때 독일에 살았던 거 너도 잘 알지, 얘기 많이 들었을 테니 또 하진 않으마. 하지만 분명히 말해두는데, 너에게 자선을 베푸는 사람은 절대 네 친구가 될 수 없어. 친구한테 적선을 받는다는 건 불가능하거든."

"그런 식으로 생각해본 적은 없는데." 세이디가 말했다.

프리다는 세이디의 손을 쓰다듬었다. "우리 세이디. 인생은 피할 수 없는 윤리적 타협으로 점철되어 있지. 우리는 쉽게 타협하지 않으려고 최선을 다해야 해."

프리다의 말이 옳았다. 그래도 세이디는 계속 서명을 받기 위
해 시간기록지를 내밀었다. 그 의례적 절차가 좋았고, 사람들한
테 받는 칭찬이 좋았다—간호사들과 가끔 의사들한테서뿐만 아
니라 부모님과 예배당 사람들한테서도. 기록지 자체를 채워가는
소소한 기쁨도 있었다. 이것은 세이디에게 하나의 게임이었고,
이 게임이 샘과 크게 관련이 있다고 생각지도 않았다. 이건 속임
수가 아니었다, 그 자체로는. 봉사활동을 샘에게 일부러 숨긴 건
아니었지만, 시간이 흐를수록 샘에게 얘기할 수 있을 성싶지가
않았다. 기록지의 존재는 세이디에게 무슨 이면의 속셈이 있는
것처럼 보이게 했다, 비록 진실은 명확했지만 말이다. 세이디 그
린은 칭찬받기를 좋아한다는 것, 샘 매서는 세이디의 인생 최고
의 친구라는 것.

세이디의 봉사활동 프로젝트는 14개월 동안 지속됐다. 그리고
예측했다시피, 샘이 시간기록지의 존재를 발견한 그날로 끝났다.
그들의 우정은 609시간에 이르렀고, 거기에 총계에 포함되지 않
은 첫날의 네 시간이 더해진다. 유대교 회당 베스 엘의 바트 미츠
바는 스무 시간의 봉사활동을 요구했고, 세이디는 이례적인 선행
기록으로 하다사*에서 수여하는 상을 받았다.

---

* 미국과 이스라엘에서 주로 활동하는 국제 시오니즘 여성 자선단체.

3

게임 고급과정은 매주 목요일 오후 두시부터 네시까지 주 1회 수업이었다. 모집 인원수는 고작 열 명이었고, 수강신청을 통해 학생들을 받았다. 강사는 스물여덟 살의 도브 미즈라흐였는데, 대학 요람의 교과 안내에는 성까지 나왔지만 게임계에는 이름으로만 알려져 있었다. 도브는 두 명의 존(카맥, 로메로), 즉 〈커맨더 킨〉과 〈둠〉을 디자인하고 개발한 미국의 두 신동을 하나로 합친 듯한 인물이라는 평이었다. 숱 많은 검은색 곱슬머리를 갈기처럼 기르고 쫙 달라붙는 가죽 바지를 입고 게임 컨벤션에 나타나는 것으로 유명했으며, 그렇다, 오리지널 PC 해저 좀비 어드벤처 게임 〈데드 시Dead Sea〉로 유명했다. 도브는 물속의 빛과 그림자를 극사실주의적으로 구현한 획기적인 그래픽 엔진 '율리시스'를 개발했다. 세이디를 비롯해 오십만 명쯤 되는 너드들이 앞선 여름에 〈데드 시〉를 플레이했다. 수업을 들었기 때문이 아니라 수업을 듣기 전에 재미있게 플레이해본 작품을 발표한 교수는 도브가 처음이었다. 세이디 같은 게이머들은 〈데드 시〉의 속편을 열렬히 기다리는 중이었고, 대학 요람에서 그의 이름을 발견한 세이디는 왜 도브처럼 뛰어난 게임 개발자가 커리어를 중단하면서까지 학생들을 가르치고 싶어하는지 궁금했다.

"자," 강의 첫날 도브가 말했다. "난 너희들한테 프로그래밍을 가르치러 온 게 아니다. 이건 MIT의 게임 고급과정 수업이야. 다들 프로그래밍은 할 줄 알 테고, 만약 모른다면……" 도브는 문 쪽을 가리켰다.

강의 형식은 문예창작 수업과 크게 다르지 않았다. 매주 학생들 중 두 명이 간단한 게임이든 긴 게임의 일부든 하여간 실행 가능한 게임을 주어진 시간 내에 만들어 가져온다. 나머지 학생들은 게임을 실행해보고 비평한다. 학생들은 한 학기 동안 게임을 두 편씩 만들어야 할 의무가 있다.

세이디를 제외하면 이 과목을 듣는 유일한 여학생인(MIT의 일반적인 성비가 이렇긴 하지만) 해나 레빈이 도브에게 선호하는 프로그래밍 언어가 있는지 물었다.

"내가 왜? 어차피 다 똑같은데. 어느 거든 다 내 좆이나 빨라고 해. 말 그대로지. 어떤 언어든 쓰는 사람 좆을 빨게 만들어야 해. 본인이 즐거워야 하니까." 도브는 해나를 바라보았다. "자넨 좆이 없으니 그럼 클리토리스든 뭐든. 자네를 흥분시키는 프로그래밍 언어를 골라."

해나는 불안한 웃음을 터뜨리고 도브의 눈길을 피했다. "그럼, 자바로 해도 되나요?" 해나가 조그만 목소리로 말했다. "제가 아는 사람들 중에는 자바를 뭐랄까 존중하지 않는—"

"자바를 존중해? 아 진짜, 누군지 몰라도 좆까라 그래. 하여간. 자기 자신을 흥분시키는 언어를 고르라고."

"네, 그래도 혹시 선호하시는 언어가 있다면요."

"이봐, 자네 이름이 뭐야?"

"해나 레빈입니다."

"해나 레빈 군. 긴장 좀 풀어. 난 자네가 게임을 어떻게 만들든 관심 없어. 언어를 서너 개 섞어 써도 상관없어. 난 그러거든. 뭔가를 짜다가 막히면 잠시 다른 언어로 하기도 해. 그러라고 컴파일러가 있는 거잖아. 또 누구 다른 질문?"

세이디에게 도브의 첫인상은 상스럽고 불쾌하며 살짝 섹시했다.

"요는 사람들을 뿅가게 만드는 거야." 도브가 말했다. "난 내가 만든 게임이든 이미 해본 게임이든 하여간 기존 게임의 아류작은 보기 싫어. 어떤 생각도 담지 않은 이쁘장한 그림들도 보기 싫어. 시시한 세상을 매끄럽게 돌리는 완전무결한 코딩 따위도 보기 싫고. 내가 진짜 엄청 죽도록 싫어하는 게 지루하고 따분한 거야. 나를 놀라게 만들어. 불편하게 만들어. 화나게 만들어보라고. 날 화나게 하는 건 불가능하지만."

수업이 끝난 후 세이디는 해나에게 다가갔다. "해나, 안녕. 난 세이디야. 이 수업 좀 빡센 것 같다, 그치?"

"난 괜찮았어." 해나가 말했다.

"너 〈데드 시〉 플레이해봤어? 그거 굉장하지."

"〈데드 시〉가 뭐야?"

"저 교수가 만든 게임. 난 그 게임에 반해서 이 수업을 신청했거든. 한 어린 소녀의 시점으로 진행되고, 그 소녀는 유일한 생존자—"

해나가 말허리를 잘랐다. "한번 해봐야겠네."

"꼭 해봐. 넌 어떤 종류의 게임을 주로 해?" 세이디가 말했다.

해나는 미간을 찡그렸다. "아, 미안, 나 좀 급한 일이 있어서. 만나서 반가웠어!"

세이디는 이 거북한 감정의 정체를 알지 못했다. 여자들이 수적으로 얼마 되지 않으면 붙어다니고 싶어할 거라고 생각하기 쉬운데, 전혀 그렇지 않았다. 여자라는 건 옮을까봐 겁나는 질병 같았다. 다른 여자들하고 어울리지 않는 여자는 주류, 즉 남자들한테 넌지시 이런 인상을 줄 수 있었다. 난 쟤네들하곤 달라. 천생 외톨이였던 세이디조차도 여자의 몸으로 MIT에 다닌다는 것은 고립의 경험임을 알게 되었다. 세이디가 MIT에 입학한 해, 컴퓨터과학과에는 여자 신입생이 정원의 3분의 1을 약간 넘었지만 어쩐지 그보다 훨씬 적게 느껴졌다. 몇 주 동안 여자를 한 명도 못 보고 지낸 것 같다는 느낌이 들기도 했다. 남자들은, 적어도 남자들 대다수는, 여자들은 여자니까 멍청하다고 상정했다. 혹은, 멍청한 것까진 아니더라도, 자기네보다 덜 똑똑하다고 추정했다. 남자들은 여자가 MIT에 입학하기 더 쉽다는 추정하에 작동했고, 통계적으로 그것은 사실이었다—여자는 남자보다 합격률이 10퍼센트 높았다. 그러나 이 통계치에는 여러 가지 이유가 있을 수 있고, 무엇보다 자체 배제의 가능성이 높았다. MIT의 여자 응시생들은 남자 응시생들보다 스스로에게 더 엄격하고 높은 기준을 적용했을 것이다. MIT에 들어온 여자들이 실력이 모자라다거나 그 자리가 분에 넘친다는 결론은 얼토당토않은데, 그럼에도 불구하고 그런 인식이 팽배한 듯했다.

천운인지 불운인지 세이디는 그 학기에 일곱번째 순서로 게임을 발표했다. 세이디는 어떤 프로그램을 짤 것인지 고심에 고심을 거듭했다. 이 과제를 통해 앞으로 자신이 어떤 게임 개발자가 될 것인가를 보여주고 싶었다. 클리셰거나 너무 장르에 치우치거나 너무 단순하고 그래픽만 화려한 것 또는 오락성만 짙은 것을 발표하기는 싫었다. 그러나 같이 수업을 듣는 학생들이 도브한테 발리는 것을 보고 난 후, 자신이 뭘 만들어 발표하든 저 교수한테는 별로 중요치 않을 것임을 깨달았다. 도브는 다 싫어했다. 도브는 〈던전 앤 드래곤〉 유와 턴제 RPG를 싫어했다. 플랫폼 게임도 〈슈퍼 마리오〉 외에는 다 싫어했고, 기본적으로 콘솔 게임을 혐오했다. 스포츠도 싫어했다. 귀여운 동물도 싫어했다. 다른 원작에 기반한 게임도 싫어했다. 누구를 쫓는다거나 혹은 누구한테 쫓긴다는 아이디어에서 출발한 게임이 너무 많다는 사실에 치를 떨었다. 그리고 무엇보다 슈팅 게임을 경멸했고, 그 말은 곧 교수들과 학생들이 만든 게임 대부분과, 이 세상에서 성공을 거둔 작품들의 상당수를 싫어한다는 뜻이었다. "이봐," 도브가 말했다. "내가 육군에서 복무했다는 건 알지? 너네 미국인들한테야 총이 존나 로맨틱하겠지, 전쟁에서 지속적으로 포위당한다는 게 어떤 건지 모르니까. 실로 한심하기 짝이 없군."

현재 도마 위에 올라와 있는 게임을 만든 플로리안은 공학 전공의 깡마른 학생이었다. "교수님, 저는 미국인이 아닌데요." 플로리안의 게임은 슈팅 게임도 아니었다. 폴란드에서 청소년 양궁 선수로 뛴 경험에서 영감을 얻어 만든 활 쏘기 게임이었다.

"그래, 하지만 자넨 그 가치관을 흡수했지."

"하지만 〈데드 시〉에도 슈팅 요소가 있습니다."

도브는 자기 게임에는 그 어떤 슈팅 요소도 없다고 주장했다.

"무슨 말씀이세요?" 플로리안이 말했다. "주인공 여자애가 통나무로 상대를 노려 가격하잖아요."

"그건 슈팅이 아니지." 도브가 말했다. "그건 폭력이야. 어린 소녀가 흉포한 공격자를 통나무로 때리는 맨손 격투고, 그건 진솔하지. 화면에 손만 나오는 남자가 무명의 졸개들을 차례차례 총으로 쏘는 건 야바위야. 어쨌든 나는 폭력을 싫어하는 게 아냐. 내가 싫어하는 건, 도대체가 할 줄 아는 게 뭘 쏘는 것밖에 없는 마냥 게으른 게임들이지. 이건 게으르기 짝이 없어, 플로리안. 자네가 만든 게임의 문제는 슈팅이 아니라 플레이하는 재미가 없다는 거야. 하나만 묻지, 자네 이거 해봤나?"

"그럼요, 당연히 해봤죠."

"이게 재밌던가?"

"저는 양궁을 재미로 하지 않습니다." 플로리안이 말했다.

"좋아, 그렇다 쳐, 양궁이 재미나든 말든 알 게 뭐야? 근데 이게 자네한텐 양궁처럼 느껴지던가?"

플로리안은 어깨를 으쓱했다.

"나한테는 양궁처럼 느껴지지 않아서 하는 소리야."

"무슨 말씀이신지 모르겠습니다."

"설명해주지. 우선 슈팅 메커니즘에 랙이 걸려. 그리고 가늠쇠가 어디를 노리는지 도무지 모르겠군. 활을 뒤로 당기는 느낌도 전혀 구현되지 않았지, 자네도 알고 있겠지만. 텐션이라곤 하나도 찾아볼 수 없고, 헤드업 디스플레이도 불분명해서 별 도움이 안 돼. 이건 그냥 활과 과녁 그림이 나오는 게임이야. 아무나 아무렇게나 만들 수 있는. 게다가 자네는 그 어떤 이야기도 게임에 부여하지 않았지. 자네 게임의 문제는 이게 슈팅이라는 게 아니라, 나쁜 슈팅인데다 개성이 없다는 거야."

"헛소리 작작하시죠." 플로리안이 말했다. 낯빛은 새하얗게 질렸고 피부는 형광 핑크색으로 달아올랐다.

"자자 친구," 도브는 애정을 듬뿍 담아 플로리안의 어깨를 퍽 치더니 이어서 난폭하게 꽉 끌어안았다. "다음번엔 더 멋지게 실패하자고."

세이디는 첫번째 게임 제작에 착수했을 때 도브가 뭘 좋아할지 전혀 감을 잡을 수 없었다. 그래서 바로 그 점이 핵심이라는 생각이 들었다. 도브를 만족시킬 수 없다면, 최소한 나라도 즐길 수 있는 게임을 만드는 게 낫다. 자포자기의 심정으로, 그리고 남은 시간이 거의 없는 관계로 세이디는 에밀리 디킨슨의 시에 대한 게임을 만들고 '에밀리블래스터EmilyBlaster'라는 제목을 붙였다. 시구가 몇 구절씩 화면 상단에서 떨어지고, 화면 하단을 따라 움직이며 잉크를 쏘는 깃털 펜을 이용해 에밀리 디킨슨의 시에 맞게 시구를 순서대로 쏘아 맞혀야 한다. 그렇게 시를 몇 편 완성하여 레벨을 클리어하고 나면, 애머스트 생가에 있는 에밀리의 방을 꾸밀 수 있는 포인트를 얻는다.

죽음을 위해

쉭

내가

쉭

멈출 수는

쉭

없었으므로

반 전체가 이 게임을 싫어했다. 해나 레빈이 제일 먼저 의견을 말했다. "그래픽은 제법 괜찮은 것 같은데, 문제는 게임이 좀 구리네. 이상하게 폭력적이면서 또 이상하게 목가적이야. 게다가 교수님이 슈팅 게임은 만들지 말라고 했는데 잉크를 쏘는 펜이긴 하지만 그것도 총은 총이잖아, 안 그래?" 나머지 피드백도 엇비슷한 말로 이어졌다.

플로리안은 약간 긍정적인 평을 했다. "시구를 쏘아 맞히면 그게 까만 잉크 자국으로 바뀌는 게 마음에 들어. 잉크가 화면에서 터질 때 생성되는 그 파열음도 마음에 들고."

해나 레빈이 맞받아쳤다. "난 그 소리가—기분 나쁘다면 미안한데—난 그 소리가 방귀 소리 같던데." 해나 레빈은 저 자신이 방금 방귀라도 뀐 듯 손으로 입을 가렸다.

영국에서 온 나이절이 덧붙였다. "엄밀히 따지면 난 그게 보뎅이에서 바람 빠지는 소리로 들리던데."

반 전체가 폭소를 터뜨리며 난리가 났다.

"잠깐만," 해나가 말했다. "보뎅이가 뭐야?"

애들은 더더욱 뒤집어졌고, 세이디도 웃어버렸다.

"사운드 작업에 좀더 공을 들이고 싶었는데 시간이 없어서."
세이디가 변명했지만 아무도 듣지 않는 것 같았다.

"자자, 진정하지. 나도 이 게임이 싫어." 도브가 말했다. "근데
실은, 다른 것들보다는 좀 덜 싫어." 도브는 세이디를 처음 보는
것처럼 쳐다보았다. (이때가 개강 4주 차였다.) 출석부를 흘깃
보는 폼이 분명 세이디의 이름을 찾아보는 중이었고, 비록 개강
4주 차이긴 했어도 세이디는 우쭐한 기분이 들었다. "〈스페이스
인베이더〉의 아류인데 총 대신 펜을 썼군. 적어도 이런 아류작을
내가 처음 해본다는 점 하나는 확실하네, 세이디 그린."

도브는 〈에밀리블래스터〉를 한 판 더 플레이했고, 세이디는 자
신이 또 한번의 찬사를 듣고 있음을 깨달았다. "재밌군." 도브는
나직이, 그러나 반 전체가 들을 수 있을 정도로 크게 말했다.

두번째 게임을 만들면서 세이디는 포부를 좀더 크게 가져도 되
겠다는 생각이 들었고, 또 그래야 할 것 같았다. 이번에는 콘셉트
를 잡느라 골머리를 썩이지 않았다.

이번 게임의 무대는 뭔지 모를 작은 기계장치들을 만드는 별
특징 없는 흑백 공장이다. 게이머는 부품을 조립하여 완성할 때
마다 포인트를 얻는다. 게임 메커니즘은 도브가 종종 경탄을 표
했던 〈테트리스〉를 본따 디자인했다. (도브는 〈테트리스〉가 본질
적으로 아주 독창적인―조각을 맞추는 방법을 파악하여 전체를
구성하는―게임이라며 좋아했다.) 레벨이 오르면 더 많은 부품
으로 더 복잡한 장치를 조립해야 하는 반면 완수까지 주어지는
시간은 점점 짧아진다. 게임을 하는 동안 여러 번 텍스트창이 뜨

면서 이 공장과 여기서 생산되는 제품에 대한 정보를 얻기 위해 포인트를 쓰겠냐고 묻는다. 또한 게임은 공장에 관한 정보를 알게 되면 최고점이 다소 깎일 수도 있다고 경고한다. 게이머는 원하는 대로 그 정보를 최대한 스킵하거나 최대한 입수할 수 있다.

수업 지침에 따라서 세이디는 게임 발표 일주일 전에 반 전체가 플레이해볼 수 있도록 3.5인치 디스켓에 게임을 넣어 나눠주었다. 게임에 대한 설명의 일환으로 세이디는 이렇게 얘기했다. "음, 그니까, 이 게임의 제목은 '솔루션'이야. 우리 할머니한테서 영감을 받아 만들었어. 플레이해보고, 너희들 생각을 알려줘."

그 주 주말 저녁에 해나 레빈이 이메일을 보냈다. 세이디에게, 네 '게임'을 해봤는데, 솔직히 무슨 말을 해야 할지 모르겠다. 너무 역겹고 불쾌해, 넌 아픈 애야. 이 이메일은 교수님도 참조 수신인으로 넣었어. 너무 심란해서 내일 수업에 들어갈 수 있을지 모르겠네. 그 수업은 더이상 내게 안전지대가 아니야. 해나.

세이디는 해나의 이메일을 읽고 빙그레 웃었다. 그리고 시간을 들여 정성껏 답신을 썼다. 해나에게, 네가 내 게임 때문에 심란하다고 했는데 난 그게 아주 그렇게 유감스럽진 않아. 왜냐하면 그 게임은 바로 그 심란함을 의도한 거니까. 내가 반 애들한테 얘기했듯 우리 할머니한테서 영감을 얻어 만들었거든.

해나가 답신을 보냈다. 씨발 꺼져, 세이디.

도브는 두어 시간 후 세이디에게만 답신을 보냈다. 세이디에게, 아직 안 해봤음. 무척 기대되는군. 도브.

이튿날 도브에게서 전화가 걸려왔다. "자, 우린 해나 레빈이 처치 곤란한 멍청이라는 걸 알잖아?"

도브는 방금 전까지 해나와 통화했고, 해나는 도브에게 세이디를 MIT의 학생징계위원회에 회부해달라고 했다. 해나는 〈솔루션〉이 혐오 발언을 금지하는 학칙을 어겼다고 생각했다. "내가 간신히 말렸지." 도브가 말했다. "참 엄청나게 지루한 애야. 그런 애한테 허비할 시간이 어딨겠어? 하여간 축하하네, 세이디 그린, 자네 게임이 개 속을 완전 뒤집어놨더군."

　"말도 안 돼요." 세이디가 말했다.

　"해나는 나치라는 말을 듣는 게 싫었을 거야." 도브가 말했다.

　"그 게임 해보셨어요?"

　"물론," 도브가 말했다. "해야 하니까."

　"이겼어요?"

　"다들 이기지. 그게 이 게임의 천재적인 면이잖아?"

　"다들 지는 거죠." 세이디가 말했다. "공모자가 되는 게임이니까요." 천재. 도브가 천재라고 했어.

　〈솔루션〉의 요체는, 게이머가 무작정 장치를 만드는 데에만 급급하지 않고 간간이 질문도 하고 정보도 얻으면 점수는 낮아지지만 자신이 독일 제3제국에 공급되는 기계 부품을 만드는 공장에서 일하고 있음을 알게 된다는 것이다. 그 정보를 입수하고 나면 게이머는 생산량을 낮출 수도 있다. 제국이 감지하지 못하는 선에서 최소량만 만들어낼 수도 있고, 부품 생산을 아예 중단할 수도 있다. 질문을 하지 않는 게이머는 '선한 독일인'으로서 태평하게 최고점을 얻겠지만 결국에는 자신의 공장이 무슨 일을 하고 있었는지 알게 된다. 독일식 활자체 문구가 화려하게 화면을 수놓는다. 축하하오, 나치당원! 귀하는 제3제국을 승리로 이끄는 데 기여

했소! 귀하는 진정 효율화의 달인이구려! 미디로 손본 바그너가 울린
다. 〈솔루션*〉의 핵심은 게임을 점수로 이기면 윤리적으로는 진
다는 점이다.

"난 이 게임 너무 좋았어. 정말 웃기다고 생각했지."

"웃겨요?" 세이디는 마음이 상해서 매우 거북하다는 투로 말
했다.

"내 유머감각은 아주 사악하거든." 도브가 말했다. "아무튼.
커피 한잔할까?"

두 사람은 도브의 아파트에서 가까운 하버드스퀘어의 어느 커
피숍에서 만났다. 세이디는 이 미팅이 해나의 항의에 관한 건가
싶었지만, 실상 해나에 대한 얘기는 한마디도 나오지 않았다. 세
이디는 도브에게 자신이 〈데드 시〉를 얼마나 좋아하는지 털어놓
았고, 율리시스 엔진이 구현한 빛 렌더링에 관해 기술적인 질문
을 할 수 있었다. 도브는 세이디의 질문에 대답하며 〈데드 시〉 개
발 당시 얘기를 들려주고 익사에 대한 개인적 공포에서 영감을
얻었다고 알려주었다. 세이디는 할머니와 로스앤젤레스에서 자
란 어린 시절과 언니의 병에 대해 얘기했다. 두 사람은 어렸을 때
부터 지금까지 좋아하는 게임들에 대해 의견을 나눴다. 도브는
마치 동료를 대하듯 허물없이 세이디를 대했고, 세이디는 그게
황홀했다. 〈솔루션〉을 만들었다는 이유로 학생징계위원회에 불
려가도 상관없었다. 이 순간은, 도브 같은 사람과 함께하는 이 순

---

* 2차대전 당시 독일의 유대인 절멸 정책, 즉 홀로코스트의 공식 명칭이 '파이널
솔루션(최종 해결책)'이었다.

간은 그럴 값어치가 있었다.

도브가 테이블 너머로 손을 뻗어 세이디의 입술에 묻은 커피 거품을 스윽 닦아주었다.

"내가 지금 무척 곤란한 처지에 몰린 것 같네." 도브가 말했다.

"해나 때문에요?" 세이디가 말했다.

"해나가 누구야?" 도브가 말했다. "아, 맞아. 걔. 내가 무척 곤란한 처지에 몰린 건 너를 내 아파트로 데려가고 싶기 때문이야, 그러면 안 된다는 걸 아니까."

"왜요?" 세이디가 말했다. "사시는 곳 보고 싶은데요."

그것은 세이디가 처음 경험한 성인의 관계였다. 비록 그 남자가 다름 아닌 세이디의 선생이었지만. 그러나 연인으로서 도브는 그냥 선생이었을 때보다 훨씬 나은 선생이었다. 세이디는 그에게서 아주 많은 것을 배웠다. 시도 때도 없이 강의를 듣는 것 같았다. 도브는 세이디에게 〈솔루션〉을 업그레이드해보라고 격려했다. 도브는 자신이 게임 엔진을 구축할 때 썼던 기술을 아낌없이 알려주면서도 "딴사람의 엔진은 절대 쓰지 마, 안 쓸 수 있다면" 하고 충고했다. "그쪽에 너무 많은 힘을 넘겨주게 되거든." 세이디는 도브와 같이 게임하는 게 좋았고, 섹스하는 게 좋았고, 자신의 아이디어를 그에게 들려주는 게 좋았다. 세이디는 도브를 사랑했다.

사귄 지 대략 넉 달이 될 때까지, 즉 2학년이 끝나갈 무렵까지 세이디는 도브가 유부남이라는 사실을 알지 못했다. 도브는 여기서 더 진지해지기 전에 해야 할 말이 있다고 했다. 여름방학 동안 세이디가 도브의 아파트에 와서 살기로 하고 둘이서 계획을 짜고 있을 때였다.

도브는 아내가 이스라엘에 있다고 했다. 둘은 별거중이었다. 그래서 도브가 MIT에 왔던 것이다. 각자 따로 떨어져 있을 시간이 필요해서.

"그럼 아내분이 나에 대해 알아요?" 세이디가 물었다.

"많은 말이 오간 건 아니지만, 너 같은 사람이 생겼을 수도 있다는 건 알고 있지." 도브가 말했다. "걱정하지 마. 부정한 구석은 전혀 없으니까."

그래도 세이디는 부정한 느낌이 들었다. 세이디는 도브를 오롯이 신뢰할 수 없었고, 속아서 부정한 행동을 하게 된 기분이었다. 저도 모르게 유부남과 사귄 형국이었고, 처음엔 비록 몰랐다 해도 이제는 알았다. 아니 어쩌면, 제 자신에게 솔직하자면, 처음부터 알고 있었을 것이다. 〈솔루션〉의 게이머와 다를 바 없었다. 답을 알고 싶지 않았기 때문에 적절한 질문을 충분히 하지 않았을지도 모른다.

그럼에도 도브와 함께 여름을 보냈다. 세이디는 도브를 사랑했고, 그때쯤에는 이미 그와 함께 있는 시간에 얼마간 중독되고 말았다. 세이디는 보스턴에 위치한 셀러도어 게임이라는 회사에서 인턴을 했고, 회사의 그 누구에게도 자신의 남자친구가 누군지 말하지 않았다. 게임 개발자들 사이에서 도브는 유명인이었고, 도브의 아내의 귀에 들어가는 일은 피하고 싶었다. 세이디는 도브와의 연애를 숨기느라(또 연애하느라) 바쁘고 정신이 없어서 셀러도어에 큰 인상을 주고 싶다는 욕심이 없었다. 창의력이 솟지도 않았고, 맨날 제일 먼저 퇴근했다.

물론 세이디가 셀러도어에서 같이 일하는 사람들에게 자신의 남자친구가 누군지 밝히지 않은 것은 그저 도브를 보호하려는 의도만은 아니었다. 제 자신을 보호하려는 속셈도 없지 않았다. 게임업계에는 MIT보다 훨씬 여자가 적었고, 커리어를 시작하기도 전에 족쇄를 달기는 싫었다. 불공평하게도, 젊고 매력적인 여자가 힘있는 남자들과 잔다는 평판을 얻게 되면 일적인 면에서 부담이 생긴다. 그런 남자들과 헤어지고 나서 업무적으로 제대로 된 평가를 받는 데 어려움을 겪기도 한다. 세이디는 '도브 미즈라흐의 십대 애인'이라는 꼬리표로 시작되는 비공식 이력서는 사양하고 싶었다. 도브를 사랑하는 마음 못잖게 그가 없는 미래를 벌써부터 염두에 두고 있었다.

3학년 1학기가 시작되자 세이디는 인공지능 강의를 들었고, 즉석 조 편성에서 도브의 수업 이후로는 본 적이 없던 해나 레빈과 같은 실습조에 배정됐다. "악감정은 없었으면 좋겠다." 수업이 끝나고 세이디가 말했다. "절대 네게 불쾌감을 주려는 의도는 아니었어."

"픽이나. 네가 그딴 게임을 만든 유일한 이유는 불쾌감을 주기 위해서잖아." 해나가 답했다. "내가 그쯤에서 물러난 건 네 남자친구가 손떼라고 했기 때문이야. 나중에 그걸로 뒤통수 맞기는 나도 싫으니까."

"수업 듣던 때는 남자친구가 아니었어." 그러나 해나는 이미 문을 나서고 있었다.

세이디는 도브와 사귄 뒤로는 게임을 만들지 않았다. 가끔 도브의 게임 개발을 도와주기는 했지만. 본인의 게임을 만드는 것보다 도브와 함께 일하거나 도브를 위해 일하는 게 어떻게 보면 더 편했다. 세이디의 일은 도브가 하고 있는 종류의 일에 비하면 기초적이고 시시하다는 느낌이 들었다. 실제로 세이디의 일은 기초적이고 시시했다. 세이디는 이제 막 스무 살이 됐다. 스무 살이 하는 일은 원래 기초적이고 시시한 법이다. 그러나 도브 옆에 있으니 세이디는 자신의 스무 살짜리 두뇌와 거기서 나오는 아이디어의 품질이 참을 수 없이 불만스러웠다.

지하철역에서 샘과 우연히 마주쳤을 때 세이디는 도브와 열 달째 사귀는 중이었다. 샘이 세이디를 발견하기 훨씬 전에 세이디가 먼저 샘을 알아보았다. 앗 샘이다. 애티를 벗지 못한 체형에 너무 큰 코트, 휘청휘청하긴 해도 결연한 걸음걸이, 똑바로 앞을 바라보는 눈—세이디는 샘이 자신을 알아보고 뒤돌아보는 일은 없을 거라 제법 확신했고, 그래서 다행이라고 생각했다. 쟤는 하나도 안 변했네, 맑고 순수해. 내가 한 짓 같은 건 안 하고 살았겠지. 샘에 비하면 세이디는 나이들고 메마른 느낌이었고, 만약 둘이 얘기를 나누게 되면 자신의 타락을 들킬 것만 같았다. 그런데 어찌된 영문인지 샘이 뒤돌아보았다. 자신의 이름을 부르는 것을 듣고도 세이디는 그냥 모르는 척하며 걸어갔다.

하지만 그때, 샘이 한번 더 소리쳤다. "세이디 미란다 그린! 당신은 이질에 걸려 죽었습니다!"

샘은 무시할 수 있었지만, 어린 시절 공유한 게임에 대한 언급은 무시할 수 없었다. 그것은 같이 놀자는 초대였다.

세이디는 뒤로 몸을 돌렸다.

겨울방학 때 도브는 이스라엘로 돌아가면서 세이디에게 자주 연락하진 못할 거라고 미리 선을 그었다. "가족들, 친척들, 어떤지 알잖아." 세이디는 자긴 쿨하다고 대꾸했지만, 그렇게 말하면서도 자신이 진짜 쿨한지는 알 수 없었다. 쿨해지는 수밖에 달리 선택의 여지가 없다는 건 알고 있었다. 그리고 쿨한 여자들은 애인에게 별거중이라는 아내와 겨울방학 동안 만날 거냐고 묻지 않는다. 만약 세이디가 쿨하지 않으면 도브는 관계를 끝낼 것이고, 그건 도저히 견딜 수 없었다. 세이디는 도브에게 의지하게 되었다. 돌이켜보면, 도브를 만나기 전 MIT에서 보낸 1년 반은 미치도록 외로웠다. 진정한 친구를 하나도 사귀지 못했다. 친구가 하나도 없다가 도브라는 친구를 갖게 된 건 강렬한 경험이었다. 도브는 세이디의 삶 구석구석을 비추는 찬란하고 따사로운 빛 같았다. 스위치가 켜지고 불이 들어온 느낌이었다. 같이 게임 이야기를 하기에 그보다 더 나은 사람은 없었다. 머릿속 아이디어를 보여주기에 그보다 더 나은 사람이 없었다. 그렇다, 세이디는 도브를 사랑했다. 하지만 좋아하기도 했다. 도브 곁에 있을 때의 자기 자신이 좋았다.

세이디는 최근 들어 도브가 자신에게 흥미를 잃은 게 아닌가 하는 의심이 들었다. 그래서 더 흥미로워지려고 노력했다. 옷을 더 신경써서 입고, 머리를 자르고, 레이스 달린 속옷을 샀다. 좀 더 성숙한 애인이라면 와인에 대해 잘 알 것 같아서, 저녁식사 자리에서 식견을 피력할 수 있도록 와인 서적도 탐독했다. 한번은 도브가 지나가는 말로 미국계 유대인들이 얼마나 이스라엘에 대해 무지한지 놀랍다고 하기에, 세이디는 대화가 통할 만한 사람이 되려고 이스라엘 건국에 대한 책도 읽었다. 하지만 별 효용은 없는 듯했다.

가끔은 도브가 일부러 꼬투리를 잡는다는 느낌이 들었다. 소설을 읽고 있는 날이면 도브는 이렇게 말했다. "내가 네 나이 때는 쉬지 않고 프로그래밍만 했는데." 도브가 내준 업무를 더디게 하면 이런 말을 듣곤 했다. "넌 머리는 참 좋은데 게을러." 세이디는 도브의 게임 작업만 하는 게 아니라 학점을 꽉 채워서 수업도 들어야 했다. 세이디가 이런 사정을 도브에게 얘기하면 이런 말이 날아올 것이다. "절대 결코 무슨 일이 있어도 불평하지 마." 또는 "내가 이래서 학생들하고 일을 안 한다니까." 세이디가 감탄하고 좋아하는 게임에 대해 얘기했는데 도브는 그 게임이 별로라고 생각한다. 그러면 도브는 그 게임이 형편없는 이유를 줄줄이 늘어놨다. 게임에 대해서만 그런 게 아니었다—영화든 책이든 그림이든 다 그런 식이었다. 세이디는 무엇에 대해서든 자기 의견을 곧이곧대로 얘기하지 않는 지경에 이르렀다. 대화를 시작할 때 "어떻게 생각해요, 도브?"로 말문을 여는 태도를 장착했다.

그러므로 세이디는 쿨하게 굴 것이다. 정부情婦들은 원래 그러니까. 정부라니. 다른 사람이 하는 게임을 보는 것 같다는 생각이 들어 세이디는 실소를 터뜨리고 말았다. 사실상 선택권이 없으면서도 자신이 선택하고 있다고 착각하는 것.

"이 똑똑한 친구가 왜 이렇게 서글프게 웃지?" 도브가 물었다.

"아녜요. 돌아오면 연락 주세요." 세이디가 말했다.

세이디는 캘리포니아의 본가에서 지낸 겨울방학 내내 말이 없고 침울했다. 감기몸살을 앓는 느낌이었고, 시차로 인한 피로가 영원히 지속되는 듯 피곤에 절어 살았다. 연휴의 대부분을 방 침대에 누워 빛바랜 장미꽃무늬 이불 속에서 어릴 때 보던 모서리가 잔뜩 접힌 페이퍼백을 읽으며 지냈다. "너 무슨 문제 있어?" 앨리스가 물었다. "다들 걱정해." 앨리스는 UCLA 의학전문대학원 1학년에 재학중이었다.

"아무 일 없어." 세이디가 말했다. "그냥 비행기에서 뭔가 옮았나봐."

"뭐야, 나까지 걸리게 하지 마. 난 그럴 시간 없다." 앨리스는 생애 단 하루도 더는 질병에 할애할 생각이 없었다.

세이디는 가족 중 누구에게도 도브에 대해 말할 수 있을 것 같지 않았다. 앨리스에게조차, 아니, 앨리스에게는 특히. 언니도 할머니처럼 생의 피할 수 없는 회색지대를 지독히 싫어했다.

앨리스는 세이디를 유심히 살폈다. 동생의 이마를 짚어보더니 눈을 똑바로 들여다보았다. "열은 없네, 하지만 아무 일 없는 것 같진 않은데." 앨리스가 말했다.

세이디는 말머리를 돌렸다. "내가 하버드스퀘어에서 누굴 봤는지 언닌 상상도 못할걸."

결국, 세이디의 봉사활동 프로젝트에 대해 샘에게 말을 흘린 건 앨리스였다. 앨리스는 그 동기가 질투가 아니었다고 늘상 주장했고, 세이디도 그 말을 믿게 되었다. 그러나 앨리스가 병원에서 봉사활동 점수를 올린다는 세이디의 발상을 못마땅해한 건 비밀이 아니었고, 앨리스는 세이디가 회당에서 봉사상을 받을 때도 역겨워했다.

세이디의 바트 미츠바가 있기 세 달 전쯤 앨리스는 병원에서 우연히 샘과 마주쳤다. 앨리스는 후속 혈액검사를 받으러 정기적으로 병원에 다녔다―약 1년 동안 꾸준히 호전되고 있었다. 그리고 샘은 또다시 다리 재수술을 받으러 입원한 상태였다. 두 사람은 서로를 잘 알지 못했고, 그 얼마 안 되는 정보 내에서 딱히 앨리스의 마음에 드는 것도 없었다. 앨리스가 보기에 세이디와 샘의 관계는 이상했다. 그건 세이디의 잘못도 있었다. 앨리스가 동생의 새 친구를 만나보자며 흥미를 보이자 세이디는 샘은 진짜 친구가 아니라고 딱 잘라 말했다. 세이디는 두 사람 관계의 자원봉사적 측면을 강조하면서 샘을 '많이 불쌍한' 아이로 묘사했다. 언니가 샘을 아는 게 싫다는 마음이 한 켠에 있었고, 세이디의 다른 친구들이나 반 아이들에게 그랬듯 샘에 대해서도 언니가 거침없이 평을 하는 게 싫었다. 앨리스는 영리했지만 매몰찬 것에 가깝게 영악했고, 백혈병 진단을 받은 이후 몇 년에 걸쳐 더더욱 인정머리를 상실했다. 세이디는 샘이 앨리스의 예리하고 종종 가차없는 렌즈를 통해 평가되지 않았으면 했다.

그리하여 병원에서 샘과 맞닥뜨린 앨리스는 처음엔 모른 척 지나가려 했다.

"세이디의 언니지, 그치?" 샘이 말했다. "난 샘이야."

"네가 누군지는 알아." 앨리스가 말했다.

샘의 수많은 주치의들 중 한 명인 소아정형외과의사가 두 아이가 함께 있는 것을 보고 앨리스를 세이디로 착각했다. 당시 세이디는 뻔질나게 병원에 드나들었다. "안녕, 샘! 안녕, 세이디!"

"티볼트 선생님, 세이디가 아니라 세이디의 언니인 앨리스예요." 샘이 말했다.

"그렇군! 둘이 똑 닮았네." 의사가 말했다.

"네, 하지만 제가 두 살 더 많고요, 머리카락도 더 직모예요. 사실 동생과 저를 구분하는 가장 쉬운 방법은 제가 시간기록지를 갖고 다니지 않는다는 점이죠." 앨리스가 말했다.

이 대화는 간호사가 채혈 준비가 다 됐다고 앨리스의 이름을 부르면서 종결됐다.

"그럼 나중에, 샘." 앨리스가 말했다.

그날 저녁 샘은 세이디의 집으로 전화했다. "병원에서 앨리스를 만났어." 샘이 알렸다.

"응, 언니 오늘 병원 가는 날이었어." 세이디가 말했다. "미안, 나도 가려고 했는데 바트 미츠바 수업이 있어서. 내가 지금 무슨 게임 보고 있게?"

"무슨 게임인데?"

"〈킹스 퀘스트 IV〉. 할머니를 졸라서 배비지*에 갔는데 이게 정식 출시일보다 한 달이나 먼저 나온 거야. 보자마자 비명을 질렀다니까. 샘, 그래픽이 전작보다 훨씬 좋아졌어. 심지어 〈젤다〉보다 나은 것 같아."

"나랑 같이 할 때까지 기다리겠다며."

"아직 시작하진 않았어. 그냥 설치만 했어. 들어봐, 음악도 좋아졌다고."

세이디는 샘이 미디 배경음악을 들을 수 있도록 컴퓨터에 수화

---

* 1980~90년대 미국의 비디오게임 판매점.

기를 갖다댔다.

"전화로는 잘 안 들리네." 샘이 말했다. "세이디, 앨리스가 좀 이상한 얘기를 했는데……"

"신경 꺼, 언닌 원래 그래. 언니는 내가 아는 가장 싸가지 없는 사람이야." 세이디는 앨리스더러 들으라는 듯 목청껏 소리쳤다. "너 퇴원하고 발이 많이 아프지 않으면 일요일에 우리집에서 같이 〈킹스 퀘스트 IV〉 할래? 너네 할아버지가 우리집까지 데려다주고, 돌아갈 때는 우리 아빠한테 태워달라고 하면 돼."

"모르겠어. 최소한 일주일은 병원에 있을 것 같은데, 이번엔 더 오래 있을지도 모르고."

"괜찮아. 그럼 내가 디스켓을 갖고 가서 거기 컴퓨터에 인스톨—"

"세이디, 앨리스가 그러는데 네가 시간기록지인가 뭐 그런 걸 갖고 다닌다면서."

세이디는 순간 말문이 막혔다. 언젠가 이날이 올 줄은 알았지만, 따로 대답을 준비하지는 않았던 것이다.

"세이디?"

"별거 아냐. 병원에 가면 기입하는 양식 있잖아. 원래 있는 걸 텐데."

"그래, 맞아…… 하지만 우리 할머니 할아버지는 그런 거 안 쓰던데."

"어라, 이상하네. 있는데 네가 못 본 거 아니고? 아니면…… 어…… 아이들이 병원에서 다른 아이들을 면회할 때만 쓰는 건가."

"그럴지도."

"보안상의 이유로." 세이디는 둘러댔다. "엄마가 저녁 먹으래. 내가 이따 다시 전화할게." 세이디는 다시 전화하지 않았다. 아홉시가 되기 5분 전, 샘이 세이디의 집에 전화를 걸어도 되는 제일 늦은 시각에, 샘은 다시 세이디에게 전화를 걸었다. 잠시 세이디는 아빠한테 집에 없다고 말해달라고 할까 고민했다.

"근데 세이디, 앨리스는 그걸 시간기록지라고 불렀어." 샘이 말했다.

"응, 그것도 시간기록지 맞잖아. 내가 병원에 몇 시간 있었는지 적는 거니까. 쓸데없이 뭘 그렇게 캐물어? 이번 주말에 우리 집에 오는 거나 할아버지한테 물어봤어?"

"하지만 병원에 몇 시간 있었는지 네가 왜 알아야 하는데?"

"어…… 그냥 좀 기억을 해두려고."

침묵. "너 무슨 자원봉사해? 간호보조 같은?"

"내가 간호보조를 했다면 그 유니폼을 입어야 했을걸, 나 유니폼 입은 적 없잖아."

"유니폼을 안 입어도 되는 일이라면?"

"샘슨, 너 진짜 재미없고 따분하다. 딴 얘기 좀 하면 안 돼?"

"내가 너한테 지역 봉사활동의 일환이었어?" 샘이 물었다.

"아냐, 샘."

"우린 친구였니, 아니면 그냥 내가 불쌍했던 거니, 아니면 난 네 과제물이었니, 아님 뭐야, 세이디? 난 뭐였어? 알아야겠어."

"친구지. 어떻게 다르게 생각할 수가 있어? 넌 나의 가장 친한 친구야." 세이디는 거의 울먹였다.

"못 믿겠어." 샘이 말했다. "니가 언제 내 친구였냐? 넌 베벌리 힐스에 사는 재수없는 부자 자원봉사자고, 난 정신적으로 아픈 가난뱅이 꼬마지, 다리도 병신이고. 뭐, 더이상 네 시혜는 필요 없어."

"샘, 설명하기 어렵지만, 이건 너랑 아무 관계 없는 거야. 그 기록지는 나한테 일종의 게임이었어…… 뭐냐면, 시간이 계속 늘어나는 걸 보는 재미가 있었던 거지." 불현듯 세이디는 샘이 이 얘기에는 반응할 거라고 직감했다. "난 고득점을 노렸던 거야. 609까지 올렸는데, 내 생각엔 이거보다—"

"넌 거짓말쟁이고, 진짜 나쁜 애고……" 아무래도 이걸로는 분이 풀리지 않았다. "넌…… 넌……" 샘은 들어본 말 중 최악의 단어를 찾아 머릿속을 뒤졌다. "씨발년." 샘은 중얼거렸다. 그 단어를 입 밖에 낸 것은 생전 처음이었고, 외국말을 하는 것처럼 낯설게 느껴졌다.

"뭐라고?" 세이디가 말했다.

샘은 '씨발년'이 루비콘강임을 알고 있었다. 엄마의 남자친구가 엄마와 말다툼을 하다가 그 단어로 엄마를 부른 것을 엿들었는데, 그 순간 엄마는 여자에서 바실리스크로 변신했다. 샘은 그날 저녁 이후 그 남자를 두 번 다시 보지 못했고, 그래서 그 세 음절짜리 단어에 깊고 심오한 마력이 깃들어 있음을 알았다. '씨발년'은 한 사람을 내 인생에서 영원히 사라지게 할 수 있었고, 샘은 그것이야말로 자신이 원하는 것이라는 결론을 내렸다. 세이디 그린을 만났다는 사실 자체를, 세이디를 친구로 여길 만큼 자신이 한심한 바보천치였다는 사실을 깡그리 잊고 싶었다. "씨발년,

두 번 다시 보고 싶지 않아." 샘이 전화를 끊었다.

세이디는 달아오른 뺨에 수화기를 댄 채 꽃무늬 방석 위에 앉아 있었다. '씨발년'은 샘다운 어휘 선택이 아니었고, 그래서 샘이 그 말을 했을 때 그 새된 목소리가 웃기게 들렸다. 처음엔 웃음이 터질 뻔했다. 세이디는 학교에서 인기가 없었지만 맷집이 좋았고 비바람에도 까딱없는 성격 탓에 대부분의 모욕은 아무 느낌이 없었다. 못생겼다, 짜증난다, 너드, 이년 저년, 재수없다, 기타 등등. 그러나 샘의 말은, 느껴졌다. 전화기에서 얄짤없이 뚜뚜소리가 나기 시작했지만 세이디는 도무지 수화기를 내려놓을 수가 없었다. 씨발년이 무엇인지 정확히 알지도 못했다. 다만 자신이 샘의 마음에 상처를 입혔음은 알았고, 그래서 아마도 씨발년이 맞는 것 같았다.

다음날, 세이디의 아버지가 세이디를 병원까지 태워다 주었다. 세이디는 간호사 스테이션으로 갔고, 간호사가 샘을 데리러 갔지만 샘은 면회를 거절했다. "미안하다, 세이디." 간호사가 말했다. "샘이 기분이 좀 안 좋아." 세이디는 대기실에 앉아 두 시간 후 어머니가 데리러 올 때까지 기다렸다. 세이디는 그들 둘 모두 배우고 있는 기초 프로그래밍 언어인 베이직을 활용해 샘에게 줄 메모를 적었다.

```
10 READY
20 FOR X = 1 to 100
30 PRINT "미안해, 샘 아킬레스 매서"
40 NEXT X
```

50 PRINT "제발 제발 제발 용서해줘. 사랑을 담아, 너의 친구
세이디 미란다 그린"

60 NEXT X

70 PRINT "용서하는 거지?"

80 NEXT X

90 PRINT "Y OR N"

100 NEXT X

110 LET A = GET CHAR ()

120 IF A = "Y" OR A = "N" THEN GOTO 130

130 IF A = "N" THEN 20

140 IF A = "Y" THEN 150

150 END PROGRAM

세이디는 메모를 반으로 접고 겉면에 README라고 적었다.
샘이 이 프로그램을 컴퓨터에 넣으면 화면은 온통 미안해, 샘으로
가득찰 것이다. 만약 샘이 세이디의 사과를 받아들이면 프로그램
은 끝난다. 반면 사과를 받아들이지 않으면 프로그램은 샘이 사
과를 받을 때까지 반복될 것이다.

간호사가 쪽지를 샘의 병실로 가져갔고, 몇 분 후 되돌아왔다.
샘은 쪽지를 받지 않겠다고 했다. 그날 저녁 집에서 세이디는 컴
퓨터에 자신이 짠 프로그램을 입력해봤고, 어차피 심각한 구문
에러가 있었음을 깨달았다.

일주일 후 프리다가 세이디를 병원에 데려다줄 차례가 되었다.
세이디는 무슨 일이 있었는지 할머니에게 털어놓고 싶지 않았다.

할머니 말이 맞았음을 인정하기 싫었다. 세이디는 프리다가 어린이 병원까지 그 먼길을 운전하는 동안 가만히 있다가, 도착하고 나서는 차에서 내리지 않았다.

"무슨 일이지, 우리 세이디?" 프리다가 물었다.

"망했어요." 세이디는 풀이 죽어 말했다. "난 글러먹은 애예요." 세이디는 할머니가 호통을 칠까봐, 그러길래 내가 뭐랬냐고 할까봐, 얼른 들어가서 샘에게 이젠 분명 소용없는 사과를 하라고 닦달할까봐 겁났다. 어른들은 항상 자기들이 아이들 문제를 해결할 수 있다고 생각한다.

프리다는 그저 고개를 끄덕이더니 세이디를 감싸안았다. "오, 우리 아기, 마음이 몹시 힘들었겠구나." 프리다는 엄청나게 큰 휴대폰을 꺼내더니 낮 일정을 전부 취소하고 세이디와 함께 세련된 이탈리아 레스토랑에 가서 점심을 먹었다. 프리다가 가장 좋아하는 식당이었고 종업원 모두가 프리다와 스스럼없이 농담을 주고받았다. 거기서 세이디가 가장 좋아하는 치킨 파르미자나를 주문하고 파르페도 시켰다. 샘과의 일에 대해 프리다가 말을 꺼낸 건 식사를 마치고 계산을 할 때였다. "세상에는 너나 나 같은 사람들이 있지. 우린 힘든 일이 있었지만 견뎌냈어. 우린 맷집이 좋거든. 하지만 네 친구 같은 사람들은 대단히 조심스럽게 대해야 해, 안 그럼 그 사람들은 무너질 수도 있어."

"제가 뭘 견뎌냈는데요, 할머니?"

"네 언니의 암. 네 언니가 투병하는 동안 넌 아주 강했지, 네 엄마 아빠는 그에 대해 지나치게 말을 아꼈지만. 하지만 이 할머니는 다 알아챘고, 네가 몹시 대견하단다."

세이디는 겸연쩍었다. "그건 할머니가 견뎌낸 상황에 비하면 아무것도 아니잖아요."

"여동생 노릇은 쉬운 일이 아니지, 내가 그건 안다. 그리고 네가 그 남자애랑 친구가 되어준 것도 기특해. 비록 안 좋게 끝났어도, 네가 그애한테 그리고 네 자신한테 한 일은 좋은 일이었어. 그 남자애는 그야말로 친구도 없고 몸도 아프고 외로웠잖아. 완벽한 친구는 아니었어도 너는 그애의 친구였고, 그애에게는 친구가 필요했지."

"할머니가 결국 이렇게 될 거라고 하셨죠."

"에이, 할머니들이 그냥 하는 얘기야. 노인네 잔소리."

"문제는, 난 정말 그애가 보고 싶을 거라는 거예요." 세이디는 눈물을 참았다.

"다시 볼 수도 있지."

"아닐걸요. 샘은 이제 나를 엄청 싫어해요, 할머니."

"항상 명심하렴, 우리 세이디. 인생은 아주 길어, 짧지만 않으면." 세이디는 그 말이 동어반복이라는 걸 알았지만, 어떻게 보면 그 말은 진실이었다.

∵

도브는 케임브리지로 돌아와서도 연락하지 않았다. 도브의 입국 예정 날짜가 다가왔다가 지나갔고, 1월도 이미 중순이 다 되어 수업이 재개되려는 참이었다. 세이디는 도브에게 전화하고 싶지 않았고, 집으로 찾아가는 건 무례한 일이라는 생각이 들었다. 그래서 이메일을 보내기로 결정했고, 메일을 쓰면서 몇 번이나 대대적으로 뜯어고쳤다. 결과물은 신통찮았지만. 안녕, 도브. 〈크로노 트리거〉를 플레이하기 시작했어요. 몇 가지 흥미로운 요소가 있네요.

도브는 하루 온종일 답이 없다가 이렇게 답신을 보냈다. 난 이미 해봤어. 그래도 얘기는 해야겠지. 오늘 저녁 집으로 올래?

세이디는 오늘이 자신의 장례식이 되리란 걸 알고 온통 검정으로 차려입었다. 원피스, 스타킹, 닥터마틴 워커. 섹시하게 보이고 싶었다. 도브가 자신을 놓친 걸 후회하기를 바랐지만, 노골적으로 티를 내고 싶지는 않았다. 세이디는 하버드스퀘어행 지하철을 탔고, 그 매직아이 광고가 비록 가장자리는 도르르 말리고 그래피티에 뒤덮이긴 했지만 여전히 붙어 있는 것을 보았다. 세상 사람들은 크리스마스 이후로 매직아이에 관심을 잃은 듯했다. 세이디는 그걸 다시 보면서 도브의 집에 가는 시간을 좀더 늦추기로 했다. 가까이 다가왔다가 뒤로 물러나세요. 두 눈의 긴장을 푸세요.

세이디는 마법의 장소에 갔다 왔고, 정신이 맑아지는 느낌이었다. 도브가 뭐라 하든 맞붙어 다투거나 울거나 불평하지 않겠다고 다짐했다.

도브의 아파트에 도착했을 때 세이디는 열쇠를 갖고 있긴 했지만 그걸로 문을 열고 들어가지 않았다. 초인종을 눌렀고, 도브가 나와서 세이디를 안으로 들였다. 도브는 세이디의 볼에 키스하고 세이디가 코트를 벗는 것을 도와주려고 했다. 그러나 세이디는 코트를 벗고 싶지 않았다. 대학에 입학하는 가을에 파일린스 베이스먼트 백화점에서 할머니가 사준 캐시미어 울 혼방 갑옷을 입고 있고 싶었다. 구입 당시에 세이디는 코트가 너무 부피가 크다고 걱정했지만 프리다가 충고했다. "우리 세이디, 이곳의 겨울은 네 생각보다 추울 거야. 그건 내가 장담하마."

"입고 있을래요." 세이디는 도브의 눈을 똑바로 쳐다보며 팔짱을 꼈다. 나는 씩씩해, 세이디는 속으로 생각했다.

"아내와 다시 잘해보려고." 도브가 말했다. "정말 미안해." 도브는 MIT를 휴직하고 짐을 싸서—그제야 이삿짐 상자들이 세이디의 눈에 들어왔다—아파트를 전대하려는 중이었다. 그래서 열쇠가 필요하다. 이스라엘로 돌아가 〈데드 시 II〉에 집중하려 한다.

세이디는 울지 않을 것이다. "연락이 없길래 대충 그럴 거라고 짐작했어요." 세이디는 연습한 대로 무덤덤하게 말했다. 쿨해지자. 세이디의 두뇌는 쿨해야 하는 온갖 이유를 찾아 미친듯이 돌아갔다. 나중에 대학원에 가려면 이 남자한테 추천서를 받아야 할 수도 있으니까. 이 남자의 회사에서 일하고 싶어질 수도 있으니까. 이 남자와 함께 게임을 개발하고 싶어질 수도 있으니까. 이 남자와 함께 패널 토론을 하게 될 수도 있고, 아니면 이 남자가 게임 어워드 심사를 맡을 수도 있으니까. 세이디는 샘처럼 미래의 자신을 상상하는 재능이 있었다. 도브의 연인은 되지 못하더라도 그의 동료, 그의 직원, 그의 친구가 되는 미래를 그려보았다. 만약 세이디가 쿨하게 군다면 지금 이 시간은 허투루 쓴 게 아니게 된다. 세이디는 생각했다, 인생은 아주 길어, 짧지만 않으면.

"너 참 이런 거에 잘 대응하는구나." 도브가 말했다. "섬뜩한데. 차라리 소리지르고 발악을 하는 게 나을 것 같아."

세이디는 어깨를 으쓱했다. "유부남이라는 거 아는데 뭐." 알고 있었나? 그렇다. 스스로에게나 도브에게나 모른 척하려고 애썼음에도 불구하고 알고 있었다. 강의를 듣기 훨씬 전에. 이제 막 생겨난 게임 웹사이트에서 도브의 인물 정보를 보았다. 1학년 말 여름방학 때 〈데드 시〉를 플레이한 후 인터넷에서 도브에 관해 찾아보았다. 아내에 관한 언급이 있었고, 아들도 하나 있었다. 이름은 나오지 않았고, 그래서 세이디에게 인격체로 다가오진 않았지만, 그렇다고 그들이 존재하지 않는 건 아니었다. 도브가 자기 입으로 그들에 대해 얘기한 적은 한 번도 없었고, 그래서 세이디는 도브와의 연애를 이렇게 합리화했다. 도브가 직접 얘기하기 전까진 내 알 바 아니지. "내 잘못이죠." 세이디는 말했다.

"이리 와." 도브가 말했다.

세이디는 고개를 저었다. 도브의 손길은 마다하고 싶었다. "그만, 도브."

세이디가 자신을 곤란하게 만들지 않을 거라는 사실을 알고 나자 도브의 눈길이 부드러워졌다. 그의 눈에는 세이디에 대한 사랑과 후회가 가득했다. 세이디는 도브의 얼굴을 그렇게 기억하고 싶었다. 세이디는 문 쪽으로 발을 내디뎠다.

"세이디, 가지 않아도 돼. 태국 음식이라도 좀 시킬까? 회사 동료가 새로 나온 고지마 히데오의 게임 복사본을 하나 보내줬는데. 북미에서는 못해도 1년은 더 기다려야 할걸. 더 늦게 나올지도 모르고."

"〈메탈기어 Ⅲ〉?"

"제목은 '메탈기어 Ⅲ'가 아니더군. 그쪽에선 '메탈기어 솔리드'라고 부르던데. 〈메탈기어〉 전작들의 북미 판매량이 저조해서 실망한 고지마가 후속작이 되기를 원치 않는다고."

"하지만 전작들도 대단했잖아요." 세이디가 말했다.

"히트하느냐 마느냐가 본인한테 달렸다고 생각하면 사실 아주 머리 잘 쓴 거지." 도브가 말했다. "훌륭한 게임 디자이너 혹은 훌륭한 게임 개발자가 되는 걸로 다가 아니야, 세이디. 마케터와 쇼맨 노릇도 할 줄 알아야 해. 결국엔 너도 다 배우게 되겠지만."

세이디는 뭘 배울 기분이 아니었지만, 저도 모르게 코트를 벗고 있었다.

"그 원피스 맘에 드네." 도브가 말했다.

세이디는 자신이 원피스를 입었다는 사실조차 까먹고 있었고, 원피스를 입음으로써 스스로를 대상화하기로 결심한 한 시간 전의 세이디가 유감스러웠다. 세이디는 도브의 책상 앞에 앉았다. 도브는 게임을 로딩한 다음 세이디에게 컨트롤러를 넘겼다.

〈메탈기어 솔리드〉는 잠입 게임이고, 그 말은 곧, 적과 교전하기보다 적의 눈에 띄지 않는 편이 전략적으로 더 유리하다는 얘기다. 게이머는 플레이 시간의 상당 부분을 지루하게 보낸다— 숨고 기다린다. 세이디는 〈메탈기어 솔리드〉의 상대적인 지루함이 의외로 편안했다. 게임 캐릭터를 상자나 벽이나 문간 뒤에 숨어서 기어가게 만들면서, 세이디는 지금 이 상황에서는 자신에게도 잠행이 좋은 전략이 되리란 것을 깨달았다. 지금 여기 이 방에 도브와 함께 있지만, 피치 못할 사정이 아닌 한 그를 도발하거나 그와 교류하지 않을 것이다.

이윽고 세이디의 게임 캐릭터가 어느 여자 NPC를 염탐하는데, 그 NPC가 속옷만 입고 운동을 하는 장면이 나오는 부분에 이르렀다. 그 NPC의 이름은 메릴 실버버그였고, 그 모습도 이름도 세이디에게는 어처구니가 없었다.

"어휴." 세이디가 말했다. "속옷만 입은 메릴 실버버그라니, 미쳤군."

"고지마가 유대계 여자한테 홀딱 빠졌을지도?"

세이디는 게이머들이란 모두 이런 것에 흥분하나 궁금했다. 게임을 조금이나마 이해하려면 남자들의 시점에 자신을 구겨넣어야 할 때가 종종 있었다. 도브는 입버릇처럼 말했다. "게임을 할 때 더이상 너는 단순한 게이머가 아냐. 이제 넌 한 세계의 창조자고, 네가 세계의 창조자라면 너 자신의 의견은 네 게임을 플레이하는 사람들의 의견만큼 중요하지 않아. 항상 그들의 시점에서 상상해야 해. 게임 디자이너만큼 공감능력이 뛰어난 아티스트는 없어." 게이머 세이디는 그 장면이 성차별적이고 뜬금없다고 생각했다. 동시에 세계의 창조자 세이디는 그 게임이 게임계에서 가장 창의적인 인물에 의해 만들어졌음을 인정했다. 그리고 그 시절 세이디 같은 여자들은 게임계뿐만 아니라 어떤 곳에서도 성차별자들을 모른 척하도록 길들여졌다—그런 걸 지적하는 건 쿨하지 못했다. 남자들과 어울리고 싶다면, 그들이 내 옆에서 눈치를 보게 하면 안 됐다. 누가 내가 만든 게임의 사운드 효과가 여성 성기에서 바람 빠지는 소리 같다고 하면, 그저 웃어야 했다. 그러나 오늘 저녁 세이디는 웃을 기분이 아니었다.

"웬 남자의 페티시 모음집인 게임을 하고 싶진 않은데요." 세이디가 말했다.

"세이디, 이 친구야. 그건 이 세상 게임의 99퍼센트에 대한 묘사야. 하지만 저 가슴은 좀 너무했어, 그건 인정하지. 저러고 어떻게 안 넘어지고 다니지?" 도브가 말했다. "그래도 고지마는 놀라워."

"그야 그렇죠." 세이디는 게임 캐릭터를 환기구로 쑤셔넣으며 말했다.

태국 음식이 도착했다. 도브는 여느 저녁처럼, 이것이 두 사람의 마지막 만찬이 아닌 것처럼 대화를 이어나갔다. 세이디는 식욕이 별로 없었다. 도브가 따라준 와인을 조금 마셨고—세이디는 원래 술이 약했다—정신이 몽롱해지면서 속이 메스꺼웠지만 취하지는 않았다. 머리가 너무 핑 돌아서 미리 공부해둔 와인에 대한 재치 있는 평은 하나도 하지 못했다.

"예쁘다." 도브가 말했다. 도브는 테이블 너머로 상체를 기울여 세이디에게 키스했고, 세이디는 너무 피곤해서 니가 나랑 깨질 거면 최소한 마지막 섹스 따윈 없이 보내줘야지, 라고 말할 기운도 없었다. 세이디가 쿨하긴 했지만 그 정도로 쿨하지는 못했다. 화를 내지도 서운해하지도 않고 말하는 건 힘들었고, 둘 중 어느 것도 하지 않고 지금까지 온 것만 해도 용했다.

"도브." 세이디는 싫다고 말하고 싶었다. 그러나 입이 떨어지지 않았고, 결국엔 무슨 차이가 있겠냐는 생각이 들었다. 세이디는 전에도 숱하게 도브와 섹스했다. 그리고 세이디는 도브와 섹스하는 걸 좋아했다.

도브는 세이디의 스타킹과 원피스와 속옷을 벗겼고, 막 팔아넘기려는 땅을 점검하는 농부처럼 세이디의 몸을 살피고 평가하며 아래위로 어루만졌다. "네가 그리워질 거야." 도브가 말했다.

"이게 아쉬워지겠지." 세이디는 자신이 제 몸이 아니라 〈메탈기어 솔리드〉의 세계에 있다고 상상했다. 〈메탈기어 솔리드〉에서 주인공 캐릭터의 이름은 '솔리드 스네이크'이고, 메인 악역은 '리퀴드 스네이크'로 주인공과 동일한 유전 물질로 만들어졌다. 그 심오함이 지금 이 순간 세이디의 머리를 때렸다—맞아, 자기 자신보다 더 위험천만한 적이 어디 있을까? 그럼 이 모든 것은 도브 탓이라기보다 내 탓이 아닐까? 도브는 세이디가 자기 집에 오면 곤란한 처지가 될 거라고 했었고, 그래도 세이디는 그의 집에 갔다. 누가 곤란해질 거라고 말을 하면 좀 들어라.

택시가 도착하자 도브는 세이디를 도롯가까지 바래다주었다.

"우린 친구지?" 도브가 말했다.

"당연히." 세이디가 말했다. 세이디는 도브가 요구하기 전에 그의 집 열쇠를 건넸다.

도브는 세이디를 한번 끌어안고 나서 택시에 태우고 차문을 닫았다.

택시가 매사추세츠 애비뉴를 따라 내려갈 때, 겨울 코트를 입은 세이디는 몸에서 열이 나고 숨이 막혀서 택시기사에게 창문을 내려도 되는지 물었다. 창문 밖으로 뉴잉글랜드 제과회사 공장의 급수탑이 보였고, 그 급수탑은 최근에 네코 웨이퍼 롤과 비슷한 색으로 페인트칠됐다. 그 맛도 향도 거의 없는, 약간 제병처럼 생긴 파스텔색의 분필 느낌 원반들. 공장에 가까이 갈수록 설탕냄새가 점점 진해졌고, 그 향기 때문에 세이디는 생전 먹어본 적도 없는 과자에 대한 향수에 빠졌다.

4

크리스마스 다음날, 샘은 세이디에게 이메일을 보냈다. 헬로 스
트레인저, 지금까지 네 게임을 두 번 클리어했어, 너랑 그 얘길 하고 싶
다! 겨울방학 끝나고 동부로 돌아오면 한번 뭉치자. 우리의 옛친구 캘리
포니아에 안부 전해줘. S.A.M. P.S. 우연히 마주치게 되어 기쁘다.

세이디는 곧장 답신하지 않았지만, 샘은 개의치 않았다. 그 시
절에는 학교에서 멀리 떨어져 있으면 이메일을 확인하기가 쉽지
않았다.

1월 중순이 되어도 세이디가 답이 없자 샘은 이메일이 제대로
갔는지 걱정되기 시작했다. 그래서 한 통 더 보내기로 했다.

세이디의 답신을 기다리는 동안 샘은 〈솔루션〉을 한번 더 플레
이했다. 그때쯤엔 이미 혼자서 세 번을 깬 후였다. 처음 플레이할
때는 아무 정보도 얻지 않고 그저 점수만을 위해 달렸고, '위대한
나치 협력자' 등급을 받았다. 두번째 플레이할 때는 정보를 다 얻

었지만 그래도 최대한 빨리 레벨을 다 깼다. 그리고 '조력자' 등급을 받았다. 마지막으로 플레이할 때는 모든 정보를 얻고 레벨업을 하면서도 가능한 한 천천히 각 단계를 클리어했다. 그리고 '양심적 반대자' 등급을 받았다. 샘은 '양심적 반대자'가 〈솔루션〉에서 받을 수 있는 최선의 등급이라고 생각했지만, 굳이 코드를 까서 확인해보지는 않았다.

샘은 게임을 하면서 메모하기 시작했다. 〈솔루션〉은 분명 영리한 게임이지만 몇 가지 자잘한 요소들은 개선의 여지가 있었다. 또 한편으론 다른 자잘한 요소들이 너무나 훌륭해서, 샘은 한때 가장 친한 친구였던 자신이 세이디의 노고를 알아보았음을 똑똑히 전하고 싶었다. 샘은 스프레드시트를 열고 사운드, 딜레이, 구조 및 짜임새, 이야기, 그래픽, 진행 속도, HUD, 컨트롤, 게임성에 대한 전반적 고찰 등 카테고리를 세분화하여 미시적 피드백을 작성했다. 이 파일을 세이디에게 줄 것인지는 아직 정하지 못했지만.

샘이 세이디에게 가장 하고 싶은 얘기는 거시적 관점에서 본 게임이었다. 가장 열의를 담아 작성한 메모는 이 게임이 좀더 복잡하고 다층적이어야 한다는 것이었다. 샘의 느낌상 〈솔루션〉은 학부생의 숙제로서는 대단했다. 그러나 윤리적 경로를 택했을 때 게이머가 또다른 문을 열 수 있다면 좋지 않을까. 게임을 어느 정도 진행한 후 포인트를 써서 정보를 조금이라도 얻고 나면 미스터리는 풀리고 이후는 단순 반복이 되어버린다. 어느 수준 이상으로 게임을 진행하고 윤리성도 갖춘 이들에게는 공장의 생산품을 재편하는 법을 알아낼 수 있게 한다면 더 좋지 않을까? 샘의 느낌상 이 모의실험은 미완성이었고, 그래서 어딘가 모르게 찝찝했다. 이 모의실험은 게이머가 적극적으로 조치를 취할 방법이 없기 때문에 미완성이었다. 세이디의 게임을 다 깬 후 게이머가 느낄 수 있는 감정은 허무함뿐이었다. 세이디가 무엇을 하려 했는지는 전적으로 이해가 갔지만, 단순히 감탄을 자아내는 게임이 아니라 사랑받는 게임을 만들고자 한다면 여기서 좀더 나아가야 했다.

세이디를 위해 이런 생각들을 떠올리면서 샘은 가슴이 뛰었다. '선택공리 부재시 바나흐-타르스키 역설에 대한 대체 접근'작업을 할 때는 느껴보지 못했던 식으로 가슴이 뛰었다…… 안데르스 라르손 교수가 했던 말이 다시 뇌리에 떠올랐다. "무언가를 잘한다는 게 꼭 좋아한다는 것과 동의어는 아니지." 〈솔루션〉을 플레이한 후 샘은 자신이 무엇을 좋아하는지 깨달았다(그리고 잘할 거라는 예상도 있었다). 샘은 세이디 그린과 게임을 만드는 일을 아주 좋아할 것이다. 세이디의 답장이 오는 대로 곧장 우리 두 사람이 해야 할 일은 게임을 만드는 것이라고 세이디를 설득할 것이다.

또 한 주가 지났고, 세이디는 여전히 답이 없었다. 하버드의 리딩 피리어드*가 끝났다. 샘은 시험을 모두 치렀고, 바야흐로 새 학기가 시작되려는 참이었다. 평소대로라면 샘은 눈치껏 알아듣고 지하철역에서 세이디 그린과 조우했다는 사실을 기억에서 지웠을 것이다. 그러나 〈솔루션〉이 샘을 놔주지 않았다. 샘의 느낌

---

* reading period. 기말고사가 시작되기 전까지 일주일가량 시험 공부에 집중하는 기간.

상 세이디는 이유가 있어서 그 게임을 주었을 것이고, 그렇다면 설사 이번이 마지막이라 하더라도 세이디와 이야기를 해야 했다. 리드미 파일에는 세이디의 이메일 주소뿐 아니라 실제 주소도 들어 있었고(전화번호는 없었다), 켄들역과 센트럴스퀘어역으로부터 각각 등거리에 위치한 컬럼비아 스트리트의 한 아파트로 보였다. 달리 말하면, 가장 가까운 지하철역에서도 세이디의 아파트까지 가는 길은 쉽지 않았다. 역에서 400미터가량 걸어가야 했다. 이 한겨울에, 얼어서 미끄럽고 고르지 못한 케임브리지의 길을, 얼기설기 대충 꿰맞춘 왼발로 걷다니, 샘에게는 힘겨운 일이었다. 택시를 탈까도 생각해봤지만 그럴 여유는 없었다. 날이 춥기는 했지만 맑았고, 해야 할 과제나 일도 없었기에 용기를 내서 걸어가보기로 했다. 샘은 보통 지팡이를 사용하지 않았지만—의학적으로는 필요했지만, 그걸 쓰면 스물한 살짜리가 백발의 영국 신사를 흉내낸 것처럼 부자연스럽게 보일 것 같았다—이번 경우에는 사용했다. 이건, 느낌상, 임무였다.

샘은 세이디가 살고 있는 아파트에 도착해 벨을 눌렀다. 그제서야 문득 세이디의 리드미 파일에 있던 주소가 옛날 거라면, 여기까지 힘들게 왔는데 허탕 친 거라면, 하는 걱정이 들었다.

5분쯤 지나서 룸메이트가 문을 열었다. 샘은 세이디를 찾아왔다고 얘기했고, 룸메이트는 잠깐 샘을 의심스럽게 쳐다본 뒤 무해할 거라는 결론을 내렸다. "세이디!" 룸메이트가 불렀다. "어떤 애가 너 만나러 왔대."

세이디가 제 방에서 나왔다. 오후 두시였는데 방금 샘 때문에 잠에서 깬 게 분명했다.

"샘," 세이디가 졸린 목소리로 말했다. "안녕."

세이디는 씻지도 않은 모습이었다. MIT 맨투맨 티셔츠에는 불그스름하고 허여스름한 얼룩이 묻어 있었다. 헐렁한 티였는데도 전과 달리 몸이 너무 마른 게 보였다. 머리는 떡지고 지저분해서 오랫동안 야생을 떠돈 동물 같았다. 그리고 이건 꼭 짚어야겠는데, 세이디한테서 냄새가 났다. 샘은 그 냄새가 고작 하루 늦잠을 잔 결과는 아니라고 추정했다.

"별일 없어?" 샘이 물었다. 6주 전까지만 해도 세이디는 별일 없어 보였다.

"그럼." 세이디가 말했다. "근데 넌 뭐하러 왔어?"

"난……" 샘은 세이디의 모습에 놀라서 순간 자기가 왜 여기 왔는지도 까먹었다. "너한테 이메일을 보냈었는데. 〈솔루션〉에 대한 얘기가 하고 싶어서. 기억나? 네가 나한테 디스켓을 줬고—"

세이디가 무거운 한숨을 쉬며 샘의 말을 막았다. "저기, 샘, 지금은 타이밍이 좀 그렇다."

샘은 그만 가려는 듯하더니 나가지 않았다. "잠깐 앉았다 가도 될까? 센트럴스퀘어역에서 내내 걸어왔더니 잠깐 앉을 수 있다면 정말 좋겠는데."

세이디는 샘의 지팡이와 발을 바라보았다. "들어와." 세이디가 힘없이 말했다.

샘은 세이디를 따라 방으로 들어갔다. 커튼이 쳐져 있었고 사방에 옷가지와 쓰레기가 널려 있었다. 샘이 알던 세이디 같지 않았다. 샘은 무슨 일이 있었냐고 물었다.

"네가 뭔 상관이야? 우린 진짜 친구도 아닌데, 기억 안 나?"세이디는 샘의 시선을 정면으로 받아쳤다. "그리고 사전에 연락도 없이 남의 집에 불쑥 나타나는 건 실례야."

"미안. 네 전화번호를 몰라서. 이메일엔 답장도 없고."샘이 말했다.

"내가 남들보다 이메일 연락이 좀 느린가보지, 샘슨."세이디는 침대에 도로 들어가 머리 꼭대기까지 이불을 뒤집어썼다. "난 좀 자야겠어."이불에 파묻혀 목소리가 먹먹하게 들렸다. "알아서 있다 가."

샘은 책상 의자 위에 쌓인 옷을 내려놓고 의자에 앉았다.

이불 속에서 얼굴도 내밀지 않고 세이디가 말했다. "그 코트 안 어울려."그러고 잠시 후, 잠든 듯한 고른 숨소리가 들려왔다.

샘은 세이디의 방을 둘러보았다. 침대 머리맡에는 두에인 핸슨의 〈관광객들〉포스터가, 서랍장 위쪽에는 호쿠사이의 파도가 붙어 있었다. 책상 앞 정면에 걸린 조그만 그림 액자가 샘의 눈에 띄었다. 로스앤젤레스 시내를 묘사한 미로였다. 대나무가 섬세하게 조각된 액자가 왼쪽으로 약간 삐뚜름하게 걸려 있어서 샘은 액자의 각도를 바로잡았다. 책상 위를 보니 디스켓이 하나 있는데 세이디의 손글씨로 이렇게 쓰여 있었다. '에밀리블래스터'. 샘은 디스켓을 코트 주머니에 집어넣고 세이디의 방을 나왔다.

샘이 세이디의 봉사활동 프로젝트를 알아차리고 씨발년이라고 부른 후 한 달쯤 지나 9월에 초대장이 도착했다. 샘슨 A. 매서

귀하, 라고 봉투에 캘리그래피로 적혀 있었다. 섀린 프리드먼-그린과 스티븐 그린의 딸 세이디 미란다 그린의 바트 미츠바에 초대합니다…… 식은 열시에 시작되며 이후 점심식사가 마련되어 있습니다…… 참석 여부를 알려주시기 바랍니다……

초대장은 그냥 수수했고, 달리 말해 눈에 띄는 화려함은 없었다. 두꺼운 미색 용지, 양각 글자, 속에 투명지를 덧댄 봉투. 그러나 샘은 단순한 물건이 가장 값비싼 경우도 종종 있다는 것을 알 만한 나이였다. 샘은 초대장을 들어 코에 갖다댔고, 고급 종이의 향기에서 어떤 상쾌함이 느껴졌다. 돈냄새가 난다고는 생각지 않았다, 돈은 더러우니까. 부와 청결의 냄새, 서점에 진열된 하드커버 책 같은, 세이디 본인 같은 냄새가 났다.

샘은 초대장을 책상 뒤쪽으로 밀어놓고 봉투만 따로 자세히 음미했다. 종이가 참을 수 없는 유혹의 손길을 뻗어왔다. 샘은 뜨거운 물을 틀어 봉투에 김을 쐬고 솔기를 가만가만 뜯어서 한 장의 종이로 펼쳤다. 그렇게 만들어낸 종이에 제일 좋아하는 스테들러 마스 루모그래프 연필로 미로를 그리기 시작했다. 미로를 그리기 시작할 때 자신이 뭘 그리는지 항상 알고 그리는 건 아니었다. 이번에는, 무심코 그려나간 일련의 원과 곡선들이 왠지 로스앤젤레스가 되어갔다. 미로는 세이디가 사는 웨스트사이드의 베벌리힐스 플랫츠에서 시작하여 샘이 사는 이스트사이드의 에코파크에서 끝났다. 웨스트할리우드를 구불구불 돌아서 할리우드힐스와 스튜디오시티까지 올라갔다가 다시 이스트할리우드, 로스펠리스, 실버레이크로 내려와서 마지막으로 한인타운과 미드시티 주변을 휘감았다. 샘은 미로를 그리는 데 너무 열중한 나머지 할아버지가 방에 들어온 줄도 몰랐다. 밤이 늦었고, 동현은 늘 그렇듯 피자 냄새를 풍겼다.

"잘 그렸네." 동현이 말했다. 동현의 손이 책상 위에 놓인 초대장으로 향했다. "봐도 되니?" 샘의 할머니 봉자와 달리 동현은 샘의 물건에 손을 댈 때 반드시 먼저 허락을 구했다.

샘은 한숨을 내쉬었다. "꼭 보셔야겠다면요."

"초대를 받는다는 건 멋진 일이지." 동현은 초대장을 한 줄 한 줄 소리내어 읽었다. 동현과 봉자는 샘이 세이디와 만나지 않게 된 후 손자의 상태가 마음에 걸렸다. 샘은 세이디가 자신이 생각했던 그런 애가 아니었다는 말 외에는 무슨 일이 있었는지 도통 말하려 들지 않았다.

샘은 연필을 내려놓고 동현을 쳐다보았다. "솔직히 말해서 가고 싶지 않아요. 난 세이디의 친구도 뭣도 아닌걸요."

"넌 세이디의 친구야." 동현이 말했다.

샘은 고개를 저었다. 아뇨. "세이디는 친구가 아니었어요. 그냥 친절한 아이였던 것뿐이죠."

몇 주 후 세이디에게서 전화가 왔다. 서로 말을 안 한 지 두 달이 지났고, 세이디의 목소리는 어색한 하이 톤이었다. "아빠가 네가 오는지 아셔야 한대. 네가 답장을 안 보냈길래."

"아직 모르겠어." 샘이 말했다. "그날 딴 일이 있을지도 몰라서."

"뭐, 그럼 정해지면 알려줄래? 식사 인원이나 뭐 그런 걸 미리 짜야 하거든." 세이디가 말했다.

"알았어."

"샘, 나한테 죽을 때까지 화내는 건 아니겠지."

샘은 전화를 끊었다.

봉자는 부엌 전화로 샘의 통화를 엿들었고, 이튿날 참석한다고 표시한 답장을 부쳐버렸다. 봉자는 샘에게 줄 카키색 바지와 파란색 옥스퍼드 셔츠, 꽃무늬 면직 넥타이, 바스의 로퍼까지 샀다. 다른 손자인 앨버트한테 듣기로 그것이 요즘 파티에 가는 열네 살짜리 남자애들의 복장이라고 했다. 그리고 당일 아침, 봉자는 샘에게 새 옷을 선물하며 바트 미츠바에 갈 준비를 하라고 일렀다.

"왜 그랬어요!" 샘이 소리질렀다. "난 안 간다고!"

"하지만 이거 봐라, 할머니가 세이디에게 줄 선물도 만들었어." 봉자가 쇼핑백을 열었다. 샘이 그린 세이디의 집에서 샘의 집까지 오는 미로를 봉자가 매트지를 끼운 프레임에 넣어 액자로 만들었다.

샘은 주먹으로 벽을 쾅 때렸다. "할머니가 무슨 권리로! 내 물건에 함부로 손대지 말라고! 게다가 세이디는 이딴 거 좋아하지도 않아!"

"하지만 네가 세이디를 위해 그린 거잖니, 아니야? 무척 잘 그렸어, 샘." 봉자가 말했다. "세이디는 분명 아주 마음에 들어할 거야."

샘은 액자를 집어 하늘 높이 치켜들었다. 바닥에 내리쳐 부수려다가, 마음을 바꿔 식탁 위에 내려놓았다.

샘은 성큼성큼 계단을 걸어올라가—아직 뛰어올라갈 정도로 발이 성치 못했다—문을 쾅 닫고 제 방으로 들어가버렸다.

잠시 후 동현이 방문을 두드렸다. "할머니는 그저 널 생각해서 그런 거야. 네 걱정이 아주 많지."

"난 가기 싫어요. 제발 등 떠밀지 말아주세요." 샘은 울음이 터질 것만 같았지만 울지 않겠다고 다짐했다.

"왜 가기 싫은 거니?" 동현이 물었다.

"그냥요." 할아버지에게 자신의 유일한 친구가 전혀 친구 같은 게 아니었다고 말하기가 창피했다.

"나도 네 할머니가 잘했다고는 생각지 않아. 하지만 일이 이렇게 된 거, 네가 안 가면 세이디가 서운해할 거다."

"걔가 서운하든 말든 내 알 바 아니고, 어쨌든 걘 아무렇지도 않을 거예요. 엄청 큰 파티잖아요. 걔의 부자 친구들도 다 올 테고, 걔네 부모님의 부자 친구들도 다 오겠죠. 걘 내가 안 온 줄도 모를 거야."

"세이디는 알아차릴걸." 동현이 말했다.

샘은 고개를 저었다. 할아버지가 인생에 대해 뭘 알겠는가? "발도 아프고." 샘은 한 번도 통증을 토로한 적이 없었고, 그래서 자신이 아픔을 호소한다면 할아버지가 절대 억지로 시키지 않을 것임을 알았다. "계속 욱신거려요. 그냥 안 갈래."

동현은 고개를 끄덕였다. "그럼 너만 괜찮다면 내가 파티에 가서 선물을 전해주고 오마. 세이디는 너와 네 할머니가 만든 선물을 좋아할 거야."

"걔가 갖고 싶어하는 건 걔네 부모님이 다 사줄 텐데요. 봉투 뒷면에 그린 그딴 시시한 그림이 갖고 싶겠어요?" 샘이 말했다.

"그러니까 말이다." 동현이 말했다. "원하는 건 부모님이 다 사줄 수 있으니까."

..

세상엔 오직
쉭
사랑뿐
쉭
우리가 사랑에 대해 아는 거라곤

샘이 그것뿐을 막 쏘려는 찰나, 마크스가 저녁을 먹으러 나가자며 방에 들어왔다. "그건 뭐야?" 마크스가 물었다.

"전에 그 친구가 만든 게임. 〈솔루션〉만큼 좋진 않지만 이것도 나름 재밌어." 샘이 설명했다.

마크스가 샘 옆에 앉았고, 샘은 플레이해보라고 키보드를 마크스에게 넘겼다.

죽음을 위해
쉭
내가
쉭
멈출 수는
쉭
다정히

잉크 자국이 화면에서 연소하기 시작하며 틀린 시구를 쏜 마크스가 생명을 하나 잃었음을 알렸다. "지금까지 내가 해본 시 게임 중 가장 폭력적인데."

"다른 시 게임을 해본 적이 있어?"

"음, 엄밀히 말하면, 없지." 마크스가 말했다. "네 친구 천잰데. 그리고 특이해."

마크스 와타나베와 샘은 둘 다 1974년생이었고, 같은 93학번 동기들보다 한 살이 많았다. 마크스는 아버지의 투자회사에서 일하면서 갭이어를 한 해 가졌다. 샘은 당연히 병원에 입원해 있던 기간 탓에 한 해 늦어졌다. 언뜻 보기에도 두 사람은 공통점이 별로 없었는데, 모르긴 해도 같은 해에 태어났다는 이유로 신입생 때 룸메이트로 배정됐을 것이다.

1학년 기숙사 위걸즈워스의 2인실은 옆으로 긴 평면이라 각자 침실을 따로 쓰면서 한 방을 통과해 다른 방에 들어가도록 하거나, 침실은 같이 쓰고 공용 공간을 두거나 둘 중 하나였다. 마크스는 매우 사교적인 성격이었으므로 샘을 만나기 전부터 공용 공간을 두고 쓰자고 설득할 생각이었다. 그게 같이 놀기 편하니까.

샘의 짐이 먼저 방에 도착해 있었으므로, 마크스는 샘을 만나기 전에 샘의 소지품부터 만났다. 한쪽 면에는 〈닥터 후〉 스티커가 붙었고 반대편에는 〈던전 앤 드래곤〉 스티커가 붙은 해묵은 데스크톱 컴퓨터. 여행 때가 많이 탄 하늘색 하드쉘 아메리칸 투어리스터 대형 캐리어(어이없이 얇은 옷가지들로 채워져 있던 것으로 밝혀진다). 검은색 지팡이. 코끼리처럼 생긴 조그만 대나무 화분. 마크스가 받은 느낌은 이 녀석 여친 없군, 이었다.

마침내 샘이 방에 들어왔을 때 마크스는 빙그레 웃을 수밖에 없었다. 동그스름한 귀여운 얼굴, 옅은 눈, 백인과 아시아인의 특징이 혼재한 샘은 애니메이션 캐릭터와 거의 똑같이 생겼다. 아톰 또는 만화에 나오는 똘망똘망한 남동생. 패션 센스에 대해 말하자면 샘은 아트풀 다저 시기의 올리버 트위스트처럼 보였다, 올리버 트위스트가 남부 캘리포니아 출신이고 소매치기가 아니라 막내 마리화나 딜러라면. 다갈색 곱슬머리는 가운데 가르마를 탔고 어깨 바로 위에서 뚝 잘랐다. 존 레논 스타일의 싸구려 금속 테 안경을 썼고 멕시코에서 파는 엉성한 마직 줄무늬 파카를 입었다. 청바지는 구멍이 났고 흰색에 가깝게 바랬으며, 두꺼운 흰색 운동양말에 테바 스포츠 샌들을 신었다. "나는 샘이야." 숨을 충분히 들이쉬지 못한 것처럼 약간 꺽꺽거리는 고음이었다. "넌 마크스겠지? 혹시 이불과 수건을 싸게 살 수 있는 최적의 가게를 알 리는 없겠지?"

"그건 걱정 마." 마크스는 만화에서 튀어나온 듯한 소년에게 씨익 웃으며 말했다. "난 뭐든 여유분이 많거든."

"진짜? 정말?" 샘이 말했다. "부담 주긴 싫은데."

"우린 룸메이트잖아. 내 게 네 거지."

일은 그런 식으로 흘러갔다. 마크스는 전혀 돕는 것처럼 보이지 않으면서 전방위적으로 샘을 보살폈다. 그런 식으로, 코트가 신기하게 비닐 쇼핑백 속에서 뿅 나타나 샘이 입어도 되냐고 물어보기를 기다렸다. 집에 돌아갈 여비가 없어 샘이 기숙사에 머무는 연휴 전이면 꼭 근처 레스토랑 상품권이 남아돌았다. 그리고 그들이 배정받은 기숙사방까지 계단을 오르내리는 게 샘에게 고역이라는 것이 명백해졌을 때, 그리고 엘리베이터는 간헐적으로만 운행된다는 것이 분명해졌을 때, 마크스는 캠퍼스 밖에서 살겠다는 의사를 표명했다. 하버드에서 학부생이 캠퍼스를 나가 사는 경우는 거의 없었고, 마크스는 샘이 같이 나와 살기 싫다고 해도 이해한다고 했다. 엘리베이터가 있는 새집의 월세가 기숙사비보다 훨씬 비쌌을 때, 마크스는 자기가 큰방을 쓰겠다며(뭐 아주 그렇게 많이 크지도 않았다) 샘에게는 전처럼 기숙사비만큼 내라고 했다(작은방에서는 찰스강이 보였다). 그리고 샘이 집에 자주 전화하지 않을 때, 시간을 내서 로스앤젤레스에 있는 동현과 봉자에게 전화한 것도 마크스였다. "할모니, 할라버지," 마크스는 한국어 호칭으로 인사했다. "우리 샘 잘살고 있어요."(마크스의 아버지는 일본인이고 어머니는 한국계 미국인이었다.)

어째서 마크스는 이 괴상한 소년에게, 대체로 다들 왠지 기분 나쁘다고 여기는 소년에게 그렇게 잘해줬을까? 마크스는 샘을 좋아했다. 마크스는 어릴 때부터 돈 많고 개성 있다는 사람들에 둘러싸여 자랐고, 그래서 진정 비상한 정신의 소유자는 희귀하다는 것을 알았다. 하버드에서 두 사람을 룸메이트로 배정했을 때 마크스는 자신이 샘의 보호자가 됐다는 느낌을 받았다. 그렇게 마크스는 샘을 보호했고, 샘이 세상을 살아가기 좀더 편하게 도와줬는데, 그렇다고 특별히 애쓴 건 없었다. 마크스의 삶은 풍요로움으로 충만했고, 그는 자연스럽게 주변을 챙기는 그런 사람들 중 하나였다. 이 경우에 마크스가 받은 반대급부는 샘과 벗하는 즐거움이었다.

샘은 마크스의 도움에 너무 익숙해져서 마땅히 인지해야 할 것들을 거의 인지하지 못하고 지나갔고, 샘이 마크스에게 뭔가를,

특히 조언 같은 것을 청하는 경우는 매우 드물어 전례가 없다시 피했다.

"넌 항상 사리에 밝잖아." 샘은 마크스가 에밀리 디킨슨의 시를 학살하는 것을 지켜보며 말문을 열었다. "인간관계에 대해서는."

"딴 건 내가 사리에 어둡다는 말이냐?" 마크스가 농담으로 받았다.

샘은 세이디의 아파트에서 본 것을 자세히 묘사했다.

마크스는 샘도 이미 아는 얘기를 했다. "그 친구 좀 우울한 것 같은데."

"그러니까, 너라면 어떻게 하겠어?"

마크스는 게임을 잠시 멈추고 엄중함과 즐거움이 뒤섞인 표정으로 샘을 바라보았다. 가끔 보면 샘은 스물한 살보다 훨씬 어린 것 같았다. "그 친구 부모님께 전화를 하거나 학교의 누군가한테 말하겠지."

샘이 마크스의 손에서 키보드를 가져와 게임을 재개했다. '희망'이라는 단어 위에 십자선을 조준했다. "그렇게까지 상태가 안 좋은지도 잘 모르겠고, 그건 사생활 침해 같은데."

마크스는 이 정보를 곰곰 생각해보았다. "그 여자애가 너한테 소중한 친구 맞지?"

"한때 가장 친한 친구였지, 사이가 틀어지긴 했지만."

"그렇다면 너에게 해줄 조언은, 그 친구 집에 잠깐씩이라도 꾸준히 들르라는 거야. 나라면 그렇게 했을 거야, 내 친구라면." 마크스가 말했다.

"걘 내가 집에 오는 걸 반기지 않는 눈치던데." 샘은 잠깐 뜸을 들였다. "난 싫다는 곳에 굳이 찾아가는 거에 소질이 없고."

"그런 건 중요하지 않지, 이건 너에 대한 문제가 아니잖아. 그냥 매일 가서 괜찮은지 상태를 지켜봐." 마크스가 말했다.

"걔가 나하고 말도 하지 않으려 하면?"

"그냥 네가 곁에 있다는 걸 알려줘. 가능하다면 과자나 책이나 볼만한 영화 같은 걸 갖다주고. 우정이란," 마크스가 말했다. "일종의 다마고치 키우기 같은 거거든." 그해엔 디지털 펫 열쇠고리 다마고치 열풍이 불어 어딜 가나 다마고치가 보였다. 얼마 전 마크스가 여자친구한테 크리스마스 선물로 받은 다마고치가 죽어버렸고, 여자친구는 그것을 마크스의 인성에 중대한 결함이 있다는 증거로 받아들였다. "친구가 샤워도 하고 대화도 하고 산책도 좀 하게 해. 할 수 있다면 창문 열고 환기도 하고. 그래도 나아지지 않으면 전문가에게 데려갈 수 있을지 알아봐. 그럼에도 불구하고 나아지지 않으면, 그 친구 부모님께 알려야지."

그중 어느 한 가지라도 하려고 생각하니 머리가 지끈거리고 성가시기 그지없었지만, 샘은 다음날 수업이 끝난 후 세이디네 집까지 터덜터덜 걸어갔으며, 도착할 때쯤 되어서는 발이 무지근하게 아팠다. 샘은 계단을 올라가서 문을 두드렸다. "세이디, 저번에 그애 또 왔어." 룸메이트가 불렀다.

세이디가 곧장 소리쳤다. "나 집에 없다고 해."

샘 못잖게 세이디를 걱정하던 룸메이트는 샘에게 문을 활짝 열어줬고, 샘은 세이디의 방에 들어갔다. 세이디는 어제와 똑같아 보였다, 다른 맨투맨 티셔츠를 입고 있다는 것만 빼면. 세이디가

힐긋 고개를 들어 샘을 보았다. "샘, 진짜로, 돌아가." 세이디가
말했다. "난 괜찮아질 거야. 그냥 잠만 좀 자면 나아." 세이디는
머리를 이불 속에 집어넣었다.

샘은 세이디의 책상 의자에 걸터앉아 미국 내 아시아인의 역사
에 관한 책을 꺼냈다. 이번 학기 수강중인 교양필수 역사 수업의
참고도서였다.

몇 시간 후 샘은 책을 다 읽었다. 19세기와 20세기에 미국으로
이주한 중국인에 관한 내용이었다. 당시 중국 이민자들에게는 요
리나 청소 같은 특정한 일들만 허용되었고, 그래서 중국인이 운
영하는 식당과 세탁소가 그렇게 많은 것이었다. 요컨대 체계적인
인종차별인 셈이다. 샘은 로스앤젤레스 한인타운에 있는 자신의
한국계 조부모가 떠올랐고, 자신이 하버드에 입학하자 할머니 할
아버지가 엄청나게 자랑스러워했던 것이 생각났다. 두 사람은 하
버드 기념품으로 온 집안을 도배했다. 학교 로고가 그려진 범퍼
스티커를 고물차 두 대에 각각 다 붙였다. 봉자는 손바느질로 직
접 누벼 만든 하버드대 93학번 샘슨 우리 손자 축하한다 플래카드를
여름 내내 피자 가게에 걸어놨다. 동현은 일하는 동안 작업복으
로 하버드 티셔츠를 너무 자주 입어서 구멍이 났다—결국 샘의
할아버지에게 티셔츠를 또 한 벌 보내준 사람은 마크스였다. 샘
은 할머니 할아버지에게 자주 전화하지 않아서 죄책감을 느꼈고,
한편으론 하버드에 입학한 후 수학과에서든 다른 면으로든 두드
러지게 뛰어나지 못해서 죄책감을 느꼈다.

"아직 안 갔어?" 세이디가 물었다.

"응, 아직 있어." 샘이 말했다.

샘은 백팩에서 종이봉지에 든 베이글을 꺼내 세이디의 책상 위에, 자신이 그린 미로 그림 아래 놓고 나왔다. 스스로에게 정직해지자면, 세이디에게 계속 들른 건 그 미로의 존재 때문이었다. 세이디는 그걸 지금까지 쭉 간직했고, 서부에서 동부로 대륙을 횡단하면서도, 기숙사에서 아파트로 이사하면서도 가져왔다. 다음번에 집에 전화하면 할머니 할아버지한테 말해야겠다. 네, 두 분말이 맞았어요. 세이디는 그 선물을 아주 좋아했어요.

사흘째 되는 날, 샘은 최근에 재밌게 읽었던 리처드 파워스의 소설 『갈라테아 2.2』를 도서관에서 빌려 가져갔다.

나흘째 되는 날, 마크스에게 크리스마스 선물로 받은 포켓형 오리지널 〈동키콩〉을 가져왔다.

"너 왜 자꾸 나타나는데?" 세이디가 물었다.

"왜냐하면," 샘은 말문을 열며 생각했다. 이 단어를 클릭하면 그 뜻을 설명하는 링크가 전부 뜹니다. 왜냐하면 넌 나의 가장 오랜 친구니까. 왜냐하면 옛날에 내가 바닥을 쳤을 때 네가 나를 구했으니까. 왜냐하면 너 아니었으면 난 죽었든가 어린이 정신병원에 갔을 테니까. 왜냐하면 너한테 빚이 있으니까. 왜냐하면 내 맘대로 우리가 함께 엄청난 게임을 만드는 미래를 꿈꾸고 있으니까, 네가 자리를 털고 일어나기만 한다면. "왜냐하면," 샘은 버벅거렸다.

닷새째 되는 날, 세이디는 집에 없었다. 샘은 룸메이트에게 세이디가 어디 갔냐고 물었다. "병원 갔어." 룸메이트가 알려줬다. 룸메이트는 샘을 가볍게 포옹했다. "덕분에 세이디가 좀 나아진 것 같아."

그 다음주에도 러몬트도서관에서 아르바이트한 날을 빼고는 매일 오후 세이디를 보러 갔다. 마크스의 조언대로 조그만 선물을 가져갔고, 잠깐 있다가 집으로 돌아왔다.

열이틀째 되는 날, 세이디가 물었다. "너 〈에밀리블래스터〉 훔쳐갔어?"

"빌려갔지." 샘이 말했다.

"그냥 가져. 여러 장 카피해놨으니까." 세이디가 말했다.

열사흘째 되는 날, 샘은 세이디의 책상 앞에 앉았다. 미로를 그려본 지 몇 년 됐지만, 세이디에게 새 미로를 그려주기로 마음먹었다. 그 마지막 그림을 그린 후 몇 년이 흐른 지금 샘의 데생 실력은 더욱 좋아졌고, 샘은 자신의 최신작을 세이디에게 주고 싶었다. 새 미로는 찰스 강변에 있는 샘의 집에서 뉴잉글랜드 제과회사 공장 근처 세이디의 집까지 오는 길을 보여줄 것이다.

세이디가 침대에서 일어나 샘의 어깨 너머로 그림을 들여다보았다. "우리집까지 오려면 오래 걸리지 않아?"

"일반적으로 걸리는 만큼 걸리지." 샘이 말했다.

"나 내일은 집에 없을 거야. 지금부터 수업에 들어가고 이번주 과제를 내면 아직까진 이번 학기를 살릴 수 있대, 학과장님이." 세이디가 말했다.

샘은 자리에서 일어나며 미로와 데생용 연필들을 백팩에 조심스럽게 챙겨넣었다. "이제 오지 말라는 얘기야?"

세이디가 웃음을 터뜨렸다. 세이디의 진짜 웃음소리를 듣기는 정말 오랜만이었다. 여러모로 많이 변한 세이디였지만, 불가피하게 음조가 살짝 낮아진 점을 제외하면 본래의 웃음 그대로라는 것을 알고 샘은 기분이 좋아졌다. 세이디는, 샘 생각엔, 세상에서 웃음소리가 가장 멋진 사람이었다. 비웃음이라고 전혀 생각되지 않는 종류의 웃음. 초대장 같은 종류의 웃음. 이거 진짜 재밌는데 진심 너도 같이 하자. "그게 아니라, 바보야, 만날 약속을 똑바로 잡자고. 네가 나 없을 때 와서 허탕 치는 게 싫어서 그래."

세이디가 말했다. "약속해, 두 번 다시 그런 짓 하지 않겠다고. 약속해, 무슨 일이 있더라도, 우리가 서로에게 어떤 어리석은 짓을 저지르더라도, 서로 말도 안 하고 6년을 보내는 일은 하지 않겠다고. 나한테 약속해, 넌 나를 무조건 용서하는 거야, 나도 너를 무조건 용서하겠다고 약속할게." 이것은 물론, 생이 그들을 위해 무엇을 쟁여놨는지 쥐뿔도 모르는 젊은이들이 함부로 맺는 서약의 일종이다.

세이디가 샘에게 손을 내밀어 악수를 청했다. 목소리는 씩씩했지만 눈은 여리고 지쳐 보인다고 샘은 생각했다. 샘이 맞잡은 세이디의 손은 얼음처럼 차가우면서도 땀으로 끈끈했다. 무슨 병을 앓았는지 몰라도 아직 완전히 회복된 건 아님이 분명했다.

"내 미로 아직 갖고 있었네." 샘이 말했다.

"그럼, 갖고 있었지. 자, 이제 〈솔루션〉에 대한 네 의견을 들어볼까." 세이디는 일어나서 방 창문을 열었고, 새로 들어온 공기가 너무 시원하고 상쾌해서 거의 치료제처럼 느껴졌다. "근데 살살 해라, 샘. 너도 눈치챘겠지만 나 좀 우울했다."

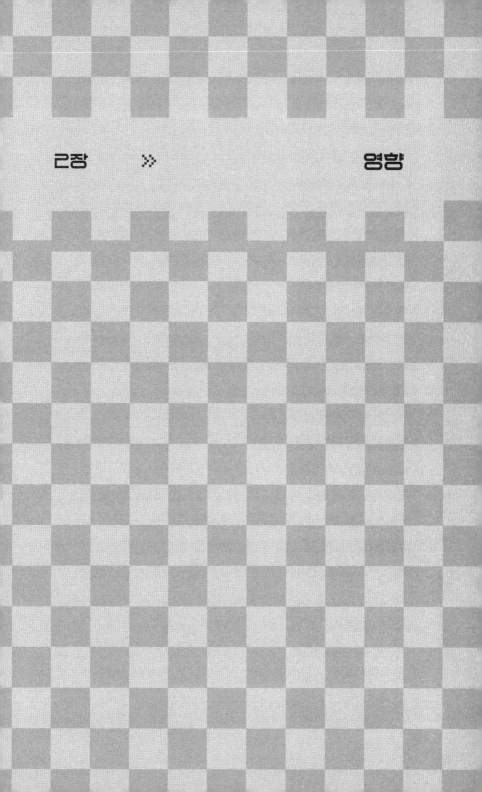

4장 ≫ 영향

1

〈이치고Ichigo〉는, 그땐 아직 '이치고'라 불리기 전이지만, 간단한 게임이 될 예정이었다. 샘과 세이디가 3학년에서 4학년으로 올라가는 여름방학 동안 뚝딱 완성할 수 있는 것.

12월에 〈솔루션〉을 플레이한 후 샘의 머릿속에는 둘이 함께 게임을 만들어야 한다는 생각이 최우선 순위로 자리잡고 있었지만, 3월이 올 때까지 샘은 세이디에게 입도 벙긋하지 않았다. 이만치나 자제심을 발휘하다니 평소의 샘답지 않았지만 서두르지 말고 느긋이 진행해야 한다는 것을 직관적으로 알고 있었다. 세이디는 그 암울했던 한 달 때문에, 이유는 여전히 샘에게 미스터리였지만, 뒤처진 수업을 따라잡으려 정신없이 학업에 매달렸다. 우울증에 대한 세이디의 해명은 '남자친구와 안 좋게 헤어져서'라는 게 전부였다. 샘은 그것 말고도 뭔가 더 있다는 느낌이 들었지만 세이디를 존중하는 차원에서 묻지 않았다. 두 사람의 우정은 각자에게 아주 많은 사생활과 비밀이 허용되는 희귀한 종류의 우정이었다. 애초에 두 사람이 그렇게 좋은 친구 사이를 유지했던 이유 중 하나가, 세이디가 자신의 호기심을 채우려고 샘의 불운한 이야기를 캐묻지 않았기 때문이었다. 딴 건 몰라도 최소한 그 호의는 되돌려줄 수 있었다.

샘을 자제시킨 또 한 가지는, 되찾은 세이디와의 우정을 오롯이 즐기고 있었다는 점이다. 두 사람은 금방 다시 절친의 리듬을 탔고, 일주일에 몇 번씩 만나 영화를 보고 밥을 먹고 게임을 했다. 세이디가 있으니 든든하고 힘이 났다. 샘의 논법과 인지력은 더욱 날카로워졌다. 세이디 없이 지냈던 지난 두 번의 겨울에 비해 뉴잉글랜드의 가혹한 추위도 덜 탔고, 끊임없이 은은하게 아픈 발이 생각을 침해하는 경우도 줄었다. 심지어 세이디와 같이 걸으면 자갈길도 덜 무서웠다. 샘은 평소 자신을 장애인으로 여기지 않았지만, 자갈길과 빙판길, 그리고 그런 곳들을 지날 때 어쩔 수 없이 더뎌지는 속도가 현실을 직시하게 만들었다. 눈이라도 왔다 하면 강의실이 어디에 있는가에 따라 수업 시작 45분 전에 출발해서 원로 명예교수처럼 절뚝절뚝 캠퍼스를 건너가야 할 때도 있었다. 자신에게 장애가 있다고 생각지 않았기에, 이 캘리포니아 소년은 북동부에 있는 대학에 가기로 결정하면서 그런 요소들을 하나도 고려하지 않았던 것이다.

돌이켜보면, 세이디와 절교해버린 것은 엄청난 계산 착오였다. 샘의 패착은 세상이 세이디 그런으로 채워져 있을 거라고, 세상에 세이디 같은 사람들이 잔뜩 있을 거라고 생각했던 것이었다. 세상은 그렇지 않았다. 샘의 고등학교는 확실히 그렇지 않았다.

어쩌면 하버드에는 그런 사람들이 있을지도 모른다는 바람을 버리지 않았지만, 알고 보니 그 면에 있어서 대학은 유독 실망스러웠다. 그렇다, 영리한 사람들은 있었다. 20분가량 괜찮은 대화를 나눌 만한 사람들은 있었다. 그러나 609시간 동안 얘기하고 싶은 사람을 찾는다면, 그런 사람은 희소했다. 마크스조차도 아니었다. 마크스 역시 헌신적이고 기발하고 똑똑했지만, 그래도 세이디가 아니었다.

샘은 게임을 만들자고 세이디를 설득할 시한을 3월까지로 잡았다. 하버드와 MIT의 우수한 학생들은 보통 늦어도 3월까지는 여름방학 계획을 확정 지었다. 개인적으로도 샘은 그해 여름에 대해 절박함을 느끼고 있었다. 약 1년 후면 학자금 대출 만기가 다가올 것이다―하버드는 오로지 성적으로만 학생을 선발했고 (샘이 하버드를 선택한 주요 이유였다), 후한 학자금 지원 프로그램이 있긴 해도 모든 비용이 커버되진 않았다. 빚이 많은 건 아니었지만 차마 동현과 봉자에게 손을 벌릴 엄두가 나지 않았고, 가난뱅이가 되려고 하버드에 온 건 아니었다. 안데르스 라르손 교수가 했던 말의 진실성이 서서히 와닿았다. 샘은 고등수학을 좋아하지 않았고, 그의 미래에 필즈상은 없었으니, 수학에서 학위를 따려고 빚을 더 지는 건 어불성설이었다. 아마 IT기업이나 금융회사 또는 그와 관련된 컨설팅기업에 취직해야 할 것이다―동기들 대부분이 그랬다. 당시 샘은 마크스에게 이렇게 말했다. "내겐 올여름이 진짜 엄청난 걸 해볼 수 있는 마지막 기회야."

아티스트로서 그리고 사업가로서 샘의 막강한 장점 중 하나는 장면 세팅과 드라마의 중요성을 안다는 것이었다. 샘은 특별한 장소에서—두 사람의 예비 창작연합의 탄생이 잊지 못할 기억이 되도록—세이디에게 함께 일하자고 말하고 싶었다. 그때 이미 샘은 둘이서 게임을 만들면, 그리고 그 게임이 자신이 예상하는 그대로 나오면, 샘 매서와 세이디 그린이 함께 일하기로 한 그날의 스토리가 있기를 바라게 될 거라고 직감했다. 어떤 게임을 만들지 아직 명확한 아이디어도 없으면서 벌써부터 '샘과 세이디의 전설'을 머릿속에 그리고 있었다. 샘은 원래 그런 식이었다—미래를 미리 걸어서 시시때때로 고통스러운 현재를 인내하는 법을 익혔다.

샘은 세이디에게 프로포즈하듯 청할 것이다. 한쪽 무릎을 꿇고 이렇게 말하는 거다. "저와 함께 일해주시겠습니까? 그대의 시간을 내게 주고, 그 시간이 보람 있게 쓰일 거라는 내 예감을 믿어주시겠습니까? 우리가 함께 엄청난 걸 만들 수 있다고 믿어주시겠습니까?" 타고난 오만한 성정에도 불구하고, 샘은 세이디가 승낙할 거라고 낙관하지 않았다.

하버드 자연사박물관 내 유리꽃 전시장을 추천한 건 마크스였다. 샘은 마크스에게 하버드에서 가장 흥미로운 장소가 어디냐고 물었다. 마크스는 하버드야드 투어가이드로 일했었고, 그게 아니더라도 어느 도시를 가든 항상 최고의 장소를 알고 있어 마치 여행 경험이 풍부한 관광안내원 같았다.

블라슈카 유리 식물모형 컬렉션은 입바람으로 성형하고 수작업으로 채색하는 방식으로 정교하게 공들여 제작된 대략 사천 종의 유리 공예품으로 이루어져 있었다. 19세기 말 독일 출신의 블라슈카 부자父子가 대학의 의뢰를 받아 제작한 표본들이었다. 그것은 다음과 같은 문제의식에 대응한 답이었다. 보존이 불가능한 것을 어떻게 보존하는가? 혹은 다른 말로, 시간과 죽음을 어떻게 멈추는가? 언페어 게임Unfair Games의 모태가 될 회사가 잉태될 장소로 이보다 더 적절한 장소가 있을까? 필멸성의 소거가 아니라면 비디오게임의 근저에 자리한 몰두와 집착은 결국 뭐란 말인가?

세이디는 2011년 '러브레이스*의 후예' 블로그와의 인터뷰에서 이렇게 밝혔다.

S. G.: 메이저는 내가 MIT에서 게임을 두어 개 만든 걸 알고 있었죠. 그때는 그냥 미니게임에 불과했지만. 〈솔루션〉이라는 게임이 약간 주목을 받았어요.

D. L.: 홀로코스트에 대한 게임 맞죠? 그 게임 때문에 퇴학당할 뻔했다면서요.

S. G.: (눈을 굴린다) 샘은 그런 식으로 이야기를 만들길 좋아하죠. 자꾸 드라마를 입히려고 하는데, 사실상 학생 한 명이 불만을 제기했을 뿐이고, 별로 큰일도 아니었어요…… 그런데 샘이—죄송합니다, 샘 메이저라고 불러야 하는데 맨날 까먹네요. 메이저가 〈솔루션〉을 무척 좋아했어요. 거기서 비약적인 발전 가능성이 보였나봐요. 솔직히 말하면 저는 〈솔루션〉 이후 또 게임을 만들 것 같지 않았어요. 번아웃 상태였달까요. 그랬는데 3학년 말에 샘이 "유

---

* 에이다 러브레이스. 세계 최초의 프로그래머로 알려진 19세기 여성 수학자.

리꽃 보러 갈래?"하더군요. 사실 전 정말 가고 싶지 않았어요! 전혀 내 취향이 아닌 것 같았고, 제가 살던 MIT에서 하버드 자연사박물관까지 가는 건 상당히 불편했거든요. 하지만 결국 갔죠, 샘은―메이저는!―뭔가 원하는 게 있으면 좀 집요해져요. 그리고 아마 아시겠지만 메이저는 항상 뭔가를 원하죠. (웃음)

그래서, 전시장까지 터벅터벅 걸어갔는데 문이 닫혀 있었어요. 수장고를 점검하는 날이었나 청소하는 날이었나 뭐 그랬을 거예요. 정문 앞에 유리꽃 전시장 홍보 포스터가 걸려 있었는데, 이런 생각을 한 사람이 내가 처음은 아니겠지만, 거기에 유리꽃 사진을 붙여놓은 건 완전 쓸데없는 짓 아닌가요, 실물 모형들이 그렇게 훌륭하고 진짜 꽃처럼 보이는데.

하여간 저는 좀 짜증이 났어요. 기껏 여기까지 그 먼길을 왔는데 유리꽃은 보지도 못하게 생겼으니. 애초에 내가 보고 싶어했던 것도 아니고, 거기다 박물관에 먼저 전화해보지 않은 샘한테 화도 나고요. 그때 샘이 벤치에 앉더라고요. 많이 걸어서 숨이 찼나봐요. 그리곤 이렇게 물어요. "올여름에 뭐할 거야?"

저는 벙쪄서 말했죠. "그게 무슨 소리야?"

그랬더니 이러더라고요. "여기서 지내, 세 달 동안, 그리고 나랑 게임을 만드는 거야. 카맥과 로메로가 〈울펜슈타인 3D〉와 〈커맨더 킨〉을 만들었을 때가 우리랑 똑같은 나이야. 마크스(〈이치고〉의 프로듀서 마크스 와타나베를 말함)의 아파트를 공짜로 쓸 수 있어. 내가 미리 말해놨어."

우리가 어렸을 때부터 항상 게임을 같이 하긴 했지만, 샘이 그런 말을 하기 전까지 나는 걔가 게임을 만들고 싶어 하는 줄은 꿈에도 몰랐어요. 샘은 쓸데없는 모험은 하지 않는다는 주의였거든요. 하지만, 음, 나는 개발 커리어와 관련해 당시 갈림길에 서 있었고, 샘은 똑똑한 녀석이고 가장 오랜 친구니까, 안 될 거 있나? 하는 생각이 들었죠. 잘되면 대박이고. 안 되면 그냥 친구랑 같이 여름을 보낸 거고. 게다가 마크스의 아파트는 꽤나 근사했거든요―하버드스퀘어 서쪽의 케네디 스트리트에 있는데, 창문에서 파노라마로 찰스강이 보여요.

그래서, 저는 생각해보겠다고 말했는데, 분명 샘은 내가 할 거라는 걸 알고 있었을 거예요.

우리는 다시 걸어서 시내로 돌아왔어요. 돌아오는 길에 샘이 진지한 얼굴로 저를 보면서 이러더군요. "세이디, 나중에 이 이야기를 하게 되면 내가 너한테 유리꽃 전시장에 가자고 했다고 말해줘. 문이 닫혀 있더란 얘기는 빼고." 신화, 전설, 일화, 뭐라 부르든 하여간 그런 게 샘한테는 항상 최고로 중요했어요. 그러니까, 이런 얘기를 하는 것만으로도 나는 샘을 배신하는 셈이네요.

삼십대 중반이 되고 몇 번의 생을 산 것 같은 시간이 흐른 후 마침내 유리꽃 전시장을 방문한 세이디는 의외로 감동하고 만다. 물론 꽃들도 훌륭했지만, 그보다 훨씬 놀라웠던 건 블라슈카 부자가 만든 표본들 중 썩어가는 열매와 멍들고 변색된 이파리였다. 거두절미하고 말하자면 영원히 보존된 부패의 형상. 세이디는 생각했다. 세상 참, 쇠락의 모습을 유리 조형물로 만들어서 그걸 또 박물관에 전시하는군. 인간은 정말 신기하고 아름다운 존재야. 또 얼마나 부서지기 쉬운지. 그날 아침 전시장에는 기품 있고 우아한 할머니 한 명 외엔 아무도 없었고, 세이디는 이태 전에 세상을 떠난 프리다가 떠올랐다. 그 할머니(캐시미어 카디건, 독특한 월하향의 프라카스 향수)는 내내 세이디의 몇 발짝 뒤에서 전시품을 구경했다. 전시장을 다 돌고 나서 할머니가 세이디에게 물었다. "참 예쁘네, 근데 유리꽃들은 어디 있을까?" 모형이 너무 그럴싸해서 할머니는 그게 유리가 아니라 진짜라고 생각했던 것이다.

세이디는 샘에게 이 얘기를 해주고 싶다는 마음이 불쑥 들었지만, 당시 두 사람은 서로 말을 섞지 않는 상태였다.

2

〈이치고: 바다의 아이〉의 도입부 컷신에서 이치고를 처음 만나면, 아이는—세이디와 샘은 이치고를 성별이 없는 아이로 구상했다—할 줄 아는 말이 거의 없고 글도 읽을 줄 모르는 꼬마다. 이치고는 외딴 어촌 같아 보이는 마을의 아담한 오두막 근처 바닷가에 앉아 있다. 반짝반짝 빛나는 검은색 머리는 어느 성별의 아시아인 꼬마에게든 흔한 바가지 스타일이고, 원피스처럼 무릎까지 내려오는 제일 좋아하는 스포츠 저지(등번호 15) 하나만 입었으며, 나무로 된 플립플롭을 신었다. 이치고가 조그만 삽과 양동이를 갖고 놀고 있는데 쓰나미가 덮친다.

이치고는 바다로 휩쓸려가고, 거기서 게임이 시작된다. 한정된 어휘력과 도구라곤 양동이와 삽밖에 없는 상황에서 이치고는 집으로 돌아가는 길을 찾아야 한다.

창작에 대해 흔히 하는 말 중에 맨 처음 떠오른 발상이 가장 좋은 발상이라는 얘기가 있다. 그러나 〈이치고〉는 샘과 세이디의 첫번째 아이디어가 아니었다. 천번째쯤 될까.

여기에, 난관이 있었다. 샘과 세이디는 둘 다 게임에 관한 한 자신들이 어떤 것을 좋아하는지 잘 알고 있었고, 좋은 게임과 나쁜 게임을 금방 구별할 수 있었다. 세이디의 입장에선 그 지식이 꼭 도움이 되는 건 아니었다. 도브와 함께 보낸 시간과 게임을 공부했던 세월이 뭘 보든 비판적으로 보게 만들었다. 어떤 게임을 갖다줘도 잘못된 점은 콕 집어 말할 수 있었지만, 어떻게 훌륭한 게임을 만드는지는 꼭 안다고 할 수 없었다. 모든 풋내기 예술가들에겐 취향이 제 능력치를 앞서는 시점이 있다. 이 시기를 극복하는 유일한 방법은 죽이 되든 밥이 되든 이것저것 만들어보는 것이다. 그리고 이 시기를 통과하도록 세이디를 밀어붙인 샘(이나 샘 같은 누군가)이 없었다면, 세이디는 지금과 같은 게임 디자이너가 되지 못했을 수도 있다. 아예 게임 디자이너가 되지 않았을 수도 있다.

인기를 얻으려면 슈팅 게임이 제일 만만했지만 세이디는 그런 걸 또 만들고 싶진 않았다. (앞으로도 결코 만들 생각이 없었다—뼛속까지 도브의 제자인 세이디는 슈팅 게임이 불쾌하고 비윤리적이며 미성숙한 사회의 병증이라고 보았다. 반면에 샘은 슈팅 게임을 즐겨 했다.) 여름 동안 고작 두 명뿐인 팀으로 완성할 수 있는 게임에는 한계가 있었다. 콘솔 게임은 시도하지 않을 것이고, 닌텐도64 시절의 〈젤다〉나 〈마리오〉 같은 완벽한 3D 액션 게임을 만들기엔 자원이 부족했다. 이것은 PC 게임이 될 것이며, 2D 혹은 2.5D까진 가능할 것이다, 세이디가 잘만 꼼수를 쓰면.

한동안 세이디는 자신들이 만들 게임에 대해 그 정도로만 생각하고 있었다.

학기말로 이어지는 몇 주 동안 세이디와 샘은 브레인스토밍을 하면서 샘이 사이언스센터에서 훔쳐온 화이트보드에 기나긴 아이디어 목록을 적어내렸다. 한쪽 발이 성하지 않긴 해도 샘은 유능한 도둑이었고 이따금씩 소소한 절도를 즐겼다. 샘은 마지막 인사차 라르손 교수를 만나러 사이언스센터에 갔다가, 나오는 길에 지켜보는 사람 없이 복도에 덩그러니 있는 화이트보드를 보았고, 그대로 돌돌 끌고 건물을 나와서 계속 끌고 갔다―하버드야드를 지나가면서는 투어중인 미래의 신입생들에게 손을 흔들어주었고, 하버드스퀘어를 건너 곧장 케네디 스트리트로 와서는 냉큼 아파트 엘리베이터에 화이트보드를 밀어넣고 올라와버렸다. 훌륭한 도둑이 되는 비결은, 늘 느끼는 거지만, 극도로 두꺼운 낯짝이었다. 그 주 후반에 샘은 하버드 대학생협에서 컬러 마커 한 상자를 훔쳤다. 마크스가 준 거대한 코트의 거대한 주머니에 그냥 슥 넣고 유유히 문밖으로 걸어나왔다.

한동안 샘과 세이디는 화이트보드에 적은 것들이 전부 시시해 보였다. 그들은 한 번도 상업용 게임을 만들어본 적이 없었다. 그들의 사무실은 샘의 돈 많은 룸메이트의 아파트였다. 그럴지언정, 두 사람은 자기들이 뭘 만들든 고전 명작이 될 거라고 믿어 의심치 않을 만큼 젊었다. 샘이 종종 세이디에게 말했듯이, "엄청난 게 될 거라고 믿지도 않으면 그걸 뭐하러 만들어?"

여기서 '엄청나다'는 게 샘과 세이디에게 각기 다른 것을 의미했다는 점은 짚고 넘어갈 필요가 있다. 거칠게 요약하자면, 샘에게 엄청나다는 건 인기 있음을 뜻했다. 세이디에겐 예술적이라는 뜻이었다.

5월이 되어 샘이 훔쳐온 마커가 다 말라 뻑뻑거릴 때쯤, 세이디는 이러다 영원히 아무것도 정하지 못한 채 게임을 개발할 시간만 다 써버리겠다 싶어 근심과 불안에 휩싸였다. 세이디의 관점에서 보면, 그들은 이미 도대체가 말이 안 되는 빡빡한 스케줄에 들어선 상태였다.

두 사람은 일곱 빛깔 가지각색 브레인스토밍으로 뒤덮인 화이트보드 앞에 섰다. "이중에 뭔가가 있어, 난 알아." 샘이 말했다.

"없으면?" 세이디가 말했다.

"그럼 우리가 딴 걸 찾아내겠지." 샘은 세이디를 보며 활짝 웃었다.

"넌 참 속 편해서 좋겠다." 세이디가 말했다.

이 미망의 시기에 세이디가 무던 속을 썩이고 있던 반면, 샘은 전혀 그런 느낌을 받지 않았다. 이 순간의 가장 좋은 점은, 샘은 생각했다, 아직 모든 가능성이 열려 있다는 거지. 그러다 어느 순간, 샘도 그 느낌을 알게 된다. 샘은 제법 괜찮은 화가였고 이후 제법 괜찮은 프로그래머이자 레벨 디자이너가 되겠지만, 잊지 마시라, 그때까지 샘은 단 하나의 게임도 만들어본 적이 없었다. 한 편의 게임을 만들기 위해―형편없는 게임일지라도―무엇이 얼마나 소요되는지 아는 사람은 세이디였고, 프로그래밍과 엔진 개발과 그 외 온갖 힘든 작업을 도맡아 해야 하는 사람도 세이디였다.

샘은 몸으로 다정함을 표현하는 사람이 아니었다―어린 시절 병원에 있는 동안 의료진의 손을 너무 많이 탔던 것과 관련이 있었다. 그러나 샘은 양손으로 세이디의 어깨를 붙잡고―세이디가 샘보다 3센티미터는 족히 컸다―눈을 똑바로 쳐다보았다. "세이디, 너 내가 왜 게임을 만들고 싶어하는지 알아?"

"당연하지. 넌 게임으로 부자가 되고 유명해질 거라고 바보 같은 생각을 하잖아."

"아냐. 내 동기는 아주 단순해. 난 사람들을 행복하게 해줄 무언가를 만들고 싶어."

"그거 좀 진부하게 들리는데." 세이디가 평했다.

"그렇지 않아. 우리 어렸을 때 게임에 빠져서 시간 가는 줄도 모르고 오후 내내 신나게 놀았던 거 기억나?"

"당연하지." 세이디가 말했다.

"난 가끔 무시무시한 통증에 시달렸어. 죽고 싶다는 마음을 누르게 해준 유일한 건, 잠시 내 몸을 벗어나 완벽하게 기능하는 몸, 사실 완벽 그 이상이었지, 그런 몸에 들어가서 나 자신의 문제가 아닌 다른 문제들을 해결할 수 있다는 사실이었어."

"넌 장대 꼭대기에 내려앉을 수 없지만, 마리오는 할 수 있지."

"바로 그거야. 내가 공주님을 구할 수 있었어, 침대에서 몸을 일으키는 것조차 버거웠을 때에도. 그래, 난 부자가 되고 싶고 유명해지고 싶어. 너도 알다시피 난 바닥 모를 야심과 욕망의 구렁텅이지. 하지만 그러면서도 뭔가 기분좋은 걸 만들고 싶어. 우리 같은 꼬마들이 잠시나마 자신의 문제를 잊은 채 플레이하고 싶어할 만한 것을."

세이디는 샘의 얘기에 울컥했다―오랫동안 샘을 알고 지냈지만 샘이 자신의 고통을 언급한 것은 거의 처음이었다. "알았어."
세이디가 말했다. "알았다고."

"좋아." 샘은 둘이 뭐라도 정한 것처럼 말했다. "그럼 이제 극
장으로 가볼까."

그날 저녁 두 사람은 아메리칸 레퍼토리 시어터의 메인 무대
에 오르는 학생 연극 〈십이야〉에 출연하는 마크스를 보기 위해
잠시 쉬어가기로 했다. 메인 무대 작품에 캐스팅되는 건 굉장한
일이었다. 여름 동안 마크스가 그들에게 아파트를 빌려주기로 했
으므로, 샘은 세이디와 함께 연극을 보러 가는 편이 좋겠다고 생
각했다.

스스로도 이유를 알 수 없었지만, 샘은 그동안 세이디와 마크
스가 서로 만나지 않도록 주의를 기울여왔다. 그들 각자에게 문
제가 있는 건 아니었다. 그러나 샘은 가끔 편집증적일 정도로 자
신에 대해 함구했고, 정보의 흐름을 통제하고 싶어했다. 샘은 두
사람이 의견과 정보를 교환하게 되면 자신을 협공할까봐 두려웠
다. 또다른 으슥한 마음으론, 저 둘이 자기보다 서로를 더 좋아할
까봐 두려웠다―세상 모두가, 샘의 추정상, 세이디와 마크스를
사랑했다. 아무도, 샘의 느낌상, 샘을 사랑하지 않았다, 그를 사
랑할 의무가 있는 이들을 빼면. 어머니(살아 계실 때), 할머니와
할아버지, 세이디(논란의 여지가 있는 병원 자원봉사자), 마크스
(같은 방에 배정된 룸메이트). 하지만 이제 마크스가 그들에게
아파트를 빌려줄 예정이니 세이디와 마크스는 필연적으로 서로
를 알게 될 수밖에 없었다. 주요 배역인 오르시노 공작 역을 맡은
마크스는 샘에게 세이디와 함께 연극을 보러 오라고 초대했고,

그다음엔 찰스호텔에서 다 같이, 공연을 보러 보스턴에 온 마크스의 아버지도 함께, 저녁을 먹자고 제안했다. "다음주면 그 친구가 들어올 거잖아. 나 떠나기 전에 한번 같이 식사나 할까 싶어서." 마크스는 거의 여름방학 내내 런던에 있는 투자금융회사에서 인턴으로 일할 계획이었다.

4년 중 3년 동안 대학 연극 동아리 활동을 해온 마크스였지만 배우가 될 생각은 없었다. 배우처럼 생기긴 했다―키 183센티미터, 넓은 어깨, 옷태가 근사해 보이는 잘록한 허리와 힙, 각진 턱과 풍부한 성량, 좋은 자세와 피부, 아름답고 풍성하게 빗어 넘긴 숱 많은 검은 머리. 마크스가 자신의 대학 연극 커리어에 불만이 있다면 항상 뻣뻣한 독재자나 거만한 귀족으로 캐스팅된다는 점이었다. 자연인 마크스는 전혀 뻣뻣하지도 거만하지도 않았다. 곧잘 웃음을 터뜨리고 다정하고 활력 넘치면서 또 엉뚱하고 얼빠진 짓도 꽤 하는데, 그래서 그런 역으로 캐스팅된다는 게, 사람들이 그를 그런 식으로 본다는 게 신기했다. 마크스는 뭐가 문제인지 궁금했다. 그래서 〈햄릿〉 공연 때 관계자들만 모인 파티에서 마리화나를 두어 대 피운 후 감독을 맡은 친구에게 물어본 적이 있었다. "난 뭐가 문제야? 왜 난 햄릿이 아니라 레어티즈야?"

마크스가 그 질문을 던졌을 때 감독 친구는 불편하고 거북해 보였다. "네 특질이 그래." 친구가 말했다.

"내 특질이 어떤데?" 마크스는 끈질기게 파고들었다.

"가령, 네 카리스마라든가 그런 게."

"내 카리스마가 어떤데?"

친구는 킥킥거렸다. "여보게, 그 얘긴 좀 나중에 하세나. 나 지금 너무 피곤하거든."

"나 진지하다." 마크스가 말했다. "알고 싶다고."

친구는 양손 검지를 들어 마크스의 양쪽 눈꼬리에 대고 옆으로 쭉 찢었다. 동양인의 눈을 표현한 것이었다. 그랬다가 거의 1초도 안 되어 금방 놓았다. 친구는 사과하듯 킥킥거렸다. "미안해, 마크스. 나 지금 졸라 취해서. 내가 무슨 짓을 하는지도 모르겠네."

"야, 이건 좀 아니지." 마크스가 말했다.

"빌어먹을 넌 너무 아름다워." 그러면서 감독 친구는 마크스의 입술에 키스했다.

그러나 한편으로 마크스는 그 친구가 그런 인종차별적 표현으로 알려준 게 고마웠다. 이젠 명확히 보였다. 불가해하고, 다가가기 어렵고, 신비롭고, 낯설고 기이한 마크스의 특질은—맙소사—그의 아시아성이었고, 그건 영원히 지워지지 않았다. 대학 연극 무대에서조차, 동양인 배우가 맡을 수 있는 역은 그 정도밖에 없었다.

마크스의 어머니는 미국에서 태어난 한국인이었고, 아버지는 일본인이었다. 어머니의 주장에 따라 마크스는 도쿄의 국제학교에 다니며 전 세계에서 온 아이들과 어울렸다. 대부분의 경우 학교가 모국 내 인종차별로부터 마크스를 보호해주었다. 그래도 일본인의 한국인에 대한 특수한 인종차별과 외국인에 대한 전반적 인종차별을 어느 정도 인지하기는 했다. 예를 들어, 도쿄대학에서 텍스타일 디자인을 가르치는 한국계 미국인 어머니는 그 오랜 세월 도쿄에 살면서도 친구를 거의 사귀지 못했다—그게 외국인

혐오의 결과인지 아니면 어머니의 내성적 성격 탓인지 혹은 불완전한 일본어 탓인지는 알 수 없지만. 그러나 마크스는 대체로 아시아에서 자랐기 때문에 미국에서 동양인들이 겪는 종류의 인종차별은 전혀 겪어보지 못했던 것이다. 하버드에 오기 전까진 미국에서―단지 대학 연극 무대에서뿐 아니라―동양인이 할 수 있는 역할이 그 정도로 제한적이라는 것을 알지 못했다.

그 파티 후 일주일이 지나지 않아 마크스는 영문학(이게 하버드에서 연극 전공에 가장 가까운 과였다)에서 경제학으로 전과했다.

하지만 샘이 수학을 좋아하지 않았던 것만큼이나 마크스는 대학 연극을 좋아했다. 무대 위에 서는 것을 좋아했다기보다 공연 제작 과정 그 자체를 사랑했다. 한 편의 예술작품을 만들기 위해 단기간 엄청난 결속력으로 기적처럼 함께하는 소규모 무리 속의 친밀감을 좋아했다. 마크스는 공연이 끝날 때마다 아쉬워했고, 새로운 작품에 캐스팅되면 뛸 듯이 기뻐했다. 마크스의 대학생활은 그가 공연했던 연극들로 간단히 시기가 구분됐다. 1학년: 〈맥베스〉〈벳와 부의 결혼생활〉. 2학년: 〈미카도〉〈햄릿〉. 3학년: 〈리어왕〉〈십이야〉.

〈십이야〉는 배가 난파되는 것으로 시작되는데 보통 그 부분은 무대 밖에서 텍스트로 보여준다. 그런데 이번 연출자는 학생이 아니라 프로였고, 애초에 대학에서 자신을 학생 연극에 끌어들이기 위해 책정한 넉넉한 예산의 대부분을 할애하여, 엄청나게 공들인 난파 장면을 무대 위에 올렸다. 프로그래밍된 레이저 광선과 연기로 구현한 겹겹의 물결 레이어. 파도 부서지는 소리와 천둥소리와 빗소리. 깜짝 놀란 관객들이 어린애처럼 신나서 박수를 치게 만든 가벼운 냉수 분무까지. 배우들은 줄스 감독이 진정으로 신경쓴 건 난파선뿐이라고, 〈십이야〉가 아니라 〈템페스트〉를 연출하고 싶었던 게 분명하다고 쑥덕거렸다.

그런 속사정을 알 리 없는 세이디는 난파 장면에 완전히 홀려버렸다. 세이디는 샘의 귀에 대고 속삭였다. "우리 게임은 난파선으로 시작해야겠어. 혹은 폭풍우로." 말을 하면서도 세이디는 '난파'와 그에 수반되는 모든 요소가 뜻하는 것은 곧 9월까지 게임이 완성되지 못한다는 것임을 인지하고 있었다.

"맞아," 샘이 귓속말로 대꾸했다. "아이가 바다에서 길을 잃는 거야."

세이디가 고개를 끄덕이고 다시 소곤거렸다. "꼬마애―두세 살쯤 된 여자애―가 바다에서 길을 잃고 집으로 돌아가야 하는 거지, 심지어 제 성도 모르고 집 전화번호도 모르고 아는 단어도 몇 개 없고 숫자도 열까지밖에 못 세는데."

"왜 여자애야?" 샘이 물었다. "남자애면 안 돼?"

"몰라. 〈십이야〉의 주인공이 여자라서?" 세이디가 말했다.

근처에 앉은 사람이 쉿 하고 주의를 주었다.

"성별 없는 캐릭터로 디자인하자." 샘이 더욱 소리를 낮춰 속삭였다. "그 나이 때 성별은 별 문제가 안 되니까. 그렇게 하면 모든 게이머가 그 아이한테 자신을 투사할 수 있게 돼."

세이디가 고개를 끄덕였다. "좋아. 그 정도는 봐주지."

오르시노 공작으로 분한 마크스가 무대에 나와 막을 여는 대사를 읊었다. "만약 음악이 사랑의 양식이라면, 계속 연주해다오."

그러나 그때쯤엔 이미 자신들의 후원자 마크스와 연극 공연은 세이디의 안중에 없었다. 세이디는 자신이 만들어낼 폭풍우를 상상하는 중이었다.

공연이 끝난 후 그들은 다 같이 마크스의 아버지가 묵고 있는 호텔의 레스토랑에 저녁을 먹으러 갔다. "샘은 아시죠, 그리고 이쪽은 샘의 파트너 세이디 그린이에요." 마크스가 설명했다. "이분들 게임을 제가 프로듀싱하고 있죠."

샘은 세이디에게 마크스가 그들 게임의 프로듀서가 될 거라는 얘기는 입도 벙긋한 적 없었다. 물론 그 게임이 아직 제목도 없고 이렇다 할 단 한 줄의 코드도 없는 상태이긴 했지만. 세이디는 샘의 논리를 직관적으로 알아차렸다―마크스가 제 아파트를 사무 공간으로 제공한 것은 확실히 일종의 지분출자에 해당했다. 그렇다 하더라도 자신과 한마디 상의도 없이 결정하다니, 세이디는 화가 치밀었고 다음 몇 분 동안은 대화가 전혀 귀에 들어오지 않았다.

알고 보니 류 와타나베는 아들의 연극보다는 초창기 게임에 훨씬 관심이 많았다. 마크스가 태어날 무렵, 프린스턴에서 공부하던 경제학자 와타나베 상은 돈을 벌기 위해 학계를 떠났다. 그리고 성공했다. 그의 포트폴리오는 편의점 체인과 중간 규모의 휴대폰회사와 그 밖의 다양한 해외투자를 포괄했다. 와타나베 상은 1970년대 닌텐도에 초기 투자할 기회를 놓친 게 아쉽다며 자조 섞인 웃음을 터뜨렸다. "처음엔 그냥 놀이용 카드를 만드는 회사였거든. '하나후다'라고 아나? 아주머니들이나 어린애들이 갖고 노는 건데." 실상, 〈동키콩〉을 만들기 전까지 닌텐도의 가장 성공적인 상품은 화투패였다.

"하나후다가 뭐예요?" 샘이 물었다.

"플라스틱 카드. 좀 작고 두꺼운데, 꽃과 자연 풍경이 그려져 있어." 와타나베 상이 말했다.

"아! 저 그거 알아요! 어렸을 때 그걸로 할머니랑 놀았어요. 근데 이름이 하나후다가 아니었는데? 우리가 했던 게임은 '고스톱'이었어요."

"그래." 와타나베 상이 말했다. "일본에서 하나후다로 제일 많이 하는 게임은 '고이 고이'라고 하는데, 그 뜻은⋯⋯"

"이리 와 이리 와." 마크스가 대신 설명했다.

"잘했어. 일본어를 다 까먹은 건 아니었군." 와타나베 상이 말했다.

"신기하네요. 난 그게 한국 건 줄 알았는데." 샘은 세이디를 돌아보았다. "우리 할머니가 병원에 갖고 오시던 그 조그만 꽃 카드 기억나?"

"응." 세이디는 건성으로 대답했다. 마크스와 프로듀서라는 직함에 대해 생각하느라 자신이 무슨 질문에 응이라고 했는지도 몰랐다. 세이디는 화제를 돌리기로 마음먹고 마크스의 아버지를 보며 물었다. "와타나베 씨, 연극은 어떻게 보셨어요?"

"폭풍우가 아주 근사하더군." 와타나베 상이 말했다.

"공작보다야 훨씬 낫죠." 마크스가 깐죽댔다.

"저도 그게 마음에 들었어요." 세이디가 말했다.

"그걸 보니까 나 어릴 때가 생각나더라고." 와타나베 상이 말했다. "난 마크스 이 녀석하곤 다르지. 도시 아이가 아니거든. 내 고향은 일본 서부 해안의 조그만 마을이고, 해마다 여름이면 장마철을 기다렸어. 어릴 땐, 조그만 어선 몇 척 갖고 있던 우리 아버지나 내가 바다에 휩쓸려갈까봐 그게 제일 무서웠지."

세이디는 고개를 끄덕이고 샘과 눈짓을 교환했다.

"이거 이거 뭔가 꿍꿍이속이 있는데?" 와타나베 상이 빙그레 웃으며 말했다.

"그게," 샘이 말했다. "저희 게임이 그렇게 시작되거든요."

"한 아이가 바다에 휩쓸려 떠내려가요." 세이디가 말했다. 일단 입 밖에 내면 그렇게 만드는 수밖에 없다. "이어지는 게임은 그 아이가 집으로 돌아가는 과정인 거죠."

"그래, 그게 이야기의 고전이지." 와타나베 상이 고개를 끄덕였다.

전에 샘이 마크스의 부자관계에 대해 얘기해줄 때 와타나베 상이 아들에게 기대와 요구가 많고 때론 비하와 모욕마저 서슴지 않는다며 걱정스럽다고 했는데, 세이디는 그런 기미를 전혀 찾아볼 수 없었다. 마크스의 아버지는 머리 회전이 빠르고 유쾌하며 말이 잘 통했다.

남의 부모가 나의 즐거움일 때도 종종 있는 법이다.

이튿날 샘은 세이디의 이사를 도왔다. 세이디는 돈을 아끼기 위해 마크스의 방에 묵는 동안 원래 자기 방을 전대 놓기로 했다.

"이 그림들은 창고에 넣어둘 거야?" 샘이 물었다. 샘은 세이디의 방에 올 때마다 그 그림들이 위안이 됐고 세이디 본인의 확장본처럼 느껴졌다. 호쿠사이의 파도, 두에인 핸슨의 〈관광객들〉, 샘 매서의 미로.

세이디가 이삿짐을 싸던 손을 멈추더니 호쿠사이의 파도 앞에 서서 양손을 허리에 얹었다. 이삿짐을 싸기 시작한 지 세 시간이 못 되어 샘은 세이디가 똑똑한 애일진 몰라도 짐 싸는 데는 영 젬병임을 알게 되었다. 매 선택마다 엄청나게 긴 심사숙고를 필요로 했다―옷은 어느 걸로? 케이블은? 컴퓨터 부품은? 비교적 작은 책장 하나를 처리하는 데만도 한 시간 반이 걸렸다. 내가 올여름에 기어이 『카오스』를 읽을 시간이 있을 것 같아? 아님 너 읽고 싶어? 아, 넌 벌써 다 읽었다고. 음 그럼 갖고 가야겠다, 너한테 책이 있는 게 아니라면. 네 게 있으면 그걸로 읽고 내 건 창고에 넣으면 되는데. 그런 다음 스티븐 호킹의 『시간의 역사』를 집어들고 표지를 다정하게 어루만진다. 올여름에 이걸 다시 읽을지도 모르잖아? 그다음엔 『해커스: 세상을 바꾼 컴퓨터 천재들』. 샘, 너 이거 읽어봤어? 진짜 재밌어. 한 챕터를 통째로 윌리엄스 부부에 대해 이야기하고 있어. 시에라 온라인 알지? 〈킹스 퀘스트〉랑 〈레저 슈트 래리〉. 우리 그 게임 진짜 좋아했잖아. 샘은 짐을 선별하지 않고 그냥 다 갖고 가는 게 차라리 편하겠다는 생각이 들기 시작했다.

"세이디," 샘이 점잖게 말했다. "그림은 갖고 가도 돼, 알지? 그림을 건다고 마크스가 뭐라 하진 않을 거야."

세이디는 호쿠사이의 파도를 계속 뚫어져라 쳐다봤다.

"세이디." 샘이 다시 불렀다.

"샘, 이거 봐." 세이디가 샘을 옆으로 약간 밀어서 자신과 나란히 그림을 감상하기 좋은 위치에 세웠다. "우리 게임은 딱 이렇게 생겨야 해."

세이디 방에 걸려 있는 호쿠사이 그림은 메트로폴리탄의 전시 포스터였고, '가나가와의 거대한 파도'라는 제목이었다. (일본어 제목은 '가나가와 앞바다의 높은 파도 아래'라는 식으로 훨씬 불길한 느낌을 준다.) 〈거대한 파도〉는 두말할 나위 없이 세계에서 가장 유명한 일본 예술작품이며, 1990년대 MIT 학생 기숙사에서는 인테리어 내장재나 다름없었는데, 존재의 보편성 측면에서 보자면 샘에겐 늘 무용하기 짝이 없는 그 매직아이 그림에 살짝 버금가는 정도였다. 〈거대한 파도〉는 프레임 내의 다른 요소, 즉 산과 세 척의 어선이 왜소하게 보일 만큼 어마어마한 파도를 묘사한다. 벚나무 판에 새겨 무한 복제가 가능하도록 제작된 판화라는 사실에 걸맞게 깔끔한 일러스트 화풍이다.

세이디는 한정된 자원으로 비디오게임을 만들 때는 그 제약을 스타일로 풀어내는 것이 해답임을 알고 있었다. (그래서 〈솔루션〉을 흑백으로 만든 것이었다.) 1830년대에 호쿠사이의 그림이 복제 가능했던 것과 동일한 이유로(한정된 색상, 형태 언어의 기만적 간결성), 컴퓨터그래픽으로도 그 화풍을 재현할 수 있을 거라는 생각이 들었다.

샘은 호쿠사이 파도를 자세히 들여다보았다. 뒤로 물러나서 안경알을 닦고 다시 한번 좀더 음미하는 시간을 가졌다. "그렇군." 샘이 말했다. 두 사람이 거의 전 사안에 걸쳐 신속한 의견합일을 이루고 끊김 없이 영적 주파수가 일치된 진귀한 협업의 순간이었다. "그럼 아이는 마크스의 아버지처럼 일본인일까?"

"아니, 명시적인 건 아니야. 아, 이건 적절한 표현이 아니겠군. 명백한 건 아니라는 거지. 반드시 그래야 한다고 정한 건 아니랄까. 근데 또 한편으론 아이가 어느 나라 사람인지는 중요하지 않아—아이는 말을 안 배웠잖아? 말도 잘 못하고 읽지도 못해. 이 아이의 모국어는 어느 나라 말인지 모르는 외국어고. 그러니까 어차피 게이머는 알지 못할 거야." 세이디가 말했다.

그럼에도 불구하고, 호쿠사이를 본따 게임 세계를 디자인한다는 결정은 모든 것을 일본풍으로 몰고 가버렸다. 두 사람은 '아이'의 캐릭터 디자인을 하면서도 무의식적으로 일본 참고자료를 뒤적거렸다. 나라 요시토모의 천진함을 가장한 악동 그림, 〈마녀 배달부 키키〉나 〈모노노케 히메〉 같은 미야자키 하야오의 애니메이션, 샘이 굉장히 좋아했던 〈아키라〉나 〈공각기동대〉 같은 좀더 어른 취향의 애니메이션. 그리고 당연히, 〈거대한 파도〉를 필두로 한 호쿠사이의 〈후지산 36경〉 시리즈.

때는 1996년이었고, 둘 다 '전유appropriation'라는 개념을 전혀 떠올리지 못했다. 일본 애니메이션과 그림을 무척 좋아했으므로 자연스럽게 빠져들었고, 그로부터 영감을 얻는다고 생각했다. 타 문화에서 훔치려 한 건 아니었지만, 아마도 그들이 한 일은 훔쳐 쓴 게 맞았을 것이다.

오리지널 〈이치고〉 출시 20주년을 맞아 닌텐도 스위치 이식을 기념하여 〈코타쿠〉와 가진 2017년 인터뷰에서 메이저가 한 말을 생각해보자.

코타쿠: 흔히 오리지널 〈이치고〉는 가장 그래픽이 아름다운 저예
산 게임으로 꼽히는데, 동시에 문화적 전유를 비난하는
비평가들도 있다. 그들에게는 뭐라고 답하는가.

메이저: 대응하지 않는다.

코타쿠: 좋다…… 그럼 지금 만든다면 똑같은 게임을 만들 것인
가?

메이저: 아니, 그때의 나와 지금의 나는 다른 사람이다.

코타쿠: 명백히 일본 대중문화를 참고한 측면이 있다. 이치고는
나라 요시토모가 그렸을 법한 캐릭터로 보인다. 배경 디
자인은 언데드 레벨만 빼면 호쿠사이 판박이고, 언데드
레벨은 무라카미를 연상시킨다. 사운드트랙은 마유즈미
도시로와 비슷한데……

메이저: 세이디와 내가 만든 게임에 대해 변명은 않겠다. (긴 침
묵) 우리는 많은 자료를 참고했다―디킨스, 셰익스피어,
호메로스, 성경, 필립 글래스, 척 클로스, 에셔. (또 긴 침
묵) 그렇다면 전유의 반대는 무엇인가?

코타쿠: 글쎄.

메이저: 전유의 반대는 창작자들이 오직 제 나라 문화만을 레퍼
런스로 삼는 세상이다.

코타쿠: 그건 문제를 지나치게 단순화한 거다.

메이저: 전유의 반대는, 서유럽 백인이 오로지 서유럽 백인의 문
화만을 담아 서유럽 백인들에 대한 창작품을 만드는 세
상이다. 유럽을 아프리카든 아시아든 라틴이든 어떤 문

화로든 원하는 대로 바꿔 넣어보라. 모두가 제 자신의 것이 아닌 문화와 경험에는 눈멀고 귀먹은 세상. 그런 세상은 진저리나지 않는가? 나는 그런 세상이 겁나고, 그런 세상에 살고 싶지 않으며, 그런 세상에서 혼혈인인 나는 존재하지 않는다. 내 아버지는, 거의 알지도 못하는 사람이지만, 유대인이다. 어머니는 미국에서 태어난 한국인이다. 나는 로스앤젤레스 한인타운에서 1세대 한인 이민자인 조부모 손에 자랐다. 혼혈인이라면 누구나 이렇게 말할 것이다―둘을 합한 것의 반쪽이라는 건 이도 저도 아니라는 얘기라고. 근데 나는 유대 것이든 한국 것이든 별로 아는 게 없고 딱히 그들 문화에 대한 이해가 풍부하지도 않다, 어쩌다보니 이도 저도 아닌 게 돼서. 하지만 이치고가 한국인이라면 씨발 그쪽한텐 문제가 되지 않겠지?

애나 리는 아들 샘과 함께 1984년 7월 로스앤젤레스에 왔다. 올림픽이 열린 여름이었고, 50년 만에 미국에서 열리는 하계 올림픽이었다. 들뜨고 희망찬 분위기였다. 로스앤젤레스는 아름다운 도시가 아니었고 좀 떨어져서 보면 더욱 그랬지만, 고작 두 주 동안이긴 했어도 의지의 힘으로 밀어붙여 기어이 아름다워지고 말았다. 아름다움이라는 건 대개는 결국 각도와 의지력의 문제다. 도심 재개발 사업이 미친 속도로 완료되어 꼭 타임랩스 영상을 보는 것 같았다. 스타디움을 만들고, 호텔을 리모델링하고, 노후 건물을 폭파하고, 꽃을 심고, 예쁘지 않은 자생종 꽃은 뽑아버리고, 도로를 포장하고, 버스 노선을 추가하고, 유니폼을 만들고, 연주자를 모집하고, 무용수를 뽑고, 광고를 달 수 있는 바깥면은 몽땅 후원기업 로고로 도배하고, 벽면을 다시 페인트칠해서 그래피티를 덮고, 노숙인을 조심스럽게 다른 데로 옮기고, 코요테를 안락사시키고, 여기저기 뇌물을 뿌렸다. 계급과 인종 간의 뿌리 깊은 분열은 잠시 서랍 속에 넣어두었다. 왜냐하면 손님이 오시니까! 로스앤젤레스는 파티를 열 줄 아는 찬란하고 현대적인 미래 도시로 스스로를 재창조했다. 샘은 아이다운 나르시시즘으로 그러한 '개선'이 자신과 어머니를 위해 이루어졌다고 생각했고, 로스앤젤레스에서 맞은 첫 몇 개월과 이 도시가 오직 그만을 위해 깔아준 레드카펫을 생각하면 언제나 애틋해지곤 했다.

애나와 샘은 애나의 부모 이동현과 이봉자의 집에 같이 살았다. 그 노란색 크래프츠맨 주택은 활기 없는 에코파크에 위치해 있었고, 힙스터들의 성지가 되기까지는 아직 20년도 더 남은 시절이었다. 동현과 봉자는 깨어 있는 시간의 대부분을 한인타운 근처에 있는 둘의 이름을 딴 피자 가게에서 일하며 보냈고, 샘이 그해 여름의 대부분을 보낸 곳도 거기였다. 샘은 애나에게서 K타운에 대해 듣기는 했지만 실제로 K타운이 얼마나 큰지 전혀 감을 잡지 못했었다. 뉴욕의 차이나타운처럼 한약방, 선물 가게, 식당이 모여 있는 두어 블록 정도, 아니면 애나의 공연이 끝난 후 가끔 둘이 불고기나 백반을 먹으러 가던 한국 식당들이 늘어서 있는 맨해튼의 서티세컨드 스트리트 정도를 떠올렸다. 로스앤젤레스의 K타운은 어마어마하게 컸다. 시내 한가운데 떡하니 한국 사람들과 한국 것들이 몇 킬로미터씩 이어졌다. 광고판에 한국 사람들 얼굴이 나왔고, 그들은 한국의 유명 연예인들이었다. 샘은 그 연예인들이 누군지 몰랐고, 유명한 한국인 연예인이 있을 수 있다는 사실도 몰랐다. 가게 간판은 몽땅 둥글둥글한 한국 글자로 적혀 있었고, 영어보다 한국어가 더 많았다. K타운에서는 기본적으로 한글을 모르면 문맹이었다. 한국 서점과 웨딩숍도 있었고, 백인들 마트 못잖게 커다란 슈퍼마켓에서는 개별 포장된 큼직한 동양배, 통에 든 대용량 김치, 매끈한 피부를 보장하는 수천 개의 한국 화장품, 형광색 또는 파스텔색 표지의 두툼한 만화 단행본을 팔았다. 1년 동안 매일 다른 곳에서 먹을 수 있을 만큼 한국식 바비큐 식당이 많았다. 봉자의 안테나에는 한국 텔레비전 채널이 두 개나 잡혔다. 맞아, 그리고 사람들이 있었다. 샘은 한 장소에 아시아인들이 그렇게 많이 있는 것을 생전 처음 봤다. 그 사람들을 보며 샘은 세상과 그 안에 사는 사람들을 자기가 완전 잘못 이해한 게 아닐까 싶었다. 혹시 온 세상이 아시아가 아닐까?

세상이 휘리릭 뒤바뀔 수 있다는 게, 샘은 그저 놀랍기만 했다―그리고 그것은 샘이 세이디와 함께 만들고자 했던 게임들의 주제가 되었다. 어디에 사느냐에 따라 얼마나 자의식이 달라질 수 있는지. 세이디가 〈와이어드〉와 가진 인터뷰에서 표현했듯, "게임 캐릭터는, 자아와 마찬가지로, 맥락 속에 존재합니다." 한인타운에서는 아무도 샘을 한국인으로 보지 않았다. 맨해튼에서는 아무도 샘을 백인으로 보지 않았다. 로스앤젤레스에서 샘은 '백인 사촌'이었다. 뉴욕에서는 '중국인 꼬마'였다. 그래도 K타운에서 샘은 난생처음 자신이 한국인임을 실감했다. 아니 좀더 콕 집어 얘기하자면, 자신이 한국인이라는 것, 그리고 그게 꼭 부정적이거나 심지어 중립적인 사실이어야 하는 건 아니라는 것을 자각했다. 그 깨달음이 샘에게 진지한 자의식을 심어주었다. 웃기게 생긴 혼혈 꼬마는 세상의 언저리가 아니라 세상의 중심에 존재할 수도 있었다.

로스앤젤레스에서 샘은 느닷없이 할머니와 할아버지와 이모와 삼촌과 사촌이 생겼고, 그들 모두가 샘과 애나의 인생사에 관심을 들이부었다. 둘이 어디서 살지? 어느 교회에 다니지? 샘은 한글학교에 넣나? 애나가 텔레비전 드라마에 나와? 왜 뉴욕에서 돌아왔어? 이 모든 질문과 당면 과제가 그 집안 사람들에게 떨어졌고, 다들 신나서 들썩거렸다. 샘의 어머니 애나는 연예인 비슷한 취급을 받았다. 백인들 틈바구니에서 성공한 한국 여자. 애나는 〈코러스 라인〉에 출연했었다. 무려 브로드웨이에서! 샘의 할머니 봉자는 손자를 무척이나 애지중지했다. 만두를 빚어 먹이고, 둘이서 화투패로 고스톱을 하고 놀았다. 봉자는 딸과 손자에게 교회에 가자고 애걸했다. "하지만 애나야, 하느님을 모르고 자라면 나중에 지옥 갈 거야." 봉자의 말이었다.

"샘은 매우 종교적인 아이예요, 우린 항상 세계와 우주에 관한 대화를 나누는데요." 애나가 말했다.

"아이고 이것아." 봉자가 말했다.

그해 여름, 샘은 조부모의 피자 가게에 있는 〈동키콩〉 오락기를 통해 가슴 벅찬 영적 체험을 했다. 오락기는 아케이드 게임의 열기가 절정에 달한 1980년대 초반에 동현이 내놓은 판촉 아이디어였다. 동현은 오락기를 들여놓고 홍보 엽서를 뿌렸다. 동&봉엔 동키콩이 있다! 다 같이 와서 먹고 놀자! 동&봉의 유명한 뉴욕스타일 피자 한 판을 사면 게임 한 판이 무료! 엽서에는 닌텐도의 허락 없이 봉자가 직접 그린, 피자 도우를 공중에 던지는 동키콩이 있었다. 1972년 동현이 가게 이름을 지을 때, 자신과 아내의 평범하고 멀쩡한 한국 이름에서 각기 마지막 글자인 현과 자를 빼고 이어붙이면 그게 백인들에게는 몹시 재밌게 들린다는 사실을 알았다. 동현은 〈동키콩〉 판촉이 가게 이름의 코믹한 요소를 십분 활용하여 K타운뿐 아니라 그 바깥의 손님들, 이를테면 잘사는 백인들까지 끌어들일 수 있기를 기대했다. 그리고 한동안은 그게 먹혔다.

샘이 로스앤젤레스에 왔을 무렵엔 아케이드 게임의 열기가 식은 후였고, 가게에서 〈동키콩〉을 하겠다고 샘과 다툴 사람은 거의 없었다. 동현은 샘이 실컷 게임을 할 수 있도록 동전통 열쇠를 꽂아두곤 했다. 피자 가게에서 〈동키콩〉을 하고 있을 때면 샘은 평온함이 밀려오는 것 같았다. 땅딸막한 일본계 이탈리아인 배관공의 점프 타이밍을 재고 사다리를 딱 맞는 속도로 오를 수 있게 되자, 온 우주에 지시를 내릴 수 있을 것 같은 기분이었다. 완벽한 타이밍을 맞출 수 있을 것 같은 기분이었다. 공시성*이 느껴졌다. 암스테르담 애비뉴의 한 아파트에서 어떤 여자가 뛰어내려 샘과 어머니의 발치에 떨어진 그 혹한의 겨울밤에 대한 반대말로 느껴졌다. 그 여자, 그 여자의 얼굴, 우산 손잡이처럼 소름 끼치는 각도로 꺾인 여자의 목, 어머니의 익숙한 월하향 향수와 흙과

---

* 실제 인과관계가 없는 기묘한 우연의 일치를 일컫는 칼 융의 심리학 용어.

구리 냄새가 뒤섞인 피비린내―여자는 거의 매일 밤 샘의 꿈에 나타났다. 샘은 여자가 구급차에 실려간 뒤 어떻게 됐을까 궁금했다. 여자의 이름이 무엇이었을까 궁금했다. 그러나 샘은 애나에게 그 여자에 대한 얘기는 한마디도 하지 않았다. 자신들이 뉴욕을 뜬 이유가 그 여자라는 것을 샘은 알고 있었다. "캘리포니아에서는," 샘의 어머니가 장담했다. "두 번 다시 우리한테 나쁜일이 일어나지 않을 거야."

샘이 열 살이 되던 날, 메리 루 레턴이 여자 체조에서 개인 종합 금메달을 땄다. 조부모가 열어준 생일파티에서 사람들은 샘의 생일을 축하하면서도 메리 루의 경기를 계속 시청하기 위해 텔레비전을 음소거 상태로 켜두었다. 사람들 시선이 전부 텔레비전을 향해 있어도 샘은 아무렇지 않았다. 샘 자신도 메리 루가 메달을 따는지 알고 싶었으니까. 샘이 촛불 열 개를 불어 껐고, 메리 루레턴은 마루 종목에서 십 점 만점을 받았다. 샘은 자신이 정확한 순간에 열 개의 촛불을 불어 끔으로써 메리 루가 십 점 만점을 받게 했다는 느낌이 들었다. 샘은 세상이 루브 골드버그 장치*라는 환상에 빠져들었다. 만약 자신이 초를 아홉 개밖에 못 껐다면, 메리 루가 아니라 저 루마니아 여자애가 이겼을지도 모른다.

이튿날 샘과 애나는 둘이서 점심을 먹으러 나왔다. 샘은 어머니와 단둘이 있는 게 몇 년 만인 것 같았다. 이제 갓 열 살이 됐을 뿐이지만, 황량한 맨해튼밸리의 기차칸식 아파트와 테이크아웃

---

* 초에 불을 붙인다든가 하는 쉽고 단순한 일을 아주 복잡하고 엉뚱한 과정을 거쳐 해내는 기계장치로, 미국의 만화가 루브 골드버그의 작품에 자주 등장한다.

중식과 그곳에 남겨두고 온 삶에 또렷한 향수를 느꼈다. 가까운 테이블에서는 슈트 차림의 두 남자가 우렁우렁한 목소리로 체조 결선에 대해 얘기하고 있었다.

"러시아가 보이콧하지 않았으면 금메달은 절대 못 땄어." 남자가 주장했다. "최고의 선수들이 빠졌는데 그건 우승을 해도 우승이 아니지."

샘은 큰 소리로 떠드는 저 남자의 말이 옳다고 생각하냐고 어머니에게 물었다.

"흠." 애나는 아이스티를 한 모금 마시고 나서 양손으로 턱을 괴었고, 그건 샘도 알아차렸다시피 애나가 진지한 얘기를 할 때의 버릇이었다. 애나는 입심 좋은 사람이었고, 세계와 그 안의 수수께끼에 대해 어머니와 심도 있게 토의하는 것이 어린 샘에게는 인생의 지대한 즐거움 중 하나였다. 애나만큼 샘과 샘의 질문을 진지하게 받아들이는 사람은 없었다. "저 사람 말이 사실이라고 해도, 난 우승은 우승이라고 생각해." 애나가 말했다. "왜냐면 메리 루는 어제라는 날에 그곳의 특정 사람들과 겨루어 우승을 차지한 거니까. 다른 경쟁자들이 그 자리에 있었다 해도 무슨 일이 일어났을지는 아무도 모르는 거잖아. 러시아 여자애들이 이겼을 수도 있지만, 시차 때문에 숨이 달려서 경기를 망쳤을 수도 있지." 애나는 어깨를 으쓱했다. "그리고 그건 세상 모든 경기에 해당되는 진리야—경기는 그것이 플레이되는 순간에만 존재할 수 있다. 배우가 연기를 하는 것도 마찬가지지. 결국 우리가 알 수 있는 건, 우리가 아는 유일한 세상인 이곳에서 플레이된 경기뿐이야."

샘은 프렌치프라이의 맛을 음미했다. "다른 세상도 있어요?"

"아마도 있을걸, 확증은 없지만." 애나가 말했다.

"어딘가 다른 세상에서는 메리 루가 금메달을 못 땄을 수도 있겠네요. 아예 시상대에 못 올랐을 수도 있고."

"어쩌면."

"난 메리 루가 마음에 들어요. 열심히 노력하는 사람 같아서." 샘이 말했다.

"그래, 하지만 거기 나온 모든 여자애들이 열심히 노력했을 거야. 메달을 따지 못한 사람들도."

"메리 루의 키가 145센티미터밖에 안 된다는 거 알았어요? 나보다 5센티미터밖에 안 커요."

"샘, 너 메리 루 레턴한테 반한 거야?"

"아니 난 사실을 말한 것뿐인데."

"메리 루는 너보다 여섯 살밖에 안 많아."

"엄마, 징그럽게 왜 이래."

"지금이야 나이 차가 크게 느껴지겠지만 2, 3년 지나면 그렇지도 않다 너."

그때 슈트 차림의 두 남자 중 한 명이 이쪽으로 다가왔다. "애나?" 그 목소리 큰 남자였다.

애나가 고개를 들었다. "아, 안녕?"

"역시 당신이었군." 목소리 큰 남자가 말했다. "좋아 보이네."

"조지, 잘 지냈어?" 애나가 말했다.

목소리 큰 남자가 샘 쪽으로 몸을 돌렸다. "안녕, 샘."

샘은 남자가 낯이 익다고 생각했지만 순간 어디서 봤는지 헷

갈렸다. 남자를 마지막으로 본 게 3년 전이었고, 열 살 아이에게 3년은 평생이다. 곧이어 샘은 조지가 누군지 기억났다. "안녕하세요, 조지." 샘이 말했다. 조지는 아무렇지 않게 직장인끼리 악수를 나누듯 샘의 손을 잡고 흔들었다.

"로스앤젤레스에 있는 줄 몰랐는데." 조지가 말했다.

"온 지 얼마 안 됐어. 자리잡고 나서 연락하려고 했지." 애나가 말했다.

"그럼 아주 온 거야?" 조지가 말했다.

"응, 그렇게 될 것 같아." 애나가 말했다. "에이전트가 파일럿 시즌에 와달라고 몇 년 동안 하도 징징거려서."

"파일럿 시즌이면 봄이잖아." 조지가 말했다.

"응. 그건 당연히 알지. 하지만 샘이 학년을 마칠 때까지 기다렸다 오느라. 나는 내년 시즌을 준비하려고."

조지가 고개를 끄덕였다. "그럼. 만나서 반가웠어, 애나." 조지가 자기 테이블로 돌아가다 멈칫하더니 몸을 돌려 다시 왔다. "샘, 시간 되면 같이 점심 먹을 수 있으면 좋겠다. 네가 날짜만 정하면 내 비서인 미스 엘리엇이 알아서 다 해줄 거야."

그리하여 샘은 친아버지 조지 매서와 라스칼라에서 점심을 먹었다. 모르는 사람에겐 실제보다 더 고급스럽게 들리는, 우아하게 쇠락의 길을 걷고 있는 베벌리힐스의 레스토랑들 중 하나였다. 샘이 조지를 본 횟수는 총 대여섯 번밖에 안 되고, 대체로 조지가 뉴욕에 업무차 왔을 때였다. 그런 날이면 뉴욕 관광객 또는 이혼한 아버지와 아들이 갈 법한 코스를 함께 돌았다. FAO 슈워츠 완구점, 플라자호텔의 애프터눈 티, 브롱크스 동물원, 맨해튼

어린이 미술관, 라디오시티 뮤직홀의 로켓츠 공연 등등. 그런 만남은 아버지와 아들에게 유대감을 심어주지 못했고, 샘은 조지에게 별다른 친밀감을 느끼지 못했다. 가령 샘은 조지를 아버지라고 부르지 않았다. 그냥 조지라고 불렀다. 조지를 떠올릴 때면 어머니가 한때 섹스를 했던 사람 정도로 생각했다. 열 살짜리가 섹스의 작동원리를 명확히 아는 건 아니었지만.

샘이 알기로, 조지는 윌리엄 모리스 에이전시에서 일하는 에이전트였고, 윌리엄 모리스 에이전시는 애나의 소속사가 아니었다. 샘이 알기로, 조지는 〈플라워 드럼 송〉 재공연이 끝난 후 무대 뒤로 와서 애나가 부른 〈I Enjoy Being a Girl〉이 그날 무대 중 최고였다고 말했다. 샘이 알기로, 조지는 애나와 육 주가량 사귀었으며, 애나 쪽에서 불분명한 이유로 관계를 정리했다. 샘이 알기로, 그로부터 6주 후 애나는 임신 사실을 알았다. 샘이 알기로, 애나는 임신중지를 고려했고, 샘은 임신중지가 무슨 뜻인지 알고 있었다. 샘이 알기로, 애나는 조지와 결혼하고픈 마음이 전혀 없었다. 샘이 알기로, 애나가 조지에게 임신 사실을 알렸을 때 조지는 만 달러짜리 수표를 써주었다, 애나가 달라고 한 적도 없는데. 샘이 알기로, 그 돈은 샘의 대학 등록금용으로 신탁자금에 예치됐으며, 이후 조지는 그 자금에 일절 기여한 바가 없다. 샘이 이런 사연을 알게 된 것은 주로 애나의 연기 수업반 친구인 게리를 통해서였다. 게리는 애나가 일을 나가야 할 때면 가끔 샘을 봐줬는데, 하여간 입이 싸도 너무 싼 사람이었다.

조지는 여름용 고급 모직 슈트를 입고 나왔다―샘은 조지가 늘 슈트를 입고 다닌 것으로 기억한다. 조지는 샘에게 손을 내밀어 악수를 청했다. "안녕, 샘. 모처럼 이렇게 시간 내줘서 고마워." 조지가 말했다.

"천만에요." 샘이 말했다.

"오늘 이 만남이 성사돼서 정말 기쁘다."

샘은 어떤 음식을 주문해야 좋을지 조지에게 물었고, 조지는 '인기 있는 촙샐러드'를 권했는데, 먹다보니 물기가 많아서 질척거렸다. 두 사람은 올림픽과 K타운의 친척들, 뉴욕과 로스앤젤레스 생활의 차이에 대해 얘기했다.

"말하자면," 조지가 말했다. "난 유대인이고, 그 말은 곧 너도 부분적으로는 유대인이라는 거지."

"그게 그렇게 되나요?" 샘이 말했다.

"별로 그렇게 안 보이겠지만, 너도 절반은 나니까."

샘이 고개를 끄덕였다.

"우리가 서로 만난 횟수가 너무 적은 건 내 선택이 아니었어, 너도 알겠지만."

샘은 고개를 끄덕였다.

"애나 잘못이라는 건 아냐. 하지만 네 어머니가 늘 일을 쉽게 풀어가는 사람은 아니지. 애나가 임신했을 때 내가 애나한테 로스앤젤레스로 오라고 했다는 거 아니? 근데 애나가 거절했어. 여기서 애를 키우는 건 상상도 안 간다나. 그래 놓고 이렇게 오다니." 조지는 어깨를 으쓱했다. "인간만큼 웃긴 게 없다, 그치?" 조지는 맞장구를 기대하며 샘을 바라보았다.

"인간이란." 샘은 육십 먹은 노인처럼 말했다. 그게 조지가 바라는 대답 같았다.

"사람이 다 그렇지. 말리부에 내 별장이 하나 있는데 나중에 한번 오지 않을래?" 조지가 말했다.

"네." 샘은 말리부에 가고 싶은 마음은 딱히 없었지만 예의바르게 말했다. "차로 오래 걸리지 않나요 그…… 곳에 가려면."

"그렇게 오래 걸리진 않아. 혹시 내 여자친구 만나보지 않을래? 아주 예쁘게 생긴 여자야. 너한테 자랑하려고 하는 말이 아니라, 이해를 도와주려고. 사람들에게 뭔가를 시각화해서 자세히 묘사해주는 건 매우 중요하거든. 그걸 할 줄 알면 절반은 따고 들어가는 거란다, 아들아. 하여간 그래, 그 여자는 아주 매력적이야. 너 007 영화 알아? 내 여자친구는 007 시리즈 최신작에서 제임스 본드의 두번째 비서로 나왔어. 007 영화에서 비서 역은 본드걸 역하곤 다르다는 사람들도 있는데, 난 똑같다고 생각해." 조지는 샘을 쳐다보았다. "넌 어떻게 생각하지?"

"흠. 거기에 대해선 아무 생각 없는데요." 샘이 말했다.

조지가 손짓으로 체크 표시를 했고, 직원이 계산서를 가져왔다. 조지는 음식값을 지불하고 샘과 다시 악수했다. 그리고 샘에게 명함을 주었다. 조지 매서, 윌리엄 모리스 에이전시, 영화배우 에이전트.

"뭐든 필요하면 거기 전화번호로 연락해. 전화는 내 비서가 받겠지만 미스 엘리엇은 어디서 날 찾을 수 있는지 항상 알고 있으니까. 혹시 못 찾으면 메시지를 전해줄 거고."

두 사람은 밖으로 나왔다. 봉자가 샘을 데리러 오기로 한 시각보다 몇 분 일렀다.

조지가 손목시계를 들여다보았다.

"먼저 가셔도 돼요." 샘이 말했다.

"아냐. 괜찮아."

"전 항상 혼자예요." 이렇게 얘기하면 은연중에 어머니에 대한 불만을 드러내는 것처럼 보일 수도 있겠다는 생각이 들었다. "그니까, 항상 그렇다는 건 아니고요."

한시 정각에 와인색 MG를 몰고 나타난 봉자는 도로경계석 앞에서 차체 길이보다 15센티미터 정도 여유가 있을까 말까 한 공간에 깔끔하게 차를 끼워넣었다. 봉자는 환상적인 운전 솜씨의 호쾌한 드라이버였다. 처음 남편과 함께 로스앤젤레스에 왔을 때 지역 이삿짐센터에 취직한 봉자는 집안에서 전설적인 평행주차 실력으로 명성을 떨쳤다. 샘은 할머니가 테트리스 하듯 운전한다고 말했다.

샘은 차에 타면서 조지에게 손을 흔들었다. "안녕히 가세요, 조지."

"잘 가라, 샘."

샘이 차문을 닫았다. 봉자는 머리에 스카프를 두르고 남편이 선물해준 전문가용 운전 장갑을 꼈으며, 차 내부는 언제나처럼 티끌 한 점 없이 깔끔했다. 운전석에는 나무 구슬로 된 시트 커버를 씌웠는데 마사지가 된다든가 혈액순환에 좋다든가 그랬다. 복을 부르는 통통한 고양이 마네키네코가 뒤 유리창에서 손을 흔들었고, 백미러에는 성모상 모양의 방향제가 걸려 있었다. 향은 오래전에 다 날아갔지만, 라벨을 보면 원래는 솔향기가 났었다는 걸 알 수 있었다. 샘이 종종 얘기했듯이, "우리 할머니와 차를 타면 할머니에 대해 알아야 할 모든 것을 알게 돼."

"네 엄마는 얘기하지 말라고 했지만. 난 저치가 맘에 안 들어." 봉자가 말했다.

"말리부로 놀러오라던데요."

"말리부 좋아하네." 봉자는 그 지명이 역겹다는 듯 말했다. "네 엄만 정말 예쁘고 실력 있어. 근데 남자 보는 눈이 형편없단 말이야."

"하지만," 샘이 말했다. "조지가 말하길 나도 절반은 그 사람이랬어요. 만약 내가 절반은 조지라면……"

봉자는 자신의 실수를 알아차렸다. "넌 백 퍼센트 완벽하고 훌륭한 한국 아이야, 이 할미가 사랑하는."

빨간불에 걸리자 봉자는 샘의 머리를 쓰다듬었고, 이어서 이마에 뽀뽀하고 그다음엔 유대인 촌의 부처처럼 동그랗고 달콤한 양쪽 뺨에도 뽀뽀했다. 샘은 할머니의 거짓말을 토 달지 않고 받아들였다.

3

7월 첫 주, 마크스는 샘에게 인턴 일을 일찍 끝내고 돌아간다
는 이메일을 보냈다. 던전 마스터 매서에게, 나 이번주 토요일에 보스
턴으로 돌아간다. 인턴 일은 망했어―나중에 자세히 얘기할게. 너랑 미
스 그린만 괜찮다면 난 거실 소파에서 잘게. 필요한 건 뭐든 시켜, '프로
듀서'로서 장애물을 제거해주지, 하하. 아빠가 너희 둘에게 상당히 큰 감
명을 받은 모양이야. 게임이 어떻게 돼가는지 보고 싶어 죽겠다. 제목은
붙였어? 레벨 9 팔라딘 마크스.

마크스가 토요일에 온다는 얘기를 샘에게 전해들은 세이디는
탐탁잖아했다. "오지 말라고 하면 안 돼?" 세이디가 말했다.

"안 돼." 샘이 말했다. "여긴 마크스의 아파트잖아."

"나도 알아. 걔가 프로듀서 직함을 달게 된 이유가 그거니까.
걔가 들어와서 같이 있게 되면 그 직함 회수해도 돼?"

"아니."

146

"이제야 간신히 작업 리듬을 끌어올렸는데." 세이디가 투덜거렸다.

"마크스는 굉장한 녀석이야. 같이 있으면 도움이 될 거야." 샘이 말했다.

"무슨 도움?" 세이디가 보기에 마크스는, 관심사는 드넓게 퍼져 있는 반면 제대로 할 줄 아는 건 거의 없는 돈 많고 잘생긴 녀석이었다. 세이디가 다녔던 크로스로즈고등학교의 남자애들 중 절반은 마크스과였다.

"우리가 버려둔 모든 일에. 두고 보면 알아." 샘이 말했다. "우리가 마크스를 그렇게 쓰기로 하면 녀석은 훌륭한 리소스야."

이미 결정된 사안이었으므로 세이디는 별수없이 작업으로 되돌아갔다.

두 사람은 아직 이름이 없는 주인공 아이의 캐릭터 디자인에서 아주 많은 진전을 이뤘다. 샘이 아이의 복장을 제안했다. 원피스처럼 길게 내려오는 아버지의 스포츠 저지. 나무 플립플롭. 머리는 매끄러운 바가지머리로 합의를 봤는데, 미적으로도 실용적으로도 마음에 들었다. 헬멧 같은 머리 모양은 복잡한 호쿠사이풍 배경에 겹쳐도 아주 깨끗하게 보일 것이다.

세이디는 캐릭터 디자인을 정리하면서 아이의 움직임에도 완벽을 기하고 있었다. 세이디는 아기 오리가 엄마 오리를 쫓아가듯 물에 둥둥 뜬 느낌이면서도 약간 제어가 안 되는 걸음걸이를 원했다. 세이디와 샘이 작성한 디자인 기획안은 이랬다. "아이의 몸은 고통을 느낀 적도, 고통이라는 개념을 마주한 적 없는 사람처럼 움직인다." 아, 이토록 야심 찬 기획안이라니!

세이디는 아이의 걸음걸이 문제에 몇 날 며칠을 바쳤다. 아이에게 아주 작은 보폭을 주고 종종걸음으로 걷게 했고, 뒤이은 발자국은 경쾌하게 흩어지며 사라지게 했다. 이것도 꽤 좋았지만, 세이디가 기어이 이뤄낸 쾌거는 아이가 직선으로만 움직이는 게 아니고 게이머가 캐릭터를 똑바로 앞으로 조종하더라도 꼭 옆으로 몇 발짝 빠르게 뒤뚱뒤뚱 흐르도록 만든 것이었다.

세이디는 작업 결과물을 샘에게 보여주었다. "좋은데." 샘이 말했다. 샘은 아이를 화면 여기저기로 움직여보았다. "근데 이건 나잖아. 내가 이렇게 걷는데."

"아냐. 안 그래." 세이디가 말했다.

"내가 훨씬 느리지. 하지만 난 앞으로 가려고 하면 결국 옆으로 흘러가. 고등학교 때 어떤 새끼가 그걸 '샘 스텝'이라고 불렀어."

"난 애들이 싫어." 세이디가 말했다. "절대 애 안 낳을 거야." 세이디가 샘한테서 키보드를 도로 가져와 화면 속 아이를 이리저리 움직였다. "그래, 뭐 좀 너처럼 보일 수도 있겠네." 세이디는 인정했다. "하지만 이거 만들면서 정말 넌 생각도 안 했어."

별안간 폭발음이 들렸다. "이게 무슨 소리야?" 세이디는 허리를 숙여 몸을 웅크렸고, 샘은 창가로 갔다. 멀리 불꽃놀이가 보였다. 오늘이 7월 4일 독립기념일이라는 사실을 둘 다 까맣게 잊고 있었다.

마크스가 돌아왔을 때 두 사람은 첫 레벨의 데모를 보여주었다. "완성되려면 아직 멀었어." 세이디가 말했다. "조명도 사운드도 없지만, 보면 대충 뭘 하려는지 감이 올 거야, 기본 게임 방식이 어떤 느낌인지. 폭풍우는 아직 손도 못 댔어."

샘이 마크스에게 컨트롤러를 건네주었다. 화면은 물속에 있는 아이와 아이 주위에 둥둥 떠 있는 잔해들을 보여주었다. 마크스는 노련한 게이머였지만 컨트롤 감을 익히기까지 시간이 걸렸고, 그동안 아이는 몇 번이나 마크스의 지시하에 허우적거리다 유명을 달리했다. "젠장, 이거 어려운걸." 마크스가 말했다.

〈이치고〉 첫 레벨의 목표는 어떻게든 양동이와 삽을 손에 쥔 채 물에 빠져 죽지 않고 해변에 도착하는 것이다. 부분적으로는 리듬 게임이면서—아이를 헤엄치게 하는 컨트롤을 알아내야 한다—부분적으로는 액션 어드벤처. 이 세계에서는 완전히 본능적 감에만 의지해야 한다—단서는 거의 없고 글자는 하나도 없다. 마침내 마크스는 아이를 바닷가로 보내는 데 성공했다. 그리고 아이가 걷는 것을 보고 신나서 탄성을 질렀다. "꼬마 샘이다!"

"제발 그렇게 부르지 말아줄래?" 세이디가 볼멘소리를 했다.

"내가 뭐랬냐." 샘이 세이디에게 말했다.

마크스가 캐릭터를 조종해 바닷가를 한 바퀴 돌았다.

"아직 레벨 2는 없어." 세이디가 미리 알렸다.

"아니 난 그냥 꼬마 샘의 뒷모습이 보고 싶어서."

"아 좀 그렇게 부르지 말라니까." 세이디가 말했다.

"꼬마 샘의 저지 등번호 14는 무슨 뜻이야?" 마크스가 물었다.

"아무 뜻 없어. 걔네 아버지가 제일 좋아하는 운동선수의 등번호일지도. 아직 안 정했어." 샘이 말했다.

"'주욘.'" 마크스가 말했다.

"'주욘'이 뭐야?" 샘이 물었다.

"일본어로 14." 마크스가 말했다. "애 이름이 아직 없다며? 누군가는 이 녀석을 저지 등번호로 '주욘'이라고 부를지도."

"재밌군." 샘이 말했다.

"얘는 남자애가 아니고, 그 주* 부분도 맘에 안 들어." 세이디가 말했다. "명백한 이유에 근거하여, 그 이름은 미국인들에게 이상하게 들릴 거야."

"그럼 '이치 욘'은 어때. 1하고 4를 뜻하는데. 아마 얘는 10보다 큰 숫자는 못 셀 테고, 그럼 14라는 단어도 모를 테니까." 마크스가 말했다.

세이디가 고개를 끄덕였다. "나름 괜찮네. 하지만 역동성이랄까 강약 같은 게 아쉽군."

"1, 4보다 더 좋은 게 뭘까? 1, 5는 어때? 이치, 고. 쟤 이름은 이치고야." 마크스가 말했다. "게임 제목을 '이치고'라고 해도 되겠다. 이치고는 일본어로 딸기라는 말이기도 해."

"이치고." 샘이 그 단어를 소리내어 말했다. "'고'가 역동적이네. 고, 고, 이치고, 고."

"난 〈스피드 레이서〉 주제곡이 생각난다." 세이디가 일축하듯 말했다.

"맞아. 그거 좋은 곡인데." 샘이 말했다.

"결정은 전적으로 너희들한테 달렸어, 당연히." 마크스가 말

---

* 유대인(jew)과 발음이 비슷하다.

했다. "이 게임의 디자이너는 내가 아니니까."

세이디는 생각에 잠겼다. 안 그래도 밉상인 마크스가 방금 자신들의 게임에 이름을 붙였다는 사실이 영 마뜩잖았다. "이치고라." 세이디는 느릿느릿 말했다. 젠장, 재밌는 발음이잖아. "뭐 그정도는 봐주지."

세이디가 이 사실을 샘에게 인정하기까진 오랜 세월이 걸렸지만, 그해 여름 마크스는 자신이 엄청나게 유용함을 제대로 입증했다. 물론 마크스는 게임 디자이너가 아니었다. 세이디 같은 에이스 프로그래머도 아니었고, 샘처럼 그림을 그리지도 못했다. 그러나 그 외 거의 모든 것을 도맡아 처리했고, 지루하지만 꼭 필요한 일에서부터 창의적이며 핵심적인 부분에 이르기까지 그의 기여는 두루두루 미쳤다. 마크스는 샘과 세이디가 서로 뭘 하고 있는지, 또 그걸 하는 데 뭐가 필요한지 좀더 잘 알 수 있도록 워크플로를 작성했다. 필수 물자를 관리하고 기나긴 재고 목록을 만들었다. 신용카드 씀씀이는 후하다못해 아주 아낌없이 퍼주는 수준이었고—고질적으로 메모리와 하드가 부족했으며, 정기적으로 그래픽카드를 태워먹었다—그해 여름 마크스는 센트럴스퀘어의 대형 컴퓨터 부품점을 쉰 번은 왕복했을 것이다. 마크스는 유한책임회사 '고, 이치고, 고'를 설립하고 법인 구좌를 텄다. 그리고 회사를 통해 세금을 내게 했다(단기적으로는 업무용품을 면세로 구입하여 비용절감을 꾀했다). 어느 시점에 이르면 인력이 더 필요하게 될 것을 예상하고, 사람을 뽑아야 할 때를 대비해 준비도 해두었다. 모두가 제대로 먹고, 수분을 섭취하고, (조금이라도) 잠을 잘 수 있도록 만전을 기했고, 작업공간을 깨끗이

유지하여 혼돈이 넘실대지 않도록 관리했다. 마크스는 숙련된 게이머였고, 그만큼 탁월한 레벨 테스터이자 버그 발견자였다. 이 모든 것을 차치하더라도, 마크스는 서사에 대한 심미안과 감각이 있었다. 이치고의 그 유명한 '지하세계' 시퀀스를 제안한 게 바로 마크스였고("이치고는 저 밑바닥까지 최대한 내려가야 해"라고 마크스는 말했다), 세이디와 샘에게 무라카미 다카시와 후지타 쓰구하루를 알려주고 흥미를 갖게 한 것도 마크스였다. 아방가르드 연주곡을 좋아해서 세이디와 샘이 작업하는 동안 CD 플레이어로 브라이언 이노, 존 케이지, 테리 라일리, 마일스 데이비스, 필립 글래스를 주구장창 틀어댄 것도 마크스였다. 『오디세이아』와 잭 런던의 장편소설 『야성의 부름』, 암스트롱 스퍼리의 그림책 『용기는 파도를 넘어』를 다시 읽으라고 권한 것도 마크스였다. 또한 스토리 구축에 관한 이론서 『영웅의 여정』, 아동과 언어 발달에 관한 스티븐 핑커의 『언어본능』도 읽혔다. 마크스는 말을 배우기 전의 아이인 이치고가 진짜처럼 느껴지기를, 현실에서 튀어나온 듯한 디테일을 갖추기를 원했다. 마크스가 보기에 이 게임은 이치고가 집으로 돌아오는 이야기일 뿐 아니라 언어 이야기였다. 언어가 없는 세상에서 우리는 어떻게 의사소통을 하는가? 마크스가 그 이야기에 집착한 것은, 그의 어머니가 일본어를 완벽하게 구사하지 못한 탓에 성인기의 삶을 대체로 외롭게 때론 우울하게 살았다고 생각한 이유도 없지 않았다. 게임 〈이치고〉를 마케팅 차원에서 바라보기 시작한 것도 마크스였다. 훌륭한 게임을 완성하는 것도 중요하지만, 남들에게 이 게임이 왜 훌륭한지 설명해야 할 때가 필연적으로 찾아올 것이다.

8월 중순이 되자, 최종적으로 열다섯 개가 되는 이치고의 레벨 중 여섯 개가 대략적으로나마 형태를 갖췄고, 이는 대부분 마크스의 조직능력에 힘입은 결과였다. 한편 마크스는 세이디와 샘의 작업을 프로듀싱하는 일이 샘의 룸메이트로서 해왔던 일과 별반 다르지 않음을 깨달았다. 그는 존재감을 드러내지 않고 세이디와 샘이 수월하게 일할 수 있도록 티나지 않게 보살폈다. 그는 화재를 예방하는 소방수였다. 수요와 방해가 고개를 들기 전에 예측했다. 그게 프로듀서가 하는 일이고, 마크스는 매우 탁월한 프로듀서임이 밝혀진다.

그러나 마크스가 가장 잘한 일은 바로 이것이었다. 그는 두 사람을 믿었다. 마크스는 이치고를 아주 좋아했다. 샘을 아주 좋아했다. 세이디 역시, 점점 좋아하게 되었다.

"근데 너랑 세이디는 무슨 관계야?" 8월 초의 어느 무더운 저녁 마크스가 샘에게 물었다. 에어컨은 아까 꺼졌고, 그들이 돌리는 컴퓨터 장비의 열기 때문에 집안은 벌써부터 찜통이었다. 조금이나마 시원함을 유지하려고 마크스와 샘은 복서 쇼츠 하나만 달랑 입은 채 차가운 물병을 이마에 대고 있었다. 세 사람이 다같이 있지 않을 때는 흔치 않았는데, 오늘 저녁엔 세이디가 보스턴에 온 고등학교 때 친구를 만나러 나갔다. 어쩌면 잠시나마 컴퓨터가 내뿜는 열기를 피해보려는 심산도 있었을 것이다.

"베프지." 샘이 말했다.

"그래," 마크스가 말했다. "그건 알아. 근데 말이야, 저기—내가 이런 걸 묻는 게 이상하지 않았으면 하는데—둘이 사귀어? 아니면 사귀었던 적 있어?"

"아니, 그런 적 없어…… 우린 연애 이상이지. 연애보다 나아. 우정이야." 샘이 웃음을 터뜨렸다. "하여간 연애 따위 뭔 상관이야?"

"상관있는 사람도 있어." 마크스가 말했다. "내가 물어본 이유는…… 음, 내가 세이디한테 데이트 신청을 해도 될까?"

샘은 다시 웃음을 터뜨렸다. "세이디 그린한테? 데이트 신청? 한번 해봐. 좋은 소리는 못 들을 것 같은데."

"왜?" 마크스가 말했다.

"왜냐하면……" 세이디는 널 싫어하니까, 라고 샘은 말하고 싶었다. 세이디는 널 바보라고 생각하고 네가 여기 있는 것조차 못마땅해하니까. "왜냐하면 네 데이트 상대가 한둘이 아니라는 걸 아니까."

"어떻게?"

"아니 그게 뭐 국가 기밀도 아니고. 넌 맨날 여자애랑 사귀고, 그게 2주 이상 가지를 않잖아. 사실, 지금 좀 생각해보니 세이디한테 데이트를 신청하는 게 좋은 생각은 아닌 것 같다. 내가 걔한테 그런 감정이 있어서가 아니라, 우린 다 같은 동료잖아, 안 그래? 〈이치고〉에 방해가 될 만한 일은 없었으면 좋겠어."

"그래, 네 말이 맞아. 안 들은 걸로 해주라." 마크스가 말했다.

샘이 얘기한 '2주'는 과장된 수치였다—마크스의 연애는 평균 대략 6주간 지속됐다. 마크스는 금세 사랑에 빠졌고, 그 잠시 동안은 매우 좋은 연인이 되었으며, 당연히 학대받거나 상처받고 마크스와 헤어진 사람은 아무도 없었다. 마크스는 상대로 하여금 자기가 마크스를 찼다고 생각하게 만드는 재주가 있었고, 그래서 전 애인들 대부분이 그의 친구로 남았다. 몇 주, 몇 달, 때론 몇 년이 지난 후에야 여자들은 문득 이렇게 생각하는 것이었다. "흠, 마크스가 나를 찬 걸 수도 있겠군." 그 말은 곧, 마크스는 전 애인 중 누구하고도 마주치지 않고 하버드스퀘어를 지나가는 게 불가능하다는 얘기였으며, 대개 상대는 그를 보면 기뻐했다.

스물두 살의 마크스에게 문제가 있다면, 너무 많은 것들과 너무 많은 사람들에게 매료된다는 점이었다. 마크스가 제일 좋아하는 형용사는 '흥미롭다'였다. 세상은 읽고 싶은 흥미로운 책, 보고 싶은 흥미로운 연극과 영화, 플레이하고 싶은 흥미로운 게임, 맛보고 싶은 흥미로운 음식, 섹스하고 싶고 가끔은 사랑에 빠지고도 싶은 흥미로운 사람들로 가득해 보였다. 마크스에겐 최대한 많은 걸 좋아하지 않는 게 미련한 짓이었다. 처음 알게 된 몇 달 동안 세이디는 마크스를 '연애 딜레탕트'라 부르며 흰 눈으로 보았다.

하지만 마크스에게 이 세상은 아시아 어느 나라의 오성급 호텔에서 나오는 조식 같았다—그 다양함과 풍성함은 압도적이었다. 파인애플 스무디, 군만두, 오믈렛, 야채절임, 초밥, 녹차맛 크루아상을 마다할 사람이 어디 있겠는가? 그 모든 것이 가져가 먹으라며 거기 놓여 있었고, 저마다의 풍미를 뽐내며 입안에서 사르르 녹았다.

마크스가 하버드에 다니면서 사귄 적잖은 수의 사람들 사이에서는 그가 진심으로 사랑한 유일한 상대는 샘뿐이라는 말이 나돌았고, 분하다는 투로 얘기하는 사람도 있었다. 마크스는 정말로 샘을 사랑했다. 하지만 샘과 섹스를 하고 싶은 건 아니었다. 그에게 샘은 남동생 같았다. 마크스는 죽을 때까지 평생 샘을 지킬 것이다.

하지만 세이디는…… 세이디는 얘기가 달랐다. 그렇게 느껴졌다. 세이디는 샘 같지만 샘이 아니었고, 그게 너무나 매혹적이었다. 세이디는 그가 보통 데이트하던 유형들보다 훨씬 다채롭고 흥미로우며 난해했다. 마크스는 바보가 아니었다―세이디는 그를 좋아하는 눈치가 아니었는데, 이건 희귀한 일이었다. 누구나 마크스를 좋아하는데!―마크스는 세이디가 만약 자신을 좋아해 준다면 어떤 느낌일지 알고 싶었다. 세이디가 샘과 얘기하듯 자신과도 얘기해주면 좋겠다고 생각했다. 마크스는 독서량이 어마어마한 독서가였고, 그에게 세이디는 마치 여러 번 읽어도 좋은 책, 항상 새로운 뭔가가 튀어나오는 책 같았다. 그러나 마크스는 워낙 많은 사람들에게 매혹됐으므로, 샘이 하지 말라고 말렸을 때 그리 어렵지 않게 받아들였다.

4

세이디는 8월 중순이 되어서야 폭풍우 작업에 착수했다. 게이머들이 〈이치고〉를 플레이했을 때 제일 처음 만나게 되는 장면이 폭풍우가 될 것이었으므로, 진짜 볼만하게 만들어야 한다는 압박감이 컸다. 게다가 이 폭풍우는 자신과 샘이 새 학년을 맞아 각자의 학교로 돌아가기 전까지 완성할 수 있는 마지막 신이 될 가능성이 컸다.

서로 얘기는 안 했지만, 샘과 세이디 둘 다 9월까지 이 게임을 끝마치지 못할 거라는 건 알고 있었다. 또한 지금 하고 있는 작업의 퀄리티가 좋다는 것도 알고 있었다─아니, 좋은 정도가 아니었다. 게임이 여름 내에─어쨌든 그게 샘이 독단으로 정한 데드라인이었다─완성되지 못할 거라는 사실을 입 밖에 내는 순간 왠지 이 협업의 마법이 깨질 것 같아서 두 사람은 일부러 모른 척했을 수도 있다. 한결같이 유능한 프로듀서인 마크스가 은근슬쩍 그 화제를 꺼냈다. 수강신청 스케줄을 짜야 하지 않겠냐고 떠봤지만, 둘 다 그 얘기는 하고 싶어하지 않았다. 샘과 세이디는 세상의 현실을 무시하고 그저 가능한 한 오래 크런치 모드*에 있으려 했다.

스무 살 젊은이들 대부분이 그렇듯 세이디도 복잡한 그래픽 엔진과 물리 엔진을 만들어본 경험이 전무했고, 〈이치고〉에 넣을 엔진을 만들면서 악전고투하리란 건 익히 예상할 수 있었다. 샘과 세이디는 수채화처럼 투명한 맑음을 구현할 엔진을 원했지만, 세이디가 아무리 애를 써도 그런 맑음을 얻을 수가 없었다. 가령 이치고가 달릴 때는 거의 물처럼 아련한 모습으로 구현하고 싶었다. 세이디와 샘이 적어놓은 야심 찬 디자인 기획안에서 이치고의 달리기는 (걷기와 비교하여) "움직임에 물의 속도와 미감, 위험이 담겨 있다. 달리는 아이는 물결치는 파도를 닮았다. 점프하는 아이는 태풍이다"라고 묘사됐다. 첫번째 시도에서 이치고는 그저 흐릿하니 잘 보이지 않았다—전혀 '흐르는 물' 같지 않았다. 세이디가 원했던 형상의 근사치가 나올 때는 게임이 덜컥 다운되는 일이 잦았다. 그러다 폭풍우를 만들어야 하는 때가 오자 세이디의 엔진의 진짜 약점이 뚜렷이 드러나기 시작했다.

폭풍우가 뭘까? 세이디는 생각했다. 물, 그리고 빛, 그리고 바람. 그리고 아이의 손이 닿는 면에서 그 세 가지 요소가 어떻게 움직이느냐. 그게 어느 정도까지 단단해야 할까?

---

* 거의 쉬지 않고 업무에 몰입하는 고강도 근무체제. 특히 게임업계가 이런 근무 형태로 악명 높다.

세이디는 처음 시도한 인트로 컷신의 폭풍우를 샘에게 보여줬다. 샘은 동영상을 두 번 돌려보고 나서 제 의견을 말했다.

"세이디," 샘이 말했다. "기분 상하지 않았으면 좋겠는데, 이건 아직 좀 별로야."

세이디도 별로라는 건 알았지만, 그래도 열받는 건 어쩔 수 없었다. "뭐가 그렇게 별론데?" 세이디는 따져 물었다.

"전혀 현실감이 안 나."

"우리가 만든 풍경이 목판화처럼 생겼는데 저기서 어떻게 현실감이 날 수가 있어?"

"'현실감'이란 말은 적절하지 않은 것 같다. 그냥 이 장면을 볼 때 아무것도 안 느껴져. 공포감도 없고. 아무 느낌도……" 샘은 동영상을 다시 돌렸다. "빛 때문이야. 조명이 없어서 그런가봐. 그리고 텍스처도. 바다에서…… 뭐랄까, 물인데 물기가 안 느껴져."

"그게 그렇게 만만하면 네가 저 빌어먹을 폭풍우를 한번 구현해보든가!" 세이디는 방으로 들어가 문을 쾅 닫았고, 일단 혼자가 되자 두 눈에서 아주 쉽게 폭풍우가 만들어졌다.

세이디는 지쳐서 뻗어버렸고, 자신이 〈이치고〉를 망치고 있는 것만 같았다. 두 사람이 만든 디자인 기획안의 아이디어는 아름다웠고, 샘이 그린 이미지도 아름다웠다. 그러나 그 이미지를 게임의 형태로 렌더링하는 것은 세이디의 몫이었다. 세이디는 패키지 겉면 그림은 근사하지만 막상 실제로 플레이해보면 콘셉트 아트와 전혀 딴판인 게임을 몹시 싫어했다.

샘이 세이디의 폭풍우를 좋아하지 않았기 때문이거나, 샘의 비평이 게임 그래픽 전반에 걸쳐 더 큰 문제가 있을 가능성을 암시

했기 때문만은 아니었다. 세 달 동안 거의 자지도 씻지도 못했는데 이 게임은 도무지 끝나지를 않는다! 세이디와 샘은 정말 많은 일을 했다─전 레벨을 상세히 설계했고, 전체 스토리를 썼으며, 캐릭터와 배경을 디자인했는데…… 그런데도 여전히 해야 할 일이 산더미였다. 공황 증세가 슬금슬금 올라오려는 느낌이 들자 세이디는 마크스의 침대맡 협탁을 뒤졌다. 그 안에 마크스가 깔끔하게 만 마리화나를 꽤 많이 넣어뒀다는 사실을 알고 있었다. 세이디는 한 대 피워 물었다.

샘이 방문을 두드렸다. "들어가도 돼?"

"그럼." 세이디가 말했다. 기분좋게 취하기 시작한 참이었다.

샘은 침대 위에 앉아 있는 세이디 옆에 나란히 앉았고, 세이디가 마리화나를 권하자 거절했다. 샘은 세이디나 마크스가 마리화나를 피울 때면 아주 질색을 하고 창문을 열었다. 스물두 살의 샘은 완벽한 금주가였다. 결코 술을 마시지 않았고, 심지어 아스피린을 먹는 것도 좋아하지 않았다. 지금까지 샘이 복용한 약은 병원에서 처방받은 진통제뿐이었고, 그 진통제도 먹으면 사고력이 흐려져서 달가워하지 않았다. 샘에게는 두뇌야말로 변함없이 원활히 작동하는 신체 부위였고, 거기에 대해선 일절 양보하지 않을 생각이었다. 그렇게 습득한 경험 탓에, 일정 부분 경감되어야 했고 경감될 수도 있었던 통증을 샘은 고스란히 견뎌냈다.

"엔진이 문제야." 세이디가 덤덤하게 말했다. "내 조명과 텍스처 엔진이 문제야. 그게 별로여서 그래."

"엔진의 어디가 문제인데?" 샘이 물었다.

"그게…… 내가 문제야…… 내가 아직 그걸 만들 실력이 안 되는 거지."

"네가 못하는 게 어딨어. 난 널 전적으로 믿어." 샘이 말했다.

샘의 신뢰가 세이디를 무겁게 짓눌렀다. 세이디는 침대 속으로 들어가 이불을 뒤집어썼다. "난 좀 자야겠다."

세이디가 쉬는 동안 샘은 엔진 탐색 작업에 들어갔다. 다른 회사의 게임 엔진을 가져다 쓰는 것도 가능했다. 원하는 결과물과 유사한 게임 엔진을 찾을 수만 있다면, 다른 개발자의 엔진을 쓰는 것은 작업량을 상당히 줄여줄 뿐 아니라 장기적으로는 비용도 절감할 수 있었다. 샘은 예전에 한번 그에 대해 세이디와 논의한 적이 있었고, 세이디가 다른 개발자의 엔진을 사용하는 데 부정적이라는 것을 잘 알고 있었다. 처음 시작할 때부터 세이디는 모든 코드가 자신들 것이어야 한다고 주장했다. 그렇지 않으면 게임의 독창성이 떨어질 테고, 저작권의 일부를 (그리고 종종 수익의 일부도) 엔진 제작자에게 양도해야 할 것이다. 물론 세이디는 도브의 가르침을 앵무새처럼 따라 말한 것이었다.

그럼에도 샘은 그날 오후 내내 자신과 세이디와 마크스가 갖고 있는 게임들을 쭉 살펴보았다. 샘은 프로그래밍을 대부분 독학으로 익혔고, 게임을 낱낱이 뜯어서 분해하는 방식으로 공부했다. 리버스 엔지니어링이 기술 쪽에서는 흔한 방식이지만, 샘은 그 방식을 할아버지에게 배웠다. 가게에서 뭐가 고장나면—금전등록기에서부터 야외 투광조명등이며 피자 오븐이며 공중전화며 식기세척기에 이르기까지—동현은 망가진 기계를 정성스럽게 분해하여 낡은 식탁보 위에 순서대로 꼼꼼하게 모든 부품을 늘어놓았다. 뭐가 망가졌든 대체로 다 고칠 수 있었다. 동현은 부식된

패킹을 의기양양하게 치켜들고 말하곤 했다. "아하! 요놈이 범인이었군! 이건 철물점에서 구십구 센트면 살 수 있지!" 그렇게 부품을 교체하고 나서 다시 원래대로 재조립했다. 샘의 할아버지에겐 두 가지 신조가 있었다. (1) 사람이 이해할 수 없는 물건은 없다. (2) 시간을 들여 어디가 망가졌는지 알아내면 못 고칠 물건이 없다. 샘도 그 신념을 공유했다.

샘은 원하는 조명과 텍스처 효과에 근접한 것을 찾기 위해 다른 게임들을 연구하기로 했다. 게임을 완전히 해체해서—해체가 가능하다면—뭘 배울 수/훔칠 수 있는지 알아낸 다음 세이디에게 자신이 발견한 것을 보고할 것이다.

세이디의 게임 무더기 맨 아래에서 샘은 〈데드 시〉를 발견했다. 〈데드 시〉에 대해 들어보긴 했지만 해볼 기회가 없었다.

세이디가 잠에서 깼을 때, 마크스와 샘은 샘의 컴퓨터 화면 앞에 모여 있었다. "이거 봐." 샘이 말했다. "폭풍우란 건 이렇게 생겨야 하는 거잖아?"

세이디는 샘에게 도브 얘기는 입도 벙긋한 적 없었고, 〈데드 시〉를 해봤냐고 물은 적도 없었다. 세이디는 무덤덤하게 옆걸음으로 PC 앞에 가서 전 애인의 게임을 보았다. 마치 골백번도 더 본 게임이 아닌 것처럼. "이건 내가 생각했던 우리가 가려는 방향보다는 좀더 스산한 느낌인데." 세이디가 말했다.

"물론 그렇지. 꼭 저렇게 똑같이 생겨야 한다는 건 아니야. 하지만 여기서 구현된 빛의 특징 말이야. 물속을 투과할 때 저 굴절 보여? 저 맑음 보이지? 분위기와 느낌이?" 샘이 말했다.

"보여." 세이디는 샘 옆에 앉았다. "그 통나무 주워야 할걸." 세이디는 게임을 진행중인 마크스에게 말했다. "저 좀비 머리를 박살내려면 그게 필요할 거야."

"고마워." 마크스가 말했다.

"하여간 그 엔진 이름은 율리시스야." 세이디가 말했다. "게임 디자이너 본인이 만들었어."

"그게 누군데?" 샘이 물었다.

"도브 미즈라흐. 게임 디자이너이자 프로그래머. 전에 좀 알던 사람이야."

"어떻게?" 샘이 말했다.

"학교에서 그 사람 수업을 들었어." 세이디가 말했다.

"그렇다면 한번 연락해보면 어때?" 샘이 말했다. "여전히 엔진 제작이 애를 먹인다면, 그니까 내 말은……"

"알았어, 연락해볼게." 세이디가 말했다.

"몇 가지 조언을 해줄지도 모르잖아?" 샘이 덧붙였다. "아니면 아예 그래픽 엔진을 쓸 수 있게 해줄지도?"

"그건 나도 몰라, 샘."

"난 네가 마음을 좀 편히 가졌으면 좋겠어. 우린 이미 이 게임의 아주 많은 부분을 만들었잖아. 끄트머리 코드 한 줄까지 몽땅 독자적으로 개발해야 할 필요는 없다고 생각해. 너한테 그런 결벽증이 있다는 건 아는데, 진짜 아무도 신경 안 쓸 거야. 예술에 순도 백 퍼센트 오리지널이 어딨어. 어떻게 도달했는지 그 과정은 중요하지 않아. 이건 완벽하게 독창적인 게임이 될 거야, 왜냐하면 우리가 만들었으니까. 유용한 도구를 손에 넣을 수 있다면 그걸 안 쓸 이유가 없어. 우리 건 〈데드 시〉와는 전혀 다른 게임이 될 텐데, 빌려 쓰나 안 쓰나 결국 무슨 차이가 있어?"

이튿날 아침 세이디는 도브에게 이메일을 보냈고, 알고 보니 도브는 가을 신학기에 게임 고급과정을 강의하고 〈데드 시 II〉를 완성할 예정으로 케임브리지에 돌아와 있었다. 도브는 세이디를 자신의 스튜디오로 불렀고, 세이디는 오라는 대로 갔다.

도브의 스튜디오에 도착한 세이디가 악수를 하려고 손을 내밀자 도브는 세이디를 끌어당겨 포옹했다. "네 이메일 받고 정말 기뻤다, 세이디 그린! 안 그래도 너한테 메일을 보내려고 했는데 정신이 없어서. 〈데드 시 II〉는 이제 거의 마무리 단계야. 내가 다시는 속편을 만드나 봐라. 넌 어떻게 지냈어?"

세이디는 〈이치고〉 얘기를 꺼냈다.

"제목 좋고. 바로 그런 게 네가 해야 할 일이지." 도브가 살짝 우월감을 내보이며 말했다. "네 자신의 게임을 만들어야지."

세이디는 메신저백에서 샘의 콘셉트 아트 몇 장을 꺼내 도브에게 보여줬다. "이야, 죽이는데." 도브가 말했다. 그다음으로 세이디는 랩톱을 꺼내 도브에게 첫번째 레벨을 플레이할 수 있게 해주었다. "이거 존나 끝내주는 작품인걸." 도브는 절대 마음에 없는 칭찬을 하는 법이 없었고, 세이디는 하마터면 눈물이 날 뻔했다. 아직도 자신에게 도브의 인정이 이렇게나 큰 의미가 있다니 솔직히 당황스러웠다. "맘에 들어." 도브는 세이디를 바라보았다. 콘셉트 아트를 책상에 내려놓고, 세이디의 두 눈을 똑바로 바라보더니 이윽고 고개를 끄덕였다. "율리시스가 필요해서 왔지,

안 그래?"

처음에 세이디는 부인하려 했었다. 직접 엔진을 만드는 데 필요한 조언을 몇 가지 얻고 싶었다고 우기려 했었다. "네, 율리시스가 필요해요." 세이디가 말했다.

"너만의 엔진을 만들어야 한다고 내가 늘 강조했던 거 알지."

세이디가 고개를 끄덕였다.

"하지만 율리시스가 얼마나 완벽하게 들어맞을지 눈에 선하군. 너와 네 동료가―이름이 뭐지?"

"샘 매서."

"너와 매서 군이 만들어내려는 그 작품에 말이야. 게다가 나의 세이디가 내가 필요하다며 찾아왔는데 어떻게 거절할 수 있겠어?"

일은 그렇게 싱겁게 됐다. 도브는 세이디에게 엔진을 주었고, 그 대가로 〈이치고〉의 프로듀서이자 지분 참여자가 되어 세이디의 직업 인생에 영원히 들러붙었다.

도브가 율리시스 설치 작업을 도와주러 집에 왔을 때, 마크스는 첫눈에 도브가 싫었다. 가죽 바지, 타이트한 검정 티셔츠, 주렁주렁 매단 실버 액세서리, 흠잡을 데 없이 매끈하게 다듬은 염소 수염, 발음기호에 붙은 곡절 악센트 모양으로 항상 휘어져 있는 볏 같은 눈썹. "크리스 코넬의 열화 버전이네." 그런지 밴드 사운드가든의 리드 싱어를 들먹이며 마크스가 속삭였다.

"크리스 코넬?" 샘이 말했다. "내 눈엔 사티로스 같은데."

무엇보다 마크스가 가장 질색한 것은 도브의 향수였다. 싸구려는 아니었지만 도브가 들어서자마자 그 냄새가 온 사방에 퍼졌고, 심지어 도브가 가고 난 후 창문이란 창문을 모조리 열어놔도 냄새가 가시지 않았다. 집안에 탁한 사향냄새가 가득했고, 소나무, 파츌리, 삼나무 냄새에 질식할 것만 같았다. 마크스의 느낌상 이건 공격적인 수컷의 향수, 음흉한 목적으로 의식을 잃게 만드는 향수였다.

또한 도브는 세이디와 신체적으로 너무 밀접 접촉하는 것 같았다. 컴퓨터 앞에서 일하는 세이디한테 바짝 붙어서 계속 세이디를 이리저리 어루만지며 사적 공간을 침범했다. 한 손은 세이디의 어깨 위에 올려놓고, 다른 손은 세이디의 허벅지와 키보드를 치는 손과 마우스를 잡은 손 위로 왔다갔다했다. 귀에 거슬리는 톤으로 이상하게 웃어대는 세이디. 눈을 가리는 앞머리를 쓸어넘겨주는 도브. 마크스는 그것이 전 연인 사이의 친밀함임을 알아차렸다.

마크스는 샘을 끌고 방으로 들어갔다. "세이디가 도브의 여자친구였다는 얘긴 안 했잖아."

샘이 어깨를 으쓱했다. "나도 몰랐어."

"어떻게 모를 수가 있나?"

"우린 그런 얘긴 안 하거든." 샘이 말했다.

"내 말은, 저 사람이 세이디의 교수였다며, 맞지? 그렇다면 저건 위력이야. 넌 저 사람이 우리 프로듀서가 되려는 거랑 저게 관련이 없다고 생각해?"

"사실 별 상관 없을 것 같은데." 샘이 말했다. "세이디는 성인이야."

"이제 갓 성인이 됐지." 마크스가 말했다.

마크스는 방문 밖으로 살짝 고개를 내밀고 세이디와 도브를 계속 염탐했다.

도브는 거의 혼자 말하고 있었다. "내가 너라면, 다음 학기는 휴학하겠어." 도브가 말했다.

세이디는 잠자코 들으며 고개를 끄덕였다.

"너랑 네 팀 말이야. 지금 너희에겐 뭔가가 있어. 그건 진짜 확실해." 도브가 말했다.

"하지만 학교는……" 세이디의 목소리는 거의 들리지 않았다. "부모님이……"

"그딴 게 무슨 상관이야? 네가 착한 딸인지 아닌지에 관심을 갖는 사람은 더이상 없어, 세이디. 너의 그 전통적인 고정관념을 깡그리 몰아낼 수 있도록 내가 힘을 실어주지. 네가 교육을 받는 이유는 바로 현재 네가 하고 있는 일들을 하기 위해서야. 흐름을 탔을 때 몰아쳐서 프로그래밍을 거의 다 끝내놓고, 학업은 봄과 여름에 사운드 작업과 디버깅을 하면서 마치면 돼."

계속 듣기만 하면서 고개를 끄덕이는 세이디.

"옛 교수였던 내가 필요하니, 너에게 지시를 내려줄 사람이?"

"아마도."

"내가 도와주마."

"고마워요, 도브."

"난 항상 네 옆에 있단다, 나의 총명한 제자 세이디."

북슬북슬 털 많은 팔로 세이디를 끌어안아 제 가슴에 대고 세이디의 얼굴을 꽉 누르는 도브. 마크스는 세이디가 저 악취를 어떻게 참을 수 있는지 놀라웠다.

2주 후, 폭풍우 작업을 마친 날, 세이디는 마크스와 샘에게 게임을 완성하기 위해 다음 학기를 휴학하겠다고 알렸다. 율리시스를 활용한다는 얘기는 세이디가 이미 해놓은 작업의 상당 부분을 재작업해야 함을 의미했고, 세이디는 탄력이 붙은 지금 이 기세를 잃고 싶지 않았다. "너희들은 휴학할 필요 없어. 하지만 난 할 거야." 세이디가 말했다.

"난 네가 그렇게 말해주길 바라고 있었어." 샘이 말했다. "안 그래도 나도 휴학하려 했거든. 마크스 너는?"

"샘, 너 진심이야?"

샘은 고개를 끄덕였다. "응. 하지만 제일 큰 문제는 이거야. 우리가 이 아파트를 계속 써도 될까?"

"물론 네 방은 돌려줄게." 세이디가 마크스에게 말했다. "난 딴 데 있을 곳을 찾을 거야, 그래도 일은 여기서 계속 할 수 있게 해주면 고맙겠다."

"어디서 있으려고?" 샘이 물었다.

"도브네 집." 세이디는 대수롭지 않다는 투였다. "도브는 우리랑 같이 제작에 참여하고 있고, 그 집에 남는 방이 있어서 내가 써도 된대." 다들 그 말이 거짓임을 알고 있었다.

그해 가을, 학교로 돌아간 사람은 마크스뿐이었다. 프로듀서로서의 직무 때문에 연극에 참여하지 못해서 더욱 외로운 한 해였다. 사실상, 언제나 수업보다 마크스의 시간을 더 많이 차지하고 있던 것은 무대였다.

5

샘이 세이디와 지하철역에서 우연히 만난 날로부터 거의 1년
이 지난 후, 〈이치고〉가 완성됐다. 샘이 약속했던 것보다 3개월
반이 더 걸렸다.

세이디와 샘은 도브의 율리시스 엔진에 큰 도움을 받으며 손가
락에서 피가 날 때까지 〈이치고〉를 프로그래밍했다. 샘의 경우 과
장이 아니라 말 그대로 손가락에서 피가 났다. 손끝이 너무 건조
해져 물집이 잡히는 바람에 키보드에 피가 묻지 않도록 손가락에
일회용 반창고를 붙여야 했다. 하지만 반창고 때문에 타이핑이 느
려지자 그냥 떼어버렸다. 샘은 훨씬 심한 불편에도 익숙했다.

두 사람이 입은 부상은 그뿐만이 아니었다. 핼러윈 즈음 세이디
는 모니터를 너무 오래 들여다봐서 오른쪽 눈의 혈관이 터졌다.
세이디는 병원에 가지도 않았다. 마크스를 약국에 보내 안약과 진
통제를 사오게 한 뒤 그대로 일정을 강행했다. 추수감사절 일주일

전에는 샘이 에너지 음료 한 팩을 사러 대학생협에 가는 길에 실신해버렸다. 평소 식자재 및 물품 구입은 마크스가 담당했지만 그날은 마크스가 수업에 들어갔고 샘은 기다릴 수가 없었다. 샘은 고급 식료품점 앞에서 기절해 문자 그대로 길바닥에 널브러졌다. 입고 다니는 벙벙한 코트 때문에 사람들은 샘이 노숙인일 거라고 짐작했고, 그래서 아무도 주의를 기울이지 않았다. 샘이 눈을 떴을 때, 전 지도교수 안데르스 라르손이 노스페이스를 입은 금발의 예수처럼 샘을 굽어보며 서 있었다. 라르손 교수가 샘을 알아본 것은 그럴 만도 했다. 스웨덴 태생의 안데르스 라르손은 고결함과 정직함 그 자체로, 집 없는 자의 재앙과 마주했을 때 눈을 돌리지 않는 사람이었다. "샘슨 매서, 자네 괜찮은가?"

"어라, 교수님, 여기서 뭐하세요?"

"자네야말로 거기서 뭘 하는데?" 안데르스가 말했다.

안데르스는 한사코 괜찮다는 샘을 기어이 학교 보건소로 데려갔고, 거기서 샘은 영양실조로 판명되어 정맥주사를 맞았다.

"그래, 여태껏 뭘 하고 있었나?" 안데르스가 물었다. 그는 샘이 링거액을 맞는 동안 옆을 지키겠다고 고집했다.

"게임을 만들고 있습니다!" 샘은 〈이치고〉와 세이디 얘기를 주절주절 늘어놓았고, 게임을 하지 않는 안데르스는 샘을 멍하니, 그러나 다정하게 바라보았다. "그러니까 자네는 사랑을 찾은 듯하구먼?"

"교수님, 저는 교수님처럼 사랑 타령하는 수학자는 생전 처음 봤어요."

11월에 마크스는 여름 내내 들었던 아방가르드 음악들에 영감을 받아 곡을 써줄 작곡가—화려한 전 여자친구들 중 한 명인 조이 캐드건—를 고용했다. 조이는 천재라고, 마크스가 호언장담했다. 샘은 종종 "마크스는 같이 자고 싶지 않은 천재는 절대 만나지 않아"라며 놀려댔다. 십여 년 후 조이는 여성의 목소리로만 이루어진 창작 오페라 〈안티고네〉로 퓰리처상을 수상한다. 어쨌든 〈이치고〉는 조이가 음악감독으로 정식 보수를 받은 첫번째 작품이며, 이 경력은 언제까지고 조이의 이력서 앞줄을 장식한다.

음악 녹음을 마치고 나서 마크스는 애덤스하우스에 있는 조이의 기숙사에 같이 갔다. 두 사람은 식당에서 저녁을 먹었고, 그다음에 섹스를 했다. 마크스는 대체로 전 애인과의 사랑 체험을 즐겼고, 오늘 저녁도 예외는 아니었다. 마지막으로 은밀했던 시간 이후 그사이 자신의 몸이 어떻게 달라졌는지, 또 두 사람의 몸이 어떻게 변화했는지 알게 되는 과정이 흥미로웠다. 기분좋은 벨트슈메르츠*가 마크스를 덮쳤다. 어릴 적 다니던 학교를 찾아가 책상이 기억보다 훨씬 작다는 것을 발견했을 때 느껴지는 애틋하고 아련한 감정이었다.

"우리가 대체 왜 헤어졌지?" 조이가 물었다.

"네가 날 찼잖아, 기억 안 나?" 마크스가 말했다.

"내가? 흠, 그땐 그럴 만한 이유가 있었겠지. 지금은 다 까먹었지만." 조이는 마크스의 가슴에 키스했다. "네 게임, 아주 맘에 들어. 지금까지 내가 보고 들은 것 전부 다." 조이가 말했다.

누가 〈이치고〉를 마크스의 게임이라고 불러준 건 처음이었다.

---

* Weltschmerz. 현실 세계와 이상의 괴리에서 비롯되는 우울감. 감상적 염세주의.

"사실 내 게임은 아니지," 마크스가 정정했다. "그건 세이디와 샘의 게임이야."

"그 마지막 장면, 정말 울컥했어. 이치고가 나이 먹고 그 부모가 딸을 알아보지 못할 때." 조이가 멈칫했다. "아 미안, 이치고는 남자앤가?"

"샘과 세이디는 그냥 중성적으로 걔라고 불러."

"멋진데. 부모가 걔를 못 알아볼 때. 그 순간은 『오디세이아』에서 따온 거겠지."

〈이치고〉의 캐릭터 디자인에서 가장 까다로운 도전 과제 중 하나는, 이야기가 진행되면서 이치고가 나이를 먹는다는 설정이었다. 일반적으로 게임 캐릭터는 이야기 내내, 시리즈 내내까진 아니더라도, 동일한 연령과 동일한 기본 디자인을 유지한다─마리오나 라라 크로프트를 생각해보라. 그렇게 하는 이유는 단순하다. 브랜딩, 그리고 훨씬 적은 작업량. 그러나 세이디와 샘은 이치고의 여정이 캐릭터의 외양에 반영되기를 원했다. 이치고는 나이를 먹고, 서사와 시간의 흐름 자체가 가하는 손상을 입는다. 이야기의 막바지에 이르러 이치고가 마침내 집으로 돌아왔을 때, 대략 7년이 흐른 후, 가족들은 이치고를 알아보지 못한다. 이치고는 바다와 도시와 툰드라와 심지어 지하세계까지 헤치고 집으로 돌아온, 지치고 고단한 열 살짜리다. 아이는 현관 앞 계단에서 떨리는 손을 문에 댄 채 차마 문을 두드리지 못하고 서 있다. 결국 이치고의 어머니가 아이를 집안으로 들이지만, 어머니는 아이를 알아보지 못한다. 그래도 아이가 굶주려 보이고 애정이 필요해 보여서, 한때 그 자신도 아이를 잃어버린 적이 있으므로 어머니는 아이를 불러들인다. "이름이 뭐니?" 어머니가 묻는다.

"이치고예요." 아이가 말한다.

"이상한 이름이구나." 어머니가 말한다.

그때 이치고의 아버지가 들어온다. "15, 그건 맥스 마쓰모토의 등번호인데. 내가 제일 좋아하는 축구선수지. 예전에 맥스의 저지를 갖고 있었는데, 어디로 갔는지 모르겠네."

음악이 겹겹이 깔리고, 조이의 사운드 디자이너 친구가 사운드 스케이프를 추가적으로 매만져준 덕분에 케네디 스트리트에서는 게임의 수준이 더욱 높아졌다는 평이 자자했다. "이거," 세이디가 마크스에게 말했다. "크게 될 것 같은데."

"난 그럴 줄 알았어." 마크스가 복음주의 전도사의 열정을 담아 말했다.

세이디는 마크스의 두 뺨에 유럽식으로 호들갑스럽게 키스했다. 마크스는 열성팬이었다. 모든 협업에는 팬심이 필요하다.

드디어 프로그래밍의 끝에 다다르자 디버깅이 시작됐다. 버그를 발견하면—참 많이도 있었다—훔쳐온 화이트보드에 적었고, 그 외 다른 개선하고 싶은 사항도 함께 적었으며, 각각의 작업이 완료되면 칠판에서 지웠다. 겨울방학 일주일 전—아직 학생이라 시간의 경과를 학사 일정으로 이해했다—그들의 화이트보드는 지금까지 해온 작업을 상기시키는 흐릿한 파스텔색 팰림프세스트*를 제외하고는 텅 비었다.

---

* 원문의 전부 또는 일부를 지우고 그 위에 다른 내용을 덮어쓴 양피지 문서. 역사적 자취나 흔적을 담고 있는 사물 또는 장소를 일컫는 용어로 사용되기도 한다.

"끝났나?" 세이디가 샘에게 물었다. 세이디는 커튼을 젖혔다. 새벽 다섯시였고, 눈발이 가볍게 날리고 있었다. "끝난 것 같아." 샘이 말했다.

"아이고 죽겠다." 세이디가 하품했다. "오늘밤은, 일단 끝났어. 내일 들여다봐도 끝났다는 생각이 들면 그땐 진짜 끝났다고 말할 수 있겠지. 그럼 난 이만 도브 집으로 갈게."

"바래다줄게." 샘이 말했다.

"진짜? 밖에 미끄러울 텐데." 최근 들어 샘의 발이 속을 썩이고 있는 걸 아는 세이디가 우려했다.

"별로 멀지 않으니까. 나한테도 좋을 거야." 샘이 말했다.

거리엔 아무도 없었고, 눈이 지면에 닿는 소리가 들릴 정도로 사방이 고요했다. 도브의 집까지 가장 빠른 길은 하버드야드를 통과하는 길이었으므로 두 사람은 그리로 질러갔다―학기가 거의 끝났고 1학년들은 자고 있었다. 동트기 전 빛과 눈의 조합은 스노글로브 안에 있는 것처럼 환상적이었고, 그들만의 별세계였다. 세이디가 샘의 팔짱을 꼈고, 샘은 세이디에게 살짝 기댔다. 지치긴 했지만, 제가 가진 모든 것을 남김없이 쏟아부었음을 아는 이에게 찾아오는 정직한 피로감이었다. 물론 두 사람은 앞으로도 여러 게임을 함께 완성하게 되고, 그들의 게임회사 사무실과 직원 규모는 상상도 못하게 커진다. 그러나 샘과 세이디는 오늘 이 아침을 영원히 기억할 것이다.

"샘, 나 너한테 물어볼 게 하나 있는데, 솔직하게 대답해야 한다." 세이디가 말했다.

샘은 세이디의 목소리 톤에 불안감이 엄습했다. "당연하지."

"작년 12월에 진짜로 그 매직아이 보였어?"

"세이디, 그걸 말이라고!" 샘은 짐짓 화난 척 소리쳤다.

"흠, 봤으면 뭐였는지 말해봐."

"싫어, 그게 뭐라고 굳이." 샘이 말했다.

세이디는 고개를 끄덕였다. 두 사람은 도브의 아파트 공동현관에 다다랐다. 세이디가 도어록에 열쇠를 넣고 돌렸다.

"앞으로 어떻게 될지 모르겠지만, 어쨌든 나한테 게임을 만들자고 해줘서 고마워. 사랑해, 샘. 넌 나한테 사랑한다고 말하지 않아도 돼. 너 이런 거 살 떨리게 불편해한다는 거 아니까."

"살 떨리게 불편하지." 샘이 말했다. "살 떨리게." 샘은 평소엔 굉장히 신경쓰는 삐뚤빼뚤한 치열이 다 보이도록 입을 크게 벌리고 활짝 웃었고, 어설프게 허리를 숙여 인사했다. 사랑한다고 답할 틈도 주지 않고 세이디는 벌써 문 안쪽으로 사라졌다. 그러나 샘은 미처 사랑한다는 말을 못 한 것이 애석하진 않았다. 세이디는 샘이 매직아이를 보지 못했음을 아는 것과 마찬가지로 샘이 자신을 사랑한다는 것을 알고 있었다.

해가 떠오르며 눈발은 거의 그쳤고, 샘은 추위에도 불구하고 따스함을 느끼며 집으로 향했다. 살아 있음에 감사했고, 세이디 그린이 그날 휴게오락실에 들어온 것에 감사했다. 우주는, 샘의 느낌상, 공정했다―아니, 공정까진 아니더라도 그럭저럭 공평했다. 어머니를 앗아갔지만 대신 다른 누군가를 주기는 했다. 케네디 스트리트로 접어들자 한 번쯤 들어봤는데 어디서 들었는지 모르겠는 어떤 시가 주문처럼 샘의 입안에서 맴돌았다. "세상엔 오직 사랑뿐. 우리가 사랑에 대해 아는 거라곤 그것뿐. 한데 그걸로 됐어, 화물열차의 무게는 레일이 골고루 나누어 져야지." 난데없이 화물열차는 뭐지? 샘은 궁금해졌다. 레일이 나누어 지다니? 이 알쏭달쏭한 시구가 샘의 흥취를 자극했고, 음보가 무척 경쾌하여(기차가 철로를 따라 달려오는 소리가 들리는 것만 같았다) 평소답지 않게 날아갈 듯한 행복감에 북받친 샘은 저도 모르게 투스텝을 뛰고 있었고—샘 매서가! 투스텝을 뛰다니!—그것이 그가 도로경계석에서 한 발 내려디딜 때 방심한 이유였다. 샘의 발이 미끄러졌다.

샘은 워낙 통증에 익숙했다. 사실 거의 느끼지도 못했다. 그해 겨울 들어 샘은 두번째로 기절했다. "이런 식으로 마주치는 건 관두자." 샘이 허공에 대고 말했다.

차디찬 자갈 베개에 멍든 광대뼈를 대고 길바닥에 누워 있는데, 발목까지 내려오는 넉넉한 흰색 파카를 입고 눈밭에 서서 자신을 내려다보는 어머니의 모습이 보였다. 애나는 고질라만하고, 텐트 같은 어머니의 파카 속에 있으면 안전하다. 샘의 한국계 미국인 어머니가 일본어로 말한다. "다이조부, 사무 짱."

1983년 겨울, 샘의 어머니 애나는 서부로 가기로 결심했다. 샘이 아홉 살, 애나가 서른다섯 살 때였다. 애나는 12년째 뉴욕을 떠날까 말까 심각하게 고민중이었다—그 말은 곧, 뉴욕에 사는 내내 고심했다는 얘기다. 샘이 태어난 후 떠나고 싶다는 욕망은 더욱 커지기만 했다. 이름 모를 머나먼 도시에서 더 저렴한 비용으로 더 깨끗하고 건강하고 행복한 삶을 누리겠다는 부르주아적

판타지에 시달렸다. 애나는 샘이 뛰어노는 마당과 보호소에서 데려온 종을 알 수 없는 누렁이와 커다란 드레스룸과 코인 없이 혼자 쓰는 세탁기와 위층에도 아래층에도 딴사람이 살지 않는 집을 상상했다. 야자수와 따뜻한 날씨와 플루메리아 꽃향기를 상상했고, 몸에 맞지 않는 펑퍼짐한 코트를 눈치 볼 것 없이 시원하게 구세군 기부함에 던져버리는 상상을 했다. 이런 욕망이 커질수록 그 이면의 불안도 똑같이 깊어졌다. 이 뉴욕 생활이 온 세상을 통틀어 자신이 누릴 수 있는 최고의 삶일지도 모르는데, 한번 이곳을 떠나면 그 문이 잠겨버리고 너무 허약한 촌사람이 되어버린 자신이 두 번 다시 뉴욕 땅에 돌아오지 못하게 될까봐 두려웠다. 만약 또다른 애나 리가 하늘에서 떨어지지만 않았다면, 이 꼬리에 꼬리를 무는 사색의 우로보로스를 영원히 거듭했을지도 모른다.

또다른 애나 리와 조우한 그날 저녁, 애나와 샘은 뮤지컬을 보고 나서 맨해튼밸리의 허름한 기차칸식 아파트로 걸어서 돌아가는 길이었다. 애나의 뉴욕 시절 초기에 같이 연기 수업을 들었고 불타는 열정은 없지만 기분좋은 섹스를 몇 년간 이어왔던 친구가 치타 리베라와 라이자 미넬리 주연의 롤러스케이팅 뮤지컬 〈링크〉에 앙상블 배우로 출연하면서 시사회 초대권 두 장을 주었다. "이건 분명 망작이 될 거야. 하지만 예술가적 기질이 좀 있는 아홉 살짜리 남자애한테는 딱일걸." 애나는 제 아들에 대한 이런 묘사에 웃음을 터뜨렸지만—내 새끼를 다른 사람들이 어떻게 생각하는지 알게 되면 재미있기도 하고 이따금 서늘하기도 했다— 그 친구 말이 맞았다. 샘은 그 뮤지컬을 몹시 좋아했고, 애나는 오직 뉴욕에서만 가능한 이런 풍요로운 문화 체험을 샘에게 선사해줄 수 있어 좋은 엄마가 된 기분이었다. 마법처럼 애나는 다시 뉴욕과 사랑에 빠졌고, 절대 이곳을 떠날 수 없다는 확신이 들었다. 암스테르담 애비뉴의 칠흑 같은 길거리를 걸어가면서 애나는 그런 포근한 생각에 잠겨 있었다. 그때 샘이 애나의 코트 소매를 잡아당겼다. "엄마? 저기 위에 저건 뭐예요?"

어림잡아 6층쯤 되는 발코니의 철제 난간 위에 웅크린 어떤 동물의 실루엣이 가로등 불빛에 어렴풋이 보였다. 애나가 말했다. "큰 새인가? 아니면…… 가고일? 조각상?"

그 석상이 땅으로 휙 몸을 날렸고, 거짓말처럼 얼굴을 위로 한 채 떨어졌는데, 철퍼덕 타격음이 나고 붉은 피가 치솟는 모양이 자살이라기보다 잭슨 폴록의 그림을 연상시켰다. 불가사의하게도 여자는 양손을 허리에 얹은 모양새였고, 양다리도 같은 모양으로 구부러졌다. 어머니와 아들은 동시에 비명을 질렀지만 여기는 뉴욕이었고, 따라서 아무도 아는 척하거나 관심을 보이지 않았다.

일단 조각상이 땅 위에 내려앉자 어머니와 아들은 그게 틀림없이 여자라는 것을 알 수 있었다. 여자는 아시아인이었으며 애나처럼 한국인일지도 몰랐다. 여자는 결국 그날 밤을 넘기지 못하지만, 아직은 죽지 않은 상태였다. 샘은 웃음이 터졌다. 애가 사악해서가 아니라, 여자가 제 어머니를 닮았기 때문인데, 열 발자국도 떨어지지 않은 곳에서 이런 소름 끼치는 장면을 마주하고 달리 어떡해야 할지 알 수 없었다. 샘은 뭔가가 죽는 것을 본 적이 한 번도 없었고, 그래서 여자가 죽어가는 것인지 아닌지 확실히 알지 못했다. 그럼에도 몸 안쪽 깊숙한 어딘가에서 어떤 인식이 생겨났고, 그와 동시에 이러한 추정이 이루어졌다. 이것이 죽음이고, 나는 죽을 것이고, 우리 엄마도 죽을 것이고, 내가 알고 사랑하는 모든 사람이 죽을 것이고, 그건 먼 훗날의 일이 되겠지만, 어쩌면 그렇지 않을 수도 있다. 이 깨달음은 견디기 힘들었다. 아홉 살짜리 아바타가 감당하기엔 너무 장대한 진실이었다. 애나가 샘의 팔을 힘껏 때려 아들의 웃음을 그치게 했다. "죄송해요." 샘이 조그맣게 속삭였다. "왜 웃었는지 나도 모르겠어."

"괜찮아." 애나는 길 맞은편에 있는 가게를 가리켰다. "저기 들어가서 911에 전화해달라고 해."

샘은 망설였다. "싫어요. 몸이 안 움직여. 발이 꼼짝 안 해. 발이 얼음에 끼었어요."

"안 끼었어, 샘. 얼음 같은 건 없고, 넌 발이 끼지 않았어. 가! 어서 가!" 애나는 샘을 가게 쪽으로 떠밀었고, 샘은 달리기 시작했다.

애나는 여자 옆에 무릎을 굽히고 앉았다. "걱정하지 말아요. 금방 도와줄 사람들이 올 거예요." 애나는 애써 여자를 안심시켰다. "하여간, 나는 애나라고 해요. 구급차가 올 때까지 내가 옆에 있어줄게요." 애나가 여자의 손을 잡았다.

"나도 애나인데." 여자가 말했다.

"나는 애나 리예요." 애나가 말했다.

"나도 애나 리예요." 여자는 고르지 못한 숨을 들이쉬며 이상한 기침을 힘없이 뱉었다. 여자는 분명 목이 부러졌다. 엄청난 양의 피가 여자의 몸 어딘가의 구멍에서, 혹은 여러 구멍들에서 흘러나왔지만 애나는 출혈을 막을 방법을 알지 못했다. 세심하게 신경써서 새하얗게 유지해온 애나의 흰색 테니스화가 피로 물들었다. 다른 애나 리로 말하자면 피로 물들지 않은 곳이 없었지만, 반짝반짝 윤기 있는 검은 머리에 마돈나 스타일로 두른, 맥없이 늘어진 커다란 분홍색 레이스 리본에 묻은 피가 유독 애나의 눈에 띄었다.

"아, 그럴 수도 있겠네요." 애나가 밝게 말했다. "우린 참 많죠. 세계에서 가장 유명한 아시아 성이 리잖아요? 우리 노조에는 동명이인이 있으면 안 돼서 내 이름을 애나 Q. 리로 바꿔야 했다니까요. 노조에선 내가 일곱번째 애나 리예요."

"무슨 노조인데요?"

"무대배우 노동조합요."

"배우예요?" 여자가 말했다. "어디에 나왔어요?"

"흠, 여자 배우가 맡을 수 있는 거의 모든 동양인 역을 해봤는데요, 제일 비중 있는 역은 〈코러스 라인〉의 코니 웡이었어요." 애나가 말했다.

"나 그거 처음 공연한 해에 봤는데. 당신 멋졌어요." 여자가 말했다.

"난 브로드웨이 공연에서 세번째 코니 웡이었고 전국투어에서도 두번째 코니 웡이었어요. 그러니까 당신이 본 건 내가 아닐 거예요. 아마 바요크 리겠죠. 또다른 리." 애나가 웃었다. "정말 많기도 하네요."

"Q.는 무슨 의미예요?"

"아무 뜻도 없어요. 그냥 노조 가입하려고 만든 거라. 당신에겐 재미없는 얘기일 거예요." 애나는 다른 애나 리의 눈을 똑바로 들여다보았고, 그 눈도 자신의 눈과 똑같이 홍채이색증으로 황금빛이 섞인 갈색이었다. "왜…… 물어봐도 괜찮아요? 무례했다면 미안해요."

"달리 떠나는 법을 몰라서." 다른 애나 리가 말했다. 여자는 어깨를 으쓱하려 했지만 온몸에 경련이 일기 시작했고, 기나긴 90초 후 숨을 거뒀다. 애나는 일어섰다. 다른 애나 리의 시신을 내려다보며 서 있는데 어질어질 현기증이 나며 제 육신에서 영혼이 이탈하는 느낌이 들었다. 이 길에서 죽은 자신의 모습을 보고 있는 기분이었다. 구급차가 올 때까지 다른 애나 리의 시신 곁을 지켜야 한다는 건 알았지만 얼어죽을 듯 추웠고, 다른 애나와 좀 더 같이 있다간 돌이킬 수 없는 실존적 위기가 닥칠까봐 겁이 났으며, 샘과 같이 있고 싶은 마음이 간절했다.

애나는 아들을 찾으러 가게로 갔다. 얼른 가게 안 통로를 살펴봤지만 어디에도 샘의 모습이 보이지 않았다.

"제 아들이 여기 오지 않았나요?" 애나는 머릿속에서 피어나는 편집증적 망상을 무시하려 애썼다. 다른 애나 리의 죽음이 어떤 악의 무리가 샘을 유괴하기 위해 심어둔 미끼에 불과했다면 어쩌지?

"당신이 그애 엄마군요." 가게 주인이 말했다. "세상 참. 애가 보기엔 너무 무서운 일이죠."

"애가 딴 데 간 건 아니죠?"

"아네요, 애가 하도 정신이 나갔길래 저기 가게 안쪽에서 오락기 좀 하고 있으라고 동전 몇 개 쥐여줬어요. 애들은 게임이라면 환장

하니까, 요샌 오락기가 옛날만큼 떼돈을 벌어다 주진 않지만."

"정말 감사합니다. 제가 얼마를 드리면 될까요?" 애나가 말했
다.

주인 남자는 손사래를 쳤다. "됐어요. 건물에서 몸을 던지는
여자가 아니어도 세상은 애들한테 충분히 힘든 곳이니까. 그 여
자는 좀 어때요?"

애나는 고개를 저었다.

"세상 참." 가게 주인도 고개를 절레절레 흔들며 중얼거렸다.

애나는 가게 제일 안쪽으로 걸음을 옮겼고, 육중하지만 명랑한
외관의 〈미즈 팩맨〉 오락기에 가려져 있던 샘이 보였다. 애나의
눈에 미즈 팩맨은 리본을 달고 미즈인 것 외에는 팩맨과 똑같았
다. 1983년에는 미즈가 페미니스트를 뜻하는 경칭이었다.

"하이." 애나가 말했다.

"하이." 샘은 눈을 들지도 않고 말했다. "구경하고 싶으면 해
도 돼요. 난 이번 생명 끝날 때까지 할 거니까."

"훌륭한 철학이네." 애나는 게임에 온 정신을 집중했고, 구급
차가 다른 애나 리의 시신을 찾으러 왔음을 알리는 사이렌소리를
무시하려 애썼다.

"과일을 먹으면 고스트를 죽일 수 있어요, 하지만 잠시 동안뿐
이야. 그래서 타이밍을 잘못 맞추면 고스트한테 역으로 죽을 수
도 있어요." 샘이 말했다.

"굉장하군." 애나는 다른 애나 리의 시신이 길에서 옮겨질 때
까지 가게 안에 있기로 했다.

"그리고 가끔은 추가 생명을 얻을 수도 있는데, 하지만 그걸

얻으려다 죽게 될 수도 있으니까, 꼭 그럴 만한 가치가 있는 건 아니에요."

"잘하는데."애나가 말했다. 가게를 나갈 수 있게 되면 돈 아끼지 않고 택시를 탈 것이다. 집까지는 겨우 열두 블록밖에 안 남았지만.

"아직은 아니죠. 연습할 시간이 좀더 있으면 잘할 수 있는데. 젠장!"미즈 팩맨의 죽음을 알리는, 반음계씩 내려가는 울부짖음. "이게 마지막 생명이었어요."샘이 애나를 조심스레 쳐다보았다. "그 사람은 어떻게 됐어요?"

"방금 구급차가 왔어. 구급대원들이 병원으로 데려가는 중이야."

"그 사람 괜찮을까?"샘이 말했다.

"괜찮을 거야."애나가 말했다. 딱히 거짓말은 아니었다. 여자는 괜찮을 것이다. 죽음은 괜찮았다.

샘은 고개를 끄덕였지만, 엄마가 거짓말을 하고 있음을 알 만큼 무대 위의 애나를 여러 번 보았고, 왜 거짓말을 했는지 알 만큼 엄마를 잘 알고 있었다. 샘이 거짓말을 했을 때에도 그와 똑같은 이유에서였다. 애나가 어찌할 수 없는 것에서 애나를 보호하기 위해서. "왜 그랬을까요?"샘이 물었다.

"그건…… 분명 지독히 우울해서 그랬을 거야. 인생살이에 힘든 일이 많았겠지."애나가 말했다.

"엄마도 우울해져요?"

"그럼, 누구나 우울해지지. 하지만 난 저렇게 우울함에 휩쓸려버리진 않을 거야, 나한텐 네가 있으니까."

샘이 고개를 끄덕였다. "그 사람이 우리 위로 떨어졌다면, 우리가 그 사람을 살릴 수 있었을까?"

"그건 모르지."

"우리가 죽었을 수도 있었을까요?"

"그건 모르지."

"우리가 좀만 더 빨리 걸었다면, 바나나를 사려고 잠깐 멈추지 않았다면, 우린 그 사람 바로 밑에 있었을 수도 있고, 그럼 우린 죽었을 수도 있잖아."

"우리가 죽었을 것 같진 않은데." 애나가 말했다.

"하지만 엠파이어스테이트빌딩 꼭대기에서 동전 하나를 떨어뜨려 누군가 그 동전에 맞으면, 그 사람은 죽을 거예요, 그쵸?"

"그건 도시괴담 같은데. 그리고 그 여자는 겨우 6층에서 뛰어내렸어."

"하지만 사람 몸은 동전보다 훨씬 무거워요."

"한 판 더 할래?" 애나는 지갑을 뒤져 기계에 이십오 센트짜리 동전을 넣었다. 애나가 보기에 미즈 팩맨의 인생은 목숨을 얻는 값이 쌌고, 두번째 기회도 잔뜩 있었다.

샘이 게임을 했고, 애나는 게임을 지켜보면서 자신의 다음 행보를 고민했다.

쉽고 뻔한 행선지는 자신이 태어난 도시 로스앤젤레스였다. 귀향은 항복처럼 느껴졌기에 그동안은 서부로 돌아간다는 생각에 저항했다. 직업 면에서도 로스앤젤레스에는 이렇다 할 극장이 없어서 애나에게 맞는 일거리가 뉴욕에서보다 훨씬 적을 게 뻔했다(뉴욕에서도 잘해야 간헐적으로 일거리가 들어오는 판인데). 운이 좋아봤자 결국 수사 드라마나 영화에서 아시아인 창녀 역할을 맡게 될 것이다. '미국인' 역은 두 번 다시 들어오지 않을 테니 다양한 '아시아인' 억양을 갈고 닦아야 할 테고. 광고 몇 편 혹은 더빙과 화면 해설 혹은 여기저기서 행사 모델, 그러나 그런 일을 하기엔 이미 나이가 너무 많을지도. 아니면 아예 연기를 그만둘까ー컴퓨터 프로그래밍을 배우거나 부동산을 중개하거나 미용사가 되거나 인테리어 디자인을 하거나 에어로빅을 가르치거나 각본을 쓰거나 돈 많은 남편을 찾거나ー로스앤젤레스에서 전직 배우가 하는 일이라면 뭐든. 어쨌든 어머니 아버지를 보면 반가울 테고, 샘이 제 할머니 할아버지를 알게 되는 것도 좋은 일일 것이다. 사실 샘의 아버지 조지도 거기 사니 샘이 아버지와 유대를 갖는 것도 괜찮을 거다. 조지가 영 신뢰할 수 없는 사람이긴 해도. 그리고 하늘에서 애나 리들이 떨어지지 않는 도시에 사는 것도 좋은 점이다. 여기저기 몇몇 블록을 제외하면 로스앤젤레스 어느 동네에 2층이 넘는 건물이 있을까? 이 애나 리는, 애나 Q. 리는, 배우노조의 일곱번째 애나 리는 다른 애나 리처럼 되지 않을 것이다. 이 애나 리는 떠나는 법을 알 것이다.

"유령 죽이기 선수가 다 됐는데." 애나가 말했다.

"난 이제 됐어요." 샘이 고개를 돌려 애나를 쳐다봤다. "엄마, 이번 판 해볼래요?"

6

1996년에 사람은 놀라울 만큼 순식간에 행방이 묘연해질 수 있었다.

세이디가 열시 넘어 마크스의 아파트에 도착했을 때 집에는 아무도 없었고, 이따금 하드디스크 돌아가는 소리 외엔 조용했다. 샘과 마크스가 둘이 같이 아침 먹으러 나갔나? 둘 다 없었으므로 걱정은 하지 않았다—마크스는 항상 샘을 잘 챙겼다. 마크스가 한시쯤 돌아와서 그날 하루종일 샘을 보지 못했다고 알리고 나서야 세이디는 슬슬 걱정되기 시작했다. "난 너랑 있는 줄 알았지." 마크스의 말이었다. "샘은 항상 너랑 있으니까."

샘은 휴대폰이 없었고, 그 시절엔 누구나 그랬다. (세이디가 아는 휴대폰을 가진 사람은 자신의 할머니와 도브뿐이었다.) 세이디와 마크스가 할 수 있는 최선은 샘이 마지막으로 하버드 이메일 서버에 언제 어디서 로그인했는지 확인해보는 것뿐이었다.

이 아파트의 IP주소에서 오늘 오전 3시 3분.

세이디와 마크스는 거실에 앉아서 찬찬히 샘이 갔을 만한 곳들을 하나씩 떠올렸다. 도서관에 갔다가 잠들었나? 전에 필요하다고 논의했던 새 하드를 사러 갔나? 유리꽃 보러 성지순례? 안데르스 교수와 점심 약속? 좀도둑질하다 걸려서 드디어 경찰에 잡혀갔나?

한동안 그러고 있는데, 마크스가 화이트보드가 텅 빈 것을 알아차렸다. "이거 다 지워졌네." 마크스가 말했다.

"다 끝냈어." 세이디가 말했다. "끝난 것 같아, 일단은."

"축하해." 마크스는 잠시 멈칫했다가 말을 꺼냈다. "내가 플레이해봐도 될까? 지금 당장은 샘에 대해 우리가 할 수 있는 일이 없잖아. 샘은 성인이고, 아직 그렇게 시간이 많이 지난 것도 아니니까."

세이디는 가만 생각해보았다. "그래, 해봐. 안 될 거 있나? 난 나가서 샘을 찾아볼게."

"나도 같이 갈까?"

"아냐. 샘이 전화할지도 모르니까 넌 집에 있어."

세이디는 평소 그들이 하버드스퀘어에서 자주 다니던 곳을 일일이 다 뒤졌다. 영화관, 도서관, 대학생협, 멕시코 음식점, 개러지 쇼핑몰의 비디오 가게, 서점, 또다른 서점, 베이글 가게. 거기서 샘을 찾지 못하자 센트럴스퀘어에서도 똑같이 뒤졌다. 만화책 가게, 컴퓨터 가게, 자신이 예전에 살던 아파트, 인도 음식점. 세이디는 하버드스퀘어로 돌아와 래드클리프 퀴드 쪽으로 올라가서 교내 경찰서에 갔다가 마지막으로 대학 보건소까지 갔지만 몽땅 헛걸음이었다. 사람들한테 보여줄 사진도 없어서 계속 샘의 생김새를 설명해야 했다. 거대한 코트, 대충 자른 곱슬머리, 안경, 절뚝거리는 걸음걸이. 결점과 병약함의 집합체. 자신이 하는 말을 샘이 못 들어서 다행이었다. 어쨌든 그런 묘사에 맞는 인물을 본 사람은 아무도 없었다. 세이디는 하버드야드를 다시 가로지르며 목이 쉬도록 샘의 이름을 불렀다. 한 여자가 세이디를 멈춰 세우더니 물었다. "그 강아지가 어떻게 생겼어요? 나도 잘 살펴보고 다닐게요." 세이디는 바로 오늘 새벽, 온 세상이 뽀얗게 번져 무궁무진한 가능성으로 가득차 보였을 때 샘과 함께 걸었던 길을 다시 되짚어갔다. 지금 그 길은 음산하고 위험해 보였다. 세상이 어쩜 이렇게 휘리릭 바뀔 수 있는지 신기하다고 세이디는 생각했다. 세이디의 상상은 어두운 쪽으로 흘러갔다. 샘이 납치됐거나 픽치기 당했으면 어떡하지? 애가 작고 느려서 금방 제압당할 텐데. 죽었으면 어떡하지? 진짜 죽었을 리는 없겠지만, 그래도 만약 죽었으면 어쩌지? 세이디는 샘이 자신에게 어떤 존재인지 잘 설명할 수 없었다. 샘은 앨리스도 프리다도 도브도 아니었다. 그런 관계에는 알기 쉬운 이름이 붙어 있었다. 언니, 할머니, 남자친구. 샘이 친구이긴 했지만, '친구'의 범위는 드넓지 않은가? '친구'라는 단어는 너무 흔히 쓰여 아무런 의미가 없는 지경에까지 이르렀다.

세이디는 자정쯤 아파트로 돌아왔다. 마크스는 〈이치고: 바다의 아이〉의 첫 공식 플레이를 절반쯤 진행한 상태였다.

"찾았어?" 마크스가 화면에서 눈도 떼지 않은 채 물었다.

"아니." 세이디는 시무룩하게 말하고 소파에 털썩 몸을 던졌다. "샘한테 뭔가 끔찍한 일이 일어났다는 느낌이 들어."

마크스가 일어나서 세이디의 어깨에 팔을 둘렀다. "돌아올 거야. 아직 시간이 많이 지나진 않았잖아."

"하지만 이건 샘답지 않아. 걔가 갈 데가 어딨다고? 경찰서에서는 만 하루가 지나기 전까진 실종신고를 할 수 없다는데, 그건 아니지. 우린 지난 6개월 동안 거의 매시간 붙어 있었어. 난 걔한테 말 안 하고 고작 10분도 자릴 비운 적이 없다고. 걔가 왜 우리가 게임을 완성한 날 아침에 사라지는데?"

마크스가 고개를 흔들었다. "솔직히 나도 모르겠어. 하지만 난 샘과 3년 반째 같이 사는 중이고, 녀석이 자기 얘기를 잘 안 하고 깡이 엄청 세다는 걸 알아. 난 샘이 교통사고를 당했다는 것도 2년을 같이 산 후에야 알았어. 샘한테 대체 무슨 문제가 있는 건지 2년 동안 까맣게 몰랐다니까. 전혀 감도 못 잡았어. 대충 눈치로 힘들어하는 것 같으면 성의껏 도와주고 그랬지, 샘이 뭘 부탁한 적은 한 번도 없어. 하지만 나도 호기심이 생겨서 얘기 좀 해보라고 자리를 깔아줬거든. 보통은 그런 욕구가 있잖아, 함께 사는 사람한테 자기 사정을 자세히 설명하고 싶다는 표현욕 같은 거. 근데 샘은 아니더라고. 샘은 비밀을 좋아해. 요는 뭐냐면, 걱정되긴 하지만, 그렇게까지 걱정스럽진 않다고."

"어쩌다 결국 걔가 너한테 교통사고 얘기를 했어?" 세이디가 물었다.

"샘이 얘기한 적은 없어. 봉자 할머니한테 들었지."

세이디는 웃음을 터뜨렸다. "걘 나한테 6년 동안 말도 안 한 적 있다."

"무슨 일이 있었는데?"

"아니 그게, 내가 잘못하긴 했지, 하지만 기본적으로는 오해였어. 너무 재미없고 너드 같은 얘기여서 설명하기 힘드네. 하여간 그때 난 열두 살이었다고!"

"샘이 원한을 품으면 또 무섭지."

세이디는 고개를 절레절레 저었다. "새벽에 도브 집까지 바래다주겠다는 걸 말렸어야 했는데."

"세이디, 내 말 잘 들어. 샘은 괜찮을 거야. 무슨 사연이 있을 테고, 알고 나면 우리 다 웃어버리고 말 거야, 내가 장담해." 마크스가 일어났다. "지금 내가 엄청나게 재미있는 게임을 하던 중이라, 네가 괜찮다면 난 이걸 끝까지 하고 싶은데."

세이디는 고개를 끄덕였다. 그리고 샘의 방으로 가서 샘의 침대 속에 들어갔다. 도브에게 전화를 걸어 오늘밤엔 돌아가지 않는다고 알렸다.

"왜? 너한텐 아무런 정보도 없잖아. 네가 할 수 있는 일은 아무것도 없어. 걱정은 무의미해. 집으로 와."

"샘이 전화할지도 모르니까 여기서 기다릴게요." 세이디가 말했다.

도브가 웃었다. "네가 젊다는 걸 깜박했어. 아직 친구와 동료를 가족으로 착각하는 나이군."

"네, 그래요." 세이디는 짜증을 드러내지 않으려 애쓰며 말했다.

"네 애가 생기면 친구에 대해서는 절대 그렇게 걱정할 수 없게 될걸." 도브가 말했다.

"피곤해서요, 이만 끊을게요."

세이디는 전화를 끊고 나서 샘의 이불을 머리끝까지 뒤집어쓰고 잠이 들었다.

눈을 떴을 때는 다음날 저녁 여덟시였다. 아주 오래 푹 잤고, 그동안 마크스는 〈이치고〉의 첫 플레이를 완주했다. 세이디는 샘한테 아직 연락이 없는지 물어보려고 거실로 나갔고, 까만 모니터를 응시하며 마치 엄청난 비밀이라도 품은 사람처럼 저 혼자 빙그레 미소 짓고 있는 마크스를 발견했다.

"마크스?"

세이디를 본 마크스가 한달음에 달려와 양팔로 세이디를 번쩍 들어올려 빙글빙글 돌렸다.

"마크스!" 세이디는 내려달라고 발버둥쳤다.

"사랑한다." 마크스가 말했다. "그 외에 할말을 못 찾겠어." 이어서 쩌렁쩌렁 울리는 배우 발성으로 말했다. "나는 이 게임을 사랑하고 이 여인을 사랑하오! 도대체 샘은 어디에 있단 말인가?"

마크스의 우주를 향한 호소에 직답이라도 하듯, 전화기가 울렸다. 세이디와 마크스 둘 다 달려들었지만 더 가까이 있던 세이디가 먼저 잡았다.

"샘이야." 세이디는 마크스에게 알렸다. "도대체 너 어디야?"

샘은 다친 발 바로 위쪽 발목이 부러졌고, 전체적으로 상태가 매우 나빴던 탓에 응급수술을 해야 했다. 지금 보스턴의 매사추세츠 종합병원에 있고, 하룻밤 더 입원해야 하는데 혹시 내일 아침에 병원으로 데리러 와줄 수 있을까?

"왜 전화 안 했어?" 세이디가 물었다.

"걱정시키기 싫어서." 샘이 말했다.

"우린 네가 전화를 안 해서 걱정했다고." 쌓여 있던 긴장이 풀리면서 눈물이 났다. "난 네가 죽은 줄 알았어, 샘. 죽었나보다 했다고. 게임을 다 완성해놓고…… 아 씨 몰라."

"세이디, 세이디, 별일 없어." 샘이 말했다. "난 무사해. 보면 알 거야."

"한 번만 더 그랬다간 내 손에 죽을 줄 알아." 세이디가 말했다.

"알았어. 다음부턴 꼭 연락할게. 세이디? 듣고 있어?"

세이디가 코를 푸는 중이어서 마크스가 수화기를 넘겨받았다.

"미리 말해두는데, 난 네가 괜찮을 줄 알고 있었다. 그리고 나 〈이치고〉 처음부터 끝까지 다 깼어." 마크스가 말했다. "너흰 둘 다 천재야. 둘 다 진짜 사랑한다. 이상이야."

세이디는 마크스에게 수화기를 돌려달라고 했다.

"우리 게임의 첫 완주로군. 그럼 다 끝난 건가?" 샘이 말했다.

"끝난 것 같아." 세이디가 말했다. "거의 다. 몇 가지 손볼 게 있긴 하지만."

"나도 수정할 거 몇 개 있어."

"보고 싶다." 세이디가 말했다.

"면회시간은 아홉시까지인 것 같던데." 샘이 말했다. 이미 여덟시 십오분이었다. "여기까지 오는 데 걸리는 시간도 있고 봉사활동 기록지도 챙기려면 시간이 모자랄걸."

"웃기시네."

"아니 진짜로, 여기까지 오기엔 시간이 별로 없을 거야."

"알았어, 샘." 세이디가 말했다. "사랑해."

"살 떨리게." 샘이 말했다.

"내일 아침 첫 순서로 보자." 세이디가 전화를 끊었다.

또다른 병원 침대(그래도 먼젓번 침대에서는 찰스강이 보였다)에 누운 샘은 몹시 외로웠고 자신의 신세가 처량했다. 마취 때문에, 그리고 지난 이틀간 먹은 게 거의 없어서 속이 메슥거렸다. 이미 진통제가 상당량 투여됐는데도 발에서 통증이 느껴지니, 마취가 완전히 풀리면 고통이 어마어마할 것이다. 이 최신 재난에 돈이 얼마나 들지 걱정스러웠고(샘의 은행 잔고는 거의 제로에 가까웠다) 그와 관련된 건강보험 문제를 처리하기가 겁났다. 전문의는 샘의 발 상태가 워낙 안 좋아서 발목에까지 악영향을 미치고 있다고 했다. "이런 식으로 발을 끼워맞추는 것도 얼마 안 남았다고 봐야죠. 다른 선택지를 고려해야 하는 시기가 올 겁니다." 의사가 말했다. 다른 선택지란 중세식 해법이었다. 적어도 두어 달은 목발 신세일 테니 남은 겨울이 두려웠고, 안 그래도 마크스와 세이디에게 의지해온 판인데 앞으로 더욱 의존해야 한다는 것도 두려웠다. 처음 병원에서 눈을 떴을 때 두 사람에게 알리지 않은 이유는 민망해서였다. 처음엔 낙상이 이렇게까지 심하지 않기를 바랐다. 대충 치료하고 값을 비싸게 매긴 아스피린이나 한 통 쥐여주며 금방 집에 보내주기를, 그래서 세이디든 마크스든 관련될 일 없이 넘어가기를 바랐다. 두 사람한테 나약하게 보이기 싫었다, 사실은 그렇게 느끼더라도. 나약하고, 허약하고, 외롭고, 지쳤다. 샘은 자신의 몸뚱이가 지긋지긋했고, 요만큼의 기쁨의 표현조차 감당하지 못하는 이 믿을 수 없는 발이 지긋지긋했다. 항상 신경써서 움직여야 한다는 것이, 맨날 조심해야 한다는 것이 지긋지긋했다. 아 진짜, 나도 뛸 수 있으면 좋겠다! 샘은 이치고가 되고 싶었다. 물살을 가르고, 스키를 타고, 파라세일을 하고, 하늘을 날고, 산맥과 빌딩을 오르고 싶었다. 이치고처럼 백만 번 죽고, 낮 동안 육체가 어떤 손상을 입더라도 다음날 일어나면 말짱해지고 싶었다. 생채기 하나 없는 내일이 끝없이 이어지는 생애, 각종 실수와 살아온 날의 흉터로부터 자유로운 이치고의 삶을 원했다. 아니 이치고는 못 돼도, 최소한 아파트로 되돌아가 세이디와 마크스와 함께 〈이치고〉를 만들 수라도 있다면.

샘이 비참함의 나락으로 자신을 한창 몰아가고 있던 바로 그때, 병실 문 유리창 너머로 세이디와 마크스가 보였다. 신기루인 줄 알았다. 빌어먹게 아름답고 눈부셨다, 저 두 사람은.

15분밖에 같이 못 있더라도 세이디와 마크스는 어쨌든 병원에 가기로 하고 택시를 탔다. "너희의 첫 게임 완성에 축배를 들 기회가 몇 번이나 있겠어?" 마크스가 세이디에게 말했다. 두 사람은 주류판매점에 들러 샴페인과 플라스틱 샴페인 잔을 사왔다.

샘은 두 사람을 보고 머쓱하기도 하고 기쁘기도 했다. 제 꼴이 말이 아니라는 건 알았다. 발과 발목에 대략 생애 백번째로 두툼한 깁스를 했다. 뺨과 이마에는 울긋불긋 멍이 들었다. 반면 바깥바람을 맞은 장밋빛 뺨, 캐시미어 코트, 반짝이는 머리칼의 친구들은 힘차고 아름다웠다. 누가 그들 셋이 함께 있는 장면을 본다면 자기는 다른 종에 속한 보잘것없는 생물로 보일 거라고 확신했다. 그러나 다음 순간 샘은 스스로에게 상기했다. 얘네들은 단순한 친구가 아냐. 동료지. 샘이 두 사람을 자신의 동료로 만들었고,

신기하게도 그게 샘에게는 위로가 됐다. 〈이치고〉가 샘을 두 사람과 단단히 엮어놨다. 평생토록.

마크스가 샘의 잔에 샴페인을 조금 따랐다. "네가 무슨 약을 맞았는지 모르겠지만 이게 지장을 주지 않기를 바란다."

"그나저나 어떻게 된 거야?" 세이디가 물었다.

샘은 열심히 그 일을 재밌는 일화로 꾸몄다. 투스텝과 시, 게임을 완성하고 느낀 총체적 기쁨과 행복감에 대해 얘기했다. 어머니의 환영을 봤다는 얘기는 뺐다. "그 시 알아? 세상엔 오직 사랑뿐이라나 뭐 그런 내용이었는데."

"그거 비틀스잖아." 마크스가 말했다. "All you need is love, love……"

"아냐, 딴 구절도 있어. '화물열차'와 '레일'도 나와."

"에밀리 디킨슨이네." 세이디가 말했다. "화물열차의 무게는 레일이 골고루 나누어 져야지. 내가 〈에밀리블래스터〉에서 쓴 건데."

샘이 웃음을 터뜨렸다. "〈에밀리블래스터〉였구나! 역시! 그러네, 도로경계석에 걸려 넘어질 때 그 시구가 참 이상하다고 생각하고 있었어."

"뭐야, 그러니까 네가 에밀리블래스터에 당했다는 얘기야?" 마크스가 말했다.

"알다시피 우리 과 전체가 그 게임을 엄청 싫어했어." 세이디가 말했다.

"마크스, 너 〈에밀리블래스터〉 플레이하고 나서 뭐라고 했더라?" 샘이 말했다.

"내가 해본 게임 중 가장 폭력적인 시 게임이라고 했지, 또 그걸 만든 사람은 분명 엄청 별날 거라고." 마크스가 말했다.

"그거 칭찬으로 받을게." 세이디가 말했다.

"자, 이제 완성된 〈이치고〉의 다음 스텝은 뭐야?"

"도브에게 보여주고 어떻게 생각하는지 들어봐야지." 샘이 말
했다.

그날 샘의 담당 간호사는 은퇴를 앞둔 육십대 여자였고, 세이
디와 마크스가 자정까지 머물 수 있게 해주었다. 세 젊은이의 웃
음소리와 장난기어린 농담과 서로를 짓궂게 놀리는 얘기가 듣기
좋았다. 간호사는 종종 혼자서 심심풀이삼아 환자와 방문객의 관
계를 맞히는 게임을 하곤 했다. 저마다의 삶과 저들 사이의 연결
고리를 상상하며 각자에게 이름 붙이기를 즐겼다. 다친 아이는
'꼬마 팀'이라고 이름 붙였다. 저 패션 모델 혹은 드라마 실장님
처럼 생긴 동양인 아이는 '키아누'야. 눈썹이 짙고 코가 묘하게
휜 저 귀엽고 예쁜 갈색머리 아이는 '오드리'로 하자. 꼬마 팀이
다른 두 사람보다 살짝 어려 보이는군. 오드리와 키아누는 커플
처럼은 안 보여, 키아누는 커플이어도 개의치 않을 것 같긴 하지
만. 희한하게 꼬마 팀이 두 사람의 아들처럼 보이기도 하네, 근데
나이대가 안 맞아. 어쩌면 꼬마 팀이 남동생일지도? 오드리와 꼬
마 팀이 커플인가? 아니면 저 두 남자애가 커플인가? 꼬마 팀이
물을 달라고 했을 때 키아누가 무척 상냥했어. 하지만 또 오드리
와 꼬마 팀 사이가 확연히 편한데. 키아누는 의자에 앉아 있지만
오드리는 침대 위에 꼬마 팀과 나란히 누워 있고, 서로 옆에 있을
때 완전 편안하고 허물없는 사이처럼 손끝이 스스럼없이 닿잖아.
오드리는 팀의 확장판 같네, 팀도 오드리의 확장판 같고. 저 둘의

사이는 사랑이야, 간호사는 생각했다. 그러다 끝내, 다소 실망하긴 했지만, 저들 중 아무도 로맨틱하게 얽힌 사람은 없다는 결론을 내렸다.

아픈 몸에도 불구하고 샘은 세이디와 함께 월말까지 계속 게임을 수정해나갔고, 1월이 끝날 무렵에는 도브에게 게임을 보여줄 준비가 됐다. 도브는 진행중인 작업물의 상당 분량을 이미 보았고 또 조언도 해주었지만 처음부터 끝까지 본 적은 없었고, 모두 합쳐져 완성이 됐을 때 어떻게 나올지는 알지 못했다. 세이디가 완성된 게임이 든 하드디스크를 도브의 아파트로 가져갔다. 도브가 플레이를 시작하자 세이디는 그 옆을 맴돌며 게임의 모든 순간에 일일이 팁을 주고 속뜻을 설명했다. 도브의 반응에 몹시 마음을 졸였지만, 한편으론 자신의 작품이 무척 자랑스러웠다. 도브가 단 하나의 디테일이라도 자신들의 노고를 놓치지 않았으면 했다.

"세이디, 저리 좀 가라. 네가 그렇게 얼쩡대니까 집중이 안 되잖아. 난 이 게임을 하고 싶다고."

"알았어요. 조용히 있을게요." 세이디가 말했다.

도브가 레벨 7의 얼음과 눈의 세계에 도달했고, 그곳에서 이치고는 길 잃은 아이들을 노예로 삼는 유령 몬스터 고미바코와 최초로 조우한다. "네 시선이 느껴진다. 숨소리도 들려." 도브는 세이디의 손을 잡고 제 방 침대로 데려갔다.

"자 이제 착한 아이가 돼야지." 도브가 말했다.

"하지만……"

"내 말을 거역하려는 건 아니겠지?"

"네."

"나도 그럴 줄 알았어." 도브가 세이디를 바라보았다. "옷 벗어."

"그건 싫어요." 세이디가 말했다. "도브, 여긴 얼어죽을 것처럼 춥다고."

"옷. 벗. 어. 내 말을 거역하면 어떻게 되는지 알 텐데."

세이디는 옷을 벗었다.

처음 그들이 사귈 때 도브는 자신의 S&M 취향을 전혀 드러내지 않았다. S&M은 가을에 두 사람이 다시 만났을 때에야 시작됐다. 세이디는 흥분됐지만, 적어도 처음에는, 이내 거북해졌고, 자신들이 하는 놀이가 미심쩍어지면서 왜 이런 놀이를 하는지 불안해졌다. 도브가 학대하지는 않았다. 그는 항상 동의를 구했다. 하지만 도브는 수갑과 그 외 보기만 해도 심란한 소품들을 좋아했고, 세이디에게 이런저런 주문을 했다. 세이디의 옷을 벗기고 끈으로 묶고 가끔은 재갈을 물리는 것도 좋아했다. 찰싹찰싹 때리고 세이디의 볼기를 치고 머리카락을 잡아당기는 걸 좋아했다. 세이디의 음모를 미는 것을 좋아해서 아티스트처럼 숙고하며 정성스럽게 깎았다. 한번은 세이디에게 오줌을 눈 적도 있는데, 세이디가 그만하라고 하자 그만두었고, 두 번 다시 하지 않았다. 세이디가 아파하면—절대 심하게 아프게 하지는 않았다—어김없이 다정하게 대했고 나중에 사과했다.

도브는 맞는 것도 좋아했지만 세이디는 그런 짓에 전혀 관심이 없었다. 도브의 서른번째 생일날 저녁, 도브는 세이디에게 따귀를 때려달라고 부탁했다. "세게." 도브가 말했다.

세이디는 복종했다.

"더 세게."

세이디는 복종했다.

눈물이 핑 돌고 얼굴이 팥죽색이 될 만큼 충분히 세게 따귀를 얻어맞고 나면 도브는 이스라엘에 있는 아들한테 전화를 걸곤 했다. 새의 지저귐을 연상시키는 경쾌한 히브리어로 살갑게 아들과 통화하는 소리가 들렸다. 세이디의 히브리어는 바트 미츠바와 대축제일을 준비하면서 배운 게 전부였고, 그나마 알아들은 단 한 단어는 히브리어도 아니었다. 도브의 아들 이름인 텔레마커스였고, 도브는 대체로 텔리라고 불렀다. 텔리는 세 살이었다.

도브가 세이디에게 다시 만나자고 한 그날 저녁, 그는 세이디에게 와인을 따라주면서 아내가 드디어 이혼에 합의했다고 말했다.

"잘됐네요." 세이디는 신중하게 말을 골랐다. "그동안 불행했다면."

"불행했지. 절차도 까다롭고 돈도 많이 들겠지만, 결과적으론 그럴 만한 가치가 있을 거야." 도브가 말했다.

두 사람은 동시에 입을 열었다.

"우리가 다시 사귀는 일은 없었으면 해요. 프로페셔널하게 선을 지키고 싶어요." 세이디가 말했다.

"너와 다시 사귀고 싶어." 도브가 말했다.

"작년엔 가버렸잖아요." 세이디가 말했다. "또다시 헤어진다면 견딜 수 없을 것 같아."

"그런 일은 없어." 도브가 말했다. "약속할게."

하여간, 도브가 〈이치고〉를 처음 플레이하던 날로 돌아가자.

소품이 동원되지 않는 짧고 즐거운 섹스라고 할 만한 일을 즐긴 다음, 도브는 침대맡 협탁 서랍을 열더니 수갑 한쪽을 세이디의 손목에 채우고 다른 쪽은 침대 프레임에 채웠다. 순식간에 일어난 일이어서 저항할 틈도 없었다.

"내가 〈이치고〉를 다 할 때까지 침대에서 나오지 마." 도브가 말했다.

"하지만 도브," 세이디가 외쳤다. "그거 아직도 한 열세 시간쯤 남았는데."

도브는 세이디의 말을 무시하고 침실 문을 닫았다.

수갑으로 침대에 묶여 있었지만 협탁 위 전화기에는 손이 닿았다. 세이디는 샘에게 전화를 걸었다.

"도브가 끝까지 깼어?" 샘이 들뜬 목소리로 물었다.

"고미바코까지 왔어." 세이디가 말했다.

도브의 반응에 아주 많은 것이 달려 있었다. 도브는 게임업계에서 인맥과 영향력을 갖고 있었다―도브가 〈이치고〉를 마음에 들어하면 자신의 퍼블리셔나 다른 퍼블리셔에 연결해줄 수 있었다. 세이디와 샘, 마크스 셋만의 힘으로는 불가능한 방법과 속도로 〈이치고〉에 관심을 끌어모아줄 수 있었다.

"그럼 넌 이리로 올래?" 샘이 말했다. "영화 보러 가자. 오늘 저녁에 소니 프레시 폰드에서 〈화성침공〉 상영한대."

"너 외출해도 괜찮아?"

"세이디, 나도 가끔은 밖에 나가줘야지. 택시 타고 갈 거야. 천천히 다닐게."

"투스텝 안 뛰고?"

"투스텝도 안 뛰고, 시도 낭송하지 않고. 약속할게."

세이디는 수갑이 채워진 손목을 힐긋 쳐다봤다. "난 그냥 여기 있어야겠다." 세이디가 말했다. "혹시 내가 필요한 일이 생길지도 모르니까."

읽을 책 한 권 없는데다 목이 말라왔다. 다행히 소변은 좀전에 봤다. 낑낑거리며 이불을 뒤집어쓰고 잠을 청했지만 정신은 말똥말똥했고, 한 팔을 머리 위로 올린 채 자려니 어색하고 불편했다.

율리시스가 필요했다는 점에는 의문의 여지가 없지만, 그래도 그걸 썼어야 했다는 사실이 여전히 세이디를 괴롭혔다. 도브는 〈이치고〉의 프로듀서였고, 너무나도 잘 알려진 유명인사였으므로 사람들이 세이디가 한 일을 도브가 한 일로 생각할까봐 불안했다. 세이디의 작업이 시작되고 도브의 작업이 끝나는 지점을 모를까봐 걱정스러웠다.

그 점에서는, 결과적으로, 세이디의 우려가 완전히 기우는 아니었다. 도브가 〈데드 시 Ⅱ〉를 출시하고 '게임디포' 블로그와 가진 인터뷰에서 한 말을 곱씹어보자.

게임디포: 올해 엄청난 성공을 거둔 또하나의 게임이 〈이치고〉죠, 당신의 율리시스 엔진을 굉장히 잘 활용했어요. 〈이치고〉에는 어떻게 합류하게 됐는지 얘기해주시죠.

D. M.: 음, 세이디(그린, 〈이치고〉의 게임 디자이너, 프로그래머)가 내 제자였어. 진짜 총명한 아이지 — 원래부터 똑똑

했어. 난 엔진 팔이가 아니야. 소위 게임 디자이너라는 자들에게 내 툴을 파는 데는 별 관심 없어. 개인적으로 엔진 공유는 게임계 전반의 창의성을 떨어뜨린다고 생각해. 게을러지지. 게임들이 생긴 게 죄다 똑같아지고, 천편일률적인 메커니즘에다 천편일률적인 가정에 바탕을 둔 물리학에, 따지고 들면 한두 가지가 아냐. 하지만 세이디와 샘(매서, 〈이치고〉의 게임 디자이너, 프로그래머)이 만들려는 걸 딱 봤는데, 정말 특별하단 느낌이 오더라고. 나도 참여하고 싶어지는 그런 작품이었어. 율리시스가 걔네들한테 도움이 되겠다 싶었지. 자자, 율리시스 때문에 세이디와 샘이 한 일을 평가절하하면 안 돼. 그 두 녀석의 작업량은 놀라웠어. 내가 학생들한테 본보기를 들 때 얘기하지, 그 두 녀석이 컴퓨터 두 대만 갖고 자기들끼리 얼마나 많은 것을 해냈는지. 게임회사들은 너무 커지고 인간미가 없어졌어. 텍스처 레이어 작업에 열 명, 모델링에 열 명, 배경에 열 명, 누구는 스토리를 쓰고 다른 누구는 대화문을 쓰고, 그리고 말 그대로 서로 대화도 안 해. 고개를 제 사무실 책상에 푹 처박은 좀비나 다름없지. 그건 (욕설) 악몽이야.

게임디포: 그래도 당신의 영향력이 보이죠. 가령 오프닝의 폭풍우 시퀀스라든가.

D. M.: 글쎄. 그럴 수도 있고 아닐 수도 있고. 아는 사람 눈에는 보이겠지.

〈이치고〉의 첫 플레이를 완주한 후 마침내 침실로 들어온 도브의 눈에는 눈물이 그렁그렁했다. "이거 존나 아름답구나, 세이디."

"괜찮은 편인가요?" 세이디는 도브의 입에서 좋다는 말을 듣고 싶었다.

"괜찮냐고? 이 미치도록 총명한 녀석. 넌 나를 깜짝 놀라게 만들었어. 넌 나를 감탄하게 만들었어. 요렇게 귀여운, 쪼끄만 사람이 저런 것을 만들 수 있다니." 눈물이 볼을 타고 주르륵 흘렀고, 도브는 닦으려는 시늉도 하지 않았다. 도브가 우는 모습을 보고 세이디도 눈물이 났다. 마크스의 반응을 들었을 때와는 또다른 느낌이었다―마크스는 팬이었으니까. 도브의 반응에는, 그야말로 안도감이 들었다. 지난 3월 샘이 함께 게임을 만들자고 한 이후로 열 달 동안 몸속에 품고 있던 긴장감이 홀쩍 사라진 기분이었다. 이 게임이 어떻게 될지 세이디는 알지 못했다―소리소문 없이 셰어웨어 소프트웨어로 출시될지, 대형 퍼블리싱 계약을 하게 될지. 어찌되든 상관없을 것 같았다. 도브 미즈라흐가 감탄하는 무언가를 만들었으니, 일단은 그걸로 충분했다.

세이디는 도브에게 가려고 했지만 아직 침대에 수갑으로 묶인 상태였다. 세이디는 벌거벗은 채로 무릎을 대고 일어나 앉아 자유로운 손을 도브에게 내밀었고, 도브가 그 손을 움켜쥐었다. "사랑해." 도브가 말했다.

"사랑해요." 세이디가 말했다.

"그리고 난 〈이치고〉를 사랑해. 내일 아침에 제일 먼저 샘과 마크스와 얘기하고 싶어. 우리 모두 엄청 큰돈을 벌 거야." 도브는 〈이치고〉를 위해 자신이 세운 계획을 경매인처럼 속사포로 줄줄 늘어놓기 시작했다. 방안을 왔다갔다하면서, 한 발로 쿵쿵 뛰면서, 열정적으로 손짓과 몸짓을 해댔다. 세이디는 도브가 저렇게 신나서 흥분하는 모습을 난생처음 봤다.

"도브, 저기 이것 좀……?" 세이디는 수갑의 쇠사슬을 흔들어 보였다.

3장 　　 》》 　　　　　 언페어 게임

1

'언페어 게임'이라는 회사명을 누가 생각해냈는지 아무도 정확히 기억하지 못했지만, 세 명 모두 기회가 있을 때마다 자신이 지었다고 주장했다. 마크스는 〈템페스트〉에서 좋아하는 구절을 따서 그 이름을 붙였다고 생각했다. "그래, 스무 곳의 공국을 위해서는 다툼을 할 수밖에 없지, 난 그걸 페어 플레이라고 부르겠소." 세이디는 그게 말이 안 된다고 생각했다―'페어'는 '언페어'가 아니고, '플레이'는 '게임'이 아니다. 세이디는 어린 시절 입버릇처럼 되뇌던 비공식 주문 "이건 불공평해It's unfair"에서 언페어 게임이 나왔다고 확신했다. 세이디가 하도 그 소리를 자주 해서 엄마 샤린은 세이디가 그 문장을 입 밖에 낼 때마다 용돈에서 이십오 센트씩 차감하겠다고 협박했다. 샘도 제 딴엔 분명 언페어 게임이라는 이름을 자기가 지었다고 생각했다. 발목이 부러지고 병원에서 깨어났을 때, 게임의 좋은 점은 인생보다 공평할 수도 있다는 거로군, 하고 생각했던 게 뚜렷이 기억났다. 훌륭한 게임은, 〈이치고〉처럼, 어렵긴 해도 공평했다. '불공평한 게임 unfair game'은 바로 인생 자체였다. 샘은 병원 침대 옆에 있던 종이에 그 이름을 써놨다고 맹세했지만, 그 종이의 존재는 누구의 눈에도 띈 적이 없었다. 그리고 신뢰성에 관한 한, 샘의 이야기는 종종 진위가 의심스러웠고, 그게 아니더라도 최소한 리버스 엔지니어링을 거친 것일 때가 많았다.

2

 도브가 자신의 원대한 영업 구상을 얘기하러 언페어에 갔을
때, 그에겐 질문이 하나 있었다. "그러니까 이치고는 남자애 맞
지?"

 "우린 걔를 그런 식으로 보지 않았는데요." 샘이 말했다.

 "걔?" 도브가 말했다.

 "샘의 생각은, 나도 동의하는데, 그 나이대에는 성별이 중요치
않다는 거예요. 그래서 우린 이치고의 성별을 명시하지 않았어
요." 세이디가 설명했다.

 "영리한 전략이군." 도브가 말했다. "그리고 절대 안 먹혀들
전략이고. 너희들 〈이치고〉를 월마트에서 팔고 싶은 거 맞지? 공
화당의 텃밭에서도 이 게임을 팔고 싶은 거잖아. 마크스, 넌 실용
적이지, 넌 어떻게 생각해?"

 "전 세이디와 샘의 결정에 전적으로 따릅니다." 마크스는 충

심을 담아 신중하게 대답했다. "그리고 게임을 하는 데 그건 아무 영향도 안 주던데요. 그냥 난 남자니까 이치고를 남자애라고 봤죠."

"봐라! 바로 그거야. 내 요점이 정확히 그거라고. 이치고는 남자애여야 해. 얘들아, 난 너희들의 창의력을 높이 사지만, 어차피 아무도 안 알아줄 하버드 논문 주제 같은 쓸데없는 발상으로 불이익을 감수하려는 건 또 뭐냐?"

"도브, 왜 이치고가 꼭 남자애여야 하죠? 여자애면 안 되나?" 세이디가 말했다.

"여자가 주인공인 게임은 덜 팔린다는 사실을 잘 알잖아." 도브가 말했다.

"하지만 〈데드 시〉의 주인공은 여자애인데요." 세이디가 반박했다. "그리고 얼마나 팔렸더라? 백만 장?"

"전 세계 판매량으로는, 맞아, 심지어 그 이상이지. 하지만 국내에서는 고작 칠십오만 장이야."

"그 정도면 어마어마한 히트죠." 세이디가 말했다.

"내가 레이스를 여자애로 하지 않았다면 그 두 배는 팔렸을걸. 하지만 나한텐 나 같은 조언자가 없었지."

세이디가 노트 한 장을 계속 쭉쭉 잘게 찢는 바람에 조그만 종이 무덤이 생겼다. 도브가 세이디의 손을 덮어 잡아 멈추게 했다.

"잘 들어 얘들아, 이건 내 게임이 아니야. 너희가 선택할 문제지. 이건 그냥 내가 해주는 조언일 뿐이고. 그 '개'란 게 너희한테 중요하다면, 그대로 둬. 이치고를 여자애로 하고 싶다면, 그것도 좋아. 너희한테 제일 중요한 건, 〈이치고〉는 멋진 게임이고 너희

210

에겐 모든 선택지가 열려 있다는 거야. 원한다면 퍼블리셔가 정해질 때까지 그 문제를 보류해도 돼."

〈이치고〉에 제일 좋은 오퍼를 낸 두 곳은 셀러도어 게임과 오퍼스인터랙티브였다. 셀러도어는 세이디가 신통치 않은 인턴으로 근무했던 곳이고, 오퍼스는 텍사스 오스틴에 본사를 둔 PC회사 오퍼스컴퓨터의 게임 부문이었다.

셀러도어는 이치고의 성별을 문제시하지 않았다. MIT 졸업생들이 창업한 셀러도어는 생긴 지 얼마 안 된 젊은 회사였고, 성별 없는 이치고가 '에지 있고 쿨하다'고 생각했다. 셀러도어는 상대적으로 수수한 선지급금과 후한 수익배분 계약에 더해 차기작에 대한 선금을 추가로 제시했고, 그 차기작은 꼭 〈이치고〉의 속편이 아니어도 됐다. "저흰 〈이치고〉 건만 같이하고 싶은 게 아닙니다." 스물아홉 살의 셀러도어 게임 CEO 조너스 리프먼이 말했다. "저희는, 어, 그쪽 사업에 함께하고 싶은 거죠. 죄송합니다, 말이 좀 이상하게 들리죠. 뭐라고 불러야 할지 모르겠어서, 아, 회사명이 벌써 있나요."

오퍼스컴퓨터는 훨씬 큰 금액의 선지급금을 제시했다―셀러도어의 다섯 배였다. 오퍼스는 새로운 게임용 랩톱 '오퍼스 위저드웨어'를 출시하면서 1997년 크리스마스 시즌 동안 모든 오퍼스 위저드웨어 제품에 〈이치고〉를 기본 설치해서 판매한다는 계획을 세웠다. 세련되고 깔끔한 그래픽과 캐릭터 디자인, 감동적이고 가족 친화적인 스토리의 〈이치고〉는, 콘솔이 아닌 PC에 대단한 게임을 바랄 수 없다고 생각하는 사람들에게 게임용 랩톱을 영업하기에 딱 맞는 완벽한 게임이라는 것이 오퍼스측의 생각이었다. 오퍼스는 〈이치고〉의 후속작이 1998년 크리스마스 시즌에 맞춰 나오길 원했고, 여기에 대해선 선금을 두 배로 주겠다고 했다. 그리고 물론, 텍사스 출신 남성만으로 구성된 협상팀에게 이치고는 두말할 것 없이 남자애였다―이건 뭐 질문할 거리조차 되지 않았다.

세이디는 셀러도어와 같이 가고 싶었다. 좀더 느슨한 계약 조건을 선호하기도 했고, 사실을 말하자면 오퍼스 사람들이 마음에 들지 않았다. 오퍼스는 그들 넷을 텍사스로 불러들여 게임 부문 임원들에게 인사시켰다. 그 자리에 쉰 살 먹은 사장 에런 오퍼스가 양끝이 말려올라간 콧수염에 카우보이모자와 카우보이부츠와 볼로타이와 은제 소뿔머리 장식버클과 청청패션을 하고 직접 모습을 드러내 모두가 깜짝 놀랐다. 세이디는 나중에 호텔로 돌아와, 그 사장은 오스틴공항에서부터 도로를 따라 띄엄띄엄 보이던 초대형 창고형 웨스턴 옷가게에서 모든 쇼핑을 하는 것 같다고 평했다. 그러나 도브는 에런 오퍼스를 마음에 들어했다. "그 미국인다운 똥폼 난 좋던데."

"그거 다 코스프레예요." 세이디가 반박했다. "오퍼스는 코네티컷 출신이라고요. 예일대를 나왔고."

"그 친구 마음에 드는걸! 돌아가기 전에 나도 그 옷가게에 좀 들러야겠다. 진정한 사내라면 적어도 세 종류의 동물 사체는 몸에 걸쳐줘야지." 도브가 말했다.

"역겨워." 세이디가 말했다.

그 회의에서 에런 오퍼스는 초췌한 몰골이라 미안하다면서 〈이치고〉를 하느라 이틀 동안 날밤을 새웠다고 말했다. "미스터

미즈라흐, 당신이야 다들 이미 잘 알지요." 에런이 도브에게 말했다. 그러고 나서 고개를 돌려 샘에게 말을 걸었다. "그럼 자네가 프로그래머인가?"

"저는 일개 프로그래머이고, 여기 세이디가 책임 프로그래머입니다." 샘이 말했다.

"저희 둘이 함께 게임을 디자인하고 개발했습니다." 세이디가 말했다.

에런 오퍼스는 고개를 끄덕였다. 샘의 얼굴을 유심히 들여다보고, 그다음에 세이디의 얼굴을 유심히 보더니, 이내 다시 샘에게 관심을 보였다.

"그 꼬마 친구 이치고 말이야. 자넬 굉장히 닮았구먼." 에런 오퍼스는 뭔가 결론을 내린 듯 고개를 좀더 주억거렸다. "흐음. 자네가 이 게임의 얼굴이군, 내 보기엔."

케임브리지로 돌아온 네 사람은 두 곳의 제안을 꼼꼼히 검토했다. 세이디는 셀러도어를 선호했고, 후속작을 만들지 않아도 된다는 점과 좀더 케미가 맞을 것 같다는 점을 이유로 들었다. 샘은 오퍼스가 돈을 훨씬 더 많이 주는데 왜 셀러도어를 고려하는지 도저히 이해할 수 없다고 했다. 도브는, 결이 다르긴 하지만 둘 다 좋은 오퍼라면서 그들이 원하는 게 뭔지에 달렸다고 했다. 또한 셀러도어가 제시한 수익배분 조건이 더 좋기 때문에 장기적으로 보면 셀러도어와 계약하는 편이 더 많은 돈을 벌 수도 있다고 덧붙였다. 마크스는 자기도 셀러도어가 제시한 창작의 자유가 마음에 들지만, 오퍼스 쪽 제안이 〈이치고〉를 더 크게 키울 가능성이 높아 보인다고 말했다. 오퍼스는 수백만 달러 규모의 위저드웨어 PC 광고를 진행하면서 〈이치고〉를 전면에 내세우겠다고 약속했다. 게임이 예상대로 성공한다면, 오퍼스는 〈이치고〉의 미래에 애니메이션, 메이시백화점의 추수감사절 퍼레이드 풍선, 엄청난 양의 굿즈를 그려넣을 것이다. 셀러도어엔 그런 것들을 가능케 할 조직력도 자금력도 없었다, 적어도 당분간은.

자정이 가까워지자 마크스와 도브, 샘이 오퍼스 편에 섰다. 셀러도어를 미는 사람은 세이디밖에 없었다.

"인생을 바꿀 만한 돈이라고. 솔직히." 샘이 말했다.

"하지만 난 이미 바뀐 내 인생의 또 한 해를 〈이치고〉 속편이나 만들면서 보내고 싶지 않아." 세이디가 말했다.

"ㄱ 마음 이해해." 마크스가 말했다. "그리고 세이디가 원한다면 난 세이디 편이야. 어쨌든 이 건에 대해선 너희 둘이 저작권자니까 너희 둘이 결정해야지."

샘은 세이디에게 발코니로 나가서 단둘이 얘기하자고 제안했다. 아직도 깁스를 하고 있어서 돌아다니기가 쉽지 않았다. 그렇지 않았다면 세이디와 함께 산책하는 편을 선호했을 것이다. 샘은 움직이고 있을 때 머리가 더 잘 돌아가고 설득력도 더 생기는 것 같았다.

세이디가 먼저 포문을 열었다. "셀러도어의 선금 정도면 괜찮은 편이야, 그리고 그 사람들은 우리가 만들고 싶어하는 게임을 진심으로 이해해." 세이디가 논리를 펼쳤다. "내년에 우린 참신하고 더 나은 게임을 만들면서 한 해를 보낼 수 있다고. 게다가 이치고의 성별에 대한 신념을 어떻게 그렇게 쉽게 포기할 수 있어? 난 그게 너한테 중요한 거라고 생각했는데."

"중요하지, 하지만 정말 큰돈이잖아." 샘이 말했다.

"갑자기 왜 그렇게 돈에 집착하는데? 넌 이제 스물두 살이고, 그 나이에 얼마나 많은 돈이 필요하다고? 돈을 벌고 싶었다면 게임을 만들지 말았어야지. 하버드 채용설명회에 가서 연봉 백만 달러 주는 베어스턴스 투자은행에 취직하지 그랬어, 너네 과 애들 다 그러던데."

"넌 한 번도 가난한 적이 없었지, 그러니까 넌 이해 못해." 샘은 잠시 말을 끊었다. 자신의 취약함을 인정하긴 정말 싫었다, 세이디에게조차도. "나한텐 학자금 대출이 있어. 응급실에 실려가 발목이랑 발 수술을 하느라 병원비도 어마어마하게 밀렸고. 지금부터 갚지 않으면 그 청구서가 우리 할머니 할아버지한테 갈 거야. 지금 이 순간에도 내 은행 잔고는 마이너스야. 집 월세는 마크스가 내고 있고, 난 신용카드를 뜯어먹으며 하루하루 버티고 있어. 만약 셀러도어의 오퍼를 받으면, 차기작을 만드는 동안 생계가 막막해. 난 오퍼스의 선금이 필요해, 세이디, 솔직히 오퍼스 쪽 제안이 더 낫다고 생각하기도 하고. 〈이치고〉를 진짜로 대박나게 해줄 수 있는 제안이잖아. 너도 분명 알 거야. 네가 오퍼스를 마음에 들어하지 않는 진짜 이유는 그 사람들이 나를 메인 프로그래머라고 생각했기 때문이라는 걸."

세이디는 발코니에 앉았다. 세이디는 오퍼스 사람들이 너무너무 싫었고, 그 사람들을 위해 〈이치고〉 속편을 만든다고 생각하니 손발에 족쇄를 채우고 눈가리개를 한 뒤 재갈을 문 채 더플백에 집어넣어져 바다 밑바닥으로 내던져지는 기분이었다.

샘은 세이디 옆에 앉으려고 낑낑거리며 몸을 낮췄다. 세이디가 손을 내밀어 도와줬지만 그래도 약간 쿵 하고 엉덩방아를 찧었다. 샘은 세이디의 어깨 오목한 곳에 머리를 기댔다. 화물열차의 무게는 레일이 골고루 나누어 짊어졌다.

"난 무조건 네가 하자는 대로 할 거야." 샘이 말했다.

"알았어, 샘." 세이디가 말했다. "오퍼스로 하자."

일단 이치고를 남자애로 확정하자, 이치고와 샘의 정체성은 점점 떼려야 뗄 수 없게 되어버렸다. 에런 오퍼스 말고도 샘이 이치고와 닮았다고 얘기하는 사람들이 생겨났다—사실 닮기도 했다, 어느 정도는. 사람들은 샘의 파란만장하고 비극적인 개인사를 우걱우걱 먹어치웠다. 어린 시절 당한 사고, 천하무적이 되고자 비디오게임을 했던 것, 피자 가게를 하는 한국인 조부모와 〈동키콩〉 오락기. 사람들은 눈에 불을 켜고 샘의 생애와 이치고의 설정이 겹치는 부분을 찾아냈다. 둘은 모두 어릴 때 부모와 헤어졌다. 샘은 동양인이고, 이치고도 동양인이다—1997년에는 아무도 한국인 혼혈과 일본인을 구분하지 못했다. 샘이 동양인이라는 사실로 충분했다. 사람들이—평론가, 게이머, 오퍼스 마케팅팀—게임에서 샘을 더 쉽게 발견할 수 있었으므로 〈이치고〉는 세이디가 아닌 샘의 작품이 되어버렸고, 그런 식으로 샘이 〈이치고〉라는 독립예술영화의 감독이 되어버렸다. (샘과 세이디의 관계로 말하자면, 두 사람은 남매도 아니고 결혼/이혼한 사이도 아니고 연인도 아니고 사귄 적도 없었으므로, 사람들에겐 너무 알쏭달쏭해서 파헤칠 가치조차 없는 사이로 여겨졌다.)

오퍼스에서는 홍보의 일환으로 모든 게임 컨퍼런스에 샘을 내보냈는데, 그 시절의 게임 컨퍼런스는 지금보다 훨씬 소규모 행사였다. 세이디도 마음만 먹으면 샘과 같이 다닐 수 있었지만, 세이디는 언페어 게임의 새 사무실에서 보내는 시간이 더 가치 있다고 생각했다(오염에 강한 바닥재와 형광등 조명이긴 해도 최소한 마크스네 거실은 아니었다). 세이디는 〈이치고〉의 속편을 지휘하는 동시에 MIT에서 학사를 마치는 중이었다. 게다가 세이디보단 샘이 사람들의 관심을 좋아했다. 세이디는 그 면에서 전혀 아쉬울 게 없었다. 샘은 인터뷰를 좋아했다. 사람들 앞에서 수다스럽게 얘기하는 걸 좋아했다. 사진 찍는 걸 좋아했다. 누군가는 해야 하는 일이었고, 세이디는 작품에 대해 얘기하는 게 거북했다―순진하게도, 작품은 그 자체로 말해야 한다고 생각했다. 〈이치고〉를 출시했을 때 세이디는 스물둘이었고, 아직 대중 앞에서 공적으로 자신이 누군지 설명할 수 있을 만큼 자신을 잘 알지 못했다. (사적으로 스스로를 잘 알았냐 하면 그것도 아니었지만.) 당시엔 이름 있는 여성 게임 디자이너가 거의 없었고, 여성 개발자가 자신을 어떻게 내보여야 하는지에 대한 전략도 딱히 없었다. 그리고 사실은, 오퍼스의 어느 누구도 세이디에게 전면에 나서라고 얘기하지 않았다. 오퍼스의 남자들은 샘이 〈이치고〉의 얼굴이기를 원했고, 따라서 샘이 게임의 얼굴이 되었다. 산업계가 원래 그렇듯 게임업계도 천재 소년을 유난히 편애했다.

세이디는 샘이 홍보활동을 좋아하기만 한 게 아니라 실제로 그런 일에 세이디보다 더 능수능란하다는 점을 내심 인정하고 있었다. 게임을 출시하기 전에 두 사람은 보카러톤에서 열리는 세일즈 컨퍼런스에 함께 참석한 적이 있었다. 그렇게 많은 사람들 앞에서 얘기하는 건 난생처음이었고, 회의장에는 대략 오백 명의 사람들이 있었다. 세이디는 아무렇지도 않았지만 샘은 몹시 긴장했다. 샘은 무대 위로 불려나가기 직전까지 대기실 안을 빙빙 돌았다.

"토할 것 같아." 샘이 말했다.

"괜찮을 거야." 세이디는 샘의 손을 꼭 잡아주고 물을 한 잔 따라주었다. "호텔 연회장에 너드 몇백 명이 모여 있는 것뿐이잖아."

"그렇게 많은 사람들 시선 받는 거 부담스러운데." 샘이 말했다. 샘은 손갈퀴로 머리칼을 마구 휘저었고, 플로리다의 습한 날씨에 머리가 아프로 스타일로 붕 떴다.

그러나 연단에 오르는 순간 긴장은 온데간데없이 사라졌고, 샘은 세상에서 가장 흥겹고 재밌는 토크쇼 게스트로 변신했다. 세이디는 질문을 받으면—가령 "두 분은 어떻게 만나셨나요?"라든가—명확히 답을 했고, 보통 두 문장을 넘기지 않았다. "음, 둘 다 로스앤젤레스 출신이거든요. 둘 다 게임을 좋아했고요."

샘이 질문을 받으면 답은 중편소설이 됐다. 이야기는 15분을 거뜬히 넘어갔고, 두 사람의 어린 시절까지 굽이굽이 에둘러 돌아가는데 그 누구도 조금도 지루해하지 않는 것 같았다. "세이디를 만난 그날, 저는 6주 동안 누구에게도 단 한 마디도 하지 않고 있던 상태였어요. 말 그대로 6주 동안 내내. 뭐 그건 딴 얘기고요. 나중에 우리가 좀더 친해지면 따로 말씀드릴 기회가 있겠죠. 하여간 여러분이 알아야 하는 제일 중요한 건, 세이디가 마리오를 장대 꼭대기에 올려놓는 법을 몰랐다는 겁니다. 인터넷이 있기 전이니, 치트키는 거저 알 수 있는 게 아니었죠. 방법을 이미 알고 있는 누군가를 만나야……" 샘이 말을 하면 사람들은 귀를 기울였고, 샘의 농담에 웃음을 터뜨렸고, 자발적으로 박수갈채를 보냈다. 사람들은 샘을 아주 좋아했다. 샘은 대중 앞에서 훨씬 잘생겨졌다. 절룩거림이 눈에 덜 띄었다. 목소리가 활달해지고 말에 권위가 실렸다. 여태껏 샘은 청중을 기다리고 있던 것만 같았다. 세이디는 샘의 변신에 혀를 내둘렀다. 나의 내성적인 파트너는 어디로 간 거지? 저 이야기꾼은 누구야? 저 어릿광대는 누구지?

샘 옆에서 세이디는 자신이 초라하게 느껴졌다.

3

〈이치고 Ⅱ: 고, 이치고, 고〉는 1998년 11월에 나왔다. 〈이치고: 바다의 아이〉로부터 대략 1년 후였다. 2편에서는 이치고의 여동생 하나미가 또다른 폭풍우에 실종되고, 이제 열한 살이 된 이치고가 동생을 찾아 떠난다. 2편이 1편보다 판매량은 좀더 많았지만, 대체로 원작의 명성과 강력한 마케팅에 묻어갔다는 평이었다. 세이디와 샘 본인들도 그렇고 대부분의 평론가들이 두번째 작품이 독창성 면에서는 오히려 한 발 퇴보했다고 여겼다. 〈이치고 Ⅱ〉가 나쁜 게임은 아니었지만, 전작과 달라진 게 없다는 평이었다. 이치고의 캐릭터가 새로운 방향으로 나아가지도 않았고, 그래픽, 테크닉, 스토리 중 뭐 하나 발전한 게 없었다.

3편은 만들고 싶지 않다고 세이디가 선언한 날, 마크스와 샘은 한 달간의 〈이치고 Ⅱ〉 프로모션 투어에서 돌아온 직후였다. 모든 것이 시작된 그 여름 이후 세 사람이 이렇게 오래 떨어져 있었던 건 처음이었다. "시리즈의 수명이 다한 것 같아." 세이디가 말했다. "창의적으로 뭔가 더 해볼 여지가 없다는 느낌이야." 샘과 마크스가 계속 같이 살고 있는 케네디 스트리트의 아파트에 모여 셋이 저녁을 먹는 중이었다.

"그럼 다른 거 만들고 싶은 게 있어?" 마크스가 물었다.

"아이디어가 두어 개 있긴 해. 하지만 이건 따로 논의할 얘기고." 세이디가 말했다.

"우리 예전 화이트보드 언제라도 꺼낼 수 있어." 마크스가 말했다.

"잠깐만." 샘이 말했다. 그때까지 샘은 조용히 듣고만 있었다. "이치고를 이런 식으로 버릴 순 없어, 세이디. 오퍼스에서 제멋대로 정한 마감 시한 때문에 제대로 된 〈이치고 Ⅱ〉를 만들 시간이 없었잖아. 3편을 엄청난 게임으로 만들고 싶지 않아?"

"어쩌면, 언젠가는." 세이디가 말했다.

"내 말은, 이치고는 우리 자식이라는 거야. 우리 자식을 허접한 속편에 처박아둘 순 없어."

"샘슨," 세이디가 경고하듯 말했다. "난 그럴 수 있어."

샘이 일어났고, 순간 움찔하며 비틀거렸다.

"괜찮아?" 마크스가 물었다.

"그냥 좀 피곤해서." 샘이 말했다. "세이디, 우리가 앞으로 무엇을 해야 할지는 너 혼자 결정하는 게 아냐. 우리가 〈이치고 Ⅲ〉를 만들지 않을 거라면, 나는 만들어야 한다고 생각하지만, 대신 뭘 하고 싶은 건지 미리 네 아이디어를 말해줘야지."

"샘, 너 발에서 피난다, 양말에 배어나왔어." 마크스가 말했다.

"응, 전부터 좀 그랬어." 샘이 성가시다는 듯 말했다.

"병원에 가봐야겠다."

"마크스, 지랄 말고 내 발에 신경 꺼라, 응? 내가 알아서 할 거야." 샘은 자신의 아픈 몸이 입길에 오르는 것을 싫어했다.

"왜 마크스한테 못되게 굴어? 네가 또 길바닥에서 기절할까봐 그러는 거잖아." 세이디가 말했다.

"난 괜찮아, 정말로." 마크스가 말했다.

"사과해." 세이디는 물러서지 않았다.

"미안, 마크스." 샘은 영혼 없이 사과한 다음 곧장 세이디에게로 고개를 돌렸다. "진지하게 말하는데, 너의 파트너인 내가 그 아이디어를 어떻게 생각할지 들어보고 싶지 않아?"

세이디가 빈 그릇을 포개며 식탁을 정리하기 시작했다. "다들 먹었으면 내가 설거지할게."

"놔둬, 안 해도 돼." 마크스가 말했다.

"얻어먹었으니까 하는 게 예의지." 세이디가 말했다.

마크스가 세이디를 따라 식탁을 치우기 시작했다.

세이디가 부엌으로 가자 샘이 절뚝거리며 세이디 뒤를 졸졸 따라갔다. "너의 파트너인 내가 그 아이디어를 어떻게 생각할지 들어보고 싶지 않냐고." 샘이 거듭 말했다.

"들어보고 싶었겠지." 세이디는 감정을 자제하며 말했다. "네가 여기 있었다면." 세이디는 그릇을 싱크볼 안에 내려놓았다.

"네가 올 수도 있었어. 내가 몇 번이나 오라고 했잖아." 샘이 말했다.

"둘이 다 일도 안 하고 내내 놀러다닐 순 없잖아."

"세이디, 그건 진짜 일이었어." 샘이 말했다.

"나도 진짜 일을 했어. 그 허접한 속편을 만들어야 했으니까." 세이디가 말했다.

"뭐 어련하시겠어."

"주둥이 간수 잘해라."

"친구들이여, 로마인들이여, 동포들이여," 마크스가 말했다. "진정하게나들."

세이디는 마크스의 집을 나와 곧장 도브와 함께 사는 아파트로 돌아왔다. 도브는 아들과 아내를 만나러 이스라엘에 가 있었고, 2년이 지난 지금까지도 이혼하지 않았다.

집으로 돌아오자마자 전화기가 울렸지만 세이디는 받지 않았다. 누구였는지 몰라도 부재중 메시지는 남기지 않았다. 샘 아니면 도브겠지, 하지만 세이디는 둘 중 누구와도 얘기하고 싶지 않았다.

세이디에게 다른 선택지가 없는 것도 아니었다. 샘이 〈이치고 Ⅲ〉 제작을 강행한다면, 언페어를 떠나는 방법도 있다. 언페어는 오퍼스와 맺은 계약 조건을 모두 이행했고, 세이디는 언페어와 고용 계약을 하지 않았다. 셋 중 고용 계약서를 쓴 사람은 아무도 없었다. 세이디에겐 샘이든 마크스든 아쉽지 않았다. 혼자 힘으로 독립할 수 있었고, 새 게임을 만들 수도 있었다. 전화기가 다시 울렸고, 자동응답기로 넘어갔다. "세이디. 나 도브다. 전화 받아."

세이디는 전화를 받았다. 집안 살림과 관련된 몇 가지 얘기를 주고받은 다음, 세이디가 말했다. "만약 내가 혼자서 게임을 만들고 싶다면, 그러니까 샘 없이 말이야, 그게 심각한 실수가 될까?"

"무슨 일인데?" 도브가 물었다.

"별건 아니고. 좀 싸웠어."

"세이디, 그건 완전히 정상이야. 최고의 팀은 끊임없이 불화에 시달리지. 자연스러운 과정의 일부야. 만약 너네가 싸우지 않고 있다면, 그건 그 일에 충분한 관심을 가진 사람이 아무도 없다는 뜻이거든. 그냥 미안하다고 사과하고 넘어가."

세이디는 미안한 마음이 없다는 것을, 그리고 자신의 질문은 그게 아니었다는 것을 설명할 기분이 나지 않았다. "알았어. 고마워, 도브."

열한시 반이 되자 세이디는 잠옷으로 갈아입고 양치질과 치실질을 하고 잠자리에 들 준비를 했다. 다른 스물세 살들의 금요일 밤도 이런 식일까 궁금했다. 마흔 살이 되면, 더 많은 사람과 섹스하지 않고 더 많은 파티에 가지 않았다고 땅을 치며 후회하게 될까? 하지만 생각해보면 세이디는 사람 많고 시끌벅적한 분위기를 즐기지 않았고, 파티에 갔다 하면 얼른 집에 돌아가고 싶어 안달이었다. 이따금 마리화나는 즐겨 피웠지만 술에 취하는 건 질색이었다. 게임을 하고, 외국 영화를 보고, 맛있는 한 끼를 먹는 게 좋았다. 일찍 자고 일찍 일어나는 게 좋았다. 일하는 게 좋았다. 자신이 일을 잘한다는 게 좋았고, 그걸로 돈도 잘 번다는 사실에 자부심을 느꼈다. 질서정연한 것들에서 즐거움을 느꼈다—완벽하게 효율적인 코드 섹션, 모든 물건이 제자리에 있는 옷장. 홀로 있기와 자신의 관심사에 몰두하기와 창의적으로 머리

쓰기를 좋아했다. 편안한 게 좋았다. 호텔방, 두툼한 수건, 캐시미어 스웨터, 실크 드레스, 옥스퍼드화, 브런치, 고급 문구, 고가의 컨디셔너, 거베라 꽃다발, 모자, 우표, 미술 도록, 마란타 화분, PBS 다큐멘터리, 할라 빵, 소이 캔들, 요가를 좋아했다. 기부금 후원자에게 감사의 표시로 주는 캔버스 에코백을 좋아했다. 픽션, 논픽션을 가리지 않는 탐독가이지만 신문은 문화예술란 외엔 전혀 읽지 않았으며, 그에 대해 양심의 가책을 느꼈다. 도브는 걸핏하면 세이디더러 부르주아라고 했다. 모멸하려는 의도였겠지만 세이디는 자신이 부르주아가 맞을 거라고 생각했다. 부모님이 부르주아였고 그런 부모님을 사랑했으니 자신도 부르주아가 됐을 것이다. 세이디는 개를 기르고 싶었지만 도브의 아파트는 반려동물 불가였다.

하지만 부르주아였기 때문에 세이디는 부르주아적이지 않은 일을 할 수 있었다. 만약 세이디가 자신의 인생에 철저했다면, 일에 있어 그런 희생과 양보는 하지 않았을 것이다.

초인종이 울렸다.

세이디는 무시했다.

아래쪽 길거리에서 가늘고 새된 샘의 목소리가 들렸다. "세이디 미란다 그린, 너 불 켜놓은 거 다 보여."

세이디는 무시했다.

"세이디, 여기 추워 죽을 것 같아. 또 눈이 와. 너의 가장 오랜 베프를 제발 들여보내줘."

세이디는 계속 무시했다. 샘이 얼어죽는다면 그건 샘 본인 잘못이다.

세이디는 커튼 사이로 길거리를 내다보았다. 샘이 지팡이를 짚고 있었고, 요즘 들어 점점 자주 그랬다. 지팡이 없는 샘을 본 게 언제가 마지막이었는지 가물가물했다. 세이디는 공동현관문을 열어주었다.

"원하는 게 뭐야?" 세이디가 말했다.

"네 아이디어를 듣고 싶어." 샘이 말했다. "정말로 듣고 싶어. 난 네 아이디어를 듣는 게 너무 좋아. 내가 세상에서 가장 좋아하는 일이야. 그리고 네가 싫다면 속편을 강요하지 않을게. 넌 나의 파트너고, 오퍼스와 거래하기로 했을 때 네가 나를 위해 뭘 해줬는지 내가 잊고 있었어. 세이디, 난 이치고를 사랑해. 난 우리가 만든 작품을 사랑하고, 수많은 사람들이 이치고를 사랑해주고 있잖아. 언젠가는 기분좋게 마무리를 지어서 보내줘야 한다고 생각해. 하지만 지금 당장은 네가 이치고를 지긋지긋해하는 것도 이해가 가."

"〈이치고 Ⅲ: 사요나라, 이치고 상〉." 세이디가 말했다.

샘이 웃음을 터뜨렸다. "나쁘지 않은데."

샘은 성한 발에 체중을 싣고 서 있었지만 점점 기울어질 수밖에 없었고, 세이디는 샘에 대한 사랑과 염려가 북받쳐올랐다─둘에 결국 무슨 차이가 있을까? 사랑하지 않는 사람은 염려할 가치가 없었다. 그리고 염려하지 않는다면 그건 사랑이 아니었다.

"최소한 택시는 타고 온 거지?"

"네, 선생님. 이제 그 정도 여유는 있어요."

"마크스가 널 그냥 보내줬어?"

"마크스는 내 보호자가 아니야."

"하지만 둘 중 분별력 있는 쪽이지."

"아, 마크스한테 뭐라 하지 마. 내가 나온 줄도 몰라. 조이네 갔거든."

"걔네 아직도 사귀어? 마크스치곤 오래가네." 세이디가 말했다.

"사랑하나보지." 샘은 사랑 따위 생각만 해도 어이가 없다는 듯 코웃음을 쳤다.

"넌 못마땅한가본데?"

"마크스는 맨날 연애중이야. 감정적 매춘부지. 그렇게 많은 사람과 사물에서 사랑을 발견할 수 있다면 그게 의미가 있기는 한가?"

"마크스는 대단해." 세이디가 말했다. "운이 좋은 것 같아."

"운 따윈 없어." 샘이 말했다.

"당연히 있지. 〈던전 앤 드래곤〉을 할 때 던지는 그 겁나 큰 다면체 주사위가 운이잖아."

"재밌는 지적이군." 샘이 말했다. "그나저나 도브는 어딨어?"

"일찌감치 휴가 갔어." 세이디가 말했다.

샘은 세이디의 표정을 살폈다. 샘은 세이디의 기분과 상태에 관해서는 전문가였다. "아직도 사랑하니?"

"사랑한 적이 있기나 한가?"

"거참 삭막하군."

"난 도브를 숭배해. 그리고 죽이고 싶어. 정상이잖아. 양가적이고 복잡한 게." 세이디가 말했다. "도브 얘긴 관두자." 세이디는 하품을 하고 샘에게 앉을 자리를 내주기 위해 소파에서 약간 옆으로 옮겨 앉았다. "뭐, 이왕 왔으니. 여기서 자고 가는 게 낫겠다. 이 날씨에 널 집으로 돌려보냈다간 마크스가 날 죽이려 들거야."

샘이 세이디 옆에 앉았다. 세이디가 텔레비전을 켰고, 두 사람은 한동안 레터맨 쇼를 시청했다. '스투피드 펫 트릭'*이 시작되자 세이디는 음소거 버튼을 눌렀고, 샘은 세이디를 바라보며 이야기가 시작되기를 기다렸다. 세이디는 너무나도 익숙한 샘의 달덩이 같은 얼굴을 가만히 들여다보았다. 거의 제 자신의 얼굴을 보는 것 같았고, 자신의 전 생애를 보여주는 마법의 거울을 보는 듯한 느낌이었다. 샘을 보고 있으면 이치고와 앨리스와 프리다와 마크스와 도브가 보였고, 여태껏 자신이 저지른 모든 실수와 숨겨왔던 온갖 자괴감과 두려움, 그리고 자신이 제일 잘한 일들까지 다 보였다. 가끔은 샘이 좋기는커녕 꼴 보기 싫을 때도 있지만, 사실을 말하자면, 세이디는 자신의 아이디어가 실행에 옮길 가치가 있는지 없는지 샘의 두뇌를 한번 거치기 전까지는 알 수 없었다. 샘이 자신의 아이디어를 다시 들려줄 때에만—약간 수정해서, 개선해서, 종합해서, 재구성해서—그게 좋은지 나쁜지 확신할 수 있었다. 그리고 새로운 아이디어를 샘에게 말하는 순간 그것은 또한 샘의 아이디어가 되는 것이었다. 두 사람은 또다시 위태위태한 유리 통로를 태평하게 쿵쿵 밟으며 제단 앞으로 걸어가게 될 것이다. 기쁠 때나 슬플 때나, 무슨 일이 닥치더라도. 세이

---

* 미국 CBS의 간판 토크쇼 〈데이비드 레터맨 쇼〉에서 각종 반려동물의 개인기와 묘기를 보여주는 인기 코너.

디는 깊은 한숨을 내쉬었다. "내가 만들고 싶은 게임은 〈세계의 양면Both Sides〉이라는 거야."

4

세이디는 샘이 실종됐던 그날 밤 문득 〈세계의 양면〉 아이디어가 떠올랐고, 그후로 계속 그 생각을 머릿속에서 굴리고 있었다. 그땐 별것 아니었다. 얼핏 파편처럼 흘깃 속삭이듯 살짝 개념만 반짝했달까. 샘과 그 희망찬 새벽에 같이 걸었던 길을 되짚어 걸으면서 세이디는 똑같은 길이 어쩜 이렇게 달라 보이고 낯설게 느껴지는지 충격을 받았다. 어느 순간 샘이 있었고, 게임이 완성됐고, 세상은 가능성으로 충만했다. 그로부터 열두 시간 후 샘은 사라졌고, 게임은 생각과 달리 까마득했고, 세상은 섬뜩하고 잔인했다. 세이디는 생각했다. 세상은 똑같은데 내가 달라졌어. 아니면 나는 똑같은데 세상이 달라진 걸까? 순간 세이디는 육신과 현실에서 위태롭게 멀어지는 느낌이 들었고, 잠시 주저앉아서 발밑의 땅을 감각하고 나서야 샘을 찾는 수색을 재개할 수 있었다.

전에도 이런 느낌을 받은 적이 있었다. 아주 친했던 친구가 고등학교 3학년 때 섭식 장애로 죽었을 때였다. 섭식 장애가 뭔지도 모르던 시절 세이디와 친구는 둘이서 먹기 놀이라고 이름 붙인 게임을 하곤 했다. 친구가 '양상추의 날' 또는 '그래놀라의 날' 또는 '깡통수프의 날' 또는 '무교병의 날'이라고 선언하면, 세이디와 친구는 스물네 시간 동안 그것 말고는 아무것도 먹지 않으려고 노력했다. 열네 살의 세이디는 그게 웃기다고 생각했고, 한 종류 음식만 먹는 게 세이디의 정리벽과 강박적인 천성에도 잘 맞았다. 그 놀이가 뭔가 다른 것으로 진전되리라곤, 친구에게는 결국 치명타가 될 거라곤 상상도 하지 못했다. 보다못한 앨리스가 결국 세이디에게 말했다. "세이디, 그러다 큰일난다. 어떻게 하루종일 양상추만 먹고 사냐." 놀이는 얼마 못 가서 막을 내렸고—적어도 세이디 쪽에서는 더이상 그 놀이를 하지 않았다—친구와는 서서히 멀어지며 사이가 소원해졌다.

친구의 장례식은 관뚜껑을 연 채로 진행됐다. 관 속을 들여다본 세이디는 제 자신을 보는 것 같았다. 마치 자신이 죽은 것 같았고, 죽어 누워 있어야 할 사람이 자신인 것 같았고, 왠지 자신과 친구의 자리가 뒤바뀐 것 같았다. 너무 혼란스럽고 불안해진 세이디는 망연한 친구 부모님께 양해를 구하고 도망치듯 장례식장을 빠져나왔다.

샘이 실종된 그날 밤, 보기와 달리 인생에는 확고부동한 것이 없다는 생각이 들었다. 유치한 놀이가 목숨을 위협할 수도 있다. 친구가 사라질 수도 있다. 그런 불확실성을 차단하려 애쓰긴 하겠지만, 반대의 결과가 나올 가능성도 상존한다. 우린 모두 기껏 생의 반쪽만 살고 있는 거야, 세이디는 생각했다. 내가 사는 생이 있고, 그것은 나의 선택으로 이루어졌다. 한편 내가 선택하지 않은 것들로 이루어진 다른 생이 존재한다. 그리고 가끔은 그 다른 생이 지금 내가 사는 생처럼 뚜렷하게 느껴진다. 가끔은 브래틀 스트리트를 걷다가 느닷없이 다른 생으로 굴러떨어진 듯한 느낌이 든다. 앨리스가 원더랜드로 이어진 토끼굴로 굴러떨어진 것처럼. 나는 어딘가 다른 마을에 사는 다른 버전의 나 자신이 된다. 원더랜드처럼 기묘한 곳은 아니다, 전혀 그렇지 않다. 왜냐하면 나는 이렇게 될 줄 진작부터 알고 있었으니까. 다른 생은 어떻게 생겼을지 늘 궁금했으므로 안도감마저 든다. 자, 이제 나는 그곳에 왔다.

그러나 세이디는 이런 얘기는 샘에게 일언반구도 하지 않았다.

"너 〈콜로설 케이브 어드벤처〉란 게임 알아?" 세이디가 입을 열었다.

"그럼, 해본 적은 없지만. 완전 한물간 게임이잖아?"

"여러 물 갔지. 그래픽 없이 오로지 텍스트로만 된 게임이니까." 세이디가 말했다.

"그런 게임을 만들고 싶다는 얘긴 아니겠지?"

"설마. 당연히 아니지. 하지만 그 게임에서 계속 내 머릿속을 맴도는 요소가 하나 있어. 그거 플레이할 때 수많은 동굴을 전부 통과해야 한다는 건 알지?"

"응, 그렇겠지."

"그래서, 인벤토리에 접속하려면 초반부에 있는 오두막으로 되돌아가야 하는데 그게 엄청 골치 아프거든. 그렇게 일일이 동굴들을 거쳐 오두막으로 가야 하는 문제를 해결하기 위해 프로그래머들이 특별한 명령어를 만들었어, 지지Xyzzy라고."

"지지Zizzy?" 샘이 되물었다.

"응. 스펠링은 X-Y-Z-Z-Y야. 지지 명령어를 쓰면 순간이동 하듯 두 장소를 왔다갔다할 수 있어."

"치트키 같은데." 샘은 물리적 노가다를 너무 쉽게 피해가는 게임을 몹시 싫어했다.

"그렇지 않아. 사실 천재적 발상이지. 그 게임에서 가장 멋진 부분이야, 왜냐면 내가 탐험하는 세계가 현실 세계가 아니라는 걸 인식하게 해주니까. 현실 세계에 있는 게 아니니까 현실에서처럼 이동할 필요가 없는 거야. 난 우리 게임을 그런 식으로 만들고 싶 어. 지지처럼 됐으면 좋겠어. 다만 〈콜로설 케이브〉처럼 두 장소 를 왔다갔다하는 게 아니라, 두 세계를 왔다갔다하는 거지. 가령, 한쪽 세계에서는 평범한 삶을 살고 있는 평범한 사람인데, 다른 세계에서는 히어로야. 그리고 게임에서는 양쪽 세계를 다 플레이 할 수 있어. 아직 구체적으로 설정을 완성한 건 아니야. 초기 아 이디어 상태지."

샘은 안경을 벗어 거실 테이블 위에 올려놨다. "알겠어. 그러 니까, 두 세계는 스타일이 달라야 하고, 메커니즘도 다른 종류를 쓴다는 거네."

"맞아. 바로 그거야. 오즈와 캔자스 같은 거지, 도로시는 계속 그 두 곳을 왔다갔다할 수 있고."

"한쪽은 최신판 〈젤다〉처럼 3D 그래픽, 일인칭시점, 하드 엄 청 잡아먹는 고퀄로. 다른 쪽은 심플하게. 80년대 아케이드만큼 심플한 건 아니고 〈킹스 퀘스트 IV〉의 시에라 스타일이나 뭐 네가 염두에 둔 그런 옛날 스타일로. 삼인칭시점. 온라인으로 플레이 가능할 만큼 가볍게."

"그렇지." 세이디가 말했다.

"스토리는?"

"아마 여자애가 나오겠지. 불운한 가정환경. 학교에서는 왕따. 하지만 다른 세계에서는—"

"잠깐." 샘이 말했다. "적어야겠다."

이튿날 오후 샘은 택시를 타고 케네디 스트리트로 돌아왔다. 세이디와 함께 밤을 새웠고, 고단하면서도 만족스러웠다. 자신이 이런 협업을 얼마나 그리워했는지 깨달을 시간도 없을 만큼 그동안 〈이치고〉 게임 홍보로 너무 오래 자리를 비웠고 정신없이 바빴다. 세이디는 샘이 놀았다고 생각할지 몰라도, 게임 프로모션은 정말로 업무였다. 개중엔 즐거운 일도 있었다—좀더 안목 있는 게임 기자들과 가진 인터뷰, 오퍼스에서 게임 개발자 컨퍼런스용으로 제작한 이치고 마스코트, 이치고와 고미바코 코스프레를 하고 온 아이들, 질리지도 않고 샘 매서를 파고 파고 또 파는 팬들, 본인의 창작물과 똑같이 생긴 창작자라니! 그러나 대부분의 홍보활동은 고되고 지루했다. 항상 똑같은 얘기를 반복하면서 마치 처음이라는 듯 말해야 했다. 멍청한 사람들이 샘과 세이디의 자식인 〈이치고〉에 대해 멍청한 소리를 하는 것을 경청하면서 마치 통쾌하고 예리하며 독창적인 의견을 들었다는 듯 반응해야 했다. 게임을 구매하는 대중의 즐거움을 위해 개인적 트라우마를 끄집어냈다. 수상쩍은 세일즈 컨퍼런스에 참석했다. 쇼핑몰 안의 다 망해가는 게임 매장에서 사인회를 열었다. 두통이 생길 때까지 사진기를 보며 활짝 웃어야 했다. 끝없는 비행과 렌터카 여정이 이어졌다. 해가 가고 날이 갈수록 점점 더 발의 통증이 심해졌고, 샘은 애써 모르쇠로 일관했다. 샘은 고통을 무시하는 데 이골이 났지만 2주 전부터는 발에서 피가 나기 시작했다. 출혈은 간과하기 곤란했다. 뉴욕의 FAO 슈워츠 완구점에서 열린 홍보 이벤트에 참석했을 때였다. 한 꼬마가 샘의 소매를 잡아당겼다. "이치고 아저씨, 피가 나요." 샘은 내려다보았다. 아닌 게 아니라, 새하얀 테니스화 한가운데 붉은 점이 커다랗게 생겼다.

"페인트가 묻은 것 같네." 샘은 당황해하며 말했다.

호텔방으로 돌아온 샘은 호텔 카펫에 피가 묻지 않도록 조심하며 혼자서 상처를 붕대로 동여맸고, 신발은 쓰레기통에 버렸다.

요는, 누군가는 게임을 홍보해야 했고, 세이디는 그 누군가가 되고 싶지 않다는 의사를 명확히 밝혔다는 점이다.

샘이 최고로 좋아하는 건, 세이디와 단둘이 원대한 아이디어로 빈 칠판을 가득 채우는 일이었다. 샘은 세이디와 함께 세계를 설계하는 게 너무나도 좋았다. 두 사람은 저녁에 다시 모이기로 했고, 샘은 일을 시작할 생각에 들뜨고 설렜다.

샘은 샤워를 했다. 그런데 샤워를 마치고 나오다가 발에서 피가 멈추지 않는다는 사실을 알았다. 발의 구조를 지탱하는 일곱 개의 철심 중 하나가 또 제 위치를 벗어났고, 성가시게도 살을 찔러 구멍이 났다. 통증이 격심했지만 참을 만했다. 그게 바로 샘을 계속 귀찮게 만든 골칫거리였다. 욕실 바닥에 앉아서 지혈을 하려는데 발에서 두번째 구멍을 발견했다. 손가락으로 찔러보니 또 다른 철심의 끝이 만져졌다. 그 순간만큼은 샘도 더럭 겁이 났다. 바로 그때 마크스가 조이네 집에서 돌아왔다.

마크스는 엉망진창이 된 발을 드러낸 채 욕실 바닥에 앉아 있는 샘을 발견했다. 샘이 아주 조심스럽게 숨겨왔으므로 마크스는 그 오랜 세월 동안 샘의 발을 한 번도 본 적이 없었다. 그러나 지금 보고 나니 샘이 어떻게 그런 발로 걸어다녔는지 알 수가 없었다. 샘의 발은 처참했다―멍들고 피나고 뒤틀리고 피투성이였다. 샘은 재빨리 수건으로 발을 덮었다. "맙소사, 샘. 지금 당장 병원에 가자." 마크스가 말했다.

"안 돼. 두 시간 있다가 세이디랑 만나기로 했어." 샘은 차분히 말했다. "새로운 게임 구상에 들어가서. 당장 오늘밤에 출혈로 죽지는 않을 거야. 내 말 믿어, 마크스. 난 이런 거 자주 겪어봐서 잘 알아. 혹시 괜찮다면 탈지면하고 거즈 좀 부탁해도 될까?"

마크스는 약상자로 가서 물품을 가져와 샘에게 건넸다.

"하루이틀 있으면 나을 거야. 원래 그래." 샘은 확신에 찬 어조로 말했지만, 크게 자신은 없었다. "세이디하고 새 게임에 착수했는데 이제 막 탄력이 붙은 참이라."

엊저녁의 싸움 이후 둘이서 뭔가 새로운 일을 하고 있다니 마크스는 기운이 솟으면서 그게 뭔지 듣고 싶어 근질거렸다. "좋아, 하지만 내일은 병원 예약 잡을 거야." 마크스가 말했다.

샘이 다니는 정형외과는 그 다음주에야 예약이 잡혔다. 예약 당일 아침에 샘의 발은 더 좋아 보이지도 나빠 보이지도 않았지만 그쪽으론 발을 전혀 딛지 못했고, 지난 며칠 새 열까지 났다. 마크스는 샘이 정말 병원에 가는지 확인도 하고 돌아오는 길에 부축도 할 겸 병원에 동행했다.

병원 대기실에서 기다리는 동안 마크스는 조앤 디디온의 『화이트 앨범』을 읽으며 시간을 보냈는데 즐겁기만 한 독서는 아니었다. 조이가 캘리포니아로 이사갈까 생각중이었다. 조이는 영화와 텔레비전, 광고 음악 관련 일을 구하기 시작했고, 일단 로스앤젤레스로 가면 좀더 일거리가 많을 것 같았다. 그 아이디어는 마크스에게도 솔깃했고, 꼭 조이 때문이 아니더라도 그는 전부터 늘 캘리포니아에 살고 싶었다. 마크스는 서부 해안에 무척 끌렸다. 그래서 입시 때 스탠퍼드대에 원서를 넣었지만 떨어졌다. 앙상한 야자수와 낡아 부스러져가는 스페인풍 주택, 가끔 날아드는 앵무새떼, 항상 뭔가를 뜯어내려고 미소 짓는 사람들. 마크스는 로스앤젤레스의 진면모를 알았다. 하이킹과 달리기를 좋아하는 그가, 1년 중 거의 모든 날에 야외활동이 가능한 곳에서 사는 것을 마다할 리 없었다. 서부 해안, 특히 로스앤젤레스에는 게임업계 사람들이 넘쳐났으며, 환기가 잘 되는 모던하고 세련된 사무실을 케임브리지에서보다 싼값에 구할 수 있었다. 작년에 서부로 출장을 다녀온 후 마크스는 세이디와 샘에게 캘리포니아에 사무실을 내면 어떨까 슬쩍 흘려봤다. 그러나 두 사람 모두 로스앤젤레스 출신이라 돌아가고 싶어하지 않았다. 귀향은 늘 후퇴로 느껴지는 법이다.

샘은 진료실에 들어간 지 30분쯤 지나서 나왔다. 목발을 짚고, 발에는 두툼하게 붕대를 감고, 손에는 다량의 항생제 처방전을 들고 있었다.

"의사가 뭐래?" 마크스가 물었다.

샘은 어깨를 으쓱했다. "처음 듣는 얘긴 없었어."

"그럼, 괜찮은 거야?" 마크스는 집요하게 물었다. 전에 봤던 샘의 발이 머릿속에서 지워지지 않았다.

"늘 그랬듯 똑같아. 난 다시 일하러 회사로 가고 싶은데."

마크스와 샘은 주차장으로 가서 택시를 기다렸다. 마크스는 깜박 잊고 읽던 책을 대기실에 두고 온 척했다. "금방 올게."

다시 병원에 온 마크스는 재빨리 책을 챙긴 다음 데스크 직원에게 혹시 의사와 잠깐 얘기할 수 있는지 물었다. 자기는 샘의 형인데 샘의 상태에 관해 몇 가지 질문할 것이 있다고 했다. 마크스는 마크스였으므로─잘생기고, 매력적이고, 예의발랐다─직원은 알아보겠다고 했다.

마크스가 진료실에 들어가자 의사는 샘이 자기 말을 듣고 있는지 늘 확신이 없었다며 샘의 가족과 얘기할 수 있어서 무척 다행이라고 반색했다. 의사는 상처를 소독하고 꿰맸으며, 발의 정렬을 최대한 다시 맞춰 교정했다. 발에 난 상처 중 가장 큰 구멍이 감염되어 다량의 항생제를 처방해야 했다. 하지만 소식은 별로 좋지 않았다. 의사는 절단수술을 피할 수 없을 것 같다고 했다.

"통증을 참을 수 있다고 하는데, 어떻게 그럴 수 있는지 난 잘 모르겠네. 어쨌든 현재로서는 통증이 문제가 아니에요. 그 발은 오래 버티지 못할걸. 몇 개 남지도 않은 기존의 뼈를 철심이 서서히 부수고 있고, 피부도 자꾸 감염되면서 잘 낫지를 않아. 손상을 멈추는 유일한 방법은 휠체어를 쓰면서 발에 어떠한 부담도 주지 않는 건데, 혈기왕성한 스물네 살 청년한테 그걸 추천하기는 어렵죠. 샘이 진지하게 조치를 취하기 전까진 계속 병원에 들락거려야 할 거예요. 조치는 빠르면 빠를수록 좋습니다. 샘도 패혈증으로 실려오긴 싫겠죠, 그러면 더 위험한 긴급 절단수술을 해야 할 테니. 샘은 젊고 건강한 편이에요—만약 내 동생이라면 나는 때가 됐다고 말해줄 것 같네."

마크스가 길가로 나왔을 때는 이미 택시가 와서 대기하고 있었다.

"꽤 걸렸네." 샘이 한마디했다.

"응."

"뭐, 네 표정과 미심쩍은 시간의 경과로 보건대 안에서 무슨 일이 있었군. 뭔데?" 샘이 말했다.

"로비에서 의사랑 마주쳤어. 내가 네 형인 줄 알았나봐. 의사가"—마크스는 적당한 단어를 물색했다—"우려하는 것 같더라고."

샘은 목발을 잡은 손아귀에 힘을 주었다. "의사는 너한테 그런 걸 말할 권리가 없어. 내 의료 정보는 내 개인 정보고 프라이버시야."

우정이나 개인사를 들먹여봤자 샘에게는 절대 통하지 않는다는 걸 마크스는 잘 알고 있었다. "샘, 분명히 말하는데 이건 내 문제이기도 해. 우린 파트너고, 네가 만약 큰 수술을 받아야 할 상황이라면 세이디와 나는 사전에 알고 계획을 세워야 해."

"이 발을 어떻게 해야 한다는 얘기는 옛날부터 귀에 못이 박히게 들었어. 나도 알아. 아마 거의 때가 됐겠지. 하지만 먼저 나는 세이디와 새 게임을 만들어야 해."

"샘! 그게 몇 년이 걸릴 줄 알고? 아직 시작도 하기 전이잖아. 명색이 프로듀서인데 나는 새 게임에 대해 아는 게 하나도 없어. 고작 일주일 전만 해도 너희 둘은 〈이치고 Ⅲ〉를 하네 마네 신경 전을 벌이고 있었고."

"그건 이미 합의를 봤어."

"이건 미친 짓이야. 만약 네가 겁이 나서 그러는 거라면, 그건 전적으로 이해할 수 있어. 그렇다면―"

"겁나지 않아. 그냥 게임을 만드는 일과 절단수술을 받고 회복 하는 일을 동시에 할 수가 없어서 그래." 샘은 정색하고 말했다. "수술받고 물리치료하고 보철 맞추고 재활까지 할 시간이 없어. 매사추세츠의 겨울이라고, 마크스. 이 상태로 돌아다니는 것만으 로도 충분히 버거워."

집으로 돌아오는 내내 마크스와 샘은 아무 말도 하지 않았다.

"세이디한테는 이 일에 대해 아무 언급도 하지 않아준다면 고 맙겠다." 케네디 스트리트에 도착해 택시에서 내리면서 샘이 말 했다.

마크스는 고개를 끄덕였다. 그리고 먼저 내려서 택시에서 내리 는 샘을 부축했다.

그날 저녁 마크스는 조이네 아파트에 가서 그날 샘과 있었던 일을 자세히 전했다. 조이는 거실에서 이카트무늬 쿠션 위에 책 상다리를 하고 앉아 요즘 배우고 있는 팬플루트를 불고 있었다.

맨가슴 위로 적갈색 머리카락이 흘러내렸고 팬티만 입은 채였다. 조이는 가능한 한 옷을 벗고 있을 수 있도록 항상 난방을 틀어두었다. 악기의 진동을 느끼는 게 좋다고, 조이는 말했다. 발밑 바닥과 주변 공기의 진동을 느끼는 게 좋았다. 자신과 우주 사이에 아무것도 없을 때만 들리는 비밀스런 음악이 있다고 조이는 주장했다. ('아무것'이란 '옷'을 의미했다.) 조이는 우스개삼아―우스개가 아닐지도 모른다―자신의 첫 성경험은 첼로와 함께였다고 말했다. 작곡가로 전향하기 전 조이는 첼로 신동이었고, 야외에서 옷을 벗고 혼자 연주하는 것만큼 좋아하는 게 없었다. 한번은 조이의 어머니가 집 뒷마당에서 그러고 있는 조이를 보고 심리치료에 데려간 적이 있었다. (심리치료사는 조이가 자신이 지금까지 만나본 십대 소녀들 중 가장 몸에 대해 건전한 생각을 갖고 있다고 진단했다.) 두 사람의 연애가 이쯤 되어서는, 마크스는 조이의 벗은 몸에 너무 익숙해져서 전혀 성적인 느낌을 받지 않았다. 두 사람은 여전히 빈번하게 유쾌한 섹스를 즐겼지만, 조이의 나신이 섹스로의 초대를 의미하는 것은 아니었다.

"해법은 완전 명쾌하네." 조이가 말했다. "샘과 세이디에게 우리랑 같이 캘리포니아에 가자고 해. 캘리포니아에서라면 겨울도 문제가 되지 않아. 거기선 다들 운전을 하니까 샘이 여기서처럼 많이 걷지 않아도 되고, 그럼 회복도 빠르겠지."

"난 아직 캘리포니아에 간다고 결정하지 않았는데." 마크스가 말했다.

"아, 당연히 가는 거지." 조이가 말했다. "척 보면 딱이지. 마크스, 널 보라고. 넌 천생 캘리포니아 사람이야. 언페어도 잠시 휴지기고 샘도 마침 휴식이 필요하니까 회사를 캘리포니아로 옮기기에 완벽한 타이밍이네, 딱 네가 원하던 거잖아. 전부터 서부로 가고 싶어했잖아. 너랑 세이디가 사무실을 세팅하고 사람을 뽑는 동안 샘이 수술을 받고 회복할 시간은 충분할 거야." 조이가 손뼉을 짝 마주쳤다. "이상 끝."

"세이디는 가고 싶어하지 않을지도 몰라." 마크스가 말했다. "도브가 여기 있으니까."

조이가 눈을 굴렸다. "마크스, 세이디는 도브와 헤어질 핑계를 죽어라 찾고 있어."

"세이디는 도브를 사랑해." 마크스가 말했다.

"세이디는 도브를 증오해. 도브는 절대 이혼 안 할걸. 우리 모두 다 아는 사실이잖아." 조이가 말했다.

마크스는 조이의 확신에 웃음이 났다―세이디를 3년 동안 알고 지냈고, 그건 샘을 알고 지낸 시간의 반이나 되는데도, 세이디는 여전히 그에게 미스터리였다. "그럼 샘은 어떻게 설득하지?" 마크스가 물었다.

"마크스, 울 애기, 넌 너무 순진하다니까. 네가 누굴 설득해야 할 필요는 없어. 세이디한테 샘이 캘리포니아로 가야 한다고 말해―발이 썩어들어가서 수술을 해야 하는데 샘이 매사추세츠에서는 수술을 안 받으려 한다고. 샘한테는 세이디가 캘리포니아에 가야 한다고 말해―도브와 헤어질 방법을 찾아야 한다고. 걔네 둘은 완전 짝짜꿍이라서 서로를 위해서라면 뭐든 할걸."

마크스는 조이에게 입맞춤을 했다. 감귤향과 계피향이 났고, 섹스를 하고 싶은 마음이 동했지만 아직 조이는 한창 일하는 중이었다. "오늘밤은 완전 레이디 맥베스시네요. 나랑 같이 캘리포니아에 가고 싶어서 그 모든 꾀를 낸 거야?"

"뭐, 그치, 부분적으로는. 하지만 절대적으로 맞는 행동방침이기도 하지." 조이가 말했다.

일은 거의 정확히 조이가 말한 대로 흘러갔다. 마크스는 먼저 샘의 금지령을 무시하고 세이디에게 가서 충격적으로 망가진 샘의 발에 관한 정보를 전달했다. 세이디는 캘리포니아에 있는 제 모습은 상상도 안 해봤다고 말했지만, 샘과 회사를 위해서는 그게 합리적이라는 주장에 금방 수긍했다. 샘의 건강을 위해 뭔가 조치가 필요하며 그 어떤 조치든 캘리포니아에서라면 샘에게 훨씬 수월하리란 사실은 샘과 가까운 사람이라면 누구라도 동의할 것이고, 세이디도 예외가 아니었다. "솔직히 말하면," 세이디가 말했다. "나부터도 이곳의 겨울에 좀 질렸어."

샘한테 가서는 조이의 충고에서 벗어나서 로스앤젤레스에 마련할 수 있는 최첨단 오피스와 그곳의 고양감 넘치는 게임업계에 대한 얘기로 논의를 시작했다. 세이디에 대해서는 입도 뻥긋하지 않았다. 샘은 마크스에게 〈세계의 양면〉 얘기를 한 적이 있었고, 마크스는 그 아이디어가 대단히 마음에 들었다. 차기작에 대한 마크스의 의견에 신경쓰는 사람은 사실 아무도 없었지만. 어쨌든 〈세계의 양면〉과 그 야심 찬 스케일은 마크스의 주장과 완벽히 맞아떨어졌다. 게임 제작에 필요한 인원을 수용하려면 더 큰 사무실이 필요할 것이다. 샘은 여전히 미심쩍어했다. "이사도 하고 쓸 만한 인력도 뽑고 사무실도 세팅하려면 시간이 오래 걸릴걸."
샘이 반박했다.

"그 정도는 세이디하고 내가 할 수 있어. 그리고 넌 수술할 시
간을 버는 거고, 아냐?" 마크스가 말했다.

샘은 고개를 저었다. "세이디가 그러겠대? 도브랑 헤어지겠
대?"

"응. 내 생각엔 세이디도 헤어지고 싶은데 방법을 모르는 것
같아. 떠날 이유가 생기면 세이디한테 도움이 될 거야."

"그래, 가자." 샘이 말했다. "세이디를 위해서."

세이디와 도브의 사이가 원만하지만은 않다는 사실을 눈치챈
사람은 조이만이 아니었다.

이혼할 기미조차 보이지 않는다는 문제 외에도, 가끔씩 세이디
는 얼굴과 팔다리에 가벼운 멍이나 밧줄에 쓸린 자국, 또는 심하
지 않은 찰과상을 달고 사무실에 나타났다. 한번은 손목을 삔 적
도 있었다. 그런 소소한 상처들은 심각한 것도 아니었고 심지어
눈에 띄는 것도 아니었지만, 너무 이상해서 마크스는 어떻게 된
건지 물어보는 게 좋겠다고 마음먹었다.

마크스와 세이디는 오퍼스 팀과 미팅을 하러 오스틴에 간 적이
있었다. 오스틴의 날씨는 살인적으로 더웠고, 호텔로 돌아온 두
사람은 수영복으로 갈아입고 풀로 나갔다. 마크스는 세이디의 팔
다리에 난 수많은 멍자국을 안 보려야 안 볼 수가 없었고, 나중에
저녁이 되어 호텔 바에 앉았을 때 아주 조심스럽게 상처에 대해
물었다. 두 사람은 어른스러운 독한 술—마크스는 올드패션드,
세이디는 위스키사워—을 마시고 있었다. 출장중인 서러운 중년

이 되어보는 장난스러운 놀이였다. 마크스는 세이디 손목의 수갑 자국을 가볍게 쓸었다. "괜찮아?" 마크스가 물었다.

세이디는 멋쩍을 때면 으레 그러듯 낮고 허스키한 웃음소리를 내며 다른 손으로 손목을 덮어 가렸다. 마크스가 아무 얘기도 듣지 못하려나보다 생각했을 때 세이디가 입을 열었다.

"우리가 즐겨 하는 게임이야." 세이디가 말했다.

"게임?"

"본디지 같은 거. 절대 심하게는 안 해. 항상 내 동의를 구하고."

"너도 좋아해?" 마크스가 물었다.

세이디는 그 질문을 가만히 곱씹더니 위스키사워를 한 모금 더 들이켰다. "어쩔 때는." 세이디는 한쪽 입꼬리만 올라가는 비틀린 미소를 지었고, 어쩔 때만 도브와의 섹스를 즐긴다는 사실을 인정함으로써 자신이 도브를 깠다는 것을 깨달은 듯 눈빛에 미안함이 어렸다. "그래도 도브는 엄청나, 그러니까, 나한테 엄청나게 도움이 되는 사람이야." 세이디가 말했다. "우리 모두에게."

5

스물세 살에는 상대적으로 이삿짐을 싸는 게 쉽고, 도브가 휴
가에서 돌아왔을 때 이미 세이디는 적잖은 짐을 꾸린 상태였다.
"씨발 이게 다 뭐야?" 도브가 말했다.
"뭐냐니…… 나 캘리포니아로 가게 됐어." 세이디가 말했다.
언페어가 빠르게 움직였다고, 세이디는 설명했다. 샘은 이미
새로운 병원을 소개받았다. 수술 스케줄을 잡으려고 크리스마스
전에 떠났다. 일단 행동방침을 정하고 나자 샘은 가능한 한 빨리
해치우고 싶다고 했다. 마크스와 조이는 회사 사무실로 쓸 공간
과 두 사람이 쓸 아파트를 알아보려고 1월 1일에 로스앤젤레스
로 날아갔다. 두 공간 모두 베니스에서 찾아냈고, 마크스가 판단
하기론 그곳이 IT업계의 쿨한 친구들이 모이는 곳이었다. 샘과
세이디는 아직 아파트는 필요 없다―샘은 수술 후 완쾌될 때까
지 외갓집에서 조부모와 함께 지낼 거고, 세이디는 본가에서 지

내면서 천천히 살 집을 찾으면 된다.

도브는 세이디가 설명을 마칠 때까지 가만히 듣기만 했다. 조용하다 싶었는데 불쑥 말을 꺼냈다. "한밤중에 도둑놈들처럼. 나한텐 언제 말할 생각이었어?"

"너무 정신없이 일이 돌아가서. 개인적으로 어떻게 할 수 있는 사안이 아니었어." 세이디가 말했다.

"네가 이렇게 다 결정을 내린 후에도 우린 수십 번은 통화했어."

"그래, 하지만 당신이 이스라엘에 있을 땐 얘기하기 어려웠어. 텔리와 있으면 당신은 늘 집중을 못하잖아."

도브는 침대 위에 앉아서 세이디가 서랍장을 비우는 모습을 지켜보았다. 눈에 문제라도 있는 것처럼 실눈으로 노려보다가 두 손으로 얼굴을 감쌌다.

"내가 너한테 결혼하자고 말하길 바라는 거야? 네가 원하는 게 그거야?"

"아니." 세이디가 말했다. "어차피 하지도 못하잖아."

"지금 당장 이혼하길 원해? 왜냐하면 그렇게 할 거니까." 도브는 전화기로 손을 뻗었다. "지금 당장 바티아한테 전화할게."

"아냐. 그리고 당신 말은 안 믿어. 정말 이혼할 생각이었다면 벌써 했겠지."

"우리 헤어지는 건가?" 도브가 물었다.

"나도 모르지." 세이디가 말했다. "그래. 헤어지는 것 같아."

도브는 세이디를 침대 위로 쓰러트린 후 입안에 혀를 밀어넣었고, 세이디는 사지를 늘어뜨린 채 힘없이 누워 있었다. "넌 지금

니가 쿨한 년인 줄 알지, 안 그래?" 도브가 말했다.

세이디는 도브의 눈을 똑바로 쳐다보았다. "아니. 난 그냥 로스앤젤레스로 가서 친구들과 함께 내 게임을 만들고 싶어."

"샘은 친구가 아냐, 세이디. 눈 가리고 아웅 하지 마."

"그게 내 파트너들이 하고 싶어하는 일이고, 그게 내가 하려는 일이야."

"파트너들이라. 내가 아니었으면 그 회사는 없었어." 도브가 말했다. "내가 너희한테 율리시스를 줬어. 내가 너희를 퍼블리셔와 업계 사람들한테 연결해줬어. 씨발 내가 다 해준 거잖아."

"고마워. 씨발 다 해줘서." 세이디가 말했다.

"옷 벗어." 도브가 말했다.

"싫어."

"넌 지금 니가 제법 독한 줄 알지, 안 그래?" 세이디는 다음에 무엇이 올지 알고 있었다. 도브는 세이디를 침대 머리판으로 밀어붙이고 협탁에 손을 뻗어 수갑을 꺼내 세이디의 손목을 침대 기둥에 채웠다. 전에도 수없이 그래왔듯이. 그게 세이디를 흥분시킬 때도 있었고, 짜증나게 할 때도 있었고, 겁에 질리게 할 때도 있었다. 이번에는 아무런 감정도 느껴지지 않았다. 세이디는 도브와 싸우지 않았다. 그냥 내버려뒀다. 도브는 세이디의 치마 속 다리 사이로 손을 넣어 속옷을 거칠게 벗기더니 방 저쪽으로 획 던졌다. 동의 없는 섹스는 하지 않더라도, 얼마든지 내키는 대로 세이디를 당혹스럽고 불편하게 만들 수는 있었다. 도브는 침실 문을 쾅 닫고 나갔고, 거실에서 뭔가를—벽을? 소파를?—때려부수는 소리가 났다. 세이디는 자유로운 손으로 수화기를 집어들어 샘에게 전화를 걸었다. 샘의 할머니가 전화를 받았다.

"세이디 그린! 넌 언제 오니?" 봉자가 말했다.

"내일모레요." 세이디가 말했다.

"둘이 지금도 친구라니, 또 다들 집에 온다니 너무 좋다. 너희 부모님도 분명 신바람이 나실 게야." 봉자가 말했다. 봉자는 샘이 돌아와서 즐거운 게 분명했다.

"네, 좋아하세요." 세이디가 말했다.

"〈이치고〉가 사방에서 아주 난리야. 선셋 대로에 광고판도 있는 거 아니? 샘이 너한테 우리가 찍은 사진 보여줬어?"

"네, 정말 고맙습니다." 세이디가 말했다.

"아 뭘 또 그런 걸 갖고. 샘의 할아비가 너네 둘을 아주 자랑스러워해. 우리 손자가 소꿉친구랑 둘이 이런 엄청난 게임을 만들었다고 동네방네 떠들고 다닌다. 너희 둘이 일을 내도 아주 단단히 낼 줄 첨부터 알았다면서. 가게에 이따만한 〈이치고〉 포스터도 붙여놨어. 물론 너도 곧 보게 되겠지만."

"그럼요. 지금 거기 샘 있나요?" 세이디는 어깨를 펴보려고 했지만 팔을 머리 위로 올린 자세에서는 잘 되지 않았다.

"아, 샘슨 바꿔줄게! 잠깐만."

"캘리포니아는 어때?" 샘이 전화를 받자 세이디가 물었다.

"건조해. 덥고. 차 막히고. 어딜 가든 계속 코요테가 보여. 그래도 마크스가 빌린 사무실은 근사해."

"최소한 그 정도는 있어야지."

"도브는 어떻게 받아들여?" 샘이 물었다.

도브가 다른 방에서 요란하게 〈GTA〉를 플레이하는 소리가 들렸다. "예상했던 대로지." 세이디는 이미 캘리포니아에 있는 기분이었다.

"차기작에 대해 얘기 좀 할까?" 세이디가 물었다.

"응." 샘이 말했다.

30분 후―세이디는 여전히 샘과 〈세계의 양면〉에 대해 전화로 얘기하는 중이었다―도브가 침실로 들어와 수갑을 풀었다. "누구랑 얘기하는 중?" 도브가 소곤거렸다.

"샘." 세이디가 말했다.

"샘한테 안부 전해줘." 도브는 멀쩡하고 사무적인 어조로 말했다. "행운을 빈다고."

세이디는 다음날도 짐을 싸는 중간중간 도브와 말다툼을 하면서 어제와 같은 패턴을 반복했다. 도브는 세이디에게 넌 아무것도 아니라고 했다. 세이디는 아무 말도 하지 않았다. 도브가 사과했다. 세이디는 짐을 쌌다. 도브가 세이디를 모욕했다. 세이디는 짐을 쌌다. 도브가 다시 사과했다. 세이디는 짐을 쌌다. 세이디가 마지막으로 짐 속에 넣은 것은 수갑이었다. 기내에 가지고 들어가는 커다란 더플백의 지퍼 주머니에 슬쩍 집어넣었다. 도브가 다른 여자한테 수갑을 쓰지 않았으면 했다. 그런 충동이 자매애에서 비롯된 것인지 아니면 감상벽인지 스스로도 알 수 없었다.

택시를 부르겠다고 했음에도 도브는 굳이 공항까지 태워다 주었다. 도브는 기분이 아주 좋을 때도 무례하고 호전적인 운전자였고―손가락 욕을 하고, 욕설을 퍼붓고, 경적을 마구 누르고, 끼어들고, 우측 차로로 추월하고, 깜박이도 거의 넣지 않았다―세이디는 도브의 차에 타는 것을 최대한 피했다. 오늘 아침 도브의 운전은 얌전한 편이었지만, 공항으로 가는 내내 보스턴에서 탈출하는 게 얼마나 미련한 짓인지 세이디에게 설교하려고 작정한 모양이었다. 도브는 로스앤젤레스의 단점에 대해 과장되게 수사적인 질문들을 늘어놓으며 우려를 표명했는데, 로스앤젤레스 토박이인 세이디로서는 이미 다 아는 내용이었다. 너 지진에 대해 알아? 산불은? 홍수는? 가뭄은? 스모그는? 노숙자는? 코요테는? 다가오는 종말에 대한 전반적 공감은? 거기선 약국이 열시에 문 닫는다는 거 알아? 열시 넘어서 감기약이나 건전지나 메모지가 필요하면 어떡할래? 24시간 식당도 식료품점도 테이크아웃점도 없다는 거 알아? 어디서 먹을래? 먹을 만한 베이글과 피자는 어디서 찾을래? 로스앤젤레스 사람들이 먹는 거라곤 아보카도하고 방울양배추밖에 없는 거 알아? 너 과일즙에 환장할 준비됐어? 너 수돗물이 암을 유발한다는 거 알아? 세이디! 무슨 일이 있어도 절대 수돗물은 마시지 마! 공기가 얼마나 건조한지 알아? 알레르기를 달고 살 텐데 대비는 되어 있어? 휴대폰 통신망이 최악이라는 거 알아? 로스앤젤레스에선 아무도 책을 안 읽고 극장에도 안 가고 세상사와 현안에 관심도 없다는 거 알아? 다들 연예계에 종사하면서 여가시간엔 성형수술을 하고 헬스장에 가느라 두뇌가 곤죽이라는 건? 거기선 아무도 안 걷고, 심지어 한 블록도 차 타고 간다는 거 알아? 현관문에서 우편함까지도 차를 타고 간다는 건? 너 아직 운전하는 법은 기억하니? 그리고 차 막히는 건, 오 주여, 교통 정체에 대해 들어봤어? 깨어 있는 시간의 대부분을 길바닥에 버릴 준비가 됐어? 사계절을 그리워하지 않겠니? 거긴 절대 비가 안 오고, 왔다 하면 산사태가 난다는 거 알아? 비가 그립지 않겠어?

공항의 임시 주차 구간에 도착하자 도브가 말했다. "내가 다 존나 개판으로 만든 것 같아. 난 존나 천재인데 왜 맨날 죄다 존나 개판으로 만드는지 모르겠다만 그게 사실이지. 나도 그만하고 싶은데 방법을 모르겠어." 도브는 차에서 세이디의 캐리어를 꺼내 도로경계석에 올려놨다. 그리고 세이디를 꽉 끌어안고 자신의 중배엽형 근육질 가슴팍에 대고 세이디의 머리를 으스러져라 눌렀다. "난 짐승이지, 하지만 존나 사랑한다, 세이디." 도브가 말했다. "좋든 싫든, 내 사랑을 네 여정에 담아가렴."

캘리포니아로 가는 비행편을 마크스가 비즈니스석으로 끊어줘서 세이디는 호사를 누리는 기분이었다. 집이 부유하긴 했지만 세이디의 가족은 늘 이코노미석을 탔다. 스타들의 비즈니스 매니저 일을 하는 아버지가 클라이언트들이 초호화 여행, 이혼, 레스토랑 투자, 쓰지도 않을 별장 같은 데 사치를 부리며 돈을 낭비하다 거덜나는 꼴을 너무 많이 봐온 탓이었다.

세이디는 자기 좌석을 찾아 앉았다. 데운 물수건과 목이 긴 유리잔에 따른 오렌지주스, 작은 그릇에 담긴 따뜻한 견과류가 나왔다. 세이디는 창문 덮개를 열었다. 오전 일곱시가 채 되지 않은 시각이었고, 회색빛 하늘에 은은히 퍼지는 하얀 얼룩처럼 해가 떠오르고 있었다. 비행기가 이륙했고, 세이디는 얼음으로 뒤덮인 보스턴항을 놓치지 않고 마지막으로 일별했다. 당분간 다시 올 일은 없을 테니.

세이디가 로스앤젤레스에 도착한 시간은 겨우 오전 열시였다. 마크스와 조이가 공항까지 세이디를 마중나왔다. 조이는 색색깔의 거베라 꽃다발을 세이디의 품에 안겼다. "집에 돌아온 걸 환영한다." 조이가 말했다.

조이는 길고 새하얀 맥시 드레스를 입었고, 마크스는 하얀 티셔츠에 청바지 차림이었다. 두 사람 각각 스티비 닉스와 제임스 딘처럼 보였다. 둘 다 선글라스를 쓰고 있었다. "둘은 벌써 캘리포니아 사람 다 됐네." 세이디가 말했다. "난 여기서 태어났는데도 너희들에 비하면 아직 멀었다."

마크스와 조이는 곧장 사무실로 차를 몰았다─조이가 운전을 하고, 세이디가 조수석에 앉고, 마크스는 뒷좌석에 앉았다. 세이디는 오랜 비행에 피로가 쌓여 거의 조이 혼자 떠들어댔다. 캘리포니아에서 자신이 발견한 것들을 말해주고 싶어 열심인 조이는 가히 도브 퇴치제라 할 만했다. 너 그리피스 천문대 가봤어? 할리우드 포에버 공동묘지의 야간 극장에도 가봤어? 시네라마 돔은? 그릭 시어터는? 할리우드 볼은? 게티센터는? LACMA는? 시어트리쿰 보타니쿰은? 밥 베이커 마리오네트 극장은? 사이먼 로디아의 와츠타워는? 쥐라기 테크놀로지 박물관은? 너 마술사 친구 있어? 매직 캐슬이라는 마술사 클럽에 가봤어? 너 그린주스 먹어봤어? 도넛처럼 생긴 도넛 가게에 가본 적 있어? 핫도그는 더럽게 맛없지만 그래도 핑크스는 가봤어? 2층버스 타고 유명인들 집 구경하는 투어 해봤어? 나무 한 그루를 빙 둘러싸고 지었다는 레스토랑에 가봤어? 넌 라이브 뮤직 들을 때 어디가 제일 좋았어? 위스키 어 고고? 팔라듐극장? 트루바두르? 네가 시내에서 제일 좋아하는 곳은 어디야? 하이킹할 때 제일 좋아하는 협곡은? 항상 해가 나고 비는 한 방울도 안 오다니, 진짜 굉장하지 않아?

"사람들은 이곳에 문화생활 할 게 없다고 하는데, 난 하고 싶은 게 잔뜩 보이는걸?" 조이가 말했다.

"조이는 이곳을 너무 좋아해." 마크스는 파트너의 활력과 패기에 감탄했다.

조이가 얘기한 건 관광지 리스트였지만, 어쨌든 세이디는 조이가 마음에 들었다. 조이는 지성이 열정을 저해하지 않는 지성인이었다.

"넌 베벌리힐스 출신이지?" 조이가 물었다.

"아니, 플랫츠." 세이디가 말했다.

"거기 아랫동네를 윗동네 이름 때문에 그렇게 부르나?"

"평지 없이는 언덕도 없지." 세이디가 대답했다.

"맞아." 조이가 말했다. "그 말이 정답이네." 조이가 고개를 돌려 세이디를 보았다. "하여간, 난 너랑 아주 친한 친구가 되기로 했어. 그러니까 날 밀어낸답시고 헛심 쓰지 마. 네가 항복할 때까지 쫓아다닐 거니까."

세이디는 웃음을 터뜨렸다.

언페어의 베니스 사무실은 애벗키니 대로에 있었고, 1999년의 애벗키니에는 이름 있는(보는 관점에 따라서는 실속 없는) 명품 매장 하나 없었다. 건물 내부는 인더스트리얼 느낌이 물씬 났고, 외벽을 따라 늘어선 여섯 개의 사무공간과 화장실을 제외하곤 공간 분할이 전혀 되어 있지 않았다. 눈에 띄는 건축 마감재는 육중

한 철제 프레임의 여닫이창과 콘크리트 바닥이었는데, 마크스는 많이들 그러듯 목제 가구와 러그와 식물로 온기를 불어넣을 계획 이었다. 그들이 떠나온 비좁은 공간과 비교하면 애벗키니는 광활 했고, 그 광대함에 세이디는 한순간 빈 공간 공포증에 가까운 불 안함을 느꼈다. 빈 공간에 목소리가 울려퍼졌다. "우리가 이걸 유지할 능력이 돼?"

"되지." 마크스가 말했다. 베니스는 아직 상대적으로 저렴했 고—샌타모니카의 허름한 사촌이랄까—언페어엔 현금이 두둑 했다. "부동산중개인 말이 찰스와 레이 임스 부부*의 사무실이 이 거리에 있대."

샘이 사무공간 중 한 곳에서 나타났다. "안녕, 친구들!" 샘이 세이디를 보며 말했다. "어때?"

"〈세계의 양면〉이 대박 나야겠군." 세이디가 말했다.

"옥상에 올라가면," 마크스가 말했다. "한 뼘밖에 안 되긴 하 지만 웅장한 바다가 보인다고." 마크스의 휴대폰이 울렸다. 케임 브리지 사무실에서 짐을 날라온 이삿짐센터였다. "난 이 사람들 만나야 해서. 너희 둘이 가봐."

계단참에 가보니 옥상으로 올라가는 유일한 길은 철제 나선 계 단밖에 없었다. 샘에게는 난감한 구조물이었고, 세이디는 마크스 가 미리 언질을 주지 않았다는 사실이 놀라웠다. "안 가봐도 돼." 세이디가 말했다.

---

* 20세기 중후반 현대 건축과 가구 디자인에 지대한 영향을 미친 미국의 산업디자 이너.

샘은 계단을 눈대중으로 가늠해보더니 고개를 주억거렸다. "아냐, 가볼래. 그 대단찮은 경치를 내 눈으로 직접 보고 싶은 걸."

조심스럽게 계단을 오르며 샘은 세이디에게 기대긴 했지만 아주 조금만 힘을 빌렸다. 올라가면서 샘은 불편함을 들키지 않도록 세이디한테 계속 말을 걸었다. "그 게임 이름이 도무지 생각이 안 나네. 네가 병원에 랩톱을 가져오기 시작할 무렵이었는데. 여자친구를 구하려는 남자애가 있었어."

"물론 그렇겠지."

"지각력이 있는 유성이라고 해야 하나, 뭐 그런 거에 두뇌를 뺏긴 과학자도 있고. 녹색 촉수가 달린 캐릭터도 있었어."

"〈매니악 맨션〉." 세이디가 말했다.

"맞아, 〈매니악 맨션〉. 와, 우리 그 게임 진짜 좋아했는데. 나중에 대저택을 배경으로 게임을 하나 만들어야겠다."

"방마다 시간여행 포털이 하나씩 있고."

"온갖 다양한 시기에 그 저택에 살았던 사람들이 몽땅 거길 드나드는 거야."

"그리고 그 집 사람들은 그게 마음에 안 드는 거지." 세이디가 말했다.

그때쯤 두 사람은 계단 꼭대기에 올랐다.

"고마워." 샘이 말했다.

"뭐가?"

"팔 빌려줘서."

지붕 위에 서서 까치발을 하고 목을 길게 빼면, 정말로 태평양이 보였다. 웅장한 뷰는 아니었지만 어쨌든 바다가 보이긴 했다. 아무튼 여기가 바다 근처라는 게 느껴졌다―바다 내음이 나고 바다 소리가 나고 바닷바람이 느껴졌다. 세이디는 숨을 깊이 들이마셨다.

마크스가 고른 공간은 티 한 점 없이 깨끗했다. 세이디는 밝고 깨끗한 것들을 좋아했고, 좋은 예감이 들었다. 캘리포니아로 온 것이 옳았다. 캘리포니아는 새 출발을 위한 곳이다. 우리는 〈세계의 양면〉을 만들 것이고, 〈이치고〉보다 훨씬 좋은 작품이 나올 것이다. 왜냐하면 우린 〈이치고〉를 만들 때보다 훨씬 영리해졌으니까. 샘은 회복될 테고, 세이디는 더이상 샘에게 화내지 않을 것이다―사람들이 이치고를 샘이라고 생각한 것은 샘의 잘못이 아니었다. 세이디는 완전히 새로 거듭날 것이다.

그날 저녁 세이디는 아버지의 차를 빌려 한인타운에 가서 동&봉 뉴욕스타일 피자하우스 뒤쪽 골목에 차를 세웠다.

봉자와 동현은 〈이치고〉 1편과 2편 포스터를 모두 액자로 만들어 피자 가게 벽면에 걸어놨다. 그 밖에 다른 포스터로는 한국 맥주 '쪽쪽'의 광고가 유일했고, 그건 1980년대 것이어서 몹시 바래고 낡았다. 한국 여자 한 명이 생긋 웃는 사진 위에 이런 카피가 적혀 있었다. "한인타운에서 가장 예쁜 여자는 무엇을 마실까?"

샘이 구석진 안쪽 부스에서 세이디를 기다리고 있었다.

동현이 세이디를 보고 카운터에서 나와 꼬옥 안아주었다. "세이디 그린! 유명인이 오셨네!" 동현이 반갑게 인사했다. "주문은 같은 걸로? 머시룸과 페퍼로니 반반?"

"고기는 이제 안 먹어서요. 버섯만 주세요. 그리고 양파가 있으면 양파도요."

동현은 벨트에 찬 열쇠 꾸러미의 수많은 열쇠 중 하나로 〈동키콩〉의 동전통을 열었다. "하고 싶은 만큼 실컷 하렴."

"해볼까?" 샘이 말했다.

두 사람이 〈동키콩〉 기계 앞으로 가자 화면에 '명예의 전당' 순위가 떴다. S.A.M.의 점수 중 하나만이 남아 있었다―최고점이었다. "네 기록이 살아 있네. 이거 깰 수 있을 것 같아?" 세이디가 말했다.

"아니. 해본 지 너무 오래돼서." 샘이 말했다.

피자가 나오길 기다리며 두 사람은 몇 판을 플레이했다. 둘 다 이젠 예전만 못했다.

"닌텐도가 〈동키콩〉에서 제일 잘한 게 뭔지 알아?" 세이디가 물었다.

"악당 이름을 따서 제목을 지었다? 참신하게 나무통을 무기로 썼다?"

"넥타이야. 동키콩이 악당에서 히어로로 바뀐 〈동키콩 컨트리〉가 나오기 전까지는 넥타이가 없었지만." 세이디가 말했다.

"히어로는 넥타이를 매지. 그쪽이 더 교양 있잖아."

"어쨌든 영리한 디자인이었어. 그게 없었으면 놈의 거시기가 늘 문제시됐을걸."

"말 되네."

이 사춘기 어린애 같은 우스갯소리에 두 사람은 낄낄거렸고, 그러자 열두 살 때로 되돌아간 기분이었다.

동현이 피자를 가져왔고, 세이디와 샘은 부스로 돌아와 앉았다. 샘은 먹지 않았다—저녁 일곱시가 지났고, 샘의 수술이 내일 아침 첫 스케줄로 잡혀 있었다. "정말 그냥 보고만 있을 거야?" 세이디가 말했다.

"괜찮아. 어쨌든 나보다 네가 더 피자를 좋아하잖아." 샘이 말했다.

"어릴 때나 그랬지." 세이디가 인상을 썼다. "너 정말 괜찮아?"

"뭐, 조금 아쉽지만. 담에 또다른 피자가 있겠지."

"너 그거 모르는 일이다. 이게 세상 마지막 피자가 될 수도 있어."

세이디는 그날 아침 비행기에서 내린 후 계속 빈속이었고, 결국 피자 한 판을 혼자서 거의 다 먹어치웠다. "몰랐는데 나 아사 직전이었나봐." 세이디가 말했다.

여덟시쯤 세이디가 샘을 병원에 태워다 주었다. 면회시간이 끝나 병실까지는 직계가족만 동행할 수 있었다. 간호사가 세이디가 누구인지 묻자 샘이 얼른 대답했다. "제 아내입니다."

두 사람은 샘의 병실로 들어갔다. 샘은 아직 잠이 올 것 같지 않았고, 그래서 두 사람은 침상 위에 나란히 앉아 창밖을 보았다. 창문 밖으로 거의 똑같이 생긴 건물이 마주보고 있었다.

"병원을 배경으로 한 게임." 세이디가 말했다.

"메인 캐릭터는?"

"의사로 할까. 여자 의사가 사람들을 모두 구하려 애쓰는 거야."

"아냐. 좀비가 사람들을 공격하고, 암에 걸린 남자애가 어떻게든 살아서 병원을 탈출해야 하는데, 그러면서 다른 환아들을 가능한 한 많이 구해야 하는 거지."

"그게 낫네." 세이디가 가방 안에서 무언가를 꺼냈다. "본가에 있던 내 책상에서 이걸 발견했는데, 너한테 줄 적당한 기회를 보고 있었어." 세이디는 몇 군데 물 얼룩이 남은 기록지를 샘에게 내밀었다. 맨 위에 이렇게 적혀 있었다. '봉사활동 기록: 세이디 M. 그린. 바트 미츠바 날짜: 88/10/15.'

샘은 그 종이가 무엇인지 알아차리고 재미있어했다. 그리고 맨 뒷장으로 넘겨 합계를 확인했다. "609시간."

"바트 미츠바 역사상 최고 기록이라고. 내가 너한테 얘기했는지 모르겠는데, 나 그걸로 상도 받았다."

"상도 가져오지!"

"나를 뭘로 보는 거야?" 세이디는 다시 가방 안으로 손을 넣어 조그만 심장 모양 크리스털 문진을 꺼냈고, 문진에는 이렇게 새겨져 있었다. 봉사활동 특별상. 세이디 미란다 그린. 1988년 6월. 베벌리힐스 베스 엘 회당 하다사. "내가 500시간을 달성했을 때 받은 거야. 이것 땜에 앨리스가 빡돌았지. 그래서 너한테 까발렸을걸, 앨리스는 그 이유가 아니라고 부인하지만."

"이거 꽤 고급스러운 상패인데." 샘이 말했다.

"하다사 언니들은 일을 허투루 하지 않거든. 스와로브스키나 워터포드나 뭐 그런 거야. 앨리스가 엄청 탐냈다고!"

"군침 흘릴 만하네." 샘은 문진을 감아쥐었다. "이제 이건 내 거다."

"물론이지. 그러려고 가져온 거야."

"너 오늘 좀 감성이 말랑하다." 샘이 말했다.

"로스앤젤레스에 돌아왔고. 너랑 같이 다시 병원에 있고. 처음부터 다시 시작하고. 도브도 없고. 새로운 게임. 새로운 사무실. 응, 말랑해졌나봐."

"내가 죽을까봐 걱정돼서 그러는 줄 알았는데." 샘이 말했다.

"아니. 넌 절대 안 죽어. 만약 죽으면 난 게임을 다시 시작할 거야." 세이디가 말했다.

"샘이 죽었다. 계속 하려면 동전을 넣으시오."

"세이브 포인트로 돌아가시오. 그렇게 계속 플레이하다보면 끝내 우리가 이기는 거지." 세이디는 잠시 입을 다물었다가 샘에게 물었다. "겁나?"

"마음이 놓여, 일단은, 그런 것 같아. 해치우게 돼서 다행이야. 근데 이 쓸모없는 발을 아쉬워할 것 같아서 또 묘해. 물론 이게 평생 나랑 같이 있었으니 그렇기도 하고, 이게 내 행운이었다는 걸 완전히 부정할 순 없으니까." 샘이 말했다.

"그게 어떻게 행운이니?"

"뭐, 내가 병원에 입원하지 않았다면 결코 너를 만나지 못했을 테니까. 그리고 친구도 되지 못했겠지. 그다음엔 원수도—"

"난 너를 원수로 삼은 적 한 번도 없다. 다 네 쪽에서 그랬지."

"넌 나의 원수였어." 샘이 문진을 들어올렸다. "이 귀중한 보물이 영원토록 그 사실을 증명하리라!"

"그거 너한테 준 거 후회하게 만들지 마라." 세이디가 손을 뻗어 문진을 뺏으려 하자 샘이 획 뒤로 멀리 팔을 뺐다.

"이건 절대 안 돌려줘. 하지만 그러고 나서 우린 다시 친구가 됐지. 만약 이 엉망진창이 된 발이 없었다면 우린 〈이치고〉를 만들지도 않았을 테고, 그럼 우린 이곳에 있지도 않겠지. 12년이 흐른 뒤, 첫 병원에서 도보 5분 거리도 채 안 되는 또다른 병원에서 이렇게."

"그건 모르는 일이지. 다른 때에 만났을 수도 있어. 너희 집과 우리집은 8킬로미터 거리였고, 우린 3킬로미터도 안 떨어진 대학에 진학했으니까. 케임브리지에서 만났을 수도 있지. 아니면, 그전에 만났을 수도 있어, 로스앤젤레스의 경시대회 중 한 군데서, 넌 맨날 나를 그 아니꼽다는 표정으로 노려보고 있었지. 그건 부인하지 마―"

"그대는 나의 영원한 원수였으니!"

"그건 좀 심하다. 난 그때를 보류된 우정의 시기로 기억하는데. 하여간 원래 하던 얘기로 돌아와서, 우리가 만날 수 있는 다른 길도 많이 있었어―사실 무한히 있었지."

"나의 고통과 아픔이 다 부질없었다는 얘기야?" 샘이 말했다.

"완전 헛수고였지. 미안, 샘. 우주는 그냥 널 고문할 수 있어서, 고문하고 싶어서 고문했던 거야. 하늘에서 거대한 다면체 주사위를 굴렸더니 '샘 매서를 고문하라'가 나온 거지. 나는 네 인생 게임에 다른 식으로 어떻게든 나타났을 거야." 세이디가 하품을 했다. 죽을 만큼 피곤해졌다. 열여덟 시간 내내 깨어 있었고 피자를 너무 많이 먹었다. 세이디는 졸음에 겨운 미소를 지었다.

"그래도 네 아내는 아니다."

"나의 오피스 와이프잖아. 그건 부인하지 마." 샘이 말했다.

"너의 오피스 와이프는 마크스지." 세이디가 말했다.

"네가 또 면회 왔을 때 편하게 들어올 수 있게 하려고 그랬어. 병원에서 원하는 걸 얻는 요령은 권위 있는 어조로 적절한 거짓말을 하는 거거든."

세이디가 다시 하품했다. "아직 시차적응이 안 됐나봐. 집까지 운전해야 하는데. 너무 간만의 운전이라 초보 운전자가 된 것 같아." 세이디가 샘의 손을 잡고 흔들었고, 그게 헤어질 때 두 사람의 인사법이었다. "수술 끝나고 눈뜨면 내가 보일 거야. 사랑해, 샘."

"살 떨리게." 샘이 말했다.

세이디가 간 후에도 샘은 졸리지 않았고, 그래서 마지막으로 한번 망가진 발로 걸어보기로 했다. 이 무렵 그쪽 발은 거의 무게를 지탱하지 못했으므로 목발을 짚어야 했다. 그래도 두 발로 딛는다는 게 어떤 느낌인지 기억하고 싶었다. 샘은 저도 모르게 어린이 병원 건물로 걸어가고 있었다. 어릴 적 그토록 많은 시간을 보냈던 곳, 몇 시간 후면 영원히 잘려나갈 이 발을 구해보려고 의료진이 헌신적으로 그토록 많은 노력을 기울였던 곳.

대기실에 들어갔더니 한 소녀가, 처음 만났을 때의 세이디보다 한두 살 많을까 싶은 여자애가 랩톱을 펴놓고 게임을 하고 있었다. 완벽한 세계에서라면 소녀가 하고 있는 게임은 〈이치고〉일 텐데. 샘은 화면을 힐긋 보았다. 〈데드 시〉였다.

"그 게임 좋아하니?" 샘이 물었다.

"좀 오래되긴 했는데, 난 좀비 죽이는 걸 좋아하거든요." 소녀가 말했다. "남동생은 내가 레이스를 닮았대요."

병실로 돌아가는데 바지 주머니에 넣었던 세이디의 크리스털 문진이 허벅지를 콕콕 찔렀다. 하트의 꼬리 부분이 의외로 뾰족했다. 샘은 주머니에서 문진을 꺼냈다. 조그만 문진을 보고 있으니 제 자신이 우스웠다. 그때 세이디한테 얼마나 화가 났던지! 그 원한을 유지하기 위해 얼마나 지당한 척 분노를 쏟아야 했던지! 제 인생에서 세이디를 끊어내기로 결심했을 때 샘은 자신이 무척 성숙한 줄 알았지만, 그 반응은 민망하리만치 유치했고 도를 넘어도 한참 넘은 것이었다. 한번은 그때의 절교를 마크스한테 설명하려고 해봤는데, 마크스는 이해조차 하지 못했다. 아니 그게 아니라, 네가 지금 이해를 못하는 거야. 그건 원칙에 관한 거라고. 세이디는 내 친구인 척했지만 사실은 봉사활동 때문에 그랬던 거잖아. 마크스는 멍하니 샘을 쳐다보다가 이렇게 말했다. 동정심만으로 뭔가에 수백 시간을 쓰는 사람은 세상에 없어, 샘. 그 말이 생각나면서 이 조그만 문진을 바라보고 있자니 세이디에 대한 사랑으로 가슴이 벅차올랐다. 세이디가 먼저 사랑한다고 했는데도 사랑한다는 말을 하기가 왜 그리 힘들었을까? 샘은 세이디를 사랑했다. 서로에게 훨씬 별 느낌 없이 무덤덤한 사람들도 툭하면 '사랑한다'고 말하고, 그건 아무런 의미도 없다. 어쩌면 그게 핵심일지도 모른다. 세이디 그린은 샘에게 사랑 이상이었다. 그것을 표현하려면 다른 낱말이 필요했다.

샘은 지금 당장 세이디에게 전화해서 말해주고 싶었지만, 시차 적응이 안 된 세이디는 그 민트그린색 사주식 침대에서 장미꽃무늬 이불을 덮고 쿨쿨 자고 있을 테고, 세이디의 부모님이 아래층 거실에 계실 것이다. 그렇게 생각하니 행복한 기분이 들었다. 나의 베프가 나를 위해 고향으로 돌아왔다. 샘은 바보가 아니었다. 마크스가 회사 사무실을 이쪽으로 옮기자고 주장한 이유를 다 알고 있었다. 마크스는 그들이 거점을 옮기는 게 〈세계의 양면〉을 위해서, 세이디를 위해서, 샘 자신을 위해서, 심지어 조이를 위해서라고 생각하도록 만들었다. 그러나 진실은, 모두가 샘을 위해서 한 일이었다. 샘이 겨울을 맞는 것을 두려워했으므로, 샘이 지속적인 통증에 시달렸으므로, 샘이 수술을 겁내는데 더이상 수술을 미뤄서는 안 된다는 것이 모두에게 명백했으므로. 그들은 샘을 염려했고, 샘의 삶이 더 안락해지기를 바랐다. 그래서 그들은 이유를 지어냈다―그중 몇 개는 심지어 설득력도 있었고 현실적이기도 했다. 그래도 게임이나 회사를 위해서가 아니라 샘을 사랑하기 때문에, 샘의 친구들이니까 그렇게 했던 것이다. 샘은 감사한 마음이 들었다.

병실로 돌아온 샘은 옷을 벗고 조심스럽게 크리스털 하트를 침대맡 협탁에 놓은 다음 환자복으로 갈아입었다. 마지막으로 자신의 발을 일별하고 나서―잘 가게, 옛친구여―침대에 들어가 잠이 들었다. 그리고 병원에 입원하면 종종 그러듯 어머니 꿈을 꾸었다.

로스앤젤레스로 돌아온 첫 몇 달간 애나는 일이 하나도 없었다. 영화든 드라마든 광고든 더빙이든 꾸준히 오디션을 봤지만 회신은 하나도 받지 못했다. 왜 이렇게 안 되냐고 에이전트에게 물었더니 에이전트는 걱정하지 말라며 이렇게 말했다. "그 사람들한테 당신을 알아갈 시간을 줘야 해, 애나." 에이전트는 애나가 동안이라면서 열세 살부터 마흔 살까지 역을 소화할 수 있다고 이력서를 수정할 것을 권했다.

샘의 열번째 생일이 지나고 며칠 후, 애나는 토요일 아침에 방영되는 만화영화의 노래하는 파란 꼬마 트롤 역 오디션을 통과했지만 막판에 가서 목소리에 인종적 느낌이 덜한 사람을 원한다며 취소됐다. 애나는 자기 목소리의 '인종적' 느낌이 뭘까 고민했다. 애나는 로스앤젤레스에서 나고 자란 토박이였다. 거절 회신을 곱씹는 건 천하에 무용한 짓이긴 했지만. 내가 쓸모가 없어서, 재능이 없어서, 너무 왜소해서 안 된 걸까. 아니면 그들이 인종차별주의자거나 성차별주의자거나 뭔가 다른 선입견을 품고 있어서 안 된 걸까. 결국 안 된 건 안 된 거였다. 애나는 사람들에게 편견을 버리라고 설득할 생각이 없었다. 사람들을 가르치려 들 생각이 없었다.

서부 해안에서 의도치 않은 긴 휴가를 맞이하여 애나는 이런저런 강좌를 들었다. 연기(발성, 오디션, 무브먼트), 춤, 요가, 컴퓨터 프로그래밍, 회고록 쓰기. 애나는 명상을 했다. 상담을 받으러 갔다. 부모님의 피자 가게에 일손이 필요하면 일을 도왔다. 애나는 통장 잔액이 점점 줄어드는 것을 지켜보았다―부모 집에 얹혀살고 있는 지금은 생활비가 훨씬 적게 들어서 잔고가 그렇게까지 빨리 줄지는 않았다. 그래도 비용이 안 들지는 않았다. 어디서 살든 사는 데는 돈이 제법 들었다. 필요한 지출이라고 생각은 했지만, 강의를 듣는 데도 돈이 들었다. 중고차를 하나 장만했다. 새로운 프로필 사진과 옷이 필요했다. 동현과 봉자는 안 내도 된다고 했지만 숙식비를 냈다. 학군이 좋은 곳에, 부모님의 집이 있는 에코파크보다 나은 곳에 샘과 단둘이 살 곳을 찾으려면 결국 돈이 필요해질 것이다. 또한 빠른 시일 내에 일을 하지 않으면 노조 건강보험 자격을 상실할 테고 그러면 샘도 피부양자 자격을 잃을 테니 일을 하긴 해야 했다. 애나는 에이전트에게 말했다. 아무데나 넣어줘요. 정말이지 뭐든 가리지 않고 할 테니까.

9월에 애나는 세 곳에서 오디션을 봤다. 첫번째는 전미투어공연단에서 하는 뮤지컬 〈남태평양〉이었다. 리아트라는 단역이었지만 좀더 주요 배역의 대역을 할 가능성도 있었다. 애나는 〈남태평양〉이 인종차별적이라고 생각했고, 전미투어공연단이라면 거의 1년 내내 샘과 떨어져 있어야 한다는 의미였다. 두번째는 〈제너럴 호스피털〉의 '소수인종' 메이드로 드라마의 남자 주연과 불륜에 빠지는 역이었다. 대본에 적힌 캐릭터 이름은 히메나였지만, 에이전트는 그 역이 모든 유색인종에게 열려 있다고 장담했다. 히메나는 라토야가 될 수도 메이메이가 될 수도 애나가 될 수도 있었다(하지만 '애나'는 아마 안 될 거다, 너무 백인 이름처럼 들리니까). 그리고 세번째 문 뒤에는 〈프레스 댓 버튼!〉이라는 신생 퀴즈쇼의 모델 겸 여자 진행자 자리가 있었다. 이 퀴즈쇼는 〈프라이스 이즈 라이트〉의 경쟁 프로그램으로 만들어졌고, 칩 윌링엄이 진행을 맡았다. 애나는 칩이 뭘로 유명한지 잘 몰랐지만 하여간 그는 유명인이었고, 아마도 이런저런 프로의 진행자여서 유명했을 것이다. 방송사에서는 여자 진행자 두 명 중 한 명을 교체하려는 중이었다. (사실 진행자라고 하기엔 뭣한 것이, 여자들에겐 진행이든 뭐든 말을 할 기회가 거의 주어지지 않았다.) 애나는 모델이 되기엔 키가 작았지만—165센티미터였다—제일 높은 하이힐을 신으면 모델로서 충분히 예쁘고 늘씬했으며 광대뼈도 충분히 도드라졌다. 방송사는 아시아인이라는 조건에 덧붙여 '유머감각이 뛰어난' 이십대 여자를 찾고 있었고, 이는 보통 어느 정도의 모욕을 감수해야 함을 뜻했다. 어찌됐건 애나는 그 일을 하고 싶지 않았다. 퀴즈쇼 모델은 진정한 연기가 아니었다. 애나는 노스웨스턴대학에 다녔고, 왕립 극예술 아카데미에서 공부했다. 애나는 브로드웨이 무대에 섰었다. 애나는 트레이닝을 받았다. 애나에겐 기술이 있었다.

〈프레스 댓 버튼!〉 오디션장에서는 새빨간 스틸레토힐과 몸에 딱 달라붙는 검정 칵테일 드레스를 주더니 갈아입고 나오라고 했다. 여자 프로듀서는 이렇게 말했다. "우린 고품격 퀴즈쇼라서요." 여자는 기대에 찬 눈빛으로 애나를 바라보았다.

"와, 그런가요……" 애나는 달리 할말을 찾을 수 없었다.

프로듀서는 애나에게 몇 가지 활동을 시켰다. 적절한 속도로 커튼 여닫기, 빈 상자 보여주기, 참가자를 무대 뒤로 데려가기, 커다란 수표 갖고 나오기, 예의바르게 웃고 박수 치기.

"더 크게 웃어요, 애나." 프로듀서가 외쳤다. "즐거운 눈으로, 이가 보이게!" 애나는 더 크게 활짝 웃었다.

"좋아요! 웃는 것도 중요해요. 칩이 별로 웃기지 않더라도 옆에서 웃어줘서 기를 살려줘야 하거든요. 무슨 말인지 알죠?"

애나는 웃어버렸다.

"아주 좋아요. 다른 종류의 웃음도 있을까요? 좀더 진짜 같은. 어휴 아빠! 그건 너무 식상하잖아, 그래도 아빠 사랑해요, 이런 느낌의 웃음."

애나는 진심으로 즐거워 죽겠다는 웃음을 터뜨렸다.

"좋아, 좋아요! 잘하는데요. 나도 깜박 속았어." 프로듀서는 애나를 찬찬히 바라보았다. "키가 약간 작은 편이지만 전체적으로 마음에 들어." 프로듀서가 고개를 주억거렸다. "오케이, 그럼 이제 칩하고 만나봐요. 칩이 엄청 구태의연한 양반이라는 점을 염두에 둬요, 알았죠? 나쁜 사람은 아닌데, 그 사람 말을 빌리자면 여성해방 따위엔 일절 관심이 없으니까—여자는 좋아하지만 여자 얘기는 듣고 싶지 않다네요. 또하나, 칩은 다트머스대학을 나왔는데 그걸 알아주면 되게 좋아해요. 당신의 업무는 칩의 농담에 웃고, 지금처럼 매력적으로 보이고, 되도록 칩한테 방해가 되지 않는 거야."

프로듀서는 문 앞에 별이 붙어 있는 방으로 애나를 안내했다. 그리고 문을 두드렸다. "칩, 만나볼 사람이 있어요. 애나를 대신할 사람이에요."

"내가 애나인데요." 애나가 말했다.

"실례. 당신 전에 있던 여자의 이름이 앤이어서."

칩 월링엄을 처음 본 순간 애나는 이 남자보다 더 퀴즈쇼 진행자처럼 생긴 사람은 없겠다고 생각했다. 구릿빛으로 태워 기름기가 반지르르하게 도는 피부가 꼭 명품 가방 같았다. 머리카락은 색깔로 보나 뻣뻣함으로 보나 오닉스 같았다. 치아는 새하얗고 큼지막한 직사각형이었다. 실제로 잘생기진 않았는데 잘생겼다는 인상을 주었고, 나이는 가늠해볼 엄두조차 나지 않았다. 칩이 떡 벌어진 어깨 너머로 고개를 돌려 애나를 위아래로 훑어보았다.

"들어가봐요." 프로듀서는 애나에게 지시를 주고 뒤에서 문을 닫았다.

"짧군." 칩이 말했다.

"짧죠." 애나가 말했다.

"젖통." 잠시 침묵. "작아." 또 침묵. "사과 두 개. 사과를 좋아 하는 남자도 있지. 안 좋아하는 남자도 있고."

애나는 아빠 너무 식상해! 웃음을 터뜨렸다. 이게 언제 끝나나 벌써부터 나가고 싶어졌다. 운이 닿으면 전미투어공연단의 〈남 태평양〉에 낄 수 있을 것이다. 페이는 넉넉히 받을 테고, 샘이 보 고 싶기야 하겠지만 적어도 애는 할머니 할아버지와 같이 있을 테니.

"하지만 우리 프로를 보는 사람들은 여자니까. 당신의 사과만 한 젖통은 낮시간대에 완벽히 통할 거요."

"우리 어머니도 항상 그렇게 말씀하셨죠." 애나가 말했다.

"재밌는 아가씨군." 칩은 웃지 않았다. "이리 가까이."

왜 가까이 오라는지 이유는 몰랐지만 어쨌거나 가까이 갔다. 칩 이 애나의 얼굴을 들여다보더니 검지로 애나의 콧잔등을 쓸었다.

"이국적이야. 지난번 애도 동양 것이었지."

"동양 것은 러그나 가구를 말하죠, 사람이 아니라." 애나가 말 했다.

"가구는 중국 것이지." 칩이 말했다. "뒤로 돌아봐."

이번에도 애나는 왜 뒤로 돌라는지 이유를 몰랐지만 어쨌거나 뒤로 돌았다.

"엉덩이." 칩이 말했다. "큰 사과." 칩은 애나의 등짝을 철썩 때리더니 오른쪽 궁둥이를 움켜잡았고, 깔끔하게 다듬어진 손톱이 엉덩이 틈을 파고들었다. "단단하군."

애나는 아빠 식상해! 웃음을 터트렸다. 그다음에 칩의 귀싸대기를 올려붙였다.

애나는 탈의실로 가서 원래 옷을 찾았다. 애나는 울지 않았다.

여자 프로듀서가 나가려는 애나를 붙잡았다. "칩하고는 얘기 잘됐어요?"

애나가 고개를 흔들었다.

"그냥 이건 내 생각인데, 칩이 당신을 정말 좋아하는 것 같아요. 안 좋아했다면 그렇게 오래 끌었을 리가 없거든." 프로듀서가 말했다.

"앤은 어떻게 된 거예요? 전에 이 일을 했던 여자분." 애나가 말했다.

"앤. 아 그건, 음, 안타까운 얘긴데. 어느 날 갑자기 세상을 떴어요."

"세상에. 칩한테 살해당한 건 아니죠?"

"안에서 정말 잘 풀렸나보네." 프로듀서가 이죽거렸다. "멀홀랜드에서 남자친구랑 드라이브하다가 커브를 놓쳐서…… 로스앤젤레스가 어떤지 알잖아요. 귀여운 애였는데. 겨우 스물네 살에. 오클랜드 출신이었죠."

"성이 설마 리였어요?" 만약 그렇다면 애나는 견딜 수 있을지 알 수 없었다.

"아뇨, 진이었어요."

애나는 눈물이 터졌다. 건물에서 몸을 던진 다른 애나 리를 위해서, 그리고 그때도 칩 윌링엄의 손가락이 있지 말아야 할 자리에 있었을 게 분명한 그 앤을 위해서, 그리고 애나 자신을 위해서 울었다. 결국 여기까지인가? 애나는 자신의 인생을 건 선택들—고등학교 1학년 때 학교 연극 오디션을 봤던 일부터, 얼어죽을 것 같은 2월의 어느 날 저녁 우연히 이름이 똑같다는 것 외엔 자신과 아무런 상관 없는 한 여자가 건물에서 몸을 날렸다는 이유로 로스앤젤레스에 오기로 결정한 것까지—에 회의가 들었다. 프로듀서가 애나의 어깨를 가볍게 토닥였다. "전부 다 최악은 아니었어요. 고통 없이 갔으니까." 프로듀서가 애나에게 티슈를 건넸다.

사흘 후 에이전트에게서 전화가 왔다. "좋은 소식이야! 〈프레스 댓 버튼!〉을 땄어! 당신의 '혈기왕성한 까칠함'이 마음에 든다는데. 그 사람들 표현에 의하면."

"〈남태평양〉은 어떻게 됐어?"

"알 게 뭐야? 원래 〈남태평양〉 싫어했잖아."

"그 드라마 건은?"

"그 배역은 못 배우고 가난한 백인 타입으로 다시 쓰기로 했대. 그 건은 잊어버려. 〈프레스 댓 버튼!〉이 다른 두 군데보다 페이가 더 좋을 거야. 만약 프로그램이 장수하면 당신 아들을 하버드-웨스트레이크나 크로스로즈 같은 명문 사립고에 보낼 수도 있을걸. 그리고 더 좋은 자리가 나면 곧장 〈프레스 댓 버튼!〉에서 꺼내줄게. 약속해. 이건 거저먹는 돈이라고, 애나."

272

3년의 방송 기간 동안 〈프레스 댓 버튼!〉은 1980년대 다른 낮 시간대 퀴즈쇼와 전혀 구별되지 않는 지극히 평범한 포맷의 지극히 평범한 프로였다. 변주라고 해봤자 일반인과 연예인이 짝을 이뤄 상식 퀴즈를 푼다든가, '버튼 몬스터'라는 이름의 폭력적인 불꽃머리 마스코트가 나온다든가, 거리 축제 스타일의 게임을 한다든가, 프롬프터의 지시에 따라 방청객들이 프레스! 댓! 버튼!을 미친듯이 외친다든가 하는 정도였다. 녹화 때 샘도 방청객으로 서너 번쯤 갔었는데, 처음부터 끝까지 신나고 즐거웠다―뉴욕에서 봤던 엄마의 무대보다 훨씬 재미있었다.

애나는 모델 겸 진행자로 주당 천오백 달러를 받았고, 〈코러스라인〉 공연 때보다 더 많이 벌었지만, 하는 일은 지금까지 갈고닦은 것과는 별 상관이 없었다. 유일하게 힘든 부분은 칩 윌링엄의 접근을 피하는 일이었다. 피하면 피할수록 칩은 더 자주 애나를 찾았다. 애나가 사납게 거부할수록 칩은 더 집요하게 들이대는 것 같았다. 거절을 즐기는 것 같기도 했는데, 그러면서도 애나를 얼마나 쉽게 갈아치울 수 있는지 대놓고 말하는 것도 좋아했다. "이 동네엔 애나 리가 백만 명쯤 있어." 칩은 입버릇처럼 말하곤 했다. 이 난관을 극복하기 위해 애나는 자신이 평행우주 속 퀴즈쇼에 참가하고 있다고 상상하기 시작했다. 우승하는 법은 여러 가지가 있지만 우선은 일자리를 유지해야 결승에 진출할 수 있다.

'애나 리가 백만 명쯤' 있다 하더라도, 이 애나 리는 미국 전역에 방송되는 텔레비전에 나오는 몇 안 되는 동양인 가운데 한 사람이었고, 알고 보니 여기에는 상당한 메리트가 있었다. 애나는 한인타운의 유명인사가 되었고, 그건 전혀 예상치 못한 일이었다. 어쩌다보니 유상 출연 요청이 끝도 없이 이어졌다. 미스 한인타운의 연예인 심사위원, 한인마트 개점식의 리본 커팅, 한국 화장품 광고, 식당 개업식. 애나는 '쪽쪽'이라는 한국산 맥주의 광고 모델이 됐고, 윌셔 대로의 폭 15미터짜리 옥외 광고판엔 애나의 얼굴이 다음과 같은 카피와 함께 걸렸다. "한인타운에서 가장 예쁜 여자는 무엇을 마실까?"

애나와 동현과 봉자와 샘은 그 광고판 사진을 찍기 위해 차를 타고 윌셔에 갔다. 동현이 덩치 큰 미놀타 35mm 필름 카메라를 꺼내들었다. 눈물이 그렁그렁한 눈으로 딸의 팔을 가볍게 토닥이면서 아메리칸드림이 어쩌고 하며 중얼거렸다. 동현은 아메리칸드림이 뭔지도 모르고 언제 그걸 이루게 될지도 몰랐지만, 딸이 포스터에 등장해 다른 한인들에게 쪽쪽 맥주를 광고하는 건 아메리칸드림이라고 봐도 무방했다. 누가 아니라 할 것인가? "아빠, 그냥 광고판일 뿐이라고요. 별거 아녜요." 애나는 사람들의 관심이 멋쩍었고, 자신이 하고 있는 일이 겸연쩍었다. 그러면서도 얼마 전 우수 학군에 속하는 스튜디오시티에 연립주택을 얻어 임대차계약서에 서명한 자신이 대견했다. 아버지가 자랑스러워하는 게 뿌듯했다.

"한인타운에서 가장 예쁜 여자라." 동현이 경건하게 말했다.

"저건 맥주 팔아먹으려는 광고쟁이들이 하는 말이지. 내가 한인타운에서 가장 예쁜 여자는 아니죠." 애나가 말했다.

"그치. 한인타운에 예쁜 여자는 수두룩 깔렸다." 봉자가 말했다.

"고마워, 엄마." 애나가 말했다.

"헛바람 들지 말라고 그런 거야. 저렇게들 치켜세워주니."

"샘한테 물어보자고." 동현이 말했다. "네 엄마가 K타운에서 제일 예쁘다고 생각하니?"

샘이 애나를 쳐다보았다. "난 엄마가 세상에서 제일 예쁘다고 생각해요." 샘은 열두 살이었고, 이제 막 소년에서 사내가 되어가는 시기였다. 하루하루 샘은 애나에게 미스터리가 되어갔고, 한때 그토록 익숙했던 샘의 냄새조차 미스터리였고, 애나는 일말의 아쉬움을 느꼈다. 그래도 여전히 샘은 제 어머니가 세상에서 가장 예쁘다고 생각했다. 그게 사실이니까 광고판에 그렇게 써 있는 것이다.

그날 애나와 샘은 차를 타고 스튜디오시티로 돌아오다 할리우드힐스에서 길을 잃고 조금 헤맸다. 어쩌면 애나가 좀더 오래 드라이브를 즐기고 싶어서 일부러 그랬는지도 몰랐다. 어쩌면 길을 잃고 싶었는지도 몰랐다. 캘리포니아의 포근한 어느 6월의 밤, 자동차 지붕을 열고 아들과 함께하는 드라이브는 즐거웠다. 애나는 최근에 차를 샀다. 생애 첫 과시성 소비였던 그 바보 같은 에메랄드그린 스포츠카.

"너 엄마가 공연예술고등학교 다닌 거 알지? 여기서 얼마 안 멀어." 애나가 말했다.

샘이 고개를 끄덕였다. "응."

"너도 거기 가고 싶어?"

"별로. 난 진짜 연기 못하잖아요, 엄마."

"그렇긴 하지. 하지만 그 학교의 멋진 점은 로스앤젤레스 전역에서 아이들이 온다는 거야. 거기 가면 온갖 사람을 다 만나. 네가 눈치챘는지 모르겠지만 로스앤젤레스에서는 뭐랄까 좀 끼리 끼리 놀거든. 동부 사람들은 이스트사이드에만 있고, 서부 사람들은 웨스트사이드에만 있고. 그리고 네 할머니 할아버지가 계시는 동부는 동부가 아니라 서부야. 엄밀히 따지면 로스앤젤레스강 서쪽은 전부 서부니까.”

샘과 애나는 사는 곳이 동부인지 서부인지를 따지는 사람들을 함께 비웃었다.

“내가 예고 다닐 때 남자친구가 한 명 있었거든.” 애나가 말했다.

“한 명만?” 샘이 놀렸다.

“그 친구는 예전 할리우드 영화사 대표의 손자였어. 집안이 빵빵하단 얘기지. 걔가 서쪽의 퍼시픽 팰리세이즈에 살았는데 거긴 정말 서쪽 끄트머리야, 근데 항상 우리집까지 나를 보러 차를 몰고 왔어. 겁나 빠르게 시내를 가로질러오더라니까. 번개처럼 빠르게. 가령 내가 전화를 해, 그럼 7분 후에 우리집 앞에 도착하는 거야. 거기서 이 근처까지 오려면 얼마나 오래 걸리는지 너도 알지. 그래서 내가 물었어, ‘야, 너 우리집까지 어떻게 그렇게 빨리 와?’ 그랬더니 걔가 그 왜 완전 사람 약 올리는 표정을 짓더니 못 가르쳐준대. ‘비밀이야’라면서.” 훌륭한 연기자인 애나는 극적 효과를 위해 잠시 뜸을 들이고 샘이 잘 듣고 있는지 확인했다.

“그래서, 그 사람이 결국 엄마한테 말해줬어요?” 샘이 말했다.

“아니. 걔가 좀 재수없어서 맨날 싸우다 결국 얼마 못 가 헤어졌거든. 그런데 지난주에 내가 이 얘기를 앨리슨한테 하니까, 엄마랑 같이 방송 진행하는 모델 말이야, 칩이 우리 얘기를 어깨너머로 듣더니 이러더라고. '그놈 보나마나 비밀 고속도로를 이용한 거야.'"

"비밀 고속도로?"

"그래, 내 반응이 바로 그랬다니까. 칩 말에 의하면 로스앤젤레스가 처음 개발될 때 몇몇 영화사 대표들이 비밀 고속도로를 건설했대. 그 사람들만 아는 고속도로여서 그 사람들은 어디든 빨리 갈 수 있는 거지. 칩은 내 옛날 남자친구가, 영화사 대표의 사랑받는 손자라고 했잖아. 그 고속도로에 대해 알고 있었을 거라더라. 칩 얘기로는 실버레이크에서 베벌리힐스까지 동서로 이어지는 도로가 하나 있고, 스튜디오시티에서 한인타운까지 남북으로 이어지는 도로가 또하나 있대. 그러면서 만약 그 도로를 찾으면 나한테 만 달러를 주겠다더라. 마법의 비밀 고속도로를 찾았는데 내가 그걸 자기한테 얘기해줄 줄 아나."

"찾아봐요. 그 길로 가면 할머니 할아버지 집에 빨리 갈 수 있잖아." 샘이 말했다.

"찾아보자!" 애나가 말했다.

"체계적으로 접근하면 돼요. 스튜디오시티로 돌아올 때마다 조금씩 다른 길을 타는 거죠. 내가 지도를 그릴게요. 그러다보면 결국엔 찾아낼 거야. 우린 할 수 있어요."

그들은 멀홀랜드 쪽으로 언덕길을 구불구불 올라가고 있었고, 그때 별안간 차 앞으로 흐릿한 털북숭이가 휙 튀어나왔다. 애나는 브레이크를 밟으며 약간 방향을 틀었다. 동물은 그 자리에서 얼어붙었다. 헤드라이트 불빛에 애나는 그것이 중형견임을 알아보았다. 아니, 누리끼리한 모색의 코요테일지도 몰랐다. 너무나 미국적인 사건이었다.

동물은 허둥지둥 달아났다.

"맙소사. 우리가 저걸 치었을까?" 애나가 말했다.

"아뇨. 도망칠 때 멀쩡해 보였어요. 그냥 겁먹었나봐."

"개였어, 코요테였어?"

"몰라요. 둘을 어떻게 구별하지?"

애나는 웃음을 터뜨렸다. "솔직히 나도 몰라. 다음번에 한인타
운에 가면 할아버지의 백과사전에서 찾아보자."

"둘 중 뭐였는지가 중요할까요?" 샘이 말했다.

"아니." 애나는 잠시 말을 끊었다. "만약 어느 집 반려견을 죽
였다면 좀더 안타까워했겠지. 코요테는 주인이 없는 야생동물이
니까. 하지만 그런 식으로 차별하는 건 옳지 않겠지. 코요테도 여
느 생명과 다를 바 없이 살아갈 권리가 있으니까."

애나는 마음을 진정시키려 자동차 시동을 껐다. 애나와 샘이
어둠 속에 잠겼다. 애나는 새 차에 익숙지 않아서 비상등 스위치
가 어디 있는지 금방 찾지 못했다. 애나의 두 손이 부들부들 떨렸
다. "어휴, 하나도 안 보이네." 애나가 말했다.

샘은 제일 먼저 불빛이 기억난다. 빠르게 커지고 퍼지면서 어
둠에 잠긴 두 사람을 찾아낸, 한 쌍의 눈 같은 두 개의 불빛. 샘은
이런 비이성적인 생각을 했던 게 기억난다. 우린 괜찮아, 저 차는
우릴 볼 수 없어. 우린 어둠의 보호를 받고 있어.

곧이어 타이어 긁히는 날카로운 굉음, 우그러지는 금속, 비명
처럼 산산조각나 흩어지는 유리.

나중에 밝혀지길 운전자가 과속을 하긴 했지만 사고는 그의 잘

못이 아니었다. 도로가 좁았다―차 두 대가 간신히 지날 만한 너비였다. 운전자는 커브를 약간 크게 돌았고, 육중한 세단이 애나의 경량 스포츠카의 후드를 정면으로 들이받으며 대부분의 충격이 운전석과 샘의 왼발에 가해졌다. 거기에 차가 있다는 것을 세단 운전자가 어떻게 예상할 수 있었겠는가? 어째서 멀홀랜드 바로 밑에 라이트를 켜지 않은 차량이 서 있단 말인가? 그 차 안에 한 소년과 소년의 어머니가 있다는 것을 세단 운전자가 어떻게 알았겠는가?

조수석에 앉은 샘은 상대 차량의 전조등 불빛에 비친 어머니의 얼굴을 볼 수 있었다. 얼굴에 유리 파편이 붙어 있어 마치 반짝반짝 빛나는 것처럼 보였다. 샘은 손을 뻗어 어머니의 얼굴에서 유릿조각을 치우려 했지만, 왼발이 대시보드에 깔려 움짝달싹하지 않았다. 통증은 느껴지지 않았다―나중에 오게 된다. 그러나 몸을 뺄 수가 없어서 어머니의 얼굴에 손이 닿지 않았고, 죄어드는 구속감에 공황이 엄습했다. 샘은 어머니의 월하향 향수와 뒤섞인 피 냄새를 맡았고, 함몰된 대시보드에 어머니의 가슴과 복부가 짓눌린 것을 보았다. 하지만 유리가 문제였다. 그 순간 샘의 마음에 가장 걸린 것은 어머니의 예쁜 얼굴에 묻은 유리였고, 유리를 털어내려고 어머니를 향해 다시 손을 뻗었다. 그렇게 어머니 쪽으로 몸을 당겼을 때 발 속에서 뼈가 묘하게 뒤틀리는 것이 느껴졌다. 그 마지막 손 뻗기가 실패로 끝난 후, 몸의 감각이 돌아오기 시작했다. 몸이 극심하게 떨려왔고 숨이 안 쉬어지는 느낌이었다. "엄마." 샘은 바로 옆에 있는 아직 온기가 가시지 않은 따스한 몸에 대고 말했다. "아파요." 샘은 고개를 뻗어 어머니의 어깨 오목한 곳에 머리를 기대고 눈을 감았다.

황망한 상대 차 운전자가 허둥지둥 샘 쪽으로 다가왔다. 남자는 차 안에 대고 절박하게 외쳤다. "정말 죄송합니다. 안이 안 보여요. 보이지가 않아요. 다들 괜찮으십니까? 괜찮으세요? 다들 살아 있어요? 누구 없어요?"

샘은 눈을 떴다. "저 여기 있어요." 이것이, 병원의 휴게오락실에서 세이디 그린과 만나는 그날이 되기 전까지 샘이 마지막으로 한 말이다.

게임에서 가장 중요한 것은 사건의 순서다. 게임 내부의 알고리즘도 있지만, 게이머 또한 이기기 위해서는 반드시 플레이 알고리즘을 생성해야 한다. 모든 승리에는 밟아야 할 순서가 있다. 어떤 게임이든 플레이하는 최적의 길이 있다. 애나의 사망 이후 침묵의 몇 달 동안, 샘은 강박적으로 그 장면을 머릿속으로 재생한다. 만약 애나가 〈프레스 댓 버튼!〉 일을 수락하지 않았다면, 그래서 새 차를 살 돈이 없었다면. 새 차를 샀지만 저녁을 먹고 나서 곧장 집으로 향했다면. 첫번째 애나 리가 그 빌딩에서 뛰어내리지 않았다면, 그래서 로스앤젤레스로 돌아오지 않았다면. 만약 애나가 코요테를 친 후에 운전을 멈추지 않았다면. 비상등 버튼을 발견했다면. 만약 애나가 조지와 자지 않았다면. 샘이 태어나지 않았다면. 그날 밤 어머니가 죽지 않는 길은 무한히 많았고 죽는 길은 딱 하나였다고, 샘은 결론을 내린다.

6

샘의 수술날 아침, 세이디는 짐을 정리하기 위해 차를 몰고 베
니스의 사무실로 출근했다. 마크스가 저렴한 테이블과 책장을 여
럿 들여놓아 인테리어가 제대로 완성되기 전에 일부터 시작할 수
있도록 손을 써놨다. 세이디가 마지막으로 푼 이삿짐 상자에는
항상 손닿는 곳에 두고 참고하는 PC 게임 컬렉션이 들어 있었다.
세이디는 책처럼 만든 하드보드 패키지와 주얼 케이스가 뒤섞여
있는 게임들을 책장에 가지런히 꽂았다. 〈커맨더 킨〉〈미스트〉
〈둠〉〈디아블로〉〈파이널 판타지〉〈메탈기어 솔리드〉〈레저 슈트
래리〉〈대령의 유산〉〈울티마〉〈워크래프트〉〈원숭이 섬의 비밀〉
〈오리건 트레일〉 그 외에도 마흔 장 가까이 되는 게임 CD들. 그
리고 상자 맨 밑에 〈데드 시〉가 있었다. 그 개발자에 대한 감정은
다소 복잡했지만, 〈데드 시〉는 여전히 매우 좋아하는 게임이었
다. 세이디는 패키지에서 CD를 꺼냈다. 디스크에 도브의 사인이

있었다. 스무번째 생일을 축하하며, 게임 고급과정에서 제일 섹시하고 가장 총명한 세이디에게. 사랑을 담아, D. M.

세이디는 도브가 사인을 해줬다는 사실 자체를 잊고 있었고, 마지막으로 CD를 본 게 언제였는지 생각해보았다. 아마 몇 년은 됐을 텐데. 마지막 기억은 마크스와 샘이 〈데드 시〉를 플레이하던 날이었다. 우리 게임은 이렇게 생겨야 해, 라고 샘이 말했던 날.

샘은 도브가 세이디의 남자친구인 줄도 선생인 줄도 몰랐다고 말했었다. 세이디는 똑똑히 기억했다. 하지만 샘이 〈데드 시〉를 플레이하기 위해 이 CD를 사용했다면—샘은 분명히 이 CD를 사용했었다—이 문구를 읽었을 것이다. 못 보고 지나쳤을 리가 없다. 샘은 뭐든 절대 놓치는 법이 없으니까. 만약 샘이 도브가 내 남자친구라는 사실을 알고 있었다면, 무작위가 아니라 콕 집어서 〈데드 시〉의 엔진을 노렸던 걸까? 샘은 내가 도브를 찾아가기를 원했기 때문에 이 게임을 보여줬던 걸까, 내가 도브를 찾아가리란 것을 알고 있었으므로? 그렇다면 샘은 내가 안 좋게 헤어진 상대가 도브라는 사실을 짐작했다는 얘기가 되고, 그렇다면 샘은 잠시라도, 단 한 순간이라도, 다시 도브를 찾아간다는 게 내게 어떤 의미인지 생각해보지도 신경쓰지도 않았다는 얘기 아닌가? 만약 도브가 직업적으로나 개인적으로나 나한테 그렇게 막강한 영향력을 행사하지 않았다면 지난 3년은 어떻게 달랐을까?

만약 그게 사실이라면 이건 완전히 배신이었다. 샘은 자기가 원하는 게 갖고 싶었고, 그게 세이디에게 어떤 의미이든 아랑곳하지 않았다. 샘은 율리시스를 원했고, 같은 식으로 오퍼스와의 계약을 원했으며, 같은 식으로 이치고가 남자애가 되어도 실은 개의치 않았고, 같은 식으로 세상 모두가 〈이치고〉를 샘의 게임이라고 믿게 했으며, 같은 식으로 처음부터 게임을 만들려는 목적하나로 그들의 우정을 갱신했다. 세이디는 샘이 자신의 친구라고 믿었지만, 샘은 어느 누구의 친구도 아니었다. 샘이 부정직했던 건 아니다―세이디가 샘에게 사랑한다고 말했을 때 샘은 단 한 번도 사랑한다고 답하지 않았다. 세이디가 샘을 위해 구실을 만들어 변명을 댔다―아버지의 부재, 어머니의 죽음, 아픈 발, 가난, 그리고 그로부터 비롯된 명백한 불안정성. 그러나 샘 본인은 느끼지 못하는 감정과 애수를 세이디 혼자 샘에게 채워넣었던 거라면?

세이디는 사무실의 테이블 앞에 앉아서 〈데드 시〉 CD를 랩톱에 넣었다. 뇌리에 깊이 새겨진 오프닝 컷신은 스킵했다―드뷔시의 〈달빛〉이 흐르는 가운데 화염에 휩싸여 추락하는 비행기, 그 사고의 유일한 생존자가 된 레이스. 세이디는 뭐라도 죽이고 싶은 심정이 되어 곧장 레벨 1로 넘어갔다―라스베이거스 호텔 로비처럼 생긴 해저세계의 입구. 체크무늬 셔츠와 가죽 바지를 입은 좀비가 흐느적거리며 로비 중앙으로 나오고, 레이스가 된 세이디는 통나무를 집어든다. 세이디는 좀비의 머리를 연속으로 여러 번 강타했다. 도브는 피가 튀는 장면에 놀라운 요소를 여럿 넣었다. 가령 레이스는 방금 죽인 좀비의 피에 비친 자신의 모습을 볼 수 있다. 이런 작은 디테일 하나하나가 다 어마어마한 양의 추가 작업이다. 〈데드 시〉는 엄청난 게임이야, 세이디는 생각했다.

마크스가 사무실 안으로 고개를 들이밀었을 때 세이디는 여전히 〈데드 시〉를 하는 중이었다. "샘이 수술실에서 나왔대. 할아버지 말이 잘 끝났다네." 마크스가 말했다.

"좋은 소식이네." 세이디의 마음은 흉악한 증오로 가득했다. 레이스가 통나무를 던지고 해머로 바꿔 든다.

"나 지금 가볼 건데." 마크스가 말했다. "그거 〈데드 시〉야?" 레이스가 임신부로 보이는 좀비를 해머로 후려갈겼다. 해머는 통나무보다 훨씬 효과적이었다.

"응." 레이스가 시험삼아 해머를 휘둘러 유리창을 때려부순다.

갑자기 죽은 임신부 좀비의 복부에서 아기 좀비 기어나왔다. 레이스는 멈칫했다가―아주 찰나였다―아기의 머리를 터뜨렸다. 피와 뇌수가 화면을 가로질러 튀었다.

"처음 〈데드 시〉를 플레이했을 때 난 여기서 죽었어. 그 아기를 빨리 죽이지 않았더니 그게 튀어올라서 내 얼굴을 덮치더라." 마크스가 말했다.

"다들 보통 여기서 죽거나 그 개가 나오는 장면에서 죽어. 도브는 감상적인 걸 싫어하지."

"도브는 너무 사악해." 마크스가 건조하게 말했다. "그 게임과 〈이치고〉가 같은 엔진으로 만들어졌다니 믿기지가 않는다니까."

"물을 보면 보여. 빛에서도 보이고. 어디서나 보여, 어디를 봐야 하는지 알면." 세이디가 말했다.

레이스가 부자연스럽게 통통 튀는 걸음걸이로 동상 뒤로 가서 웅크린다. 거기서 다음 좀비가 나오길 기다리며 숨을 헐떡인다.

"너 이거 끝까지 깨봤어?" 세이디가 마크스에게 물었다.

"아니."

"〈데드 시〉의 반전은 레이스가 그 비행기 추락사고에서 살아남지 못했다는 거야. 얘도 좀비인 거지. 다만 아직 그 사실을 몰라. 본질적으로 얘는 게임 내내 동족을 죽이고 다니는 거야."

"엿 먹어라, 게이머놈들아!" 마크스가 농담처럼 말했다. "좀비를 죽이는 게 재밌어 보이지, 하지만 나중엔 후회할 거다."

"정말 도브다워. 즐거움이 있는 곳에 반드시 괴로움이 있다." 세이디가 말했다.

"너도 병원에 갈 거지? 차 막히기 전에 가려면 슬슬 나가야 하는데." 마크스가 말했다.

"한동안은 사무실에 있어야 할 것 같은데." 세이디가 화면에서 눈도 떼지 않고 말했다. 레이스가 해머를 스크루드라이버로 바꿔든다. 좀비를 죽이는 용도로 만족도는 좀 덜하지만 지금 이걸 집어들지 않으면 나중에 엘리베이터로 이어지는 패널을 열 수가 없다. 그리고 엘리베이터를 타지 않으면 게임의 첫 부분에서 영원히 벗어나지 못한다. "풀어야 할 짐이 아직 몇 개 더 있어서."

4장 >> 세계의 양면

1A

　샘은 외갓집 근처에 원룸을 얻었다. 실버레이크와 에코파크 사이, 어디까지가 동부인지는 논란의 여지가 있긴 해도 어쨌든 정확히 동부의 경계선에 위치한 단층짜리 원룸주택이었다. 원래는 베니스의 언페어 사무실 근처로 이사할 계획이었지만 예상보다 회복이 더뎌서 결국 외갓집과 병원에서 가까운 이스트사이드에 머무는 편이 더 편리할 것 같았다. 샘은 일주일에도 몇 번씩 여러 명의 의사와 물리치료사를 봐야 했다.

　샘의 새로운 이웃 중 한 명은―뽀빠이 팔뚝의 여자였고, 현관 앞 베란다에는 프라이드 깃발을 내걸었으며 핏불 유기견을 여러 마리 돌아가며 임시보호하는데 항상 암컷이었다―이 동네를 '해프새프' 또는 '해피 풋 새드 풋'이라고 불렀다. 집 바로 아래, 벤턴 웨이와 선셋 대로가 만나는 모퉁이에 있는 발 전문 의원의 회전식 광고판에서 따온 별명이었다. 광고판 양면에는 의인화된 갈색 발이 그려져 있었다. '새드 풋'은 엄지발가락에 반창고를 붙였고 눈은 충혈됐으며 통증에 시달리는 듯 입을 크게 벌리고 양손과 양발에 목발을 짚었다. '해피 풋'은 병원 진료를 받고 기적처럼 싹 다 나아서 양쪽 엄지손가락을 치켜세우고 조증처럼 웃고 있으며 두 발에는 새하얀 하이탑 운동화를 신었다. 광고판은 컴포트호텔 주차장 위쪽에 높이 내걸렸고, 호텔 1층에는 태국식 채식 식당과 문제의 발 전문 의원이 있었다. 천천히 회전하는 광고판은 대략 12초마다 한 바퀴씩 돌았다. 전설에 의하면—저렴한 호텔 앞 회전 광고판에 대한 얘기치곤 지나치게 거창했지만—해피 풋과 새드 풋 중 어느 면을 먼저 보느냐에 따라 그날의 운이 결정된다고 했다. 1년이 넘도록 샘은 항상 새드 풋하고만 마주쳤다. 반대편을 보려고 갖은 방법을 다 써봤다. 광고판에 접근하는 속도를 다양하게 조절했다. 차로도 가보고 도보로도 가봤다. 네 가지 다른 방향에서 전부 시도해봤다. 그러나 순서와 방법을 어떻게 바꿔봐도 어김없이 새드 풋이었다. 이것이 통계적으로 가능성이 희박한 결과라는 건 하버드에서 수학을 전공하지 않았더라도 알 수 있었고, 샘은 우주가 자신을 조롱하고 있다는 기분이 들 수밖에 없었다.

1B

세이디는 언페어에서 도보로 6분 30초 거리에 있는 베니스의 클라우네리나 아파트에 집을 얻었다. 아파트에는 발레리나 튀튀를 입고 토슈즈를 신은 10미터 높이의 기계식 남자 광대 조형물이 있었다. 옛날에는 이 발레리나가 발을 높이 들었다는데, 소금물 때문에 기어가 녹이 슬었는지 요란한 모터 소음 때문에 입주민들이 항의했는지 지금은 움직이지 않았다. 세이디가 이 아파트에 사는 몇 해 동안 클라우네리나는 빨간 토슈즈를 신은 오른발을 새초롬하게 뻗고 그 자리에 가만히 서서 다시 춤추게 되는 날이 오기를 기다렸다.

  키치스럽긴 해도 세이디는 클라우네리나를 사랑했다. 세이디에게 클라우네리나는 캘리포니아 정신을 대표했다―난생처음으로 세이디는 자신의 고향을 온몸으로 품에 안았다. 굿윌스토어에 겨울 코트를 기부했고, 플로피 해트에 맥시 드레스를 입기 시작했다. 조이와 함께 플리마켓에 가서 빈티지 레코드판과 기다란 목걸이와 장인이 만든 도예품을 샀다. 인센스 스틱을 태우고 카페인을 끊었다. 머리칼을 허리까지 길러 양 갈래로 묶었다. 필라테스를 시작했고, 도브의 수갑을 바다에 던졌다. 세이디는 데이트를 했다―꾀죄죄하고 잘생긴 인디 록 밴드 멤버, 주로 인디영화 쪽에서 유명한 꾀죄죄하고 잘생긴 배우, 자신의 닷컴기업을 더 큰 닷컴기업에 판 꾀죄죄하고 잘생긴 IT 종사자. 세련된 디너파티를 열었고, 아무도 모르는 신생 밴드를 안다는 사실에 뿌듯해했다. 캘리포니아 하늘 색깔의 폭스바겐 비틀 중고를 샀다. 일요일마다 식구들과 브런치를 먹었다. 일찍 일어났고, 잠을 매우 적게 잤고, 하루에 열여덟 시간씩 규칙적으로 일했다. 캘리포니아가 걸칠 수 있는 의상이라면, 세이디는 클라우네리나가 더비 해트를 쓰고 튀튀를 입듯 편하게 캘리포니아를 걸쳤다.

세이디는 샘이 왜 동부에 살기로 했는지 이해하지 못했다. 로스앤젤레스 토박이가 뭐가 아쉬워서 출퇴근에 50분을 쓴단 말인가? 그즈음 두 사람은 개발중인 게임에 대해서가 아니라면 거의 대화를 하지 않았고, 그래서 세이디는 샘에게 설명을 요구하지 않았다. 세이디는 파트너의 동기를 파악하기 위해 시간을 들이는 짓 따윈 그만둔 지 오래였다.

2A

샘이 겨울과 봄과 초여름에 걸쳐 재활치료를 하는 동안, 세이디와 코어 프로그래머팀은 〈세계의 양면〉의 메커니즘과 그래픽을 구동할 엔진 '몽환'을 개발했다.

몽환은 훗날, 떠도는 안개와 엷은 구름층, 찬란한 햇살을 구현 가능하게 한 획기적인 입체광원기술로 유명해진다. 그래픽 면에서 혁신이 필요했던 이유는 '마이어 랜딩', 즉 〈세계의 양면〉의 판타지 세계가 게임의 거의 막판까지 안개에 둘러싸여 있기 때문이었다. 어느 리뷰어의 표현대로, '마이어 랜딩의 날씨는 진정 하나의 캐릭터'였다. 세이디는 그 리뷰를 보고 기뻐했다. 매체를 막론하고 예리한 리뷰어들은 캐릭터가 아닌 것들을 캐릭터로 보이게 하는 요소를 즐겨 언급했다. 아닌 게 아니라 세이디는 초기 디자인 기획안에 똑같은 내용을 호기롭게 적어놨던 것이다. "마이어 랜딩의 날씨는 하나의 캐릭터로 느껴져야 한다."

세이디는 몽환에 자부심을 느꼈다. 5년 전에는 못했던 것을 해냈다는 데에 자부심을 느꼈다. 세이디는 몇 달 만에 처음으로 도브에게 전화를 걸었다.

"엔진 개발 끝냈어." 세이디가 말했다.

"존나 기분좋지, 안 그래?" 도브가 말했다.

"맞아." 세이디는 인정했다.

"그럴 거라고 내가 말했잖아. 너한텐 더이상 율리시스가 필요 없어. 어차피 율리시스는 이제 골동품이지."

"아, 내가 두어 달 전에 〈데드 시〉를 다시 했는데, 그 피에 비친 반영은 어떻게 만든 거야? 궁금해."

"아, 그거? 웃기는 짓이었지."

"1993년에 그건 미친 짓이었어." 세이디가 말했다.

"지금이라면 그 짓 안 할걸." 도브는 어댑티브 타일 리프레시의 임시 변형기술을 상세히 설명했다. "그거 돌리느라 그래픽카드랑 프로세서 잔뜩 태워먹었지."

"지금 봐도 멋진 효과야." 세이디가 말했다.

"1, 2주 뒤에 로스앤젤레스 갈 일이 있을 것 같은데. 어떤 감독이 〈데드 시〉 영화화 건으로 날 꼬시려고 해서. 너 시간 돼?"

"요즘 진짜 바쁜데. 게다가, 어…… 나 남자친구 생겼어."

"뭐하는 놈이야?"

"인디 밴드의 리드 싱어." 세이디는 사과하는 조로 말했다.

"밴드 이름이 뭔데? 내가 들어본 팀인가?"

"페일리어 투 커뮤니케이션Failure to Communication이라는 팀이야."

"페일리어 투 커뮤니케이션." 도브가 따라서 읊조렸다. "존나 구린데."

"꽤 잘해." 세이디가 말했다.

"너랑 같이 지내겠다는 뜻은 아니었어. 하지만 네 작업은 보고 싶은걸. 넌 나의 가장 성공한 제자거든. 나 맨날 네 자랑 하고 다닌다."

"회사로 들러. 난 항상 회사에 있으니까." 세이디가 말했다.

샘은 엔진 개발에는 전혀 관여하지 않았고, 세이디가 몽환을 보여줬을 때도 따분한 표정으로 별 감흥이 없어 보였다. "멋지네. 정말 잘 돌아가겠다." 샘이 말했다. 세이디는 몽환 개발에 스스로를 갈아넣었고, 그래서 샘의 심드렁한 반응에 심사가 뒤틀렸다.

샘은 처음에는 3월에 복귀하겠다고 했지만 5월이 될 때까지 풀타임으로 돌아오지 않았고, 돌아와서도 세이디의 느낌상 절반은 회사에 없는 것 같았다. 샘은 출근길 정체를 피해 오전 일곱시에 사무실에 도착했고, 퇴근길 정체를 피해 오후 네시에 퇴근했다. 세이디는 계속 크런치 모드였다—오전 아홉시부터 다음날 새벽 한시까지 일했고, 더 늦게까지 일할 때도 종종 있었다. 샘은 아예 회사에 나오지 않는 날도 있었다. 샘은 매번 늦었고, 매번 차 안에 있었고, 매번 오는 중이었다.

세이디는 샘의 근태에 대해 마크스와 의논했고, 마크스는 아직 몸이 다 회복되지 않아서 고생하고 있는 게 아닐까 추측했지만, 그도 확실히는 잘 몰랐다—샘은 둘 중 누구에게도 자신의 상태에 대해 말하지 않았다.

"문제는, 샘이 의사결정을 할 때까지 마냥 손놓고 기다릴 수는 없다는 거야. 샘이 이렇게 자주 사무실을 비우면 진행이 너무 느려져." 세이디가 말했다.

일을 분리하자고 제안한 사람은 마크스였다. 게임의 현실 세계이자 좀더 단순한 '메이플타운' 팀은 샘이 리드하고, 판타지 세계 '마이어 랜딩'은 세이디가 맡는다. 그렇게 하면 세이디는 샘과 상의할 때까지 기다리느라 진행을 늦추지 않아도 된다. 마이어 랜딩 시퀀스는 모든 면에서 훨씬 복잡했다—세이디는 또다시 억울한 느낌이 들었다. 일은 자기가 훨씬 많이 하는데 공은 똑같이 나눠 가지다니. 그러나 그것이 게임을 위해서도 샘을 위해서도 합리적이었으므로, 세이디는 그 제안에 동의했다.

2B

5월에, 개발 프로세스상 중요사항을 변동하기엔 비교적 늦은 시기에, 샘은 주인공을 세이디의 원래 아이디어였던 왕따 여자애가 아니라 아픈 아이로 하자는 의견을 냈다.

"소년을 주인공으로 하는 게임은 또 만들지 않을 거야." 세이디가 말했다.

"아니, 내 얘긴 그게 아니라. 이를테면 암에 걸린 소녀로 해도 되고. 장애가 있거나 병을 앓고 있는 캐릭터로 하자는 거야. 그렇게 되면 소녀는 다른 세계에서 전능한 힘을 가졌을 때 더욱 강력해지는 거지."

세이디는 그 제안을 가만히 생각해보았다. "우리 언니처럼 말이지?"

"맞아. 앨리스처럼." 샘이 말했다.

"흥미로운 포인트군. 하지만 왕따에 더 쉽게 공감할 수 있지 않을까? 게이머들은 실제 질병과 고통에는 관심이 없을 텐데?" 세이디가 말했다.

"왕따는 심리적 고통이지." 샘이 조곤조곤 항변했다. "육체적 질병은 현실 세계에서 우리의 주인공한테 더 많은 난관을 부여하고, 그럼 판타지 세계의 아바타와 더 극명한 대조를 이룰 거야. 이런 대비를 끌어내지 못하면 두 세계로 하는 게 무슨 의미인데?"

두 사람은 주인공의 이름을 '앨리스 마'로 정했고, 주인공이 사는 목가적인 미국 교외 주택가의 이름은 '메이플타운'으로 정했다. 일단 앨리스 마가 암에 걸린 것으로 설정되자, 판타지 세계의 윤곽도 잡혔다. 마이어 랜딩은 역병이 창궐한 중세풍 북유럽 마을이 되었다. 사람이 숨을 쉴 수가 없고, 거무튀튀한 녹색 안개에 뒤덮인 하늘은 날이 갈수록 어두워진다. 바다는 누렇고 찐득한 점액으로 탁해지고, 점액 덩어리가 계속 해변으로 떠밀려온다. 모든 것이 죽어간다―노인이 제일 먼저 죽고 이어서 젊은이가, 동물이, 자연이 죽는다. 역병의 원인이 무엇인지(혹은 누구인지) 그리고 마이어 랜딩을 어떻게 구하는지 방법을 알아내는 것은 앨리스 마의 분신인 '로즈 더 마이티'에게 달렸다. 만약 로즈 더 마이티가 마을을 살릴 수 있다면, 앨리스 마는 폐암을 이겨내고 스스로를 살릴 수 있을지도 모른다. 두 개의 이야기는 상호 연결되어 있지만 각각 별도의 트랙으로 진행된다. 그리고 반드시 저쪽 세계를 진행해야만 이쪽 세계의 진행도 가능하다. 게임 플레이가 대단히 복잡하게 뒤얽혀 있어서, 세이디는 샘에게 이 게임을 만드는 가장 효율적인 방법은 처음부터 각 세계를 따로 작업하는 것이라고 통보했다.

일단 그렇게 분업이 정해지자, 샘은 겉보기에는 비교적 심플한 메이플타운 프로젝트에 기쁘게 몰입했다. 메이플타운 종합병원은 샘이 지금껏 입원했던 모든 병원에 기초하여 설계됐다. 또한 메이플타운의 수많은 사이드 퀘스트 및 레벨을 구성하는 앨리스의 질병과 치료에는, 만성질환을 앓았고 병원생활의 수모를 이해하는 사람만이 알 수 있는 미립자 수준의 깨알같은 디테일이 담겼다. 가령 레벨 4에서 대수술을 받은 후 앨리스는 영혼이 몸에서 분리된다. 피터팬이 제 그림자를 잡으러 다니듯, 앨리스는 병원을 헤집고 돌아다니며 제 몸을 쫓아다녀야 한다. 이 유체이탈 경험은 샘이 이미 여러 번 겪은 일이었다—아플 때는 내 몸이 더 이상 내 것이 아닌 듯한 느낌이다.

샘은 메이플타운 내부에 뚜렷이 구별되는 두 세상을 창조했다. 병원이 있고, 또한 병원 바깥의 모든 것 즉 메이플타운 자체가 있다. 샘은 개발팀에 지시하여 메이플타운이 시간과 계절에 반응하도록 만들었다—밤에 플레이하면 어두워지고, 낮에 플레이하면 밝아진다. 가을에는 낙엽이 지고, 겨울에는 눈이 내리며, 봄에는 벚꽃이 핀다. 몸이 아플 때 세상은 늘 시리도록 아름답게 보였다. 일상에 참여하지 못하고 혼자 외로울 때에만, 살아 있다는 것이 얼마나 사랑스러운 것인지 알아차리기 일쑤였다. 병원 유리문 너머의 친구들. 완성한 미로를 건너는 열두 살 세이디의 귀여운 얼굴. 자신은 영원히 살고 있지만 저들은 잠시 방문할 뿐인 이곳에서 건강한 비장애인들의 떠나는 뒷모습을 바라볼 때 느끼는 바깥에 대한 향수.

세이디가 마이어 랜딩에 올인하고 있었기 때문에, 메이플타운의 오프닝 레벨을 처음 플레이해본 사람은 마크스였다.

메이플타운의 첫번째 레벨은 병원 밖에서 진행된다. 앨리스는 고등학교 육상경기대회 허들 부문에 출전한다. 앨리스는 전국 최상위권 선수이며 우승이 예상된다는 텍스트창이 뜬다. 관중이 응원하기 시작한다. 앨리스의 남자친구와 두 아버지가 관중석에 있다.

마크스는 시합에 나가 달렸고, 앨리스가 허들을 만날 때마다 점프 버튼을 눌렀다. 처음에는 졌고, 그다음에 또 졌고, 세번째에도 졌다. 마크스는 샘을 돌아보았다. "내가 뭐 잘못하고 있어?"

게이머가 아무리 잘 달려도 앨리스는 매번 질 것이다. 앨리스의 폐에서 자라고 있는 종양이 제 실력을 발휘하지 못하게 발목을 잡지만, 앨리스는 아직 그 사실을 모른다. 앨리스가 질 때마다 게임을 다시 시작할 것인지 게이머에게 선택권이 주어진다. 그러나 게이머는 첫 레벨에서 절대 '이기지' 못한다. 이기는 법은, 세상에는 이기지 못하는 시합도 있다는 것을 받아들이는 것이다.

평생에 걸쳐 샘은 '싸우라'는 말을 지독히 듣기 싫어했다. 아픈 게 사람 됨됨이의 실패라도 되나, 싸우라니. 아무리 열심히 싸운들 질병은 이길 수 있는 놈이 아니었고, 고통이란 놈은 일단 먹이를 손아귀에 넣고 나면 무한 변신이 가능했다. 샘에게 메이플타운은 자신이 과거에 겪은, 그리고 현재 겪고 있는 고통에 관한 이야기였다. 이것은 샘이 지금까지 만든 게임 중 가장 개인적인 게임이 될 것이다. 물론 게임의 절반뿐이긴 하지만. 그리고 샘의 파트너인 세이디는 그것을 제 언니에 대한 이야기로 이해했다.

"샘," 마크스가 첫 레벨을 깨는 법을 깨치고 나서 말했다. "여기서 네가 말하고자 하는 게 너무 좋다. 굉장히 따끔한데. 이거 세이디도 봤어?"

"아니 아직. 기본 설정은 알 테지만 마이어 랜딩 때문에 너무 바빠서, 귀찮게 하지 않으려고."

마크스는 자신의 친구를 유심히 관찰했다. 원래 말랐다는 건 알았지만 더 깡말랐고, 눈도 약간 충혈됐다. 콧수염과 턱수염을 길게 길렀고, 머리도 몇 달 동안 자르지 않은 것 같았다. 샘은 피로하고 우울해 보였다. 언제부터 샘이 세이디를 '귀찮게' 할까봐 걱정했다고? "별일 없어? 괜찮아?" 마크스가 물었다.

"그럼." 샘이 마크스를 보며 씨익 웃었고, 마크스는 샘의 오른쪽 송곳니가 깨진 것을 알아차렸다.

3A

샘은 자신의 스물다섯번째 생일에 아무 일도 벌이고 싶지 않았다. 수술 이후로는 회사와 병원에 관계된 일 외에는 약속 잡는 것을 피했다. 하지만 마크스의 고집에 못 이겨 세이디와 마크스, 그리고 둘의 애인들과 함께 저녁을 먹기로 했다. 그런데 막 집에서 나가려고 현관문 손잡이를 돌리는 순간, 눈앞이 깜깜해지면서 무자비한 통증이 덮쳐왔다. 털썩 무릎으로 쓰러진 샘은 의족을 잡아뜯어 벽에 집어던졌고, 너무 세게 던지는 바람에 회벽에 자국이 생겼다.

레스토랑에 전화를 하려 했지만 손가락이 말을 듣지 않아 휴대폰 번호판을 누를 수가 없었다.

샘은 바닥에 누운 채 눈을 감았다. 움직이면 통증이 너무 심해서 되도록 움직이지 않았다. 그러나 잠은 오지 않았다.

아홉시 반쯤 현관에서 노크 소리가 났다. "샘, 나야." 마크스가 불렀다.

현관문이 열려 있었으므로, 마크스는 샘이 대답이 없자 안으로 들어갔다. 그리고 눈에 들어온 상황―방 저편으로 날아간 발, 바닥에 널브러진 샘―에 놀라움을 표하지 않았다. "제발 그냥 가." 샘은 간신히 입을 열었다. 마크스는 땀에 전 샘의 옷을 벗기고 샘을 침대에 뉘었다. 침대라고 해봤자 바닥에 깔린 매트리스였다.

"뭐해줄까? 필요한 거 없어? 내가 돕고 싶어서 그래." 마크스가 말했다.

샘은 고개를 저었다.

"이젠 같이 안 사니까 알아서 챙기기가 어려워. 그러니까 네가 필요한 걸 얘기해줘야 해."

샘은 다시 고개를 저었다.

"알았네, 친구." 마크스는 샘의 매트리스 옆 바닥에 앉아서 텔레비전을 틀었다. 볼만한 프로가 없어서 샘의 DVD를 들척거렸다. 마크스는 사이먼 앤드 가펑클의 1991년 센트럴파크 공연을 틀었다.

둘이서 30분쯤 봤을 때 샘이 말했다. "이 DVD가 어디서 났는지 모르겠네."

"이건 내 거야." 마크스가 웃음을 터뜨렸다. "정확히는 우리 엄마 거."

DVD가 끝날 때쯤 되자 샘은 통증이 다소 완화되면서 말하기가 약간 편해졌다. "환지통이라는군. 발이 아직 있다고 생각해서 가끔 의족을 짚을 때 발이 짜부라지는 느낌이 드는 거야. 뼈가 우그러지고 살이 짓뭉개지는 게 느껴져. 근데 그게 다 내 머릿속에서만 일어나는 일이래."

마크스는 그에 대해 잠시 생각해보았다. "하지만 안 그런 통증이 어딨어? 모든 통증은 뇌가 관장하잖아."

샘이 매트리스에서 일어나 앉았다. "세이디한테는 말하지 마, 부탁한다."

"왜?"

"게임 완성하려고 전력을 다하고 있는 애한테 괜히 신경쓰게 하기 싫어. 그리고 솔직히, 진짜 통증이 아니니 그렇게 심하진 않아."

처음에 샘은 수술에서 금방 회복했다. 상처는 전보다 더 크고 노골적이었지만 더이상 전처럼 수습이 불가능해 보이지 않았고, 다리에 남은 통증이나 후유증도 없었다. 샘은 예정보다 며칠 일찍 퇴원해 외갓집에서 몸을 회복해도 된다고 허락을 받았고, 하루 빨리 회사로 복귀하고 싶어 근질거렸다. 어릴 때 쓰던 방에서 온라인으로 부동산 매물을 훑어보며 베니스와 샌타모니카의 아파트를, 언페어 근처 웨스트사이드의 아파트를 찾아보기 시작했다. 세이디에게 전화를 걸어 〈세계의 양면〉의 복잡한 레벨 디자인을 계속 개선해나갔다. 샘은 늦어도 3월의 첫날에는 복귀할 거라고 세이디에게 말했다.

퇴원하고 이틀째 되던 날 밤, 통증이 시작됐다. 샘은 한밤중에 비명을 지르며 잠에서 깼고, 땀과 소변에 푹 젖은 채 더이상 존재하지 않는 발을 미친듯이 찼다. 제 몸을 제어할 수 없어서, 이 통증을 유발하는 원인을 알지 못해서, 따라서 개선할 수단이 없을 것만 같아서 두렵고 수치스러웠다. 샘은 계속 손으로 없는 발을 찾아 더듬었다. 겁에 질린 조부모가 방으로 뛰어들어와 무슨 일이냐고 물어도 고통이 너무 극심해서 설명은커녕 말 자체를 할 수가 없었다. 샘은 침대에서 나와 화장실 변기에 토하려 했지만 발이 없다는 것을 깜박하는 바람에 그대로 바닥에 쿵 엎어졌고, 송곳니가 깨지면서 입술에서 피가 났다. 샘은 무릎을 대고 엎드려 방바닥에 토했다. 다시 어린애가 된 것처럼 무기력했다. 동시에 인간이라기보다 짐승이 된 느낌이었다. 봉자가 품에 안고 토닥여준 후에야 샘은 잠깐씩이나마 잠들 수 있었다.

이튿날 샘은 병원을 찾았고, 의사는 환지통이라는 진단을 내렸다. "유난히 심하게 발현됐군요." 의사가 말했다. "하지만 사지절단 환자에게 드문 일은 아닙니다."

순간 샘은 의사가 누구 얘기를 하는지 어리둥절했다. 아무도 자신을 사지절단 환자라고 부른 적이 없었다. 샘의 머릿속에서 사지절단 환자란 전쟁영웅이나 암환자를 가리켰다.

"병원에서 미리 수술 전에 환지통에 대해 고지했을 텐데요." 의사가 말을 이었다.

샘은 고개를 끄덕였다. 고지를 했겠지만 샘은 거의 주의를 기울이지 않았다. 일단 절단수술을 해버리고 나면 발 문제는 다 해결될 거라고 멋대로 짐작했다.

의사는 샘에게 통증과 싸우는 연습법이 적힌 복사물을 주었다. 예를 들면 발이 없다는 사실을 받아들이도록 두뇌를 재프로그래밍하기 위해 거울로 잘린 발목을 바라보는 것이다. 절단수술 전에도 샘은 발을 보는 것을 피했다. 눈에 보이지 않으면 그렇게 심할 리 없다고 스스로를 속일 수 있었다. 의사는 항우울제도 처방해줬지만 샘은 끝까지 먹지 않았다.

몇 주 동안 통증이 재발하지 않았고, 샘은 다 나았다고 낙관했다.

그러나 처음 의족을 착용했을 때, 통증이 훨씬 지독하고 격렬하게 돌아왔다. 의족을 딛는 발목에 가해지는 무게감 이상이었지만, 물리치료사는 원래 그런 거라며 계속 걸어보라고 시켰다. 예전 발이 의족에 짓눌려 으깨지는 느낌이 들었다. 극심한 현기증이 났고 잠시 시각과 청각이 사라졌다. 속에서 담즙이 올라와 입 안이 썼다.

"좀 불편한 감이 있는데요." 샘이 힘없이 말했다. 원래 샘의 초능력은 고통을 무시하고 은폐하는 능력이었다.

"괜찮아요, 샘." 물리치료사가 열심히 샘을 격려했다. "지금 잘하고 있어요. 내가 붙잡고 있어요. 한 발짝만 걸어봐요."

샘은 한 발짝 내딛고, 설핏 미소를 짓고, 그다음에 무릎으로 쓰러져 토했다.

샘은 상담치료와 최면술과 침술과 마사지를 전전했고, 그 모든 것들이 어느 정도까지는 효과가 있었지만, 통증이 한번 얼굴을 내밀기로 작정하면 그 무엇으로도 막을 수 없었다. 사람들은 샘에게 패턴과 트리거를 찾아보라고 했다. 트리거는 샘이 잠들었을 때와 걸으려고 할 때뿐이었지만, 자지도 걷지도 말고 살라는 건 삶에 대한 도전이었다. 의족을 미세하게 조정했다. 양말을 덧신었다. 양말을 벗었다. 그러나 대체로는, 의족을 착용할 때마다 극도의 고통을 견디느라 너무 진이 빠져 머리가 돌아가지 않았다. 머리는 샘에게 필수품이었고, 통증 때문에 바보가 되는 느낌은 완전히 새로운 현상이었다.

의사가 샘에게 말했다. "좋은 소식은, 그 통증이 환자분의 머릿속에만 있다는 겁니다."

하지만 나도 내 머릿속에 있는데요, 샘은 생각했다.

샘은 발이 없어졌다는 것을 알고 있었다. 눈으로도 똑똑히 보였다. 지금 자신이 겪고 있는 것은 프로그램상의 기초적인 오류였고, 샘은 머리 뚜껑을 열고 두뇌를 꺼내서 그 불량 코드를 삭제하고 싶었다. 불행히도, 인간의 두뇌는 애플의 맥처럼 하나부터 열까지 폐쇄적인 시스템이었다.

처음 몇 달 동안 샘은 음식을 뱃속에 붙잡아둘 수가 없어서 거의 먹지를 않았다. 몸무게가 10킬로그램이 빠졌고, 할머니는 기겁했다. 시간이 지나면서 결국 통증은 감소했다. 혹은 샘의 인내력이 증가했다. 샘은 회사로 복귀했다. 인생 처음으로 게임이 기분전환도 위로도 되지 않아서 충격과 불안에 휩싸였다. 이전까지는 영향을 받지 않았던, 혹은 상상력을 위해 특별히 보존됐던 머릿속 공간을 통증이 차지해버린 것 같았다.

3B

"자긴 친구가 본인 생일을 축하하는 저녁 자리에 나타나지 않는다는 게 이상하지 않아?" 세이디의 남자친구 아베가 물었다. 두 사람은 마크스가 샘의 집에서 가깝다는 이유로 선택한 실버레이크 레스토랑 앞에 서 있었다. 이 레스토랑 정중앙에는 나무 한 그루가 자라고 있었고, 이스트사이드에서 애인과 헤어지기 가장 좋은 장소로 유명했다.

"아니. 예전엔 개 걱정하느라 시간 참 많이 허비했지만. 원래 걘 걸핏하면 사라지는 종류의 사람이야." 세이디가 말했다.

"다들 그런 친구 하나씩은 있지. 우리집으로 갈래? 네가 우리 동네까지 왔는데 안 보고 가면 섭섭하지."

아베 로켓은 페일리어 투 커뮤니케이션에서 리드 싱어 겸 세컨 드 기타를 맡고 있었고, 그 밴드는 1999년 이후 실버레이크의 8 제곱킬로미터 지역에 근거지를 둔 천여 개쯤 되는 밴드 중 하나 였다. 샘의 생일날 저녁, 세이디는 아베와 사귄 지 한 달쯤 됐지 만 그의 집에 가본 적은 없었다. 세이디의 동네에서 여기까진 너 무 멀었고, 아직 관계가 그렇게까지 진지하지 않은데 아베 때문 에 시내를 가로지르기엔 시간이 아까웠다. 아베와 함께한 시간이 별로 길지 않아서 그의 개인사를 전혀 몰랐고, 아베 로켓이 예명 인지 본명인지도 몰랐다. 세이디는 조이가 데려간 어느 공연에서 아베를 만났다. 세이디는 아베가 부드럽고 정중한 연인이라서 좋 아했고("세이디, 당신 가슴에 손을 올려도 될까?"), 게임을 하지 않아서―비디오게임이든 PC 게임이든―좋아했고, 베니스까지 오는 것을 마다하지 않아서 좋아했다.

아베의 집은 깔끔하고 샌들우드향이 났으며, 천 개쯤 되는 레 코드판이 하얀 이케아 선반에 가지런히 정렬되어 있었다. 아베의 컬렉션에는 LP판도 있었지만, 그가 심혈을 기울여 모은 것은 45RPM 싱글판이었다. 그는 B면을 사랑했고, A면과 B면에 얽힌 역사를 사랑했는데, 그것은 세이디가 전혀 알지 못하는 얘기였다. 아베가 설명하길 원래 레코드회사들은 히트곡을 A면에 싣고 인기가 덜한 곡을 B면에 실었다. 그러다 어느 순간부터 밴드 내 분란을 조금이나마 잠재우기 위해 두 면을 더블 A면이라고 부르기 시작했다. 아베의 말에 의하면, 존 레넌과 폴 매카트니는 누구의 곡을 A면에 넣을지를 두고 서로 첨예하게 날을 세웠다. 예를 들어 매카트니의 〈Hello Goodbye〉(A) VS 레넌의 〈I Am the Walrus〉(B)가 그런 경우였다.

"하지만 더블 A면 따위 없어. A면이 누가 뭐래도 A면이지." 아베가 말했다. "어느 음흉한 레코드회사가 아무리 안 그런 척해도."

아베와 세이디는 마리화나를 피웠다. 아베가 자신이 제일 좋아하는 싱글판 중 하나인 비치 보이스의 〈God Only Knows〉를 틀었고, 그 곡은 〈Wouldn't It Be Nice〉의 B면이었다. 아베는 B면이 A면보다 더 의미 있고 유명해진 경우를 특히 좋아했다.

"믿어져? 〈Wouldn't It Be Nice〉가 〈God Only Knows〉보다 더 좋다고 생각한 사람이 있다니?" 아베가 말했다.

"하지만 왠지 알겠는데. 〈Wouldn't It Be Nice〉가 확실히 더 경쾌하잖아. 〈God Only Knows〉를 들으면 뭐랄까 그만 세상을 하직하고 싶어져."

"그런 게 내가 제일 좋아하는 종류의 음악이야. 난 그걸 오후의 음악이라고 부르지. 그런 음악은 너무 이른 시간에 들으면 안 돼, 그랬다간 하루가 순식간에 사라지거든." 아베가 양팔을 세이디의 양어깨에 둘렀다. "자긴 오후의 여인이야, 섹시 세이디. 인생에서 자기 같은 사람을 너무 일찍 만나면 안 돼, 그랬다간 다시는 딴사람을 좋아할 수 없게 되거든."

"그 말, 전에도 분명 누군가한테 했겠지." 세이디가 말했다.

몇 달 후 아베는 투어를 가게 되고, 그렇게 두 사람의 특별한 관계도 종지부를 찍는다. 세이디는 아베와 사귄 것을 후회하지 않았고, 그렇게 끝난 것도 아쉽지 않았다. 어쩐지 드디어 마크스를 이해하게 됐다는 생각이 들었다(마크스는 이제 실질적으로 조이한테 안착했지만). 긴 연애가 더 풍요로울지는 몰라도, 흥미로운 사람들과 비교적 짧게, 비교적 단순하게 만나는 것도 그에 못잖게 좋았다. 아는 사람들과, 아니 사랑하는 사람들이라 해도 그들과 함께하는 매 순간을 가치 있게 보내기 위해 나를 소진해야 할 필요는 없다.

회사에서 세이디가 마크스에게 그런 얘기를 약간 꺼냈더니 마크스는 웃어버렸다. "안타깝게도 내가 너한테 잘못된 인상을 심어준 것 같다. 세이디. 난 소진되는 걸 좋아하는 편이야."

세이디는 마크스를 물끄러미 바라보았다. 5년 동안 함께 일해왔는데도 이따금 세이디는 자신이 마크스를 완전히 오해하고 있다는 기분이 들었다. "그럼 넌 지금 조이 때문에 소진되고 있어?" 세이디는 조이를 좋아했다. 케임브리지에서는 친하지 않았지만, 로스앤젤레스에서는 이십대 때에만 가능한 방식으로 금방 베프가 되었다.

"마구 파먹고, 또 파먹히고 있지." 마크스가 말했다.

"도브 이후로 난 그쪽으론 완전히 손뗐어." 세이디가 말했다.

"네가 왜 그렇게 얘기하는지 이해는 하는데, 그래도 아직 파고들기를 포기해선 안 된다고 생각해." 마크스가 으르렁거리며 앙무는 시늉을 하더니 세이디의 볼에 가볍게 키스했다.

4A

롤라 말도나도는 샘에게 전해달라며 동&봉 뉴욕스타일 피자하우스에 자신의 전화번호를 남겼다. "리 아저씨, 저를 기억하실지 모르겠는데," 롤라가 동현에게 말했다. "저는 샘하고 같은 고등학교에 다녔어요. 샘이 동네로 돌아왔다는 얘기를 들어서요. 편할 때 연락하라고 샘한테 말씀 좀 전해주시면 감사하겠습니다."

동현은 샘에게 메시지를 전달했다. "그 아이한테 전화해보려무나. 예쁘던데. 예의도 바르고." 동현이 말했다.

"지금은 일이 너무 정신없어서요." 샘이 말했다.

"네 할머니가 아주 기뻐할 텐데. 할머니는 네가 일밖에 안 한다고 걱정이 태산이다."

"저는 걱정 없는데요."

"나도 아주 기뻐할 거다. 노인네한테 기쁨을 좀 주고 싶지 않으냐?"

"좋아요, 노인네. 전화해볼게요."

샘은 그로부터 대략 한 달이 지나서 롤라에게 전화했다. 메이플타운 개발이 막 디버깅 단계에 들어가 잠시 여유가 생겼다.

"매서!" 롤라가 반갑게 인사했다. "일찍도 전화한다. 우리 오늘 저녁에 뭐할까?"

두 사람은 〈매트릭스〉를 보러 아크라이트 영화관에 가기로 했다. 롤라는 이미 세 번이나 봤지만 샘은 아직 못 봤다.

롤라와 샘은 고등학교 3년 내내 같은 반이었다—3학년 때 잠깐 데이트를 했다가(누군가와는 졸업파티에 같이 가야 했으니까) 대학에 진학하고는 사이가 소원해졌다(롤라는 UCLA에서 컴퓨터공학을 공부했다). 롤라는 명민하고 웃기고 독하고 설치고 나대고 뻔뻔하고 약간 심술궂었다. 샘이 가장 좋아했던 건 명민하다는 점이었다. 특출난 건 아니었지만, 그러니까 세이디처럼은 아니었지만, 그래도 명민했다.

그리 큰 의미는 없지만 샘은 롤라에게 동정을 잃었다. 9월의 어느 숨막히게 더운 날 두 사람은 미분을 공부하고 있었다. 도중에 전기가 나가면서 집이 팜스프링스가 됐고, 샘과 롤라는 결국 옷을 벗어버렸다. "우리 그거 할까, 매서?" 롤라가 말했다. 그리고 샘은 생각했다. 못할 거 있나? 그때는 발이 그렇게 많이 불편하지 않았다. 롤라를 사랑한 건 아니었지만 진심으로 좋아했고, 롤라 옆에 있으면 마음이 편했다.

"너 처음은 아니겠지?" 샘이 물었다. 그 무렵 롤라는 목에 십자가를 걸고 다녔고, 샘은 롤라의 집안이 가톨릭임을 알고 있었다. 샘은 자신에겐 별로 중요하지 않은 일이 롤라에겐 너무 의미

심장한 사건이 되는 걸 바라지 않았다.

"아냐. 그건 걱정 마." 롤라가 말했다.

두 사람은 실용적이고 기억에 남지 않는 섹스를 했고, 샘의 사촌이 장난삼아 준 콘돔을 썼다. 일이 끝나자 샘의 발이 화끈거렸다.

"너야말로 처음은 아니지?" 롤라가 물었다.

"아냐." 샘은 거짓말을 했다. 롤라에게 자신의 동정을 가져갔다는 권위를 승인해주고 싶지 않았다.

샘은 롤라를 포함해 평생 네 명의 섹스 파트너를 만났지만, 그들 중 누구와도 섹스를 즐긴 적은 없었다. 샘은 남자 한 명 그리고 여자 세 명과 잤다. 아무도 그를 학대하지 않았건만, 섹스는 자위에 비해 현저히 만족감이 떨어졌다. 샘은 다른 사람들 앞에서 알몸이 되는 것을 좋아하지 않았다. 섹스의 불결함을 좋아하지 않았다―그 체액과 소리와 냄새. 제 몸이 의지할 만한 것이 못 될까봐 불안했다. 너무나 좋아하는 누군가와, 가령 세이디나 마크스와 섹스를 하고 싶다고는 상상도 할 수 없었다. 샘과 사귀었던 남자는 그 원인을 발 때문에 자존감이 낮아져서라고 분석했지만, 그건 환원주의적인 얘기 같았다. 몸의 기능이 전부 완벽히 정상적으로 작동했다 한들 자신이 섹스를 좋아했을지는 알 수 없는 일이었다. 그래도 그 남자의 분석에는 일말의 진실이 담겨 있었다. 샘은 자신의 몸이 고통 이외에 그 어느 것도 느낄 수 없다고 생각했고, 따라서 다른 사람들과 똑같은 방식으로 쾌락을 추구하지 않았다. 샘은 자신의 몸이 아무것도 느끼지 않을 때 가장 행복했다. 몸에 대해 생각하지 않아도 될 때―몸이 있다는 사실을 아예 잊을 수 있을 때―가장 행복했다.

롤라는 초록색 단발머리를 빼면 학교 다닐 때와 변한 게 없었다. 커다란 갈색 눈에 키가 작고 가슴이 크며 탄탄한 몸이 강인해보였다. 몸에 딱 달라붙는 빨간색과 흰색의 양귀비 꽃무늬 스케이터 드레스를 입고 밑창이 두툼한 메리제인 구두를 신었으며 오렌지꽃 향기가 났다. 고등학교에서 처음 만났을 때부터 롤라는 그 오렌지꽃 향기의 대용량 샴푸를 썼다. 화장이라곤 새빨간 립스틱이 유일했고, 그건 샘에게 경고처럼 느껴졌다―빨간 것들이 원래 위험하지 않아?

"어때?" 영화가 끝나자 롤라가 샘에게 물었다.

"〈공각기동대〉 같아. 그 애니메이션 알아? 이건 아류작 같은데."

"그건 못 봤어." 롤라가 말했다.

"흠, 〈매트릭스〉를 좋아한다면 그것도 꼭 봐야 해." 샘이 말했다.

두 사람은 차를 타고 할리우드의 대여점에 가서 〈공각기동대〉를 빌린 다음 샘의 원룸으로 가서 같이 보기로 했다. 샘은 할머니와 할아버지, 그리고 마크스를 그때 딱 한 번 들였던 것 외엔 누구도 집에 초대한 적이 없었다.

"매서, 집구석이 왜 이 모양이야?"

"왜? 이상해?"

"아니, 연쇄살인마가 사는 집 같아서. 아니면 증인보호 프로그램 대상자라든가. 금방이라도 여길 떠야 하는 사람 같잖아. 벽에 아무것도 안 걸고, 바닥에 매트리스를 펴놓고 자고. 요를 깔고 자는 성공한 성인이라니. 물건의 절반은 아직 이삿짐 상자에서 나오지도 않았네." 롤라가 말했다.

"응, 바빴거든." 샘이 말했다.

"포스터든 화분이든 하여간 뭘 좀 사야 하지 않을까. 사람 사는 냄새가 좀 나야지, 응?"

샘이 DVD를 틀었다. 롤라는 신발을 벗더니 몸을 웅크려 샘의 품으로 파고들었고, 샘은 피하지 않았다. 낮에 아무리 더웠어도 밤의 로스앤젤레스는 늘 추웠다.

롤라 옆에 있으면 기분이 좋았다. 자신의 온기에 겹쳐진 롤라의 온기를 느끼는 건 기분이 좋았다. 스스로에게도 인정하고 싶지 않았지만, 샘은 로스앤젤레스에 온 후 뼛속까지 외로웠다.

수술 직후 샘은 다른 사람들 옆에 있고 싶지 않았다. 고통 속에 홀로 있고 싶었다. 그러고 나서 몇 달이 지나 몸이 좀 나아지기 시작하자 샘은 세이디가 어디로 갔는지 의아했다. 처음에는 프라이버시를 필요로 하는 자신을 존중해주나보다 했는데, 시간이 지나면서 두 사람 사이에 뭔가 위화감이 느껴졌다. 세이디는 문병을 오지도 않았고 새 거처로 샘을 보러 오지도 않았다. 혹시 발이 절단된 자신에게 혐오감을 느끼나 했지만, 그건 세이디답지 않았다.

세이디는 일 이야기 외엔 샘과 전혀 대화를 하지 않았고, 회사에서는 말 그대로 각기 분리된 두 세계에서 살았다. 〈세계의 양면〉의 개발 인원은 스무 명이었고, 두 사람이 서로 말하지 않고 지내도 별 지장이 없었다. 회사 규모가 커졌으니 어느 정도 불가피한 일이라고 샘은 생각했다—그래도 가끔은 케네디 스트리트 아파트 시절의 친밀함이 간절히 그리웠다.

샘은 예전에 세이디와 절교했을 때보다 지금 더 세이디가 애타게 그립고 보고 싶었다. 왜냐하면 세이디는 매일 거기에 있었으니까. 세이디처럼 보이고 세이디처럼 말하지만, 왠지 그 사람은 더이상 세이디가 아니었다. 뭔가 문제가 있었지만, 그게 무엇인지 알아내는 건 게임을 완성한 이후로 미루기로 했다.

롤라와 샘은 〈공각기동대〉를 다 보았다. "그러네." 롤라가 수긍했다. "〈매트릭스〉와 비슷하네. 그래도 난 〈매트릭스〉가 좋아." 롤라는 무릎을 세워 앉더니 고개를 돌려 샘을 마주보았다. "사심 가득한 팬처럼 보이지는 않았으면 좋겠는데, 나 〈이치고〉 엄청 좋아했다. 1편과 2편 다 엄청난 게임이었어. 나 막 샘 매서랑 같이 졸업파티에 갔다고 아는 사람들한테 자랑하고 다녔다."

"그건 과찬인데." 샘이 말했다.

"과찬이 아니라 사실이야."

"그건 나 혼자 만든 게임이 아니야. 파트너하고 같이 만들었지."

"아 알지, 그야. 로스앤젤레스 출신의 그 계집애 맞지?"

"응."

"고등학교 때 봤던 기억나. 우리 지역에서 라이프치히 장학금 탄 개 맞지? 그때 나도 대회에 나갔는데, 개한테 졌어. 개한테 과연 그 오천 달러가 필요했는지는 의문이지만. 똑똑한 애긴 한데, 솔직히 좀 재수없었어."

"뭐가?"

"아니 그냥. 애가 좀 쌀쌀맞았던 것 같아. 오래전 일이야. 신경쓰지 마."

"세이디가 차가워 보일 수는 있지." 샘은 인정했다. "내성적이라서."

"그래도 그 머리 모양은 진짜 죽여줬어. 웨스트사이드에 사는 유대계 여자애들이 다 똑같이 하고 다니던 매끄럽게 빛나는 풍성한 머릿결." 롤라가 말했다.

샘은 그 말이 욕인지 칭찬인지 알 수 없었다. "원래 그런 줄 알았는데."

"원래부터 그런 머리는 없어." 롤라가 고개를 숙여 샘에게 키스했고, 샘도 롤라에게 키스했고, 그다음에 롤라가 샘의 가랑이 사이에 손을 넣어 혈류가 공급되는 원통형의 스펀지, 즉 샘의 페니스 전체를 손가락으로 감싸쥐었다. 샘의 뇌가 잠재의식하에서 신경전달물질에 명령을 내려 음경해면체에 혈액이 유입됐고, 페니스의 구속복인 백막이 혈액을 내부에 가두는 게 느껴졌다. 샘은 몸을 뒤로 뺐다.

"왜 그래, 매서?" 롤라가 말했다. "전에도 해봤잖아. 너 지금 여친 없는 거 맞지?"

"복잡한 사정이 있어." 샘이 일어나 앉았다. "내 발이 어땠는지 기억하지?"

롤라가 눈을 굴렸다. "샘, 우리가 섹스를 안 해본 사이도 아니고."

"두 달 전에 결국 발을 제거했는데 회복 과정이 정말 지독했어. 그리고 애초에 난 이런 쪽에 아주 능한 타입은 아닌 것 같아."

"맞아." 롤라가 말했다. "그건 이해해. 지금도 아파? 1부터 10까지."

"6이나 7 정도, 움직일 때면?"

"그거 안 좋은데." 롤라가 고개를 끄덕였다. "괜찮아. 담에 하면 되지 뭐." 롤라가 샘의 손을 잡았다. "뭐라도 좀 피울래? 내 가방에 마리화나 있는데."

"난 약은 별로. 되도록 머리가 맑은 상태를 선호해서."

"항상 통증에 시달리는데 어떻게 머리가 맑을 수가 있냐? 매서, 이건 날 믿어. 세상에 너보다 더 마리화나가 필요한 사람은 없어."

롤라가 마리화나에 불을 붙였고, 두 사람은 〈공각기동대〉를 두 번째로 보면서 주거니 받거니 마리화나를 피웠다. 샘의 첫 마리화나였고, 서서히 붕 뜨는 느낌이 들었지만 그러면서도 약이 아무런 효과가 없는 척하고 싶었다.

"많이 취했네." 롤라가 말했다.

"안 취했어." 샘이 우겼다.

영화가 거의 끝나갈 때쯤 롤라가 샘에게 말했다. "보여줄래?"

"페니스?" 샘은 주체하지 못하고 웃었다.

"아니, 절단면." 롤라가 어깨를 으쓱했다. 척 보기에도 롤라는 샘보다 훨씬 덜 취해 보였다. "너에게 도움이 될 거야. 게다가, 난 전에도 본 적이 있으니까 비교의 관점에서 의견을 제시해줄 수 있지."

이유가 뭐가 됐든(아마도 마리화나에 익숙하지 않아서겠지만) 그 말은 샘에게 일리 있는 주장으로 들렸다. 샘은 신발을 벗은 다음 바지를 벗었고, 그다음에 의족을 벗었고, 발목 위에 신은 양말 두 개도 벗었다. 롤라는 평가하듯 절단면을 눈여겨보더니 다시 어깨를 으쓱했다. "그렇게 나쁘지 않은데. 전엔 훨씬 나빴겠지만. 지금은 완성형으로 보여, 적어도." 롤라가 따뜻한 손으로 샘의 발목을 감쌌고, 샘 자신이 만졌을 때나 의사가 만졌을 때와는 느낌이 달랐다. 롤라가 검지손가락으로 꾹 다문 입처럼 보이는 불그스름한 흉터를 쓸어내렸고, 살짝 기분좋기도 하고 살짝 아프기도 한 찌릿찌릿함이 샘의 척추를 따라 오르내렸다. 롤라가 허리를 숙여 흉터에 입을 맞췄고, 빨간 입술 자국이 남았다. 샘은 롤라를 말리려 했지만 너무 취한 상태였고, 어쨌든 금방 끝났다. 롤라는 절단면을 한 번 꽉 쥐었다가 놓은 다음 허리를 세워 앉았다. "넌 괜찮아질 거야, 매서. 내가 장담한다."

샘은 눈물이 날 것 같았지만, 실제로는 웃기 시작했다.

4B

〈세계의 양면〉은 세이디의 스물다섯번째 생일 일주일 전에 완성됐다. 마크스는 이 겹경사를 축하하기 위해 회사에서 파티를 열었다. 제작엔 총 22개월이 소요됐고, 게임은 〈이치고〉와 마찬가지로 크리스마스 시즌에 맞춰 발매될 예정이었다.

파티 초반에 조이가 세이디에게 엑스터시를 주며 말했다. "오늘은 멋진 밤이니까, 나의 베프들과 함께 축하하고 싶어." 평소 마리화나 외에는 손대지 않았지만 이날은 유난히 기분이 좋았고 잠깐이나마 책임감에서 해방되었으므로, 세이디는 엑스터시를 삼켰다.

덕분에 세이디는 〈세계의 양면〉을 완성한 성취감을 거리낌없이 만끽했다. 이보다 나은 게임을 만든 적이 없었다. 〈이치고〉와 달리 〈세계의 양면〉은 기술적인 면에서도 서사적인 면에서도 한계를 끝까지 밀어붙인 느낌이었다. 그러지 않을 거라면 게임을 만드는 데 무슨 의미가 있단 말인가? 세이디는 드디어 자신의 야망과 능력이 비등한 지점에 도달했다고 느꼈다. 게임을 완성한 후엔 늘 그러듯 지치고 힘들었지만, 노력의 결과에 이보다 더 마음 편한 적은 없었다. 파티에 참석한 모든 이들이 사랑스러웠다. 매 단계마다 차분하고 현명한 모습을 보여준 마크스를 사랑했고, 게임을 위해 감동적이고 드라마틱한 음악을 작곡해준 조이를 사랑했다. 회사의 디자이너와 개발자 모두를 사랑했다. 캘리포니아를 사랑했다. 세이디는 도브를 용서했고, 샘을 향한 적개심마저 누그러졌다.

샘 쪽의 작업은 세이디의 기대치를 훌쩍 뛰어넘었다. 세이디가 처음 〈세계의 양면〉을 구상했을 때는 메이플타운 쪽 스토리를 주인공 격인 마이어 랜딩을 돋보이게 하는 깔끔한 프레임 정도로 생각했었다. 샘은 세이디를 놀라게 했다. 샘 쪽 세계에는 현실적 깊이가 있었고, 처음으로 두 세계를 함께 플레이했을 때 세이디는 저도 모르게 눈물이 났다. 게임을 하면서 세이디는 판타지 세계인 마이어 랜딩에 정서적 울림과 공감을 부여한 것은 메이플타운이라는 것을 깨달았다. 그러나 게임 개발의 막판 몇 달을 정신없이 보내느라 샘에게 메이플타운이 얼마나 마음에 드는지 얘기할 기회가 없었다. 오늘밤엔 샘을 따로 불러낼 계획이었다.

세이디는 여전히 샘을 미워했지만, 〈세계의 양면〉을 두고 두 사람은 〈이치고〉 때보다 훨씬 덜 싸웠다. 의견 충돌이 생기면 샘은 재빨리 네 말이 맞는다며 후퇴했고, 세이디는 샘의 열정이 식었다는 결론을 내렸다. 몇몇 날은 구태여 사무실에 나오지도 않았다. 구태여 싸우려 들지도 않았다. 그러나 샘이 작업한 메이플타운을 보고 세이디는 샘이 단순히 후퇴한 것 이상이었음을 깨달았다. 샘은 전에는 결코 하지 않았을 방식으로 세이디의 비평을 받아들였다. 두 사람이 잠깐 충돌을 빚었던 장면이 하나 있었다. 메이플타운의 엔딩 바로 전 장면인데, 여느 때처럼 아프던 앨리스 마는 마이어 랜딩이 자신이 내내 플레이해온 게임이라는 사실을 알게 된다. 처음에 샘은 마이어 랜딩을 게임이 아니라 앨리스마가 쓰고 있던 책이나 이야기로 하는 편이 낫다고 주장했다. 마이어 랜딩을 게임으로 하는 건 너무 메타적인데다 지나치게 꼬았고, 유희적으로 괜한 위화감을 심어줄 것 같았다. 그러나 세이디가 원래 입장을 고수했으므로 샘은 자신의 의견을 접고 물러났다. 샘은 그 장면을 다시 썼고, 그리하여 게이머가 마침내 마이어 랜딩을 랩톱으로 플레이하는 앨리스의 모습을 보게 됐을 때(처음으로 마이어 랜딩이 화면 속 화면으로 렌더링된다) 앨리스는 게임을 깨지 못한다. 앨리스는 로즈 더 마이티로서 싸우다가 전사한다. 마이어 랜딩의 재시작 프롬프트가 뜬다. 새로운 내일을 위한 준비가 됐는가, 팔라딘? 앨리스는 세이브 포인트로 돌아가 두번째로 플레이하고, 또 죽는다. 마이어 랜딩의 재시작 프롬프트가 두번째로 뜬다. 새로운 내일을 위한 준비가 됐는가, 팔라딘? 앨리스는 세이브 포인트로 돌아가 다시 한번 시도한다. 이번에는 승리를 거두고, 〈세계의 양면〉의 마지막 신이 펼쳐진다. 앨리스가 게임 속 게임에서 제대로 승리하기 전에 두 번 죽는다는 것은 샘의 아이디어였다. 이것은, 앞으로 나아가는 것이 곧 포기를 의미했던 메이플타운의 오프닝 신을 뒤집은 일종의 변형 수미상관식 엔딩이었고, 세이디는 그게 아주 영리한 발상이라고 생각했다.

두 주 후면 세이디는 〈세계의 양면〉 홍보차 길을 떠나게 될 것이다. 샘은 여자친구가 생겼고—고등학교 때 알던 애라는데—강아지도 키워서 한동안 집을 비우고 싶지 않다고 했다. 이번에는 주로 세이디가 인터뷰와 컨퍼런스에 나가게 될 것이다. 세이디는 출발하기 전에 샘과 틀어진 사이를 바로잡고 싶었다.

세이디가 샘을 찾고 있는데 조이가 옥상에 올라가서 9월 말의 별을 보자며 세이디와 마크스를 끌고 갔다. 조이는 '진실을 말해주는 환상적인 별들'을 보여주겠다고 큰소리쳤다.

옥상에서 보이는 풍경은 언제나처럼 아스라했지만 별들은 정말 총총했다. 조이가 손가락을 들어 하늘을 가리켰다. "저게 카프리코르누스 염소자리야." 조이가 말했다. "그리고 저게 인두스 인디언자리고. 그리고 저건 시그너스 백조자리."

"그걸 어떻게 알아?" 세이디가 물었다. "나한테 별자리는 전혀 그 이름처럼 안 보여."

"솔직히 나도 어느 게 어느 건진 잘 몰라. 9월 하늘이면 그 위치쯤에 있어야 한다는 걸 아는 거지." 조이가 실토했다.

"저거 봐!" 마크스가 오른손을 치켜들고 다른 손으로 조이의 어깨를 감싸안으며 말했다. "저건 스머푸스다! 저 푸르스름한 빛을 보면 알 수 있어."

"그리고 저건 간달푸스네." 세이디가 가세했다. "세 개의 별이 마법사의 모자를 뜻하지."

"저기 프로두스와 빌부스 배긴수스도 있다." 마크스가 말했다.

"스메아골로우스는 반지처럼 보여." 세이디가 말했다.

"스메아골로우스의 마법의 반지."

"너네 창피하지도 않냐." 말은 그렇게 하면서도 조이는 피식 웃고 있었다.

"아냐, 이건 훌륭한 게임이야. 저기 코베이누스다. 코베이누스 자리의 열한 개의 별이 털이 북슬북슬한 스웨터를 이루고 있군." 마크스가 말했다.

"그리고 저건 동키 콘구스야." 세이디가 말했다.

"천상의 넥타이가 보이다니 오늘은 정말 운이 좋군!" 마크스가 말했다. "근데 엄밀히 말해서 저 별자리는 돈쿠스 콘구스라고 알려져 있는 것 같은데."

"돈쿠스 콘구스. 난 그거 맨날 헷갈려." 세이디가 말했다.

"지적하려는 건 아니었어." 마크스가 말했다.

"아냐, 틀리면 지적해주는 게 좋지." 세이디가 말했다.

느닷없이 조이가 세이디의 입술에 키스했다. "괜찮지?" 조이가 물었다. 조이는 세이디의 머리칼을 쓸었다.

세이디는 마크스를 쳐다봤다. "넌 괜찮아?"

마크스가 고개를 끄덕이자 조이가 말했다. "우린 서로를 독점하지 않아." 조이가 또 세이디에게 키스했다. "네 입술 정말 부드럽다. 마크스, 너도 세이디의 입술을 느껴봐야 해."

마크스는 고개를 흔들었다. "난 구경만 할게." 마크스가 음흉한 미소를 지었다.

"지구상에서 내가 제일 좋아하는 두 사람." 조이가 말했다. "지금 난 너희 둘 모두를 너무너무 사랑해."

조이가 마크스를 제 쪽으로 끌어당기더니 양손으로 두 친구의 머리를 각각 붙잡고 인형놀이하듯 두 사람의 머리를 한데 모았다가, 인형들을 키스시켰다. 키스는 7초 동안 지속됐는데, 세이디에겐 그보다 더 길게 느껴졌다. 마크스에게선 민트향과 그가 계속 마시고 있던 헤페르바이젠 맥주의 과일향과 마크스 특유의 향이 났다. 마크스와 키스하는 건 이상할 거라고 생각했는데 뜻밖에 늘 해왔던 것처럼 아주 자연스러웠다. 세이디가 먼저 뒤로 뺐고, 마크스가 그답게 부드러운 웃음을 터뜨리며 길고 우아한 손가락으로 제 입을 가렸다.

"이상했어?" 마크스가 말했다.

"응." 세이디가 말했다. "하지만 우린 약을 했으니까 그런 건 중요하지 않지." (마크스는 약을 하지 않았다.) "남동생이랑 키스하는 것 같았어." (세이디에겐 언니만 있고 남동생은 없으며, 형제자매와 키스한 느낌은 아니었다.)

"아침이 되면 기억도 못할 거야." 마크스가 말했다. (기억했다.) 마크스가 뭔가 체념한 듯 한숨을 내쉬었다. "사랑해, 세이디." 마크스가 말했다.

"사랑해." 세이디가 말했다. 세이디는 조이에게 고개를 돌렸다. "우리는 널 사랑해, 조이."

"얘들아, 난 지금 너희 둘을 너무너무 사랑한다." 조이가 말하며 양팔로 두 사람을 얼싸안았다. "그럼 어떨까 궁금했는데 이젠 알겠어." 조이가 뭔가 알았다는 듯 저 혼자 고개를 끄덕였다. 눈이 커다래지고 물기가 어리더니 이내 울기 시작했다.

"안 돼, 조이!" 세이디가 조이를 껴안았다. "엑스터시 하고 울면 안 돼." 세이디가 말했다.

"이건 행복한 눈물이야." 조이가 말했다.

5A

2000년에는 전문가 리뷰가 게임의 운명을 쥐락펴락하진 않았지만, 〈세계의 양면〉에 대한 평가는 복합적과 부정적 사이에 걸쳐져 있었다.

"메이저/그린 콤비의 차기작을 목이 빠져라 기다려왔던 분들이라면, 이번 판은 피해가도록 하자. 〈세계의 양면〉은 사랑스러운 〈이치고〉 시리즈의 팬들을 위한 게임이 아니다."

"마이어 랜딩의 그래픽은 지금까지 보아온 게임 비주얼 중 가장 아름답다. 그러나 안타깝게도 마이어 랜딩은 신파적인 메이플타운과 공간을 공유한다."

"여러 방면에서 플레이를 즐기긴 했지만, 이 게임은 필요 이상으로 길다. 딱 절반이면 적당할 듯."

"〈세계의 양면〉은 중대한 정체성의 위기를 맞고 있다."

"〈이치고〉 팬이라면 패스해야 한다."

"……두 사람이 제각기 설계했는지 게임은 정신분열증 같고 플레이는 불만족스럽다."

"마이어 랜딩의 날씨가 이 게임 최고의 캐릭터다."

"엔딩을 쓸데없이 여러 번 꼬았다."

"메인 캐릭터가 여성인 게임이 좀더 많아져야 한다는 데에는 아무런 이의가 없지만, 앨리스 마도 로즈 더 마이티도 마음에 들지 않았다."

"〈이치고〉와 〈세계의 양면〉은 너무 달라서 같은 콤비가 만들었다는 게 믿기지 않을 정도다. 〈이치고〉는 좀더 메이저의 비중이 크고 〈세계의 양면〉은 그린의 비중이 큰가? 평소 대중 앞에 자주 나오던 메이저가 이번 프로모션에서는 희한하게 보이지 않고, 반면 세이디 그린이 확실히 전면에 나섰다. 혹시 자기 손에 든 게 망작이라는 사실을 메이저는 알고 있었나?"

"〈세계의 양면〉은 사람들 입이 떡 벌어지길 기대했나본데, 주로 경미한 두통을 유발한다."

"〈세계의 양면〉의 끝부분에서 감동이 밀려들기를 기대했는데, 컨트롤러를 방구석으로 집어던지고 싶은 강한 충동만 느꼈다."

"기술적으로 따지면 〈세계의 양면〉은 흠잡을 데가 없다. 마이어 랜딩의 놀라운 그래픽, 조이 캐드건의 매혹적인 음악, 훌륭한 사운드 디자인, 상당히 영리한 콘셉트. 그런데 왜 필자는 이 게임이 너무너무 싫을까? 왜냐하면 겉멋 들었고, 지루하고, 그렇게까지 재미있지도 않아서다. 다음번엔 더 잘해보길 바란다, 언페어."

〈세계의 양면〉의 발매 첫 주 판매량은 대략 〈이치고〉의 5분의 1이었다. 마크스는 여전히 낙관적이었다. "이건 굉장하고 특별한 게임이야." 마크스가 세이디의 사무실에 들어서며 말했다. "팬층을 찾으려면 좀더 시간이 걸릴지도?"
"다들 싫어해." 세이디가 말했다.
"싫어하는 게 아냐. 그냥 이해를 못하는 거지. 사람들은 〈이치고〉를 기대했는데, 이번 게임은 〈이치고〉와 다를 거라는 걸 마케팅과 홍보로 충분히 알리지 못했어." 마크스가 말했다. "그리고 난 아직 포기하지 않았어. 광고를 더 많이 집행할 거야. 게이머와 리뷰어한테 리뷰 카피도 더 뿌릴 거고. 유통 쪽에서는 아직 이 게임과 너희들한테 기대를 걸고 있어. 이제 시작이야."

"다들 싫어해." 세이디는 책상 위에 엎드렸다. "머리가 지끈거려."

마크스가 허리를 숙여 세이디의 턱을 들어올렸다. "세이디, 이제 겨우 시작이라고. 내 말 믿어."

세이디는 믿지 않았다. "편두통인가봐. 나 조퇴해야 할 것 같다."

"그래. 오후는 쉬어. 데려다주고 싶지만 애들이랑 점심 먹기로 해서." 마크스가 말하는 애들이란 앤토니오 '앤트' 루이스와 사이먼 프리먼이었다. 세이디와 샘이 〈세계의 양면〉을 만드는 동안 마크스는 언페어의 프로듀싱 역량을 확장해나갔다. 마크스가 데려온 첫번째 팀은 사이먼 프리먼과 앤토니오 루이스였고, 둘 다 칼아츠 3학년이었다. 애들은—마크스가 그렇게 불렀다—자기들이 제일 좋아하는 게임 〈페르소나〉에서 영감을 얻은 J-RPG를 만드는 중이었다. 게임의 무대는 고등학교이고, 각각의 캐릭터는 복잡한 웜홀 시스템을 통해 자신의 분신을 소환할 수 있다. '러브 도플갱어'라는 가제의 이 게임은 반은 로맨스고 반은 SF였다. "너도 같이 갈래? 샘도 되도록 시간 낸다고 했는데."

"아니." 세이디는 선반에서 〈데드 시〉 CD를 꺼냈다. 〈데드 시〉는 세이디의 힐링 게임이었다. 집에 가서 당분간 좀비나 죽일 것이다.

세이디는 회사를 나와 클라우네리나가 있는 아파트까지 걸어왔고, 지금 저 클라우네리나가 듣지도 못하는 발로 자신을 조롱하는 것처럼 보였다. 세이디는 커튼을 치고, 옷도 신발도 벗지 않고 침대에 들어갔다. 굴욕감과 수치심이 밀려들었고 바보가 된 기분이었다. 실패를 온몸에 뒤집어쓴 느낌이었고, 그게 딴사람들 눈에 보이고 냄새가 날 거라고 확신했다. 실패는 재를 뒤집어쓴 것과 같았다. 다만 실패는 피부만 덮지 않는다. 그것은 콧속에, 입안에, 폐 속에, 세포 속에 들어가 세이디의 일부가 되었다. 앞으로 영원히 제거할 수 없을 것이다.

도브가 전화를 했고, 자동응답기로 넘어갈 때까지 내버려두었다. "평론가란 것들은 심히 불쾌하고 야비하지." 도브가 말했다. "〈세계의 양면〉은 눈부신 작품이야. 몽환의 대기大氣 효과는 존나 훌륭해. 잘 지내기 바란다. 전화 줘." 세이디는 메시지를 듣고 삭제 버튼을 눌렀다.

샘이 전화를 했고, 이번에도 자동응답기로 넘어갈 때까지 내버려두었다. "세이디, 전화 받아. 이건 같이 상의해야 해. 이건 너한테만 해당되는 일이 아니야."

삭제.

세이디는 잠이 들었다. 약 15분 후, 누가 현관문을 두드리고 있었다. 문밖에서 샘의 목소리가 들렸다.

"세이디, 문 열어줘. 우리 얘기 좀 하자." 샘이 말했다.

세이디는 대답하지 않았다.

"세이디, 이러지 마. 이게 무슨 미련한 짓이야. 나랑 얘기해. 사람들이 싫어하는 건 대체로 내가 만든 세계야, 네 세계가 아니라."

세이디는 여전히 대답이 없었다.

"세이디, 제발. 이게 무슨 정신 나간 짓이야. 언제까지 이럴 건데?"

세이디는 침대에서 나왔다. 현관문을 벌컥 열었고, 샘이 들어왔다.

5B

"용건을 말해." 세이디가 말했다.

샘은 세이디의 소파에 앉았다. "이 건물 마음에 드는데. 저 이상한 광대도 마음에 들어."

"나 좀 혼자 놔두면 안 돼? 마크스한테 내일은 출근할 거라고 얘기했어."

"우린 엄청난 일을 하려고 했어." 샘이 말했다. "우린 온 힘을 다해 한 방 터뜨렸는데, 사람들이 좋아하지를 않네. 하지만 난 상관 안 해. 난 우리가 만들어낸 게임이 좋아."

"너니까 그렇게 속 편하게 말하지. 다들 이건 내 게임이고, 넌 내가 멍청한 짓을 벌이는 걸 도와준 것뿐이라고 생각한다고. 네 게임 〈이치고〉는 좋은 게임이고, 내 게임은 실패작이라고 생각하지."

"그렇지 않아."

"너도, 그 리뷰어가 쓴 것처럼, 〈세계의 양면〉이 망작이 될 거라고 생각했겠지. 그러니까 내가 나서서 프로모션하게 놔뒀지. 조금이라도 좋다고 생각했으면 네가 전면에 나섰겠지, 안 그래?"

샘이 세이디를 빤히 쳐다보았다. "잠깐. 뭐라고?"

세이디는 샘을 노려보았다. "만약 네가 좋은 게임이라고 생각했다면, 넌 그 공을 다 가져갔을 거야." 세이디는 잠시 말을 끊었다가 뱉었다. "맨날 그러잖아."

샘은 세이디의 작업에 자부심이 있었고, 제 자신의 작업에 자부심이 있었다. 샘이 홍보 투어를 다니지 않고 집에 있었던 이유는 발을 믿을 수 없어서였고, 투어중에는 통증 관리가 어렵기 때문이었다. 샘은 해명을 하려고 입을 벌렸다가 마음을 바꿨다. 샘은 부엌으로 가서 냉장고에서 냉수를 꺼내 한 잔 따라 마셨다.

"많이 드세요." 세이디가 매몰차게 비아냥거렸다. "내 건 네 거니까. 그게 아무도 좋아하지 않는 것일 때만 빼고."

"이러지 마, 세이디. 네가 〈세계의 양면〉을 프로모션하고 싶어했잖아."

"하고 싶어한 적 없어. 네가 안 하려고 하니까 어쩔 수 없이 했지. 그리고 쉽지 않았어. 난 샘 메이저가 아니니까. 아무나 다 저절로 나한테 호감을 갖지 않으니까."

"아, 알겠어. 네가 하면 일이고, 내가 하면 휴가라는 거지."

"그래, 너한텐 더 쉬운 일이니까."

"나한테 더 쉽다라. 내가 더 능숙한 일이라고 말하고 싶은 거겠지. 네가 능숙하지 않은 일은 항상 내가 더 능숙하다는 거로군." 샘이 말했다.

"내가 프로모션에 서툴러서 게임이 망했다는 거야?" 세이디가 물었다.

"아냐, 당연히 아니지. 내 말은, 〈이치고〉의 프로모션도 일이었다는 걸 인정하라는 거야. 괜히 말꼬리 잡지 마. 그리고 분명히 말해두는데, 난 메이플타운에 내가 가진 모든 것을 쏟아부었어. 이보다 더 전심전력을 다한 적이 없다고."

"샘, 네가 모든 걸 쏟아부었을 리가 없어. 넌 회사에 나오지도 않았잖아!"

"난 똥줄 빠지게 일했어. 그리고 힘든 한 해를 보냈고, 너는 묻지도 않은 얘기지만. 아니 도대체 뭐가 문제야?" 샘이 말했다.

"그게 무슨 소리야?"

"이러지 마, 세이디. 이건 우리 둘의 문제야. 뭐가 잘못됐는지 알고 싶어. 우리가 캘리포니아로 옮겨온 이후로 넌 줄곧 나한테 뭔가 불만이 있었어."

세이디는 아무 말도 하지 않고 고개만 저었다.

"아무 이유도 없이 내내 그렇게 미친년처럼 군 거야?"

"까불지 마라, 샘."

"말해, 그게 뭔지 모르는 게 더 싫으니까."

"싫거나 말거나." 세이디가 말했다.

"딱 너답다." 샘이 말했다. "구석에 웅크리고 앉아서 혼자 끙끙 앓으면서 뭐가 문제인지 아무한테도 입을 열지 않고."

"그건 너지." 세이디가 말했다.

샘이 거실 테이블을 탕 내리쳤다. "뭔데 그래? 세이디, 이건 불공평해. 내가 뭘 어쨌는지 전혀 모르겠어. 분명 넌 내가 무슨 짓을 했다고 생각하고 있는데."

"정말 몰라?"

"몰라." 샘이 말했다.

세이디는 가방에서 〈데드 시〉 CD를 꺼내 샘에게 집어던졌다.

"이게 뭐야?" 샘이 물었다.

"네가 더 잘 알 텐데."

샘이 CD를 보았다. "도브의 게임이잖아. 이게 뭐?"

세이디는 샘의 눈을 똑바로 쳐다보았다. "넌 도브가 내 남자친구라는 걸 알고 있었어. 그래서 나한테 도브를 찾아가 엔진을 구해오라고 한 거지. 내막은 전혀 모르는 척 시치미 뚝 떼고."

"알고 있었다 한들 그게 뭐 어때서? 율리시스는 〈이치고〉에 완벽하게 어울렸어. 세이디, 이게 무슨 미친 짓이야."

"너 그 얘긴 아까도 했어."

"하지만 이건 미친 짓이잖아."

"나한테 미쳤다고 하지 마. 난 네가 내 친구인 줄 알았는데―"

"세이디, 난 너의 친구야. 넌 나의 베프고. 아니, 난 너의 친구였지. 네가 2년 전에 우정을 철회하기 전까진."

"난 네가 내 친구인 줄 알았는데, 넌 거짓말쟁이에다 모략꾼이야."

"그렇지 않아."

"아니라고? 사람들은 다들 네가 혼자 〈이치고〉를 만들었다고 생각해. 네가 그런 식으로 몰아갔지."

"그렇지 않아. 사람들이 뭐라 떠들어대는지 내가 다 통제할 수는 없잖아. 난 항상 사람들한테 네가 내 창작 파트너라고 말하고 다녔어. 항상 너의 천재성을 얘기하고 다닌다고."

"넌 우리가 오퍼스의 제안을 받아들이도록 상황을 몰아갔어, 그게 너한테 더 유리했으니까."

"우리가 왜 오퍼스의 제안을 받아들였는지는 너도 잘 알잖아. 그 이유에 대해선 이미 논의 다 했고."

"난 속편을 만드느라 처박혀 있었지. 내가 처박혀서 일할 동안 너는 돌아다니면서 대관식을 거행했고."

"그런 게 아니었어."

"하지만 네가 나한테 했던 짓 중 최악은, 율리시스를 손에 넣기 위해 나를 도브한테 보낸 거야."

"내가 보내지 않았어."

"시간만 더 있었다면, 엔진은 내가 직접 만들 수 있었어. 도브 한테 엔진을 받아오라고 네가 나를 닦달하지 않았다면, 그 후로 3년 동안 내가 도브한테 매인 신세로 살진 않았을 거야. 도브가 나한테 얼마나 큰 영향력을 행사했는지, 도브와 헤어지는 게 얼마나 힘들었는지 네가 알아?"

"네가 도브와 다시 사귄 건 내 잘못이 아냐. 도브가 한 일이나 네가 한 일을 내 탓으로 돌리면 안 되지. 세상 모든 게 내 책임일 수는 없는데, 넌 그렇게 생각하는 것 같네."

"인정해, 샘. 넌 율리시스를 원했고, 내가 어찌되든 하나도 신경쓰지 않았어."

"세상에 나보다 더 너의 안위에 신경쓰는 사람은 없어. 하지만 율리시스를 구해오길 원했던 걸 후회하냐고? 부자가 돼서 〈세계의 양면〉처럼 헛짚은 구상에 겉멋 잔뜩 든 예술 게임이라도 만들 수 있게 된 걸 후회하냐고? 기본적으로 우리가 원하는 건 뭐든 만들 수 있게 된 걸 후회하냐고? 천만에, 만약 율리시스 덕분에 그 길이 트인 거라면, 난 몇 번이고 너한테 도브를 찾아가서 율리시스를 얻어오라고 할 거야."

"〈세계의 양면〉이 헛짚은 구상에 겉멋만 잔뜩 들었다고?"

"결코 〈이치고〉처럼 되진 않을 거라는 건 제법 명확했다고 생각하는데. 하지만 그게 네가 만들고 싶어하던 거였고, 그래서 난 네가 하자는 대로 최선을 다했어."

"지금 그게 내 잘못이란 얘기야?"

"아니, 그게 내 아이디어라기보단 네 아이디어였다는 말이야."

"〈이치고〉도 내 아이디어였어. 전부 다 내 아이디어라고."

"그렇게 생각하는 건 네 자유고 다 좋아. 나를 악당으로 만들어서 네 맘이 편하다면, 얼마든지 그렇게 해. 하지만 내가 너를 닦달해서 〈이치고〉를 만들지 않았다면 넌 뭐가 됐을 것 같아? 끽해야 EA에서 〈매든 NFL〉을 개발하는 백 명의 프로그래머 중 하나였겠지. 너도 알다시피 우리 업계엔 여자들이 그리 많지 않거든. 도브 밑에서 일하고 있을 수도 있겠네. 도브는 아마 널 수갑 채워서 책상에 묶어놨겠지."

세이디의 눈이 휘둥그레졌다. 수갑 얘기는 한 번도 한 적이 없었다. "네가 어떻게 그걸 알아?"

"젠장, 세이디, 뻔하잖아. 2년 내내 손목에 쓸리고 부은 자국이 나 있었는데. 마크스하고 난 그래서―"

"샘 매서, 재수없는 새끼. 가끔 난 니가 너무너무 싫어."

샘은 자신이 선을 넘었음을 깨달았다. "세이디, 방금 전엔 내가 말이 헛나왔어. 제발 그러지 마. 예전에 너 MIT 다닐 때 자취하던 아파트에서 네가 했던 말 기억나? 우리가 무슨 짓을 하든 무슨 말을 하든, 서로를 용서하기로 했잖아."

"그땐 내가 뭘 하기로 한 건지 몰랐던 거지." 세이디가 말했다. "어리고 멍청했어."

"넌 절대 멍청하지 않아."

세이디는 샘에게서 시선을 돌렸다. "그때 내가 왜 그렇게 암울한 상태였는지 넌 한 번이라도 깊이 생각해본 적 있어?"

"난…… 난 네가 남자친구와 헤어져서 그런 줄 알았어. 네 룸메이트가 그렇게 얘기했던 것 같은데. 그때 난 그게 도브인 줄도 몰랐고."

"그때는, 그땐 아직 몰랐겠지. 그래, 맞아, 도브였어. 하지만 내가 암울했던 이유는 그게 아니야." 세이디는 감싸안은 무릎 위로 이마를 내렸고, 긴 머리칼이 흘러내려 얼굴을 가렸다. "다들 〈이치고〉가 네 얘기라고 생각하지만, 사실 그건 내 얘기야."

"그게 무슨 말이야?"

"이치고는 바다에서 길을 잃은 아이에 대한 얘기지, 하지만 자식을 잃은 어머니에 대한 얘기이기도 해. 난 애를 낳은 적이 없지만, 어쩌면 나도……" 세이디는 고개를 돌렸다. 임신중지에 대해서는 누구에게도 말한 적 없었다. 도브에게도, 앨리스에게도, 프리다에게도 말하지 않았고, 지금도 세이디는 이를 악물고 얘기를 이어나갔다.

그런 일이 아예 없었던 것처럼 느껴지기도 했다. 눈 내리는 1월의 어느 날, 세이디는 지하철을 타고 백베이의 한 병원에 갔다. 병원에서는 친구를 데려오라고 했지만 세이디는 혼자 갔다. 총한 시간이 걸렸다. 수술 자체는 10분 정도였다. 간호사가 통증이 있을 수도 있다고 주의를 주었지만, 세이디는 아무것도 느끼지 못했다. (평소 생리 때보다 출혈량이 많지도 않았다.) 세이디는 T라인을 타고 집으로 돌아왔고, 그날 저녁 룸메이트와 나가서 술을 마셨다. 세이디는 화이트 러시안, 럼 앤드 코크, 세븐 앤드 세븐 같은 여자 대학생들이 흔히 마시는 달달한 칵테일을 마셨고, 아파트로 돌아와서는 침대에서 뻗었다. 룸메이트는 처음엔 숙취인가 했다가, 세이디가 침대에서 일주일째 나오지 않자 결국 캐물었다. "왜 그래, 무슨 일이야?"

"도브하고 헤어졌어." 세이디는 거짓말을 했다.

"내 속이 다 시원하다."

샘이 세이디의 집에 나타나 〈솔루션〉에 관해 얘기하자고 재촉했을 때, 세이디는 열하루째 침대 신세를 지고 있었다.

"난 수치심과 죄책감에 시달렸고, 어쩌면 그래서 도브가 그런 짓을 하게 냅뒀을지도 몰라."

"세이디." 샘의 목소리에는 세이디를 향한 사랑과 애틋함이 가득했다. "세이디, 왜 여태 말 안 했어?"

"왜냐하면 우린 서로에게 진짜 얘기는 하나도 안 하니까. 우린 게임을 하고, 게임에 대해 얘기하고, 게임 개발에 대해 얘기하고, 그리고 서로에 대해선 전혀 모르지."

샘은 그게 무슨 헛소리냐고, 우리보다 더 많은 삶을 함께한 두 사람은 없다고 말하려던 참이었다. 만약 세이디가 모른다면 자신을 아는 사람은 아무도 없다고, 자신은 존재하지 않는 것과 마찬가지라고 말하려고 했다. 그러나 바로 그 순간, 환지통이 느껴지기 시작했다. 몇 달 동안 잠잠했는데, 지금 이 순간 세이디의 집에서 그 고통을 겪고 싶지는 않았다. 세이디가 이렇게 자신을 미워하고 있을 때 그 앞에서 나약함과 취약성을 드러내고 싶지 않았다. 그동안 샘은 환지통의 조짐을 감지하는 데 익숙해졌다. 아래턱과 이마가 팽팽하게 긴장되고, 모든 냄새에 극도로 예민해지고(바다, 세이디의 핸드크림, 바깥 쓰레기통에서 썩어가는 과일), 목구멍으로 담즙이 올라오고, 척추가 찌릿찌릿하고, 온몸이 욱신거리고, 무지근하고, 사라진 발에서 맥박이 느껴진다. 샘은 백팩을 열고 마리화나를 꺼내 불을 붙인 다음 깊이 들이마셨다.

세이디는 샘을 지켜보다가 어안이 벙벙해졌다. 어떤 동물이 전혀 예기치 못한 행동을 하는 장면을 목격한 기분이었다. 코끼리가 그림을 그린다든가, 돼지가 계산기를 두드린다든가.

"여기서 좀 피워도 괜찮겠지?" 샘이 말했다.

"마음대로." 세이디는 일어나서 거즈면 커튼과 창문을 열었다. 클라우네리나 너머로 해가 지고 있었다. "마리화나는 언제부터 피운 거야?"

샘은 연기를 들이마신 후 어깨를 으쓱했다.

소파로 돌아온 세이디는 최대한 샘에게서 멀리 떨어져 앉았다. 으스스한 손가락이 까딱까딱 부르듯 연기의 덩굴손이 소파를 넘어 세이디에게 뻗어왔고, 기분좋은 아지랑이가 방안을 채우기 시작하면서 뾰족하고 날카롭던 것들이 모두 흐릿하고 부드러워졌다. 마리화나 내음은 독하고 알싸했고, 세이디는 저도 모르게 마음이 풀리면서 느긋해졌다.

"그건 뭐야?" 세이디가 물었다.

"일종의 신세밀랴인데, 이름은 까먹었어." 샘이 말했다. 사실은 알고 있었다. 대마 재배자들이 흔히 붙이는 유치한 이름 중 하

338

나였다―벅스 버니, 매직 키튼, 롤러걸. 마치 마리화나를 피우는 이유가 유치한 장난질을 치려는 것밖에 없다는 듯. 샘은 이런 순간에 그런 이름을 소리내어 말하고 싶지 않았다.

세이디가 샘 가까이로 자리를 옮겨 앉더니 마리화나를 달라고 손바닥을 위로 해 내밀었다. 샘은 세이디가 내민 손을 바라보았다. 제 자신의 손을 제외하고 가장 잘 아는 손이었다―손바닥의 격자무늬를 형성하는 정확한 손금 패턴, 손바닥과 손마디의 경계에 푸르스름한 정맥이 비치는 갸름한 손가락, 특유의 맑은 올리브색 피부, 분홍빛 여린 손목에 도브의 짓이 분명한 음영감 있는 굳은살, 세이디가 열두 살 생일 때 프리다에게 받은 백금 팔찌. 솔직히 어떻게 그 수갑에 대해 모를 거라고 생각할 수 있지? 샘은 세이디와 나란히 앉아 게임을 하면서, 그다음엔 게임을 만들면서, 세이디의 손가락이 키보드 위를 날아다니거나 컨트롤러 버튼을 잽싸게 때릴 때 그 손을 뚫어져라 바라보며 몇 시간씩 보냈었다. 샘은 생각했다. 내가 널 모른다고. 기억만으로 너의 그 손바닥과 손등을 전부 그릴 수 있는 내가 널 모른다고.

"샘?" 세이디가 말했다.

샘은 세이디에게 마리화나를 건넸다.

5장 　　 ≫ 　　　　　　 피벗

1

'러브 도플갱어'가 형편없는 제목이라는 건 누구나 알았지만, 그럼 달리 제목을 뭘로 해야 할지는 아무도 몰랐다. 다들 '러브 도플갱어'라고 너무 오래 불러서, 순전히 반복과 익숙함의 힘으로 그것도 나름 괜찮은 제목처럼 느껴졌다. 그러나 실은 괜찮지가 않았다. 샘이 마크스에게 말했다시피 "이 게임을 열두 명만 플레이하길 바란다면 더할 나위 없이 훌륭한 제목"이었다. 언페어는 그럴 여유가 없었다. 〈세계의 양면〉이 수수한 성적을 거둔 후여서 〈러브 도플갱어〉는 상업적으로 성공해야 했다.

'러브 도플갱어'라는 제목이 형편없다는 사실을 모르는 단 한 사람은 그 제목을 생각해낸 당사자인 사이먼 프리먼이었다. 사이먼은 학교 다닐 때 독일어를 공부했고 카프카스러운 모든 것에 사춘기 청소년처럼 집착했다. "난 그렇게까지 나쁘지 않은 것 같은데." 샘이 완전 형편없다고 단호히 말하자 빈정 상한 사이먼이 말했다. "왜 안 통할 거라는 건데요?"

"도플갱어가 뭔지 아무도 모르니까." 샘이 말했다.

"도플갱어가 뭔지 아는 사람은 많아요!" 사이먼은 자신이 붙인 제목을 옹호했다.

"충분히 많지는 않을지도, 도플갱어라는 단어를 아는 사람이." 마크스가 샘의 말을 수정했다.

세이디는 한 사람만 더 도플갱어라는 말을 한다면 미쳐버릴 가능성이 다분하다고 생각했다.

"애들이 독일어를 딱 한 단어만 안다면 그건 '도플갱어'죠." 사이먼이 말했다.

"어떤 애들? 애들이 다 대학학점 선이수AP 영어를 공부하나?" 샘이 말했다.

"아니 뭐 그럼, 배우면 되잖아요. 커버에 낱말 뜻을 각주로 넣을 수도 있고—"

"각주? 지금 장난해? 게임을 즐기려면 준비를 하시오, 라고 써 있으면 너 같음 손이 가겠냐? 각주 달린 커버라니." 샘이 말했다.

"재수없는 새끼." 사이먼이 말했다.

"워워, 사이먼. 진정해." 앤트가 말했다.

"하버드 나왔으면서. 대중과 눈높이를 맞추는 척하는 건 또 뭐야." 사이먼이 다시 샘에게 말했다. "꼰대처럼 굴지 말라고요. 제목이 암호 같은 게임은 널렸어요. 〈메탈기어 솔리드〉〈스이코덴〉〈크래시 반디쿠트〉〈그림 판당고〉〈파이널 판타지〉. 쿨하게 들리니까 성공하잖아."

"〈러브 도플갱어〉는 쿨하게 들리지 않아." 샘이 말했다.

344

"게임 전체가 말 그대로 도플갱어들의 러브스토리인데, 그걸 반영하는 제목을 붙여야죠. 그리고 사람들도 도플갱어가 뭔지 다 알아요."사이먼이 말했다.

"솔직히, 대부분의 사람이 안다고는 생각 안 해."샘이 말했다.

"뭐 그렇다면 우린 그 사람들이 우리 게임을 안 했으면 좋겠네요."앤트가 완전히 방향을 잘못 잡은 주장으로 파트너 변론에 나섰다.

"아니, 우린 모든 사람이 이 게임을 구매했으면 좋겠어."샘이 말했다. "사이먼. 앤트. 들어봐, 우린 이 게임을 좋아해. 이건 너희 게임이고, 우린 아티스트로서 너희를 전적으로 신뢰해. 하지만 우린 이 게임이 백만 장은 팔렸으면 좋겠어. 근데 넌 몬태나에 사는 애들이 '도플갱어'라는 단어를 알 거라는 입증되지 않은 억측으로 이 게임의 발목을 잡고 싶니?"

세이디에겐 샘의 얘기가 이치고는 남자애가 되어야 한다고 했던 그날 도브의 주장과 똑같이 들렸다. 사이먼과 앤트가 좀 안됐다는 생각이 들었다.

둘은 세이디를 불렀다. "세이디,"앤트가 물었다. "세이디는 어떻게 생각해요?"

세이디는 애들이 샘보다 자신을 더 신뢰한다는 것을 알고 있고, 애들 편을 들어주고 싶었다. "나는,"세이디가 말했다. "미국인들은 움라우트를 싫어한다고 생각해. 미안, 애들아."

사이먼과 앤트는 눈빛을 교환했다. "세이디 말이 맞아."앤트가 말했다.

"좋아." 사이먼이 말했다. "그럼 뭐라고 부를 건데요?"

샘이 새 제목을 브레인스토밍하기 위해 전체 회의를 소집했다. 샘은 케임브리지에서 로스앤젤레스까지 그들과 여정을 함께한 믿음직스러운 화이트보드를 꺼냈다. 이 시점의 화이트보드는 더 이상 하얀색이 아니었고, 그 영구적인 팰림프세스트는 언페어의 지난 5년이 담긴 아카이브였다. 마크스가 샘에게 말했다. "너도 알겠지만, 우리가 화이트보드를 새로 살 능력은 돼."

그러나 샘은 그 화이트보드를 내다버리는 데 강하게 반대했다. 샘은 그 칠판에 부적 같은 힘이 있다고 믿었다. "귀퉁이에 '하버 드 사이언스센터 비품'이라고 써 있는 게 아니면 안 돼."

"뭐, 알았어." 마크스가 말했다. "부적이면 훨씬 낫지, 네 부도 덕한 범죄를 추억하는 기념물보다야."

"자 그럼," 샘이 한자리에 모인 언페어 직원들에게 말했다. "새 제목이 나올 때까지 아무도 여기서 못 나간다. 생각나는 대로 던져, 너무 멍청한 아이디어 같은 건 없으니까." 샘은 마커를 검처럼 휘두르며 나온 아이디어들을 화이트보드에 써내려갔다.

러브 더블
러브 스트레인저
러브 스트레인저 하이스쿨
하이스쿨 러브 더블
도플갱어
나를 사랑한 도플갱어
더블 하이

커플 하이

웜홀 러브스토리

웜홀 하이

나는 도플갱어와 사랑에 빠졌다

도플갱어의 러브스토리

러브 터널

더티 러브 터널

다크 앤드 더티 러브 터널

다크 앤드 더티 하이스쿨 러브 터널

섹시 하이

더티 섹시 하이

더티 크레이지 섹시 하이

그 외 이백여 개가 넘는 제목들이 하나같이 똑같은 식의 변주 혹은 퇴보였다.

"끔찍하군." 두 시간가량 브레인스토밍을 하고 나서 샘이 말했다. "포르노라든가 소아성애를 다룬 미발매 독일 소설이라면 훌륭한 제목이겠지만, 4인용 비디오게임에는 흉측해."

그날 밤 마크스는 조이와 섹스를 하면서도 〈러브 도플갱어〉의 제목을 계속 고민하고 있었고, 그러다 문득 도쿄 국제학교에 다니던 고등학교 시절이 생각났다. 체스팀 주장이었던 마크스는 다른 학교 체스팀과 경기를 하기 위해 시내 반대편까지 간 적이 있었다. (마크스의 학교는 도내 2위였고, 상대 학교가 1위였다.) 상대 학교에 도착하고 보니, 건물이 좌우가 반대라는 것만 빼면 자기네 학교와 거의 똑같았다. 똑같은 시기에 똑같은 건축 설계안으로 지어진 게 분명했다. 체스팀 아이들은 그 건물 안에서 자기네 선생과 자신들의 대체 분신이 나올지도 모르겠다며 우스갯소리를 했었다. 상대 학교 체스팀 주장은 제법 격식을 차려 마크스에게 자기소개를 했다. "와타나베 주장, 내가 당신의 카운타파토입니다." 영어 'counterpart'에서 온 외래어를 일본식 가타카나로 발음한 그 소년의 음성이 아직도 마크스의 귀에 생생했다.

그 생각이 떠오른 뒤 마크스는 사랑을 나누면서도 도무지 집중할 수가 없었다. '카운터파트'라는 단어를 까먹기는 싫은데, 그렇다고 그걸 어디 적어놓기 위해 조이와 섹스를 도중에 그만두고 싶지도 않았다. 하지만 조이는 마크스의 정신이 딴 데 가 있음을 감지할 수 있었다. "똑똑, 계십니까?" 조이가 물었다.

〈카운터파트 하이Counterpart High〉는 2001년 2월 둘째 주에 출시되어 곧장 언페어의 베스트셀러가 되었다. 〈카운터파트 하이〉 혹은 팬들에겐 〈CPH〉로 알려진 이 게임은 출시 3주 만에 〈세계의 양면〉의 판매량을 훌쩍 뛰어넘었고, 마크스는 즉각 애들과 속편을 위한 준비작업에 돌입했다. 세이디와 달리 사이먼과 앤트는 속편을 좋아했고, 인기에 야합하는 수법이라고 보지 않았다. 두 사람은 어쨌든 〈CPH〉를 4부작으로—고등학교 각 학년당 한 편씩—구상했다고 주장했다.

출시 10주 차에 접어들자 〈CPH〉는 미국에서 가장 잘 팔리는 PC 게임이 됐다. 플레이스테이션과 엑스박스 포팅이 이미 진행 중이었고, 닌텐도 포팅에 대한 얘기가 나오고 있었다.

연말이면 〈CPH〉는 오리지널 〈이치고〉의 판매고를 넘어설 것이다.

〈세계의 양면〉의 개발 인력이 대거 〈CPH 2〉로 옮겨갔다. 사무 공간 추가 임대가 가능해질 때까지 세이디는 자신의 방을 사이먼과 앤트에게 넘겨주고 복도 안쪽에 있는 마크스의 방을 같이 썼다. 자리를 피해줘야 할 일이 생기면 샘의 사무실을 쓰거나 걸어서 클라우네리나의 집으로 돌아가곤 했다. 세이디는 자기 방이 없어져도 개의치 않았다. 다음 게임을 어떻게 할지 아직 아이디어도 정해지지 않았고, 어차피 일도 별로 없었다. 이따금 샘과 이런저런 콘셉트를 주고 받긴 했지만 실행에 옮길 만큼 고양감을 불러일으키는 것은 없는 듯했다. 잊을 만하면 샘은 〈이치고 Ⅲ〉를 만들자는 얘기를 다시 꺼냈다. 그러나 세이디에게 그건 후퇴로 느껴졌다. 5년 만에 처음으로 두 사람은 게임 개발에 적극적으로 매달리지 않고 있었다.

세이디는 천성적으로 속 좁은 사람이 아니어서 〈카운터파트 하이〉의 성공을 시기하지 않았다. 세이디는 공동사업자인 마크스의 인재 발굴 능력에 감탄했다. 〈세계의 양면〉의 실망스러운 판매고에도 불구하고 회사가 2001년에 상당한 흑자를 내게 되자 기뻤다. 세이디는, 왠지, 부쩍 나이든 기분이었다. 아직 겨우 스물다섯이지만 그전까진 어딜 가나 항상 막내였고, 자신이 제일 어리다는 사실에서 힘을 받았었다. 사이먼과 앤트는 세이디보다 고작 서너 살밖에 어리지 않았지만 세대가 완전히 다른 느낌이었다. 그애들은 세이디가 힘들어했던 문제로 골머리를 썩이지 않았다. 사이먼과 앤트는 속편을 좋아했다! 자신만의 엔진을 개발해야 한다고 생각지도 않았고, 누가 공을 가져가든 좋은 아이디어가 어디서 나왔든 신경쓰지 않았다. 그애들은 기저귀를 차고 있을 때부터 게임을 했다. 〈세계의 양면〉의 실패와 더불어 그런 아이들의 출현에 세이디는 시대의 흐름에서 벗어난 퇴물이 된 기분이었다.

비록 세이디는 그렇게 생각하지 않았지만 〈카운터파트 하이〉 또한 세이디의 업적이었다. 게임은 부분적으로 세이디의 엔진을 이용해 개발됐고, 〈카운터파트 하이: 2학년〉은 몽환의 개선된 버전을 기반으로 개발될 것이다. 세이디가 개발한 기술은 세이디가 개발한 게임보다 빛을 발했다. 마크스가 몽환을 〈카운터파트 하이〉에 쓰면 어떨까 하며 찾아왔을 때 세이디는 선뜻 동의했다. 게임 콘셉트도 마음에 들었고, 사이먼과 앤트도 좋았다. 어떻게 안 좋아할 수 있겠는가? 그애들을 보면 과거의 자신들이 생각났다. 사이먼과 앤트는 둘이 연인이라는 점에서 자신들과 차이가 있긴 하지만. 세이디는 그애들이 일하는 모습을 지켜보면서 살며시 어떤 감정에 휩싸였는데…… 그게 참, 뭐라 말로 설명하기 어려웠다. 있지도 않았던 일에 대한 그리움? 친밀감에 대한 부러움? 세이디는 만약 샘과 자신이 연인이었다면 어떤 느낌이었을까 궁금했다. 그 생각을 전혀 안 해본 건 아니었다. 그러나 샘은 늘 경계가 심했고 도무지 곁을 주지 않았다―샘은 남자였지만, 또한 문도 창문도 없는 탑이기도 했다. 세이디는 한 번도 들어가는 입구를 찾지 못했다. 볼과 이마 외엔 입을 맞춘 적이 없었다. 14년 동안 명백한 목적이 있을 때만 서너 번 정도 샘의 몸에 손이 닿았고, 그럴 때마다 샘은 늘 불편해 보였다. 그래서 결국 세이디는 샘의 연인이 되기보다 샘의 창작 파트너가 되는 편이 낫겠다고 생각했다. 연인이 될 수 있는 사람은 쎄고 쎘지만 창의력을 북돋울 수 있는 사람은, 솔직히 인정하자면, 상대적으로 거의 없다. 사이먼과 앤트를 보면서 그들의 연애는 자신과 샘의 우정보다 위험부담이 클 거라는 생각이 들었다. 아마 그만큼 보상도 크겠지만.

사이먼과 앤트가 하루 일과를 끝내고 웨스트할리우드에 있는 그들의 아파트로 퇴근하는 모습을 가끔 보면 앤트가 사이먼의 가방을 들어주거나 그 외 소소한 배려를 해주는 게 눈에 띄었고, 그럴 때면 세이디는 참 좋겠다, 인생과 일을 함께 나눌 수 있는 누군가가 있다면, 하는 생각이 들었다. 〈세계의 양면〉이 나온 후 몇 달 동안 세이디는 몹시 외로웠다. 그러나 사이먼과 앤트의 경우와는 달랐을 거라고, 세이디는 결론을 내렸다. 사이먼과 앤트는 둘 다 남자다. 만약 자신과 샘이 연인이었다면, 사람들은 분명 자신을 한 사람의 오롯한 아티스트가 아니라 샘의 내조자로 봤을 것이다. 그러잖아도 이미 많은 사람들이 세이디를 그렇게 보고 있었다.

〈카운터파트 하이〉가 세이디의 엔진을 이용해서 제작됐기 때문에 세이디는 게임 개발에 상당히 깊숙이 관여했고, 사이먼과 앤트는 세이디를 멘토로 여겼다. 세이디는 애들에게 조언을 해주는 게 즐거웠지만 그런 방식으로 베푸는 건 색다른 경험이었고, 자신의 것이 아닌 작품에 시간과 노력을 쏟는 일은 익숙지 않았다. 세이디는 새삼 도브에게 고마운 마음이 들었다―딴 건 몰라도 도브는 언제나 본인의 지식과 시간을 기꺼이 나눠주었고, 실로 훌륭한 선생이었다. 〈세계의 양면〉이 실패하자 세상이 정말 고요해졌다. 그 시기에 세이디에게 연락한 극소수 중 한 명이 도브였고, 세이디는 도브에게 답 전화를 해야 했다. 마크스가 전화를 쓰고 있어서 세이디는 샘의 방으로 갔다.

"나의 총명한 제자로군! 캘리포니아 지역번호가 뜨길래 너였으면 했지."

도브는 현재 자신이 하는 일들에 대해 잠시 얘기했다. 새로운 게임을 개발중이며, 실리콘밸리의 한 AI회사에 컨설팅을 해주고 있다. 도브는 세이디에게 무슨 일을 하는지 물었고, 세이디는 사이먼과 앤트를 위해 프로듀싱을 맡고 있다면서 〈CPH〉가 얼마나 인기 있는지 간략히 얘기했다. "마크스의 공이야," 세이디가 말했다. "그리고 그보단 덜하지만 샘의 공도 있지. 둘 다 캘리포니아로 옮겨온 것을 기회삼아 다른 게임들도 이것저것 제작하고 싶어했으니까. 어쩌면 둘은 〈세계의 양면〉이 폭망할 줄 일찌감치 알았으려나? 현재 언페어가 제작중이거나 후반작업중인 작품은 일곱 개쯤 돼."

"그리고 그중 다수가 네 엔진을 사용하고 있고, 그치?"

"몇 개쯤은. 최소한 어딘가엔 잘 써먹고 있지." 세이디는 잠시 머뭇거리다 물었다. "〈이치고〉가 막 인기를 얻어 잘나가기 시작했을 때 질투나지 않았어?"

"아니." 도브가 말했다.

"요만큼도?"

"난 너를 내 자신의 확장으로 봤어. 내 자아는 꽤 비대하거든. 너의 성취는 곧 나의 성취였단다. 이렇게 말하면 너는 날 괴물 취급하겠지만."

"당신은 애인으론 쓰레기였어―"

"고맙다. 틀린 말은 아니지."

"하지만 선생으론 훌륭했어. 오늘 그 생각이 나서 전화한 거야. 당신이 내 작업을 진지하게 받아들여주기 전까진 아무도 그러지 않았으니까."

"난 그냥 너랑 섹스가 하고 싶었다."

"아 좀 그만해!"

"농담인데, 하여간. 넌 아주 비범한 아이야. 너도 알지."

세이디는 잠시 말이 없었다. 샘의 선반을 쳐다봤고, 그곳은 가히 이치고의 역사와 굿즈의 박물관이라 할 만했다. 이치고 모자, 책, 만화책, 컬러링북, 티셔츠, 피규어, 종이인형, 봉제인형, 접시, 밥솥, 쿠키통, 코스튬, 휴대용 게임, 보드게임, 보블헤드 인형, 이불, 비치 타월, 토트백, 입욕제, 찻주전자, 북엔드, 그 외 기타 등등. 이치고를 갖다붙이지 못하는 제품은 세상에 없었다. "하나만 조언을 구하고 싶어." 세이디가 말했다.

"얼마든지."

"실패를 어떻게 극복해?"

"네 말은 대중적 실패를 뜻하는 거겠지. 개인적으로는 우리 모두 실패를 하니까. 가령 내가 너랑 잘해보려다 실패했다. 그런다고 누가 거기에 대해 온라인 리뷰를 올리진 않아, 네가 올리지 않는 한. 나는 아내와 아들한테 실패자야. 날마다 나는 작업에서 실패해, 하지만 실패하지 않을 때까지 계속 그 문제를 고민하지. 그런데 대중적 실패는 다르지, 맞아."

"그래서, 난 어떻게 하면 돼?" 세이디가 말했다.

"다시 일하는 거야. 실패가 네게 준 조용한 시간을 기회로 삼아야지. 너한테 신경쓰는 사람은 아무도 없다는 걸 생각해, 컴퓨터 앞에 앉아서 또다른 게임을 개발하기에 완벽한 시간이잖아. 다시 시도해. 그리고 더 멋지게 실패해."

"〈세계의 양면〉보다 더 좋은 게임이 내 안에 있을지 모르겠어. 다시 그렇게 나를 드러낼 수 있을지 모르겠어." 세이디가 말했다.

"모르긴, 넌 할 수 있어. 난 너를 믿는다. 그리고 넌 실패하지 않아, 세이디. 네 게임은 실패했지, 그래. 하지만 좀전에 네가 나한테 그랬잖아, 네 회사는 탄탄대로를 달리고 있다고. 너의 기술과, 너의 올바른 판단력과, 너의 노고 위에 지어진 회사야. 그걸 명심해."

세이디는 물렁한 이치고 스트레스볼을 집어들고 이치고가 손바닥 안에 파묻힐 때까지 꽉 움켜쥐었다.

"누구 만나는 사람 있어?" 도브가 지나가듯 물었다. "그 거창한 이름의 밴드에 있던 녀석은?"

"도브, 그건 백만 년 전 얘기야. 아베 로켓하곤 오래전에 연락 끊겼어." 세이디가 말했다.

"아베 로켓이라니, 구리군. 그럼 그 밖에 새 소식은? 맨날 게임만 하고 놀지를 않으면 안 되지."

내가 뭘 하고 살았더라? 남의 게임 개발 작업. 몽환 개선 작업. 관심 없는 일들에 대한 끝없는 회의. 주말에는 (거의) 어마어마한 양의 마리화나 피우기. 〈그랜드 테프트 오토〉〈하프 라이프〉〈마리오 카트〉〈파이널 판타지〉 게임하기. '해리 포터' 시리즈나, 오프라 윈프리가 세이디의 엄마에게 추천한 책 아무거나 읽기. 한창 근무중이어야 할 오후시간에 몰래 회사를 빠져나가 할머니와 영화 보기―프리다는 '비운의 이교도 금발 아가씨들'이 소소한 재난을 겪는 로맨틱 코미디를 좋아했다. 어느 품종의 개를 키울까 고민하다가 결국 아무것도 안 하기. 예전 라이벌들, 〈세계의 양면〉과 같은 시기에 출시된 게임들 검색하기. 자기 게임에 대한 온라인 리뷰 읽기(그러면서 안 읽는다고 우기기). 대체로, 강박적으로 상처를 핥고 보듬기. 이 표현의 역설적 쓰임이 참 이상하다고 세이디는 생각했다. 상처를 핥으면 덧나기만 할 뿐이다. 안 그런가? 입은 박테리아의 온상지다. 하지만 인간은 제 참상과 주검의 맛에 쉽게 중독되기 마련이다. "언니가 곧 결혼해." 세이디는 이치고 스트레스볼을 원래 크기로 풀어줬다.

닥터 앨리스 그린은 심장내과 전공의 마지막 연차였고, 우연이 아니게도 소아혈액종양학과 전문의와 결혼할 예정이었다. 앨리스는 세이디를 신부 들러리로 지명했고, 그 결과 두 자매는 어릴 때 이후로 간만에 함께 많은 시간을 보냈다. 결혼 준비의 현실적인 과정은 지루했지만 나름 기분전환도 됐고 앨리스와 같이 있는 시간은 즐거웠다.

지난주에는 베벌리힐스의 문구점에 가서 옥스퍼드 영어사전 두께만한 청첩장 샘플 바인더를 구경했다.

"흰색에도 참 종류가 많구나." 앨리스가 말했다.

"그래도 이거 봐, 참 근사하다." 세이디가 말했다.

"다른 것들에 비해 너무 튀는데. 아니 이 많은 것들 중에 어떻게 고르지?"

그럼에도 자매는 청첩장을 하나 고르는 데 기어이 성공했고, 일을 끝낸 보상으로 프리다가 제일 좋아하는 이탈리아 레스토랑에 가서 점심을 먹었다.

"아 맞다! 그 얘기 하려고 했는데! 나 네 게임 해봤어!" 앨리스가 말했다.

"이야 감동인걸. 그럴 시간이 어디서 나서?"

"내 동생이 만든 게임인데 당연히 시간을 내야지." 앨리스가 잠시 틈을 두었다가 입을 열었다. "그 게임 줄거리를 들었을 때, 사실 내 마음에 들지 어떨지 잘 모르겠더라고. 근데 정말 좋았어, 세이디. 그 캐릭터에 내 이름을 붙여줘서 영광이야. 특히 메이플타운 부분이 아주 좋았어. 게임을 해보고 나서야 그 시절 내가 겪었던 일들을 네가 참 많이 이해하고 있었구나 하는 생각이 들데. 난 네가 항공우주캠프에 못 가서, 또 엄마 아빠가 2년 동안 널 사실상 방치하다시피해서 억울해하는 줄로만 알았지."

"분명히 말하자면, 난 억울해했어. 항공우주캠프에 못 간 건 영원히 아쉬워할 거야. 근데 언니, 메이플타운은 전부 샘의 작품이야. 난 거의 관여를 안 했어."

"설마 그럴 리가."

"솔직히 말해서 샘이 다 했어. 샘이 메이플타운을 만들었어. 난 마이어 랜딩을 만들었고."

"그럼, 메인 캐릭터를 앨리스로 하자는 건 누구 아이디어야?"

"솔직히 기억이 안 나, 하지만 아마 샘이었을걸."

"난 그 게임 전체가 다 좋았어, 진짜로." 앨리스가 말했다.

"고마워."

"난 네가 정말 자랑스러워." 앨리스가 테이블 너머로 손을 뻗어 세이디의 손을 꼭 잡았다. "근데 앨리스 마가 자기 장례식 꿈을 꿀 때 말이야, 묘지의 비석에 '이질에 걸려 사망했다'라고 써 있잖아. 그건 네가 나 보라고 써놓은 거지? 그건 우리 사이의 농담이잖아."

"아니. 그것도 샘이야. 사실대로 말하자면, 샘이 멋대로 그 농담을 가져다 썼다고 봐야지."

"뭐, 샘에게 내 찬사를 전해줘." 앨리스가 식사비를 지불하면서 말했다. 세이디가 훨씬 잘 버는데도 앨리스는 늘 자기가 내겠다고 고집했다. "샘도 결혼식에 초대해야겠지?"

마이어 랜딩보다 메이플타운을 좋아한 사람은 앨리스만이 아니었다. 온라인 게시판에 올라오는 언페어 게임에 대한 모든 글을 유심히 지켜보는 마크스는, 몇몇 게이머 그룹이 마이어 랜딩 부분은 피하고 오로지 메이플타운 부분만 갈 수 있는 데까지 최대한 많이 플레이하고 있다는 사실을 발견했다. 그들은 자신들을 메이플타우니라고 불렀다. 게임 평론가들은 대체로 마이어 랜딩을 선호했지만, 게이머들은 샘의 작품을 두 팔 벌려 안았다. 마크스는 이런 현상을 세이디와 한마디도 상의하지 않았다—물론 세이디는 이미 다 알고 있었다.

2

도쿄행 비행기표를 예매했을 때 마크스는 조이와 같이 갈 계획이었다. 그러나 출발 두 주 전에 조이가 이탈리아에서 오페라를 공부할 수 있는 연구장학생으로 선정됐다. 조이는 그 장학금의 수혜자가 원래는 자신이 아니었다고 했고, 그래서 캘리포니아 생활을 정리할 시간도 별로 없이 급작스럽게 떠나야 했다. 두 사람의 도쿄 여행 역시 무산됐다.

집에서 공항까지 차로 20분 거리임을 감안하면 마크스는 조이를 공항에 데려다주러 상당히 일찍 출발한 셈이었지만, 절반쯤 가서 고속도로가 아예 주차장이 되어버렸다.

"고속도로를 벗어날까?" 마크스가 물었다.

"풀리겠지. 우리 시간 많잖아." 조이가 말했다.

"그치, 시간 많지." 마크스가 맞장구쳤다.

이후 5분 동안 두 사람은 그 말을 주거니 받거니 토스했다.

"우린 시간 많아."

"우린 시간 많지."

10분 동안 그러고 있다가 그 문장을 얼마나 자주 반복하고 있었는지 깨달은 두 사람은 본격적으로 농담을 하기 시작했다.

"시간이 너무 많네."

"많아도 너무 많지. 끝없이 펼쳐진 남는 시간 동안 뭘 해야 할지 모르겠네."

"너무 많이 남아서 넌 공항 한가운데서 마사지를 받는 사람들 중 한 명이 될 거야."

"공항에 전시된 미술품도 둘러볼 거야."

"다른 터미널에 가볼 시간도 될걸."

"한 군데뿐이겠어? 그 관광용 셔틀버스를 타고 모든 터미널에 다 가볼 거야." 느닷없이 조이가 울음을 터뜨렸다.

"왜 그래?" 마크스가 말했다.

"긴장해서." 조이가 손사래를 쳤다. "갑자기 떠나게 돼서 스트레스 받았나봐."

마크스가 조이의 손을 꼭 잡았다.

"고속도로를 벗어날게. 더 빨리 공항에 도착할 수 있을 거야." 마크스는 차선을 변경했다.

"그냥 가던 대로 가자. 아래 도로 사정이 더 나쁠 수도 있고, 어차피 거의 다 왔잖아. 그렇게 오래 걸리진 않겠지. 차선을 바꿔봤자 별 차이 없다고 다들 그러잖아? 차선을 바꾸든 말든 시간은 똑같이 걸릴 거야." 조이가 말했다.

"난 차선을 바꾸는 게 아냐. 경로를 다시 찾은 거지. 내가 틀렸어도 우린 아직 시간 많잖아." 마크스가 다시 차선을 변경했다. "눈 깜짝할 새 넌 제1터미널에서 페디큐어를 받고 있을 거야."

"슈거 프레첼을 먹고 스타벅스에서 줄 서 있을 거야."

"공기주입식 베개와 스노글로브를 사고 있을 거야."

"우리 헤어져야 할 것 같아." 조이가 말했다.

조이가 그 말을 해버린 순간, 마크스는 지난 몇 달간 두 사람 사이에 맴돌던 묘한 기운이 대단원을 맞이했음을 알았다. 〈세계의 양면〉이 출시된 후, 일상에서 사소한 충돌이 계속 이어졌다. 조이는 마크스가 회사에서 너무 많은 시간을 보낸다고 비난했는데, 그전까지만 해도 전혀 개의치 않던 문제였다. 조이는 마크스가 자신보다 샘을 더 사랑한다고 비난했다. (세이디는 언급하지 않았다.) 조이는 마크스에게 부르주아라며 목청을 높였다—덴마크 가구와 와인 등급에 지나치게 신경쓴다는 게 이유였다. (식탁을 구매하는 데 시간을 좀 들이긴 했지만 와인의 경우엔 부당하게 느껴졌다—마크스는 맥주를 더 좋아했다.) 갑자기 조이는 캘리포니아를 증오하는 것 같았고, 알레르기와 납작한 사람들과 형편없는 극장에 불만을 토로했다. 그러다가, 시작됐을 때와 마찬가지로 돌연 다툼이 뚝 그쳤다. 한 달 후, 조이는 마크스에게 이탈리아의 오페라 연구장학금에 대해 통보했다. 놓치기엔 너무 아까운 기회라고 했다.

"넌 나를 사랑하지 않아." 조이가 말했다.

"조이, 당연히 난 너를 사랑해."

"하지만 충분히 사랑하진 않지."

"충분한 게 뭔데?" 마크스가 물었다.

"충분하다는 건…… 이기적인 얘기겠지만, 난 내가 받은 사랑보다 더 많은 사랑을 주는 게 싫어. 나보다 다른 것을 혹은 다른 사람을 더 많이 사랑하는 사람과 같이 있고 싶지도 않고."

"왜 이렇게 알쏭달쏭하게 얘기해? 무슨 얘긴지 똑바로 말해줘. 만약 네가 나도 모르는 뭔가를 알고 있다면, 그게 뭔지 듣고 싶어. 그리고 난 우리가 함께하는 삶이 좋아, 조이. 어째서 그걸 몽땅 잿더미로 만들려는 거야?"

"뭐랄까," 조이는 눈가를 소매로 닦고 뭔가 결심한 듯 턱을 치켜들었다. "내 잘못이야. 험한 꼴 보지 말자. 우린 좋은 시간을 함께 보냈어, 그치? 내가 이탈리아로 가는 건 자연스러운 휴지기고, 만약 그 끝이 영구한 이별이라면 그땐……"

결국 공항에 도착하기까지 평소보다 네 배 더 오래 걸렸지만 어쨌든 조이는 무사히 비행기 시간에 맞춰 갔다. 이번이 마크스에겐 누군가와 진정으로 헤어진 첫 경험이었다. 엄청난 타격을 받고 무참히 무너질 줄 알았는데, 마크스가 느낀 것은 안도감이었다. 어쩌다보니 이 연애는 지금까지의 연애 중 가장 오래 지속됐다. 사실 마크스는 이 관계를 끝낼 이유를 알지 못했다. 퇴근 후 둘이 같이 사는 집으로 돌아와 조이가 알몸으로 새로운 악기를 연주하는 모습을 보는 데 싫증난 적은 한 번도 없었다. 어느 면으로 봐도 끝내주는 조이를 놔두고 다른 누군가를 조이보다 더 깊이 사랑할 수도 있다는 막연한 기대만으로 왜 멀쩡히 잘 돌아가는 관계를 끝냈단 말인가? 마크스의 인격 성장 과정에 있어 낯설고 기이한 순간이었다. 그는 더이상 뷔페에서 모든 것을 맛보고 싶어하는 소년이 아니었고, 조이와 끝내려 해본 적 없다는 사실을 성숙의 징후로 받아들였다. 그러나 마크스는 자신의 과거 연애 편력을 대수롭지 않게 여김으로써 안정적인 연애 관계를 유지하는 요인을 간과했다.

단순히 가족을 만나러 가는 것뿐이었다면 일본 여행을 취소했겠지만 사업상 미팅 일정이 잡혀 있었다. 마크스는 먼저 샘에게 같이 가겠냐고 물었다. 샘은 집을 떠나기 싫다고 했고, 캘리포니아로 옮겨온 후 샘은 그 모드가 디폴트였다. 샘이 거절하자 마크스는 세이디에게 물었다. 세이디도 처음엔 거절하려 했지만 문득 이런 생각이 들었다, 안 갈 이유가 있나? 세이디와 샘의 신작 게임은 아무런 진척이 없었고, 세이디는 일본에 가본 적이 한 번도 없었다. 마크스는 언페어의 창작기획팀 일원이 회의에 참석하면 도움이 될 거라고 생각했다. 인기 애니메이션 시리즈 〈오사카 고스트 스쿨〉의 게임화 건으로 모리카미 퍼블리싱과 언페어의 협업 가능성을 타진해보는 자리였다. 모리카미측은 미국 파트너와 제휴하는 데 관심이 많았고, 언페어가 〈이치고〉를 통해 보여준 역량 덕분에 언페어에 우호적이었다. 그들은 〈이치고〉를 동서양이 유쾌하게 어우러진 작품으로 평가했다.

도쿄에 도착한 마크스와 세이디는 둘 다 시차에 적응하지 못했다. 두 사람은 두세 시간쯤 자고 일어나 고요한 새벽시간을 각자 일하면서 보냈고, 그들에게 일이라는 건 종종 게임을 의미했다.

크리스마스 때 세이디는 사이먼과 앤트에게서 닌텐도 게임보이를 선물로 받았었다. 그동안 시간이 없어서 못해본 게임보이를 도쿄로 가면서 처음 해봤고, 그 첫 게임이 〈하베스트 문〉이었다. 〈하베스트 문〉은 농사 짓기 롤플레잉 게임이다. 농부가 되어 곡물을 키우고 배우자를 구하고 동네 사람들과 친목을 쌓는다. 〈하베스트 문〉이 농사 게임의 효시는 아닐지 몰라도 어쨌든 초기작 중 하나였다. 그 단순함에 세이디는 문득 자신과 앨리스가 〈오리건 트레일〉을 좋아했던 이유가 떠오르면서 회상에 잠겼다. 〈하베스트 문〉은 다정하고 평화로웠다. 〈데드 시〉 같은 게임과 정반대였다―나쁜 일 따위 절대 일어나지 않는 보호구역이었다.

같은 층의 복도 저쪽 호텔방에서 마크스는 랩톱으로 〈에버퀘스트〉를 플레이하고 있었다. 〈에버퀘스트〉는 다중접속 온라인 롤플레잉 게임으로, 이 장르는 보통 MMORPG라는 덩치 큰 약어로 알려져 있다. 〈에버퀘스트〉는 〈던전 앤 드래곤〉의 변형이며, 〈D&D〉와 마찬가지로 캐릭터 키우기에 초점이 맞춰져 있다. 마크스는 자신의 아바타인 하프엘프 시인 헬라 베헤못을 꾸미는 데 남들 앞에서 인정하기 민망할 정도로 많은 시간을 썼다. 샘과 〈D&D〉를 하던 시절이 생각나기도 했지만, 그 게임을 하는 주된 이유가 향수 때문만은 아니었다. 마크스는 〈에버퀘스트〉가 3D 그래픽 엔진을 활용한 첫번째 MMORPG여서 흥미가 있었고 〈카운터파트 하이〉의 차기작에도 온라인 요소를 넣었으면 하던 차였다.

오전 다섯시쯤(여전히 아침을 먹으러 가기엔 너무 이른 시각이었다) 세이디가 마크스의 호텔방 문을 두드렸다. 마크스가 네시 사십오분에 〈CPH 2〉에 관한 전체 이메일을 보내서 세이디는 마크스가 깨어 있음을 알았다. "〈하베스트 문〉 해봤어? 우리가 만드는 종류의 게임은 아니지만 되게 중독성 있더라고."

마크스와 세이디는 기기를 맞바꿨다. "너를 믿고 헬라 베헤못을 맡긴다." 마크스가 말했다. 세이디는 침대 위에 마크스와 나란히 앉았다. 두 사람은 조식 식당이 문을 열 때까지 거의 한 시간쯤 사이좋게 게임을 했다. 오전 여섯시였고, 도시는 여전히 잠들어 있었고, 들리는 소리라곤 이따금 둘 중 한 사람의 위장이 꾸르륵거리는 소리뿐이었다.

조식을 먹으러 간 세이디와 마크스는 접시에 음식을 푸지게 퍼담아 식당 조용한 구석으로 가져가 먹었다.

두 사람은 모리카미에서 오퍼를 준다는 가정하에 〈오사카 고스트 스쿨〉이 세이디와 샘이 하고 싶어하는 작품인가에 대해 얘기를 나눴다. "어쩌면? 근데 사이먼과 앤트가 더 잘하지 않겠어? 고등학교는 걔네들 전문이잖아." 세이디가 말했다.

"글쎄, 사이먼과 앤트는 바빠서." 마크스가 점잖게 말했다.

세이디는 쓸쓸하게 웃었다. "이젠 우리가 B팀이라는 걸 샘이 알려나 모르겠다."

"절대 모를걸." 마크스가 말했다.

두 사람은 조이 얘기를 나눴다.

"심장이 무참하게 무너졌어?" 세이디가 물었다.

"네가 생각하는 만큼 많이는 아니고." 마크스가 말했다.

"난 무너졌는데. 조이는 나의 로스앤젤레스 베프였어." 세이디가 말했다.

두 사람은 〈세계의 양면〉 얘기를 나눴다.

"너야말로 무참하게 무너졌어?" 마크스가 말했다.

"'네가 생각하는 만큼 많이는 아니'라고 말하고 싶지만. 너처럼 무덤덤했으면 좋겠는데." 세이디는 잠시 입을 다물었다가 다시 열었다. "무참하게 무너졌지, 하지만 그보다 부끄러운 감정이 더 커. 너랑 샘이랑 모두를 이끌고 나를 따르라며 게임 개발을 강행했는데. 난 티끌만큼도 의심하지 않았거든. 그게 통할 거라고 철석같이 믿어 의심치 않았어. 꼭 타이태닉호를 만든 사람이 된 기분이야."

"넌 선박 설계자 토머스 앤드루스 주니어가 아니야."

"난 선박 설계자 토머스 앤드루스 주니어 맞아."

세이디와 마크스는 웃음을 터뜨렸다.

"〈세계의 양면〉은 타이태닉호가 아니야. 〈세계의 양면〉을 플레이하다가 죽은 사람은 없어." 마크스가 말했다.

"그저 내 영혼만. 약간." 세이디가 말했다. "제일 큰 문제는 내가 나 자신을 더이상 믿지 못한다는 거야. 내 직감이 옳은지 확신을 못하겠어."

마크스는 식탁 너머로 손을 뻗어 세이디의 손 위에 포갰다. "세이디, 내가 장담해. 네 직감은 옳아."

일본 여행 둘째 날 저녁, 두 사람은 마크스의 아버지와 함께 일본 전통 가무극인 노를 보러 갔다. 노 극장은 와타나베 상의 아이디어였다―일본인들이 귀한 외국인 손님을 모실 때 주로 가는 곳이었다. 공연에 영문 대본이 있었지만 세이디는 극이 시작되기도 전에 대본을 잃어버렸고, 극의 내용을 제대로 따라가지 못해

헤맸다. 세이디는 노의 관습도 일본어도 이해하지 못했다. 마크스가 이따금 시 같기도 하고 암호 같기도 한 코멘터리를 세이디의 귓가에 속삭였다. "금지된 곳에서 물고기를 낚았다는 이유로 죽임을 당한 어부가 유령이 되어 나타난다"라든가 "북소리가 그치고 정원사가 목숨을 끊는다"라든가.

아예 이해를 포기해버리자 마크스의 코멘터리와 공연 자체로 즐거워졌다. 극장은 따뜻했고 옻칠냄새와 인센스 향 때문에 꿈속에 있는 것 같았다. 아직 시차에 완전히 적응하지 못한데다 하루 종일 회의하느라 피곤했던 터라 깨어 있는 것만으로도 수고로웠다. 눈이 자꾸 감기려 했지만, 무례한 백인이 되고 싶지 않아서 스스로를 단호히 깨웠다.

공연이 끝난 후 마크스의 아버지와 함께 근처 덴푸라집에서 저녁을 먹었다. 몇 년 전 마크스의 〈십이야〉 공연을 축하하는 저녁 식사 때 본 이후 처음으로 같이 식사하는 자리였다.

와타나베 상과 세이디는 선물을 교환했다. 세이디는 〈이치고 II〉의 일본 출시 기념으로 일본 유통사에서 제작한 이치고 나무 젓가락 한 벌을 선물로 가져왔다.

그에 대한 답례로 와타나베 상은 가쓰시카 오에이의 〈밤 벚꽃〉이 프린트된 실크 스카프를 세이디에게 선물했다. 그림은 석판에 시를 쓰는 여인을 전경에 묘사하고 있다. 표제인 벚꽃은 배경에 있고, 몇 송이를 제외하곤 모두 깊은 어둠에 잠겨 있다. 제목에도 불구하고 벚꽃은 주요 소재가 아니다. 이것은 창작 과정에 대한 그림이다―고독, 그리고 예술가가, 특히 여성 예술가가 지워지기를 기대하는 방식. 여인의 석판은 텅 빈 백지 상태로 보인다.

"호쿠사이가 너에게 영감을 주었다는 걸 알고 있다." 와타나베 상이 말했다. "이건 호쿠사이의 딸이 그린 그림이야. 오에이의 그림은 몇 점밖에 남아 있지 않지만 아버지보다 훨씬 낫다고 생각한다."

"감사합니다." 세이디가 말했다.

헤어질 때 와타나베 상은 세이디에게 허리를 깊이 숙여 인사했다. "고맙다. 세이디. 너와 샘이 아니었다면 마크스는 배우가 됐을 거야."

"마크스는 멋진 배우였어요." 세이디가 옹호했다.

"마크스는 지금 하고 있는 일을 더 잘해." 와타나베 상은 주장을 꺾지 않았다.

세이디와 마크스는 택시를 타고 호텔로 돌아왔다. "너희 아버지가 한 말이 신경쓰여?" 세이디가 물었다.

"아니. 난 학생 배우로서 연극을 사랑했고 거기에 내 모든 것을 바쳤어. 지금은 배우가 아니지만 만약 내가 직업 배우가 됐다면 어차피 그 사랑에서 벗어났을 거야. 일생이라는 긴 시간 동안 계속 똑같은 일을 하지 않는다는 건 슬픔이 아니라 기쁨이지." 마크스가 말했다.

"지금 내가 게임 개발을 그만둬야 한다는 얘기야?"

"아니, 넌 빠져나오기 글렀어. 넌 영원히 게임을 만들 거야."

여행 셋째 날, 회의에 가기 전 아침 일찍 마크스는 세이디를 데리고 네즈 신사에 갔다. 네즈 신사에는 방문객들이 지나갈 수 있는 빨간 도리이 터널이 있었다. 세이디는 도리이 아래로 지나가는 게 무슨 의미냐고 물었고, 마크스는 일본 신도에서는 도리이가 속세에서 신성한 공간으로 넘어가는 문을 상징한다고 설명했다. 하지만 마크스도 신도가 아니라서 다 알지는 못했다. "십대 때, 풀리지 않는 문제나 고민이 있으면 여기 오곤 했어."

"무슨 고민?" 세이디가 말했다.

"아, 청소년기의 흔한 불안이지. 아무도 나를 이해하지 못하는 것 같았거든. 난 온전한 일본인이 아니었고, 그렇다고 다른 뭣도 아니었으니까."

"가엾어라."

"너무 빨리 지나가지 마." 마크스가 주의를 주었다. "천천히 지나가야 잘 풀리더라고, 나는."

하나 또 하나 또 하나씩, 세이디는 문들 아래로 걸었다. 처음엔 아무 느낌이 없다가, 계속 앞으로 나아가다보니 가슴이 탁 트이며 새롭게 공간이 확장되는 기분이 들기 시작했다. 도리이가 무엇인지 깨달음이 왔다. 그것은 한 공간을 떠나 다른 공간으로 들어가는 상징이었다.

세이디는 또하나의 문을 지났다.

문득 이런 생각이 들었다. 세이디는 〈이치고〉 이후 자신은 결코 실패하지 않을 거라고 생각했다. 종착지에 다 왔다고 생각했다. 그러나 인생은 끊임없이 다다르는 것이다. 지나야 할 또다른 문이 어김없이 있다. (물론, 더이상 없을 때까지.)

세이디는 또하나의 문을 지났다.

그나저나 문이란 건 뭐지?

출입구, 라고 세이디는 생각했다. 포털. 다른 세계의 가능성. 문을 지나며 이전보다 더 나은 자신을 재창조할 수 있는 가능성.

도리이 길의 끝에 다다를 즈음 세이디는 문제가 풀렸다는 느낌이 들었다. 〈세계의 양면〉은 실패했지만, 그게 꼭 끝이어야 할 필요는 없다. 그 게임은 길게 늘어선 문 사이마다 있는 여러 공간들 중 하나였다.

마크스가 기다리고 있었고, 빙그레 웃고 있었다. 길이 끝나는 지점에서 그는 양팔을 약간 벌리고 서 있었다. 마크스가 기다리고 있다니 이 얼마나 근사한가. 그는 함께 여행하기에 완벽한 길동무였다.

"고맙습니다." 세이디는 마크스에게 고개를 살짝 숙여 보였다.

여행 다섯째 날, 두 사람은 마크스의 어머니 집에서 함께 저녁을 먹었다. 마크스의 부모는 이혼한 건 아니었지만 따로 살았다. 마크스의 어머니는 텍스타일 디자이너이자 교수였다. 아주 짧게 자른 단발머리에 세련되고 대담한 무늬의 벙벙한 면 드레스를 입었고, 그 드레스의 폴카도트 프린트는 뒤에 있는 커튼의 무늬와 정확히 일치했다.

미시즈 와타나베는 세이디를 마크스의 오랜 여자친구로 착각하고 둘이 결혼을 앞두고 있다고 생각했다. "아냐, 엄마, 얘는 조이가 아니라 세이디예요. 세이디와 난 공동사업자야."

마크스의 어머니는 한참 동안 세이디를 바라보더니 이윽고 입을 열었다. "진짜야, 확실해?"

마크스가 말했다. "세이디한테 나는 너무 바보예요, 엄마."

"그건 사실이죠. 마크스가 귀엽긴 한데 애가 좀 얄팍해요." 세이디가 말했다.

식탁 밑에서 세이디는 마크스의 손을 힘주어 꽉 잡았다.

그러나 미시즈 와타나베는 집요했다. "넌 남자친구 있니, 세이디?"

"아뇨, 현재로선." 세이디가 시인했다.

"마크스 너 세이디한테 데이트 신청해라. 기회의 창이 닫힐지도 몰라."

"미국에서는요, 동료랑 연애하는 건 눈살 찌푸려지는 일이야, 엄마."

"나도 미국인이야. 그건 나도 알아." 미시즈 와타나베가 말했다. "하지만 세이디가 사장이잖아? 세이디가 괜찮다고 하면 괜찮은 거지. 너희 둘은 예쁜 한쌍이 될 거야."

"와타나베 부인," 세이디가 화제를 돌렸다. "텍스타일 디자인을 가르치신다고 들었습니다. 그 얘기가 듣고 싶어요, 궁금하네요."

미시즈 와타나베는 핸드 페인팅과 퀼팅, 손으로 직접 직물을 짜는 기예를 사랑했지만, 그런 기법들은 저물어가는 예술이라며 안타까워했다. "컴퓨터가 모든 걸 너무 쉽게 만들었지." 미시즈 와타나베가 한숨을 내쉬며 말했다. "화면만 보며 아주 빠르게 디자인하고, 어딘가 먼 나라의 창고형 공장에서 거대한 산업용 프린터로 찍어내고, 디자이너는 그 어느 단계에서도 직물 한 폭 만져보지 않고 염료로 손이 더러워질 일도 없어. 컴퓨터는 실험을 하기엔 상당히 좋지만 깊은 생각을 하기엔 아주 나빠."

"엄마, 세이디랑 내가 컴퓨터 쪽에서 일한다는 건 알죠?"

"위대한 텍스타일은, 가령 윌리엄 모리스의 '딸기 도둑'처럼 말이야, 하나의 예술작품이야. 그 한 점의 예술품을 얻기 위해서는 오랜 시간이 필요해. 그건 단순히 디자인이 아니야. 직물을 이해하고, 그 직물이 무엇을 품을 수 있는지 알아야 돼. 염색의 공정, 특정 색상을 발색하는 법, 그리고 그 색이 세월을 이겨내며 버티도록 만드는 방법을 알아야 하지. 그러다 중간에 뭐가 잘못되면 처음부터 다 다시 해야 해."

"제가 딸기 도둑이 뭔지 모르는 것 같은데요." 세이디가 말했다.

"잠깐만." 미시즈 와타나베가 안방으로 들어가더니 딸기 도둑 복제품을 씌운 조그만 발 받침대를 들고 나왔다. 정원의 새와 딸기를 묘사한 그 그림은 비록 제목은 몰랐지만 세이디에게도 익숙한 디자인이었다.

"이건 윌리엄 모리스의 정원이야. 이건 모리스의 정원에 있는 딸기지. 이 새도 모리스가 아는 새야. 쪽빛 염색 기법에 빨강과 노랑을 사용한 디자이너는 모리스 이전엔 없었어. 이 색상들을 제대로 구현하기 위해서 모리스는 분명 몇 번이고 처음부터 다시 시작해야 했을 거야. 이 원단도 그냥 원단이 아니야. 이건 실패와 인내에 대한 이야기고, 장인의 수련과 예술가의 삶에 대한 이야기지."

세이디는 받침대의 두툼한 면직물을 어루만졌다.

이튿날 새벽, 마크스가 세이디의 호텔방 문을 두드렸다. "나한
테 생각이 하나 떠올랐는데." 마크스가 말했다.

세이디는 그 생각이 섹스이길 바라는 자신에게 경악했다. 알고
보니 일 얘기였다.

"딸기 도둑에 관한 꿈을 꿨거든. 악몽이라고 봐야겠지." 마크
스가 이야기를 시작했다. 꿈에서 그는 다시 어머니의 아파트에
있었다. 어머니가 그 발 받침대를 가져오라고 해서 방에 들어가
보니 딸기 도둑의 디자인이 메이플타운 그림체로 바뀌어 있었다.
거실로 다시 나왔는데 그의 어머니도 메이플타운 그래픽 스타일
의 딸기 도둑 드레스를 입고 있는 것이었다. 그제서야 마크스는
아파트 전체가 메이플타운처럼 디지털 그림체가 됐음을 알아차
렸다. 그의 어머니는 사랑스러운 메이플타운 요정이었다. 어머니
의 머리 위로 말풍선이 떴다. 내 텍스타일에 대해 물어봐. 마크스가
말풍선을 무시하자 다음 것이 떴다. 윌리엄 모리스가 그의 가장 유
명한 프린트 텍스타일인 딸기 도둑에 맞는 염색 가공법을 알아내기 위해
백 번이 넘게 시도했다는 거 알아?

"그게 사실이야? 너희 어머니가 그런 말을 하신 기억은 없는
데." 세이디가 물었다.

"나도 몰라. 말풍선에 그렇게 써 있었어."

마크스는 다시 꿈 얘기를 이어나갔다. "난 바람 좀 쐬려고 부
엌으로 가서 창밖을 내다봤어. 부엌 창문 밖에 사람 크기만한 개
똥지빠귀가 딸기를 훔치고 있더라. 그 풍경이 꽤나 근사해서 기
분좋게 새를 지켜보고 있었어. 그러다 새랑 눈이 딱 마주쳤는데,

새 머리 위로 이런 말풍선이 떴어. 메이플타운을 온라인 롤플레잉 게임으로 만들려면 뭐가 필요한지 세이디한테 가서 물어봐. 그래서 이렇게 왔어. 꿈속의 거대한 새가 시킨 대로."

세이디는 마크스의 질문을 전체적으로 곰곰이 따져봤다. 마크스가 무슨 얘기를 하려는 건지는 굳이 듣지 않아도 알 수 있었다. 마이어 랜딩이라는 암을 도려낸다. 메이플타운을 무료로 풀고, 게임 내 추가 구입―캐릭터와 가구와 집기와 주택을 업그레이드하거나 확장팩을 이용할 때―을 통해 유지비(서버, 새로운 퀘스트와 레벨)를 확보한다. 사람들이 좋아하면 이 게임은 캐시 카우가 될 수 있다. 판타지 설정이 빠진 〈에버퀘스트〉가 될 수 있다. 시골 느낌이 덜하고 농사에 집중하지 않는 〈하베스트 문〉이 될 수 있다―그냥 미국의 쾌적한 소도시가 되는 거다. 샘이 기존에 만들어놓은 추억이 방울방울 샘솟는 아름다운 환경에서 유저들이 자신만의 캐릭터를 꾸미게 하자. 세이디는 이 전략의 장점이 똑똑히 보였다. 사람들이 세이디의 세계보다 샘의 세계를 좋아한다는 것은 알고 있었다. 문간에 서 있는 마크스를 보니, 그도 알고 있음이 분명했다. "특별히 필요한 건 없지. 어마어마한 작업량을 제외하면." 세이디가 말했다.

두 사람은 이후 몇 시간 동안 메이플타운의 재시동을 위해 갖가지 아이디어를 쏟아냈다. 그리고 새벽 네시쯤 캘리포니아에 있는 샘에게 전화를 걸었다. 마크스가 샘에게 그동안 논의한 결과를 자세히 설명했다.

샘은 한참 말이 없다가 입을 열었다. "그 아이디어 무척 마음에 들긴 하는데, 세이디 넌 괜찮아?"

"괜찮아. 마이어 랜딩은 오리지널 게임을 구매한 사람들에겐 그대로 존재할 테고, 어쨌든 메이플타운을 더 많은 사람들에게 선보일 수 있는 기회라고 생각해. 그게 잘 안 돼도 우리가 잃을 게 엄청난 시간과 돈밖에 더 있니."

샘이 웃음을 터뜨렸다. "해보자."

두 사람은 샘과 좀더 상의를 하고 전화를 끊었다. 또다시, 조식을 먹으러 내려가기엔 너무 이른 시각이었다. "배고파 죽겠다." 세이디가 말했다.

마크스는 호텔에서 조금만 걸어가면 있는 24시간 편의점에 세이디와 함께 가서 에그 샐러드와 치킨 크로켓, 딸기크림 샌드위치, 유부초밥, 로열 밀크티 2리터를 샀다. "내가 제일 좋아하는 것들이야." 마크스가 말했다. 두 사람은 샌드위치를 비롯한 먹거리를 들고 마크스의 호텔방으로 올라와 침대 위에 수건을 깔고 편의점 만찬을 펼쳤다.

태양이 도쿄 위로 솟고 있었다.

"이건 여태껏 먹어본 에그 샐러드 중 최고야." 세이디가 말했다.

"넌 행복하게 해주기 참 쉽다." 마크스는 세이디의 입가에 묻은 에그 샐러드 소스를 닦아주었다.

도쿄 여행 일곱째 날, 마크스는 고등학교 때 가장 친했던 친구 두 명과 이자카야에 갔다. 미도리는 혼혈 일본인이었고, 스완은 영국에서 태어난 일본인이었다. 늘 하던 대로 그들은 이자카야에서 기름진 전채 요리와 야키토리, 데운 사케를 신나게 먹어치우기 시작했다. 그 이자카야는 편안한 분위기의 동네 식당으로 고등학교 때부터 자주 가던 곳이었는데, 지금은 아버지 대신 아들이 가게를 이어받아 운영하고 있었다.

마크스가 세이디에게 같이 가겠냐고 물었다. 평소의 세이디라면 옛친구들끼리 만나는 그런 자리에 끼지 않았겠지만, 메이플타운 재시동 계획을 세운 후로는 마음이 좀 느긋해졌고 자축하고 싶은 기분도 들었다. 이자카야에 도착한 세이디는 마크스의 친구들도 미시즈 와타나베와 마찬가지로 자신을 마크스의 오랜 여자친구 조이로 착각하고 있음을 알게 되었다.

"아냐, 미안하지만 우린 그냥 같이 일하는 사이야." 세이디가 말했다.

"젠장. 마크스를 정착하게 만든 장본인을 드디어 만나보나 했는데." 미도리가 말했다.

"고등학교 때 마크스는 어땠는데?" 세이디가 물었다.

"뭐, 너는 쟤 여친이 아니라니까 말해도 되겠지." 스완이 말했다. "전교생이 마크스랑 데이트했어."

"그리고 마크스는 전교생이랑 데이트했고." 미도리가 깔깔거리며 말했다. 세이디는 자주 반복된 농담의 희극적 리듬을 알아차렸다.

"만약 쟤가 여자였다면 다들 걸레라고 했겠지만 쟨 그냥 종마였지." 미도리가 말했다.

"대학에서도 똑같았어. 새삼스러울 것도 없네. 너희 둘도 마크스랑 데이트한 적 있어?" 세이디가 물었다.

"딱 한 번 같이 학교 댄스파티에 간 적 있어. 데이트 상대로도 훌륭했지만 우린 그냥 친구 사이였어."

"그게 마크스의 결점을 상쇄하는 장점이지. 친구로도 꽤나 괜찮은 놈이라 아무도 쟤를 미워할 수가 없거든." 스완이 말했다.

"너도 쟤랑 데이트했어?" 미도리가 세이디에게 물었다.

"설마, 아냐. 마크스는 내 친구의 친구였어." 세이디가 말했다.

"세이디는 날 별로 안 좋아해. 아마 지금도 안 좋아할걸." 마크스가 말했다.

"세상에 누가 마크스를 안 좋아할 수 있지?" 스완이 말했다.

"쟤가 무슨 짓을 했는데?" 미도리가 물었다.

"오래전 얘기야. 여름방학 때 자기 아파트를 비워줄 테니 쓰라고 해놓고선 결국 들어와 살더라고." 세이디가 말했다.

"그래서 나를 싫어한 거였어? 결국 따져보면 내가 식언한 대가는 다 치른 것 같은데."

"글쎄, 난 너희 아버지랑 저녁을 같이 먹기 전까지 네가 〈이치고〉를 프로듀싱하게 될 거라는 것도 몰랐어. 샘이 나한테 한마디도 안 했거든."

"샘 그 자식." 마크스는 고개를 절레절레 젓더니 사케 잔을 들어올렸다. "샘을 위하여! 간파이!"

"샘을 위하여! 간파이!" 세이디와 미도리와 스완도 따라 외쳤다.

"근데 샘이 누구야?" 미도리가 깔깔거리며 말했다.

사케가 몇 순배 돌았고, 세이디도 취할 만큼은 아니었지만 속이 기분좋게 따스해질 만큼 마셨다.

미도리가 담배를 피우러 나갈 때 세이디도 같이 나갔다. "나 쟤 엄청 좋아했었다." 미도리가 말했다.

세이디는 무슨 말을 해야 할지 몰라 잠자코 고개만 끄덕였다.

"절대 절대 절대 마크스랑 자지 마. 무슨 일이 있어도 그건 하지 마." 미도리가 경고했다. "어느 순간이 되면 쟤는 저 눈빛과 저 머릿결로 널 그윽하게 바라볼 거고, 그럼 넌 쟤가 무해하다고 생각하게 될 거야. 섹시하네, 쟤랑 자야겠어, 하고"

"마크스를 알고 지낸 지 6년째인데 설마 그런 일이 생기겠어." 세이디가 말했다.

오, 그러나 세이디 그린은 게이머였다! 게임에서는 어떤 문을 열지 말라는 경고가 나오면 반드시 그 문을 열고야 만다. 만약 잘되지 않으면, 언제든 세이브 포인트로 되돌아가 다시 시작하면 그만이다.

세이디와 마크스는 택시를 타고 호텔로 돌아와서 엘리베이터를 타고 그들 방이 있는 20층에 올라왔다. 세이디를 방까지 데려다주면서 마크스는 스물이 의미 있는 숫자라고, 일본에서는 스무 살이 되면 (열여덟이나 스물하나가 아니라) 어른으로 여겨진다고 얘기했다. "스무 살을 하타치라고 해."

"널 처음 만났을 때 내가 스무 살이었는데." 세이디가 말했다.

"그러네."

두 사람은 세이디의 호텔방 앞에 다다랐고, 마크스가 자기 방으로 가려고 몸을 돌렸다. "마크스?" 세이디가 불렀다. "난 지금 당장은 연애할 생각이 없는데."

"응, 나도." 마크스가 말했다.

"우리가 한번 같이 자보는 것도 나쁘진 않을 것 같아." 세이디가 말했다. "우린 다른 나라에 있고, 멀리 떠나와 있을 때 하는 섹스는 꼭 의미가 없어도 되거든, 내 생각엔."

"그런 풍습은 낯선데." 마크스가 다시 세이디의 방 쪽으로 걸어왔다.

세이디는 종종 섹스와 비디오게임 사이엔 공통점이 아주 많다고 생각했다. 합의해야 하는 어떤 목적이 있다. 어겨서는 안 되는 규칙이 있다. 전체적으로 잘 동작하게 하려면 올바른 움직임의 조합―버튼을 때리고, 조이스틱을 돌리고, 키보드를 치고, 명령을 내리고―이 있어야 하고, 그게 없으면 작동하지 않는다. 게임을 올바로 플레이했음을 알 때 오는 기쁨이 있고, 다음 레벨에 도달했을 때 오는 안도감이 있다. 섹스에 능숙하다는 것은 섹스라는 게임에 능숙하다는 거다.

세이디는 처음 마크스와 섹스했을 때의 기억이 별로 남아 있지 않았지만 그때 얼마나 깊은 편안함을 느꼈는지, 얼마나 즐거웠는지는 나중까지도 기억났다. 자신의 몸에 자연스럽게 밀착되던 마크스의 몸, 그의 향기―특별한 건 없고 그냥 비누와 청결한 피부 냄새―그들 사이에 정량의 다정한 공간이 있다는 느낌. 난 네 곁에 있어, 하지만 우리가 별개의 독립된 개체라는 사실을 인정해, 라고 말하는 듯한 그의 몸. 그러나 그 느낌이 마크스에게서 비롯된 것인지 아니면 그전에 퍼마신 사케와 야키토리 때문인지 아니면 하얗고 빳빳한 호텔 침구 때문인지 아니면 집에서 8800킬로미터 떨어져 있다는 사실 때문인지 세이디는 끝내 알지 못했다.

세이디는 잠시 눈을 감고 다시 네즈의 붉은 도리이 아래 있다고 상상했다.

문 또 문 또 문.

그리고 문들이 끝나는 곳에 있는 마크스. 하얀 리넨 셔츠와 밑단을 접어올린 카키색 바지와 조이가 로즈볼 플리마켓에서 사다준 귀여운 밀짚 페도라 차림의 마크스. 마크스가 세이디에게 모자챙을 살짝 기울여 보인다.

세이디는 침대에서 몸을 돌려 마크스를 보며 배시시 웃었다. "난 이 도시가 무척 마음에 들어."

"언젠가 이곳에서도 살 수 있지 않을까?" 마크스가 말했다.

이튿날 두 사람은 집으로 날아갔고, 로스앤젤레스 직장인들답게 짐 찾는 곳에서 작별인사를 했다. 여기서는 이제나저제나 내 짐이 나오길 기다리다 포기하게 되는 시점이 꼭 있는데, 사이렌이 울리고 얼마 안 있어 마크스의 캐리어가 금방 나왔다. 마크스가 세이디에게 같이 기다려줄까 물었지만 그건 아무래도 예의상 하는 말이었다. 마크스는 샌퍼낸도밸리의 한 게임회사에서 미팅이 있었고 세이디는 베니스로 돌아가니까 방향이 정반대였다. 세관을 통과해 장기 주차장까지 셔틀을 타고 가려면 지금 바로 나가도 밸리의 미팅에 아슬아슬하게 도착할 것이다. 세이디는 먼저 가라고 말했다. 마크스가 세이디의 뺨에 키스했다. 친구지, 마크스가 말했다. 언제까지나, 세이디가 말했다. 30분 후 세이디의 캐리어가 끝에서 두번째로 컨베이어 벨트에 실려나왔다. 한 일본인

노부부를 제외하고는 모두 가버렸고, 노부부의 하늘색 합성수지 가방이 맨 마지막에 나왔다.

세이디는 커다란 캐리어를 끌고 세관을 통과했다. 세관 직원이 신고할 게 있냐고 물었고 세이디는 세관신고서에 적은 내용을 쭉 다시 읊었다. 프리다에게 줄 실크 스카프, 앨리스에게 줄 목걸이, 엄마 아빠에게 줄 선물포장된 디저트. 세이디는 늘 세관 직원들이 거짓말을 잡으려고 눈에 불을 켜고 있다는 느낌을 받았다.

"어떤 일에 종사하십니까?" 세관 직원이 세이디에게 물었다.

"비디오게임을 만들어요." 세이디가 말했다.

"저 비디오게임 엄청 좋아하는데. 무슨 게임을 만들었는지 물어봐도 될까요?" 세관 직원이 말했다.

"〈이치고〉요." 세이디가 말했다.

"처음 들어보네. 전 주로 레이싱 게임을 좋아해서. 〈니드 포 스피드〉 같은 거요. 〈그랜드 테프트 오토〉나, 〈마리오 카트〉도 하죠. 근데 어쩌다 비디오게임을 만들게 됐어요?"

세이디는 이런 질문에 대답하는 걸 매우 싫어했다. 특히나 〈이치고〉를 들어본 적도 없다는 사람에게는. "뭐, 중학교 때 컴퓨터 프로그래밍을 배웠어요. SAT 수학에서 800점 만점을 받았고, 웨스팅하우스와 라이프치히 경시대회에서 우승했죠. 그다음엔 MIT에 가서 컴퓨터과학을 전공했어요. 뭐 아실지 모르겠는데 거기 경쟁률이 의외로 높거든요. 나처럼 보잘것없는 여자한테도 말이죠. MIT에서는 프로그래밍 언어를 네다섯 개 더 배웠고, 유희로서의 게임과 설득력 있는 디자인에 중점을 둔 심리학을 공부했고, 내러티브 구조와 고전과 인터랙티브 스토리텔링의 역사를 포함해 영문학을 공부했죠. 훌륭한 멘토도 만났고요. 애석하게도 그 사람이 내 남자친구가 됐지만. 제가 어렸다고만 해두죠. 그다음엔 잠시 학교를 휴학하고 게임을 만들었어요, 나하고 제일 친한 친구인지 원수인지 모를 놈이 같이 만들자고 해서요. 그 게임이 당신이 처음 들어본다는 그 게임이고, 네, 그게 미국에서만 한 이백오십만 장쯤 팔렸죠. 그러니까아아아……" 대신 세이디는 이렇게 말했다. "게임하는 걸 무척 좋아했거든요. 그래서 한번 만들 수 있는지 알아보고 싶었어요."

"그럼 행운을 빌어요." 세관 직원이 말했다.

"고마워요. 그쪽도 행운이 함께하길." 세이디가 말했다.

세이디는 캐리어를 끌고 택시 승강장으로 걸어갔고, 택시를 막 타려는 순간 마크스를 보았다.

"너 여태 여기서 뭐하고 있어?" 세이디가 물었다.

"음, 좀 웃기는 얘긴데, 장기 주차장까지 열심히 가서 차를 몰고 나가려다, 유턴해서 돌아오기로 결정했어. 그리고 지금은 단기 주차중이지."

"그러니까, 왜 다시 온 건데?"

마크스는 세이디의 대형 캐리어의 손잡이를 잡고 주차장 쪽으로 돌돌 끌고 가기 시작했다. "네가 집에 갈 차편이 필요하지 않을까 해서."

3

"세이디! 마크스! 얼른 들어와! 이제 10분 남았어!"샘이 소리
쳤다.

마크스가 샴페인 잔을 트레이에 받쳐들고 새로 마련된 메이플
월드 서버실에 들어왔다.

"세이디는?"샘이 물었다.

"근처 어딘가에 있을 텐데."마크스가 말했다. "내가 휴대폰으
로 전화해볼게."마크스는 과연 이 시기에 샴페인을 따는 게 옳
은 일인지 확신할 수 없었지만 결국엔 될 대로 되라는 생각이 들
었다. 모두가 메이플월드를 온라인에 올리기 위해 똥줄 빠지게
일했다. 전반적인 세상 분위기가 어찌됐든 이들은 축하할 자격이
있었다.

언페어는 〈세계의 양면〉 리부트를 〈메이플월드 체험〉 혹은 줄
여서 〈메이플월드〉라고 불렀다. 메이플타운의 그래픽과 환경, 사

운드, 캐릭터 디자인 등 많은 부분을 갖다 쓰긴 했지만 게임을 MMORPG로 전환하는 작업은 세이디가 생각했던 것보다 훨씬 방대했다. 세이디의 은유법을 빌리자면 경매에서 마음에 드는 집을 낙찰 받은 다음 그 집을 배에 실어 외국으로 옮기고, 일단 외국까지 갖다놓고 보니 내가 마음에 들어한 건 사실 집 자체가 아니라 집을 지은 재료였다는 결론이 나와서, 그 집을 공들여 하나하나 분해한 후 완전히 새로운 집으로 다시 짓는 작업이었다.

〈메이플월드〉 팀은 온라인 플레이를 위해 봄과 여름 내내 일했다―게임 내 과금을 위한 통화 시스템 구축부터 전용 서버 세팅, 추가 직원을 수용할 더 넓은 사무공간 임대까지 온갖 준비를 해나갔다. 추가 직원(처음엔 열 명, 게임이 잘나가면 더 증원)은 새로운 사이드 퀘스트와 새 레벨과 챌린지를 개발하고, 게임 세계를 모더레이팅하고, 게임이 365일 24시간 돌아가도록 유지보수를 하게 된다. 앨리스가 손글씨로 쓴 청첩장 같은 인터넷 광고도 내보냈다. "시인들이여, 꿈꾸는 자들이여, 세계 창조자들이여! 2001년 10월 11일 자정, 언페어 게임에서 여러분을 '메이플월드 체험'으로 정중히 초대합니다." 새로 고용한 커뮤니티 매니저가 메이플타우니 개개인에게 일일이 연락해 〈메이플월드〉의 초기 멤버로 가입하라고 독려했고, 온라인 초대장을 종이에 인쇄해 실물 초대장을 만들어 메이플타우니들의 집으로 보냈다. 이제 남은 일은 스위치를 켜는 것뿐이었다.

게임을 론칭하기 정확히 한 달 전, 테러리스트들이 한 초고층 빌딩과 그 옆 건물에 잇달아 비행기를 충돌시켰고, 그 여파로 언페어에서는 과연 지금이 〈메이플월드〉를 론칭하기에 적절한 시기인가를 두고 논쟁이 벌어졌다. 악취미로 느껴질 것인가, 아니면 역사 속 이런 순간에도 사람들은 〈메이플월드〉 같은 게임을 플레이하기를 원할 것인가. 세상은 너무 혼란스러웠고, 사람들은 민족과 종교에 따라 갈렸으며, 언페어가 만든 게임은 너무 나이브해 보였다. 결국 언페어는 뭔가를 하기에 좋은 시기란 건 딱히 없다고 결론 내리고 〈메이플월드〉를 예정대로 론칭하기로 했다.

세이디가 샴페인 궤짝을 들고 서버실로 들어와서 테이블 위에 술병들을 올려놓은 다음, 반짝반짝 빛나는 새 서버를 둘러싸고 옹기종기 모여 선 〈메이플월드〉 팀원들과 마크스와 샘 사이에 끼었다.

개발자가 샘의 귓가에 소곤거렸다. "메이저, 자정 5분 후가 아니라 정각에 서버가 돌아가게 하려면 그전에 네트워크에 전원을 넣어야 해요."

"좋은 지적이군. 다들 이제 5분 남았습니다!" 샘이 알렸다.

"이런, 코르크따개 까먹었다." 세이디가 계단을 뛰어올라갔다.

"세이디! 샴페인은 코르크따개 필요 없어!" 마크스가 한 박자 늦게 세이디의 등에 대고 소리쳤다.

세이디는 마크스의 말을 듣지 못했다. 마크스가 세이디를 데리러 계단을 올라갈 때 사이먼과 앤트가 내려왔다. 샘이 두 사람의 손을 잡고 악수했다. "와줘서 정말 고마워."

"놓칠 수 없죠." 사이먼이 말했다.

"〈메이플월드〉 이거 아주 기가 막히던데요. 어제 세이디가 우리한테 조금 보여줬어요. 우리 둘 다 가입할 거고, 〈CPH〉 커뮤니티에도 가입하라고 홍보하려고요."

"지금 꼭 해야 합니다." 개발자가 샘에게 말했다. "더이상은 못 기다려요. 정각에 오픈하는 게 중요하다면."

미리 공지한 온라인 오픈 시각을 맞추지 못해서 사람들이 들어가려 하니 서버가 죽어 있더라는 무서운 이야기를 샘은 너무 많이 들었다. 〈메이플월드〉는 샘의 세계였고, 정시에 열릴 것이다.

"직접 할래요?" 개발자가 물었다.

샘이 스위치 쪽으로 손을 뻗었다. "조물주가 된 기분인걸." 샘이 농담했다. "빛이 있으라!"

피곤에 찌든 개발자들이 환호했다. 샘은 모두의 노고에 감사를 표했고, 앤트가 샴페인 병을 땄다. 세이디와 마크스가 돌아오지 않은 것을 샘이 알아챈 것은 그때였다.

샘은 〈메이플월드〉를 개발하는 지난 몇 달간 세이디와 사이가 좋아졌다고 생각했다. 예전과 똑같진 않았지만 그렇게 서로 으르렁거리지도 않았다. 그래도 마크스와 세이디가 서버를 켜는 자리에 없었다는 게 기분이 썩 좋지는 않았다, 비록 그 모든 것이 형식적 의례에 불과하다 해도.

〈메이플월드〉의 지원팀이 조용히 각자의 자리로 돌아가 신생 게임을 모더레이팅하기 시작하자 샘은 계단으로 향했다. 계단 꼭대기에 있는 세이디와 마크스가 보였다. 세이디가 마크스의 볼에 붙은 눈썹을 떼어주는 것 같았다. 마크스가 세이디를 보며 웃고 있었다. 세이디의 손놀림이 특별히 사적이거나 친밀한 건 아니었다. 사랑을 나누거나 키스를 하거나 옷이 흐트러진 두 사람이 샘의 눈에 띈 적도 없었다. 그럼에도 샘은 세이디의 손놀림에 밴 다정함을 알아보고 바로 그 자리에서, 계단 밑에서 그대로 털썩 주저앉을 뻔했다. 어렴풋이 발이 욱신거리는 느낌이 들었는데, 1년 넘게 자취를 감췄던 그 통증이었다.

세이디와 마크스는 사랑에 빠졌다.

세이디는 샘이 자신을 모른다고 했지만, 샘은 세이디가 사랑에 빠졌을 때의 표정을 대번에 알아차릴 만큼 세이디를 잘 알았다. 눈길이 부드러워졌고 가소로워하는 듯한 느낌이 옅어지고 자의식이 약간 누그러졌다. 마크스의 볼이 제 것인 양 거침없는 손, 살짝 마크스 쪽으로 기울인 편안한 자세와 나긋나긋한 손길, 상기된 두 뺨. 세이디는 언제나 예뻤지만 사랑에 빠진 세이디는 정말 아름다웠다. 샘은 다음의 사실을 알 수 있을 만큼 세이디를 잘 알았다―그렇게 된 지 좀 됐구나.

"샘슨," 마크스가 계단 아래에 있는 샘에게 외쳤다. "우리가 놓쳤나?" 마크스는 아주 활기차고 기분좋은 상태였다. 둘 다 그랬다.

"샴페인은 코르크따개 필요 없지." 세이디가 웃음을 터뜨리며 말했다.

샘은 지금 그들에게 대놓고 물을 수도 있고, 나중에 그들이 알려줄 때까지 기다릴 수도 있다. 하지만 꼭 들어야 할까? 빤히 보이는 것을 확인할 필요가 있을까? 진지하지 않은 거라면 이미 얘기해줬을 것이다. "세이디한테 데이트 신청을 할까 하는데. 넌 어떻게 생각해?" 마크스가 말했을 것이다. 아니면 세이디가 이렇게 말했을 것이다. "웃기지. 나 마크스랑 사귄다. 세상일 어떻게 될지 모른다니까." 일부러 누락했다는 건 매우 진지하다는 반증이었다.

세이디와 마크스의 미래가 온통 눈에 선했다. 세이디는 마크스와 결혼할 것이고, 결혼식은 캘리포니아 북부나 카멀바이더시, 혹은 몬터레이에서 열릴 것이다. 그리고 결혼식장에서는 세이디의 할머니가 샘에게 연민어린 시선을 보낼 것이다. 왜냐하면 프리다는 늘 샘에게 친절했고 샘의 심장이 무너졌다는 걸 알 테니까. 프리다는 상냥한 할머니의 손으로 샘의 손을 잡고 가볍게 토닥이며 "인생은 길어"라든가 그 비슷한 별 도움이 안 되는 격언을 들려줄 것이다. 세이디와 마크스는 로럴캐니언에, 어쩌면 팰리세이즈에 집을 구입할 것이다. 그리고 개도 한 마리 기르겠지―크고 다리가 긴 믹스견으로, 아니면 젤다라든가 로젤라라는 이름의 보르조이종으로. 성대한 디너파티도 자주 열 것이다. 그 집은 다들 가고 싶어하는 장소가 될 것이다. 왜냐면 세이디와 마크스는 취향이 근사하니까. 둘 다 근사하니까. 어느 시기가 되면 아이들이 생겨날 테고, 샘은 불쌍한 노총각 샘 삼촌이 되어 생일 때와 크리스마스 때 선물을 사줘야 할 것이다. 그리고 날마다 회사에서 마크스와 세이디를 봐야겠지. 둘이 함께 출근하고 함께 퇴근하는 모습을 보게 될 것이고 그 출퇴근길 차 안에서 오갈 농담, 삶을 공유한 사람들끼리만 통하는 그 밈과 레퍼런스가 상상이 갔다. 그러다 결국 샘은 낯선 사람이 될 것이다. 그건 재앙이다. 비극이다. 만약 샘이 지금 같은 사람이 아니었다면, 지금처럼 겁 많고 소심하고 옹졸하고 불안정하고 성적으로 전전긍긍하는 쇠약한 사람이 아니었다면 샘은 세이디를 차지했을 것이다. 거기엔 의심의 여지가 있을 수 없다. 책상 너머로 상체를 기울여 세이디에게 키스했을 것이고, 세이디가 샘을 어딘가 부드럽고 평평한 곳으로 이끌어 두 사람은 사랑을 나눴을 것이다. 그 섹스가 특출나게 좋지는 않겠지만 그건 문제가 되지 않을 것이다. 왜냐하면 두 사람의 다른 것들이 섹스보다 훨씬 좋으니까. 왜냐하면 샘은 세이디를 사랑하니까. 그것은 샘이 자신의 변함없는 상수라고 알고 있는 몇 안 되는 것들 중 하나였다. 그의 인생에서 가장 즐거울 때는 세이디 옆에 있을 때였고, 나란히 게임을 하거나 게임을 만들 때였다. 그리고 어떻게 세이디도 같은 느낌이 아닐 수 있겠는가? 세상에 둘도 없는 세이디인데 이제 샘은 세이디를 잃었다. 세이디 잘못은 아니었다. 해법을 파악할 시간이 몇 년이나 있었건만 샘은 세이디 옆에서 게임이나 만들며 허송세월했다. 샘은 자신의 퍼즐을 맞춰갈 시간이 몇 년이나 있었다. 그러나 이젠 옛 퍼즐이 새 퍼즐로 대체되게 생겼다. 세상에서 가장 사랑하는 사람이 다른 사람과 사랑에 빠졌을 때 난 어떻게 살아가야 하지? 누가 나한테 해법 좀 알려줘, 이런 질 수밖에 없는 게임에서 벗어날 수 있게. 샘은 생각했다.

"너희가 놓친 건 없어." 샘이 말했다. 얼굴은 웃고 있었지만 둘 중 누구와도 눈을 맞출 수 없었다.

샘은 계단을 올라가 두 사람을 지나쳤다.

"어디 가?" 마크스가 물었다.

"금방 내려갈게." 샘이 말했다.

머리를 식히고 싶어서 처음엔 제 사무실로 갈까 했지만 그 정도로는 세이디와 충분히 거리를 두기 힘들다고 판단했다. 샘은 드라이브를 하기로 했다. 일단 차를 몰고 나섰는데 저도 모르게 동쪽으로, 작년 여름에 길에서 주워 입양한 강아지 튜즈데이와 조부모가 있는 외갓집으로 향하고 있었다.

언페어에서 에코파크까지는 막히지 않으면 차로 40분쯤 걸렸지만 막히지 않을 때가 드물었다. 샘이 처음으로 자차 출근을 시도했을 때 운전중에 공황이 엄습했고 의족 밑에 있는 브레이크가 느껴지지 않았다. 샘은 고속도로를 벗어나 갓길에 차를 세웠다. 발목으로 보철물을 있는 힘껏 밀며 브레이크를 지나치게 세게 밟아대서 다리에 피멍이 들었다. 샘은 회사까지 남은 길을 일반 지상도로로 달렸고, 복귀 첫날부터 30분을 지각했으며, 그 첫날 이후 다시 한 달 동안 출근하지 않았다.

샘은 운전 불안을 개선하기 위해 또다른 심리치료사를 찾아갔다. 심리치료가 너무너무 싫었지만 아무데도 안 가고 집에만 있을 수는 없었으므로 상담치료밖에 답이 없었다. 운전 혐오증을 극복하는 가장 빠른 방법은 운전을 하는 거라고 치료사는 말했다. 샘은 일이 끝나면 밤에 차를 몰고 로스앤젤레스를 여기저기 돌아다니기 시작했고, 운전을 할 때면 어머니가 생각났다.

애나가 얘기했던 동서 혹은 남북을 잇는 비밀 고속도로가 떠올랐고, 샘은 그 고속도로를 찾아보기로 했다. 달리 할일도 없었거니와 그 도로를 찾으면 출퇴근 시간을 단축할 수 있었다. 애나가 좋아하던 클래식 록—롤링스톤스, 비틀스, 데이비드 보위, 밥 딜런—을 귀청 터져라 틀어놓고 로스앤젤레스와 언덕들을 굽이굽이 돌면서 왠지 비밀 도로로 이어질 것 같은 막다른 길을 찾아다녔다.

그러던 어느 날 코요테 한 마리가 샘의 차 앞으로 뛰어나왔다.

다시 로스앤젤레스로 돌아온 후 처음 맞는 여름이었고, 사방에 코요테가 있었다. 앞마당에서 햇볕을 쬐거나 체리모야와 비파나무에서 떨어진 열매를 나른하게 깨작거리는 놈들이 보였다. 때론 쌍으로 때론 가족으로, 실버레이크와 에코파크의 길거리를 총총 달려가는 놈, 선셋 대로의 채식 레스토랑 앞 쓰레기통을 뒤지는 놈, 의연히 그리피스파크를 오르는 놈, 새끼한테 젖을 먹이는 놈. 코요테는 유능하고 용의주도해 보였고, 마치 애니메이터가 인간의 이목구비와 특징을 부여한 것처럼 묘하게 사람 같았다. 코요테의 털은 독립영화에서 약물중독자를 연기하는 어느 인기 많은 젊은 배우의 머리처럼 멋들어지게 부스스했다. 코요테는 샘이 마주치는 대부분의 인간보다. 그리고 그때 당시엔 샘 자신보다 더 인간적으로 느껴졌다. 끊임없이 보이는 코요테 때문에 샘은 마치 이곳에 한 번도 살아본 적 없는 사람처럼 이 도시가 야생의 위험 지대로 느껴졌다.

샘은 브레이크를 힘껏 밟았고 코요테는 그 자리에서 멈칫하더니 움직이지 않았다. 샘은 창문을 열고 소리쳤다. "저리 가!" 그래도 코요테가 여전히 꼼짝하지 않자 샘은 차에서 내렸다. 코요테는 코요테가 아니었다. 아니 어쩌면 코요테일지도. 샘은 아직도 개와 코요테의 차이를 알지 못했다. 어찌됐든 이놈은 어렸고, 어린 강아지 정도로 보였다. 털은 덥수룩한 코요테였지만 몸은 근육질의 핏불이었다. 뒷다리에서 피를 흘리고 있었고 샘은 이놈이 차에 치여 다친 건가 걱정스러웠다. 코요테/강아지는 겁을 먹은 것 같았다. 샘이 부드럽게 말했다. "내가 널 잡으면 날 물거니?"

코요테/강아지가 겁에 질린 표정으로 샘을 멍하니 바라보았다. 달달 떨고 있었다. 샘은 체크무늬 남방을 벗어 조그만 강아지를 감싸 안아들고 뒷좌석에 태웠다. 그리고 동물병원 응급실로 차를 몰았다.

강아지는 다리가 부러진 상태였다. 암컷이며, 상처를 꿰매고 2주 정도는 깁스를 해야겠지만 건강한 편이라 금방 회복될 것이다.

샘이 수의사에게 혹시 애가 코요테일 수도 있냐고 묻자 수의사는 눈을 굴렸다. 그냥 개이고, 물론 잡종인데, 아마도 셰퍼드와 시바견과 그레이하운드가 섞였을 것이다. 무릎을 보면 알잖아요, 수의사가 말했다. 코요테의 무릎 위치는 개보다 훨씬 위쪽이다. 수의사가 컴퓨터 화면에 그림을 띄웠다. 코요테, 그 옆에 늑대, 그 옆에 길들여진 개. 보이죠, 확실하지 않습니까? 수의사가 말했다. 샘에게는 확실해 보이지 않았다. 샘에게 확실해 보이는 건 아무것도 없었다. 네, 확실하네요, 샘이 말했다.

샘은 병원비를 내고 다친 강아지를 집으로 데려왔다.

샘은 강아지를 치었던 할리우드힐스 동쪽 지역에 강아지의 사진을 넣은 전단지를 여기저기 붙였고, 아무도 연락을 하지 않자 마음이 놓였다. 샘은 강아지가 있어서 좋았고, 기르기로 결정했다. 강아지는 샘으로 하여금 현재의 불편한 상황에 신경을 덜 쓰게 만들었다. 캘리포니아로 오면서 생전 처음으로 혼자 살게 된 샘은 외로우면서도 통증 때문에 다른 사람과 함께 있고 싶지 않았다. 샘은 강아지를 친 그날 차에서 나오고 있던 노래 제목을 따서 강아지에게 루비 튜즈데이라는 이름을 붙였다. 그러다 그냥 튜즈데이라고 부르게 됐다.

튜즈데이는 부러진 다리가 다 나은 후에는 잠을 잘 자지 못했다. 샘도 불면증에 시달리고 있었으므로 튜즈데이는 그저 잠을 안 자고 곁을 지켜준 것인지도 몰랐다. 튜즈데이는 겁에 질린 표정으로 이따금 으르렁거리기도 하며 샘의 원룸 안을 돌아다녔다. 샘은 강아지를 다시 수의사에게 데려갔다. 수의사는 강아지용 항우울제를 처방해주며 산책을 훨씬 더 길게 할 것을 권했다. 권고에 따라 둘은 기나긴 산책을 했다. 낯익은 동네 풍경을 벗어나 오르막길을 한참 오르고, 실버레이크 동쪽의 구불구불하고 차도와 인도 구분이 없는 언덕을 쏘다녔다. 이따금 지나가는 코요테를 만나기도 했다. 코요테들은 늘 튜즈데이와 우애를 다지는 것처럼 보였는데 그냥 샘의 상상인지도 몰랐다.

튜즈데이는 종종 코요테로 오인받았다. 밖에서 산책을 하고 있으면 사람들은 걸핏하면 차를 세우고 샘에게 왜 코요테를 산책시키냐고 물었다. 샘은 코요테가 아니라 그냥 개라고 알려주곤 했다. 웃어버리는 사람도 있었고 따지는 사람도 있었다. 거짓말인 거 다 알아, 좋게 말할 때 코요테라고 실토해, 라는 식으로 튜즈데이의 정체를 안다고 우기는 사람도 있었다. 튜즈데이와 샘이 일부러 자기를 속이기라도 한 듯 화를 내는 사람도 있었다. 튜즈데이로 말할 것 같으면 자기가 그 모든 논란의 원인이라는 사실을 모르는 듯했다. "사람이란." 샘은 고개를 절레절레 저으며 튜즈데이에게 말하곤 했다. 그리고 튜즈데이의 침묵을 동의로 간주했다.

언덕을 오르락내리락하다보면 최고급 상점과 카페가 몇몇 들어선 실버레이크 대로가 나왔고, 그후엔 저수지를 돌아 북쪽으로 향하다 반려견운동장에 잠시 들렀다.

한번은 튜즈데이가 아키타와 스탠더드푸들과 어울려 놀고 있었다. 셋이 번갈아 서로를 쫓으며 복잡하고 어지러운 상호작용을 하던 중이었다. 아키타가 튜즈데이의 엉덩이 냄새를 맡고 있을 때 한 여자가 외치는 소리가 들렸다. "운동장에서 코요테가 개들을 공격하고 있어요! 다들! 자기 개들 챙기세요! 당장!"

그날 운동장에는 개가 스물다섯에서 서른 마리가량 있었다. 샘은 코요테를 곧장 발견하지는 못했지만 그게 코요테가 거기 없다는 뜻은 아니었으므로 튜즈데이를 불러 리드줄을 채웠다. 튜즈데이가 아키타의 엉덩이 냄새를 맡을 차례였으므로 개는 마지못해 돌아왔다. 반려견운동장 출입구에 왔을 때 코요테 습격을 경고했던 여자가 튜즈데이를 빤히 보더니 이어서 샘을 쳐다보았다. 여자는 민망했는지 큰 소리로 웃음을 터뜨렸다. "맙소사, 실은 당신 개였어요?"

샘은 여자의 웃음이 거슬렸고 '실은'이라는 단어의 사용도 거슬렸다. "네." 샘이 말했다.

"난 정말 코요테인 줄 알았는데." 여자의 리드줄 끝에서는 회색빛이 도는 조그만 녀석이 요란하게 짖어대고 있었고 아마도 비숑이었을 것이다. "난 그게 다른 개들을 공격하고 있는 줄 알았다고요."

샘은 여자에게 그건 내 개이고, 내 개는 다른 개들과 놀고 있었다고 말했다.

"글쎄요, 내 자리에서는 다르게 보였는데. 아주 사나운 공격으로 보였어요." 여자는 튜즈데이의 머리를 토닥였다. "착하지."
여자는 마치 튜즈데이에게 축복이라도 내리듯 말했다. "코요테
와 개의 차이점이 대체 뭐예요?"

샘은 무릎 위치가 어쩌고 하며 버벅거렸다.

"뭐, 요즘은 아무리 조심해도 지나치지 않으니까요." 여자는
자기 개가 일주일 전에 코요테한테 공격을 당했다고 했다. 여자
는 컹컹 짖는 소리와 코요테의 침과 필사적으로 내던진 요가 블
록에 대해 묘사했다. 샘은 맞장구를 얼버무리며 애매한 소리를
냈다. "이만 가봐야겠습니다." 샘이 말했다.

"아 그럼요. 혼동해서 미안해요."

샘은 여자가 본인의 실수를 흔히 있을 수 있는 착각으로 돌려
서 짜증이 났지만 반려견운동장에서 싸움을 벌일 생각은 없었다.
여자가 샘을 바라보며 샘의 입에서도 미안하다는 말이 나오길 기
다렸지만 샘은 도저히 그 말은 할 수가 없었다. 여자가 계속 말을
이었다. "하지만 잘 모를 때는 안전을 기하는 게 낫죠. 정보가 있
는 편이 낫잖아요? 그 개가 가령 코요테와 혼종일 수도 있잖아
요?"

샘의 심장이 살벌하게 요동쳤다. 그 주에 샘은 튜즈데이의 불
면증과 자신의 통증 탓에 잠을 별로 자지 못했고, 적정량을 넘어
선 분노에 휩싸이며 문명의 마스크가 무너져내리는 느낌이었다.
"함부로 판단하고 아무 말이나 늘어놓기 전에 눈깔 똑바로 뜨고
잘 보는 습관이나 기르쇼."

"야, 말이면 다야? 난 사람들과 개들과 애들이 다치는 걸 막으
려고 그런 거야! 코요테처럼 생긴 개를 운동장에 데려오면 어쩌

394

자는 거야, 이 재수없는 자식아!"

"당신이야말로 재수없어. 무식하고 재수없는 것." 샘은 여자에게 가운뎃손가락을 들어 보였다. 튜즈데이와 샘은 다시 집으로 향했다. 기분을 잡친데다 응수했어야 하는 말들이 머릿속에서 부질없이 맴돌았다. 개 목에 '나는 코요테가 아닙니다' 표식이라도 달까? 그럼 낫겠어? 하지만 그게 통하려면 여자가 그 표식을 읽어야 하는데, 여자는 그런 걸 읽는 사람이 아닌 것 같았다. 샘은 로스앤젤레스가 뿌리까지 멍청한 도시라는 결론에 다다랐고 엉뚱하게도 매사추세츠의 모든 것이 사무치게 그리워졌다.

집까지 걸어서 돌아온 샘은 두 가지 사실을 깨달았다. 여자와 실랑이하는 내내 샘은 통증을 전혀 느끼지 않았다. 그리고 샘에게 성을 낸 여자는 분명 샘이 장애인인 줄 몰랐고 눈치채지도 못했다. 그건 지난 몇 년간 없었던 일이었다. 샘은 회사로 복귀할 준비가 됐다고 판단했다.

샘이 그 이야기를 세이디에게 했을 때 세이디는 듣는 둥 마는 둥 건성으로 듣다가 웃음을 터뜨렸다. 샘은 반려견운동장에서 만난 여자에게 느꼈던 적대감을 뭉툭하게 깎고 유머러스하게 이야기를 각색했다. 하지만 이야기를 하다보니 반려견운동장으로 되돌아간 느낌이 들었고, 메마른 캘리포니아의 열기와 심장의 살벌한 요동이 생생히 되살아났다. 아무 조짐도 없이 갑자기, 재미삼아 얘기한 일화가 재미를 잃었다. 튜즈데이를 제대로 본 사람이라면 코요테로 봤을 리가 없었다. 그러나 여자는 제대로 보지 않았고, 그 부당함이 불현듯 샘에게 와닿았다. 겉으로 보기에 선의를 가진 듯한 사람들이 세상을 그런 식으로 대충대충 보는 게 어째서 용납되는 걸까?

샘은 세이디의 웃음에 정나미가 떨어졌다. 샘은 뭐가 웃기냐고 물었다. 세이디는 잠깐 어리둥절했다가—웃으라고 한 얘기 아냐?—이내 빈정 상한 투로 말했다. "넌 그걸 너에 대한 얘기로 받아들인 거지? 그래서 운동장에서 그렇게 열을 낸 거야. 네가 튜즈데이라서. 넌 대단히 특별한 개인데 아무도 구분할 줄 몰라서." 두 사람이 크게 다툰 지 얼마 지나지 않은 때였고 둘 사이의 긴장감은 여전했다.

샘은 세이디에게 비약이 심하다면서 그런 해석은 자신에게도 개에게도 모욕이라고 말했다. "이건 튜즈데이에 대한 얘기야." 샘이 강조했다. "어쩌면 로스앤젤레스에 대한 얘기일 수도 있고. 실버레이크의 반려견운동장에 다니는 사람들에 대한 얘기일 수도 있지. 하지만 대체로는 튜즈데이 얘기야."

"그렇겠지, 텍스트만 보면." 세이디가 말했다.

샘은 늦게까지 밖에 있을 것 같은 날이면 튜즈데이를 조부모에게 맡겼다. 외갓집에 도착하자 새벽 한시가 넘었지만 어차피 할아버지는 피자 가게에서 이제 막 돌아왔을 것이다. 샘이 집에 들어가니 튜즈데이가 상냥하고 따스하게 맞이해주었고, 튜즈데이 뒤로 동현이 마늘과 매콤한 붉은 소스와 올리브오일과 도우 냄새를 풍기며 따라나왔다.

"밤새 야근하는 줄 알았는데." 동현이 말했다.

"다 끝냈어요. 이제 내가 할 일은 없어요. 필요하면 회사에서 부르겠죠."

"너 괜찮으냐?" 동현이 물었다.

"아까진 괜찮았는데."

"할아비랑 얘기 좀 할까?" 샘은 자신을 바라보는 동현의 다정하고 늙은 얼굴이 부담스러웠다.

"아뇨." 샘은 튜즈데이를 안아서 무릎 위에 올렸다. 개가 얼굴에서 소금기를 핥기 시작하는 바람에 샘은 제가 울고 있음을 알았다.

"무슨 일인데?" 동현이 물었다.

"난 세이디 그린을 사랑해요." 샘이 속절없이 털어놓았다. 그렇게 말하는 게 유치하게 느껴졌지만 사실이 그랬다.

"나도 알지." 동현이 말했다. "세이디도 너를 사랑해."

"아뇨, 세이디는 딴사람을 사랑해요."

"그건 아마 오래 안 갈 거다."

"마크스예요. 게다가 상당히 진지한 것 같고. 어떻게 해야 할지 모르겠어요. 작년에 세이디랑 싸우고 나서 계속 애매한 사이였지만 그래도 결국엔 전처럼 좋아질 줄 알았는데."

동현은 도우 던지기로 단련된 단단한 두 팔로 샘을 얼싸안았다. "너도 다른 사람을 만나서 사랑하게 될 거야."

"제발, 바다에 물고기는 널렸다는 말은 하지 마세요."

"그렇게 말할 생각은 없었는데 네 말을 듣고 보니 널렸긴 하구나. 롤라는 어떠냐?"

"좋은 애긴 하지만 세이디가 아닌걸요. 세이디 외엔 세상 그 누구도 나를 모른다는 느낌이에요."

"더 많은 사람들이 너를 알게 해야겠네."

"그럴지도요."

"샘, 내가 네 할머니랑 처음 식당을 열었을 때 그게 한식집이었다는 거 아니?"

샘은 고개를 저었다.

"하지만 K타운엔 이미 한식집이 너무 많아서 다른 걸 찾아내야 했어. 그래서 피자를 만들기로 했지. 그때는 K타운 그쪽 부근에 피자집이 하나도 없었거든. 처음엔 겁났지, 우린 피자에 대해서는 일자무식이었으니까. 하지만 열심히 피자 만드는 법을 배웠어. 선택의 여지가 없었지. 딸린 애가 둘이고, 내야 할 공과금도 있고.

네 사촌 앨버트가 그러는데 그런 걸 경영학에서는 피벗이라고 한다더라. 인생은 그런 걸로 가득차 있어. 제일 성공하는 사람들은 사고방식과 관점을 금방 바꿀 수 있는 사람들이기도 하지. 네가 세이디와 사랑하는 사이는 못 될지 몰라도 너네 둘은 평생 친구로 지낼 테고, 그건 사랑 못잖은 혹은 더 소중한 사이야. 네가 맘먹기에 따라서는."

"저도 피벗이라는 개념은 익숙해요. 엄밀히 따져서 그게 여기에 적용되는 얘긴 아닌 것 같지만." 샘은 피식 웃었다. 동현은 종종 앨버트의 경영대학원 교과과정으로 샘을 즐겁게 해주었다.

서툰 은유였지만 그래도 어쩐지 기분이 좀 나아졌다. 휴대폰을 보니 마크스가 남긴 메시지가 있었다—〈메이플월드〉 팀에서 몇 가지 질문이 있어서 샘이 와줘야겠다는 내용이었다. 샘은 동현의 볼에 입을 맞추고, 튜즈데이를 차에 태우고 다시 애벗키니로 차를 몰았다.

램파트 스트리트의 고속도로 입구를 150미터쯤 남겨두고 샘은 필리핀타운 근처에서 이상한 갈림길을 발견했다. 새벽 두시 반 특유의 불빛 덕분에 그 길을 알아볼 수 있었다—넓고 평평한 비포장도로가 잎이 무성한 재커랜더나무에 일부 가려져 있었다. 그쪽으로 더 가까이 차를 끌고 가보니 길 이름이 적힌 표지판은 없고 삼각형 모양으로 점 세 개만 찍힌 어두운 녹색의 육각형 표지판이 있었다.

$$\therefore$$

수학적 증명에서는 이 표시가 '그러므로'를 뜻하는 기호지만 도로 표지판에서는 무엇을 뜻하는지 알 수 없었다. 난생처음 보는 표지판이었다. 샘은 차를 세우고 도로를 멀리 내다보았다. 명확한 소실점이 없었다. 길은 어디로도 이어져 있지 않은 듯했다. 그게 아니라면, 어딘가로 이어질 수도 있다. 죽음으로 이어질 수도 있지만 베벌리힐스로 이어질 수도 있다. (물론 꼭 그렇게 0 아니면 1이기만 한 경우는 거의 없다, 안 그런가? 대개의 경우 샘이 이름 없는 길로 들어가 쭉 달리면 유턴 표시가 나왔고, 처음 시작했던 곳으로 되돌아왔다.) "시도해봐야겠지?" 샘은 튜즈데이에게 물었다. 작은 개는 뒷좌석에서 코를 골았고 아무런 의견도 표명하지 않았다. 샘은 방향 지시등을 켰다.

6장 　　》　　　　　　　　　　　　　결혼

1

샘의 아바타 '메이어 메이저Mayor Mazer'는 메이플타운에 새로 온 사람을 맞이하는 첫번째 인물이다. 메이저 시장은 그런지시대 록 스타 스타일이었고—찢어진 청바지, 붉은 체크무늬 셔츠, 닥터 마틴—지미니 크리켓과 앤디 그리피스, 우디 거스리처럼 입바른 소리 잘하는 소탈한 느낌의 캐릭터로 디자인됐다. 샘은 더이상 지팡이를 쓰지 않았지만 메이저 시장에게는 지팡이—옹이 많은 나무 제품—를 주었다. 메이어 메이저는 샘처럼 약간 절룩거리는 걸음걸이로 걷도록 프로그래밍되었고, 샘의 안경(두꺼운 검정 안경테)을 썼으며 콧수염(갈매기형)을 길렀다. 메이어 메이저와 샘 둘 중 누가 먼저 콧수염을 길렀는지 아무도 기억하지 못했다.

"어서 오게나, 친구. 나는 메이저 시장일세." 샘의 아바타가 자기소개를 한다. "필시 이곳이 처음일 테지. 세상 어딜 가나 그렇듯 우리도 우리만의 문제가 있긴 하지만 메이플타운은 멋진 마을이라네, 일단 익숙해지면 말일세. 나야 평생을 이곳에서 살았으니 잘 알지. 이사는 힘든 일이야. 자네의 새 출발을 위해 여기 오천 메이플달러가 있네. 내가 자네에게 해줄 조언은 우선 여기저기 느긋하게 둘러보라는 거야. 이 계절엔 매지컬밸리의 낙엽이 참 아름답지. 그리고 우리의 상점가가 현재로선 그리 크진 않지만 필요한 물건은 대부분 거기서 구할 수 있어. 나는 우리 마을의 수제 치즈를 참 좋아하지. 천천히 거닐면서 새로운 이웃들하고 인사하게나. 지금은 트러플 시즌이니 주위를 잘 살펴보고. 아주 희귀한 무지개 트러플은 자네가 캘 수만 있다면 상당히 높은 가격에 팔리지. 여기선 모두가 참으로 친절하다네. 혹시 무슨 문제가 생기면 이리로 돌아와서 나를 찾게나. 나는 메이플타운 시청에 오면 항상 만날 수 있어."

2009년에 메이어 메이저는 〈애드위크〉가 선정한 뉴밀레니엄 시대 가장 인지도 높은 브랜드 캐릭터 순위에서 7위를 차지했다(썰타 침대의 썰양이와 코카콜라의 북극곰 사이였다). 메이어 메이저에 대한 설명은 이러했다. "우리는 메이어 메이저를 순위에 넣을 것인가를 두고 고심했다. 그리고 게임 캐릭터와 브랜드 캐릭터의 이종교배이자 힙한 마을(포틀랜드? 실버레이크? 파크슬로프? 도대체 메이플타운이 어디인가?)의 힙한 시장은 결국 순위에 이름을 올렸다. 엣시에 그의 캐릭터 제품이 백만 개쯤 올라와 있는데다 그는 우리 모두가 원하는 시장이 아닌가? 총기는 금지되고 사회주의가 지배한다. 환경을 보호하면 보상을 준다(메이플나무를 다시 심지 않고 잔뜩 베기만 해보라). 미국에서 동성혼이 합법화되기 전에 메이플타운에서는 합법이었다. 메이플타운은 아마 당신의 어머니도 처음으로 해본 MMORPG일 것이고 그것은 많은 부분 메이어 메이저의 브랜딩 덕분이다. 메이저 시장은 친절하고 힙하며, 메이플타운에서 제일 좋은 도기 가게가 어딘지 알고 거실에서 떡갈잎고무나무 키우는 법도 안다. 물론 그도 다른 모두와 마찬가지로 당신의 데이터로 데이터 마이닝을 하지만 그는 좋은 사람에 속하지 않는가? 그를 좋아하든 싫어하든 메이어 메이저보다 더 미국 온라인의 이상향과 결부된 캐릭터나 브랜드는 찾아보기 어렵다."

그러나 이것은 모두 나중의 일이다.

론칭 두 달 후 이십오만이 넘는 사람들이 〈메이플월드〉에 계정을 만들었고 서버는 정기적으로 과부하로 다운됐다. 사이트가 멈추면 메이저 시장이 화면에 떴다. 메이플타운의 날씨가 안 좋은 것 같군. 우산을 꼭 챙기게나, 참으로 금방 돌아오겠네. 그리고 머잖아 어느 팬이 만든 '메이어 메이저가 메이플타운의 날씨가 안 좋다고 말하면……' 짤이 지루함과 답답함을 표현하는 밈으로 인터넷에 퍼졌다.

샘과 세이디와 마크스는 론칭 당시, 그때가 과연 〈메이플월드〉처럼 '나이브'한 게임을 오픈하기에 적절한 시기인지를 두고 논쟁을 벌였었다. 그리고 나중에 밝혀졌듯 〈메이플월드〉는 2001년 늦가을 사람들이 갈망하던 바로 그것이었다. 그들 자신의 세계보다 더 나은 행정력이 발휘되는, 더 친절하고 더 이해하기 쉬운 버추얼 세계.

〈메이플월드〉 론칭 10주년 당일 혹은 그즈음에 샘은 '버추얼 세계 내 유토피아의 가능성'이라는 제목으로 테드 강연을 했다.

"2005년 12월 4일 언페어 게임에서 발생한 그 모든 일에도 불구하고, 그러한 반증에도 불구하고, 아바타라는 익명성에 숨어 가장 추악한 자아를 드러내는 것은 불가항력적인 일이 아닙니다. 제가 뼛속까지 믿고 있는 것은," 샘은 이렇게 강연을 끝맺었다. "버추얼 세계가 현실 세계보다 더 나아질 수 있다는 겁니다. 더 도덕적이고, 더 정의롭고, 더 진보적이고, 더 공감하며, 차이와 다름을 더 폭넓게 수용할 수 있습니다. 그렇게 될 수 있다면, 되어야 하지 않겠습니까?"

2

2002년 새해가 밝고 얼마 지나지 않아 도브가 세이디에게 전화해 두 가지 소식을 전했다. (1) 마침내 이혼했다. (2) 그리고 결혼한다. MIT의 옛 제자이며 세이디보다 몇 학번 아래인 어린 여자와 티버론에서.

"네가 오고 싶어할지 모르겠다만 너와 샘과 마크스를 우리 결혼식에 초대할게." 도브가 말했다. "미리 말도 안 하고 청첩장을 보내면 안 될 것 같아서. 네가 와준다면 내겐 큰 의미가 있을 거야."

티버론까지 아홉 시간 가까이 걸리는 장거리 자동차 여행에서 샘과 세이디, 마크스는 돌아가며 운전을 했다. 차 안은 느긋하고 여유로운 축제 분위기였다. 〈메이플월드〉는 성공적이었고, 세이디와 마크스는 사랑에 빠졌다, 비록 샘에게는 아직 비밀이었지만.

"도브가 이혼했다고 했을 때 열받았어?" 샘이 물었다.

"열받아? 나한테 다시 합치자고 할까봐 겁나던데." 세이디가 말했다.

"진짜 재수없는 자식이야" 하며 마크스가 뒷좌석에서 앞좌석으로 팔을 뻗어 세이디의 손을 꼭 잡았다.

"아, 너희 둘 사귀는 거 맞지?" 샘이 말했다. 심상히 나온 말이었고 마치 대답에는 별 관심조차 없는 투였다. 아, 잠깐 어디 들러서 뭣 좀 먹을까? 혹은 아, 라디오 좀 틀어도 될까?

샘이 운전하는 차례였고, 티버론까지 절반쯤 왔을 때였으며, 샌시미언에서 남쪽으로 8킬로미터 떨어진 곳에서 해발고도가 꽤 높은 퍼시픽코스트 고속도로를 달리는 중이었다.

마크스와 세이디는 회사에서 조심스럽게 지냈고, 샘이 알고 있을 거라고 생각할 이유는 없었다. 몇 달 전부터 세이디는 샘에게 얘기하고 싶었지만 마크스가 말렸다. "네 생각보다 샘한테 타격이 클 거야." 마크스는 말했다.

"걔가 그렇게까지 힘들어할 것 같진 않은데. 샘하고 난 데이트한 적도 없고 연인이나 뭐 그런 사이였던 적도 없어. 그리고 요즘 들어서는 친구라기보단 동료라고 하는 게 맞을걸. 나보단 네가 더 샘하고 친하지." 세이디가 말했다. "내 말 믿어, 거짓말이 더 나빠."

"우린 거짓말을 하는 게 아냐. 아직 얘기하지 않은 것뿐이지."

"그러니까 얘기하자고."

"도브처럼 저질러야 할지도. 샘한테 청첩장을 보내자." 마크스가 말했다.

"사실 도브는 나한테 전화로 먼저 얘기했어." 세이디가 빙그레 웃으며 말했다. "그리고 너랑 나는 결혼하지 않을 거야."

"왜?"

"내가 결혼을 믿지 않나봐." 세이디가 말했다.

"믿는 게 무슨 상관이야, 세이디. 이건 신이나 산타클로스 같은 게 아니야. 리 하비 오즈월드의 단독 범행이냐 아니냐도 아니고. 이건 시청에서 서류 한 장이면 끝나는 시민 의례야. 친구들과 함께하는 파티이고―"

"네가 알리길 거부하는 우리의 친구들 말이지."

"샘한테만 그렇지."

"그리고 샘을 아는 사람들까지 전부 다. 그럼 우리가 아는 거의 모든 사람이잖아. 넌 샘에게 얘기하느니 차라리 나랑 결혼하겠다는 거야? 내가 네 말을 제대로 이해한 거 맞아?"

"난 그 두 사안이 꼭 연결되어 있다고는 보지 않는데." 마크스가 말했다.

이 대화는 두 달에 한 번씩 의무적으로 반복되는 대책 없는 돌림노래였다. 세이디는 이 모든 게 전혀 마크스답지 않음을 깨달았다―마크스는 놀랍도록 투명한 사람이었다. 그는 정직했다. 자신이 사랑하는 것들을 스스럼없이 사랑했고 그게 무엇이건 비밀로 하는 법이 없었다. 결국 세이디는 마크스의 부작위不作爲를 샘을 향한 감동적이기까지 한 헌신 탓으로 돌렸다. 그 감성에 나이브한 측면이 없지 않지만. 세이디 역시 샘의 진짜 모습을 알게 되기 전까진 그런 헌신적인 우정에 빠지곤 했었다.

도브의 결혼식 무렵 세이디와 마크스는 함께한 지 거의 만 1년이 됐다. 마크스는 조이와 함께 살던 집에 여전히 살고 있었지만 실질적으로는 클라우네리나에서 반동거하는 상태였다. 세이디와 마크스는 같이 주택을 구입하는 것까지 고려중이었다.

"괜찮아, 너희 둘이 사귀어도." 샘이 말했다. "내가 눈이 뒤집히거나 하진 않아, 너희 둘이 걱정하는 게 그거라면. 이대로 차를 몰고 태평양으로 돌진하진 않을 거라고." 샘은 장난으로 핸들을 슬쩍 꺾어 차를 흔들었다. "하지만 말해줬으면 좋았을걸. 그니까, 뻔하잖아. 나는 너희 둘 다 잘 알고, 뻔히 보인단 말이야. 솔직히 말해서 너희가 말을 안 한 게 오히려 나한텐 모욕적이라고."

"응, 우리 사귀고 있어." 세이디가 말했다.

"난 세이디를 사랑해." 마크스가 덧붙였다. "사랑해." 마크스가 세이디에게 말했다.

"나도 사랑해." 세이디가 말했다.

샘이 고개를 끄덕였다. "좋네. 그럴 줄 알았어. 축하해. 아, 허스트캐슬 구경하고 갈래? 좀 있으면 거길 지나는데 난 아직 안 가봤거든."

비현실적이고 장엄한 초호화 저택이 즐비한 캘리포니아에서도 가장 비현실적이고 장엄한 초호화 저택 라 케스타 엔칸타다를 둘러보며 샘은 말이 없었다. 세이디는 샘의 기분에 맞춰주거나 샘에게 너무 많이 마음 쓰지 않도록 스스로를 단련해왔음에도 불구하고 샘의 동요를 감지할 수 있었다.

투어가 끝나자 세이디는 마크스에게 샘과 잠깐 얘기하고 싶다고 말하고 단둘이 태평양과 맞닿은 반달형 테라스로 나갔다. 바다에 반사된 낮 두시의 햇빛이 눈부셨다. 선글라스를 쓰고 있는데도 눈이 시려서 샘의 표정을 보기가 힘들었다.

"아홉 살 때는 여기가 굉장히 아름답다고 생각했는데 지금 보니 우스꽝스럽네." 세이디는 침묵을 깨기 위해 입을 열었다.

"왜? 허스트는 돈이 있었고 그래서 자기가 원하는 세계를 그대로 창조했잖아. 얼룩말도 있고 수영장도 있고 부겐빌레아도 있고 피크닉도 하고 아무도 죽지 않고. 우리가 하는 일과 뭐가 달라?"

"너 괜찮아?" 세이디가 물었다.

"안 괜찮을 이유가 있어?" 샘이 말했다.

"모르지." 세이디가 말했다.

"한때 너를 사랑했을지도 모르고 항상 내 나름대로 널 소중히 아끼겠지만 우리 둘은 잘 안 될 거야. 오랫동안 알고 있던 사실이지." 샘이 말했다.

"맞아." 세이디는 동의했다.

"우리가 연인이 될 거였다면 그동안 둘 중 한 사람이라도 뭔가 어떻게 해보려고 했겠지, 안 그래?"

"맞아."

"하지만 제일 친한 친구 둘이 그런 걸 비밀로 하다니 섭섭한데. 내가 엄청 신경쓸 거라고 억측하다니 그건 너희의 오만이지." 샘이 말했다.

"내 생각에 마크스는 네가 힘들어할까봐 걱정했던 것 같아. 그리고 처음에 우린 진지한 사이가 될지 어떨지 몰랐어, 그러다 결국 흐지부지될 수도 있는데 괜히 널 혼란스럽게 하고 싶지 않았고." 세이디가 말했다.

"하지만 지금 넌 진지하다는 거지?"

"네가 '진지하다'고 말하니까 무슨 병처럼 들린다."

"'진지하다'는 네가 쓴 어휘야."

"그럼 네 말투가."

"하지만 지금 넌 진지하다는 거지?" 샘이 다시 말했다.

"응, 지금 우린 진지해."

세이디는 샘을 유심히 살폈다. 두 사람이 테라스에 서 있는 동안 햇빛의 각도가 바뀌었고, 세이디는 다시 샘의 얼굴을 볼 수 있었다. 샘은 스물일곱 살이고 콧수염도 길렀지만, 병원에서 만난 꼬마애가 보일 때마다 세이디는 하릴없이 약해지고 물러졌다. 이 남자를 미워하는 건 쉬웠다. 이 남자의 겉면 아래 존재하는 그 꼬마 남자애를 미워하는 건 어려웠다. 둘이 이야기하는 지금 샘의 어조는 쿨하고 무심하지만 미간이 살짝 패었다. 더 쓴 약을 먹어야 한다는 말에 불평하지 않겠다고 단호히 결심한 아이처럼 입이 꽉 다물렸다. 그런 샘의 표정에, 어릴 때 샘이 수술을 받은 후 문병을 갔을 때 세이디가 병실에 들어온 줄도 모르고 누워 있던 샘의 얼굴이 생각났다. 샘은 분명 극심한 통증에 시달리고 있었다―눈은 깜박이지도 않고 아래턱을 느슨히 벌린 채 약하게 숨을 헐떡이는데 야생동물 같아 보였다. 순간 세이디는 친구를 알아보지 못했다. 세이디가 알던 얼굴, 세이디가 샘이라고 생각했던 얼굴은 온데간데없었다. 그때 샘이 세이디를 알아보고 미소 지었고, 마치 마스크를 쓴 것처럼 다시 샘이 되었다. "왔구나!" 샘이 말했다.

"마크스가 너를 좋아하게 된 건 새삼스럽지 않다고 해야겠지. 마크스는 원래 너한테 마음이 있었으니까. 우리가 〈이치고〉를 만들던 그 첫해 여름에 나한테 너랑 데이트해도 되냐고 물어봤었거든. 그때 난 너는 마크스 같은 애한테 전혀 관심 없을 거라고 얘기했었어. 그러니까, 모르긴 해도 내가 놀란 건 내 생각이 틀렸기 때문일 거야."

"내가 왜 마크스한테 관심이 없어?" 세이디는 그런 질문을 하면 안 된다는 것을 알면서도 물었다.

"따분한 녀석이니까." 샘은 마크스의 따분함이 논쟁의 여지가 없는 사실이라는 듯 어깨를 으쓱했다. "그게 마크스가 항상 새로운 사람과 데이트하는 이유지. 마크스는 사람들한테 쉽게 싫증을 내는데 그건 상대의 문제가 아니라 본인이 따분한 사람이라 그런 거야."

"이 재수없는 건방진 녀석." 세이디가 말했다. "마크스는 널 사랑해. 마음 좀 곱게 쓰면 어디가 덧나니?"

"사실을 명시하는 건 잔인한 게 아니지."

"그건 사실이 아니야. 그리고 사실을 명시하는 게 잔인할 때도 있어."

"하버드에서 마크스랑 같이 '헬레니즘 문명에서 영웅의 개념' 강의를 들었는데 녀석이 『일리아스』에서 제일 좋아한 부분이 어딘지 알아?"

"그건 우리가 하던 얘기랑 상관없지 않나." 세이디가 치미는 짜증을 억누르며 말했다.

"결말이야, 엄청나게 지루한 부분이지. '그리하여 어쩌고저쩌

고 그들은 헥토르의 장례를 치렀고 어쩌고저쩌고 말을 길들이는
자 어쩌고저쩌고.' 헥토르는 따분해. 그는 아킬레스가 아냐. 마크
스는 헥토르처럼 따분한 녀석이라서 그런 걸 잘도 참아내더라."

마크스가 테라스로 나왔다. "다들 무슨 얘기를 하고 계신가?"

"『일리아스』의 결말."

"그 부분이 최고지." 마크스가 말했다.

"왜 그 부분이 최고야?" 세이디가 물었다.

"완벽하니까. 말을 길들이는 건 건실한 직업이야. 그 문장이
뜻하는 바는, 생이 의미를 갖기 위해 꼭 신이나 왕이 될 필요는
없다는 거지."

"헥토르는 우리네." 세이디가 말했다.

"헥토르는 우리야." 마크스가 거듭 말했다.

"헥토르는 마크스야. 따분하지." 샘이 기침을 했다. "마크스의
명함을 '말을 길들이는 자Tamer of Horses'라고 파야겠어."

세 사람은 그날 밤 샌시미언 근처에서 묵고 다음날 아침 나머
지 길을 가기로 했다. 제일 처음 보이는 호텔에 체크인했는데 낡
고 에어컨도 없는 곳이었다. 캘리포니아 중부 해안치고는 드물게
푸근한 밤이었고, 창문을 열어놔도 방안은 바람 한 점 없이 퀴퀴
했다.

이튿날 아침, 차로 내려온 샘은 검정 고수머리를 아주 짧게 밀
었다. "무슨 일이야?" 마크스가 물었다. 마크스는 빡빡 깎은 샘
의 머리를 쓰다듬었다.

"더워서." 샘이 말했다.

"멋있네." 마크스가 말했다. "그치?"

세이디는 거기엔 분명 자신에게 보내는 메시지가 담겨 있음을 알았지만 구태여 그것을 해독할 생각은 없었다. 이런 식으로 생각하는 게 옹졸하게 느껴졌고 병적인 자기중심주의 같았지만, 샘은 언제나 게임을 하고 있지 않았나? 언제나 세이디에게 풀어야 할 미로를 내밀지 않았나? 참 사람 피곤하게 하는 녀석이다. "그러네, 이제 출발하자." 세이디가 말했다.

"심미적인 선택은 아니었어. 진짜로 더웠어." 샘은 멋쩍어 보이기까지 했다.

"그래. 우리 방도 더웠어, 그래도 우린 둘 다 잠들 때 갖고 있던 머리카락을 고스란히 간직한 채 일어났어." 세이디가 말했다.

세이디는 샘이 하는 모든 행동이 심미적 선택 같았다. 캘리포니아로 옮긴 지 얼마 안 되어 샘은 법적으로 샘슨 매서에서 샘슨 메이저로 개명했다. 샘의 해명은 이랬다. 매서라는 성은 원래 자신에게 별 의미가 없다. 메이저가 더 세계 창조 전문가의 이름답게 들린다. 그러더니 작년부터는 자신을 메이저라고만 불러달라고 하기 시작했다. 마치 마돈나나 프린스처럼. "우리끼린 계속 샘이라고 불러도 돼." 샘이 세이디에게 말했다. "하지만 사람들 앞에서는 메이저라고 불러주면 좋겠어. 지금은 그게 내 이름이거든."

메이저는 〈메이플월드〉 론칭 때 대규모 프로모션의 일선에 나섰다. 그는 쇼맨이 되는 것을 대단히 즐겼다. 넋을 잃은 팬들을 앞에 두고 게임에 대해 열변을 토하는 것을 대단히 좋아했다. 게다가 더이상 만성 통증에 시달리지 않았으므로 〈이치고〉 때보다 그런 일들에 훨씬 능숙하고 노련해졌다. 프로모션 일정이 계속되면서 샘은 메이저 시장 같던 외양에 변화를 주기 시작했다. 속에 흰색 티셔츠를 받쳐 입고 가슴 주머니에 메이저라고 자수로 이름을 새긴 데님 커버올스를 주로 입었다. 그리스 어부들이 쓰는 모자 같은 카키색 브르통도 종종 썼다. 오랫동안 샘은 자신의 장애를 숨기려 애썼다. 그런데 지금은 지팡이 없이는 절대 사진을 찍지 않았다. 지팡이는 사물을 가리키거나, 군중을 헤치거나, 거창한 제스처가 필요할 때 활용됐다. 최근에는 치아교정을 받고 콘택트렌즈를 끼기 시작했다. 생애 최초로 샘은 웨이트 운동을 하는 중이었고 레슬러처럼 근육이 붙었다. 오른쪽 상완에 타투도 새겼다―한글로 '엄마'라고 쓰고, 둥근 노란 머리와 핑크색 리본의 미즈 팩맨을 그려넣었다. 샘이 유행시킨 메이저 캐릭터는 샘의 아바타 메이어 메이저만큼이나 게이머들 사이에서 우상시됐다. 2002년경의 메이저는 1997년경의 샘과 전혀 다른 사람으로 보였다.

그리고 이젠 머리카락까지 없다. 세이디가 운전을 했고 마크스가 조수석에서 자고 있었으며 샘이 뒷좌석에 있었다. 세이디는 잠시 백미러로 샘을 쳐다봤다. 샘과 처음 만났을 때 세이디는 샘의 안경과 얼굴과 머리칼을 그리려면 동그라미로 충분하다고 생각했었다. 지금은 인정할 수밖에 없다. 세이디는 샘의 머리칼의 동그라미들이 그리워질 것이다. 샘의 시선이 순간 세이디와 마주쳤다가 이내 멀어졌다. 샘은 곧바로 카키색 브르통을 꺼내 썼다.

일단 세이디와 마크스의 사적인 관계가 알려지자, 세이디와 샘의 직장 내 관계는 점점 악화됐다. 아마도 이것은 예견된 일이었을 것이다. 충돌이야 늘 있어왔지만 두 사람은 점점 예의를 차리지 않게 되었다.

세이디는 〈메이플월드〉의 제작과 홍보에 거의 관심이 없었다. 언페어의 '얼굴마담'이 되는 일에 전연 관심이 없었으므로 그런 책무는 기쁘게 샘에게 양도했다. 세이디가 하고 싶은 일은 다시 새 게임에 집중하는 것이었다. 〈세계의 양면〉과 〈메이플월드〉와 〈이치고〉를 확실히 역사의 뒤안길로 보내버릴 무언가를 만들고 싶었다.

샘으로 말하자면 그는 〈메이플월드〉를 확장하는 과정을 즐겼고, 또다른 〈이치고〉에 착수하고 싶어했다. "지금 이 순간 아주 많은 시선이 우리에게 쏠려 있어, 세이디. 지금 우리가 가진 리소스로 뭘 할 수 있을지 상상해봐. 새로운 〈이치고〉를 만들기에 완벽한 타이밍이라고."

"난 마흔이 되기 전까진 〈이치고〉를 만들고 싶지 않아, 샘. 난 너랑 달라. 나는 똑같은 걸 자꾸자꾸 반복하는 데서는 쾌감을 못 느껴."

"넌 왜 항상 우리의 성공작들을 던져버리지 못해 안달이야? 너를 흥분시키려면 왜 맨날 새로운 거여야 해? 너 그거 완전 병이야."

"넌 이미 했던 거 말고 딴 거 하는 게 왜 그렇게 겁나는데?"

계속 그런 식이었다.

세이디가 만들고 싶어한 게임은 〈마스터 오브 더 레블스Master

of the Revels[*]〉였다. 〈마스터 오브 더 레블스〉는 엘리자베스시대 런던의 연극계를 배경으로 크리스토퍼 말로^{**} 살인사건을 해결하는 시뮬레이션 게임이었다. 세이디는 마크스가 극예술에 대한 좋은 게임이 하나도 없다고 푸념한 데서 영감을 얻었다.

세이디가 게임에 대해 설명하는 그 순간부터 샘은 〈마스터 오브 더 레블스〉가 너무너무 싫었다. 과시적이고 잘난 척하는 느낌이라 대중에게 먹힐 것 같지가 않았다.

그래도 세이디는 〈마스터 오브 더 레블스〉가 언페어의 차기작이 되어야 한다고 주장했다.

"설마 진심은 아니겠지, 세이디. 사람들은 셰익스피어를 싫어해. 역사를 싫어한다고. 게다가 네가 제시하는 세계는 너무 우울해. 넌 또 뭘 그렇게 증명하려는 거야?"

"〈메이플월드〉 같은 풍선껌은 앞으로 영원히 만들기 싫어."

"〈메이플월드〉는 풍선껌이 아냐. 어쨌든 넌 〈세계의 양면〉에서 한번 겪어놓고도 그 최악의 사례를 반복하고 싶다 이거네. 그건 또 무슨 심보냐."샘이 말했다.

"웬 거지발싸개 같은 헛소리람. 그럼 우리가 하는 모든 일의 의미는 이용자 폭을 최대한 넓히는 데 있는 거야? 그게 우리가 무언가를 하는 유일한 이유야? 난 그게 궁금하네."

"맞아, 우리가 거기에 수백만 달러를 쏟아부을 거라면. 우리

---

* 16~18세기 영국 왕실의 연회를 감독하던 관직. 일반 무대극의 관리와 검열을 겸하기도 했다.
** 16세기 영국의 대표 극작가이자 시인으로 근대극의 시초를 확립했다. 의문사로 단명했다.

자신의 유한한 생의 한정된 시간은 말할 필요도 없고."

"모든 게임이 〈메이플월드〉가 되어야 할 필요는 없어, 샘. 모든 게임이 모두에게 어필해야 할 필요는 없다고."

"난 너랑 이런 논쟁을 하는 게 너무 지겨워."

"난 너랑 이러고 있는 게 지겹다."

"넌 지적 허영이 지나쳐, 세이디."

"넌 재수없는 아첨꾼이야."

이쯤 되어 둘의 대화는 같은 층에서 일하는 모든 사람들에게 다 들렸다.

"그걸 꼭 만들어야겠다면 너 혼자 해." 샘이 말했다.

"좋아. 그럼 그러지 뭐. 안 그래도 그 말 나오길 빌고 있었다."

"너 혼자는 못하지! 어쨌든 내겐 프로듀서로서 그 건의 승인 권한이 있어." 샘이 말했다. 샘과 세이디와 마크스는 언페어를 창업하면서 그들이 만드는 모든 게임은 적어도 셋 중 둘이 찬성해야 한다는 데 합의했다. "너 혼자 일방적으로 게임 개발을 결정할 순 없어."

"마크스는 나를 지지할 거야."

"당연히 그러시겠지."

"마크스는 〈마스터 오브 더 레블스〉가 엄청난 게임이 될 가능성이 있으니까 날 지지할 거야, 샘."

"마크스는 매사에 네 편을 드니까 널 지지하겠지. 너랑 섹스하는 사이이니까."

"내 방에서 나가."

"싫어." 샘이 말했다.

세이디는 힘으로 샘을 문밖으로 밀었다.

"나가!"

"싫어. 말을 길들이는 자한테 가자. 그리고 이 건을 최종적으로 마무리짓자." 샘이 말했다.

세이디가 샘을 밀치고 나갔고, 두 사람은 마크스의 사무실로 들어갔다.

"세이디가 너한테 이미 얘기했겠지. 〈마스터베이션 오브 더 레블스〉에 대해."

"죽고 싶냐." 세이디가 말했다.

"응." 마크스가 말했다.

"글쎄, 난 그게 구리다고 생각해. 그건 수백만 달러짜리 〈에밀리블래스터〉 같아." 샘이 말했다.

"만약 그게 내가 아니라 누구 딴사람의 아이디어였다면 좀더 예의를 갖춰 말했겠지." 세이디가 말했다.

"난 세이디와 같이 그 게임을 개발하는 걸 거부해. 난 우리가 그 게임을 시작도 하지 말아야 한다고 생각해." 샘이 마크스에게 말했다. "우린 거기에 쓰는 동전 한 닢까지 다 날릴 거야. 하지만 마지막 한 표는 네가 쥐고 있으니까…… 네가 철저히 객관적인 건 아니지만."

"난 좋은 아이디어라고 생각하는데." 마크스가 말했다.

"아주 그냥 놀랍구먼, 놀라워." 샘이 말했다.

샘은 마크스의 사무실을 나가 제 방으로 가더니 문을 쾅 닫았다.

"결정된 거지." 세이디가 말했다. 세이디의 얼굴은 붉게 상기

됐다. "네가 동의한다면 난 차기작으로 〈마스터 오브 더 레블스〉를 만들 거야. 그리고 샘 없이 할 거고." 세이디는 저 혼자 고개를 주억거렸다. "개량은 이제 완전히 끝이야."

세이디 역시 마크스의 사무실을 나가 자기 방으로 돌아갔다.

마크스는 누구를 쫓아갈지 잠시 고민하다가 오른쪽으로 틀어 샘의 사무실로 향했다. 마크스는 문을 두드렸다.

"잠시 얘기 좀 할까?" 마크스가 물었다.

"넌 여자에 눈이 멀었어. 바로 이래서 내가 1996년에 너한테 세이디랑 데이트하지 말라고 했던 거야. 힘의 균형이든 뭐든 하여간 다 망가뜨리니까."

"그 말엔 응수할 가치를 못 느끼겠군." 마크스가 말했다. "넌 지금 무례하고 유치하게 굴고 있어, 샘. 언페어는 내 회사이기도 해. 만약 내가 해볼 만하다고 생각지 않았다면 하자고 하지도 않았을 거야. 〈마스터 오브 더 레블스〉는 세이디가 처음 얘기했을 때부터 무척 끌렸어. 엘리자베스시대 연극계라니. 크리스토퍼 말로 살인사건. 이건 흥미로운 디테일이고 거기서 흥미로운 세계가 도출될 수 있다고 생각해. 세이디가 묘사한 게임 데모를 고딩 두 명이 게임 잼 같은 데서 발표했다고 해도 난 솔깃했을 거야. 그리고 솔직히, 난 항상 극예술에 대한 게임을 만들고 싶었어."

샘은 고개를 절레절레 젓더니 한숨을 내쉬었다. "마크스, 내가 세이디를 모른다고 생각해? 〈마스터 오브 더 레블스〉는 세이디의 가장 나쁜 점만 모아놓은 최악의 종합선물세트라고. 아까 내가 세이디한테 〈에밀리블래스터〉 같다고 말했지만 까놓고 말해서 이건 〈솔루션〉이야."

"우리 둘 다 〈솔루션〉을 아주 좋아했잖아." 마크스가 말했다.

"학부생이 만든 것치곤 엄청났지. 같이 수업 듣는 애들을 열받게 할 생각이라면, 그리고 돈이 들지 않는다면 엄청난 작품이지."

마크스는 샘의 지적을 숙고했다. "〈솔루션〉 같진 않다고 생각해."

"세이디는 뭔가 음울하고 지적인 걸 만들고 싶어해, 그래야 사람들이 자기를 진지하게 생각해줄 테니까. 세이디는 도브처럼 사람들에게 강렬한 인상을 주려는 거야. 〈세계의 양면〉에 혹평을 쓴 사람들한테 본때를 보여주고 싶은 거지. 세이디가 가진 최고의 색채는 암울함이 아냐."

"글쎄다, 샘. 나는 세이디의 모든 색채가 다 탐구할 가치가 있다고 생각해. 프로페셔널하게 말해서. 그리고 이건 엄청난 게임이 될 가능성이 있어. 세이디가 처음 그 게임에 대해 묘사할 때네가 그 표정을 봤다면. 정말 신나서 흥분한 그 표정을 봤어야 하는데."

샘은 마크스를 쳐다봤고 순간 녀석이 너무 얄미웠다. 네가, 누구든 가질 수 있었던 네가, 왜 하필 찍은 게 세이디 그린이야?

샘은 클라우네리나의 침대 위에 있는 두 사람이 상상이 갔다. 잠에서 깬 세이디가 그대로 몸을 돌려 마크스를 보며 말한다, 나한테 아이디어가 하나 있는데 말이야. 그리고 마크스에게 〈마스터 오브 더 레블스〉에 대해 자세히 묘사한다—두 손은 세이디가 흥분할 때면 늘 그러듯 허공을 휘젓고 말은 속사포처럼 빠르다. 세이디는 침대에서 일어나서 방안을 왔다갔다한다. 왜냐하면 세이디는 좋은 생각이 떠오르면 가만히 있지를 못하니까. 샘은 언제부터 세이디의 아이디어를 처음 알게 되는 사람이 자신이 아니었는지 기억나지 않았다.

"저기, 됐어, 마크스." 샘이 말했다. "난 세이디가 뭘 하든 관심없어."

그날 저녁 세이디의 집 침대에서 마크스는 세이디에게 정말로 샘을 빼고 〈마스터 오브 더 레블스〉를 만들 거냐고 물었다.

"내가 그럴 능력이 안 된다고 말하고 싶은 거야?" 세이디는 전투 태세를 갖췄다.

"아냐, 당연히 그런 건 아니지." 마크스가 말했다.

"난 개랑 같이 게임을 만들기 훨씬 전부터 혼자서 게임을 개발했어, 샘 없이."

"나도 알지. 내 생각엔"—마크스는 신중히 말을 골랐다—"너희 둘이 함께 작업하면 게임이 좀 다른 에너지를 갖는 것 같아."

"우린 거의 말도 안 하는걸. 말을 해도 그다지 생산적인 대화가 아니야. 너나 회사 사람들 모두가 똑똑히 들었다시피. 꽤 오래전부터 사이가 안 좋았어. 어떻게 다시 같이 일할 수 있는지 방법도 모르겠고. 샘은 〈마스터 오브 더 레블스〉를 너무 싫어하고 난 그게 너무 마음에 들어. 샘과 내가 이걸 같이 만들면 솔직히 서로를 죽이고 말 거야. 이대로 영원히 갈라서진 않겠지. 하지만 우리 사이가 다시 좋아지려면 한동안은 떨어져 있을 필요가 있다고 생각해.

그리고 이건 어쩌면 개보다 내 문제일 거야. 난 혼자 힘으로 뭔가를 만들고 싶어. 온전히 나만의 것을. 공이든 과든 무엇도 샘에게 돌릴 수 없는 것."

"그 마음 이해해, 그리고 응원해. 세이디 그린의 〈마스터 오브 더 레블스〉. 만방에 알릴지어다! 근데 궁금한 게 있어. 나도 내내 너희랑 같이 있었던 것 같은데 너랑 샘 사이에 무슨 일이 있었는지 전혀 모르겠거든. 너희 둘은 워낙 끈끈해서 조이가 나한테 이렇게 말한 적도 있어, 널 설득하려면 샘을 위해서라고만 말하면 되고 그 반대도 마찬가지라고."

"한두 가지가 아니야." 세이디가 말했다. "오랫동안 나는 그 한 가지가 문제라고 생각했어…… 근데 아냐, 몽땅 다 문제였던 거야."

"하지만 뭔가 하나 있긴 한 거지?" 마크스는 집요하게 캐물었다.

"정신 나간 소리로 들릴 거야. 샘한테 얘기하니까 정신 나간 소리라고 하더라. 내가 율리시스를 얻으러 도브한테 찾아갔던 거 기억나? 샘은 도브가 내 선생이자 연인인 줄 몰랐다고 우겼어, 하지만 샘은 둘 다 이미 알고 있었던 거야."

"어떻게?"

"너희 둘이 플레이하던 게임 CD에 도브가 사인을 해놨어."

세이디는 책상으로 가서 게임 CD를 꺼내 마크스에게 보여줬다. 마크스는 CD에 적힌 문장을 읽었다. "와, 도브 그 자식 천하의 악질이었네." 마크스가 말했다.

"나도 알아."

"설명해줘. 샘이 이걸 알고 있었다면 뭐가 달라지는데?"

"흠, 샘한테는 나의 행복보다 〈이치고〉를 만드는 게 더 중요했다는 뜻이지. 오랫동안 나는 그 반대였거든—나도 우리 게임을 좋아했지만 샘을 더 아끼고 신경썼어. 나에겐 그 배신이 상징 같은 거야. 샘은 그 무엇보다 게임과 자기 자신을 우선시한다는. 그렇게 느꼈던 모든 순간들의 전형."

"하지만 샘은 원래 그런걸. 너희 둘은 크게 다르지 않아. 둘 다 일에 강박적으로 집착하잖아."

"난 달라. 난 걔를 위해 캘리포니아로 이사했어. 다른 이유도 있다는 건 알아. 하지만 너와 나 둘 다 근본적으로는 샘을 위해 캘리포니아로 옮겨온 거잖아."

"화석을 파내려는 건 아닌데, 샘은 샘대로 너를 위해 캘리포니아로 옮긴다고 믿었어. 샘은 너를 걱정했어. 너와 도브의 관계를……"

"샘과 나는 도브 얘긴 한 번도 한 적 없어." 세이디가 말했다. "걔가 나를 걱정했다는 게 어떻게 사실이 되는지도 모르겠다."

"하지만 샘과 나는 그 얘기를 했는걸. 꽤 자주." 마크스가 말했다.

세이디는 고개를 흔들었다.

"그리고 세이디? 이게 꼭 중요한 건 아니지만 샘이 그 〈데드시〉 CD를 봤는지도 확실치 않아. 난 그날 오후를 선명히 기억해. 너는 방에서 자고 있었고 샘은 〈이치고〉의 그래픽 참고자료를 찾기 위해 우리가 갖고 있는 게임 CD를 하나하나 살펴보고 있었어. 샘이 자기 CD 무더기를 다 훑어본 다음에, 내가 네 책장으로 가서 네 CD를 가져왔어. 〈데드 시〉를 꺼내서 CD 드라이브에 넣은 사람은 분명 나였을 거야, 왜냐하면 나는 늘 샘의 발을 걱정했고 내가 일어났다가 다시 앉는 게 더 편했으니까. 그리고 난 그 CD를 제대로 보지 않았고 샘도 볼 틈이 없었을 거야."

마크스는 그게 사실이길 바랐겠지만 세이디는 마크스가 착각하고 있음을 알았다.

"그 일뿐만이 아니라는 건 알지만……" 마크스가 말을 이었다.

"아니지. 〈이치고 Ⅱ〉도 그래. 공은 맨날 샘이 다 가져가지. 그리고 아까도 말했지만 이건 샘의 문제가 아니야. 난 그냥 나만의 것이 갖고 싶고 샘과 협상하고 싶지 않아. 난 이제 겨우 스물여섯이야, 마크스. 앞으로 평생 내가 하는 모든 작업을 사소한 것까지 일일이 다 샘과 같이 해야 하는 건 아니잖아."

전화가 울리자 마크스가 받았다. 부동산중개인이었다. 클라우네리나 아파트의 임차 기간이 거의 끝나가고 있어서 두 사람은 베니스에 있는 한 주택에 매매 제안서를 넣었다. 애벗키니 동편에 있는, 비바람에 삭고 외벽에 물막이 판자를 덧댄, 잿빛과 자줏빛이 도는 2층짜리 목조주택이었다. 로스앤젤레스의 거의 모든 것들과 마찬가지로 1920년대에 지어진 집이었다. 계단은 위험하고 난간도 없고, 사방에 쌍여닫이 유리문이 나 있고, 나무 널빤지 바닥에, 거실 유리창은 교회처럼 A자 프레임이었다. (실제로 캘리포니아 남부를 거쳐간 수많은 컬트 종교 중 한 곳에서 깨달음과 열반의 길에 잠시 그 집을 점유한 적이 있었다.) 다 낡아 부스러져가는 와중에도 매력적이었고 나름 사람이 살 수 있는 상태였다. 9미터 높이의 부겐빌레아가 집 앞의 야자수를 차근차근 교살하는 중이었다. 부지를 둘러싼 울타리 말뚝은 여기저기서 사선으로 누웠다. 지붕은 선제적 수리를 필요로 했다. 매물 목록에 그집은 '보헤미안 드림'이란 제목으로 나와 있었고, 보헤미안이란 '앞으로 들 수리비를 생각하면 가격에 거품이 낀'이라는 뜻이었다. 마크스는 중개인과 얘기하더니 송화구를 가리고 세이디에게 말했다.

"혹시 제안가를 더 높일 수 있냐고 물어보는데."

세이디와 마크스는 집을 보러 다니기 시작한 이후로 여러 채를 아쉽게 놓쳤다. 캘리포니아의 부동산은 빠르게 움직였다. 세이디는 실망에 익숙해져버렸고 더이상 어느 집에도 연연하지 않게 되었다. "멋진 집이긴 하지만 다른 집도 있을 것 같은데. 뭐, 너 하고 싶은 대로 해."

"난 그 집이 맘에 들어. 그게 우리집이 될 것 같아." 마크스가 말했다.

"그럼 그러자. 약간 더 올려서 어떻게 되는지 보자." 세이디가 말했다.

며칠 후 그들의 제안이 받아들여졌다.

두 달 후, 훈증소독과 자물쇠 교체와 끝없는 서명을 마친 후 두 사람은 이사를 들어갔다.

"너를 안아들고 문지방을 넘어야 할까?" 마크스가 물었다.

"결혼한 게 아니니까 내 두 발로 넘어가도 괜찮을 것 같은데." 세이디가 말했다.

세이디가 문을 열었고, 두 사람은 집안을 지나 아담한 뒷마당으로 나갔다. 가을을 맞아 세 그루의 과일나무 중 두 그루가 제철이었다. 감나무와 구아바나무였다.

"세이디, 이거 봤어? 감나무야! 내가 제일 좋아하는 과일이 감인데." 마크스가 나무에서 탐스러운 주황색 감을 하나 따서 이제는 흰개미가 박멸된 나무 덱에 앉아 잘 익은 감을 먹었다. "우리의 행운이 믿어져? 집을 사고 봤더니 그 집에 내가 제일 좋아하는 과실수가 있다니." 마크스가 말했다.

샘은 자기가 만나본 사람 중 가장 운이 좋은 놈이 마크스라고 말하곤 했다―마크스는 연인과도, 사업에서도, 외모에서도, 인생에서도 운이 좋았다. 그러나 세이디는 마크스를 오래 알면 알수록 샘이 마크스가 가진 좋은 운의 본질을 제대로 이해하지 못했다는 생각이 들었다. 마크스는 세상만사를 예기치 못한 보너스로 여겼기 때문에 운이 좋았다. 사실 정말로 감을 제일 좋아하는지, 아니면 감나무가 자기 집 뒷마당에서 자라고 있기 때문에 지금부터 제일 좋아하기로 한 건지는 알 수 없는 노릇이었다. 아닌 게 아니라 마크스는 이전엔 한 번도 감 얘기를 꺼낸 적이 없었다. 맙소사, 사랑하기 너무 쉬운 사람이잖아. 세이디는 생각했다. "그거 씻어 먹어야 하지 않을까?" 세이디가 물었다.

"이건 우리 나무야. 나의 때묻은 손 외엔 그 무엇도 이걸 건드린 적이 없지." 마크스가 말했다.

"새들은?"

"새들쯤이야 겁낼 게 있나. 어쨌든 너도 하나 맛을 봐, 세이디." 마크스는 일어나서 자기가 먹을 것을 하나 더 따고 세이디에게 줄 것도 하나 땄다. 그리고 집 옆의 수돗가로 걸어가 감을 씻었다. 마크스가 감을 세이디에게 내밀었다. "먹어봐. 감은 해 거리를 해서 격년으로 수확하거든."

세이디는 감을 한입 베어물었다. 단맛은 세지 않았고 과육은 복숭아와 캔털루프 멜론의 중간쯤 어딘가였다. 어쩌면 세이디가 가장 좋아하는 과일 역시 감일지도?

3

옛날 옛적에, 〈메이플월드〉를 넘어선 위대한 모의실험장 샌프란시스코에서, 시장이 동성 부부에게도 혼인허가증을 발급하라고 시청에 명령했다. 밸런타인데이 며칠 전이었고, 사이먼과 앤트는 〈카운터파트 하이: 3학년〉의 후반작업을 하느라 정신없이 바빴다. 둘 다 샌프란시스코 시장의 결정이 흥미로운 정치적 발전이라는 데는 동의했지만 자신들과 관련이 있는 사안이라고는 생각지 않았다. 결혼하기로 마음이 기울었다 해도 자리를 비우기엔 워낙 상황이 여의치 않았다. 〈CPH 3〉의 테스트 플레이가 시간을 너무 오래 잡아먹었고 새로운 요소가 너무 많이 추가돼 버그가 유난히 많았다. 일정대로 게임을 출시하려면 하루에 열여덟 시간을 고정적으로 쏟아부어야 했다.

"그래도 가야 하지 않을까?" 사이먼이 물었다. 새벽 네시였고, 앤트가 운전대를 잡고 두 사람의 아파트로 퇴근하는 길이었으

며, 샤워를 하고 옷을 갈아입으면 아마 한두 시간쯤 잘 수 있을
터였다.

"어디를?" 앤트가 하품을 하며 말했다.

"샌프란시스코에." 사이먼이 말했다.

"무슨 목적으로?"

"결혼하러." 사이먼이 말했다.

"네가 결혼하고 싶어하는 줄 몰랐는데."

"뭐, 지금까진 가능한 선택지가 아니었으니까." 사이먼이 말
했다. "선택할 수 있는 문제가 되기 전까진 원한다는 걸 모를 수
도 있지."

"일단 게임을 완성해야 다른 걸 생각하든 말든 하지."

"맞아. 그야 당연히 그렇지."

오전 여덟시, 두 사람은 다시 언페어로 출근하는 길이었고, 꽉
막힌 도로 위였다.

"나 토어슐루스파니크Torschlusspanik 같아." 사이먼이 말했다.
사이먼이 운전하는 중이었고 그동안 앤트는 조금이라도 잠을 보
충하려 기를 쓰고 있었다.

"몰라." 앤트가 눈도 뜨지 않고 말했다. "두 시간밖에 못 잔 나
한테 독일어를 던지면 안 되지."

"거기서 혼인허가증 발급을 언제 중단할지 아무도 모르잖아?
판타지 세계의 웜홀 댄스파티를 만드느라 눈코 뜰 새 없이 바쁜
사이에 정작 현실 세계에서 결혼할 기회를 홀랑 날려버릴 수도
있어."

"나 잔다, 사이먼."

"알았어. 자."

2분 후 앤트가 한쪽 눈을 떴다. "솔직히 난 네가 그렇게 관습을 중시하는 사람인지 몰랐다. 담엔 하얀 말뚝 울타리가 갖고 싶다고 하겠어."

"샌타모니카나 컬버에 있는 주택을 뜻하는 거라면 그것도 괜찮게 들리네. 웨스트할리우드까지 왔다 갔다 운전하는 거 지겨워 죽겠어."

그리고 새벽 세시, 앤트가 다시 퇴근길 운전대를 잡았다.

"난 아무래도 샌프란시스코에 가고 싶은 것 같아." 사이먼이 실토했다. 이 모든 상황에 전체적으로 열받았다는 투였다. "나와 함께 가겠는가, 앤토니오 루이스?"

두 사람은 6년 전 대학 새내기 때 캐릭터 애니메이션 수업에서 만났다. 처음에 앤트는 사이먼에게 별 매력을 못 느꼈고 램프의 지니처럼 근육질로 생겨서 자기 타입이 아니라고 생각했다. 가뜩이나 외모도 마음에 안 드는데 사이먼은 불쾌하고 건방진 학생이었다. 교수에게 지적질을 해댔고, 미국 애니메이션을 싫어했으며, 걸핏하면 기나긴 독일어 단어를 툭툭 던지며 남들 모르는 영화를 인용했고, 강풍으로 낙엽을 쓸어모으는 청소기처럼 시끄럽게 웃어댔다.

개강하고 두 주쯤 지나 사이먼이 자신의 첫 20초짜리 애니메이션 프로젝트를 발표했다. 〈앤트〉는 어느 밉살맞은 꼬마가 볼록 렌즈로 개미를 잡는 장면으로 시작된다. 카메라는 개미를 줌인하는데, 가죽 재킷을 입고 눈을 굴리는 힙스터의 원형이다. 개미는 존재에 관한 신랄한 독백으로 자신의 마지막 생각을 전하고 끝내 장렬히 연소한다. 같은 반 학생 중 아무도 좋은 평을 하지 않았다. 앤트는 지금까지 본 학생 작품 중 최고라고 생각했지만 평가시간에 괜히 목소리를 높이고 싶진 않았다. 수업이 끝난 후 앤트는 사이먼에게 다가갔다. "아주 명민한 작품이었어." 앤트가 말했다.

"고맙네, 친구." 사이먼이 대답했다. "그 캐릭터는 너를 본따 만들었어, 알다시피."

앤트는 눈을 굴리고 가죽 재킷의 지퍼를 올렸다. "어떻게 받아들여야 할지 모르겠군."

"연소 부분 말고." 사이먼이 말했다. "그 나머지 말이야. 섹시한 개미." 사이먼이 활짝 웃자 종전까지 보이지 않던 보조개가 돌연 눈에 띄었고, 앤트는 생각했다. 하느님 살려주세요, 이 새끼 웃으니 귀엽잖아.

두 사람은 혹시 증인이 필요할까봐, 또 게임을 한창 완성하다 말고 중간에 자리를 비운다고 뭐라고 할까봐 마크스에게 샌프란시스코에 같이 가달라고 부탁했다. 일단 마크스가 가기로 하자 세이디도 가게 되었다―사진을 찍어줄 사람이 필요할 테니까. 그다음엔, 다른 사람들이 모두 가는데다 시민사회의 역사적 관심사이기도 해서 메이플타운의 시장도 참석하고 싶다는 의사를 비쳤다.

그들은 화요일 아침에 샌프란시스코행 비행기를 탔다. 샌프란시스코 시청에 도착하고 보니 건물 주위로 줄이 길게 늘어서 있었고, 시간이 경과할수록 대기줄은 점점 늘어나기만 했다. 축축하고 쌀쌀한 날씨에도 불구하고, 낮의 관공서답게 어지럽고 혼잡한 긴장감이 감도는 청사에는 뮤직 페스티벌 같은―코첼라보다는 뉴포트 재즈에 가까운―분위기가 은은하게 감돌았다. 사이먼은 혼인허가증 발급이 예고도 없이 중단될까봐, 경찰과 변호사와 호모포비아들이 나타나서 다 망쳐버릴까봐 겁이 났다. "토어슐루스파니크." 사이먼이 불쑥 내뱉었다.

"알았어. 그 떡밥 내가 물지." 샘이 말했다.

"물지 말아요." 앤트가 말했다.

"토어슐루스파니크가 뭐야?" 샘이 말했다.

"'폐문 공포증'을 뜻하죠. 시한이 만료되어 기회를 놓치는 것에 대한 두려움. 말 그대로, 문이 닫히면 절대 못 들어가는 거예요." 사이먼이 말했다.

"그건 난데. 난 언제나 그런 기분인데." 샘이 말했다.

빗방울이 쏟아지기 시작하자 샘과 세이디가 우산 구입의 임무를 띠고 차출됐다. 태양이 영원히 내리쬐는 로스앤젤레스 출신인 이들은 우산을 가져온다는 생각 자체를 하지 않았다. 시청 앞 노점상의 우산이 품절되어 두 사람은 그로브 스트리트를 따라 한참을 더 걸어가야 했다. 두번째로 발견한 노점상은 출처가 의심스러운 중고/장물 우산을 팔고 있었다. 그래도 친구들 결혼식인데, 우리 이보다 더 잘할 수 있잖아, 두 사람은 의기투합했다. 1킬로미터쯤 더 가자 골프장에서 갤러리들이 쓰는 거대한 우산을 파는 스포츠용품점이 나왔다. 그때쯤 해서는 샘과 세이디 둘 다 홀딱 젖었고, 아까 전에 그 미심쩍은 우산에 만족했어야 한다고 얘기하던 차였다. 왜 우리 기준은 항상 이다지도 높을까? 하며 농담을 했다. 달리 선택지가 없었으므로 그 괴물 같은 우산을 세 개 샀다.

그중 두 개를 각자 펼쳐 쓰고 시청까지 되돌아가기 시작했다.

30초 후 그들은 지름 150센티미터짜리 우산 두 개를 전개한 채 인도를 나란히 걷는 것은 불가능하다는 깨달음에 도달했다. 세이디가 샘에게 우산을 접고 제 우산 밑으로 들어오라고 했고, 이어서 샘에게 팔을 내밀었다. 샘은 그 팔을 그들 사이의 관계 개선을 나타내는 지표로 해석했고, 〈마스터 오브 더 레블스〉 작업을 일부 봤다는 걸 언급하기로 했다. "그 낮은 채도의 색상 구성이 맘에 들어. 흑백이 아니면서도 멋스럽더라. 세련됐어."

"고마워." 세이디가 말했다. "네가 그 게임을 얼마나 못마땅해했는지를 생각하면 그렇게 말해주다니 뜻밖이네."

"못마땅해하지 않아. 어차피 내 의견은 중요하지 않았잖아? 내가 뭐라고 하든 넌 그 게임을 만들 생각이었어. 그리고 지금 만들고 있지. 그것도 훌륭하게." 샘이 말했다.

"그러니까 넌 〈마스터 오브 더 레블스〉가 사상 최악의 기획안이고 이거 하나로 우리 회사를 말아먹을 거라고 생각하진 않는다는 거지?"

샘은 고개를 끄덕였다. 응.

네 시간 후 사이먼과 앤트는 그날 결혼한 211번째 부부가 되었다. 예식이 끝나자 다들 배고파 죽을 것 같았고, 근처 딤섬집으로 몰려가 배가 터져라 만두를 먹었다. 마크스가 값비싼 싸구려 샴페인을 한 병 주문하자 샘 못잖게 일장연설을 좋아하는 사이먼이 건배사를 하기로 마음먹었다. "오늘 하루 휴가를 내고 우리의 결혼식에 증인이 되어주신 친구들과 동료들에게 감사드립니다. 우리와 함께 세 편의 〈CPH〉를 제작해주신 데 대해서도 고마움을 표합니다. 제 생각엔 이번만큼은 게임 제목을 '도플갱어 하이'로 했어야 한다는 데 다들 동의하실 것 같군요."

"동의할 수 없다는 데 동의합니다!" 마크스가 외쳤다.

"세간의 통념과 달리," 사이먼이 연설을 이어나갔다. "제가 제일 좋아하는 독일어는 사실 도플갱어가 아닙니다. '츠바이잠카이트*'죠."

"또다른 제목 후보가 '츠바이잠카이트 하이'였어요. 제가 뜯어말렸죠." 앤트가 말했다.

"고맙네." 샘이 소곤거렸다.

"'츠바이잠카이트'는 다른 사람과 함께 있어도 혼자인 듯한 고독감을 말합니다." 사이먼은 고개를 돌려 남편과 눈을 맞췄다. "널 만나기 전까지 난 끊임없이 츠바이잠카이트에 시달렸어. 가족과 친구들, 그때까지 만난 애인들과는 함께 있으면서도 외로웠어. 너무 자주 그런 느낌이 들어서 난 그게 생의 본질인 줄 알았어. 살아 있다는 건 근본적으로 혼자임을 받아들이는 거라고 생각했어." 사이먼의 눈시울이 촉촉해졌다. "알아, 난 구제불능이고 넌 독일어도 결혼도 안 좋아하지. 어쨌든 내가 할 수 있는 말은 이것뿐이야. 사랑해, 나랑 결혼해줘서 고마워."

앤트가 잔을 들며 말했다. "츠바이잠카이트."

사이먼이 독일어를 모국어처럼 잘하는 건 아니었고, 사실 츠바이잠카이트는 어이없게도 완전히 다른 뜻이었다. 하지만 어차피 파티 참석자들 중 독일어를 아는 사람은 아무도 없었다.

---

* Zweisamkeit. 둘 사이의 친밀함. 둘이 있어 좋은 상태.

8월에 〈카운터파트 하이〉가 나왔을 때 사이먼과 앤트는 더이상 결혼한 상태가 아니었다. 캘리포니아 대법원은 샌프란시스코 시가 법을 위반했으며 해당 허가증에 기반하여 승인된 혼인은 무효라고 판결했다. 희한하게도 사이먼보다 앤트가 더 괴로워했다. 사이먼은 이유가 있어서 토어슐루스파니크를 느꼈던 것이고, 자신들이 사는 나라와 시대를 생각하면 합법적 결혼생활이 끝났다는 사실이 새삼스럽지 않았다. 사이먼은 특별한 때를 위해 아껴 났던 오래된 코카인을 몇 줄 흡입하고 다시 일로 돌아갔다. "그 모든 게 다 페어슐림베세룽*이었다면 미안해." 하루 휴가를 내기로 한 앤트에게 사이먼이 말했다.

앤트는 머리 꼭대기까지 이불을 뒤집어썼다. 처음에는 상원의원한테 전화를 건다느니 새크라멘토에 가서 시위를 한다느니 분노의 편지와 기고문을 쓴다느니 하다가 끝내 현실을 받아들이고 체념했다. 앤트는 시위자도 활동가도 아니었고, 정치적인 사람조차 못 되었다.

앤트가 일주일이 지나도록 복귀하지 않자 세이디가 차를 몰고 집으로 찾아갔다. "결혼한다고 뭐 그리 느낌이 다를까 싶었거든요." 앤트가 세이디에게 말했다. "근데 어쩐지 다르더라고요. 난 지금 골탕 먹은 기분이에요."

---

* Verschlimmbesserung. 현상태로도 괜찮은 것을 괜히 손본답시고 오히려 망가뜨리는 것.

회사로 돌아온 세이디는 마크스와 샘을 자기 방으로 불렀다.

"〈메이플월드〉에 결혼을 도입해야겠어."

"넌 결혼을 믿지 않는 줄 알았는데. 왜 죄 없는 디지털 세계 사람들한테 케케묵은 제도를 강요하려는 거야?" 마크스가 말했다.

"어떤 사람들에겐 〈메이플월드〉가 결혼이 가능한 유일한 장소일 테니까." 세이디가 말했다. "그리고 현실 세계의 부당함을 바로잡을 수 없다면 나만의 세계를 갖는 게 무슨 의미가 있어?"

게임 론칭 후 3년 만에 〈메이플월드〉의 몇몇 새로운 요소 중하나로 '결혼'이 조용히 도입되었다. 현실 세계에서의 결혼과 마찬가지로 혼인한 두 주민은 토지와 메이플달러를 하나로 합칠 수 있다. 〈메이플월드〉에서 혼인은 동의하는 두 성인 간의 결합으로 정의됐을 뿐 성별에 대한 명시적 언급은 없었다. 사실 주민 대다수가 성별 이분법은커녕 인간적 특징조차 고수하지 않는 〈메이플월드〉에서 결혼의 요건으로 성별을 규정하는 것은 미련한 짓이었다. 메이어 메이저 같은 힙스터가 주류이긴 해도 엘프, 오크, 몬스터, 외계인, 정령, 뱀파이어, 그 외 다양한 초자연적 존재와 논바이너리 주민들이 공존했다.

메이플타운의 10월의 어느 비 오는 아침, 앤토니오 루이스와 사이먼 프리먼은 '스페셜 메이플월드 이벤트'를 통해 생애 두번째로 결혼했다. 샘과 세이디는 우산을 사러 갈 필요가 없었다. 전날 밤 개발자들이 미리 우산을 추가해놨다.

결혼식에 핍진성을 부여하고 싶었던 샘은 현실 세계에서 목사 안수를 받았고, 사이먼과 앤트의 예식을 완료한 후 메이어 메이저는 결혼하길 원하는 이들은 누구든 앞으로 나오라고 권했다.

그날 문을 닫기 전까지 메이저 시장은 211쌍을 혼인시켰다.

이어지는 몇 주 동안 오만 명이 〈메이플월드〉를 탈퇴했다. 그리고 이십만 명이 새로 가입했다.

즉각 협박장이 날아들었다. 주로 샘을 겨냥한 살해 협박―이메일과 종이 편지―이었다. 제법 그럴듯한 폭탄테러 위협에 오후 반나절 동안 전 직원을 회사에서 대피시킨 일도 있었다. 〈메이플월드〉가 쓸데없이 정치적 행보를 걷는다고 생각한 각종 반평등 단체에서 불매운동을 벌였다. 샘이 심각한 이슈를 농담거리로 만들어 홍보에 이용한다고 생각한 각종 반차별 단체에서 불매운동을 벌였다. 몇몇 잡지 논평란에 메이어 메이저의 지지파와 반대파 양쪽에서 보내온 사설이 실렸다. (〈뉴스위크〉 "게임이 정치적이어야 하는가? 메이어 메이저는 그렇다고 생각한다.") 텔레비전 토크쇼에 출연한 샘은 마셜 매클루언을 인용했다. "사람들이 어떤 게임을 하는가는 그들에 대해 아주 많은 것을 알려줍니다."

마크스는 경호원을 고용하기로 결정했고, 몇 주 동안 전직 러시아 역도 챔피언 올가가 충직하게 샘을 따라다녔다.

샘은 자신이 받은 모든 편지에 으레 답장을 썼고, 극도로 비윤리적이고 불쾌한 혐오 편지에조차 답신을 보냈다. 한번은 세이디가 책상에서 답장을 쓰고 있는 샘을 봤는데 그가 받은 편지의 서두는 이러했다. "찢어진 눈의 유대인 호모새끼 귀하."

"'귀하'라고 쓴 건 맘에 드네." 세이디는 그 편지를 구석으로 던졌다. 세이디는 죄책감을 느꼈다. '결혼'은 자신의 아이디어였는데 샘이 〈메이플월드〉의 얼굴이었기 때문에 정작 욕설과 모욕은 샘이 다 받았다.

　반면 샘은 협박장에 사기충천했다. '결혼'의 경험으로 일단 맛을 본 샘은 〈메이플월드〉를 이용하여 더욱 적극적으로 정치적 표현을 이어갔다. 샘은 그게 정치적 표현이 아니라 분별 있는 운영이자 무시할 수 없는 뛰어난 홍보자료라고 생각했다. 샘은 사용자들이 만든 총포점을 폐쇄하고 무기 판매를 금지했다. 환경보호주의를 지지하고 한 무리의 무슬림 메이플타우니들이 주도하는 이슬람문화센터 건립을 지원했다. 이라크전에 반대하고 연안의 석유 시추에 항의하는 대규모 아바타 시위를 조직했다. 메이플타운과 미국이 직면한 여러 이슈에 대해 주민들과 대화하는 공청회를 열었다. 샘이 논란이 많은 특정 입장을 지지할 때마다 협박장과 계정 삭제가 한바탕씩 쇄도했지만, 그러고 나서 〈메이플월드〉에서의 삶은 별일 없이 계속됐고 그 너머의 세상도 마찬가지였다.

4

〈마스터 오브 더 레블스〉를 처음으로 플레이한 후 샘은 세이디에게 전화해 게임에 대해 논의하러 그쪽으로 건너가도 되냐고 물었다. 노동절 주말이었고, 샘이 전화했을 때 세이디는 행콕파크의 할머니 집에 있었다. 이미 시내를 절반 이상 건너온 상황이었으므로 세이디는 자기가 샘의 집으로 가겠다고 했다.

세이디는 선셋 대로를 따라 차를 몰았고 해피 풋 새드 풋 간판을 지나(해피 풋에서 새드 풋으로 막 바뀌려는 찰나였다) 샘의 집이 있는 길로 꺾어 들어갔다. 샘은 여전히 처음 로스앤젤레스로 이사했을 때 얻은 원룸에 살고 있었다.

"그래서 뭐?" 세이디가 말했다. "시작해보시지."

"그래서, 정말이지 너무 싫어," 샘은 한 박자 쉬었다. "네가 이걸 나 없이 만들었다는 게." 샘은 세이디를 보며 멋쩍은 미소를 지었다. "굉장해, 세이디. 이건 예술이야. 지금까지 네가 만든 것

중 최고야."

"네가 그렇게 말할 거라곤 생각도 못했는데." 세이디는 기뻐서 발갛게 달아오른 제 얼굴이 느껴졌다. 샘이 어떻게 생각하는지에 아직도 이렇게 신경이 쓰일 줄은 몰랐다.

"왜?"

"너한테서 나온 게 아니면 네 눈엔 아예 안 보이는 줄 알았거든." 세이디가 말했다.

언페어에서는 모두가―세이디를 포함해서―〈마스터 오브 더 레블스〉를 어떻게 홍보해야 할지 난감해하고 있었다. 매혹적이고 화려했지만 인정사정없이 현학적인 게임이었다. 〈마스터 오브 더 레블스〉에서 게이머는 다중 캐릭터 시점으로 플레이하고, 캐릭터는 저마다 크리스토퍼 말로 살인사건과 어떤 식으로든 관련이 있다. 말로의 연인, 라이벌 극작가, 크리스토퍼 말로 살인사건을 연구하는 21세기의 셰익스피어 학자, 크리스토퍼 말로 본인 그리고 마지막으로 마스터 오브 더 레블스, 영국 여왕을 위해 연회(와 검열)를 감독하는 자. 〈마스터 오브 더 레블스〉는 인터랙티브 미스터리 드라마이자 액션 어드벤처 게임이었다. 세이디는 엘리자베스시대의 영국을 아주 세심히 공들여 재창조했고, 살인과 미스터리에 더해 아주 많은 섹스가 나왔다.

최종적으로, 이 게임을 홍보하는 유일한 방법은 언페어에서 생각한 그대로 솔직하게 얘기하는 것뿐이라는 결론이 나왔다. 언페어에서 낸 언론 보도자료에는 이렇게 적혀 있다. "〈카운터파트 하이〉의 제작사와 〈이치고〉〈메이플월드〉를 만든 선구적인 게임 디자이너 세이디 그린이 또하나의 획기적인 어드벤처를 선보인

442

다. 〈마스터 오브 더 레블스〉는 여러분이 이전에 플레이했던 그 어떤 게임과도 다르다. 미스터리이자 러브스토리인 동시에 비극이며, 게임이 예술이 될 수 있다고 믿는 이들을 위한 게임이다."

보도자료에서 언페어와 〈이치고〉〈메이플월드〉를 언급하는 바람에 안타깝게도 게임 전문 기자들은 〈마스터 오브 더 레블스〉 또한 샘의 작품이라고 생각했다. 그리고 본격적으로 〈마스터 오브 더 레블스〉의 홍보 일정을 잡기 시작하자 샘이 나선다면 게임 프로모션 기회가 더 많아지리란 점이 명백해졌다. 메이어 메이저 캐릭터와 '결혼'을 둘러싼 소동 탓에 샘은 세이디와 비교도 안 되게 유명했다. 어떻게 보면 〈마스터 오브 더 레블스〉도 샘의 게임이긴 했다. 샘의 회사에서 프로듀싱을 했고 샘의 이름도 제작진에 올라 있었다. 세이디와 샘은 공동사업자였으니까. 마케팅 부서 사람들은 세이디와 샘이 함께 프로모션 투어를 한다는 안을 가지고 먼저 마크스와 상의했다. 마크스는 둘 다 그러고 싶어할지 모르겠다고 말했다. 그러나 샘은 〈마스터 오브 더 레블스〉에 도움이 된다면 기꺼이 하겠다고 나서서 마크스를 놀라게 했다.

마크스가 세이디에게 말을 꺼냈을 때 세이디는 저항감이 컸다. "치졸하게 들리겠지만 난 사람들이 이걸 샘의 게임이라고 생각하는 게 싫어." 세이디가 말했다.

"그럴 리 없어." 마크스가 말했다. "내가 장담해, 사람들은 그렇게 생각하지 않을 거야. 샘이 자기는 단순히 프로듀서였고, 게임은 온전히 네 머리에서 나온 작품이라는 걸 명확히 사람들한테 주지시킬 거야."

11월에 샘과 세이디는 전국을 날아다니며 각종 게임 전시회와 판매점에서 〈마스터 오브 더 레블스〉를 홍보했다. 샘은 제 말을 충실히 지켰다. 기자들은 여전히 세이디보다 샘과 얘기하는 데 더 관심을 보였지만 샘은 공을 가로채지 않았다. "이 질문은 메이저에게 하겠습니다. 게임이 정치적이어야 할까요?"라고 묻는 기자가 꼭 한 명씩은 있었다. 에누리 없이 25퍼센트의 인터뷰어가 샘과 세이디를 커플로 단정하는 것도 몹시 짜증났다. 커플이 아니라는 대답을 들으면 기자들은 어리둥절한 눈치였다. 게임업계에서 남자가 왜 아내도 아닌 여자랑 같이 일하지, 못해도 같이 자는 사이는 돼야 하는 것 아닌가? 그러나 세이디는 담담하게 흘려보냈다. 중요한 건 작품이야, 세이디는 혼잣속으로 되새겼다. 작품이 살아남는 게 중요했고 작품은 사람들이 그 존재를 인지할 때에만 살아남았다.

투어를 시작한 지 나흘째 되는 날 세이디가 장염에 걸렸다. 아침 먹고 토하고 점심 먹고 토하고 저녁 먹고 다시 토했지만, 식사 직후를 제외하면 멀쩡하다면서 프로모션하는 데는 아무 지장 없다고 딱 잘라 말했다. 세이디는 라스베이거스의 뷔페에서 먹은 굴을 범인으로 지목했다. "내륙 도시의 뷔페에서 굴을 먹다니 아주 잘한 짓이라고 보긴 어렵겠지." 세이디는 샘에게 인정했다.

이틀 후 댈러스포트워스공항에서 텍사스의 그레이프바인으로 가는 길에 세이디는 샘에게 차를 세워달라고 했다. 또 속엣것을 게워야 했다.

식재된 지 얼마 되지 않은 배롱나무 아래서 토하고 나서, 세이디는 자기가 운전하는 편이 멀미가 덜할 것 같다며 운전대를 넘겨달라고 했다. "넌 너무 천천히 몰아." 세이디가 말했다.

"세이디, 너 혹시 임신일 가능성은 없을까? 내가 센 것만 지난 사흘 동안 일곱 번이야. 아직까지 굴 때문일 리는 없잖아, 안 그래?"

"아냐, 전에 건 굴 때문이었고 이번 건 분명 차멀미야." 세이디가 우겼다. "절대 입덧일 리가 없어, 입덧은 아침에만 속이 메슥거리는 거니까."

호텔로 가는 길에 세이디는 약국을 발견했다. "잠깐 들러서 게토레이랑 멀미약 좀 사올게." 세이디는 임신테스트기도 샀다.

그레이프바인의 호텔은 쓸데없이 아기자기한 B&B였고, 일곱 개의 룸에는 전부 텍사스의 역사적 인물에서 따온 이름이 붙어 있었다. 여행사에서 잡아준 방은 우연히도 보니와 클라이드* 스위트룸이었고, 별도의 방 두 개가 아니었다. "다른 호텔 알아볼까?" 샘이 속삭였다.

"괜찮을 거야. 텍사스의 스위트룸이잖아. 텍사스는 뭐든 어마어마하게 크지 않아?" 세이디가 말했다.

실망스럽게도 보니와 클라이드는 텍사스답지 않은 크기였다. 앙증맞은 침실, 소파 겸 침대가 구비된 앙증맞은 응접실 그리고 이 모든 것의 정가운데 자리한 앙증맞은 욕실. "하버드 첫 기숙사방이 딱 이랬는데." 샘이 소감을 말했다.

호텔에 도착하고 30분 후 세이디는 욕실에 들어갔다가 임신테스트기 상자와 유리컵 안에 든 스틱을 들고 나왔다. "미안. 더럽

---

* 미국 대공황기에 은행강도와 살인을 일삼은 유명한 커플로 경찰과 총격전 끝에 사살됐다.

지. 저 화장실엔 뭘 올려둘 곳이 없더라. 달랑 세면대 하나야. 호텔 참 귀엽네. 다 죽여버리고 싶은걸. 하여간 세상에서 제일 메스꺼운 길동무가 돼서 미안하다." 샘이 웃음을 터뜨렸다. 세이디는 샘과 나란히 소파에 앉아 텔레비전에서 나오는 프로—배가 난파된 후 무인도에서 나무 위에 집을 짓고 사는 가족에 대한 옛날 디즈니 영화 〈로빈슨 가족〉이었다—를 보며 테스트기가 요술을 부리길 기다렸다.

샘이 먼저 색의 변화를 알아차렸다. "파란 선 두 개가 무슨 뜻이야?" 샘이 상자를 집어들고 결과를 판독할 때 이미 그 의미를 파악한 세이디는 다시 욕실로 들어가 토했다—이번에는 신체적이라기보다 정신적인 문제였다. 구토도 기세가 오를 때가 있다. 세이디는 이를 닦고 소파로 돌아와 도로 샘 옆자리에 앉았다. 커피 테이블 위에 올려놓은 세이디의 휴대폰이 울렸다. 샘은 발신인을 볼 수 있었고, 마크스였다. 세이디는 음성사서함으로 넘어가게 놔두었다. "나도 나무 위에 살고 싶다." 세이디가 말했다. "잠깐이라면 살 수 있지 않을까?" 세이디가 샘의 어깨에 머리를 기댔고, 위산과 담즙 냄새가 살짝 났지만 샘은 움직이지 않았고 아무 말도 꺼내지 않았다. "우리 두 시간 후엔 게임스톱 본점에 가 있어야 하지." 세이디가 말했다. "나 잠들면 깨워줘."

한 달 후 12월, 뉴욕에 도착한 두 사람은 훨씬 더 많은 언론 인터뷰를 소화해야 했고 그중에는 〈게임 스토리〉에 실릴 화보 촬영도 있었다. 잡지는 샘과 세이디를 커버 특집으로 다룰 예정이고 기사 제목은 '마스터 오브 더 레블스: 메이저와 그린의 비하인드 스토리'가 될 것이다. 두 사람은 호화로운 엘리자베스시대 의상을 입고 사진을 찍자는 제안에 동의했다. 세이디는 퀸 엘리자베스 1세처럼, 샘은 윌리엄 셰익스피어처럼 꾸몄다. 상황이 너무 우스꽝스러워서 세이디와 샘은 웃음을 그칠 수가 없었다. 육십대 이탈리아 남자 사진사는 비디오게임을 전혀 하지 않았고 두 사람이 누군지 알지도 못했다.

"두 분 부부 맞죠?" 사진사가 말했다.

"이 친구는 결혼을 믿지 않습니다." 샘이 말했다.

"맞아요. 안 믿어요." 세이디가 말했다.

"애가 생기면 다를 거요." 사진사가 말했다.

"다들 그렇게 말하네요." 세이디가 말했다.

사진 촬영이 끝나자 세이디는 의상을 벗고 화장실로 달려갔다.

샘이 더블릿을 벗고 있을 때 홍보 담당자의 전화로 문자가 한 통 왔다. "언페어가 베니스에 있지 않나요? 친구가 그러는데 베니스의 IT회사에 총기테러범이 들어왔대요. 회사 사람들한테 밖에 나오지 말라고 알리셔야겠는데요."

"큰일이네요. 어느 회사래요?" 샘이 물었다. 실리콘 비치의 이웃들에게 사고가 났을까봐 염려되긴 했지만 그 정보가 자신과 관련이 있을 거라곤 생각지 않았다. 언페어는 IT회사가 아니라 게임 회사였으니까.

"그런 자세한 얘긴 없네요." 홍보 담당자가 말했다.

"마크스에게 전화할게요. 마크스라면 좀더 잘 알지도."

샘이 휴대폰을 꺼냈다. 지난 15분 동안 마크스에게서 부재중 전화가 여러 통 왔었다. 샘은 마크스에게 전화했지만 곧장 음성 사서함으로 넘어갔다. 사무실 유선전화로 다시 걸었지만 서부 해안은 오전 시간임에도 아무도 전화를 받지 않았다.

샘은 마크스에게 전화해보라고 세이디에게 부탁하기 위해 여자화장실에 들어갔다. 세이디가 토하는 소리가 들렸다. 샘이 안쪽 칸의 문을 두드렸다. "세이디?"

"샘, 너 왜 여자화장실에 들어오고 그래?"

세이디가 칸에서 나왔다. 구토에 너무 익숙해져 이제는 금방 원상태를 회복했다. 세이디는 자길 따라서 여자화장실에 들어온 샘을 놀리려다가, 샘의 표정을 보았다.

5

2005년 미국 사람들은 한 해 평균 460통의 문자 메시지를 보냈다.

문자는 대화라기보다 전보와 같이 취급되고 쓰였다. 이 시절 초창기 문자에 부여된 간결성은 시에 필적했다.

세이디와 마크스가 연애 기간 동안 주고받은 문자는 겨우 스무 통 남짓이었다. 문자를 보낼 필요가 없었다. 두 사람은 직장에서나 집에서나 거의 항상 같이 있었으니까.

마크스에게 건 첫 전화가 음성사서함으로 넘어간 후 세이디는 문자를 보냈다.

별일 없어?

잠시 후 마크스가 답했다.

사랑해. 문제없어.

그냥 애들. 얘기중. TOH.

세이디의 손이 떨렸다. 세이디는 휴대폰을 샘에게 보여줬다. "TOH가 무슨 뜻이야?" 세이디가 물었다. "줄임말을 하나도 모르겠어."

"말을 길들이는 자Tamer of Horses." 샘이 말했다.

7장   >>   NPC

너는 날고 있다.

저 아래엔 그림 같은 전원 풍경이 점점이 펼쳐져 있다. 저지종소 한 쌍이 꼬리를 휘둘러 보이지 않는 파리떼를 찰싹찰싹 쫓으며 라벤더 들판에서 풀을 뜯는다. 샴브레이 원피스를 입은 여자가 자전거를 타고 석조 다리를 건넌다. 여자는 베토벤의 피아노 협주곡 황제 2악장을 흥얼거리고, 여자가 지나가자 브르통을 쓴 남자가 같은 곡조를 휘파람으로 불기 시작한다. 어딘가에 숨어 있는 벌집에서 벌들이 가만가만 속삭인다. 다리 밑 계곡에서 먹물처럼 까만 머리의 소년이 길들여지지 않은 눈빛의 암말에게 각설탕을 먹인다. 과수원의 사과나무는 참을성 있게 가을을 기다린다. 개울에서 십대 아이 두 명이 헤엄을 치며 놀고 있고, 그 모습을 늙은 남자가 보이지 않게 숨어서 지켜본다. 남자의 욕망에서 풍겨나오는 냄새가 라벤더 향기보다 더 진하다. 너는 생각한다.

인간은 너무 탐욕스러워. 나는 새라서 다행이야. 딸기밭에는 윤기 흐르는 열매가 하얀 꽃들과 사이좋게 어우러져 있다.

너는 결코 딸기를 마다하는 법이 없으므로, 하강한다.

날개 달린 생물인 까닭에 너는 때때로 날지 못하는 것들에게 비행에 대해 설명해달라는 부탁을 받는다. 너의 일반적인 답변은 뉴턴 물리학, 날갯짓의 협응, 날씨, 해부학의 총체적 조화라는 것이다. 그러나 솔직히 날고 있을 때는 비행 메커니즘 같은 건 생각하지 않는 게 최고다. 너의 철학은 이렇다. 공기에 몸을 맡기고 경치를 즐겨라.

너는 목표지점에 도착한다. 너의 조그만 부리가 열매를 에워싸고 막 따려는 찰나 격발음이 들린다.

"거기 서, 이 도둑놈!"

속이 텅 빈 너의 새 뼈를 관통하는 총알이 느껴진다.

민들레 홀씨가 산개하듯 갈색과 베이지색 깃털이 폭발한다. 새빨간 열매 위에 새빨간 피가 튀지만 테트라크로맷*인 너에겐 두 가지 빨강이 뚜렷이 구분된다.

너는 흙으로 떨어진다. 들릴락 말락 탁 소리, 오직 네 눈에만 보이는 미약한 먼지 구름.

또 한 발.

또 한 발.

너의 날개가 파닥인다. 너는 그것을 불수의적 사후 경련이 아

---

* 4색형 색각자. 선천적으로 색상을 감지하는 원추세포가 네 개로 하나 더 많아서 이론상 일억 가지 색을 구분할 수 있다.

니라 날기 위한 시도로 해석하기로 한다.

몇 시간 후 너는 누군가가 네 손을 잡고 있음을 깨닫게 되고, 그 말은 곧 너에게 손이 있다는 뜻이며, 그 말은 곧 너는 새가 아니라는 뜻이고, 그 말은 곧 네가 LSD처럼 매우 독한 약물을 맞고 있다는 뜻임이 분명한데, LSD는 조이가 이용법을 완벽히 숙지하고 있다면서 늘 같이 하자고 졸랐어도 절대 손대지 않았던 것이다. 순간 너는 여러 모순되는 비애를 느낀다. 날 수 없다는 설움, 조이와 LSD를 하지 않았다는 아쉬움, 그리고 이런 우울감.

너는 죽어간다.

아니, 말이 헛나왔다. 네가 표현하고자 했던 것은 만물은 죽는다는 깨달음에 뒤따른 실존적 비감悲感이다. 너는 죽어가지 않는다. 인간의 생은 늘 죽음으로 향하는 중이라는 점만 제쳐둔다면.

반복하자면, 너는 죽어가지 않는다.

너는 서른한 살이다. 너는 류 와타나베와 애란 리 와타나베의 외아들이다―각각 사업가고 디자인과 교수다. 너는 뉴저지에서 태어났다. 너는 여권이 두 개다. 너는 캘리포니아 베니스의 애벗 키니 대로에 위치한 언페어 게임에서 근무한다. 네 책상 위 명패에는 이렇게 써 있다.

마크스 와타나베
말을 길들이는 자

너는 여러 삶을 살았다. 말을 길들이는 자 이전에 너는 펜싱선수였고 고교 체스 챔피언이었으며 배우였다. 너는 미국인이자 일본인이자 한국인이며, 그 모든 것이면서 실은 그 어느 것도 아니다. 너는 스스로를 세계 시민으로 여긴다.

너는 현재 한 병원의 시민이다. 기계가 네 대신 숨을 쉰다. 일정한 간격으로 울리는 삐 소리가 네가 아직 살아 있음을 나타낸다.

너는 깨어 있지 않지만 그렇다고 잠든 것도 아니다.

너는 다 보고 들을 수 있다.

너는 다 기억하지는 못한다. 기억상실은 아닌데 네가 어쩌다 병원에 입원하게 됐는지, 왜 깨어나지 못하는지가 바로 기억나지 않는다.

너는 기억력이 좋다고 자부한다. 회사에서 사람들은 늘 "마크스한테 물어봐. 마크스라면 알 거야"라고 말하고, 대체로 너는 안다. 너는 범상한 것들을 기억한다. 사람들 이름과 얼굴, 생일, 노래 가사, 전화번호. 너는 약간 특이한 것들을 기억한다. 희곡 전체, 시, 성격과 조연 배우들, 애매한 단어의 의미, 소설의 긴 문단. 너는 지인들의 부모와 자식과 반려동물의 이름을 기억한다. 너는 도시의 지리와 호텔의 층별 평면도와 비디오게임 레벨과 전 애인들의 흉터와 네가 말실수한 횟수와 사람들이 입은 옷을 낱낱이 기억한다. 너는 처음 만났을 때 세이디가 입고 있던 옷을 기억한다. 검정 뷔스티에 원피스 속에 하얀 캡 소매 티셔츠를 받쳐 입고 빨간 플란넬 허리띠를 맸으며 얇게 비치는 장미꽃무늬 양말과 밑창이 두툼한 버건디색 옥스퍼드화를 신었고, 그해 봄 누구나 쓰고 다녔던 노란색 렌즈의 앙증맞은 선글라스를 끼고 머리를 양 갈래로 길게 땋아내렸다. "네가 마크스겠군." 세이디는 너에게 악수를 청하며 말했다. "난 세이디야."

"난 너에 대해 이미 알고 있어. 네 게임을 두 편 해봤거든." 네가 대답했다.

세이디가 노란 선글라스 너머로 너를 쳐다봤다. "어떤 사람의 게임을 해보면 그 사람에 대해 알 수 있다고 생각하는 거야?"

"응. 더 좋은 방법이 없지, 나의 짧은 소견으로는."

"그래서, 넌 나에 대해 뭘 알아?" 세이디가 물었다.

"넌 머리가 좋아."

"나는 샘의 친구니까 그건 짐작할 만하지. 너도 그럴 거라고 나는 추측할 수 있어. 내 게임을 해보고 네가 나에 대해 특별히 뭘 알게 됐을까?"

"약간 짓궂은 면이 있다는 것. 그리고 네 머릿속이 흥미롭고 기발하다는 것."

세이디는 아마 눈을 굴렸겠지만 선글라스 때문에 잘 보이지 않았다. "너도 게임을 만들어?"

"아니, 난 게임을 플레이해."

"그럼 난 어느 세월에 너에 대해 알 수 있어?"

기억은, 네가 오래전에 깨달았다시피, 건강한 두뇌를 가진 사람이라면 언제 어디서든 할 수 있는 게임이다. 그리고 이 기억 게임은 단 하나의 기준에 의해 승패가 좌우된다. 기억의 구성을 우연에 맡기느냐 아니면 기억해내기로 결심하느냐.

자, 이 일이 시작됐을 때 넌 어디에 있었지?

너는 워스 부부와 미팅중이다.

샬럿 워스와 애덤 워스는 서부시대 개척자 혹은 포크 가수처럼
튼튼하고 건장한 체격에 파란 눈을 가진 선량한 사람들로 로스앤
젤레스에 갓 도착했다. 그들을 보니 샘과 세이디가 생각난다. 샘
과 세이디가 키가 크고 결혼했으며 유타 출신의 모르몬교도였다
면 말이다.

워스 부부는 자신들이 개발중인 '우리의 무한한 날들'이라는
가제의 게임을 너에게 보여주고 있다. (너는 회고록을 쓴다면 제
목은 '모든 제목은 가제다'로 할 거라고 농담하곤 했다.) 〈우리의
무한한 날들〉은 세상의 종말을 무대로 한 어드벤처 슈팅 게임이
다. 대재앙의 시대 한 여자가 어린 딸을 데리고 사막화된 도시를
가로지른다. 모녀는 워스 부부가 '사막 뱀파이어'―뱀파이어와
좀비의 혼종―라 부르는 것들의 공격을 막아내고 낯선 이들을
피해다녀야 한다. 여자는 기억상실증이 있어 여섯 살밖에 안 된
어린 딸이 대신 기억해야 한다. 딸은 아버지와 오빠들이 서부 해
안에 있다고 생각하지만 여섯 살짜리의 기억이 믿을 만할까?

"기억상실증이라는 설정이 너무 진부하죠." 샬럿이 사과하는
조로 말한다. "하지만 우린 그걸 제대로 활용할 수 있어요."

"실은 오리지널 〈이치고〉에서 영감을 얻었습니다." 애덤이 말
한다. "아이의 기억과 지각에 의존해서 게임을 진행해야 한다니,

정말 기발하고 멋진 도전이었어요."

"그린/메이저를 너무너무 만나보고 싶어요. 저희가 엄청난 팬이거든요." 샬럿이 말한다.

"이 사람은 심지어 〈세계의 양면〉도 좋아하죠." 애덤이 말한다.

"심지어라고 하지 마. 그건 내가 역대급으로 좋아하는 게임이야." 샬럿이 말한다. "마이어 랜딩은 천재적이에요. 난 로즈 더 마이티 코스프레도 했어요."

"아무도 그게 누군지 몰랐죠." 애덤이 말한다.

"제가 세이디 그린에 푹 빠져 있어서요."

"메이저는 아니고요?" 너는 재밌어하며 묻는다.

"둘 다 굉장하긴 하지만 세이디 그린의 마이어 랜딩과 〈세계의 양면〉이고, 세이디 그린의 〈솔루션〉이잖아요. 그런 게 바로 제가 만들고 싶어하는 게임이에요. 〈마스터 오브 더 레블스〉도 너무너무 해보고 싶어요." 샬럿이 말한다.

"〈솔루션〉이라니. 정말 깊이 파셨군요. 진정한 팬이십니다." 네가 말한다.

팬 서비스 차원의 과장일지 몰라도 너는 진심으로 고맙게 생각한다. 네가 만나는 사람들―결국 네게서 뭔가를 얻으려는 사람들―중 대다수가 놀랍게도 언페어의 게임에 대해 전혀 살펴보지도 않고 찾아온다.

너는 워스 부부에게 찾아와줘서 고맙다며 감사를 표하고, 세이디와 샘이 뉴욕에서 돌아오는 대로 〈우리의 무한한 날들〉에 대해 논의해보겠다고 얘기한다. 늦어도 다음주 금요일 전까지 회신을 주겠다고 약속한다. 너는 샬럿과 애덤을 보면서 이 사람들이 얼마나 이 게임을 언페어와 함께 만들고 싶어하는지 알 수 있다. 이들의 눈빛에 어린 갈망을 보면서 이들이 안 된다는 말을 얼마나 많이 들어왔는지 알 수 있다. 너는 이들이 낮에는 무슨 일을 하는지, 얼마간의 성공으로 기운을 얻지 못하면 이들의 관계가 과연 오래 지속될 수 있을지 궁금하다. (흔히들 성공이 관계를 파괴한다고 하지만, 성공의 결핍도 그와 다르지 않게 신속히 관계를 파괴할 것이다.) 네 직업에서 단연 제일 좋은 점 중 하나는 아티스트들에게 이렇게 말할 수 있다는 것이다. 그럼요, 알겠어요. 당신이 하고자 하는 일이 뭔지 알겠군요. 같이 합시다. 업무상 절차를 위반하는 일이지만 너는 워스 부부에게 언페어에서 〈우리의 무한한 날들〉을 제작하겠다고 지금 바로 얘기할까 잠깐 고려해본다. 너는 이 사람들이 마음에 든다. 너는 〈우리의 무한한 날들〉을 해보고 싶다. 이건 생각하고 자시고 할 것도 없는 문제다.

워스 부부를 엘리베이터로 안내하려는 순간, 천둥소리인지 자동차가 금속판을 밟고 지나가는 소리인지 아니면 한 블록 떨어진 곳에서 크레인이 건물 해체용 쇠공으로 빌딩 옆면을 때려부수는 소리인지 모를 굉음이 들린다.

소리는 요란하지만 꼭 그렇게 심상찮은 건 아니다.

펑 터지는 소리긴 하지만 로스앤젤레스에는 아무 의미 없는 소음과 파괴적 분노가 만연하다. 원래 그런 걸로 유명하다.

너는 그것이 총격음이라고 생각지 않는다.

멀리서 누가 외치는 소리가 들리지만 그게 아래층 로비에서 나는 소린지 아니면 밖에서 나는 소린지 알 수 없다.

너는 워스 부부를 보며 싱긋 미소를 짓고, 곧이어 웃음을 터뜨리며 모두의 긴장을 풀어주기 위해 이렇게 말한다. "비디오게임 업계에서 일하다보면 흥미진진한 일이 끊일 날이 없죠."

워스 부부가 너의 별것 아닌 농담에 웃음을 터뜨리고 잠시 모든 게 평상시로 돌아온다. "다른 공동사업자분들도 보실 수 있게 저희 콘셉트 아트를 놓고 갈까요?" 샬럿이 묻는다.

네가 대답하려는 순간 너의 사무실 유선전화가 울린다. 로비 안내데스크의 고든이다. "여보세요, 마크스. 여기 어떤 분들이 메이저를 보러 오셨는데요."

너는 고든의 목소리에서 긴장을 감지한다. "무슨 문제가 있습니까?"

"그게―말씀드릴 수 없습니다. 이분들이 메이저와 얘기를 하고 싶다고 합니다." 고든이 말했다.

"알았어요, 잠시만요." 너는 워스 부부 쪽으로 미소를 지어 보인다. 너는 목소리를 낮추고 송화기에 대고 속삭인다. "몇 가지 물어볼게요. 네, 아니요로만 대답하세요. 내가 경찰에 신고해야 할까요?"

"네." 고든이 말한다.

"그 사람들이 총을 갖고 있습니까?"

"네."

"한 명 이상인가요?"

"네."

"누구 다친 사람 있어요?"

"아뇨."

수화기 너머에서 누가 소리를 지른다. "씨발 그 전화기 내려놔! 그 호모새끼한테 여기로 내려오라고 해."

"메이저는 지금 여기 없다고, 언페어의 대표이사가 지금 내려가서 만나겠다고 전하세요. 메이저만큼 중요한 위치의 사람이라고."

"알겠습니다." 고든이 얼떨떨한 목소리로 말한다. 고든은 네가 한 얘기를 상대에게 그대로 전한다.

"아무 일 없을 겁니다, 고든." 너는 전화를 끊는다.

너는 돌아서고, 워스 부부가 지시를 기다리며 너를 빤히 바라보고 있다. "우리가 어떻게 하면 되죠?" 애덤 워스가 묻는다. 자신들이 만든 〈우리의 무한한 날들〉의 캐릭터처럼 워스 부부는 임박한 대재앙에 맞설 준비가 되어 있다.

너는 상황을 설명하고 애덤에게 경찰에 신고해달라고 부탁한다. 애덤 워스가 전화를 든다.

네가 나가려는데 앤트가 온다. "무슨 일이에요?"

너는 네가 아는 상황을 재차 설명하고, 앤트는 같이 가겠다고 나선다. "혼자 내려가게 놔뒀다간 세이디가 날 죽일 거예요."

"앤트 넌 여기 위층에서 할일이 있어." 너는 앤트에게 시설관리부에 연락해 건물의 전원을 차단해 엘리베이터가 작동하지 않도록 하고 계단을 장애물로 막으라고 지시한다. 모두를 진정시키고 누구도 아래층으로 내려오지 못하게 하라고 지시한다. 사람들을 데리고 옥상으로 올라가 옥상 문을 막으라고 지시한다.

"하지만 마크스, 정말 미치겠네, 당신이 저기 꼭 내려가야 해요?"

"저 사람들은 얘기를 들어줄 상대를 원하는 것뿐이야. 회사에 뭔가 원한이 있는 거겠지. 난 전에도 사람들을 대화로 진정시킨 적이 있어."

앤트가 말한다. "그건 모르겠고. 그냥 경찰이 올 때까지 기다리면 안 돼요? 당신한테 무슨 일이 생기면 세이디와 샘 둘 다 나를 죽일 거야."

"아무 일 없을 거야, 앤트. 그리고 고든을 저기 혼자 내버려두는 건 옳지 않아. 저 사람들이 무슨 원한이 있는지 몰라도 안내데스크 담당자가 아니라 언페어에 볼일이 있는 거지."

앤트가 너를 한번 꽉 끌어안고, 너는 계단 쪽으로 걸어간다. "조심해요. 마크스." 앤트가 말한다.

샬럿 워스가 너의 등뒤에 대고 외친다. "마크스, 무기를 가져가야 하지 않을까요?" 이건 진정한 게이머의 질문이다. 모름지기 게이머라면 자신의 인벤토리를 점검하고 각 무기가 사용 가능한지 확인한 후에 잠재적 전투 상황에 돌입해야 한다.

"어떤 무기요?" 너는 무기가 없다. 너는 어떤 종류의 방어도 필요 없는 안일한 삶을 살아왔다. 너의 특권이 너를 무모하게 만들었을 것이다. "저는 대화를 할 겁니다. 보나마나 자기 얘기를 들어줄 상대가 필요한 사람일 거예요."

너는 아래층으로 내려가기 전에 마지막으로 네 사무실을 힐긋 둘러본다. 뭔가 해야 할 일을 까먹은 기분이다. 게임에서는 종종 뜬금없이 놓여 있는 물건이 해답이다. 워스 부부가 네 책상 위에 두고 간 포트폴리오가 눈에 띄고, 너는 포스트잇에 휘갈겨쓴다. S., 네 생각을 얘기해줘. M.

너는 포트폴리오를 비서에게 건네준 후 계단을 내려가고, 일단은 거기까지가 지금 네가 기억해내고 싶은 내용이다, 왜냐하면 세이디가 네 병실에 있으니까.

"아내분 되십니까?" 의사가 묻는다.

"네." 세이디가 거짓말을 한다.

그 말에 너는 어이가 없어진다, 왜냐하면 세이디는 결혼이라면 아주 몸서리치게 싫어하니까—세이디는 결혼을 믿지 않는다. 정확히 어쩌다 그렇게 됐는지 너는 알 수가 없다—세이디의 부모는 30년째 행복한 결혼생활을 누리고 있고, 세이디의 조부모는 그보다 더 오래 누렸다. 결혼에 학을 뗄 사람은 오히려 너였다. 네 부모는 세이디 부모의 행복한 결혼생활에 맞먹는 긴 시간 동안 불행한 결혼생활을 했다. 너는 부모가 같이 있는 모습을 마지막으로 본 게 언제인지 기억나지 않는다. 대학 1학년을 마치고 집으로 돌아가니 부모는 각자 도쿄에 다른 아파트를 구해 살고 있었다.

"아빠는 어딨어요?" 너는 어머니에게 물었다.

네 어머니는 관심 없다는 투로 말했다. "걸어서 출퇴근하고 싶다더라."

그후로 10여 년이 지났는데도 너의 부모는 아직 이혼하지 않았고, 너는 그것 역시 이해가 가지 않는다.

너는 작년에 세이디에게 청혼했다. 너는 아버지에게 허락을 구했고 와타나베 상은 허락했다. 너는 반지를 샀다. 너는 한쪽 무릎을 꿇었다.

"난 누군가의 아내가 된 내 모습이 상상이 안 돼." 세이디가 말했다.

"네가 아내가 되는 게 아냐. 내가 너의 남편이 되는 거지." 네가 말했다.

세이디는 그 주장에 설득되지 않았다. 세이디의 반발이 이렇게까지 거셀 줄 예상치 못한 너는 놀라서 이유를 물었다. 세이디는 이미 집을 너와 함께 공동소유하고 있으니 굳이 결혼할 필요가 없지 않냐고 했다. 세이디는 공동사업자와 결혼하고 싶지 않다고 했다. 세이디는 결혼이 여성을 억압하는 고루한 제도라고 했다. 세이디는 자기 성이 마음에 든다고 했다.

"나도 네 성이 마음에 들어." 네가 말했다. "아주 좋아해."

그랬는데 지금 여기서 세이디가, 의사에게 자신이 너의 아내라고 말하고 있다. 네가 말을 할 수만 있다면 세이디에게 이렇게 말했을 것이다. "너랑 결혼하려면 내가 혼수상태에 빠지기만 하면 되는 거였네. 이렇게 쉬운 걸 진작에 알았더라면."

너는, 엄밀히 말해서, 혼수상태에 빠지지 않았다.

의학적으로 유도된 혼수상태이다.

어깨너머로 들은 의사들 말을 종합하여 너는 총을 세 방 맞은 것으로 추정한다. 허벅지에, 가슴에, 어깨에.

세 군데 중 가장 문제가 심각한 것은 가슴에 맞은 총상이다. 총알이 너의 폐와 신장과 췌장을 뚫었다. 현재 그 총알은 너의 소장 속 어딘가에서 식어가고 있고, 네 몸 상태가 충분히 좋아질 때까지 기다렸다가 제거할 예정이다. 의사 말로는 더 나쁠 수도 있었

다고 한다―너에겐 대부분의 인간이 그렇듯 여분의 장기가 하나
씩 더 있다. 안타깝게도 췌장은 하나지만. 총상의 트라우마 때문
에 쇼크가 왔고 그래서 너를 혼수상태로 유도한 것이다. 너는 젊
고 건강하고, 혹은 건강했고, 현재 상황으로 봤을 때 살아날 가능
성이 높은 편이라고, 평균보다 좋다고, 나쁘지 않다고 한다. 너는 그
말에서 얼마간 위로를 얻는다.

　세이디가 나가고 간호사가 병실로 들어와 네 침대 옆에 주렁주
렁 앞다투어 매달려 있는 영양분과 배설물 주머니를 점검하고 교
체한다. 간호사는 스펀지로 네 몸을 조심스럽게 닦고, 이 모든 상
황에도 불구하고 너는 보살핌을 받고 있다는 사실에 소박한 즐거
움을 느낀다.

　너는 언페어 게임의 로비에 있다.

　검정 옷을 입고 붉은 반다나로 얼굴 아래쪽 절반을 가린 백인
청년이 조그만 총을 고든의 머리에 대고 있다. 역시 검정 옷을 입
은 또다른 백인 청년―이쪽은 더 큰 총을 들었고 검은 반다나를
썼다―이 총구로 너를 겨냥한다. "씨발 넌 누구야?" 붉은 반다나
의 청년이 알고 싶어한다.

　너는 왜 이 청년들이 곧장 엘리베이터를 타고 사무층으로 올라
오지 않은 건지 알 수가 없다. 가능한 한 많은 사람들을 위협하고
아수라장을 만들고 싶어한 게 아니었나? 귀여운 동안에 말랑말
랑한 고든이 어떻게 이 청년들을 로비에 붙잡아둔 건지 알 수가
없다. 너는 핼러윈 때의 고든이 생각난다. 고든은 피카츄 코스튬

을 개조해 진짜 전기 스파크를 일으킬 수 있게 만들었다.

너는 〈둠〉 같은 비디오게임에서 써본 총을 제외하곤 총에 대해 잘 모른다. 그리고 〈둠〉을 할 때도 총은 보통 네가 선택하는 무기가 아니다. 너는 전기톱이나 로켓 런처처럼 좀더 그랑기뇰풍의 스릴 있는 무기를 선호한다. 너는 일단 작은 총은 권총이고 큰 총은 돌격 소총이라고 판단한다.

"안녕하세요. 저는 마크스 와타나베라고 합니다. 이 회사의 대표이사입니다." 너는 혹시 누가 악수를 원하려나 싶어 손을 내민다. 청년들은 그 제스처에 어리둥절한 눈치다. 너는 가볍게 묵례를 한다. "제가 무엇을 도와드릴까요? 고든이 말하길 메이저와 얘기하고 싶다 하셨는데, 메이저는 지금 회사에 없습니다."

붉은 반다나가 너에게 소리지른다. "그 말 안 믿어! 이 거짓말쟁이놈아!"

"정말입니다. 메이저는 여기 없어요. 신작 게임을 홍보하러 뉴욕에 갔거든요. 그래도 제가 뭘 도와드리면 좋을지 말씀해주시면 어떨까요?"

"사무실을 보여줘." 붉은 반다나가 말한다. "내 눈으로 직접 그 호모놈이 여기 없다는 걸 확인하고 싶다."

"좋습니다." 너는 앤트가 사람들을 모두 옥상으로 대피시킬 시간을 벌기 위해 필사적으로 지연작전을 쓴다. "그건 제가 도와드리죠. 근데 한 가지 부탁을 좀 들어—"

"씨발 니 부탁을 내가 왜 들어줘."

"메이저한테 무엇을 원하는지 말씀해주시죠. 제가 도울 수 있을지도 모르니까요."

검은 반다나 쪽은 말을 약간 더듬었다. "우린 누굴 해치고 싶지 않아. 그냥 메이저와 얘기가 하고 싶을 뿐이야. 우리가 이 회사에 타격을 입히고 싶었다면 벌써 위층으로 올라갔겠지. 메이저보고 내려오라 그래."

"메이저에게 전화를 해봅시다." 네가 제안한다. 너는 샘의 휴대폰으로 전화를 걸지만 샘은 받지 않는다. 분명 세이디와 사진 촬영중일 것이다. 너는 평소와 같은 어조로 메시지를 남긴다. "마크슨데, 시간 되는 대로 전화줘."

너는 두 청년을 바라본다. 반다나 때문에 몇 살인지는 알기 어렵다. 아마 네 나이와 비슷하거나 더 어릴 것이고, 너는 총이 겁나긴 해도 사람이 겁나지는 않는다.

"전화가 올 겁니다." 너는 태연히 말한다. "메이저한테 전화가 오길 기다리는 동안 여기 고든은 보내주는 게 어떨까요?"

"웃기지 마, 우리가 왜 그래야 하는데?" 붉은 반다나가 말한다.

"고든은 중요하지 않으니까요. 그는 NPC거든요." 분명 이 남자들은 게이머고, 이 용어를 모를 리가 없다.

"네가 NPC야." 붉은 반다나가 말한다.

"나를 NPC라고 부른 사람이 당신이 처음은 아닙니다." 네가 말한다.

너는 샌시미언 외곽의 호텔에 있다.

세이디는 잠이 들었고 너는 호텔 바로 내려간다. 샘이 거기에 있다. 절대 술을 마시지 않는 네 친구가 술을 마시고 있다.

　너는 샘에게 술벗이 필요하냐고 묻고, 샘은 어깨를 으쓱하더니 "맘대로"라고 말한다. 너는 샘 옆의 빈 스툴에 앉는다.

　"이렇게 될 줄은 몰랐어." 네가 구차한 변명을 꺼낸다. "우리 둘 다 이럴 생각은 없었을 거야."

　"그런 얘긴 듣고 싶은 생각 눈곱만큼도 없어." 샘이 말한다. 취하긴 했지만 아직 목소리는 멀쩡하다. 다만 어조가 신랄하고 고약하다. "내가 세이디와 함께하는 건 네가 세이디와 함께하는 거랑은 차원이 달라. 그니까 그런 건 문제도 안 돼. 섹스야 아무하고나 할 수 있지. 하지만 게임은 아무하고나 못 만들어."

　"나는 너희 둘 다와 게임을 만들어." 네가 지적한다. "'이치고'란 제목부터 내가 지었지. 나는 그 길의 한 걸음 한 걸음을 너희 둘과 함께 걸었어. 내가 그 자리에 없었다고 할 수는 없을 텐데."

　"그래, 너도 있었지. 근데 넌 근본적으로 안 중요해. 네가 아닌 누구라도 대신할 수 있었을걸. 넌 말을 길들이는 자야. 너는 NPC야, 마크스."

　NPC는 게이머가 플레이할 수 없는 캐릭터다. 프로그램된 세계가 그럴듯하게 보이도록 돕는 인공지능 엑스트라다. NPC는 절친한 친구, 말하는 컴퓨터, 아이, 부모, 연인, 로봇, 무뚝뚝한 소대장, 악당, 뭐든 될 수 있다. 그러나 샘은 그 단어를 욕으로 썼다―네가 중요하지 않다고 한 데 더하여, 샘은 네가 따분하고 예측 가능하다고 얘기하는 거다. 그러나 사실 NPC들이 없는 게임은 존재하지 않는다.

　"NPC 없는 게임은 없어." 네가 말한다. "그랬다간 얘기할 상대도 없고 할일도 없이 떠돌아다니는 허풍쟁이 영웅만 남겠지."
네가 말한다.

샘이 그레이 구스를 한 잔 더 주문하자 너는 샘에게 너무 많이
마셨다고 말한다. "네가 내 엄마냐." 샘이 말한다.

바텐더가 너를 쳐다보고, 너는 맥주를 주문한다.

"널 만나지 않았으면 좋았을걸." 샘이 말한다. "우리가 룸메이
트가 아니었으면 좋았을걸. 너를 세이디한테 소개하지 말았어야
했는데." 샘의 발음이 뭉개지기 시작한다.

"세이디는 네 소유가 아니야."

"내 거야." 샘이 말한다. "세이디는 내 거야. 너도 그걸 알고
있었지, 근데도 상관 않고 세이디를 따라다녔어."

"아냐. 사람은 서로를 소유하는 게 아냐."

"왜?" 샘이 말한다. "왜 아닌데?"

"샘."

"너 세이디랑 결혼할 거냐?" 샘이 묻는다. 샘은 '결혼'한다는
말을 '살해'한다는 말처럼 한다.

"지금으로선 아니야."

"결혼이 뭐 그리 대단하다고? 섹스가 뭐 그리 대단하다고? 애
를 낳고 소꿉장난을 하는 게 뭐 그리 대단하다고? 일을 함께 하
는 사람을 왜 소유할 수 없는 건데?"

"왜냐하면 삶은 삶대로 있고 일은 일대로 있는 거니까." 네가
말한다. "그 둘은 같지 않아."

"나한테는 같아."

"세이디한테는 같지 않을지도."

"그럴지도." 샘이 조용히 말한다. "난 완전 신세 조진 놈이야, 마크스. 내가 이렇게 신세 조진 겁쟁이가 아니었다면 세이디의 호텔방으로 올라간 사람은 나였을 거야. 내 잘못이란 거 나도 알아. 나한테 시간이 있었다는 거 나도 알아." 샘이 마호가니 바에 고개를 박고 울기 시작한다. "나를 사랑하는 사람은 아무도 없어." 샘이 말한다.

"내가 널 사랑한다, 동생아. 넌 나의 가장 친한 친구야." 너는 술값을 계산한 다음 샘을 부축하여 방에 데려다준다. 샘은 욕실로 들어가서 문을 닫고, 이어서 토하는 소리가 들린다.

너는 침대 위에 앉는다. 텔레비전을 트니 의학 드라마 재방송이 나온다. 한 남자가 악성 뇌종양인데 실험적인 뇌수술을 받지 않으면 죽게 된다. 그러나 결국 그 실험적 뇌수술이 남자를 사망에 이르게 한다. 너는 참 신기하다고 생각한다, 사람들은 병원에 가는 걸 그렇게 싫어하면서 병원 관련 드라마를 보는 건 그렇게 좋아한다.

샘이 생각보다 오래 걸리는 듯하여 너는 샘의 이름을 부른다. "샘?"

대답이 없자 너는 욕실로 들어간다. 샘이 수염 손질용 가위를 들고 거울 앞에 서 있다. 대략 머리털의 절반을 난도질해서 잘라냈다.

"토사물이 묻어서." 샘이 말한다. "잘 씻기지가 않아서 잘라버렸어. 이젠 다 밀어버리고 싶은데, 너무 취했나봐."

너는 아무 말 없이 가위를 받아든 다음 남은 머리카락을 마저 자르고, 이어서 샘의 전기면도기를 꺼내 최대한 바짝 머리를 민다.

"이젠 누가 NPC지?" 너는 샘에게 말한다. "컨트롤러를 쥐고 있는 사람은 나야. 임무를 수행하는 사람도 나고."

"당신은 욕실에서 정신 나간 룸메이트를 발견한다. 그는 부조리한 절망에 빠져 욱해서 머리털의 절반을 잘라버렸다. 당신은 어떻게 하겠는가?" 샘이 인터랙티브 소설 형식을 흉내내어 말한다. 샘이 제 머리를 손으로 쓸어본다. "세이디한테는 입도 벙긋하지 마."

"동생아, 말 안 해도 세이디는 알아챌 거야." 너는 샘의 머리를 두 손으로 잡고 정수리에 입을 맞춘다.

너는 언페어 게임의 로비에 있다.

"두 분은 게임 많이 하십니까?" 너는 시간을 끄는 중이기도 하고 진심으로 알고 싶기도 하다.

"좀 하지." 붉은 반다나가 말한다.

"주로 어떤 게임을?" 네가 묻는다. "별건 아니고, 직업상 궁금해서요. 사람들이 어떤 게임을 하는지에 관심이 많거든요."

두 청년은 〈하프라이프 2〉 〈헤일로 2〉 〈언리얼 토너먼트〉 〈콜 오브 듀티〉를 한다고 얘기한다. 안내데스크 밑에 앉아 있던 고든이 한마디한다. "확실히 슈팅 게임을 좋아하는군."

"아무도 네 의견 안 물어봤어, 뚱보새끼야." 붉은 반다나가 말한다.

몇 년 전 너는 폭력성과 게임에 관한 토론에 패널로 참여했고, 당시 패널 중 가장 관련 지식이 풍부한 사람은 팔꿈치를 덧댄 코듀로이 재킷을 입은 남자였는데, 그 주제에 관해 말 그대로 책을 쓴 사람이었다. 그 남자가 말하길, 예외는 있겠지만 대부분의 게이머는 폭력적인 게임을 플레이하는 것과 폭력적인 행동을 저지르는 것의 차이를 명확히 구분할 수 있으며, 어린이의 경우 게임을 통해 폭력에 대한 환상을 충족시킴으로써 심리학적으로 더 건강해질 수 있다고 했다. 너는 전문가는 아니지만 이것 하나는 안다. 비디오게임 속 무기로 살해당한 인간은 지금껏 없다.

너는 휴대폰을 본다. 샘에게 전화를 건 후 5분이 경과했다.

너는 고든의 책상 밑에 있는 미니 냉장고로 간다. "피지워터 드실래요? 여기 에너지바도 몇 개 있습니다."

붉은 반다나는 고개를 저었지만 검은 반다나는 음료를 받는다. 검은 반다나가 음료를 마시려고 반다나를 들어올릴 때 너는 녀석의 얼굴을 본다. 아직 소년티를 못 벗은 얼굴, 여린 피부에 붉은 여드름 자국, 여기저기 거뭇하게 올라온 수염.

"그런데 메이저한테는 무슨 불만인 거죠?" 네가 말한다. "제 보기에 두 분은 저희 회사 게임 안 하시는 것 같은데."

"〈메이플월드〉." 검은 반다나가 말한다.

"씨발 저 새끼한테 말하지 마." 붉은 반다나가 말한다.

"왜? 곧 알게 될 텐데." 검은 반다나가 말한다. "저 녀석 아내가 〈메이플월드〉에서 어떤 여자랑 결혼하더니 쟤를 차버리고 집을 나갔고 그래서……"

"지랄하지 마라, 씨발." 붉은 반다나가 제 친구에게 말한다. "저 새끼랑은 상관없는 얘기야."

"그래서 샘을 원망하는 거로군요."

"샘이 누구야?" 붉은 반다나가 말한다.

"메이어 메이저요."

"나는 메이저를 원망한다. 나는 앙갚음할 것이다." 붉은 반다나는 번역이 형편없는 비디오게임의 캐릭터처럼 말한다.

너는 검은 반다나에게 말한다. "그럼 그쪽은? 그쪽은 왜 왔어요?"

"왜냐하면 올바르지 않다고 생각하니까." 검은 반다나가 말한다. "어린애들도 〈메이플월드〉를 하잖아. 난 편견을 가진 사람은 아니지만 왜 그런 게이 짓을 어린애한테 강요하는데?" 검은 반다나는 네가 동의하는지 알아보려는 듯 너를 쳐다본다. 너는 중립적인 표정을 유지한다. "또 나는 유치원 때부터 재랑 제일 친한 친구니까, 그래서 같이 왔지."

너는 고개를 끄덕인다. 이 녀석들은 지금 그게 총 두 자루를 들고 남의 회사에 들이닥쳐 게임 디자이너를 쏴 죽이겠다고 난리치기에 더없이 타당한 이유라는 듯 얘기하고 있다. 이 녀석들은 총각파티를 즐기러 라스베이거스에 낚시 여행을 온 것처럼 행동하고 있다. 너는 이 녀석들이 집을 나서기 전에 게임회사에 총기테러를 하러 가는 데 가장 적절한 색상의 반다나 세트에 대해 토론하며 각자 쓸 반다나를 고르는 모습이 상상이 간다. "그럼 이제 어떻게 할 계획입니까?" 네가 말한다.

"나는 메이저를 죽이고 싶다." 붉은 반다나가 말한다.

"하지만 메이저는 지금 여기 없어요. 그러니까 어쩌면 두 분께 가장 좋은 방법은 일단 집으로 돌아가는 게 아닐까요?"

"지랄하지 마." 붉은 반다나가 총구로 네 뺨을 누른다. "너무 오래 끌잖아. 난 당장 사무실을 봐야겠어." 붉은 반다나가 총구를 네 척추로 옮겨 대고, 너는 그들을 데리고 계단을 오른다. 2층은 다행히도 조용하지만 그래도 너는 방화문을 열 때까지 숨을 참고 있다.

층 전체가 비었고, 너는 안도의 기색을 드러내지 않으려 애쓴다.

"나한테 뻥을 쳤어?" 붉은 반다나가 말한다. "다들 어디 갔어?"

너는 회사 야유회에 관한 이야기를 지어낸다. "자, 샘의 사무실은 여기 바로 이쪽입니다."

"네가 그렇게 중요한 놈이라면 너는 왜 야유회에 안 갔어?" 붉은 반다나가 묻는다.

"누군가는 밭을 갈아야 하니까요. 나는 NPC잖아요?"

반다나 청년들은 샘의 선반 위 물건을 마구 쓰러뜨리고 내팽개치기 시작한다. 〈이치고〉 기념품이 사방으로 날아간다. "난 이 게임이 싫어." 붉은 반다나가 말한다. "원피스를 입은 망할 꼬마놈."

전화벨이 울린다. 붉은 반다나가 너에게 전화를 받으라고 지시한다. 경찰이다. 지금 밖에 와 있으며 위기협상 전문가도 함께 있다. 경찰은 붉은 반다나와 얘기하고 싶어한다. 그러나 너는 송수화기를 넘겨주기 전에 송화구를 가리고 말한다. "여기서 뭘 얻고 싶은지 마음을 정해요." 너는 붉은 반다나에게 말한다. 청년의 눈은 옅은 갈색이고, 너는 그 눈에 어린 두려움을 볼 수 있다. "아직 아무도 다치지 않았고 그건 두 분의 호의 덕이죠. 그러니까 원하는 걸 얘기하고 자신의 인생을 살아가요. 오늘 여기서 메이저를 쏘는 일은 불가능합니다."

붉은 반다나가 전화기 쪽으로 손을 뻗더니 전화를 끊는다. 붉은 반다나가 흐느껴 울기 시작하고, 반다나를 벗고 눈가를 훔친다. 너는 처음으로 그 얼굴을 보고 소년 같다고 생각한다. 머리를 밀던 그날 밤의 샘 같다. 청년은 무방비 상태로 연약해 보이고, 이 모든 상황에도 불구하고 너는 그를 돕고 싶다.

"괜찮아요." 너는 붉은 반다나를 얼싸안으려 한다. 그건 실수였다. 붉은 반다나는 양손으로 너를 벽으로 떠민다.

"나한테 손대지 마, 이 빌어먹을 퀴어놈아."

"어휴, 조시." 검은 반다나가 말한다.

"씨발 내 이름 말하지 마." 붉은 반다나가 말한다.

그 순간—대체 무슨 생각이었던 걸까?—앤트가 계단을 내려와 사무실로 들어온다. 앤트는 두 손을 들고 있다. "마크스," 앤트가 부른다. "저 앤트예요. 괜찮아요?"

붉은 반다나가 총구로 앤트를 겨눈다.

"씨발 저놈이 메이저야?" 붉은 반다나가 말한다. "나한테 뺑친 거야?" 붉은 반다나가 너를 쳐다본다. "저놈이 내내 여기 있었던 거야?"

"저 사람은 메이저가 아닙니다." 네가 말한다. "저 사람은 그냥 회사 직원이에요. 이름은 앤토니오 루이스고요."

"나한텐 메이저로 보이는데." 붉은 반다나가 억지를 쓴다. 어쩌면 정말로 앤트를 샘이라고 믿는지도 모른다. 그날 앤트는 불운하게도 〈메이플월드〉의 샘의 아바타처럼 붉은 체크무늬 셔츠를 입고 있다. 샘과 앤트는 별로 닮지 않았다, 약간 근육질이고 다갈색 머리에 올리브색 피부라는 것만 빼면. 둘은 인종도 다르다. 그러나 총을 든 청년에겐 지금 보이는 저 사람이 특별히 샘과 뭐가 '다른'지는 중요하지 않다는 것을 너는 깨닫는다.

아니 어쩌면 청년은 앤트를 샘으로 착각하지 않았는지도 모른다. 그냥 앤트의 외모가 마음에 안 드는지도 모른다. 모히칸 머리와 스키니진의 앤트는 그 모습 그대로 게임회사의 진보 어젠다의 상징이다.

어쩌면 청년은 아무나 쏘고 싶은지도 모른다.

너는 붉은 반다나의 손가락이 방아쇠를 당기는 소리를 듣고, 너는 앤트와 총 사이로 뛰어든다. "조시, 쏘지 마." 네가 말한다.

너는 너무 늦었다. 붉은 반다나는 다섯 발을 발사한다. 한 발이 앤트를 맞힌다─어디에 맞았는지 너는 모른다.

세 발이 너를 맞힌다.

나는

탕

장례식을

탕

느꼈다

탕

내 머릿속에서

탕

마지막 한 발은 붉은 반다나가 제 머리를 쏘는 데 사용된다.

"오 주여, 조시." 검은 반다나가 말한다. "너 뭘 한 거야? 너 왜 그랬어? 우린 그냥 겁만 좀 주기로 했잖아." 검은 반다나가

털썩 무릎을 꿇고 앉더니 두 손을 모으고 주기도문을 외기 시작
한다.

몇 초 후 너는 의식을 잃는다……

너의 전화가 울린다. 세이디다.

그나저나 세이디는 임신했다. 너는 아이를 원했지만 그래도 세
이디의 몸이므로 세이디가 하자는 대로 따르기로 했다. 너는 각
종 장애 요소와 부담 요소를 점검했다. 일에 있어서나 삶에 있어
서 그게 어떤 의미를 갖게 되는지 검토했다. 너는 게임 프로듀서
이므로 제작을 고려중인 게임을 검토할 때와 마찬가지로 스프레
드시트를 작성했다. 장단점, 노동 분업, 잠재적 위험 요소, 비용,
이득, 마감 기한, 출하품을 목록화했다.

너는 네가 작업한 문서를 랩톱에 띄워 세이디에게 보여주었다.
"우리의 가설적 아이가 문서1.xls로 불리는 건 좀 아니지." 세이
디가 한마디했다. 세이디는 스프레드시트의 제목을 수정했다.
'그린 와타나베 2006년 여름 게임 프로젝트'.

세이디는 문서를 프린트해서 달라고 했고, 하루인가 이틀 후
아이를 낳고 싶다고 말했다. "절대 좋은 시기는 아니지만 또 나
쁘지 않은 시기이기도 하지. 〈마스터 오브 더 레블스〉는 완성했
고. 아이는 여름에 나올 테니까 봄에는 내내 확장팩 작업을 할 수
있어. 운이 좋으면 너의 다마고치보다 나을 거야."

너와 세이디는 아이를 '다마고치 와타나베 그린'이라고 부르
기 시작했다.

너는 병원에 있다.

복도 저쪽에서 성가대가 노래를 부르고 있는데 네 귀에는 잘 들리지 않는다. 성가대가 너의 병실 쪽으로 가까이 오자 너는 그 노래가 사람들에게 자살 충동을 일으키는 그 조니 미첼의 곡임을 알아낸다. 병원에서 성가대가 부르는 그 노래는, 어느 쪽인가 하면, 훨씬 더 암울하고 의욕을 떨어뜨린다. 너는 노래의 제목이 기억나지 않고, 그게 마음에 걸린다. 너는 제목이 기억나지 않을 때가 없는 사람이다.

누가 병실에 별 모양 크리스마스 전구를 한 줄 매달아놨다. 누가 저걸 장식했는지 너는 짐작도 가지 않는다. 너와 친한 사람들은 하나같이 유대교거나 불교거나 무신론자거나 불가지론자다.

만약 지금이 크리스마스라면 너는 3주 동안 혼수상태였다는 뜻이다.

만약 지금이 크리스마스라면 너는 워스 부부에게 전화를 하지 않았다는 뜻이다.

만약 지금이 크리스마스라면 〈마스터 오브 더 레블스〉가 출시됐고 다운로드가 가능하다는 뜻이다.

만약 지금이 크리스마스라면 세이디는 거의 임신 4개월 차에 접어들었다는 뜻이다.

너의 어머니와 아버지가 여기 있다. 두 사람이 함께 있는 건 아주 드문 일이므로 너는 네 상태가 위중하다고 짐작한다.

기억났다. 그 노래의 제목은 'River'다.

네 어머니가 침대 옆 의자에 앉아 있다. 어머니는 딸기와 새가 프린트된 원피스를 입고 있다. 긴 바늘로 밝은 색깔의 종이학을 한 줄로 엮어 벽에 거는 장식 줄을 만들고 있다. 너는 어머니가 무엇을 하고 있는지 안다. 종이학 천 마리를 접어 환자의 쾌유를 기원하는 센바즈루라는 일본의 풍습이다.

보이지는 않지만 너는 네 아버지가 병실 바닥에 앉아 있음을 알아차린다. 아버지는 어머니가 실로 엮을 수 있게 종이학을 접고 있다.

이것이 부부다.

잠시 후 네 아버지가 나간다. 네 어머니는 계속 학을 실로 꿰고 있는데 아버지가 없으면 종이학 공급량이 금방 달릴 것이다. 종이학을 접는 것보다 실로 꿰는 게 더 빠르다.

샘이 병실에 들어와 네 어머니에게 인사한다. "마크스 어머니시죠."

"애나라고 해." 어머니가 말한다.

"저희 어머니 이름과 같네요." 샘이 말한다. "마크스는 우리들 어머니의 이름이 똑같다는 얘길 한 번도 한 적이 없어요. 그래서 다른 이름일 거라고 생각했습니다."

네 어머니가 설명한다. "원래 나의 한국 이름은 애란이야. 그런데 미국에서는 다들 애나라고 불러서."

"그럼 애나 와타나베신가요."

"와타나베는 남편 성이고. 나는 애나 리지."

"저희 어머니 이름도 애나 리예요." 샘이 말한다.

"내가 너희 어머니랑 닮았니?"

"전혀요. 마크스와 제가 그 얘길 한 번도 안 했다는 게 신기하네요."

"얘는 별거 아니라고 생각했겠지. 리는 아주 흔한 성이니까, 애나도 그렇고."네 어머니는 직물 말고는 그 어떤 것에도 감상적이 되지 않는다. "혹시 몰랐던 게 아닐까?"

샘이 침대 옆으로 다가와 네 얼굴을 살핀다. "아뇨, 마크스는 뭐든 모르는 법이 없어요."샘의 돌아가신 어머니의 이름을 알게 됐을 때 너는 숙명이라고 생각했고, 그날 이후로 샘을 동생 삼기로 마음먹었다. 이름은 운명이다, 생각하기에 따라서는.

샘이 네 어머니를 돌아본다. "학이 거의 다 떨어졌네요. 만드는 법을 알려주시면 저도 도울게요."네 어머니가 시범을 보이고, 샘도 병실 바닥에 앉아서 종이학을 접기 시작한다.

너는 아직 살아 있다.

세이디가 네 머리를 빗겨주면서 〈마스터 오브 더 레블스〉가 미국에서 베스트셀러라고 전한다. "사람들이 그 게임을 좋아하기나 하는지 모르겠어. 그냥 우리가 가엾어서 사주는 게 아닐까 싶어."세이디가 말한다.

너는 세이디에게 일부러 자기비하를 하는 거라면 그러지 말라고 말하고 싶다. 가엾다는 이유로 게임에 육십 달러를 쾌척하는 사람은 세상에 없다. 아무런 조짐도 없이 돌연, 네 정신이 흩날린다.

너는 아직 살아 있다.

"앤트는 퇴원했어." 샘이 말한다. "앤트는 별일 없을 거야."

다행이다, 너는 생각한다.

"고든이 왔었어. 라벤더를 가져왔더라."

너는 꽃을 볼 수 없지만 향기가 나는 것 같다. 너의 마음 옹졸한 한구석에는 고든을 안내데스크에 남겨두고 딴사람들과 같이 옥상으로 대피할걸, 하고 후회하는 마음이 없지 않다.

비디오게임이 사람을 폭력적으로 만들지는 않지만 영웅이 될 수 있다는 헛된 망상을 심어주는지도 모른다. 아무런 조짐도 없이 돌연, 네 정신이 흩날린다.

아직 살아 있다.

너는 한밤중에 깨어난다. 병실에 누가 너와 같이 있다. 여자의 적갈색 머리카락이 보인다. 종이에 연필이 긁히는 소리가 들린다.

조이다. 너는 조이가 뭘 그렇게 열심히 하고 있는지 궁금하다.

"영화 음악이야." 조이는 마치 네 질문을 듣기라도 한 듯 답한다. "한심한 공포영화인데 감을 잡기가 참 어렵네. 머리 많이 굴린 아이디어가 하나 있지만 그게 통할지 잘 모르겠어. 악기를 퍼커션과 브라스로만 제한하고 싶거든, 근데 고등학교 마칭밴드처럼 들리지 않을까 걱정이야. 지금까지 한 걸 다 뒤엎고 새로 써야할지도 몰라. 진짜 싸게 후려친 금액에 하는 건데. 툭하면 나중에 준다고 지급을 연기하는 게 다반사고, 그 돈을 내 평생 구경이나 할 수 있으려나 몰라. 영화 제목은 '블러디 벌룬스Bloody Balloons' 야." 조이가 눈을 굴렸다. "〈블러디 벌룬스〉는 개봉일을 절대 연기하지 않겠지." 조이가 너를 보며 싱긋 미소 짓는다. "마크스, 너 꼭 회복하는 게 좋을걸. 난 너 없는 세상은 생각조차 견딜 수 없어." 조이가 네 손을 힘주어 꽉 잡은 다음 네 볼에 입을 맞춘다. "아니, 견디지 않을 거야. 견디기를 거부한다고. 미치도록 사랑해, 귀여운 내 친구."

미치도록 사랑해.

전 애인을 친구로 만드는 방법은 그들을 사랑하기를 멈추지 않는 것이며, 관계의 한 시기가 마무리되고 다른 형태로 넘어갈 수 있는 때를 아는 것이다. 사랑은 상수인 동시에 변수임을 인지하는 것이다.

너는 죽을 것이다.

몇 시간, 며칠, 혹은 몇 주 후에, 의사가 터무니없이 평온한 어조로 네 어머니와 아버지에게 너 마크스 와타나베가, 세계의 시민이 죽을 거라고 설명하는 것을 너는 귀기울여 듣고 있다.

너는 게이머이고, 그 말은 곧 '게임 오버'가 하나의 구성 요소라고 생각하는 부류의 사람이라는 얘기다. 게임은 네가 플레이를 그만둘 때에만 끝난다. 언제나 또다른 생명이 있다. 세상에서 가장 참혹한 죽음이라도 끝이 아니다. 독살당할 수도 있고, 염산이 든 대형 통에 빠질 수도 있고, 목이 잘릴 수도 있고, 총을 백 발 맞을 수도 있지만, 그래도 재시작을 클릭하면 너는 처음부터 다시 시작할 수 있다. 다음번엔 제대로 해낼 것이다. 다음번엔 이길 수 있을지도 모른다.

그러나 이 점은 부인할 수 없다.

너는 육신이 느껴진다. 점도 높은 혈액이 러시아워 때 샌타모니카 고속도로 위 차량들처럼 지체와 서행을 반복하며 순환계를 돈다. 심장이 제 힘으로 뛰지 않는다. 두뇌가

느려진다.

멈춘다.

점점 더 자주 두뇌가

흩날린다.

꺼진다.

머지않아 너는 네가 아니게 될 것이다. 너는, 우리 모두와 마찬가지로, 직시적 표현*이다.

너는 말을 길들이는 자다.

너의 서른한번째 생일에 샘은 너에게 이렇게 적힌 명패를 만들어준다.

마크스 와타나베

말을 길들이는 자

---

* 발화되는 상황과 맥락에 따라 단어가 지시하는 내용이 달라진다.

너는 그걸 보고 웃음을 터뜨린다. "엄밀히 말해서, 몇몇 판본에는 '말을 다스리는 자'로 번역되어 있어." 네가 말한다.

"하지만 그건 네가 아니지." 샘이 말한다.

샘이 처음 너를 그렇게 불렀을 때는 조롱하려는 의도였지만, 시간이 흐르면서 그 이름은 친구들 사이의 애정어린 농담으로 바뀌었다.

그렇게 너는 그 별명을 받아들인다. 그것이 너다.

어렸을 때 너는 비디오게임 프로듀서가 될 거라곤 상상도 못했다. 너는 그 직업을 갖게 된 것이 내적 수동성 때문인가 몇 번 고민한 적이 있음을 인정한다. 샘과 세이디가 비디오게임을 만들고 싶어했고, 당시 너는 딱히 하는 일이 없었기 때문에 비디오게임 프로듀서가 됐을까? 너는 게임을 만들고 싶어하는 사람들을 좋아했기 때문에 비디오게임 프로듀서가 됐을까? 네 인생의 얼마나 많은 부분이 우연에 좌우됐을까? 네 인생의 얼마나 많은 부분이 하늘 위 커다란 다면체 주사위의 굴림에 맡겨졌을까? 하지만 다시 생각해보면 삶은 원래 다 그렇지 않나? 결국 자신이 뭔가를 선택했다고 말할 수 있는 사람이 있을까? 그리고 네가 꼭 비디오게임 프로듀서를 선택한 것이 아니라 하더라도 너는 그 일에 유능했다.

너는 〈우리의 무한한 날들〉을 떠올린다. 네가 그 게임을 얼마나 플레이하고 싶어하는지. 너는 그 게임에 수반될 만한 문제점을 예상할 수 있고 워스 부부가 그 문제를 해결하는 데 도움을 주고 싶다. 가령 워스 부부는 뱀파이어냐 좀비냐 둘 중 하나를 선택해야 할 것이다. 신화를 하나만 선택하든가 아니면 새로운 신화를 창조해야 할 것이다. 아니면……

하지만 그건 더이상 네 문제가 아니다.

샘이 너의 손을 잡고 있고, 세이디가 다른 손을 잡고 있다. 너의 부모도 옆에 있지만 너의 친구들 뒤에 서 있다. 그럴 만도 하다, 네 부모가 네 가족이었던 것처럼 이젠 세이디와 샘이 네 가족이니까. 그들 뒤로 천 마리 종이학이 병실을 장식하고 있다.

"괜찮아, 마크스." 세이디가 말한다. "이제 그만 눠도 돼."

정신이 육신을 떠날 때 너는 생각한다, 내가 얼마나 말들을 그리워하게 될지.

너는 복숭아 농장에 있다.

오늘은 더없이 완벽한 날이다. 고등학교 때 친구 스완이 로스앤젤레스에 놀러왔는데, 스완이 아는 친구가 프레즈노 근처 마쓰모토 가족 농장에서 복숭아나무 한 그루를 분양받아 키워서 그 나무에서 마음껏 과일을 따가도 된다고 한다. 다만 갈 수 있는 날이 딱 토요일 오전 뿐이다.

"복숭아나무를 분양받기도 해?" 네가 묻는다.

"그건 평범한 복숭아가 아냐." 스완이 설명한다. "과육이 너무 물러서 슈퍼마켓까지 운반할 수가 없거든. 그 농장은 1948년부터, 그러니까 강제수용이 해제된 직후부터 마쓰모토 일가 소유였어. 내 친구는 그 나무를 분양받기 위해 신청서를 작성하고 에세이도 써야 했는걸."

네가 조이에게 얘기하자 조이는 가고 싶어한다. 조이가 세이디를 부르고, 세이디가 앨리스를 부른다. 너는 샘을 부르고, 샘은 요즘 사귀고 있는 롤라를 부른다. 이어서 너는 앤트와 사이먼을 부른다. 두 사람은 〈러브 도플갱어〉 개발에 너무 몰두하고 있어서 가끔은 하루쯤 쉬어야 한다. 너희는 오전 여섯시에 로스앤젤레스를 출발해서 아홉시 반에 프레즈노에 도착하고, 여긴 전혀 다른 세상 같다.

복숭아는 말도 안 되게 크고 실하며 말랑말랑하다. 이 복숭아들은 운송의 무례함과 슈퍼마켓 선반의 모멸감을 견딜 수 있도록 설계되어 있지 않다. 조이가 한입 맛보더니 꽃을 먹는 것 같다고 말한다. 조이는 복숭아를 너에게 건네주고, 한입 베어문 너는 복숭아를 마시는 것 같다고 말한다. 너는 그 복숭아를 샘에게 건네주고, 샘은 앙 베어물고 말한다. 복숭아라기보다 복숭아에 대한 노래 같은데.

네 친구들은 점점 기상천외한 직유법과 은유법을 구사하기 시작한다.

"주님을 찾은 것 같아."

"어릴 때 진짜로 있다고 믿었던 걸 찾은 것 같아."

"〈슈퍼 마리오〉의 버섯을 먹은 것 같아."

"이질에 걸렸다 나은 것 같아."

"크리스마스 날 아침 같아."

"하누카의 여덟 밤을 다 합쳐놓은 것 같아."

"오르가슴을 느끼는 것 같아."

"오르가슴을 여러 번 느끼는 것 같아."

"엄청난 영화를 보는 것 같아."

"엄청난 책을 읽는 거야."

"엄청난 게임을 하는 거야."

"내가 개발한 게임에서 디버깅을 완료하는 거지."

"청춘 그 자체의 맛이야."

"오래 앓고 난 후 확 좋아진 기분이야."

"마라톤을 뛰는 거야."

"평생 다른 건 안 해봐도 돼, 난 이 복숭아를 먹어봤으니까."

마지막으로 맛본 사람은 세이디다. 어째선지 복숭아―복숭아 남은 것―가 다시 너에게 돌아오고, 너는 그 복숭아를 나무 쪽으로 치켜들고, 나무 위에서는 세이디가 부지런히 복숭아를 따는 중이다.

세이디는 커다란 밀짚모자를 쓰고 있고, 사다리를 타고 올라가 고리버들 바구니를 사다리 꼭대기에 두었다. 세이디는 공공노동진흥국 포스터에 나오는 여자처럼 정말 씩씩하고 멋있어 보인다. 세이디가 약간 벌어진 앞니를 드러내며 너를 보고 시원스레 미소를 짓는다. "한번 해볼까?" 세이디가 묻는다.

"해봐."

너는 딸기밭에 있다.

너는 죽었다.

화면에 프롬프트가 뜬다. 게임을 처음부터 다시 시작하겠습니까?

응, 너는 생각한다. 해보지 뭐. 다시 하면 이길지도 모른다.

돌연 네가 짜잔, 하고 나타난다. 새롭고 완벽한 모습으로, 깃털이 복원되고 뼈가 다시 붙고 신선한 피가 돌며 혈색이 돌아온다.

너는 지난번보다 느릿느릿 날고 있다. 왜냐하면 어느 것 하나 놓치고 싶지 않으니까. 젖소 두 마리. 라벤더. 베토벤을 흥얼거리는 여자. 어딘가 멀리 있는 벌. 개울 속 커플과 처량한 표정의 남자. 그리고 무대에 올라가기 직전 너의 심장박동. 네 피부에 닿는 레이스 소매의 촉감. 리버풀 악센트를 열심히 살려 비틀스 노래*를 불러주는 너의 어머니. 〈이치고〉의 첫 완주 플레이. 애벗키니의 지붕 위 옥상. 헤페르바이젠 맥주와 뒤섞인 세이디의 향기. 네 두 손에 감싸인 샘의 둥근 머리통. 종이학 천 마리. 노란색 선글라스. 완벽한 복숭아.

이 세상이란, 너는 생각한다.

너는 딸기밭 위를 날지만 그곳이 함정이라는 것을 안다.

이번에는, 계속 날아간다.

---

* 〈Strawberry Fields Forever〉는 비틀스 멤버의 고향 리버풀에 대한 향수를 담은 곡이다.

8장 ≫ 우리의 무한한 날들

1

샘이 처음 마크스가 죽는 것을 본 건 1993년 10월이었다. 마크스는 〈맥베스〉의 블랙박스 무대 공연에 뱅코로 캐스팅됐다. "자, 상황은 이래." 마크스가 설명했다. "플리언스와 나는 맥베스가 여는 저녁 연회에 가는 길이야. 우리는 말에서 내려, 과연 말이 있을지 매우 의심스럽지만, 학생 연극이잖아. 나는 횃불을 켜—안 그러면 암살자들이 나를 어떻게 알아보겠어? 암살자 셋이 다 가온다! 놈들이 공격해. 나는 살인을 사주한 모든 자들을 저주하며 장렬히 죽는 거야—아아 배반이다! 어쩌고저쩌고." 마크스가 목소리를 낮춘다. "보나마나 이거 연출자가 순 바보야, 내가 알아서 이 부분의 연기를 잘 짜야 해, 안 그럼 몽땅 조잡해지고 말걸. 샘, 네가 암살자를 하는 거야, 알았지? 내가 욕실에서 등장할게, 그럼 넌 나를 놀라게 해." 마크스가 3막 3장을 펼쳐놓은 『맥베스』 페이퍼백을 샘에게 내밀었다.

샘은 마크스와 고작 23일을 같이 살았을 뿐이었고, 그를 죽이는 시늉은커녕 대사를 맞춰줄 만큼 마크스와 친하지도 않고 또 잘 알지도 못한다고 생각했다. 샘은 타인의 우여곡절이나 인생살이에 엮이고 싶지 않았다. 룸메이트에 대해 잘 모를수록 룸메이트도 자신에 대해 잘 모를 테고, 그 편이 나았다.

샘은 무엇보다 자신에게 장애가 있다는 사실을 마크스가 모르기를 바랐다. 본인은 그걸 장애라고 생각지 않았지만 말이다— 다른 사람들은 장애가 있다, 샘 자신은 '발에 문제가 좀' 있다. 샘은 자신의 몸이 기본 방향으로만 안정적으로 움직일 수 있는 구식 조이스틱이라는 것을 경험으로 알고 있었다. 장애를 들키지 않는 방법은 장애인처럼 보이는 상황을 피하는 것이었다. 울퉁불퉁한 지형, 낯선 계단, 가장 아날로그적인 형태의 놀이. 샘은 손사래를 쳤다. "난 연기에 소질 없어."

"이건 연기가 아니야. 죽이는 시늉이지." 마크스가 말했다.

"읽어야 할 교재도 잔뜩 있고. 수요일까지 과제도 하나 제출해야 해서."

마크스가 눈을 굴렸다. 그리고 소파 쿠션을 하나 집어들었다. "이 베개가 플리언스야."

"플리언스가 누구야?"

"나의 어린 아들. 아들은 도망쳐." 마크스는 베개를 문 쪽으로 집어던졌다. "달아나라, 착한 플리언스, 달아나, 달아나, 달아나!"

"자신이 살해한 남자의 아들을 도망치게 놔두는 건 결코 좋은 생각이 아니지." 샘이 말했다. "애가 도망쳐서flee 이름이 플리언스인가?"

"나는 연회banquet에 가는 길에 죽어서 뱅코인가? 진짜 흥미로운 질문이군."

"너를 뭘로 살해해?"

"식칼? 장검? 책엔 나와 있지 않은 것 같은데. 작가는—혹은 작가들은, 셰익스피어의 정체가 뭐든 하여간—별 도움 안 되게 애매하게 써놨어. '놈들이 공격한다.'"

"흠, 무기에 따라 많이 다를 것 같은데."

"무기 선정은 너한테 맡길게."

"넌 왜 반격을 안 해? 너도 용사나 뭐 그런 거 아냐?"

"공격당할 거라고 전혀 예상치 못했으니까. 그래서 네가 필요한 거야. 나를 깜짝 놀라게 해야 해." 마크스가 샘을 보며 공모자의 미소를 지었다. "도와주라. 이건 나한테 중요한 장면이고, 그러니까 너도 알지, 난 쿨하게 보이고 싶어."

"너의 마지막 장면 아니야? 넌 죽으니까."

"아니, 유령으로 돌아오는데 대사는 없어. 그냥 연회장에 모습만 나와. 근데 그 장면에 나를 쓸지는 모르겠어, 아님 그냥 빈 의자로만 할지. 그건 얼마나 맥베스의 관점에서 보느냐에 달린 거니까." 마크스가 말했다.

"뱅코가 중요한 역이야?" 샘이 물었다. "난 〈맥베스〉를 잘 몰라서."

"제일 친한 친구지. 맥베스는 아니지만. 이건 '아무런 의미도 없는 소음과 분노로 가득찬 백치의 이야기'가 아냐. 나름 좋은 점도 있어. 난 이름이 있어! 무대에서 죽어! 유령으로도 나와! 이제 겨우 1학년이니까 앞으로 주연을 맡을 기회는 충분히 있을 거야.

다만 아쉬운 건 난 늘 맥베스 역을 해보고 싶었거든. 졸업하기 전까지 이 작품이 다시 무대에 오를지 모르겠어."

이후 한 시간 동안 마크스는 다양한 방식으로 죽었다. 소파 위로 쓰러졌다. 털썩 무릎을 꿇고 내려앉았다. 다양한 신체 부위―목, 팔뚝, 손목, 그 훌륭한 머리카락―를 움켜쥐고 비틀거리며 공용 거실을 돌아다녔다. 마크스는 나직이 대사를 읊조렸고, 한번은 너무 큰 소리로 외치는 바람에 기숙사 회장이 마크스가 진짜로 살해당하는 건 아닌지 확인하러 왔다. 연극을 하면서 샘은 아픈 발을 거의 잊고 있었다. 암살자들의 대사를 말하고, 문 뒤에 숨었다가 뒤에서 마크스를 베개로 공격하고, 두 손으로 마크스의 목을 조르는 척하는 게 즐거웠다. 마크스가 샘의 공격이 늘 오른쪽으로 치우치는 것을 눈치챘는지 모르겠지만 어쨌든 내색하지는 않았다.

"생각보다 잘하는데. 전에 연극해본 적 있어?" 마크스가 물었다.

"아니." 샘은 거기까지만 답하고 말려고 했는데, 가쁜 숨에 칭찬을 듣고 우쭐해서는 엉겁결에 말을 잇고 말았다. "엄마 직업이 연기자였어. 그래서 가끔 엄마랑 대사를 맞추곤 했거든."

"지금은 뭐하시는데?"

"지금은…… 음, 돌아가셨어."

"미안하다."

"오래전 일이야." 샘이 말했다. 엄마가 안 계시다고 털어놓은 건 어쩔 수 없었지만 엄마의 죽음에 관한 얘기는 하고 싶지 않았다. 이런 잘 알지도 못하는 엄청 잘생긴 녀석한테…… "그런데 말이야, 일반적으로 살아 있는 동물을 무대에 올리는 건 안 좋은 생각이지." 샘이 말했다.

"맞아."

"대학 연극에서만이 아니라. 네가 아까 말했던—"

"네 말에 전적으로 동의해, 샘." 마크스가 말했다. "너도 다음 학기에 오디션 볼래?"

샘은 고개를 흔들었다.

"왜?"

"문제가 좀…… 아마 넌 이미……" 샘은 말꼬리를 흐렸다. "여기서는. 이 정도는 괜찮아, 하지만 무대에 서는 건 사양이야. 우리 다시 해볼까?"

샘은 언제 마크스와 친구가 됐는지 확실히 알 수 없었지만 그날 저녁을 시작점으로 잡아도 적절하겠다 싶었다.

두 사람이 친구로 지낸 총 날수를 계산하려면 데이터상 시작점이 필요했다. 일단 둘이서 마크스의 죽음을 리허설했던 그날 저녁으로 정하니 4873일이라는 숫자가 나왔다. 샘은 보통 숫자에서 위안을 얻었다. 그러나 지금 이 숫자는 마크스가 샘의 삶에서 차지했던 존재감을 고려했을 때 너무 별 볼 일이 없어서 마음이 편치 않았다. 샘은 확인차 두 번 계산을 해봤다. 4873이 맞았다. 샘은 잠이 오지 않을 때면 이런 소소한 산수를 했다.

사천팔백칠십삼, 샘은 머릿속으로 떠올렸다. 돈 많은 열일곱 살짜리의 은행계좌에 들어 있는 액수, 타이태닉호 승선객 수의 두 배, 모두가 서로를 알고 지내는 마을의 인구수, 인플레이션을 감안했을 때 1990년의 랩톱 가격, 청소년기 코끼리의 체중, 내가 어머니와 살았던 날수보다 6개월 남짓 많은 날수.

열다섯 살 때 샘은—타인의 내면을 인지할 만한 나이이긴 하지만 아직 운전면허증을 딸 수 있는 나이는 아닐 때—할머니에게 딸의 죽음 이후의 시간을 어떻게 극복했는지 물은 적이 있었다. 장사도 해야 하고 아픈 손자도 돌봐야 하고 다스려야 할 자신의 슬픔도 있었을 텐데 봉자는 매우 무감했고 그런 얘긴 한마디도 하지 않았다. 샘은 봉자가 모는 차를 타고 샌디에이고에서 열린 수학 경시대회에서 돌아오는 길이었고, 별로 신경써 준비하지도 않은 대회에서 모두를 제치고 우승했다는 사실에 기분이 들떠 있었다.

차 사고로 거의 죽을 뻔했음에도 샘은 이런 장거리 자동차 여행을 좋아했다. 샘은 할머니와 저녁때 차 안에서 하는 대화가 제일 편했다. 봉자와 동현은 번갈아가며 운전사 노릇을 했지만 샘은 할머니가 운전할 때가 더 좋았다. 봉자가 운전대를 잡으면 차가 날아다녔고 오가는 시간이 3분의 2로 줄었다.

"어떻게 극복했냐고?" 봉자는 샘의 질문에 당황했다. 봉자는 한참 있다가 입을 열었다. "아침에 일어났고 가게에 갔어. 병원에 갔다가 집에 왔어. 잠을 잤지. 그걸 다시 반복했고."

"하지만 힘들었을 거잖아요." 샘이 끈질기게 캐물었다.

"처음이 제일 힘들지, 그러다 날이 가고 달이 가고 해가 가면 점점 나아져, 그렇게까지 힘들진 않았어." 봉자가 말했다.

할머니가 그 얘긴 그만하려나보다 싶었을 때 봉자가 덧붙였다. "가끔은 애나한테 말을 걸었어, 암튼 그게 좀 도움이 됐지."

"귀신 같은 거 말예요?" 샘에게 할머니는 세상에서 제일 귀신을 볼 것 같지 않은 사람이었다.

"샘, 헛소리 마라. 세상에 귀신은 없어."

"알았어요, 할머니는 엄마한테 말을 걸었어요. 엄마는 절대 귀신이 아니고요. 근데 엄마가 대답을 해요?"

손주가 자신을 바보 취급하려는 게 아닌지 봉자는 실눈을 뜨고 샘을 지그시 바라보았다. "그래, 내 머릿속에서 애나는 대답을 했어. 나는 네 엄마를 아주 잘 아니까 일인이역으로 네 엄마 역할도 할 수 있었지. 그런 식으로 난 어머니나 할머니나 어릴 때 제일 친했던 은아하고 종종 얘기해. 은아는 사촌 집에 놀러갔다가 근처 호수에 빠져 죽었지. 세상에 귀신은 없어, 하지만 여기엔"—봉자가 제 머릿속을 가리켰다—"여긴 귀신의 집이야." 봉자가 샘의 손을 꼭 쥐었다 놓고는 멋없이 화제를 바꿨다. "이제 너도 운전을 배울 때가 됐지."

어둠을 방패삼아 샘은 봉자에게 운전을 시작하는 게 무척 겁난다고 마음 편히 실토했다.

2

총격사건 후 72일째이자 마크스의 장례식 후 이틀째 되는 날, 사이먼이 샘에게 전화했다. "그동안 상황이 정말 끔찍했죠," 사이먼이 말문을 열었다. 그해엔 다들 그런 식으로 샘과 대화를 시작했다. "근데 회사는 어떻게 할 거예요? 앤트도 이젠 몸 상태가 많이 나아졌고, 사건이 일어났을 때 우린 〈CPH 4〉의 테스트 플레이와 디버깅을 막 시작한 참이었거든요. 지금 일을 재개하지 않으면 8월 출시일을 맞추지 못할 텐데—근데 우리가 8월에 게임을 출시하는 거 맞나요? 팀원들이 회사가 원래대로 돌아갈지 또 인력을 계속 유지할지 궁금해하는데 솔직히 저도 뭐라고 말해줘야 할지 모르겠어서…… 선을 넘으려는 건 아닌데, 앞으로 어떻게 할지는 알아야 해서요."

이러한 회사의 실질적 경영 업무는 보통 당연히 마크스가 맡아왔다. 샘과 세이디는 창작팀이었다! 샘과 세이디는 큰 그림과 원대한 구상을 맡았다! 마크스가 공과금을 냈고 전등을 켰고 화분에 물을 주었다. 사람들과 대화하는 사람은 마크스였다. 샘이 마크스가 하는 일은 그게 다라고 생각했다는 얘기가 아니다. 대체로 그런 분업은 암묵적으로 행해졌다. 마크스가 마크스였기 때문에 샘과 세이디는 샘과 세이디일 수 있었다. 그러나 당연하게도 마크스는 더이상 여기에 없다.

샘은 마크스라면 사이먼에게 뭐라고 말했을지 애써 떠올렸다. "전화해줘서 고마워, 그 말이 전적으로 옳아. 세이디하고 상의해볼게. 오늘 저녁까지 답을 정해서 알려주지."

샘은 세이디에게 전화했다. 세이디가 전화를 받지 않자 문자를 보냈다. 회사는 어떻게 하지? 5분 후 세이디가 답했다. 네 맘대로 해.

샘은 신랄한 답 문자를 보내려 했다. 샘도 계속 침대에 누워 있고 싶었다, 아마도 지금 침대에 누워 있을 세이디처럼. 샘은 어마어마한 약에 취하고 싶었다―두뇌를 1년쯤 꺼트릴 수 있지만 목숨을 빼앗기엔 살짝 역부족인 그런 엄청난 약을 구하는 거다.

골치 아프게도 정신신체증의 풍향계인 환지통이 다시 돌아왔고, 통증 완화를 위한 샘의 기존 전략들은 하나도 먹히지 않았다. 통증은 가장 깊은 잠의 영역에 도달했을 때, 바보 같은 두뇌가 꿈에 가장 취약한 상태일 때 찾아오는 듯했다. 그럴 때 대체로 샘의 꿈은 평범한 일상 속 자잘한 실수에 대한 것이었다. 다시 케네디 스트리트의 아파트 시절로 돌아갔는데 〈이치고〉의 특정 섹션의 디버깅을 잊었음을 알아차린다든가. 405번 도로를 운전하고 있는데 브레이크를 밟으려는 순간 발이 없어졌음을 알아차린다든가. 샘은 온통 땀에 절은 채 욱신거리는 환지통을 느끼며 두려움과 죄책감에 휩싸여 잠에서 깼다. 그럴 때면 너무 불안하고 힘들어서 다시 잠을 이룰 수가 없었다. 12월 이후 샘은 두 시간 이상 통잠을 자본 적이 없었다.

그래도 세이디와 달리 샘은 전화를 받았다. 이메일에 답신을 했다. 사람들과 대화를 했다.

세이디에게 독설 문자를 쓰고 나서 보내기 버튼을 누르려는 찰나, 그날 들어 두번째로 문득 이런 의문이 들었다. 마크스라면 뭐라고 했을까? 마크스라면 세이디의 처지에 공감하는 시간을 잠시 가졌을 거라고 샘은 생각했다. 세이디는 아이를 가졌다. 세이디는 사업 파트너뿐 아니라 인생 파트너까지 잃었다. 샘과 달리 세이디는 가까운 이의 죽음이나 그 비통함을 사무치게 겪어본 적이 없다. 세이디에겐 더 힘들 것이다. 마크스라면 그저 담담히 필요한 일을 알아서 처리했을 거라고 샘은 결론을 내렸다.

마크스가 총격을 당한 후 두 달이 넘도록 샘은 애벗키니의 회사에 가보지 않았고, 마침내 가보기로 했을 때는 혼자 가기로 결심했다. 비서든 할아버지든 롤라든 사이먼이든 심지어 튜즈데이라도, 건물 안에 남아 있을지 모르는 참상을 겪게 하고 싶지 않았다. 유일하게 같이 가고 싶었던 사람은 세이디였다. 샘은 회사에 가볼 거라고 세이디에게 말하긴 했지만 명시적으로 요청하는 건 잔인하게 느껴졌다. 세이디는 자원하지 않았다.

회사 정문 앞에는 임시 추모공간이 생겨나 있었다. 메이어 메이저와 이치고의 봉제인형, 비닐에 싸인 시든 카네이션과 장미, 매달 수 있는 곳이라면 빼놓지 않고 촘촘히 매단 응원과 지지의 새틴 리본, 몇 주가 아니라 몇 년 동안 밖에서 비바람을 맞은 듯한 카드, 게임 패키지, 봉헌 초. 총기 범죄 현장마다 볼 수 있는 무용한 물건 더미였다. 그 모든 건 이런 뜻이었다. 우린 당신 편이다, 우린 당신을 사랑한다, 우린 이곳에서 일어난 일을 규탄한다. 전시품을 마주한 샘은 메이어 메이저 인형의 머리를 발로 차버리고 싶다는 충동이 잠시 스쳤을 뿐 아무 느낌도 없었다. 추모공간을 넘어가면서 샘은 머릿속으로 메모했다. (1) 추모품을 치울 것, 그 다음에 열쇠를 문에 밀어넣었다. 열쇠가 안 돌아갈 줄 알았는데 저항 없이 돌아갔다. 샘은 머릿속에 적었다. (2) 자물쇠, (3) 새로운 보안.

회사 안 공기는 평소보다 약간 차가웠고 오래 묵은 기운이 없지 않았지만 살해 현장의 냄새 같은 건 나지 않았다. 사실 아무 냄새도 나지 않았다. 로비에 서 있자니 거의 사용되지 않는 박물관 전시실에 발을 들인 기분이었다. 작고 세련된 명판을 발견하는 상상도 했다. 명판에는 이렇게 써 있다. 게임회사, 베니스, 캘리포니아, 2005년경. 로비의 나무 화분이 죽어가고 있었다. (4) 식물.

샘은 잠입 게임의 캐릭터처럼 가만가만 조심스럽게 로비를 가로질렀다. 나무 기둥 한 곳에 총탄 구멍이 나 있었다. (5) 구멍을 메울 것.

가장 심각한 피해는 마크스가 총에 맞고 쓰러진 바닥에 남은 소름 끼치는 혈흔이었다. 광을 낸 콘크리트 바닥면 틈새로 마크스의 피가 스며들었다. 바닥은 이미 손볼 시기가 지났고 핏자국을 너무 오래 그대로 놔뒀다. 샘은 조금씩 더 강력한 세제로 바꿔가며 혈흔을 닦아내려 시도했다. 물, 유리 세정제, 아이오딘, 욕실용 세제, 표백제. 하지만 너무 깊이 착색됐다. 바닥은 전문업자가 손봐야 할 것이다. (6) 바닥.

여기저기 끊어진 노란 출입금지 테이프가 축제 같은 분위기를 자아냈다. 샘은 테이프를 쓰레기통에 버렸다.

샘은 마크스의 사무실로 갔다. 샘이 언페어 게임을 경영한 건 아니었지만 할아버지한테 들은 몇 가지 실용적인 사업 지식은 있었다. 샘은 마크스의 서류 중에서 보험회사 연락처를 찾아냈다. 샘과 얘기한 상담사는 언페어가 든 보험은 대량 총기 난사—두 명이 대량에 해당할까?—에 의해 발생한 피해는 명시적으로 보상 범위에 포함되지 않는다고 말했고, 따라서 보험사에서 수리비를 보상해줄 가능성은 낮았다. 사진을 찍어놓으세요, 메이저 씨. 일단 청구는 해보세요.

샘은 기존에 거래하던 청소용역회사와 처음 이사왔을 때 바닥 공사를 맡았던 업체의 이름을 알아냈고, 그 비용을 처리하기 위해 담당 회계사의 이름을 찾았다. 회계사는 1997년 케임브리지 시절부터 쭉 언페어의 회계를 맡아 처리해온 사람인 듯했다. 지금까진 샘이 그 남자와 얘기할 이유가 없었지만. "유선상으로 만나 뵙게 되어 반갑습니다. 참 끔찍한 일이었죠. 그래도 다시 일을 시작하신다니 다행입니다." 회계사가 말했다. "현재 언페어는 현금 여력이 좀 부족한 편입니다."

"우리가요?" 샘이 말했다.

"지난 10월에 애벗키니의 그 사옥을 매입하는 바람에 현금이 대부분 묶였어요. 그게 주된 지출항목입니다. 하지만 장기적으로 보면 매입하길 잘했다고 생각하실 거예요."

생애 처음으로 샘은 장기적인 고려 따윈 하고 싶지 않았다.

샘은 마크스의 사무실을 나와 제 방으로 갔고, 게르니카풍의 이치고 기념품 학살 현장에 직면했다. 몸통에서 분리된 바가지머리의 얼굴들, 통통한 팔다리, 아이답게 동그란 눈, 파도, 보트, 미식축구 저지를 입은 몸통. 샘은 바닥에서 이치고 도자기 머리를 집어들었다. 머리는 한때 몸통에 붙어 있었고, 둘이 합체하여 저금통을 구성했던 〈이치고〉의 덴마크판 발매 기념 홍보물이었다. 샘은 이 빠진 도자기 머리를 물끄러미 바라보다가 문득 몸서리를 쳤다. 그 두 남자는 샘을 죽이고 싶어했다. 샘을 죽이고 싶어했지만 이치고 굿즈를 박살내고 마크스를 죽이는 것으로 만족했다.

마크스의 병실에서의 기억 한 토막. 세이디가 다짜고짜 샘에게 소리지른다. 놈들은 널 원했어. 놈들은 널 원했어. 놈들은 널 원했다고. 세이디가 주먹으로 샘의 가슴팍을 마구 때리고, 샘은 막을 생각을 하지 않는다. 더 세게 쳐, 샘은 생각한다. 부디. 그 다음날 혹은 다음주 혹은 다음달에 세이디가 사과하지만, 그 사과에는 때릴 때의 확신이 결여되어 있다.

샘은 이치고 머리를 휴지통에 던졌다. 자기 방을 나와서 문을 잠갔다. 사망한 이치고 박물관을 수습할 기분이 아니었고, 아마도 기념품으로 가득찬 방은 더이상 필요하지 않을 것이다. 어차피 기념품으로 뭘 증명한단 말인가? 그들은 게임을 만들었다. 어떤 사람들이 그 게임을 홍보하면서 아무도 필요로 하지 않는 싸구려 물건들로 돈을 벌려고 했다.

샘은 메모를 적었다. (7) 메이저 사무실 쓰레기. 마크스의 사무실로 다시 갔다. 주머니 속에서 휴대폰이 울렸다. 세이디였고, 목이 꽉 잠겨 말소리가 작았다. "지금 회사야? 끔찍해?"

"그렇게까지 나쁘진 않아."

"자세히 얘기해봐." 세이디가 말했다.

"어—별로 얘기할 만한 건 없어."

"솔직히 말해. 나중에 놀라고 싶지 않아."

"회사는 그대로야. 놈들이 주로 망가뜨린 건 내 사무실이야. 그 이치고 저금통은 원상복구가 불가능할 것 같아. 바닥이 약간 손상됐어. 기둥에 구멍이 하나 뚫렸고."

세이디는 순간 아무 말이 없었다. "'손상'은 불명료해. '손상'이란 게 무슨 뜻이야?"

"핏자국. 콘크리트에 스며들었어." 샘이 말했다.

"그 자국이 얼마나 커?"

"나도 몰라. 가장 큰 게 지름이 60센티미터쯤 돼."

"네 얘긴, 마크스가 출혈로 사망한 지점에 폭이 몇 뼘쯤 되는 혈흔이 있다는 뜻이지."

"응, 그런 것 같아." 샘은 실존적 피로감을 느꼈다. 머리 반대쪽에서는 마크스는 저 바닥에서 출혈로 사망하지 않았다고 주장하고 싶어했다. 마크스는 10주 후에 병원에서 사망했다. 그러나 의미론을 따지기엔 너무 지쳤다. "바닥 공사업자한테 얘기했어. 마감을 새로 하면 돼."

"그거 닦아내지 않았으면 하는데." 세이디가 말했다.

"네 얘긴, 저걸 그대로 놔두라는 말이야?"

"아니, 하지만 지워지면 안 된다고." 세이디가 말했다. "마크스가 그냥 지워지면 안 된다고."

"그만 좀, 세이디. 저 얼룩은 마크스가 아냐. 저건—"

506

세이디가 말허리를 잘랐다. "마크스가 죽은 곳이야."

"저기선―"

"마크스가 살해당한 곳."

"거대한 혈흔 주위에서 일하는 건 사람들에게 힘든 일일 거야."

"그치, 힘들겠지." 세이디가 말했다.

"그럼 커다란 빈티지 러그를 깔면 어때? 마크스는 킬림 러그를 무척 좋아했잖아."

"눈곱만큼도 안 웃겨."

"미안. 맞아, 안 웃기지. 나도 지쳐서. 진지하게 묻는데, 세이디, 사람들이 회사에 복귀하지 않았으면 좋겠어?"

"나도 모르겠어."

"한번 와서 볼래?" 샘은 기대에 차서 말했다. "같이 어떻게 할지 생각해보자. 내가 너희 집으로 데리러 갈게."

"아니, 난 그거 보고 싶지 않아, 샘. 젠장 그딴 거 보고 싶지 않다고! 너 머리가 어떻게 된 거 아냐?"

"알았어, 알았어."

"그냥 수습이나 해." 세이디가 말했다.

"그걸 하는 중이었어, 세이디." 긴 침묵. 세이디의 숨소리가 들렸고, 그래서 샘은 세이디가 아직 전화를 끊지 않았음을 알았다.

"그걸 고려했을 때, 지금의 처참하고 끔찍한 상황을 고려했을 때 사무실을 옮기는 게 낫지 않을까? 바닥을 청소한다고 해도 누가 그 사무실에서 다시 일하고 싶어할까?" 세이디가 말했다.

"우리가 이사할 여력이 되는지 모르겠어. 프로젝트는 다 밀렸고, 두 달 동안 급여는 나갔는데 진척된 일은 별로 없어. 아니 전혀 없어. 사이먼과 앤트는 이제 〈CPH 4〉를 마무리지어야 해. 〈레블스〉 확장팩도 12월까지는 준비해야 하고."

"앤트는 복귀한대?" 세이디가 말했다.

"응. 사이먼은 그렇게 생각해."

"용감하네." 세이디가 말했다. 하지만 말투가 곱지 않았고, 분명 새로운 논쟁을 개시하려고 벼르는 중이었다. "우리가 이사를 못 가는 게 네가 이사의 번잡함을 감당하기 싫어서야, 아니면 실제로 이사를 갈 수가 없다는 거야?"

"세이디, 난 있는 그대로 사실을 말하는 거야. 오늘 아침에 회계사와 얘기했어. 네가 직접 그 사람하고 통화해봐."

"너는 본인의 어젠다에 맞게 현실을 왜곡하는 재주가 있으니까."

"나한테 무슨 어젠다가 있어? 사람들을 다시 일터로 돌아오게 하는 것 말고."

"나도 모르겠어, 샘. 너한테 무슨 어젠다가 있을 수 있지?"

"나는 회사 문을 닫고 싶지 않아. 그게 나의 어젠다야. 마크스도 같은 걸 바랐을 거야."

"마크스는 더이상 아무것도 바라지 않아. 그거 알아, 샘? 넌 네가 하고 싶은 대로 하고 말 거야. 넌 언제나 그랬으니까."

"세이디, 괜찮아?"

"어떨 것 같은데?" 세이디가 전화를 끊었다.

(8) 세이디……

샘이 세이디를 위해 할 수 있는 유일한 일은, 세이디가 복귀할 준비가 될 때까지 회사가 계속 돌아가게 만드는 것이다.

아직 열한시밖에 안 됐는데 하루가 하염없이 늘어졌고, 바닥 공사업자가 도착하려면 두 시간이 더 남았다. 샘은 마크스 방의 탄탄한 주황색 소파에 누워 눈을 감았지만 잠이 오진 않았다.

마크스 사무실의 유선전화가 울렸고, 샘은 상대방이 누구일지 혹은 자신이 마크스의 전화를 대신 받아 처리할 능력이 되는지 생각해보지도 않고 덜컥 전화를 받았다.

"다행이다! 누가 있긴 하군요!" 여자 목소리였다. "음성사서함이 꽉 찼더라고요. 이메일을 보내려고 했지만 내가 아는 주소는 마크스 것밖에 없고 그래서……"

"저는 메이저입니다. 누구십니까?" 샘이 성마르게 물었다.

"메이저라고요? 와, 진짜 이렇게 전화로 만나 뵙게 되어 너무 영광이에요."

"누구십니까?" 샘이 재차 물었다.

"아! 죄송합니다. 제 이름은 샬럿 워스예요. 남편과 제가 개발 중인 게임에 대해 마크스와 미팅을 하다가 그때…… 그때…… 음, 하여간 마크스는 저희 게임을 제작할 생각이었어요. 혹시 마크스가 말 안 했을까요? 대재앙 이후 한 모녀에 대한 얘기인데요. 엄마는 기억상실증이고 딸은 이치고만한 아이예요, 뱀파이어도 나오는데 실제로 뱀파이어는 아니고, 뭐라 설명하기 힘드네요, 그리고—"

샘이 샬럿의 말허리를 잘랐다. "그에 관해선 전혀 아는 바가 없습니다."

"지금 시기가 안 좋다는 건 알아요, 하지만 마크스가 '우리의

무한한 날들'—우리 게임 제목이에요—의 오리지널 콘셉트 아
트를 갖고 있어서요. 우리가 거기 사무실에 두고 왔거든요. 가능
하면 그걸 돌려받고 싶어요."

"저는 그에 관해선 전혀 아는 바가 없습니다." 샘이 재차 말했
다.

"음, 그걸 보시면…… 아니면 딴사람을 시켜 찾아보시면 어떨
까요. 검은색 포트폴리오인데, 앞에 AW라고 모노그램이 써 있어
요. A는 남편 애덤의 첫 글자예요."

"솔직히 당신 머리가 어떻게 된 거 아닙니까? 마크스는 죽었
어요. 난 당신 남편의 포트폴리오를 찾을 시간도 없고, 찾고 싶지
도 않고, 당신의 그 재미없는 게임 홍보도 듣기 싫어."

"죄송합니다." 샬럿이 말했다. 목소리가 우는 것 같았고, 안
그래도 이미 성질이 나 있던 샘은 더욱 화가 치밀었다. 세이디의
전화도 기분 나빴지만 세이디는 울지는 않았다. 이 낯선 타인이
무슨 권리로 우는 거지? "시기가 아주 나쁘다는 건 압니다. 저도
알아요. 다만 그 자료는 돌려받아야 해서요. 혹시 가능하다
면—"

샘은 전화를 끊었다.

1993년 가을 하버드-래드클리프 연극 동아리 공연작 〈맥베
스〉에서 연출자는 뱅코의 유령이 된 마크스를 재등장시키지 않
기로 최종 결정했다. 연출자는 맥베스 역의 배우로 하여금 기다
란 연회 테이블의 빈 좌석을 노려보게 했고—맥베스만 볼 수 있
는 보이지 않는 마크스였다—그다음에 그 빈 의자를 향해 기숙
사 식당에서 밤마다 다들 훔쳐가는 롤빵을 냅다 던지라고 지시했

다. "롤빵에 밀리다니!" 마크스가 불만을 토했다. "자존심 상해!" 그러나 개막일 저녁에는 그 결정에 승복하고 마음의 평화를 찾았다. 마크스가 샘에게 말했다시피, "내가 죽기 전 장면들에서 연기를 제대로 했다면, 진짜로 강한 인상을 남겼다면, 사람들은 내가 나오지 않아도 어쨌든 그 장면에서 나를 떠올릴 거야."

샘의 휴대폰이 울렸다. 바닥 공사업자가 일찍 도착했다. 샘은 아래층으로 내려가 문을 열어주었다.

샘이 공사업자에게 얼룩을 보여주었고 남자는 쾌활하게 작업에 들어갔다. "여기 바닥 마감을 했을 때가 기억나네요, 아마 5, 6년 전인 것 같은데, 맞죠?" 남자가 말했다. "아름다운 공간입니다. 채광도 훌륭하고. 빨간 머리에 창백한 얼굴의 아가씨가 문을 열어줬는데. 여기가 뭐하는 회사라고요? 테크 쪽인 것 같은데, 맞죠?"

"비디오게임회사입니다." 샘이 말했다.

"재밌겠네요."

샘은 대답하지 않았다.

"여기서 무슨 일이 있었어요?" 바닥 공사업자가 물었다.

"잠시만요, 죄송합니다." 샘은 전화를 받는 척하며 멀어졌다. "네, 메이저입니다. 지금 바닥 공사하는 분하고 같이 있어요." 샘은 어설픈 즉흥연기를 펼쳤다. "네, 네." 샘은 무심결에 탄환 자국이 난 기둥을 마주보고 있었다. 수리업자는 내일 오기로 되어 있었지만, 구멍을 보고 있으려니 이 상흔은 남겨둬야 하지 않을까 하는 생각이 들었다. 피로 물든 바닥처럼 잔인무도한 느낌은 없었다. 구멍은 완벽한 좌우대칭으로 동그랗고 깔끔했다. 목재는 기적적으로 쪼개지지 않았고, 테두리가 거무스름한 것이 원래부터 거기 있던 옹이 같았다. 모르는 사람에게는 절대 샘의 사업 파트너의 죽음을 의미하는 흔적으로 보이지 않았다.

그건 그냥 구멍일 뿐이었다.

3

〈마스터 오브 더 레블스〉 확장팩의 발매 일정은 오리지널 게임이 나오고 1년 뒤인 12월로 잡혀 있었으나 4월 말까지 실질적인 작업이 거의 이루어지지 않았다. 세이디가 프로젝트 책임자로 지명한 모리는 세이디에 대한 불만을 샘에게 얘기하기 망설였지만, 결국 일의 진도가 더딘 까닭이 세이디가 현실적으로 연락두절이나 마찬가지이기 때문임을 인정했다.

"이해해요. 아주 힘겨운 시간을 보내고 있을 테니." 모리가 말했다.

"세이디 없이 작업을 진행할 수 있겠어요?" 샘이 물었다.

모리는 잠시 생각에 잠겼다가 대답했다. "할 수야 있죠. 하지만 그러고 싶지 않습니다."

샘은 모리의 그 심정을 정확히 이해했다. "내가 세이디와 얘기해볼게요." 샘이 말했다.

명목상 세이디는 재택 근무중이었다. 전화를 걸어봤자 안 받을 게 뻔했으므로 문자를 보냈다. 샘은 세이디와 문자를 주고받을 때마다 그 생략적 속성에 울화가 쌓였고, 세이디가 샘의 문장 중 절반을, 그것도 중요한 절반을 종종 무시하는 바람에 분노가 쌓였다. 〈레블스〉 확장팩 팀에서 네 의견을 필요로 해.

오늘 오후에 팀 사람들하고 연락할게. 세이디는 한 시간 후에 답 문자를 보냈다.

회사에 나온다는 얘기야? 샘이 답문을 보냈다.

아니. 전화로.

팀이 좀 갈피를 못 잡는 것 같아. 샘이 문자를 보냈다.

세이디는 대답하지 않았다.

언페어 사무실이 공식적으로 다시 문을 열던 날, 샘은 세이디와 둘이서 회사에 복귀한 직원들에게 헨리 5세의 성 크리스핀의 날 명연설풍으로 '우리는-계속-나아갈-것이다'라고 사기를 북돋아주는 연설을 하고 싶었다. 세이디가 그 계획에 찬성했을 때 샘은 조심스럽게 희망을 가졌다. 사람들이 회사로 돌아올 수 있다면. 세이디가 회사로 돌아올 수 있다면.

두 사람은 직원들이 도착하기 한 시간 전에 회사 앞에서 만나기로 했다. 자물쇠를 바꾸고 보안을 강화해서 샘이 세이디를 들여보내줘야 했다.

세이디가 약속시간 1분 전에 도착하자 샘은 마음을 놓았다. 세이디는 검정 저지 원피스 차림이었고, 처음으로 샘은 세이디가 임신했음을 눈으로 확인할 수 있었다. 샘은 사람들이 흔히 임신한 여성들에게 저지르는 그 어이없고 불쾌한 참견—세이디의 개인 영역을 침범하여 복부를 어루만지는 짓―을 하고 싶다는 충동이 불쑥 드는 바람에 저 혼자 식겁했다. 그러나 샘은 세이디에게 그런 짓을 하지 않을 것이다. 샘은 손을 흔들었다. 세이디가 마주 손을 흔들며 길을 건넜고, 샘은 생각했다. 우린 회사로 들어갈 거야. 우린 한번 더 이 문지방을 넘을 거야. 우린 괜찮을 거야.

"헬로, 스트레인저." 샘이 세이디에게 손을 내밀며 말했다.

세이디는 샘의 손을 잡으려는 듯하다가 다음 순간 오만상을 찌푸렸다. 어깨가 약간 굽어지고 콧구멍이 벌름이더니 벽을 보고 돌아섰다. 샘은 세이디의 얼굴을 볼 수가 없었다. "잠시만." 세이디가 말했다.

세이디의 호흡이 가빠지며 불규칙해졌다. 세이디가 다시 샘 쪽으로 몸을 돌렸지만 시선을 마주치지 않았다. 이마에 고운 땀구슬이 송송 맺혔다. "안 되겠다." 세이디가 말했다.

"안으로 들어가자." 샘이 잠긴 문을 열며 말했다. "들어가서 보자. 일단 들어가면 괜찮아질 거야."

"나 빼고 너 혼자 해."

"세이디, 네가……" 상식적인 이유로, 샘은 '해야 한다'는 말을 차마 꺼내지 못했다. "사람들이 널 보고 싶어할 거야." 샘은 잠시 틈을 두었다가 말을 이었다. "부담스러운 요구라는 건 알지만 그래도 우리 회사잖아. 우리와 마크스의 회사이고, 사람들은 우릴 믿고 의지하고 있어. 네가 싫으면 아무 말 안 해도 돼. 그냥 들어와서 사람들을 만나봐. 앤트도 이미 와 있어."

세이디는 얼굴이 새파랗게 질렸고 와들와들 떨고 있었다. "미안, 샘. 딴 게 아니라 그냥 못하―" 아무런 예고도 없이 세이디가 인도에 토악질했다. 건물 옆면을 움켜잡고 겨우 몸을 가눴다. 세이디의 손톱이 벽돌을 긁는 소리가 들렸다.

"임신오조증이야. 주수가 더할수록 악화되는 것 같아, 산부인과의사는 지금쯤이면 그쳐야 맞는다고 하는데." 세이디의 옷과 얼굴에도 토사물이 묻었다. 샘은 어떻게 도와줘야 할지 알 수 없었다. "못 들어가겠어." 세이디가 말했다.

세이디는 임신 6개월 차였다. 샘은 세이디에게 문지방을 넘으라고 강요하지 않을 것이다. "괜찮아. 다음에 하면 되지." 샘은 세이디를 집까지 바래다주고 싶었지만 직원들도 만나야 했고 연설도 해야 했다. "운전 괜찮겠어?"

"걸어왔어." 세이디가 말했다.

샘은 세이디가 길을 건너는 것을 지켜본 후 홀로 회사 건물 안으로 들어갔다. 세이디의 토사물을 비서에게 치워달라고 하는 건 상상도 할 수 없었고, 안 그래도 신경이 예민할 직원들을 토사물로 맞이할 수는 없었다. 샘은 비품 창고에서 대걸레와 양동이를 꺼내왔고 소매를 걷어올렸다.

인도를 청소하면서 샘은 심신이 너덜너덜해진 언페어 게임의 직원들에게 무슨 말을 해야 할지 고민했다. 세이디의 부재를 해명해야 할까? 세이디도 함께하고 싶어했다는 말로 시작해야 할까? 아니면 알아서 생각하라고 놔두는 게 나을까? 마크스라면 뭐라고 했을까?

샘, 그렇게 어렵게 생각할 거 없어. 사람들은 위로받고 싶은 거고, 그다음엔 솔직히 다 잊고 앞으로 나아가고 싶어해. 사람들한테 회사로 돌아와도 안전하다고 말해주고, 무분별하고 폭력적인 세상에서 그들의 일이 일견 시시해 보여도 여전히 가치 있는 일이라고 말해주는 거야.

샘은 인도에 물을 부어 토사물을 우수관으로 흘려보냈다.

서두는 일화로 시작해. 나에 대한 재밌는 이야기로. 사람들한테 돌아와줘서 진심으로 고맙다고 감사를 표해. 그거면 충분해. 넌 매사를 쓸데없이 어렵게 생각해. 항상 그랬지.

이튿날 세이디가 샘에게 문자를 보냈다. 출산휴가를 좀 일찍 쓰고 싶어. 〈레블스〉 팀하곤 전화로 연락하고 재택으로 관리할게.

알았어. 샘은 문자를 보냈다. 그런 식으론 일이 잘 돌아가지 않겠지만 어쨌든 동의했다.

그게 한 달 전이었다. 샘은 세이디에게 다시 문자를 보냈다. 우리 제대로 대화를 나눠야 할 것 같아. 내가 그쪽으로 갈까?

전화로 하자.

내가 전화하면 꼭 받겠다고 약속해.

세이디는 대답하지 않았다.

샘이 전화했다.

세이디는 받지 않았다.

샘은 세이디 속에서 일어나고 있는 일들에 대해 깊이 생각할 겨를도 없었고 이해하지도 못했다. 샘이 세이디에게 원한 것은 〈마스터 오브 더 레블스〉 작업을 하는 것이었고, 최소한 자기 팀은 제대로 지휘감독하길 바랐다. 마크스가 세상을 떠난 지 3개월이 지났고, 샘이 세이디가 해야 한다고 주장한 건 그 일뿐이었다.

〈마스터 오브 더 레블스〉 확장팩은 세이디가 처음 게임을 구상했을 때부터 이미 계획에 있던 작업이었다. 〈마스터 오브 더 레블스〉에는 거의 〈세계의 양면〉에 맞먹을 만큼 많은 제작비가 들어갔다. 동일한 게임 엔진을 활용해 추가 콘텐츠를 제작하는 것은 이론적으로 게임의 수익성을 높이는 주요 수단이었다. 오리지널 〈마스터 오브 더 레블스〉의 게임 플레이는 〈햄릿〉 공연에 초점이 맞춰져 있다. 확장팩은 〈맥베스〉를 중심으로 돌아간다. 여러 가지 이유에서 확장팩 발매는 첫 게임 출시 후 1년을 넘기지 않아야 했다.

샘은 세이디의 집으로 차를 몰았고, 문 앞까지 걸어가서 노크했다. 대답이 없자 더 크게 문을 두드렸고, 그다음엔 큰 소리로 이름을 외쳤다. "세이디!"

마크스와 세이디가 이 집을 산 후로 줄곧 샘은 이 집에 원한을 품었다. 마크스가 온라인 부동산 사이트에 나온 이 집을 보여줬을 때 처음 받은 인상은 다 허물어져가서 귀신 나올 것 같다는 것이었다. 그러나 그들이 이 집을 살 거라는 얘기를 듣고(두 사람의 연애가 공식화된 후 얼마 지나지 않아) 샘은 왠지 이 집에 강박적으로 집착하게 됐다. 사이트 링크를 몇 번이나 들어가봤는지 셀 수도 없었다. 시험이라도 볼 것처럼 집의 층별 평면도와 사진을 연구했다. 샘은 무덤에 들어갈 때까지 1312 크레센트 플레이스의 평면도를 그릴 수 있을 것이다. 그 동네 학군을 생각하면 바가지를 쓴 게 분명하다는 확신이 들었고, 제일 친한 친구들이긴 하지만 그들의 부동산 투자가 불가피한 폭락을 맞기를 고대했다. 집이 팔리고 나서 몇 달 후 웹사이트에서 링크와 사진이 지워지자 샘은 패닉이 왔고 이어서 손에 잡힐 듯한 비애를 느꼈다. 세이디와 마크스가 처음으로 저녁식사에 초대했을 때 샘은 명성이 좀 과분하다 싶은 유명인사를 만나러 가는 기분이었다. 집은 직접 보니 매력적이었다. 마크스와 세이디의 집이니까―당연히 매력적이었다.

커튼은 모두 내려져 있었지만 세이디의 침실이라고 알고 있는 방에 켜진 불이 보였다. 세이디는 집에 있었다.

"세이디!" 샘이 다시 외쳤다.

몇 분 후 세이디처럼 보이지만 배가 무척 불룩하고 얼굴이 무척 창백한 여자가 나왔다.

"뭔데?" 세이디가 말했다.

"들어가도 돼?"

세이디는 문을 열었고, 샘이 간신히 들어갈 수 있을 만한 너비만 내주었다. 집안 공기는 텁텁했고 희미하게 새 페인트 냄새가 났다.

"페인트칠하고 있었어?" 샘이 물었다.

"앨리스가." 세이디가 말했다. "기생충 방에."

세이디는 샘을 거실로 데려갔다. 지저분하지는 않았지만 화분은 방치된 상태였다.

"그래서?" 세이디가 말했다. "들어왔으니 말해."

"〈레블스〉 확장팩 팀이 뭘 어떻게 해야 하는지 알고 싶어해." 샘이 말했다.

"내가 전화한다고 했잖아." 세이디가 말했다.

"올해 안에 게임을 출시하지 못하면 엔진을 업그레이드해야 해. 시간이 지나면 올드한 기술이 되어버리―"

세이디가 샘의 말허리를 끊었다. "게임계가 어떻게 돌아가는지는 나도 알아, 샘."

"기한 내에 작업을 완료하면 좋겠어."

"알았어."

"누구 딴사람을 투입할까? 네가 나한테 대략적인 방안을 설명해주면 내가 감독할 수도 있어."

"샘, 이건 내 게임이야. 확장팩은 내가 완성할 거야."

"그래, 하지만 다들 이해할 거야. 상황을 감안하면."

"네가 그렇게 하고 싶어서 안달인 거겠지, 안 그래? 내 게임에 온통 네 손도장을 찍고 싶어서. 이걸 네 게임이라고 부를 방법이 어디 없나 눈에 불을 켜고."

"세이디, 이건 그런 얘기가 아니잖아. 난 너를 도와주고 싶어."

"네가 날 도와주고 싶다면 날 혼자 내버려둬."

"나도 진짜 널 혼자 내버려두고 싶어, 하지만 누군가는 우리 회사가 굴러가게 해야 하잖아."

세이디는 스웨터 소매에 양손을 끼워넣었다. "왜?" 세이디가 말했다. "왜 우리가 그런 걸 해야 하는데?"

"제발 좀. 왜냐하면 우리 회사니까." 샘은 벌떡 일어서다 거의 쓰러질 뻔했고, 사라진 발에서 거센 맥박이 느껴졌다. 그러나 자리에 앉거나 자신이 느끼는 통증을 언급하는 대신 샘은 고통과 수면부족이 분노를 추동하게 놔두었다. "네 헛소리엔 완전 질렸어. 솔직히 네가 세상에서 제일 힘들다고 생각해? 네가 나보다 더 힘들다고 생각해? 네가 세상에서 아이를 제일 처음 가진 사람이야? 아니면 가까운 사람을 제일 처음 잃은 사람이야? 빌어먹을 비통함에 관해서 네가 그 분야의 개척자라고 생각해?"

세이디가 몸을 내밀었고, 샘은 두 사람의 말다툼에 불이 붙는 것을 느꼈다. 자신이 내뱉은 잔인한 말에 대응하여 세이디가 하려는 잔인한 말이 느껴졌다. 그러나 잔인한 말은 나오지 않았다. 거슬리게도, 세이디는 앞으로 고꾸라지더니 울기 시작했다.

샘은 세이디를 지켜보기만 할 뿐 가까이 가지 않았다. "그만해, 세이디. 회사에 나와. 우린 고통을 감내하며 일해. 그게 우리가 사는 방법이야. 우리는 고통을 작품 속에 밀어넣고, 그럼 작품은 더 좋아져. 그걸 너도 함께해야 해. 넌 나하고 얘기해야 해. 넌 나와 우리 회사를 무시하면 안 돼, 과거에 있었던 그 어떤 일도 무시하면 안 돼. 마크스가 죽었다고 다 끝난 게 아냐."

"난 못 돌아가, 샘."

"그렇다면 넌 내가 생각했던 것보다 나약하군." 샘이 말했다.

해가 넘어가고 있었고, 로스앤젤레스의 해안 도시들이 그렇듯 공기가 돌연 차가워졌다. "사실이 그래," 세이디가 조용히 말했다. "넌 항상 날 너무 과대평가했어."

샘이 문 쪽으로 걸어갔다. "회사에 나와. 나오지 말든가. 네가 어떻게 하든 관심 없어. 〈레블스〉 작업만 제대로 끝내. 네 게임이 잖아. 넌 그 게임을 만들고 싶어서 우리의 우정을 기꺼이 끝장냈잖아, 작년 12월 이전의 일을 뭐 하나라도 기억이나 하는지 모르겠지만. 넌 나한테 그걸 갚아야 해, 마크스한테도, 너 자신한테도. 넌 그 게임에 갚을 빚이 있다고, 세이디."

"샘," 샘이 문에 다다랐을 때 세이디가 불렀다. "부탁인데 다시는 오지 마."

세이디는 샘의 말이 맞는다고 결코 인정하지 않았고, 아주 가끔 뻣뻣한 문자를 보내는 것 말고는 샘과 얘기하지 않았다. 회사에 단 한 번도 발을 들이지 않았다. 그러나 컴퓨터 한 대를 더 집에 들였다. 세이디는 모리와 정기적으로 얘기했고, 모리는 샘에게 세이디가 혼자서 엄청난 양의 일을 해치우고 있다고 전했다. 어찌어찌하여 〈마스터 오브 더 레블스: 스코틀랜드 확장팩〉은 세이디가 출산하기 일주일 전에 완성됐고, 일정대로 발매됐다.

샘은 게임이 훌륭하다는 얘기를 들었지만 직접 해보지는 않았다. 수개월이 흐른 후에야 샘은 그 게임을 해볼 엄두를 낼 수 있게 된다.

4

나오미 와타나베 그린은 7월에 태어났다. 아이는 제 어머니가 개발하던 게임처럼 정확히 일정에 맞춰 나왔다.

샘은 세이디가 자신의 방문을 반길지 알 수 없었고, 상대가 자신을 달가워할지 알 수 없는 곳에 가는 데는 늘 소질이 없었다. 게다가 그 아기는 특히 더 만나고 싶지 않았다. 샘은 대체로 아기들을 무서워했다―아기들의 티 없는 완전무결함이 샘에겐 위협적으로 느껴졌다. 이 아기는 유독 더 그랬고, 샘은 아기에게서 마크스의 얼굴이 보일까봐 겁이 났다.

넌 그 아기를 만나러 가야 해, 머릿속 마크스가 샘에게 강력히 권고했다. 그 점에서는 날 믿어.

그러나 샘은 마크스의 충고를 받아들이지 않았다.

그래도 샘은 세이디를 위해 할 수 있는 일을 했다. 회사에 나가서 일을 했다. 가고 싶지 않을 때에도, 통증에 시달릴 때에도 나갔다. 세이디의 상태를 알기 위해 껄끄러운 앨리스에게 전화를 걸었다. 불이 켜져 있는지 확인하기 위해 세이디의 집 앞을 차로 지나갔지만 세이디가 요구했던 대로 멀찍이 거리를 지켰다. 그걸로는 충분하지 않았겠지만, 그게 샘이 할 수 있는 일이었다.

5

〈카운터파트 하이: 4학년〉의 디버깅이 완료된 날, 사이먼이 샘에게 선언했다. "지금은 파티가 필요한 시점이에요, 메이저."

샘은 파티를 한다는 생각을 단 한 번도 해본 적이 없음을 시인했다.

"농담이죠, 그쵸? 아이고야, 마크스가 그립네. 흠, 파티를 왜 하냐고요? 글쎄요, 게임을 완성했으니까. 지난 한 해를 버텨냈으니까. 놈들이 우리를 죽이려 했고 거의 망가뜨릴 뻔했지만 그래도 젠장 우린 여기 이렇게 잘 있잖아요! 아니 사람들이 파티를 왜 여는데?"

다른 수많은 것들과 마찬가지로 파티 역시 대체로 마크스의 소관이었고, 샘은 한 번도 파티를 열어본 적이 없었다. 마크스의 조언은 파티 플래너를 고용하라는 것이었다. 제발, 샘, 너 혼자 모든 걸 할 필요는 없어.

〈카운터파트 하이〉가 졸업식으로 끝나기 때문에 파티 플래너의 아이디어도 졸업파티였다. 참석자들은 졸업 모자를 쓰고 가운을 입거나 고등학교 때 입던 옷을 입고 오면 된다. 알코올이 섞인 펀치와 주류가 마련된 비밀 공간. 포토 부스. 메시지를 적을 수 있도록 졸업 앨범을 놔둔 테이블. 샘은 너무 뻔하고 단순하다고 생각했다. "사람들은 단순한 걸 좋아해요." 파티 플래너가 샘에게 호언장담했다.

샘은 세이디가 오지 않을 거라는 걸 알면서도 초대했다. 앨리스의 말에 의하면 세이디는 제정신이 아니었다. "산후우울증의 아주 좋은 예라고 할 수 있지. 기존에 앓고 있던 우울증에 더해서." 앨리스가 말했다. 샘은 여전히 세이디의 집에 매일 찾아가고픈 충동을 느꼈다, 대학 때 매일 찾아갔던 것처럼. 그러나 세이디는 성인이었고 아이가 있었다. 한편 샘도 성인이었고 운영해야 하는 회사가 있었으며 대부분 혼자서 해야 했다.

마크스 사망 후 413일째 되는 날, 언페어 게임은 〈카운터파트 하이: 4학년〉의 론칭을 축하하는 파티를 열었다.

감청색 사각모를 쓰고 가운을 입은 사이먼은 약간 술에 취했고, 그다음엔 흔히 그렇듯 약간 감상적이 되었으며, 그다음엔 정신을 차리기 위해 축하의 코카인을 했다. 사이먼은 추억에 잠겨 마크스가 자기들을 발견했을 때를 회상했다. "우린 쥐뿔도 없었어. 아직 대학생이었지. 개쓰레기 같은 데모. 이백 페이지가 넘는 쓸데없이 두꺼운 설정집. 콘셉트 아트 두어 장."

"제목 빼먹지 마." 앤트가 덧붙였다. 앤트는 연푸른색 턱시도를 입고 '졸업파티의 왕'이라고 적힌 어깨띠를 둘렀다.

"맞아, 샘이 곧장 날려버렸지." 사이먼이 말했다.

"곧장은 아니었어." 샘도 졸업식 모자와 가운을 입었는데 색상은 선홍색과 황금색이었다. 파티 플래너가 코스튬 없이 오는 사람들을 위해 출입문 옆에 랙을 설치하고 수북이 갖다놓은 것이었다. "근데, 처음에 '러브 도플갱어'로 불리던 그 게임을 마크스가 왜 만들기로 결정했다고 생각해?" 샘이 말했다.

"전혀 모르겠어요." 사이먼이 말했다. "나였대도 우리한테 게임을 만들라고 돈을 주지 않았을걸, 그건 확실해."

"하지만 마크스의 판단은 정확했어, 안 그래? 결과가 어떻게 나왔는지 봐. 너희들 게임은 우리 회사에서 가장 성공한 시리즈야, 그것도 아주 압도적으로. 마크스가 너네한테 뭐라고 했어? 마크스가 뭘 봤던 걸까? 궁금해 죽겠군."

사이먼은 곰곰 생각에 잠겼다. "우리 시안을 쭉 읽어봤다고, 아주 흥미로웠다고 했어요. 아, 그러고 나서 이렇게 말했다, 이건 확실히 기억나네. '자, 너희 생각은 어떤지 얘기해줘.'"

이후 몇 시간에 걸쳐 샘은 업무에 임하는 자세로 파티에 온 사람들과 어울렸고, 사실상 그건 샘의 업무가 맞았다. 자정 무렵이 되어 사람들과 어울리는 데 지쳐 기운이 다 빠진 샘은 저도 모르게 재충전할 곳을 찾았다. 자신의 방이나 마크스의 방으로 돌아가려면 다시 저 파티 인파―다른 게임회사에서 온 하객들, 게이머들, 직원들, 기자들의 집중공격―를 뚫고 가야 했으므로, 모두로부터 멀찌감치 떨어져 제일 안쪽 구석진 곳에 있는 세이디의 사무실로 갔다. 세이디의 사무실은 비어 있지 않았다. 앤트가 세이디의 책상 앞에 앉아 있었다.

"졸업파티의 왕이 여기서 뭘 하고 계신가?" 샘이 다그쳤다.

"짐은 피곤하도다." 앤트가 말했다. "게다가 코카인을 하는 사이먼은 완전 질색이라서요." 앤트는 사이먼과 떨어져 있는 시간이 필요할 때면 종종 세이디의 사무실을 썼다고 순순히 자백했다. 앤트와 사이먼은 2층에 있는 큰 사무실을 함께 썼다. 샘으로 말하자면, 총격사건 이전에도 이후에도 세이디의 사무실에는 거의 들어간 적이 없었다.

앤트는 세이디의 책상 위에 놓인 게임 원화 포트폴리오를 넘겨보고 있었다. "이게 요즘 둘이서 작업하는 거예요?" 앤트가 물었다.

"아니, 처음 보는 건데." 샘이 말했다.

"흠, 이거 제법 괜찮은데요." 앤트가 말했다.

샘이 의자를 끌어와 앤트 옆에 앉았고, 두 사람은 페이지를 넘겨 보기 시작했다. 대재앙 이후 미국 서남부 일대를 무대로 한 일련의 원화와 스토리보드였다. 원화는 연필과 수채화로 그렸다.

첫번째 페이지에 제목이 적혀 있었다. '우리의 무한한 날들'. 부스러져가는 돌 문자 위로 야생화가 피었다.

샘은 그 제목이 어쩐지 낯익었지만 이유를 알 수는 없었다.

앤트가 소리내어 설명을 읽었다. "1일~109일: 건기. 1년 이상 비가 내리지 않았고, 호수가 말라붙고 해수면이 낮아졌으며, 신선한 물에 대한 접근은 보장되지 않는다. 가뭄이 야기한 역병이 미국 전역을 휩쓸어 전 국민의 다섯 중 넷이 사망하고, 지구상의 동식물 대부분이 절멸한다. 살아남은 자들 중 대다수가 '사막 뱀파이어'로 남는다―그들의 두뇌는 질병과 탈수로 인해 화학적으로 변질됐다. 어떤 뱀파이어들은 폭력적이다. '메마른 것들.' 어떤 좀비들은 온순하지만 기억이 없다. '순한 것들.' 아무런 예고 없이 순한 것들은 메마른 것들로 돌변할 수 있고, 그 반대도 가능하다."

샘이 웃음을 터뜨렸다. "당연히 그래야지."

앤트가 페이지를 넘겨 다음 그림을 보았고, 한창 포식중인 여자 사막 뱀파이어를 자세히 묘사한 수채화였다. 사막 뱀파이어가 된 여자가 한 남자에게 달려든다. 여자의 혀는 기다란 주둥이처럼 변형됐고, 그걸 남자의 코에 꽂아넣고 있다. 캡션에는 이렇게 적혀 있다. 인체의 60%는 물이다. 심장과 뇌의 73%, 폐 83%, 피부 74%, 뼈 31%. 사막 뱀파이어가 노리는 것은 인간의 피가 아니라 물이다.

"콘셉트가 흥미롭네요." 앤트가 말했다. 페이지를 또 넘겼다. 어린 소녀와 어머니가 초현실적으로 아름다운 달리풍의 사막을 걸어가고, 그들의 발자국이 캐러멜색 모래에 길게 남는다. 어머니에겐 총이 있고 딸에겐 칼이 있다. 캡션은 이러하다. 비록 자신들의 상황을 표현하는 적절한 단어를 항상 아는 건 아니지만, 이 여섯 살 소녀는 기억을 보유한 자the keeper of memories다. 그래서 소녀가 키퍼로 알려진 것이다. 게이머는 엄마와 키퍼를 왔다갔다하며 플레이하게 되고, 키퍼가 아버지와 오빠들이 기다리고 있다고 믿는 서부 해안에 도착하려면 게이머는 두 캐릭터 모두에 숙달해야 한다.

"데생 화가로는 훌륭하군." 샘이 말했다. "하지만 아이디어들이 너무 클리셰야."

"그래도, 뭔가 있는 것 같아요." 앤트가 말했다. "이 그림들엔 뭔가 느낌이…… 적당한 말을 못 찾겠네. 하여간 느낌이 있어요."

앤트가 페이지를 넘겼다. 키퍼와 엄마가 뱀파이어의 공격을 막고 있다. 캡션은 이러하다. 289일. 기억이라는 짐. 꿈을 꾸면 우리는 옛 세상의 꿈을 꾼다. 비, 욕조, 비누거품, 청결한 피부, 수영장, 여름날 스프링클러 사이로 달리기, 세탁기, 그저 꿈일 뿐인 먼바다.

또다른 그림. 키퍼가 네임펜으로 제 종아리에 선을 긋는다. 그 선이 다른 선들 옆에 나란히 선다. 날짜를 표시하지 않으면 우리가 얼마나 오래 버텼는지 알지 못한다.

"여기에 정말 뭔가 있을지도. 집에 가져가서 봐야겠네." 샘이 말했다. 샘은 포트폴리오를 덮고 책상에서 들어올렸다. 초록색 포스트잇이 폴더에서 떨어져나와 바닥으로 팔랑팔랑 날아갔다. 마크스의 손글씨였다―전부 대문자였고, 작고 가지런하게 적혔다. S., 네 생각을 얘기해줘. M.

그 순간 샘은 회사로 돌아온 첫날 전화를 했던 여자가 생각났다. "이게 누구 건지 알 것 같아. 팀이었어. 아내와 남편으로 이루어진." 샘이 말했다.

"그 사람들하고 미팅하게 되면 나한테도 알려줘요. 나도 참석할게요. 묘하게 〈이치고〉가 떠오르네." 앤트가 말했다.

샘이 포트폴리오를 옆구리에 끼었다. "세이디하고 얘기 많이 해?" 샘이 물었다.

"가끔은. 실컷은 아니고요. 아기가 엄청 귀여워요, 머리털도 풍성하고, 제 엄마와 마크스를 닮았어요."

아기들은 다 귀엽지. 샘은 생각했다. "세이디가 회사로 복귀할 것 같아 보여?"

"전혀 모르겠습니다." 앤트가 말했다.

"세이디처럼 비디오게임을 좋아했던 사람이 영원히 게임을 끊고 살 수는 없어." 샘은 앤트에게 하는 말인지 혼잣말인지 알 수 없게 중얼거렸다.

"전 가끔 다른 걸 해볼까 생각하는데요. 비디오게임을 좋아하긴 하지만 총 맞아가면서까지 할 가치가 있나?" 앤트가 말했다.

"하지만 넌 회사로 복귀했잖아." 샘이 말했다.

앤트는 어깨를 으쓱했다. "일하는 것보다 좋은 게 뭐 있나요?" 앤트는 한 박자 쉬었다가 덧붙였다. "나쁜 건 또 뭐 있나요?"

샘은 고개를 끄덕였다. 그리고 잠시 앤트를 가만히 응시했다. 마크스가 〈러브 도플갱어〉를 제작하기로 했을 때 사이먼과 앤트는 워낙 어렸고, 그래서 샘은 늘 그들이 애들이라고만 생각했다. 그러나 앤트는 더이상 애가 아니었고, 앤트의 눈에서 샘 자신의 눈이 보였다. 그 눈빛에는, 고통을 느껴봤고 또 느낄 것을 각오한 사람의 고된 연륜이 녹아 있었다. 샘은 언젠가 마크스가 하는 것을 봤던 제스처를 흉내내어 앤트의 팔에 한 손을 얹었다. "내가 얘기했는지 모르겠는데, 다시 회사로 돌아와 게임을 완성해줘서 내가 진심으로 고마워한다는 걸 알아줬으면 좋겠어. 틀림없이 말로 다 못하게 힘들었을 텐데."

"샘, 솔직히 나는 〈카운터파트 하이〉 덕분에 살았어요. 덕분에 이 세상에 있지 않아도 돼서 고마웠어요." 앤트는 잠시 말을 끊었다. "가끔, 〈CPH〉를 개발하다보면, 그쪽 세계가 나한테는 더 진짜처럼 느껴져요. 이 세상의 세계보다. 하여간 나는 그쪽 세계가 더 좋아요, 완벽해질 수 있으니까. 내가 완벽하게 만들었으니까. 현실 세계는 마구잡이식 재난과 혼란으로 점철되어 있잖아요, 늘 그렇죠. 현실 세계의 코드에 대해선 내가 어떻게 할 수 있는 게 젠장 하나도 없잖아." 앤트는 자조 섞인 웃음을 터뜨리고 샘을 보았다. "샘은 어떻게 지내요?"

"힘들지." 샘은 인정했다. "전체적으로 봤을 때 내 생애 두번째로, 아니 세번째로 최악의 해라고 할 만해."

"나한텐 명실상부하게 최악의 한 해였는데." 앤트가 말했다. "남달리 엿같은 세월을 살아왔군요."

"남다르지." 샘이 맞장구쳤다.

두 사람이 다시 파티장으로 섞여들려고 할 때 앤트가 덧붙였다. "도움이 될지 모르겠지만 세이디가 밤에 게임을 한다고 그랬어요. PC에 있는 거라든가? 아니면 휴대폰에 있는 거였나? 레스토랑에서 같이 식사하면서 게임 얘기를 한 적이 있거든요. 옛날 서부시대 배경의. 전혀 복잡하지 않은. 세이디는 그걸 '단순하고 허접한 게임'이라고 평했는데, 그래도 그게 불안감을 해소해준대요. 그러니까, 세이디가 완전히 게임을 끊은 건 아닌 것 같다고요."

샘은 그 정보를 잠시 숙고했고, 이윽고 고개를 끄덕였다. "저기, 앤트, 그 '우리의 무한한 날들'이라는 제목은 어떻게 생각해?"

"괜찮아요, 하지만 몬태나에서는 절대 안 팔릴걸요." 앤트가 말했다.

DJ가 외쳤다. "다들 옥상으로!" 이태 전 12월, 그와 똑같은 지시는 전혀 다른 것을 의미했고, 샘은 사람들을 또다시 옥상으로 보내는 행위의 성격에 대해 파티 플래너와 논쟁을 벌였다. 최종적으로 샘은 그 공간을 되찾는 것이 최선이라는 결론을 내렸다. 옥상은 늘 애벗키니의 이 건물에서 최고의 장소 중 하나였다. 마크스는 옥상을 사랑했다.

"올라갈까?" 샘이 말했다.

앤트가 샘의 손을 잡았고, 두 사람은 인파에 휩쓸려 떠밀리듯 계단을 올라갔다.

"졸업을 축하하며 모자를 던질 시간입니다. 셋을 세면 던지세요! 셋⋯⋯ 둘⋯⋯ 하나⋯⋯"

샘이 모자를 던졌고, 앤트는 왕관을 벗어던졌다.

"2007년 카운터파트 하이 동기들의 졸업을 축하드립니다!"

"우린 해냈어." 샘이 말했다.

"우린 해냈다!" 앤트가 소리질렀다.

DJ가 〈Everybody's Free(to Wear Sunscreen)〉을 틀었다. 1999년에 괴짜 배즈 루어먼이 만든 곡으로, 세간에는 커트 보니것의 연설로 알려져 있지만 실은 〈시카고 트리뷴〉의 칼럼니스트 메리 슈미츠가 쓴 가상의 졸업 축사에 곡을 붙여 입말체로 읊조린 희한한 노래였다. 그런 저작권 문제는 알지 못한 채 샘과 앤트는 노래를 즐기면서 애벗키니가 제공하는 바다 뷰 한 조각을 보려고 건물 한옆에 붙어 상체와 목을 길게 뺐다.

"웃긴 거 알아요?" 앤트가 말했다. "난 〈카운터파트 하이〉를 만드느라 4학년을 말 그대로 통째로 날렸어요."

"나도 똑같아. 난 〈이치고〉를 만드느라." 샘이 말했다.

파티는 새벽 두시 반에 끝났고, 잠이 든 도시 로스앤젤레스의 파티치고는 늦은 시각이었다. 샘은 술에 취해 쓰러진 사람들을 싹 다 내쫓고 문을 모두 걸어 잠근 후 차를 타고 집으로 향했다. 그리고 거의 매일 퇴근길마다 그러듯 세이디의 집 앞을 지나쳤다. 아주 조금만 돌아가면 됐다. 2층 손님방에 켜져 있는 불이 보였고, 샘은 그곳이 아기방이 됐으리라 짐작했다. 차에서 내려 세이디의 집 현관으로 걸어가는 제 모습이 그려졌지만, 한 번도 그런 적은 없었다. 오늘밤 샘은 세이디의 집 앞에 차를 세우고 문자를 보냈다.

파티에서 우린 네가 보고 싶었어. 나, 인간 혐오자 샘 매서가 파티를 열다니, 상상이 돼? 사람들은 즐거워하는 것 같았어.

세이디는 대답하지 않았다. 샘은 또 문자를 보냈다.

새 게임을 만들까 해. 어쩌면 네가 관심이 있을 만한? 〈이치고〉와 〈데드 시〉를 섞어놓은 듯한 게임이야. 너희 집 앞에 포트폴리오를 놓고 갈까? 마크스도 이걸 만들고 싶어했던 것 같아.

세이디는 지체없이 답을 보냈다. 샘, 난 못해.

::

샘이 워스 부부를 만난 날은 비가 내렸다.

샘의 비서가 워스 부부가 로비에 와 있다고 알렸고, 샘은 자신이 직접 맞이하겠다고 말했다.

"다시 와주셔서 감사합니다." 샘이 말했다. "저희가 다시 연락을 드리기까지 너무 오래 걸렸지요, 사과드립니다. 두 분이 마크스와 만난 후로 대략 1년 반이 지난 걸로 알고 있습니다."

"체감상 더 길었던 것 같아요." 애덤 워스가 말했다.

"순식간이었던 것 같기도 하고요." 샬럿이 슬쩍 양념을 쳤다.

샘은 이 부부가 자연스럽게 상대의 문장을 이어받아 마무리짓고 있음을 알아챘고, 파트너들과 함께 팀으로 일하던 때가 그리워졌다.

사무실로 돌아와서 샘은 포트폴리오를 애덤에게 건넸다. "이건 당신 거죠. 너무 오래 갖고 있어서 죄송합니다. 좋은 작품이네요. 제가 몇 번 살펴봤는데—"

샬럿이 얼른 끼어들었다. "이게 마음에 안 드시면 다른 아이디어도 몇 개 더 있어요."

"아뇨, 이 작품이 마음에 듭니다. 하지만 제가 제대로 이해했는지 아직 모르겠어서요." 샘이 말했다. "두 분이 이 작품을 어떻게 생각하시는지 말씀해주시겠습니까?"

6

마크스가 총격을 당한 후 503일째 되는 날, 샬럿 워스와 애덤 워스는 언페어에서 〈우리의 무한한 날들〉을 만들기 시작했다.

워스 부부가 일할 공간을 마련하기 위해 샘은 전날 저녁 세이디의 사무실을 비웠고, 세이디의 개인 물건을 자기 사무실로 들고 왔다. 비서가 그날 오후 세이디의 집에 들러 짐을 놓고 올 계획이었다. 그렇게 되면 언페어 게임은 공식적으로 샘의 사업 파트너 두 사람 모두가 없어진 일터가 될 것이다.

샘은 워스 부부가 잘 적응하고 있는지 보러 들렀다. 애덤은 사무실에 없었지만 샬럿은 책상 앞에 앉아 있었다. 랩톱에는 게임을 하나 띄워놨다. "스코틀랜드 확장팩에서 참고자료를 찾아보던 중이었어요." 샬럿이 설명했다. "세이디 그린이 기가 막힌 방법으로 피를 처리한 장면이 있거든요. 그냥 내 상상일지도 모르지만, 사람들마다 약간씩 다른 색의 피를 흘렸고 심지어 점도도 조금씩 다른 느낌이었어요. 별거 아니지만 피가 개성을 가질 수 있다는 발상은 정말, 매혹될 수밖에 없었다니까요."

"아직 그 게임을 안 해봐서요." 샘이 시인했다.

"진짜요? 와, 이건 정말 끝내줘요. 전작보다 훨씬 잔인하고 피가 난무하죠. 극장 대학살 레벨은 내가 플레이해본 신 중 가장 피비린내 나고 스릴 넘치는 신이에요."

"네, 그런 얘기를 어디서 읽긴 했습니다. 그럼 일보세요." 샘은 나가려고 몸을 돌렸다.

"잠시만요," 샬럿이 말했다. "아직 플레이 안 해봤다면, 이걸 못 봤다는 얘기네요. 조금만 기다려봐요. 여기 이스터에그가 있거든요. 내 생각엔 이스터에그예요."

"세이디는 이스터에그를 매우 싫어합니다." 샘이 대꾸했다. 세이디는 에스터에그가 게임 세계의 사실성을 해친다고 여겼다.

"스포일러 싫으세요?"

"아뇨, 상관없어요." 샘은 게임에 스포일러는 있을 수 없다고 생각했다. 중요한 건 사건이 아니라 그 사건까지 가닿는 과정이니까. 어쨌든 샘은 스코틀랜드 확장팩의 줄거리를 대부분 알고 있었다. 런던 전역에서 배우들이 한 명씩 차례로 살해된다. 게이머는 자신의 극장을 성공적으로 운영하면서 누가 캐스팅된 배우들을 죽이고 다니는지 미스터리를 풀어야 한다.

"됐어요, 여기예요." 샬럿이 말했다. 샬럿은 화면을 샘 쪽으로 돌렸다. "극장 대학살 후에 맥베스 역의 배우가 살해돼요. 당신은 극장 지배인이고 공연을 일정대로 계속 강행할지 아니면 취소할지 결정해야 해요. 게임은 객석 점유율이 낮을 거라고 경고하지만 그래도 최선은 분명 공연을 예정대로 하는 거잖아요? 쇼는 계속돼야죠. 이 지점에서 세 가지 옵션 중 하나를 선택할 수 있어요. (1) 뱅코 역을 맡았고 원래 맥베스 대역을 하기로 되어 있던 '기교파' 배우, (2) '점점 더 많은 돈을 요구하고 역병에 걸렸을 수도 있는' 리처드 버비지, (3) '출신도 기량도 알 수 없는 유랑 극단의 무명' 배우."

"1번을 선택하는 게 가장 합리적이네요." 샘이 말했다. "그 극에 대해 가장 잘 아는 사람이고, 어쨌든 대학살 이튿날에 무대에 서려는 사람은 없을 테니. 하지만 2번이나 3번도 재밌을 것 같군요."

"음, 저는 게임에 워낙 매료돼서 세 가지 옵션을 다 해봤어요. 이스터에그는 3번 문 뒤에 있어요." 샬럿이 3번을 클릭했다. "보통 게임 플레이중에는 공연을 지켜볼 수도 있고, 전에 본 똑같은 컷신을 살짝 변주했으려니 생각하고 스킵할 수도 있어요. 근데 이거 봐요, 게임 디자이너가, 세이디 그린이 여기 뭔가를 넣었어요. 그러니 공연을 좀 지켜보는 게 맞잖아요?"

샬럿이 랩톱 화면을 샘 쪽으로 돌렸다.

무대 위에는, 백인 일색인 엘리자베스시대 잉글랜드의 한복판에 핍진성을 깡그리 무시한 채 어느 잘생긴 아시아인 남자가 맥베스로 나와 있었다. 맥베스는 아내가 죽었다는 소식을 지금 막 들었고, 극에서 가장 유명한 5막 5장의 독백 '내일 또 내일 또 내일'을 읊조리고 있다.

오래전 세 사람이 회사 이름을 고민할 때, 마크스는 '내일 게임'으로 하자고 주장했다. 샘과 세이디는 즉각 그 이름이 '너무

약하다'며 퇴짜놨다. 마크스는 자신이 제일 좋아하는 셰익스피어의 대사에서 인용한 이름이라며 전혀 약하지 않다고 반박했다.

"넌 출처가 셰익스피어가 아닌 아이디어는 없어?" 세이디가 말했다.

자신의 주장을 입증하기 위해 마크스는 부엌 식탁 위로 뛰어올라가 통째로 외우고 있는 '내일' 대사를 샘과 세이디 앞에서 낭송했다.

내일 또 내일 또 내일
이 좁은 보폭으로 느릿느릿 하루하루
기록된 시간의 마지막 한 음절까지,
그리고 우리의 과거는 모두 바보들이
죽음으로 가는 길을 비춰줬을 뿐.
꺼져간다, 꺼져간다, 짧은 촛불이여!
인생은 단지 걸어다니는 그림자
무대 위에 나와서 뽐내며 걷고 안달하며
시간을 보내다 사라지는 서툰 배우: 인생은
아무런 의미도 없는
소음과 분노로 가득찬 백치의 이야기*

"암울하네." 세이디가 말했다.

_____

* 「인생은 걸어다니는 그림자일 뿐」, 『생일 그리고 축복』, 장영희, 비채, 2017, p. 357.

"게임회사를 뭐하러 시작해? 그냥 우리끼리 다 죽자." 샘이 농담했다.

"아니 저게 도대체 게임하고 무슨 상관이야?"

"명확하지 않아?" 마크스가 말했다.

샘에게도 세이디에게도 명확하지 않았다.

"게임이 뭐겠어?" 마크스가 말했다. "내일 또 내일 또 내일이잖아. 무한한 부활과 무한한 구원의 가능성. 계속 플레이하다보면 언젠가는 이길 수 있다는 개념. 그 어떤 죽음도 영원하지 않아, 왜냐하면 그 어떤 것도 영원하지 않으니까."

"좋은 시도였어, 멋지네." 세이디가 말했다. "자, 다음."

샘은 컷신을 끝까지 지켜보았다. 샬럿에게 그 신을 보여줘서 고맙다고 감사를 표한 다음 자신의 방으로 돌아와 문을 닫았다.

샘이 자리를 뜨자마자 샬럿은 고뇌하기 시작했다. 메이저한테 그 이스터에그 얘기를 꺼낸 건 실수였나? 샬럿은 그들 두 사람이 겪은 경험을 공유하고자 했다. 메이저에 비할 바는 아니겠지만 마크스의 죽음은 샬럿과 애덤에게도 트라우마였고, 샬럿은 스코틀랜드 확장팩에 등장한 마크스의 모습에서 얼마간 위안을 얻었다. 그리고 솔직히, 새로운 상사에게 과시하려는 마음도 없지 않았다. 샬럿은 메이저에게 자신이 게임에 대해 얼마나 박식한지 알리고 싶었고, 〈우리의 무한한 날들〉을 만들기로 한 언페어의 결정이 틀리지 않았음을 알리고 싶었다.

대체 무슨 생각으로 그랬을까? 당연히 그건 부적절한 짓이었다. 샬럿은 메이저를 거의 모른다. 오늘이 첫 출근이다. 애덤은 종종 샬럿이 모르는 사람들한테 너무 스스럼없이 군다고 불만을 토했다.

애덤이 돌아왔을 때 샬럿은 책상에 고개를 푹 박고 있었다. "무슨 일이야?" 애덤이 물었다.

"난 바보 멍청이야." 샬럿은 아까의 상황을 설명했다.

"부적절했을지도." 애덤이 말했다. "하지만 마지막엔 메이저가 당신한테 고마워했다며, 그치?"

"응, 다른 말은 거의 안 했어. 아마 예의를 차리려고 그랬겠지."

애덤이 그에 대해 곰곰 생각했다. "아니, 난 메이저가 예의를 차리는 사람이란 느낌은 안 들어."

샘은 자기 사무실로 돌아와 책상 앞에 앉았고, 세이디의 게임에서 마크스를 보고 어떤 느낌이 들었는지를 도무지 정의할 수가 없었다. 고통은 아니었고, 슬픔이나 행복도, 향수도, 갈망도, 사랑도 아니었다. 샘에게 가장 와닿은 것은 세이디의 목소리였다. 세이디는 본래 자기 목소리 그대로 낭랑하게, 시간과 공간을 넘어, 게임을 통해 샘에게 말을 걸었다. 다른 사람들은, 가령 샬럿 워스는 그 시퀀스에서 마크스를 알아봤겠지만 세이디는 샘에게 말하고 있었다. 기나긴 침묵 끝에 다시 세이디의 목소리를 들을 수 있었고, 샘은 자신이 느낀 것이 희망임을 알아냈다.

뚜껑 없는 상자 안에는 세이디가 제일 좋아하는, 늘 선반에 올려두던 게임들이 들어 있었다. 제일 위에 놓인 게임은 1990년대에 재발매된 〈오리건 트레일〉이었다. 샘은 그 게임을 해보기로 했다.

샘은 옛 서부시대의 소소한 위험들에 정신없이 빠져들었다. 마차를 몇 대로 나눠야 할까? 옷가지는 몇 벌을 갖고 가지? 강을 뗏목으로 건널까 아니면 강의 상황이 나아질 때까지 기다릴까? 어차피 고기가 대부분 썩을 거라는 걸 알면서도 들소를 사냥해야 할까? 방울뱀에 물린 상처가 나으려면 며칠 걸리지? 오리건에 도착하면 무슨 일이 생길까?

두 사람이 어렸을 때 이 단순한 게임에 왜 그렇게 푹 빠져들었는지 새록새록 기억이 났다. 둘이서 샘의 병원 침대에 나란히 누워 하나의 아이디를 공유하고, 함께 결정을 내리고, 7킬로그램에 육박하는 랩톱을 왔다 갔다 주고받던 그 수많은 오후들.

하지만 1인용 게임이 아니었다면 훨씬 좋았을 거야, 샘은 생각했다. "저기, 세이디." 샘이 허공에 대고 말했다. "〈오리건 트레일〉을 오픈월드 MMORPG로 만들어보면 어떨까?"

그거 해보고 싶네, 머릿속의 세이디가 대답했다. 근데 네가 원하는 게 〈오리건 트레일〉이야? 그보단 〈심즈〉나 〈동물의 숲〉〈에버퀘스트〉 느낌의 옛 서부를 무대로 한 스팀펑크 버전인 거지?

샘이 고개를 끄덕였다.

단순하게 가자, 세이디가 말했다. 그 편이 항상 더 잘나갔어. 게임을 너무 복잡하게 만든 건 항상 나지. 〈메이플월드〉 엔진을 쓸 수도 있어. 안 쓸 이유가 없지. 완전히 구식이 되기 전까지 한두 게임 정도는 더 써먹을 수 있을 거야.

"적어놔야겠다." 샘이 말했다.

지난 2년 동안 샘은 창작활동을 거의 하지 않았다. 세이디 없이는 절대 게임을 만들지 않았다. 혼자 일하겠다는 세이디의 선언을 체념하고 받아들이긴 했지만 샘은 결코 세이디 없이 일하고 싶지 않았다.

샘은 사무실 문을 잠갔다. 스케치북을 꺼냈다. 연필을 깎았다.

"어떻게 시작해?" 샘이 물었다. 손이 떨리는 게 느껴졌다. 연필을 잡아본 게 너무 오랜만이었다.

기차가 도착해. 세이디가 말했다.

"이게 너무 그리웠어." 샘이 말했다.

한 여행자가 기차에서 내려. 대지는 얇은 서리로 한 층 뒤덮였고, 여행자의 부츠 밑에서 흙이 버석버석 바스라져. 가까이 가서 자세히 보자. 얼음을 뚫고 나온 저건 풀일까? 크로커스의 하얀 꽃망울일지도? 그래, 봄이 거의 다 왔어. 화면에 텍스트창이 떠. 〔환영하오, 이방인.〕

9장   ≫   개척자

어퍼포그랜드의 새로운 정착민

이방인은 이른봄 해빙된 대지가 결정질 실리콘의 질감으로 버석거릴 때 도착했다. 여자의 먹물색 머리는 양 갈래로 땋은 스타일로 커스터마이즈됐고, 다른 사람 것 같은 동그란 은테 안경을 썼다. 이방인은 검은 옷을 입었고, 멀리서 보면 솜씨 좋게 재단된 벨벳 오버코트 덕분에 임신 사실을 거의 알아차릴 수 없다.

〈프렌드십 미러〉의 편집자가 이름을 묻자 이방인은 에밀리 B. 마르크스라고 말했다. 프렌드십은 익명 마을이었고, 따라서 그 이름이 여자의 출생신고서에 적힌 이름일 거라고 착각하는 사람은 없었다.

편집자는 손을 내밀어 에밀리와 악수했다. "부군은 언제 합류하십니까, 미시즈 마르크스?" 에밀리의 배를 의미심장한 눈초리로 바라보며 편집자가 물었다.

"미스 마르크스예요. 나는 혼자고, 쭉 그렇게 지낼 생각입니다." 에밀리가 말했다.

"한 가지 말씀드리자면, 미스 마르크스처럼 젊고 어여쁜 사람이 이쪽 지역에서 친구를 못 사귀어 쩔쩔매는 일은 없을 겁니다." 편집자가 말했다. "이곳의 삶은 상당히 힘들어요. 그래서 아무리 독립심 강한 사람이라도 짝을 짓는 편이 이롭다는 걸 알게 되죠. 실례가 안 된다면 어디서 사시게 될지 여쭤봐도 될까요?"

에밀리는 프렌드십의 가장 북서쪽에 구획되어 있는 토지를 선택했다고 알렸다. "바닷가 높은 절벽 위에 있는 땅이라고 들었어요." 에밀리가 말했다.

"어퍼포그랜드요? 돌과 바위를 좋아하셔야 할 텐데! 제가 기억하는 한 어퍼포그랜드에서 농사를 짓는 사람은 아무도 없어요. 그리고 그 근방에 사는 유일한 주민은"—편집자가 기억을 뒤졌다—"앨러배스터 브라운입니다. 포도주 양조장을 하고, 결혼을 열 번도 넘게 했는데—"

"동네 가십엔 관심 없어요." 에밀리가 말했다. "스킵."

"혹여라도 마음이 바뀌면 알려주시고, 가기 전에 마을 게시판을 꼭 둘러보십시오. 프렌드십의 최신 소식이 나와 있어요." 편집자는 각종 마을 소식과 프렌드십의 선물 알림이 게시되어 있는 장식장을 가리켰다. "우리가 얘기를 마치는 대로 당신의 신규 이주에 대한 기사도 올라올 겁니다."

"혹시," 에밀리가 물었다. "나에 대한 게시물이 올라가지 않게 하는 옵션도 가능한가요?"

이 질문은 편집자가 소화하기엔 너무 복잡한 듯했고, 편집자는 못 들은 척했다. "심지어 앨러배스터 브라운의 포도밭도 포그랜드의 당신 토지보단 읍내에 가까워요. 나라면 말이죠, 기회가 된다면 마을과 더 근접한 토지를 찾아보겠습니다. 버든트밸리가 애를 키우기엔 확실히 좋은—"

"스킵." 에밀리는 말을 구하기 위해 어느 쪽에 마구간이 있는지 알려달라고 요청했다. 편집자는 의무를 다하여 요청에 응했다. 그리고 에밀리가 길을 절반쯤 갔을 때 편집자가 다시 불러 세웠다. "여기요." 편집자는 마치 마술을 부리듯 허공에서 쫀득한 스트링 치즈가 뿌려진 붉은 소스의 바게트 반 개를 꺼내 내밀었다. "선물입니다. 당신의 새 출발을 도와줄."

"인심이 무척 후하시군요. 근데 이게 뭔가요?" 에밀리가 말했다.

"나는 그걸 파넴 에 카세움 모르수라고 부르죠. 우리 조부모님이 옛날 시골에서 만들어 드시던 요리를 기초로—"

"스킵."

에밀리가 바게트를 인벤토리에 추가하는 동안 편집자는 사라졌다.

동네 여자가 돌멩이를 선물로 주다

에밀리는 어퍼포그랜드의 고적한 위치가 마음에 들어 그곳의 토지를 선택했지만, 그 땅이 얼마나 외지고 척박한지에 대해선 대비가 되어 있지 않았다. 공기는 차갑고 축축했고 흙에는 염분이 섞였으며 끊이지 않는 안개 때문에 해가 거의 들지 않았다. 에밀리는 깨어 있는 시간을 오롯이 생존에 바쳤다. 상점에서 씨앗을 구입하고, 골라내고 골라내도 끈질기게 자갈투성이인 땅에 씨앗을 심고, 작물에 물을 주고, 푸른색 암말 '픽셀'을 타고 끝없이 읍내를 왔다갔다했다.

이따금 읍내에서 만나는 주민들은 전혀 모르는 사람인데도 에밀리에게 소박한 선물을 주곤 했다. 순무 한 개 혹은 치즈 한 덩이. 선물하기는 프렌드십 문화의 중요한 일부분이었고, 에밀리는 답례를 해야 한다는 부담을 느꼈다. 에밀리는 이웃들에게 자신의 농장에서 풍부하게 생산되는 유일한 품목인 돌멩이를 선물하기 시작했다.

처음 당근 한 개를 키워내는 데 성공했을 때 에밀리는 눈물이 날 뻔했다. 그 당근을 박박 씻은 다음 하얀 접시 위에 올려놨다. 에밀리는 현관 앞 포치에 앉아 당근을 감상했고, 여름의 첫 반딧불을 보았다. 에밀리는 그 당근을 소비하지 않았고, 너무 소중해서 시를 짓기에 이르렀다.

어느 계절엔가는
배가 부를지도 모른다
당근 생각만 해도
당근 먹는 것보다

오호애재라, 시를 함께할 사람이 없는데 시를 쓰는 게 무슨 소용이란 말인가? 에밀리는 가장 가까운 이웃의 집까지 먼 걸음을 하기로 했다. 앨러배스터 브라운은 집에 없었고, 그래서 시를 돌멩이로 눌러놓고 프렌드십의 관례에 따라 메모를 붙여놓았다. 당신의 이웃, 마이어 팜의 미스 에밀리 B. 마르크스가 보낸 선물입니다.

며칠 후 라일락색 눈과 라일락색 머리에 오버올 작업복을 입은 사람이 에밀리를 방문했다. "흠, 돌멩이라. 안경 쓴 여자가 선물로 돌멩이를 뿌리고 다닌다는 소문을 듣긴 했지. 돌멩이처럼 수수한 선물을 줄 정도로 배짱 좋은 사람은 이 근처에 많지 않거든. 나는 그걸 기쁘게 내 컬렉션에 추가하겠소만, 하나만 미리 말씀드리지, 미스 마르크스, 만약 당신이 나를 돌멩이로 홀릴 요량이라면 나는 이미 열두 번 결혼했고 또 결혼할 생각 따윈 없소이다."

"그럴 마음은 전혀 없고, 당신 농장이 내 농장에서 가장 가깝길래 친구가 될 수 있지 않을까 했던 것뿐이에요." 에밀리가 말했다.

"잘됐구려. 이 마을은 아주 짝짓기에 혈안이 돼놔서. 나는 재산을 합치는 게 아주 지긋지긋해요. 머잖아 또 분리할 게 뻔한데. 자꾸 그렇게 처리하다보면 예외 없이 처음에 갖고 있던 것보다 줄어들더이다." 앨러배스터가 두 손을 주머니에 찔러넣고 땅바닥에 침을 퉤 뱉었다. "자 그럼, 당신이 나한테 포도주 한 잔 따라주든가, 같이 담배를 피워도 되고, 당신이 어떻게 살아왔는지 이야기를 들려줘도 좋고." 앨러배스터가 말했다.

"나는 임신했어요." 에밀리가 말했다.

"괜찮다면 좀 기다려봐요. 내 일단 포도주를 병에 담아 갖고 온 다음에 얘기를 시작합시다."

"내 말은, 임신한 여자는 일반적으로 술 담배를 안 한다는 뜻입니다."

"당신이 전에 살던 곳에서는 그럴지 몰라도, 금방 알게 되겠지만 여기선 뭘 해도 별 영향이 없지. 하루를 버텨내기에 충분한 하트 수만 확보하면, 생존에 필요한 건 그것뿐이오."

"아무 영향도 없다면 뭐하러 담배를 피우고 술을 마셔요?" 에밀리가 물었다.

"거 성격 한번 까칠하네. 내 일곱번째 마누라도 그랬는데. 현실에선 망나니에 소작농.*" 앨러배스터가 말했다. "나는 우리가 세상천지 어디서나 똑같은 이유로 술을 마시고 담배를 피운다고 생각하오. 우리의 무한한 날들을 뭔가로 채우긴 채워야 하니까."

그날 저녁 헤어지기 전에 에밀리는 앨러배스터에게 선물은 돌멩이가 아니었다고 말했다. "그 돌 밑에 끼워둔 시였죠."

"시라니." 앨러배스터 브라운이 웃음을 터뜨렸다. "난 또 뭔가 했네. 당근 광고인 줄 알았소. 나더러 감정이 둔하다고 한 마누라들도 있었는데, 그게 우리의 우정에 방해가 되지 않았으면 좋겠구려."

서점에서 카드와 게임을 판매하다

앨러배스터 브라운은 별나고 괴팍하긴 해도 에밀리가 대화를

---

* 〈햄릿〉 2막 2장에서 자신의 나약함을 한탄하는 햄릿의 독백을 변형 인용했다.

나눌 만하다고 느낀 극소수 중 한 명이었고, 두 사람은 서로의 토지를 자주 드나들기 시작했다.

"난 이 생활에 적합하지 않은 것 같아요." 에밀리가 토로했다. "몇 달을 몸 바쳐서 달랑 당근 하나 수확했고, 책을 읽을 시간도 없어. 농사 말고 더 나은 게 있을 텐데."

"꼭 농사를 지어야 할 필요는 없지." 앨러배스터가 조언했다.

"안 지으면 그럼?"

"여기선 다들 농장을 하나씩 갖고 있고, 다들 농부로 시작하지. 프렌드십에는 감당하기 벅찰 정도로 농작물이 넘쳐나. 차라리 읍내에 가게를 열면 어떻소?" 앨러배스터가 말했다. "틈새 시장을 개척해서 필요한 거랑 맞바꿔요. 그렇게 해서 내가 포도주를 만들게 된 거라오. 여기선 당신이 전에 뭘 했는지 아무도 신경 안 써. 원하는 건 뭐든 될 수 있지."

"농부거나 상점 주인이거나 둘 중 하나네." 에밀리가 말했다.

에밀리는 임신 5개월 차에 서점을 열기로 했다. 프렌드십에는 서점이 하나도 없었고, 서점을 하는 게 에밀리가 책을 더 읽고 농사를 덜 짓는 길이었다. 에밀리는 갖고 있던 농기구들을 반값에 팔아버렸고, 놀고 있는 토지를 앨러배스터에게 임대했다. 그리고 남은 돈을 거의 다 털어 읍내에 조그만 건물을 지었다. 에밀리는 서점 이름을 '프렌드십 북스'라고 지었다.

편집자가 〈프렌드십 미러〉에 기사를 내기 위해 서점 오픈과 관련해 에밀리를 인터뷰했다. "우리 독자들이 궁금해할 겁니다, 어쩌다 그……" 편집자가 자신의 머릿속을 검색했다. "……서점 맞죠? 서점을 오픈하시기로 했는지."

"저는 열혈 독서가이고 이따금 시를 쓰기도 합니다." 에밀리가 말했다.

"네, 물론, 그러시죠." 편집자가 말했다. "하지만 서점이 프렌드십의 고단한 일상과 무슨 관계가 있을까요?"

"저는 버추얼 세계가 현실 세계의 문제를 해결하는 데 도움을 줄 수 있다고 생각해요."

"'버추얼'이 뭐죠?"

"거의 그럴듯하게 보인다는 거죠. 바로 당신처럼."

"말씀을 참 알쏭달쏭하게 하십니다." 편집자가 말했다.

임신 6개월 차가 되자 에밀리는 프렌드십에 왜 서점이 없었는지 그 이유를 알게 되었다. 이곳은 책 읽는 사람들의 마을이 아니었다. 농사와 선물하기가 워낙 고되고 힘들다보니 프렌드십 사람들은 여가시간이 거의 없었고, 그 얼마 안 되는 여가시간을 촛불 밑에서 『월든』을 읽는 데 쏟고 싶어하지 않았다.

7개월 차가 되자 에밀리는 서점 문을 닫기 일보 직전이었고—에밀리는 책과 인연이 없는 사람들을 독자로 개종하려는 사명감도 열정도 없었다—아마 프렌드십을 영원히 뜰 생각도 없지 않았을 것이다. 축하나 감사 카드 판매로 업종을 확장하라고 권한 사람은 앨러배스터였다. "물론 책도 팔고 거기다 추가로." 앨러배스터가 말했다.

"그런다고 달라질까?" 에밀리가 대꾸했다. "사람들이 카드를 좋아할까요?"

"좋아할 거요. 선물할 양배추도 잔뜩 있고 축하해야 할 생일도 맨날 있으니." 그리고 나중에 생각난 듯 앨러배스터가 덧붙였다.

"게임도 팔면 어떻소. 독서는 따분하지만, 오락 업종에서는 떼돈을 번다는 얘기를 들은 적이 있어."

에밀리는 가게 이름을 '프렌드십 북스, 문구&게임'으로 바꾸고 카드와 게임을 들여놓기 시작했다. 보드게임과 문구류는 책보다 약간 더 인기가 있는 것으로 밝혀졌다. 에밀리는 언제나 하트 수가 둘 이하였지만 그럭저럭 생계를 이어갈 수는 있었다.

어느 날 저녁, 앨러배스터는 에밀리의 집에 갔다가 현관 앞 계단에서 의식을 잃고 쓰러져 있는 에밀리를 발견했다. 앨러배스터가 에밀리를 깨웠다. "아기 때문인가?"

에밀리는 고개만 흔들 뿐 말을 하지 못했다.

"충분히 먹지를 못하고 있잖소, 일 치를까봐 겁나네. 하트 수를 너무 낮게 놔두고 있는 게 뻔히 보여서." 앨러배스터가 인벤토리에서 파이오니어에이드 캔 하나를 꺼내 에밀리에게 주었다. "마셔요."

"내 머릿속에만 존재하는 고통이 있어요." 바이털 수치가 어느 정도 회복되자 에밀리가 말했다. "평생 그걸 갖고 살았어. 그 고통이 느껴지면 나는 무기력에 빠져 아무것도 할 수 없게 되고, 더이상 안 되겠다는 마음이 굳어져."

앨러배스터가 에밀리를 유심히 관찰했다. "그 안경 때문일 것 같은데. 당신 얼굴에 비해 너무 작아서. 검안사한테 가봐요."

"프렌드십에 검안사가 있어요?"

"있지, 닥터 다이달로스라고. 당신 서점에서 몇 집 건너면 그 여자의 안경점이 있는데. 여태 몰랐다니 그게 더 놀라운걸."

검안사와 흥미로운 거래를 하다

아침이 되자 에밀리는 닥터 에드나 다이달로스를 찾아갔고, 닥터 다이달로스의 안경점은 정말로 프렌드십 북스 외 기타 등등에서 세 집 건너에 있었다. 닥터 다이달로스는 다른 환자를 보는 중이었으므로 에밀리는 안경점 안을 이리저리 구경했다. 안경뿐 아니라 선명한 색깔의 다양한 유리 제품들이 구비되어 있었다. 신기한 공예품들과 좀더 실용적인 유리 그릇들. 에밀리는 조그만 수정 말을 집어들고 좀더 자세히 살펴보았다.

"히히히히이이잉." 에밀리는 말이 우는 소리에 깜짝 놀랐다. 알고 보니 그 말 울음의 진원지는 의사였다. "그 말이 당신을 마음에 들어하는데요." 닥터 다이달로스가 말했다.

"이 미니어처가 내 말 픽셀하고 신기할 정도로 닮았네요. 푸른 빛깔이 완전히 똑같아요." 에밀리가 말했다.

"그거 당신 말 맞아요, 그 아이가 나한테 이름을 말해준 적은 없지만. 늘 당신 가게 앞에서 기다리고 있더군요. 그 아이와 나는, 우린 제법 친한 친구거든요." 닥터 다이달로스가 말했다. "픽셀이라고 했나요? P-I-X-E-L?"

"아뇨. P-I-X-L-E이에요. 당신은 예술가군요. 닥터 다이달로스." 에밀리가 감탄했다. 그리고 조심스럽게 말을 동물원에 돌려놓았다.

"혼자 취미로 하는 거죠. 나의 주된 업무는 당연히 렌즈 제작이고요. 그 때문에 오신 것 같은데요."

에밀리는 닥터 다이달로스를 바라보았다. 두 사람은 똑같은 옷을 입고 있었으며 프렌드십 상인들의 전형적인 복장이었다. 검정 치마, 하얀 블라우스, 검정 넥타이. 닥터 다이달로스는 에밀리보다 키가 작았고 창백한 피부는 녹슨 구리 같은 초록빛이 살짝 돌았다. 곱슬곱슬한 머리는 만화 캐릭터처럼 남색이 감도는 검은색이었고, 동그란 안경 속의 동그랗고 큼지막한 눈은 에메랄드빛이었다. 이 여자를 그리려면 원이 아주 많이 필요하겠군, 에밀리는 생각했다. "당신 눈을 보니 내가 전에 알던 누군가가 생각나요." 에밀리가 말했다. "어디서 오셨어요?"

"그건 이 근방에서 서로에게 절대로 하면 안 되는 질문 아닌가요?" 닥터 다이달로스가 말했다.

"깜박했네요! 물론 우린 모두 프렌드십에 도착한 그날 태어났지요!"

닥터 다이달로스가 안쪽 진료실로 에밀리를 안내했고, 그곳에서 에밀리에게 시력검사표를 읽힌 다음 가느다란 손전등으로 에밀리의 눈을 비춰보았다.

"말 이름의 유래를 여쭤봐도 될까요?" 닥터 다이달로스가 물었다. "픽셀이란 이름은 생전 처음 들어서."

"나 혼자 지어낸 단어예요. 요정 픽시pixie와 차축axle을 합친 단어죠." 에밀리가 말했다. "픽셀은 방향 전환이 빠르고 발걸음이 가볍거든요."

"픽셀." 의사가 재차 발음했다. "독창적이네요. 난 조그만 이미지와 관련이 있는 건가 했어요."

"내가 만들어낸 신조어지만, 원한다면 두번째 뜻을 갖다붙여도 돼요."

"고마워요." 의사가 말했다. "정리하자면, 픽셀. 정의 1. 명사. 발이 빠른 동물. 정의 2. 이번에도 명사. 스크린 위 이미지의 최소 단위."

"'스크린'이 뭔가요?" 에밀리가 물었다.

"땅의 길이를 말하는 나만의 용어예요. 아주 유용해서 더 광범위하게 쓰이길 바라고 있어요. 가령 어퍼포그랜드에 있는 당신의 집은 앨러배스터 브라운의 집에서 3스크린 떨어져 있지요."

에밀리와 의사는 마치 비밀을 공유한 듯 서로 마주보며 빙그레 웃었다.

두 사람은 실제로 같은 비밀을 갖고 있었다. 그 비밀은 모국어를 하는 사람을 발견했을 때 오는 기쁨이었다.

"당신과 앨러배스터는 친구인가요?"

"아는 사람이죠." 닥터 다이달로스가 말했다. "당신이 쓰던 안경은 도수가 부정확해요. 당신 눈에 맞춰 만든 안경이 맞는지 의심스러운데요. 기존 제품들 중에서 심미적 이유로 선택된 것 같은데, 안경을 그런 식으로 쓰면 절대 안 돼요. 임신중에 여성이 시력 변화를 경험한다는 점도 고려해서 새 안경을 맞춰야 해요." 의사가 잠시 머뭇거렸다. "임신한 것 맞죠?"

"아뇨, 왜 그렇게 생각하죠?" 에밀리가 말했다.

"그렇다면 정말 죄송합니다! 억측은 금물인데 입이 방정이네요."

에밀리가 웃음을 터뜨렸다. "실은 임신 8개월이에요. 그게 프렌드십에서 무슨 의미가 있는지 모르겠지만."

"여기선 시간이 다르게 흘러가나요?"

"이미 아시는 줄 알았는데요."

"이틀만 기다려주시면—"

"며칠이든 상관없어요."

"이틀만 기다려주시면 새 안경을 제작해드릴게요. 금방 모든 픽셀이 다 선명하게 보일 거예요."

"그게 '픽셀'의 올바른 용법 맞아요?" 에밀리가 타박했다.

"그럴걸요. 이 문맥에서는, 모든 픽셀이 보인다는 건 훌륭한 시력을 갖게 된다는 뜻이죠."

"그렇다면 세번째 정의가 되겠군요. 다 해서 얼마죠?"

닥터 다이달로스가 거래를 제안했다. "간판을 보니까 게임도 파시던데요. 나는 전부터 바둑 게임을 갖고 싶었어요. 중국판 체스라고 하기도 하죠. 어릴 때 유모와 함께 했었는데 다시 해보고 싶네요. 바둑 알아요?"

에밀리는 바둑에 대해 들어본 적은 있었지만 해본 적은 없었고, 판매용으로 나온 것을 본 적도 없었다. "구할 수 있는지 알아보지요. 나에겐 흥미로운 사이드 퀘스트가 되겠군요. 몇 주가 걸릴 수도 있어요, 기다려도 괜찮다면."

"몇 주든 상관없어요." 닥터 다이달로스가 말했다.

에밀리는 평소 거래처에서 닥터 다이달로스가 원하는 바둑 게임은 찾을 수 없었지만, '흥과 재미를 위한 고전 게임'이라는 제목의 책을 하나 발견했고 거기에 바둑의 기본 용구가 묘사되어 있었다. 19×19칸의 게임판과 361개의 돌(검은 돌 181개, 흰 돌 180개). 에밀리는 바둑판을 직접 제작하기로 결심했다. 세쿼이아나무를 베고 그 목재를 손으로 다듬어 판을 만들었다. 돌을 넣어둘 비밀 서랍을 추가하고, 복잡한 안경 패턴과 닥터 다이달로스의 이름을 옆면에 새겨넣었다.

안경점에 다시 가니 의사는 환자를 보고 있지는 않았지만 아직 형태가 잡히지 않은 작은 수정 조각품을 만들고 있었다. 닥터 다이달로스에게 자신의 창작품을 선물하면서 에밀리는 문득 연한 속을 드러낸 듯한 기분이 들었다. "마음에 든다면 바둑돌은 당신이 유리로 만들면 되지 않을까 생각했어요."

닥터 다이달로스는 한동안 물끄러미 바둑판을 들여다보았다. "훌륭한 바둑판이네요. 이런 걸 가진 사람은 아무도 없을 거예요. 당신의 제안도 솔깃하군요. 그럼 내가 유리로 검은 돌을 만들고, 흰 돌은 돌멩이로 하면 어떨까요? 당신 땅에서 돌멩이가 풍부하게 난다는 얘기를 들어서." 에밀리는 돌멩이를 모아오기로 했고, 닥터 다이달로스가 에밀리에게 손을 내밀어 악수를 청했다. "그럼 그렇게 하는 걸로 거래 성립."

"이건 좀 문제 있는 거래인데요, 닥터 다이달로스." 에밀리가 미안하다는 듯 말했다. "일이 공평하게 나뉘지 않아서 당신에게 너무 많은 부담을 준 것 같아 마음이 안 좋아요."

"세상에 완벽한 거래는 없어요." 닥터 다이달로스가 반박했다. "그리고 난 기분전환삼아서 그 일을 즐길 거예요."

"지금 뭘 만드는 중인지 여쭤봐도 될까요? 안경처럼 보이지는 않는데." 에밀리가 물었다.

"이건 프렌드십에서 가장 정 많은 사람에게 수여하는 상이 될 거예요." 닥터 다이달로스가 말했다.

"프렌드십에서 가장 정 많은 사람은 어떻게 결정되나요?" 에밀리가 물었다.

"사람들에게 선물한 물품의 개수와 관련이 있을걸요."

"이 마을은." 에밀리가 고개를 절레절레 저었다. "어쩐지 선물하기가 수상하다고 생각했는데. 내내 무슨 속셈이 있을 것 같더라니."

"미스 마르크스, 그건 상당히 시니컬한 관점이에요. 이깟 공예품 하나 주는 게 1년 내내 인정을 베풀 만한 충분한 동기가 된다고 생각해요?" 닥터 다이달로스는 조각품을 완성했다. "내 재주를 깎아내리려는 건 아니지만 이걸로 동기를 부여하기엔 상대적으로 너무 빈약하죠." 의사가 크리스털 하트를 에밀리에게 내밀었다. "아직 따스해요."

다이달로스에게는 설명할 수 없는 이유로 에밀리는 크리스털 하트에 뭉클해졌고, 울 수만 있다면 펑펑 울어버릴 것 같은 기분이었다.

그날 밤 에밀리는 시를 썼다.

오 수정 심장
뛰지 않는 사랑스러움
그러한 아름다움에는
반드시
업보가 따르리니.

이튿날 아침 에밀리는 닥터 다이달로스의 가게문 앞에 시를 놓고 돌멩이 주머니로 눌러두었다.

의사가 같이 게임할 사람을 찾다

임신 9개월 차에 에밀리는 우연히 프렌드십 게시판에 붙은 광고를 보았다.

의사가 같이 게임할 사람을 구함. 바둑이라는 전략 게임을 겨룰 수 있는 명석한 두뇌의 소유자를 요함. 필요시 게임 방법 지도 가능. 버든트밸리의 집으로 방문 요망. 화요일 저녁 태평양 표준시 8:00 p.m.

화요일 저녁, 에밀리는 픽셀을 타고 버든트밸리에 갔다. 이론적으로는 말을 타는 게 점점 더 힘들어져야 했다. 임신한 여자는 말을 타면 안 된다는 얘기를 어디서 읽긴 했지만 에밀리는 자신에겐 그런 규칙이 해당될 리 없다고 생각했다.

에밀리가 도착했을 때 닥터 다이달로스는 문간에서 기다리고 있었다. "웰컴, 스트레인저." 닥터 다이달로스가 큰 소리로 인사했다. 의사는 에밀리를 보고 하나도 놀라지 않은 듯했고, 광고에 반응한 사람이 그 외에 아무도 없다는 데에도 놀라지 않은 눈치였다.

의사의 집은 붉은 기와를 얹은 스페인풍이었다. 스투코 외벽을 부겐빌레아가 타고 올라갔고 정면에는 앙상한 야자수가 두 그루서 있었다. "당신 집과 조경은 우리 지역에선 드문 모습이네요." 에밀리가 감상을 말했다.

의사가 에밀리를 서재로 안내했고 서재의 벽지에는 동양풍 파도가 프린트되어 있었다. 의사가 에밀리에게 차를 따라주고 나서 바둑 두는 법을 설명했다. "규칙은 간단해요." 의사가 말했다. "상대의 돌을 자기 돌로 둘러싸면 돼요. 그 단순함 속에 무궁무진한 복잡성이 담겨 있고, 그게 바로 수학자들과 프로그래머들이 바둑을 즐겨 하는 이유죠." 닥터 다이달로스는 흰 돌을 에밀리에게 주고 자신은 검은 돌을 쥐었다.

"'프로그래머'가 뭐예요?" 에밀리가 물었다.

"맺을 수 있는 결말을 점치는 점쟁이이자 보이지 않는 세상을 보는 자예요."

"어머나. 당신이 살던 곳에서는 사람들이 그런 일도 해요?"

"네. 나는 미신을 믿는 사람들 사이에서 나고 자랐어요." 닥터 다이달로스가 주저하다 덧붙였다. "하지만 그 때문에 바둑을 좋아하게 된 건 아니고, 전에 수학을 좀 했었는데 재능이 없더라고요."

에밀리는 첫 세 판을 내리 졌지만 판을 거듭할 때마다 점점 아슬아슬하게 졌다. "이제 포그랜드로 돌아가봐겠어요. 하룻저녁 동안 질 수 있을 만큼 다 진 기분이네요."

"바래다드릴게요." 닥터 다이달로스가 나섰다.

"제법 멀어요. 아마 11스크린쯤 될걸요. 길도 미로 같고. 사실 난 말을 타고 왔어요."

"임신했는데 말을 타도 괜찮아요?"

"괜찮아요."

"그럼 다음주 화요일에도 오실래요?" 의사가 물었다.

"날씨가 괜찮으면 그러죠, 닥터 다이달로스." 에밀리가 말했다. "에드나 혹은 에드라고 불러도 될까요? 우리가 친구가 되면 매번 닥터 다이달로스라고 부르기가 길고 번거로워서."

"다이달로스*라고 불리는 편이 더 좋아요." 의사가 말했다.
"두 음절을 삭제했으니 나름 성공한 셈이네요."
두 사람은 가을을 거쳐 겨울까지 바둑을 두었다. 에밀리는 꾸준히 기량이 향상되었고 12월에는 처음으로 다이달로스를 이겼다.
이 무렵 에밀리의 배는 어마어마하게 불렀고, 다이달로스는 걸어서 집까지 바래다주겠다고 고집을 피웠다.
"어쩌자고 어퍼포그랜드에 살기로 한 거예요?" 다이달로스가 물었다.
"내게 어울리니까요."
"참 간결한 답이네요. 내가 당신에게 궁금한 게 많다는 걸 인정해야겠는걸요? 사람은 바둑에서 자신을 격파한 여자의 배경에 대해 알고 싶어지는 법이죠." 다이달로스가 말했다.
"다이달로스, 나는 말이죠, 가장 친밀한 관계는 상대에게 아주 많은 비밀과 사생활을 허하는 관계라는 걸 알게 됐어요."
다이달로스는 강요하지 않았고, 두 사람은 잠시 묵묵히 걸었

---

* 그리스신화에서 크레타섬 미노스왕의 미로를 설계한 건축가의 이름.

다. "오랫동안 나는 상당히 평탄한 삶을 살아왔어요." 에밀리가 입을 열었다. "내가 다른 누구보다 힘들었다고 하면 그건 거짓말이겠죠. 나는 좋아하는 일을 해왔고, 꽤 잘한다는 평을 들었거든요. 하지만 파트너가 세상을 떠나고 나서 그 일이 진저리나게 싫어졌고 우울증에 빠졌어요. 사실 우울한 것 이상이었죠, 절망의 구렁텅이에 빠졌다고나 할까. 무척 사랑했던 내 할아버지 프레드도 얼마 전에 돌아가셨고. 이제 삶은 일련의 상실에 지나지 않은 것 같아요, 나한테는. 지금쯤이면 당신도 알아차렸겠지만 나는 지는 것도 잃는 것도 아주 싫어해요. 내가 프렌드십에 온 이유는 어쩌면 내가 살던 곳에 더이상 있고 싶지 않기 때문일 거예요. 가끔은 내 몸속에조차 있고 싶지 않을 때도 있어."

"'파트너'라는 건 무슨 뜻이죠? 남편이나 아내 같은 건가?"

"네, 비슷해요."

"동반자?"

"네."

두 사람은 들판을 지났고, 열두 마리쯤 되는 아메리카들소가 울타리 안에서 풀을 뜯고 있었다. 들판 앞에는 이런 표지판이 세워져 있었다. 들소한테 총을 쏘지 마시오.

"이런 들판이 있었나? 전에 본 기억이 없는데." 에밀리가 울타리 가까이 다가가 들소에게 손을 내밀고 냄새를 맡게 해주었다. "어렸을 때 〈오리건 트레일〉에서 죽은 들소를 너무 많이 봐서 화가 났던 기억이 나네요. 사람들은 소들이 느릿느릿 움직이고 사냥하기 쉽다는 이유로 애네들을 죽여요, 그러고 나서 고기는 그냥 썩히고."

"저런."

"더 큰 세상은 내겐 가끔 너무 잔인하게 느껴져요, 그래서 난 들소가 보호되는 세계에 사는 게 기뻐요." 에밀리가 의사 쪽으로 돌아섰지만 포그랜드에 거의 다 온 상태여서 짙은 안개 때문에 서로가 잘 보이지 않았다.

"미스 마르크스, 당신에게 제안을 하나 하고 싶어요."

"하세요."

"당신에게 도움이 된다면 내가 당신의 파트너가 되어주고 싶어요." 다이달로스가 말했다. "당신이 잃은 사람이 누구였든 나는 그 사람의 불완전한 대체제일 수밖에 없지요. 하지만 우린 둘 다 혼자고, 서로를 도울 수 있을 거예요. 슬픔은 함께 나눌 수 있어요, 바둑처럼 쉽게." 다이달로스가 에밀리의 손을 잡고 한쪽 무릎을 꿇었다. "난 당신에게 제안하고 싶어요. 포그랜드를 떠나요. 버든트밸리로 와요."

"결혼하자는 건가요?"

"거기에 꼭 이름을 붙일 필요는 없어요." 다이달로스가 말했다. "당신이 이름을 붙이고 싶다면 이름을 붙여도 되고."

"그럼 그건 무슨 뜻이 되는 걸까요?"

"멈추지 않고 계속 하는 아주 긴 바둑을 의미하죠."

과거 에밀리에겐 결혼하기 싫은 이유가 여럿 있었다―결혼은 불합리한 인습이며 여자들에겐 덫이라는 신념이 있었다. 에밀리는 이전 생에서 약혼을 두 번 거절했지만, 이번 갈림길에서는 다른 길을 갈 경우의 편의성이 보였다. 에밀리는 그 문제를 앨러배스터와 상의했다.

"버든트밸리가 훨씬 비옥하긴 하지, 하지만 매스꺼울 정도로 인구가 많아." 앨러배스터가 코웃음쳤다. "진심으로 거기 살고 싶소? 쉴새없이 순무 선물 공격을 막아내야 할걸."

"앨러배스터, 난 지금 밸리에 사는 장단점에 대해 토론하러 온 게 아니에요."

"그럼 당신이 꺼리는 건 뭐요?"

"난 다이달로스에 대해 아는 게 거의 없어요. 같이 바둑을 몇 번 둔 게 다인걸. 심지어 성이 아닌 이름으로 부르는 것조차 허락하지 않아."

"아, 흠, 그 문제라면 나는 걱정 안 하겠소. 제일 중요한 건 같이 놀고 싶은 사람을 찾는 거거든. 그리고 어쨌든 이곳에서 결혼은 실용적인 일이지. 재산을 합치고, 그러다 잘 안 되면 다시 분리하고. 난 그걸—"

"열두 번 했지, 알아요."

"그래도 아직 쌩쌩해."

"몇 달 전에 나한테 했던 얘기에서 백팔십도 전향한 것 같네요. 재산을 합쳤다 분리하는 게 얼마나 진 빠지는 일인지 계속 투덜거렸으면서."

"재산을 합치는 즐거움이란 게 없진 않지, 안 그럼 뭐하러 다들 그 짓을 하겠소? '즐거움'은 너무 과한 것 같고. 즐거움이 아니라면 이득 정도로 해둡시다. 땅덩이가 커지니까." 앨러배스터가 지금도 불러오고 있는 에밀리의 배를 눈짓으로 가리켰다. "지금 몇 개월째요?"

"열한 달인가. 나도 잘 모르겠네. 조만간 어퍼포그랜드에서 읍내까지 데굴데굴 굴러갈 수도 있겠어요."

"여기서 산 지 11개월이 넘은 것 같은데, 여기 왔을 때부터 애가 있었잖소? 그 태아가 혹시 당신이 결혼하길 기다리는 거 아닌가?"

"아니, 내가 그렇게 고루한 애를 가졌을 리는 절대 없어요." 에밀리가 말했다.

"그럼 당신 아이의 의지보다 더 강력한 어떤 힘이 있을 가능성은? 생물학보다도 더 강한?"

"무슨 힘을 말하는 건데요?"

"알고리즘." 누가 엿듣기라도 하는 듯 시선을 획획 돌려 방안을 이리저리 살피더니 앨러배스터가 목소리를 낮췄다. "알잖소, 보이지 않는 세력 알-크와리즈미*가 우리 모두의 삶을 지배한다고."

"당신은 미신을 너무 믿어."

"그럴지도, 하지만 알고리즘이 결혼 전에 아이를 허용하지 않는다면?"

"오, 제발. 프렌드십이 그런 케케묵은 윤리관에 기초하다니 말도 안 돼. 그나저나 이 세계의 규칙은 누가 정한 거지?"

그러나 그날 밤 에밀리는 픽셀로 이루어진 아기가 픽셀로 이루어진 자궁에 갇혀 있는 생생한 꿈을 꾸었다. 그런 고리타분한 생각을 머릿속에 주입하다니, 에밀리는 앨러배스터를 욕했다.

이후 몇 주 동안 에밀리는 결혼 제안을 받아들이기도 뭣하고

---

* 대수학의 개념을 최초로 정립한 9세기 페르시아의 수학자.

거절하기도 뭣해서 아예 다이달로스를 피해다녔다. 통근길이 그 어느 때보다 길게 느껴졌고, 뱃속의 아이 무게 때문에 하트가 더 빨리 닳았다.

그예 다이달로스가 에밀리의 가게에 왔고, 그 제안에 대해서는 한마디도 언급하지 않았다. "당신을 위해 이걸 만들었어요. 지지 Xyzzy 포털이라고 이름 지었는데, 이걸 쓰면 프렌드십을 돌아다니기 한결 수월해질 거예요."

의사는 에밀리가 통근길을 오가지 않아도 되도록 에밀리의 집과 가게를 연결하는 포털을 설치했다. 포털은 세이지그린색이었고 옆면에 황금색 점이 세 개 그려져 있었다.

∴

에밀리는 점들을 자세히 살폈다. "이건 '그러므로' 기호를 거꾸로 뒤집은 건가?"

"점들이 그렇게 배치되어 있으면 '왜냐하면'이라는 뜻이에요. 내 집이 당신 집보다 읍내에서 더 가깝잖아요. 만약 당신이 나와 결혼하기로 결심한다면," 다이달로스가 말했다. "편의성이 그 결정의 한 요인이 되지는 않았으면 해요."

그날 저녁 에밀리는 앨러배스터에게 포털을 보여주었다. 앨러배스터가 안으로 들어갔다가 잠시 후 돌아왔다. "잘되네." 앨러배스터가 선언했다. "포도주가 필요하겠군. 이럴 땐 아끼지 말고 콸콸 부어야지." 에밀리가 포도주를 병에 담아 왔고, 두 사람은 같이 포치로 나갔다.

"흠, 에밀리, 그 이상한 의사는 로맨틱하구려." 앨러배스터가 말했다.

"그러게요."

"결국 사랑이 뭐요?" 앨러배스터가 말했다. "다른 이의 인생 여정을 편하게 해주려고 진화론적 경쟁력을 포기한다는 비이성적 욕구를 빼면?"

결혼식 알림

미스 에밀리 B. 마르크스와 닥터 에드나 다이달로스가 푸른색 암말 픽셀과 포도주 양조인 앨러배스터 브라운을 비롯 몇몇 친한 지인들만 참석한 가운데 경사로이 결혼식을 올렸다. 미스 마르크스는 닥터 다이달로스가 손수 입으로 불어 제작한 유리꽃 열두 송이로 이루어진 부케를 들었다. 예식 도중 눈이 내리기 시작했지만 임신 2년 차인 미스 마르크스는 추위를 느끼지 않았다고 밝혔다. 혼인에 이르기까지 몇 달간 두 사람은 함께 바둑을 두었고, 미스 마르크스는 결혼을 결심하게 된 첫 계기가 한겨울에 11스크린을 왔다갔다하느라 게임을 중단하는 일을 피하고 싶어서였다고 말했다.

닥터 다이달로스는 미스 마르크스에게 주는 결혼 선물로 집 정원에 토피어리 생울타리 미로를 만들었다. 왜 그런 선물을 하기로 결정했는지 묻자 의사는 다음과 같은 아리송한 대답을 했다. "게임을 만드는 것은 그 게임을 플레이하는 사람을 상상하는 일이죠."

득남 알림

에밀리 B. 마르크스와 닥터 에드나 다이달로스는 아들 루도 퀸투스 마르크스 다이달로스가 탄생했음을 기쁘게 알린다. 닥터 다이달로스는 아이가 건강하며 17×17 픽셀을 차지한다고 밝혔다.

의사와 아내는 행복하다; 따분하다

결혼을 하고 아이가 태어난 후에도 에밀리와 다이달로스는 각자의 주거지를 유지하기로 했다. 의사가 두 집을 잇는 포털을 추가로 설치했기 때문에 부동산을 합쳐야 하는 현실적 긴급함이 없었다. 아기 루도 퀸투스LQ는 두 집을 오가며 사는 데 익숙해졌다.

LQ는 기이할 정도로 즐거운 요정이었다. 한 번도 울거나 저지레를 하는 일이 없었고 오랫동안 혼자 두어도 괜찮았다. 같이 놀 다른 아이들을 찾지 않았고 혼자 노는 데 만족하는 것 같았다. 복중에 있던 기간이 유난히 길었던 것과 정반대로 아이의 영유아기는 짧았다. LQ는 두 살 때 여덟 살 아이의 크기와 태도를 보였다. LQ는 너무 키우기 쉬운 아이여서, 에밀리에겐 가끔 아이가 인간이라기보다 인형 같았다. "당근보다 키우기 쉬운걸." 에밀리의 소감이었다.

어퍼포그랜드의 집은 바닷가에 있었고, LQ가 어느 정도 크자마자 에밀리는 아이에게 수영을 가르쳤다. LQ는 금방 헤엄치는 법을 터득했고 매번 나갈 때마다 더 멀리 헤엄치고 싶어했다. "항상 하트 수를 점검해야 해, 절반 넘게 쓰기 전에 돌아와야 한다." 에밀리가 주의를 주었다.

"네, 엄마." LQ가 말했다.

LQ와 에밀리는 정확히 2스크린을 나갔다가 돌아오곤 했다.

"바다는 몇 스크린이나 돼요?" LQ가 물었다.

"9에서 10스크린 정도."

"엄만 그걸 어떻게 알아요?"

"끝까지 헤엄쳐 가봤으니까."

"그럼 끝은 어떻게 되어 있어요?"

"안개 같은 것이 자욱하고, 벽처럼 생긴 것에 막혔을 뿐 아무것도 없어. 너도 거기 가보면 이해하게 될 거야."

LQ가 고개를 끄덕였다. "엄청 무서운가요?"

"아니, 무서울 건 하나도 없지. 그냥 끝인걸."

"나도 보고 싶다." LQ가 말했다.

"왜?"

"글쎄요. 한 번도 못 봤으니까."

"네가 더 힘이 세지고 수영을 잘하게 되면, 그리고 하트 수가 더 많아지면 언젠가는."

그날 밤 LQ가 자고 있을 때 에밀리는 다이달로스에게 아이와 했던 얘기를 전했다. "어떻게 생각해요?"

"자신이 사는 세상의 경계를 알고 싶다는 건 자연스러운 일이

572

라고 생각해요. 아이의 탐험을 격려해야죠. LQ는 강한 아이고 아주 심하게 다칠 리는 없을 거예요. 바둑판 꺼내올까요?" 다이 달로스가 말했다.

대체로 평범한 결혼생활이었고, 간간이 치열한 바둑이 여러 판 벌어졌다. 아닌 게 아니라 에밀리는 함께 놀이를 할 때 다이달로 스와 가장 친밀한 느낌이었다.

에밀리는 앨러배스터에게 토로했다. "삶에는 일하고 수영하고 바둑 두는 거 말고 분명 더 많은 게 있을 텐데."

"따분하다는 말이로구먼." 앨러배스터가 말했다. "그게 대부분의 사람들이 행복이라고 부르는 거요."

"그렇겠죠."

앨러배스터가 한숨을 내쉬었다. "이건 게임이오, 에밀리."

"무슨 게임?"

앨러배스터가 라일락색 눈을 굴렸다. "당신은 행복하고 따분하지. 시간을 보낼 새로운 소일거리를 찾아봐요."

"내가 엔진 만드는 일을 했다고 얘기하지 않았나요?" 에밀리가 말했다.

"아니, 첨 듣는 것 같은데."

"예전에 나는 태양광을 만드는 엔진을 만들었어요. 안개를 만드는 엔진도 하나 만들었고."

"굉장한데. 엔진이란 것들에 그런 프로메테우스적인 능력이 있는 줄 몰랐는걸. 그럼 그걸 다시 만들어보면 어떻소?"

특별 이벤트: 사나운 눈보라가 프렌드십을 강타하다

3월 말에 다이달로스는 정착민 학교에서 학생들의 시력을 검사하기 위해 아이데틱블러프에 갔다. "블러프까지 가려면 하루 종일 걸리는데." 에밀리가 투덜거렸다. "안경이 그렇게나 절실하다면 그쪽에서 안경점으로 오면 안 되나?"

"아이들이 서른 명이에요, 에밀리. 만약 눈 나쁜 아이가 LQ였다면 어떡하겠어요?" 다이달로스가 말했다.

"당신은 맘이 너무 여려요."

다이달로스가 블러프로 출발하고 얼마 안 되어 눈보라가 휘몰아치기 시작했다. 프렌드십에서 일어날 수 있는 최악의 상황이라고 해봤자 하트를 다 쓰는 것 정도이므로 에밀리는 의사에 대해 크게 걱정하지 않았다. 다이달로스가 폭풍에 갇히더라도 결국엔 하트를 다시 채워 돌아올 것이다.

눈보라 이후 사흘이 지났는데도 다이달로스는 돌아오지 않았다. 눈이 녹기 시작하자 에밀리는 루도 퀸투스를 앨러배스터에게 맡기고 말을 타고 아이데틱블러프로 향했다. 블러프 쪽에서는 에밀리에게 다이달로스가 아예 도착하지 않았다고 알렸다.

나흘째 되는 날, 다이달로스의 말이 주인 없이 홀로 밸리의 마구간으로 돌아왔다.

에밀리는 편집자에게 말했고, 알림이라면 아주 질색이었지만 그럼에도 불구하고 프렌드십 게시판에 다이달로스의 실종에 관한 공지를 올려달라고 했다. "미스 마르크스," 편집자가 말했다. "사람들이 아무 말 없이 우리 세계를 떠나는 일이 종종 있습니다. 우리는 반드시―"

"스킵."

닷새째 되는 날, 에밀리는 다시 수색에 나섰다. 이번에는 전에 가보지 않았던 길만 골라서 갔다. 그러자 남서쪽에 '미지의 프렌드십'이 나왔고, 그 지역은 가치가 낮고 시들어 메마른 땅이었다. 에밀리는 몇 곳의 목장과 조류 사육장, 이국적인 식물 묘목장, 피아노 상점, 온천, 조그만 놀이공원, 옛 기술만 모아놓은 박물관, '말을 다스리는 자'라는 간판이 달린 말 조련장, 오락실, 카지노, 화약 창고, 그 외에 너무 크거나 시대착오적이거나 미적으로 읍내에 있기에 부적절한 업장들을 말을 타고 지나갔다. 에밀리가 마주친 사람들 중 다이달로스를 봤다는 사람은 아무도 없었다. 오락실에서 시어서커 정장 차림의 한 남자가 사람들이 가끔 동굴로 피신하기도 한다면서 동굴에 가보라고 조언했다. "입구를 찾기가 쉽지는 않을 겁니다. 입구가 움직인다고 하는 사람들도 있으니." 남자가 주의를 주었다.

에밀리는 산기슭을 따라 원을 그리며 돌았다. 해가 넘어갔지만 빛은 아직 남아 있었다. 에밀리는 빛이 완전히 사라질 때까지 찾아보다가 안 되면 돌아가기로 했다. 여광의 마지막 순간, 거의 포기할 뻔했을 때, 가늘고 높은 목소리가 밖으로 흘러나왔다. "나 여기 있어요."

"지금 가요!" 에밀리가 픽셀의 기수를 돌려 천천히 되짚어갔다. 바위 틈으로 희미한 빛이 기묘하게 일렁이는 지점이 보였다. 에밀리는 말에서 내려 그 성운을 지나 동굴 안으로 들어갔다. 안에 다이달로스가 있었고, 간신히 목숨만 부지한 다이달로스는 오른손이 충격적으로 시커멓게 변해버렸다. 눈보라가 휘몰아치자 말이 겁에 질려 주인을 등에서 떨쳐버렸다고 했다. 이후 다이달로스는 동굴 안으로 몸을 피했다. "손을 다친 것 같아요"하더니 다이달로스가 기절해버렸다.

에밀리는 다이달로스가 건강을 회복할 때까지 간병했다. 그리고 오래지 않아 다이달로스가 목숨은 건진다 해도 오른손은 절단하지 않으면 안 된다는 것이 명백해졌다. 다이달로스는 한 손이 없으니 차라리 죽는 편이 낫겠다고 했고, 그 말에 에밀리는 양손이 다 있으면 죽을 거라고 응수했다. 절단은 피할 수 없는 일이었다.

신체적 회복은 빨랐지만 정서적 회복은 더뎠다. 다이달로스는 완전히 의기소침하여 집밖은커녕 침실 밖으로도 나가지 않으려 했다. 한동안 다이달로스는 루도 퀸투스와 얘기도 안 했고 심지어 아이를 보려고도 하지 않았다.

"솔직히 이곳에서 이런 일이 생길 줄 몰랐어요." 에밀리가 말했다.

"당신은 나를 버려야 해요." 다이달로스가 말했다. "지금의 나는 쓸모없는 인간이에요. 난 두 번 다시 렌즈를 만들 수 없을 거야."

"내가 당신을 버릴 수 있을 거란 생각은 안 드는걸."

"그럼 내가 당신을 떠날 거예요. 바다 끝까지 헤엄쳐 가서 돌아오지 않을 거야."

"나더러 누구랑 바둑을 두라고?" 에밀리가 다이달로스의 침대 옆 테이블에 바둑판을 차리기 시작했다.

"난 게임할 생각 없어요." 다이달로스가 말했다. 하지만 에밀리가 바둑판 위에 첫 돌을 놓자 다이달로스는 다음 돌을 둘 수밖에 없었다. 매일 오후 에밀리는 다이달로스의 침대에서 조금씩 더 떨어진 곳에 바둑판을 놓았다. 그런 식으로 다이달로스는 다시 세상에 합류했지만, 외출을 하거나 안경점 업무로 돌아가는 일은 한사코 거부했다.

몇 주 후, 에밀리는 다이달로스에게 한 가지 제안을 했다. "조금 있으면 크리스마스고, 내가 당신을 위해 바둑판을 만들면서 얼마나 즐거웠는지 떠올랐어요. 프렌드십의 다른 사람들을 위해 우리가 게임을 만들 수 있지 않을까. 한 손이 없어도 당신은 돌과 말을 만들 수 있잖아요—바둑돌이나 게임 말을 만드는 건 렌즈 제작만큼 정교한 기술이 필요하지 않으니까. LQ도 이제 많이 자라서 도제로 쓰면 딱이에요. 난 판을 만들면 되고. 크리스마스 선물용으로 우리가 만든 제품을 팔 수 있을 거예요. 어떨 것 같아요?"

"당신이 나를 구워삶으려는 것 같아요." 다이달로스가 말했다. "하지만 시도는 해볼 수 있겠군요."

두 사람은 다이아몬드 게임, 체커, 체스, 바둑 세트를 만들었다. 나무를 직접 깎아 만든 게임판과 입으로 유리를 불어 맞춤 제작한 게임 말 세트는 예술작품이었다. 두 사람은 자신들의 게임 회사를 '다이달로스&마르크스 게임'이라고 불렀다. 게임은 엄청난 성공을 거두었고, 두 사람이 제작한 게임 세트는 하나도 남김없이 다 팔렸다.

"게임을 만드는 일이 그리웠어요." 에밀리가 말했다.

"전에도 게임을 만들었어요?" 다이달로스가 물었다.

"네, 어렸을 때 남동생들고. 당신이 이해할 만한 종류의 게임은 아니지만."

"하나만 얘기해봐요."

"바다에서 길을 잃은 아이에 대한 게임이 있었죠."

"판 위에서 그런 게임을 하는 건 상상하기 힘드네요." 다이달로스가 인정했다.

에밀리가 바둑판의 격자를 가리켰다. "이 판이 하나의 세계이며, 격자가 만나는 곳이 각각 세계의 한 구획이라고 상상해봐요. 바둑돌 하나하나가 사람을 대신한다고 생각하고."

"그 은유에서 당신의 두 손은 뭐죠?" 다이달로스가 물었다.

"나의 오른손은 길 잃은 아이죠. 왼손은 신이고."

다이달로스는 테이블 너머로 손을 뻗었지만 마음처럼 에밀리에게 가닿지는 않았다. "사랑해요." 다이달로스가 말했다. "그 말을 하는 게 참 어렵네요. 때론 사랑이란 말로는 충분치 않은 것 같아서."

크리스마스 날 아침, 다이달로스와 LQ는 에밀리에게 자신들이 만든 특별한 보드게임을 선물했다. 게임판은 길처럼 생겼고, 유리로 만든 게임 말은 천막을 씌운 조그만 마차였다. 다면체 주사위와 카드 한 벌도 있었다. 게임판 옆면에는 다이달로스가 아들 이름인 루도 퀸투스를 새겼다. "이 게임의 제목이기도 하죠." 다이달로스가 말했다.

에밀리는 〈루도 퀸투스〉는 어떻게 하는 거냐고 물었다.

"쉬워요, 엄마." LQ가 말했다. "엄마는 농부, 상인, 은행가가 될 수 있어요. 그리고 매사추세츠에서 캘리포니아까지 가야 해요. 하지만 카드에 여러 장애물이 나와요."

"제목이 왜 '루도 퀸투스'인 거지?" 에밀리가 물었다.

"왜냐하면 그게 내 이름이니까요!" LQ가 말했다. "그리고 어머니가 그러는데 루도는 라틴어로 '게임'이란 뜻이래요."

다이달로스가 아이의 이름을 짓기로 했었고, 지금 생각하니 참 이상하지만 에밀리는 루도 퀸투스의 뜻에 대해 한 번도 깊이 생각해보지 않았다. "퀸투스는 무슨 뜻인데?" 에밀리는 자신이 이미 알고 있다고 대체로 확신했다.

"다섯번째." 다이달로스가 잠시 머뭇거리다 말했다. "다섯번째 게임."

개척자 챗

다이달로스84 님이 비밀 채팅방에 입장했습니다.

에밀리B마크스X : 너지?

다이달로스84 : 네, 당신의 소중한 아내, 닥터 에드나 다이달로스예요.

에밀리B마크스X : 헛소리 집어치워. 샘슨, 너지? 일생에 단 한 번이라도 솔직해져봐.

다이달로스84 : ···········응.

에밀리B마크스X : 날 어떻게 찾아냈어?

다이달로스84 : 널 찾아내? 나는 널 위해 이곳을 만들었어. 〈개척자〉는 〈메이플월드〉의 서부시대 확장판이야. 네가 좋아할 거라는 걸 알고 〈오리건 트레일〉처럼 만들었지.

에밀리B마크스X: 날 유인하려고 덫을 놨다고?

다이달로스84: 아냐, 그런 게 아니라. 마크스가 세상을 떠난 후 예전을 떠올리며 네 생각이 나는 걸 만들고 싶었어. 네가 〈개척자〉에 가입하길 바라긴 했지만 네가 들어올지 어떨지는 알 수 없었지. 그리고 네가 에밀리 B. 마르크스라는 걸 알게 됐을 때 난 너의 친구가 되어야 했어. 넌 너무 외로워 보였는걸. 프렌드십의 외딴 끝자락에 혼자 살다니.

에밀리B마크스X: 그렇다 쳐도, 개인 식별 정보는 비공개잖아. 난 개인 이메일 주소를 기입하지도 않았어, 그건 너도 알고 있겠지. 너 내 IP주소를 확인했어?

다이달로스84: 응.

에밀리B마크스X: 날 혼자 좀 내버려두라고 했잖아. 내 소원 중 뭐 하나라도 존중해줄 수 없어?

다이달로스84: 난 네가 걱정돼서.

에밀리B마크스X: 넌 나를 속였어.

다이달로스84: 내가 널 뭘 속여?

에밀리B마크스X: 넌 나의 프라이버시를 침해했어. 넌 내가 전혀 모르는 사람처럼 굴었어.

다이달로스84: 아냐. 난 내 자신 그대로였어. 이름과 몇 가지 세부사항을 제외하곤 나는 나랑 똑같았어. 너는 너랑 똑같았고. 너도 오래전부터 알고 있었다고 생각하는데. 넌 인정하고 싶지 않을지 몰라도.

에밀리B마크스X: 이제 내가 프렌드십을 떠날 수밖에 없다는 것도 알겠네. 그치? 알지?

다이달로스84: 마크스의 죽음은 너한테만 일어난 일이 아니야. 마크스는 내 친구였어. 내 사업 파트너였어. 우리의 회사였다고. 그 사건은 우리 둘 모두에게 일어난 일이었어.

에밀리B마크스X: ………

다이달로스84: 보고 싶어, 세이디. 나는 네 삶과 연결되고 싶어…… 그건 과거에 나도 해본 잘못이야. 아픔을 혼자서 견디는 건 순정함 따위가 아니야.

에밀리B마크스X 님이 채팅방을 나갔습니다.

에밀리는 익숙한 프렌드십의 풍경을 가로질러 걸었다. 한때 아름답고 위안을 주던 풍경이 이제는 뻔뻔한 위장으로 보였다.

에밀리는 픽셀을 타고 언덕을 내려가서 앨러배스터의 집으로 갔다.

문을 두드리니 앨러배스터가 나와서 에밀리를 집안으로 안내했다. 에밀리는 친구에게 곧 프렌드십을 떠날 수밖에 없을 것 같다고 고백했다. "에드나는 본인이 주장하던 사람이 아니더군." 에밀리가 설명했다.

"우리 중 누군들 안 그런가?" 앨러배스터가 말했다.

"하지만 알고 보니 에드나는 전에 내가 알던 사람이고, 그게 내 게임을 망쳐버렸어."

앨러배스터가 고개를 끄덕였다. "근데 이건 고려해야 하지 않을까. 이쪽 세계에서든 저쪽 세계에서든 게임을 같이 할 친구를 만나는 건 아주 드문 일이지."

에밀리는 앨러배스터를, 그 라일락색 눈과 라일락색 머리를 응시했다.

"샘?"

"샘이 누구요?" 앨러배스터가 말했다.

"너도 샘이야?"

앨러배스터가 무릎을 꿇었다. "세이디."

에밀리의 모습이 앨러배스터의 집에서 사라졌다.

화면 위에 텍스트창이 떴다.

에밀리는 프렌드십을 떠났다.

소년이 끝에 다다르다

며칠 혹은 몇 달 혹은 몇 년 후, 에밀리가 LQ를 보기 위해 다시 로그인했다. LQ는 에밀리가 없는 동안 세 살을 더 먹었고, 이제는 튼튼한 열한 살짜리 남자애였다.

"엄마, 어디 갔었어요?" LQ가 다그치듯 물었다. "어머니와 난 걱정했던 말예요."

"수영하러 갈래?" 에밀리가 물었다.

에밀리와 LQ는 평소의 2스크린보다 더 멀리 헤엄쳐 나갔다. LQ가 계속 수영해도 되냐고 물었고, 에밀리는 잠시 생각에 잠겼다. "안 될 거 없지. 넌 이제 아주 많이 컸잖아."

엄마와 아들은 바다의 끝에 다다를 때까지 헤엄쳤다.

"여기 끝은 무척 평화롭네요." LQ가 말했다.

"평화롭지." 에밀리가 맞장구쳤다.

"엄마, 나 걱정돼요. 하트 수가 충분하지 않아서 못 돌아갈 것 같아요." LQ가 말했다.

"걱정하지 마, 아가. 넌 진짜가 아니니까 죽을 수 없어."

마을 상인의 유언장이 공개되다

2008년 혹독한 눈보라가 몰아치던 그때 다이달로스를 찾아나선 에밀리는 미지의 프렌드십에서 우연히 한 목장을 발견했다. 얼어붙은 그 목장의 간판은 말을 다스리는 자였고 그 아래 더 작은 표지판에는 이렇게 적혀 있었다. 털 손질, 편자 달기, 길들이기, 그외 승마용 조련. 세상에 못 길들일 말은 없다. 그때는 더 절박한 미스터리 때문에 정신이 없어서 그냥 지나쳤었다.

그로부터 몇 달이 지난 후, 다이달로스와 연락을 끊은 후에도 그 간판은 계속 에밀리의 머릿속에 남아 있었다. 그 간판에 적힌 이름은 어릴 적 알던 곳 혹은 한때 꿈꾸었던 곳을 떠오르게 했다. 프렌드십에서의 마지막날 혹은 그 언저리에, 에밀리는 그 문 뒤에 무엇이 놓여 있는지 알아볼 시간이 됐다고 판단했다. 아무 의미 없는 간판이었다 해도 적어도 프렌드십을 영원히 떠나기 전에 픽셀에게 새 편자를 달아줄 수는 있었다.

확대해서 본 큰 지도에는 '말을 다스리는 자'의 위치가 표시되어 있지 않았고, 그곳을 다시 찾기 위해 에밀리는 아주 비과학적으로 길을 되짚어가며 구불구불한 길을 따라 뱅뱅 돌아야 했다. 에밀리와 픽셀이 마침내 목장 문을 지났을 때는 해가 넘어가고 있었다.

에밀리는 말을 타고 과수원을 통과해 기다란 판석길을 내려가 마구간과 들판을 지나서 목장 제일 안쪽에 교회처럼 생긴 하얀 A 자형 집에 다다랐다. 에밀리는 픽셀에서 내려 종을 울렸다. 하얀 카우보이모자를 쓴 남자가 나왔다. 조련사는 육십대였고, 프렌드십의 거의 모든 정착민들보다 확연히 늙었다. 생의 대부분을 말 등에서 보낸 사람답게 약간 안짱다리였고 허리는 하나도 굽지 않고 꼿꼿했다. 모자 아래 짙은 회색빛 머리가 부스스했다. 이 사람 꼭 와타나베 상을 닮았어, 에밀리는 생각했다. NPC가 에밀리에게 모자를 살짝 기울여 보였다. "안녕하신가, 순례자 양반. 말에 무슨 문제라도?"

에밀리는 말에 편자를 달아야 한다고 말했고, 두 사람은 재료와 가격을 흥정한 후에 합의했다. NPC가 악수하려고 손을 내밀자 에밀리는 남자의 볼에 입맞춤했다.

"그런다고 깎아주진 않을 거요." 조련사가 말했다.

"보고 싶었어." 에밀리가 말했다.

"헐, 보쇼, 몸둘 바를 모르겠네."

"『일리아스』에서 제일 좋아하는 부분이 어디야?"

"『일리아스』?" 조련사가 멈칫하더니 모자를 벗었고, 1초 후 마치 마법에 걸린 것처럼 NPC가 전혀 다른 느낌의 버전으로 변신했다. "그러자 제일 먼저 헥토르의 아내 안드로마케가 나와 통

곡했다. '오 여보, 그 젊은 나이에 목숨을 잃다니, 나를 과부로 만들어놓고, 우리의 아이, 당신과 나의 아이는 아직 어린애일 뿐인데!······ 당신 부모님의 심장이 무너졌고, 오 헥토르, 그러나 내 심장이 가장 무참하게 무너졌어. 당신은 그 침상에서 내게 잘 있으라 작별의 손길 한번 뻗어주지 않았고, 내가 밤낮없이 우는 동안 되새길 위로의 말 한마디 해주지 않았어.'" 낭송을 마치고 조련사는 허리를 숙여 절한 다음 모자를 도로 썼다.

"만나서 기뻤어." 에밀리가 말했다.

"언제든 다시 들르쇼."

NPC와의 대화는 만족스럽지 않았지만, 하긴, NPC들과의 조우는 대체로 만족스럽지 않았다.

그럼에도 '말을 다스리는 자'가 아니었다면 세이디는 에밀리의 삶을 정리할 엄두를 내지 못했을 것이다.

〈개척자〉에서 샘의 혁신적 아이디어 중 하나는 게이머가 게임을 떠나는 방식이었다. 샘은 〈메이플월드〉에 몇 년을 거주했던 사람이라도 그냥 사라져버리면 끝이라는 게 마음에 들지 않았다. 거주민이 어느 날 다시는 로그인하지 않겠다고 결정해버리면 끝이었다. 샘은 게이머가 게임을 떠나길 원한다면 그 길을 열어주는 편이 더 건전하다고 생각했다. MMORPG가 제아무리 훌륭해도 게이머들은 결국에는 떠났다. 다른 게임으로, 다른 세계로, 때론 현실 세계로 옮겨갔다. 샘은 〈개척자〉를 건설하면서 의례의 범위를 이혼, 유언장, 장례식으로까지 확대했다.

편집자가 에밀리의 유언장을 공개했다. "나의 사랑하는 아들 루도 퀸투스는 바다 끝을 찾아 헤엄쳐 나갔고, 수년간의 모험을 거친 후에 돌아올 것이다. 나는 유한한 수명을 지닌 여인의 아바타에 불과하며 LQ의 부재 이후 극심한 장 질환에 걸렸다. 나는 이것을 내 육신이 LQ 없이 더이상 살고 싶지 않다고 말하는 것이라 생각할 수밖에 없다. 그리하여 나는 프렌드십을 떠나기로 결심했다. 나의 벗 앨러배스터 브라운에게 나의 농장과 가게와 그 부속물을 남긴다. 나의 아내 닥터 다이달로스에게 나의 말 픽셀과 픽셀을 본뜬 유리 미니어처를 남긴다. 프렌드십에서 보냈던 시간을 전적으로 후회하는 것은 아니며, 내가 닥터 다이달로스와 함께 보냈던 시간을 후회하지 않는다는 점 또한 덧붙이고 싶다. 나는 내 아내의 지속적인 기만—아내는 본인이 무슨 짓을 했는지 아주 잘 알고 있다—에 분개하지만, 함께 바둑을 두었던 그 저녁들은 크나큰 애정과 함께 언제까지나 기억할 것이다. 이곳에 왔을 때 나는 전에 없이 하트가 소모된 상태였고, 프렌드십의 무료함과 모르지 않는 자들의 친절이 내게 생명을 주었다. 나는 들소들의 안전한 통행이 보장된 이토록 다정한 세상에 왔다 감에 감사한다."

편집자는 유언장을 접으며 한마디했다. "말을 참 알쏭달쏭하게 하는군."

에밀리의 묘비가 프렌드십 묘지에 놓였다. 묘비에는 다음과 같은 문구가 새겨졌다.

에밀리 마르크스 다이달로스

1875~1909

이질에 걸려 사망

10장 >> 화물열차와 레일

1

"하지만 세이디, 스스로에게 좀 솔직해져봐. 너도 분명 어느 순간부턴 녀석이라는 걸 알고 있었어." 도브가 말했다.

나이를 어지간히 먹으면―세이디의 경우엔 서른넷이었다― 삶이 대부분 근방을 지나가는 옛친구들과의 식사로 이루어지는 시기가 온다. 도브와 세이디는 실버레이크의 클리프에지에서 브런치를 먹고 있었다. 레스토랑은 꼭 나무 위 집처럼 생겼다―숲의 거인족 엔트처럼 생긴 거대한 고무나무가 한가운데 솟아 있고, 그 주위를 층층이 둘러싼 덱 위에 테이블들이 놓였다. 이 레스토랑에서 일하는 직원들은 어마어마한 장딴지 근력과 균형 유지 신공으로 정평이 나 있었다. 세이디는 클리프에지의 직원으로 일하는 건 플랫폼 게임에서 지루한 레벨만 계속 하는 캐릭터와 비슷할 거라고 종종 생각했다. 도브는 말을 하다가 나무에 시선을 주더니 굵고 매끄러운 나뭇가지를 한 손으로 감싸쥐었다. "여긴 지금까지 가본 곳들 중 가장 캘리포니아스러운 곳이군. 이 사람들은 절대 비가 안 올 거라고 생각하나보지." 도브가 말했다.

"절대 안 오거든." 세이디가 말했다.

"이 나무가 원래부터 여기 있었고 나무 주위로 레스토랑이 지어졌다고 생각해?" 도브가 물었다.

"그래야 했을 것 같아."

"하지만 나무를 여기로 갖고 와서 심었을 수도 있지." 도브가 주장했다.

"엄청 큰 나무잖아. 누가 이렇게 커다란 나무를 옮겨왔을 거라곤 상상하기 어려운데."

"세이디, 여긴 캘리포니아야. 사막이지. 여기엔 말 그대로 아무것도 없었어. 그런데도 나무 위 집 같은 레스토랑을 짓는 게 꿈이라면 캘리포니아 사람들은 그걸 기어이 이뤄내고 말지. 난 캘리포니아를 존나 사랑한다니까."

"난 당신이 캘리포니아를 소름 끼치게 싫어하는 줄 알았는데."

"내가 언제 그런 말을 했나?"

"우리가 헤어질 때 그랬잖아. 인류 최후의 날이라도 맞는 것처럼 내가 여기서 죽을 거라면서 당신이 온갖 즐거운 얘기를 들려줬던 게 난 똑똑히 기억나는데."

"아 뭐, 난 개쓰레기니까. 널 잡고 싶었거든. 서빙 직원이 오면 이 나무에 대해 물어보자." 도브가 말했다. "마크스가 똑똑한 녀석이었지, 언페어를 이쪽으로 옮기다니. 내가 손톱만큼이라도 머리가 있었다면 네가 보스턴을 떴을 때 쫓아가서 무릎을 꿇고 나를 다시 받아달라고 애걸복걸했을 거야."

"당신은 무릎을 꿇는 타입이 못 돼." 세이디가 말했다.

직원이 주문을 받으러 오자 도브가 나무의 유래에 대해 물었다. 직원은 여기서 일한 지 얼마 안 됐다면서 매니저에게 물어보겠다고 했다.

"사실상, 넌 그게 녀석이라는 걸 분명 알고 있었어." 도브가 말했다.

"그랬기도 하고 아니기도 했어. 범죄 다큐멘터리를 보는 것 같은 거야. 사람들은 경찰이 늘 너무 답답하다고 생각하지. 저렇게 많은 단서가 한 방향을 가리키고 있는데 살인범이 누군지 왜 몰라? 하지만 시청자들은 정답을 이미 아는 입장에서 사건을 바라보고 있는걸. 그 상황 속으로 들어가면 그게 그렇게 명확하지가 않아, 캄캄하고 사방에 핏자국이 있으면."

"근데 세상의 하고많은 게임들 중 어쩌다 〈개척자〉처럼 김빠진 캐주얼 게임을 하게 됐어?"

"글쎄, 난 당신과 달리 장르를 가리지 않고 다양한 스펙트럼의 게임을 하거든. 그리고 나를 끌어당기는 요소들이 있었어."

"예를 들어?"

"오픈월드이고, 게이머 간 상호작용을 통해 자원을 수집하는 게임이라는 얘길 들었어. 〈오리건 트레일〉과 〈심즈〉〈하베스트 문〉에서 대략적인 영감을 받았다고들 하길래 해보고 싶었지. 샘은 내가 쉬운 먹잇감이라는 걸 알았을 거야."

"넌 항상 〈오리건 트레일〉에 대해 유아기적인 집착이 있지."

"맞아. 당신이 이해 못하는 게임을 내가 사랑하는 일도 얼마든지 가능해."

"그러니까, 샘이 단 한 명의 게이머를 낚기 위해 MMORPG를 만들었다고? 천재적이군. 미친 짓이지, 하지만 천재적이야."

"아니, 샘은 우리가 어릴 때 같이 플레이하던 게임들이 떠올라서 그 게임을 만들었다고 주장하던걸."

"농사와 자원 게임은 다년생 식물이지."

"그러게. 분명 〈개척자〉는 재정 면에서도 꽤나 수지맞았을 거야." 세이디는 짧게 침묵을 지키다 말했다. "아 뭐, 거짓말은 않겠어. 마크스가 세상을 떠난 다음 잇따른 일들도 그렇고, 난 정말 샘이 만든 것과 같은 바로 그런 것에 너무너무 목말라 있던 상태였어. 하지만 샘은 내가 가입하는 걸 처음부터 지켜보고 있었던 것 같아. 그리고 내가 가입하자마자 계속 붙잡아두려고 일련의 ID를 생성했더군."

"어떤 서사였는데?"

"나 원. 말도 안 되는 로맨스였어. 난 에밀리 마크스라는 어두운 과거를 가진 임신한 여자였고, 샘은—뭐더라—닥터 에드나 다이달로스라는 마을 검안사였어."

"매우 섹시하게 들리는데."

"그보단 애틋하고 처량했지."

"닥터 다이달로스라니! 아니 세이디, 그게 샘이라는 걸 네가 어떻게 모를 수가 있어?"

"글쎄, 일단 여자잖아."

"그 녀석이 왜 그랬다고 생각해?"

"자기 냄새를 지우려고? 모르지 뭐, 나도. '우린-모두-다중적이다' 유의 월트 휘트먼 같은 짓인지. 당신은 게임할 때 늘 본인과 같은 성별의 캐릭터로 해?" 세이디는 도브가 선택권이 주어지면 늘 여자 캐릭터로 플레이한다는 것을 경험으로 알고 있었다.

"어쨌든 결국 나는 그게 샘이라는 걸 알았어. 어쩌면 처음부터 알고 있었을지도 모르지만, 알려고 들지 않았다고 할까. 지금 와서 생각해보면 샘은 계속 명확한 단서를 흘리고 있었어. 어느 시점에선가 에드나는 한 손을 잃었단 말이야."

"서부 개척시대엔 사는 게 만만치 않지."

"혹독하지, 에드나는 렌즈를 다시는 못 만들지도 모르게 됐으니." 세이디가 말했다.

도브가 웃음을 터뜨렸다. "난 게임을 존나 사랑한다니까. 그럼 지금은?"

"우린 여전히 말 안 해."

"네가 샘한테 말을 안 한다는 뜻이겠지."

"맞아."

"세이디, 아니 도대체, 왜?"

"왜냐하면 걔가 날 속였으니까." 그러나 당연히 그 이상의 다른 이유도 있었다.

"아, 세이디 그린의 드높은 기준이라니."

"나한테 수갑을 채워 침대에 묶어놨던 남자가 그런 말을 한다 이거지."

"요는, 내가 그런 짓을 했는데도 넌 아직도 내가 로스앤젤레스에 올 때마다 브런치를 같이 먹잖아. 그리고 내가 그랬을 때 넌 내 제자가 아니었어. 그건 장담한다."

"내 기준이 어디가 어때서, 그리고 그게 내가 샘과 말을 안 하는 거랑 무슨 상관인데?"

"세이디, 너 몇 살이지?"

"서른넷."

"그쯤 나이 먹으면 어린애 같은 짓은 그만둘 때가 됐지. 오직 어린 것들만 그런 높은 기준을 갖는 거야. 중년들은ㅡ"

"당신 같은 중년들 말이지." 세이디가 말했다.

"나 같은 중년, 그렇군." 도브가 인정했다. "난 마흔셋이야. 그점은 부인하지 않겠어." 도브가 제 가슴팍을 쳤다. "그래도 난 여전히 섹시해."

"그만하면."

도브가 팔로 이두박근을 만들어 보였다. "이 근육을 느껴봐, 세이디. 이만하면 쓸 만하지 않아?"

세이디는 웃음을 터뜨렸다. "안 느끼는 편이 낫겠군" 하면서도 슬쩍 만져봤다.

"인상적이지 않아? 20년 전보다 지금 벤치 프레스를 더 많이 들어."

"축하해."

"고등학교 다닐 때 입던 청바지도 입을 수 있어."

"고등학생이랑 데이트할 때 유용하겠군."

"고등학생하고는 데이트한 적 없어. 내가 고등학생이었을 때를 빼면. 대학생들은, 좋지. 사랑하지. 질리지가 않지."

"당신이 어떻게 안 잘리고 붙어 있는지 이해가 안 가네."

"왜냐하면 난 훌륭한 선생이거든. 모두가 날 숭배하지. 너도 날

숭배했잖아. 하여간 아까 하던 말로 돌아가서, 중년들은—"

"피할 수 없는 삶의 타협점들에 닳고 오염된 저주받은 영혼들 말이야?"

"네가 인정해야 할 게 한 가지 있어, 인정할 수 있다면 말이지만. 세상에 샘보다 더 너에게 의미 있는 사람은 없어. 그러니까 그런 허튼 감상은 흘려보내는 편이—"

"이건 단순히 허튼 감상이 아니야, 도브."

"그럼 너의 완벽히 정당한 불평은 흘려보내는 편이 나아. 그 신비한 닥터 다이달로스를 찾아서, 그 남자의 손을 잡고—"

"그 여자의 손이야."

"그 여자의 손을 잡고 악수하고, 같이 게임을 만들고 플레이하는 지극히 중대한 일로 돌아가는 거야."

직원이 와서 테이블 위에 그들이 주문한 음식을 차렸다. "매니저 얘기로는 이 나무가 70년 동안 여기 있었다고 합니다" 하고 직원은 물러갔다.

"아, 그럼 우린 답을 얻었군." 도브가 말했다. "이 레스토랑은 이 나무를 가운데 두고 지어진 거야. 고마워요." 도브는 샥슈카에 핫소스를 뿌렸다.

"핫소스가 필요한 줄은 또 어떻게 아는 거야? 먹어보지도 않고."

"나는 나 자신을 잘 알아. 난 매운 걸 좋아해. 그나저나 요즘은 무슨 일 해?"

"별로. 애를 어린이집에 데려다주고. 제정신을 유지하려고 노력하고 있지." 세이디가 말했다.

"그거 맘에 안 드는데. 넌 일을 하고 있어야 해."

"응, 결국엔 하겠지." 세이디가 화제를 바꿨다. "로스앤젤레스엔 어쩐 일로?"

"미팅 두어 건, 늘 똑같지." 도브가 말했다. "디즈니랜드의 탈 것을 소재로 영화를 만들었던 감독이 〈데드 시〉 영화화에 관심이 있다는군." 도브는 포크를 내려놓고 수음하는 시늉을 해 보였다. "결코 일어나지 않을 일이지. 그리고 또, 난 이혼당할 거야."

"그거 안됐네." 세이디가 말했다.

"필연적인 결과라." 도브가 말했다. "난 존나 끔찍한 놈이거든. 나라도 나하고는 절대 안 사귈 거야. 단 하나 좋은 점은 이번엔 이 아수라장에 애를 더하지 않았다는 거지."

"이젠 어떻게 할 거야?"

"이스라엘에 돌아가서 아들을 만나야지. 텔리가 열여섯 살이야, 믿어져? 그리고 새 게임에 착수할 거야." 도브는 샥슈카를 먹고, 이어서 빵에 달걀 노른자와 핫소스를 발랐다. "아 맞아, 너한테 물어보려고 했는데. 지금 넌 잠시 게임 개발을 쉬고 있으니까, 혹시 MIT에서 내 강의를 맡아 가르쳐볼 생각 없어? 조금이라도 하고 싶은 맘이 있다면 내 기꺼이 널 밀어주지."

"생각해볼게." 세이디가 말했다.

"결정만 해."

"처음 당신 강의를 수강신청했을 때 당신이 왜 가르치는 일을 할까 궁금했는데."

"가르치는 일은 존나 위대한 일이니까."

"그래?"

"당연하지. 누가 강아지들을 예뻐하지 않겠어? 그리고 아아주 가끔 세이디 그린 같은 애가 나와서 나를 한 방 존나게 먹이지." 도브가 고개를 뒤로 홱 젖혔고 순간 의자가 삐걱거렸다. "퍽."

세이디는 얼굴이 빨개지는 게 느껴졌다. 난감하게도 도브의 찬사는 여전히 세이디에게 기쁨을 안겨주었다. "욕 좀 적당히 해."

브런치를 마친 후 세이디는 할리우드힐스의 분지에 있는 호텔까지 도브를 차로 데려다주었다. 도브는 차에서 내리기 전에 세이디의 뺨에 키스했다. "나는 중년이고, 손쓸 도리가 없는 인간이지. 여자들이 원하는 게 뭔지 전혀 모르겠고, 두 번 이혼당하고, 기타 등등. 하지만 이건 말해둬야겠어. 누군가를 위해 세계를 창조한다는 건 내 입장에서 볼 땐 로맨틱한 일이야." 도브는 고개를 절레절레 저으며 말했다. "샘 매서, 그 미친놈은, 로맨틱한 녀석이지."

2

게임 고급과정은 매주 목요일 오후 한시부터 네시까지 주 1회 수업이었다. 세이디는 16년 전 자신이 학생 때 들었던 강의에서 포맷을 크게 바꾸지 않았다. 매주 여덟 명의 학생들 중 두 명씩 미니게임이든 긴 게임의 일부든—촉박한 시간을 감안했을 때 실행 가능하게 프로그래밍된 거라면 뭐든—게임을 만들어 가져온다. 학생들은 게임을 플레이해본 다음 서로 비평한다. 모든 수강생들은 한 학기 동안 게임 두 편을 만들어야 한다.

세이디가 수업을 들었을 때와 다른 점은 학생의 50퍼센트가 여자라는 점이었는데, 적어도 이 강의의 출석부상 비율은 그랬다.

세이디는 학생들에게 자신의 기대치를 대략적으로 제시했다. "여러분이 어떤 프로그래밍 언어를 쓰든 관계없습니다. 혹시 조언이 필요하면 흔쾌히 드리죠. 기존의 게임 엔진을 써도 상관없어요—하지만 엔진을 만드는 데 어떤 것들이 필요한지 직접 경험해보는 편이 좋다고 생각합니다. 어떤 종류의 게임이든 상관없습니다. 좋은 게임과 나쁜 게임은 특정 장르에 국한되는 게 아니니까. 흔히들 캐주얼 게임을 하찮은 부류로 취급하지만 세상엔 훌륭한 캐주얼 게임이 끊이지 않고 나옵니다. 나는 온갖 종류의 게임을 다 해요. PC용과 콘솔용으로 만들어진 엄청난 게임들이 있듯, 휴대폰용으로 만들어진 엄청난 게임들도 있죠. 여러분의 게임이 굉장한 퀄리티로 완성될 거라 기대하지 않습니다. 나는 우리 모두가 솔직하기를, 또 서로를 존중하기를 기대합니다. 게임을 선보이는 일은 엄청난 용기를 필요로 하지요. 게임 디자이너로서 나는 성공보다 실패를 더 많이 했을 겁니다. 그리고 내가 여러분 나이였을 때 몰랐던 건, 내가 얼마나 많이 실패할 것인가 하는 거였죠. 나의 장황한 서론이 우울한 얘기로 마무리되어 미안하군요." 세이디가 웃었다. "맞아요, 여러분은 반드시 실패할 겁니다. 하지만 괜찮아요. 내가 여러분의 죄를 미리 사하여드리죠. 이 수업은 Pass/Fail로 학점이 나갈 거고, 여러분은 실패Fail보다 아주 살짝만 더 성공하면 됩니다."

학생들이 세이디의 농담에 웃음을 터뜨렸다. 어떤 강의든 첫 수업 때 잘 넘겨야 하는 고비의 순간이 있고, 세이디는 학생들에게 자신이 그들 편임을 주지시키는 데 성공했다.

데스티니라는 이름의 다갈색 머리에 다갈색 눈의 여학생이 말했다. "교수님은 이 수업에서 〈이치고: 우미 노 고도모〉를 만드셨죠?"

"일본어 제목이군, 인상적이네요. 나는 파트너인 샘과—"

"메이저, 맞죠?" 데스티니는 세이디의 이력을 꿰뚫고 있었다. "메이저도 이 수업을 들었나요? 제가 알기론 메이저는 하버드에 다녔는데 여기선 학점교류를 신청하는 사람들도 있으니까, 그죠?"

"메이저는 이 수업을 듣지 않았어요. 게임 디자이너로서 메이저는 순전히 독학한 경우지. 그리고 나는 이 수업을 들은 다음에 〈이치고〉를 만들었어요. 이 수업 때 만든 게임은 좀더 단순해요. 한 학기에 혼자서 게임 두 편을 프로그래밍하는 건 상당히 버겁습니다."

데스티니가 고개를 끄덕였다. "전 〈이치고〉가 너무너무 좋아요. 진짜로 어렸을 때 제일 좋아한 게임이에요. 〈이치고 III〉를 만들 계획은 없나요?"

"메이저와 그 건을 논의한 적은 있지만 실제로 만들게 될지는 회의적이네." 세이디가 말했다. "자 그럼, 데스티니의 첫번째 질문으로 돌아가서, 예전에 이 수업에서 내가 만들었던 게임을 갖고 왔습니다. 게임 제목은 '솔루션'이에요. 내가 여러분에게 있는 그대로 약점까지 다 보여달라고 했으니, 나도 여러분 나이였을 때 내가 개발한 게임이 어떤 것이었는지 보여줘야겠지요. 그래픽은 올드하지만 한번 해보고 여러분 생각을 들려주세요. 다만 이건 열아홉 살짜리가 만들었고, 1994년에 돈 들이지 않고 대략 4주 만에 뽑아낼 수 있는 최선이었음을 염두에 두십시오. 아울러 이 게임은 내 할머니에게서 영감을 받았다는 얘기도 미리 해둡니다."

세이디는 학생들에게 이메일로 〈솔루션〉의 링크를 보냈다.

반 전체가 랩톱을 열고 세이디의 초기작을 플레이하기 시작했다. 세이디도 두어 레벨을 플레이해봤다. 기술적으론 한물갔지만, 세이디의 느낌상 콘셉트는 여전히 견고하고 강력했다.

"자 각자 생각을 말해봐요." 세이디가 말했다. "솔직하게. 다 받아줄 수 있으니. 게임의 심미적 측면부터 시작해봅시다."

학생들은 게임의 모든 측면을 하나하나 비평했다. 세이디는 인정사정 보지 말라고 부추겼고, 1994년의 한계를 해명하고 스스로를 방어하는 데서 뜻밖의 즐거움을 느꼈다. 대체로 다들 흑백 그래픽의 진가를 인정했지만, 베레모를 쓴 남학생이 1994년에는 게임이 죄다 흑백이었냐고 질문했다. 그 남학생의 이름은 해리였고, 세이디는 '베-레의 해-리'라고 연상기억법을 써서 외웠다. 세이디는 도브가 되지 않을 것이다. 첫 주 안에 학생들 이름을 전부 머릿속에 넣을 것이다.

"그렇진 않아, 해리." 세이디가 말했다. "1994년에도 사실상 컬러는 있었지. 그건 미학적 견지에서 선택한 전략이었어요. 내가 배운 것은, 리소스가 많지 않을 때는 스타일에 더욱 철저해야 한다는 겁니다. 제약은 스타일이죠, 그렇게 만들기만 하면."

"제 말이 그거예요." 해리가 말했다. "1994년에 모든 게임이 흑백이었다고 정말로 생각한 건 아니고요. 제가 궁금했던 건 그게 일반적인가 하는 거였죠." 세이디는 머릿속 출석부에 메모를 적었다. 흑백 해리.

"전 이 게임이 무척 맘에 들어요." 데스티니(우미 노 데스티니)가 서두를 열었다. "아이디어도 좋고 게임이 정치적인 것도 좋아요. 다만 비판할 점이 있다면, 너무 허무주의적이에요. 공장에서 생산되는 제품이 무엇인지 파악하고 나면 게임이 점점……" 데스티니는 적절한 단어를 찾아 헤맸다. "……음, 반복적이 되는 것 같아요. 좀더 다른 식으로 확장되어 진행돼야 하는데."

"그러게, 그걸 지적한 사람이 데스티니가 처음은 아니야. 무척 예리한 지적이고, 아마 내가 시간이 더 있었다면 데스티니가 얘기한 바로 그대로 했을 거예요. 하지만 주어진 시간 내에 게임을 만들어야 할 때도 있습니다. 항상 완벽을 지향하면 아무것도 만들어낼 수가 없죠.

메이저와 나는 어렸을 때부터 가장 친한 친구였고, 우린 함께 게임하는 걸 아주 좋아했어요. 우린 완벽한 플레이에 맹목적으로 집착했죠. 어느 게임이든 최소한의 실수, 최소한의 윤리적 타협, 가장 빠른 페이스, 가장 높은 점수로 플레이하는 방법이 있다고 생각했습니다. 절대 죽거나 재시작하지 않고 게임을 처음부터 끝까지 깰 수 있다고 생각했지요. 우린 〈슈퍼 마리오〉를 종종 했는데, 황금 코인을 단 하나라도 놓치거나 쿠파한테 한 대라도 맞으면 처음부터 다시 시작했어요. 맞아요, 우린 아마 골치 아플 정도로 강박적이었고, 맞아요, 우린 시간이 펑펑 남아돌았어요. 하여간 오랫동안 나는 그런 생각을 게임 디자이너로서 나의 작업에 쏟아넣었고, 그건 단연코 쓸데없는 짓이었습니다.

여러분은 불가피하게 백 퍼센트 만족하지 못하는 게임을 이 수업에 들고 올 테고, 그래도 괜찮습니다. 난 여러분이 나를 한 방 먹이면 좋겠어요. 엄청난 작업을 해내면 좋지요. 하지만 그냥 만들어서 가져오기만 해도 좋습니다."

여기저기 구멍난 메이플타운 저지를 입은 조조라는 이름의 학생이 손을 번쩍 들었다. (메이플타운의 조조―세이디는 머릿속에 메모했다.) "셔츠 멋지네." 세이디가 말했다.

조조는 그 셔츠를 입은 게 전적으로 우연이거나 혹은 제 자신보다 강력한 어떤 힘에 떠밀려 입을 수밖에 없었다는 듯 고개를 끄덕였다. "질문 있습니다. 그 시절에 교수님과 함께 수업을 듣던 사람들은 〈솔루션〉을 어떻게 생각했습니까?"

"아, 그거 물어봐줘서 기쁘군. 다들 엄청 싫어했어요. 한 명은 나를 학교에서 퇴학시키려고까지 했지."

"이 게임 때문에요?"

"응, 사람들은 나치라는 말을 듣는 걸 안 좋아해. 당시 나의 교수님이 그렇게 말했고, 그건 훌륭한 충고였을 거예요. 게이머한테 나치라고 말하는 게임은 그때 이후로 다신 안 만들었거든."

학생들이 세이디의 농담에 웃음을 터뜨렸다.

"그건 그렇고, 벌써 네시네. 그럼 다음주에 봅시다. 조조, 롭, 둘이 첫 순서야. 늦어도 일요일 밤까지 과제물을 반 전체에 이메일로 보내요. 그래야 다들 다음 수업 전까지 게임을 플레이해볼 수 있으니."

다른 사람들이 모두 나갈 때까지 데스티니가 강의실 뒤쪽에서 서성이고 있었다. "괜찮으시다면 한 가지 더 여쭤보고 싶은 게 있는데요, 딴사람들 없는 곳에서."

"당연히 괜찮지." 세이디가 말했다. "같이 내 방으로 갈까. 다섯시까지 딸아이를 데리러 가야 해서."

"애가 있으세요? 멋진데요. 저는 게임업계 사람들한테 애가 있을 거라곤 생각도 못했어요. 워낙 크런치 모드로 일을 하니까."

"그런 것도 조금씩 바뀌고 있지. 그리고 나는 처음부터 내 회사를 가진 입장이어서……"

"그럼, 뭐랄까, 내 회사를 차리면 해결된다, 인가요?"

"맞아. 그리고 남자들을 고용해서 네가 원하는 걸 시키면 되지." 세이디가 말했다.

"있잖아요, 교수님이 이 수업을 맡으신다고 해서 저 엄청 가슴 뛰었어요. 우리 과엔 아직 여자나 유색인종이 많지 않거든요. 저는 〈이치고〉뿐만 아니라 교수님의 게임을 몽땅 다 너무너무 좋아해요. 하나도 빼놓지 않고 다 해봤어요. 〈마스터 오브 더 레블스〉? 제 인생 게임이죠. 교수님은 완전 천재예요."

두 사람은 세이디의 연구실에 도착했고, 문 옆 명패에는 아직 '도브 미즈라흐'라고 적혀 있었다. "자, 여기가 내 방이야. 딴사람들 앞에서 묻고 싶지 않다던 그 질문이 뭐지?" 세이디가 말했다.

"아, 음, 교수님을 곤란하게 하고 싶지 않아서요," 데스티니가 말했다. "〈솔루션〉을 플레이하면서 분명 좋은 게임이라고 생각했어요."

"그런데?"

"하지만 〈이치고〉만큼 좋은 건 절대 아니었거든요, 발끝에도 못 미치죠. 언짢게 하려는 건 아니에요. 저는 진심으로 그린 교수님을 무척 존경합니다."

"괜찮아. 그건 사실이지. 그래서 그 게임을 수업시간에 가져온 거였어. 너희들에게 나의 시작점이 어디였는지 알려주고 싶어서."

"제가 묻고 싶었던 건, 어떻게 〈솔루션〉 같은 게임을 만들다가 얼마 시간이 지나지도 않았는데 〈이치고〉 같은 게임을 개발해내셨는지, 그게 궁금했어요. 저기에서 여기로 어떻게 넘어오셨는지. 어떻게 하면 좋을지 모르겠는 게 바로 그 지점이거든요."

"그건 얘기가 좀 긴데." 세이디는 데스티니의 눈빛에 어린 그 표정을 알아챘다. 야망과 포부로 굶주려 있지만 눈이 닿는 곳까지 손이 미치지 못한다는 게 어떤 느낌인지 세이디도 잘 알고 있었다. "나한테 간단한 답이 있는지 모르겠다." 세이디는 인정했다. "좀더 생각해보고 나서 답을 줘도 될까?"

그날 저녁, 세이디는 1996년에 자신이 어땠는지 애써 기억을 더듬었다. 자신을 추동한 것은 세 가지가 있었고, 그중 어느 것도 세이디 자신의 특별한 도량이나 품성을 보여주는 예가 아니었다. (1) 탁월한 전문적 성취를 이루어서 세이디 그린이 여학생 우대로 MIT에 합격한 것이 아님을 교내 모든 이들에게 알리고 싶었고, (2) 도브가 자신을 버린 것을 후회하게 만들어주고 싶었고, (3) 샘한테 자신과 일하게 된 것은 행운이며, 둘 중 자신이야말로 훌륭한 프로그래머고, 자신이야말로 중요한 아이디어를 가진 사람이란 것을 알리고 싶었다. 하지만 이걸 데스티니한테 어떻게 설명해야 할까? 1996년에 실력이 훌쩍 도약하게 된 이유는 바로 자신이 이기심과 원한과 불안으로 똘똘 뭉친 독종이었기 때문이라는 걸 데스티니에게 어떻게 설명해야 할까? 세이디는 비범해지기 위해 스스로를 의지의 힘으로 밀어붙였다. 일반적으로 예술은 행복한 사람들에 의해 성취되지 않는다.

　세이디는 데스티니의 질문을 샘에게 던지고 싶었다. 샘은 어떤 질문에든 반드시 답을 갖고 있었고, 세이디는 샘의 재능 중 하나가 세상을—적어도 세이디를—좀더 후하고 기분좋게 묘사하는 능력이었음을 깨달았다. 샘에게 연락해볼까 고민한 것이 이번이 처음은 아니었다. 케임브리지로 돌아온 이후 세이디는 자갈포장 도로에 깔린 조약돌 하나하나에서 샘과 마크스를 떠올렸다. 하지만 샘과 세이디의 관계처럼 화물이 잔뜩 실린 열차는, 단순히 전화기를 드는 것만으로 운행을 재개하는 게 어쩐지 불가능해 보였다. 샘이 살아 있다는 건 알고 있었다. 언페어의 업무 관련 단체 이메일에서 샘의 이름이 종종 보였다. 하지만 〈개척자〉 이후 샘과 직접 얘기한 적은 한 번도 없었다.

　〈개척자〉를 다운로드했을 때 세이디는 그 게임을 누가 만들었는지 전혀 인지하지 못했고, 어떤 게임일지 특별히 기대하지도 않았다. 세이디는 산후우울증이었고 머리가 흐리멍덩하고 침울하고 외로웠다. 그래서 사람들이 위안을 갈구하며 음식에 탐닉하듯 게임에 탐닉했다. 세이디는 도무지 만족할 줄 모르는 갓난 생물체와 더불어 제 자신을 건사하는 일로 정신없는 와중에도 플레이할 수 있는 캐주얼 게임을 선호했다. 그리하여 서부 개척시대 배경의 자원 게임, 섬에서 부락민을 키우는 게임, 레스토랑 서빙 게임 여러 개, 호텔 경영 게임, 마법 꽃 재배 게임, 놀이공원 운영

게임 등을 전전하다 마침내 〈개척자〉로 눈을 돌렸다.

세이디가 〈개척자〉에 투자하는 시간과 노력의 단위는 즉각 다른 게임들을 현저히 넘어섰다. 그 세계는 시작부터 낯익고 편안한 느낌이었는데, 아닌 게 아니라 〈개척자〉는 세이디 본인의 엔진을 이용해 만들어진 것이었다. 이 게임의 유저들이 유독 영리해 보였다면, 그건 〈개척자〉가 세이디와 같은 사람들, 즉 1980년대 게임에 향수를 간직한 삼십대들을 사로잡았기 때문이라고 세이디는 생각했다.

어느 날 세이디는 다이달로스가 크리스털 하트를 만드는 모습을 보고 샘이 아닐까 의심했지만, 그와 동시에 진실을 모르기로 마음먹었다. 세이디는 진실을 알고 싶기보다는 게임을 계속 하고 싶었다. 세이디는 샘이 자신을 속였다고 했지만 사실을 말하자면 세이디 자신이 스스로를 속였다. 그 바보 같으면서도 아름답고 정교한 세계가 세이디에게 얼마나 큰 의미였는지 난감하고 당혹스러웠다.

1년 반이 흐른 지금에서야 세이디는 그 얘기를 즐거운 브런치 타임의 일화로 도브에게 들려줄 수 있었고, 이젠 더이상 샘에게 화가 나지 않음을 깨달았다. 샘을 향한 애틋한 감정이 되살아났고, 공감까지 생겨났다. 샘은 세이디를 위해 〈개척자〉를 만들었지만 또한 그 자신을 위해 만들었다고 봐도 무방할 것이다. 마크스가 죽고 나서 샘은 분명 몹시 외로웠을 것이다. 게다가 언페어를 경영하는 엄청난 일거리를 세이디는 샘의 무릎에 그냥 던져버렸다. 세이디는 두 번 다시 그 사무실에 가지 않았고, 샘에게 감사를 표한 적도 없었다.

봄학기가 시작되고 몇 주 후 세이디는 하버드 서점 지하층에 헌책을 사러 갔다. 딸을 위해 중고 그림책을 몇 권 고르다가 엉뚱한 서가에 꽂혀 있는 매직아이 책을 발견했다. 그 책을 보자 오래전 지하철역에서 봤던 샘이 생각났다. 매직아이가 어린이 그림책은 아니었지만 세이디는 네 살짜리 나오미에게 그 책도 사주기로 했다.

세이디와 나오미는 잠자기 전에 함께 매직아이 책을 보았다.

"보여요!" 나오미가 말했다.

"뭐가 보였어?"

"새. 저기 있어요. 내 주위로 막 날아다녀. 굉장하다! 하나 더 해도 돼요? 이건 내가 제일 좋아하는 책이 될 것 같아, 엄마."

2주 뒤에 나오미는 책에 나오는 스물아홉 편의 매직아이를 여러 번 되풀이해보았고, 다음 단계로 넘어가도 될 만큼 숙달됐다.

세이디는 그 책을 샘에게 보내기로 했다. 세이디는 메모를 적으려다가 마음을 바꿨다. 샘은 누가 보냈는지 알 것이다.

∵

앤트가 보스턴에 들렀을 때 세이디는 그를 자신의 수업에 일일 강사로 초대했다. 〈카운터파트 하이〉는 이제 7편이 나왔고, 학생들 대부분이 그 게임에 중독된 상태였다―그들 세대에게 〈CPH〉는 게임계의 '해리 포터'였다. 〈이치고〉보다 훨씬 인기가 많았고, 〈메이플월드〉와 다른 식으로 유명했다. 그 게임을 플레이해본 사람들에게 청춘 그 자체를 떠올리게 하는 즐거움을 선사했다.

수업이 끝난 후 세이디는 앤트와 저녁을 먹었고, 두 사람은 게임업계 사람들 뒷얘기를 하며 수다를 떨었다. 누가 직장 내 성폭력 스캔들에 연루됐고, 누가 또다시 마약중독 치료에 들어갔고, 어느 회사가 파산 직전이고, 무슨 게임의 속편은 완전 쓰레긴데 게임에 애정도 없는 외국의 아무 개발팀에나 외주를 준 게 분명하다 등등.

세이디와 앤트는 너무 사적이거나 민감한 화제는 은근슬쩍 피하고 있었다. 그러나 디저트를 먹으며 세이디가 물었다. "샘은 어떻게 지내?" 매직아이 책을 보낸 게 거의 2, 3주 전이었는데 샘에게선 아무런 연락이 없었다.

"늘 똑같죠, 뭐. 〈개척자〉는 연말에 서비스를 종료할 거래요."

"아깝네."

"샘이 왜 그런 게임을 만들고 싶어했는지 통 알 수가 없다니까요. 당시엔 사내 일급비밀이었어요. 그거 해봤어요? 희한한 레트로 게임인데."

"아니, 안 해봤어." 세이디는 거짓말을 했다.

"메이어 메이저도 〈메이플월드〉에서 사임했어요. 샘은 차기 시장 선거를 열 계획이에요."

"머리 잘 썼네."

"누가 되든 그 자리는 거의 명예직이 될 것 같아요. 샘은 AR로 뭘 해보려고 궁리중인데, 그게 뭔진 난 잘 모르겠고. 아, 지난주에 샘의 아버지가 돌아가셨어요."

"배우 에이전트인 조지 매서?" 세이디가 아는 한, 샘은 아버지와 만나지 않았다.

"아뇨, K타운에서 피자집 하는 양반." 앤트가 말했다.

"안 돼! 동현은 아니겠지. 샘의 할아버지."

"맞아요, 그 할아버지가 암이었을 거예요. 한동안 아프셨다고 알고 있어요. 샘이 회사를 많이 빠졌거든요. 이상하네, 난 항상 그 양반이 샘의 아버지라고 생각했는데."

세이디와 앤트는 레스토랑 앞에서 헤어졌다. 앤트가 세이디를 포옹했고, 헤어지기 전에 말했다. "난 매일 마크스가 생각나요."

"나도 그래."

"마크스처럼 우릴 믿어준 사람은 없었는데. 마크스가 우리가 게임을 만들 수 있다고 생각하기 전까진 우린 그냥 대학생 꼬마였어요."

"우리도 그랬지." 세이디가 말했다.

"내가 마크스를 구할 수 있었더라면." 앤트가 말했다. "난 자꾸만 그날을 되감아봐요. 만약 내가 계단을 내려가지 않았더라면. 만약 내가 마크스를 로비에 못 가게 막았더라면. 만약—"

세이디가 앤트를 저지했다. "그건 네 안의 게이머야, 어떻게 하면 그 레벨을 깰 수 있는지 알아내려 애쓰는. 내 머리도 그런 식으로 나를 배반해. 어쨌든 그때 네가 할 수 있는 일은 아무것도 없었어, 앤트. 그건 이길 수 없는 게임이었어."

5년이 흐른 후에야 세이디는 마크스의 이름을 듣고도 눈물이 고이지 않고 담담할 수 있었다.

세이디는 인간의 의식과 자각에 대한 책에서 인간의 두뇌는 사랑하는 사람과의 시간이 쌓이면 그들의 AI 버전을 생성한다는 얘기를 읽었다. 뇌는 데이터를 수집하고, 뇌 내에서 그 사람의 버추얼 버전을 관리한다. 사랑하는 이의 죽음이 닥치면 우리의 뇌는 여전히 그 버추얼 버전이 존재한다고 믿는데, 어떤 의미에선 그 사람이 실제로 아직 존재하기 때문이다. 그러나 시일이 흐르면서 기억은 희미해지고, 그 사람이 살아 있을 때 만들어둔 우리의 AI 버전은 매년 서서히 사그라진다.

세이디는 마크스의 세세한 기억—목소리, 손가락의 느낌과 손이 움직이던 모양, 정확한 체온, 옷에 밴 냄새, 멀어질 때 모습 혹은 계단을 뛰어올라가던 모습—이 하나둘 제 속에서 잊혀가는 것을 느꼈다. 최종적으로 마크스는 단 하나의 이미지로 축소될 것이다. 저 멀리 도리이 밑에 서서 두 손으로 모자를 잡고 자신을 기다리는 한 남자.

앤트와 헤어져 집으로 돌아오니 거의 열한시 반이었다. 세이디는 베이비시터에게 보수를 주고 택시를 불러주었다. 나오미는 이미 잠들었지만 그래도 자고 있는 모습을 보러 갔다. 세이디는 잠든 나오미를 지켜보는 게 좋았다.

세이디는 천생 엄마는 아니었다, 이것은 허용되지 않는 자백이었지만. 세이디는 혼자만의 시간과 사적 영역에 너무너무 목말랐다. 그럼에도 불구하고 이 아이를 사랑했다. 세이디는 딸아이의 성격을 낭만적으로 미화하지 않으려 무던 애썼다. 아이의 실제 성격이 아닌 것을 아이의 개성으로 간주하고 싶지 않았다. 유능한 게임 디자이너는 프로젝트의 초기 아이디어에 집착하는 것이 작품의 다양한 가능성과 잠재력을 막아버릴 수도 있음을 안다. 세이디는 나오미가 아직 온전한 사람으로 느껴지지 않았고, 이건 이것대로 세상에 얘기하면 안 되는 일이었다. 세이디가 아는 수

많은 엄마들은 자신의 아이들이 세상에 나온 그 순간부터 딱 그렇게 생긴 아이였다고 말한다. 그러나 세이디는 동의할 수 없었다. 언어도 없는 사람이 무슨 사람인가? 취향은? 선호는? 경험은? 이제는 아동기의 반대편에 있으니, 어른들은 자신이 처음부터 완성된 형태로 부모에게서 태어났다고 믿고 싶은 건가? 세이디는 제 스스로가 얼마 전까지도 사람이 되지 못했음을 알고 있었다. 어린애가 완성형으로 태어났으리라 기대하는 것은 불합리했다. 나오미는 연필로 스케치한 인물화였고, 어느 시점에 이르면 풀 3D 캐릭터가 될 것이다.

세이디는 나오미의 얼굴에서 마크스를 찾지 않도록 스스로를 단련했다. 그러다 가끔은 예기치 못하게 나오미의 얼굴에서 샘을 보았다. 나오미는 아시아인과 동유럽 유대인의 혼혈이었고, 그래서 세이디나 마크스보다 샘의 출신 배경에 더 가까웠다.

세이디는 나오미의 방문을 닫고 자기 방으로 들어갔다.

세이디는 샘에게 전화를 걸기로 마음먹었다. 캘리포니아는 오후 여덟시 반밖에 되지 않았다. 샘의 전화번호는 그대로였다. 샘은 전화를 받지 않았고―이젠 아무도 전화를 받지 않는 세상이 됐다―세이디는 메시지를 남겼다. "나야." 세이디가 말했다. "세이디." 혹시 샘이 '나'가 누군지 모를까봐 덧붙였다. "여기 보스턴에서 앤트랑 저녁을 먹었어. 네가 들었는지 모르겠는데 난 지금 보스턴에 살고 있어. 하여간, 동현의 일은 정말 안타깝다. 동현이 너를 얼마나 사랑했는지 나도 알아. 동현은 세상에서 제일 멋지고 젠틀한 분이셨어."

세이디는 샘에게서 답을 듣지 못했다.

하루이틀 지나 세이디는 피자 가게에 전화를 걸어 동현을 위한
추모행사가 있는지 물었다. 전화를 받은 청년은 이번 주말에 추
모식이 있을 거라고 말했다. 청년은 세이디가 누군지 구태여 묻
지 않았다. 동현은 K타운의 모든 이들과 친구였다.

3

누군가에게 빌어줄 수 있는 최고의 행운은 비디오게임식 죽음
이라고 샘은 생각했다. 요컨대 장엄하면서도 간결하다.

동현이 오락기에 마지막 동전을 넣었을 때, 그는 거의 1년 가
까이 앓아누워 있던 상태였다. 암은—처음엔 폐에, 그다음엔 치
명적이게도 다른 모든 장기에—샘의 강인하고 놀라운 할아버지
를 무기력한 먹통 세포 덩어리로 줄어들게 만들었다. 그 시기에
샘은 할아버지를 간병하기 위해 언페어에서 물러났다. 어떻게 안
그럴 수 있겠는가? 동현은 10년이 넘는 세월 동안 샘을 간병하며
지냈었다.

샘은 동현이 장기의 일부를 잘라내며 병마에 시달리는 모습을
지켜보았다. 그러다 마침내 더이상 잘라낼 게 남아 있지 않게 되
자 동현은 숨을 거뒀다.

샘은 마음이 오락가락 심란했다. 동현이 비디오게임식 죽음을
맞이하지 않았다는 것은 곧, 죽기 전까지 샘과 함께 많은 시간을
보낼 수 있었다는 뜻이다. 동현이 숨을 거두기까지 걸린 시간이
길었다는 것은, 그가 샘과 샘의 사촌과 샘의 할머니에게 하고 싶

은 말을 모조리 했다는 뜻이기도 하다. 그것이 고통과 맞바꿀 가치가 있었나? 샘은 알 수 없었다.

생의 마지막 몇 주 동안 동현은 거의 입을 열지 않았다. 동현은 점점 더 말이 없어졌고, 그래서 샘은 할아버지가 침대에서 일어나 앉아 제 손을 잡았을 때 깜짝 놀랐다. "샘슨, 넌 운좋은 아이야." 동현은 샘에게 더없이 또렷한 목소리로 말했다. "너는 비극을 겪었지, 그래, 하지만 넌 좋은 친구들도 많았어."

동현은 집에서 임종을 맞기 위해 병원에서 퇴원하여 인생 후반 40년을 살아온 노란 크래프츠맨 주택으로 돌아와 있었다. 동현의 익숙한 피자 냄새가 기분 나쁜 각종 약품냄새로 대체됐다는 사실에 샘은 마음이 아팠다.

"내가?"

"그래. 마크스와 세이디. 그애들은 너를 사랑했어."

"달랑 둘이 많은 거예요?" 샘이 물었다.

"그건 그 우정이 얼마나 깊으냐에 달렸지." 동현이 말했다. "그리고 롤라? 그애는 어떻게 사나?"

"결혼했어요. 지금은 토론토에 살아요." 샘은 잠시 머뭇거리다 말을 이었다. "난 할아버지랑 할머니가 갖고 있는 그런 게 갖고 싶었는데."

"넌 다른 것들을 갖고 있잖아. 넌 나하고 다른 세상에 태어났지. 나랑 네 할머니가 갖고 있는 건 아마 너한텐 필요 없을 게다." 동현이 샘의 뺨을 가볍게 토닥였다. 그리고 예의 끝나지 않는 기침을 콜록이기 시작했다.

"마크스는 죽었어요." 샘이 말했다.

"나도 안다. 내 정신 아직 멀쩡하다." 동현이 말했다.

"마크스는 죽고, 세이디는 이제 애가 있는데, 난 그애를 알지도 못해요."

"알게 될 수도 있지."

"제 말은, 사람들이 애를 낳으면 껄끄러워져요. 난 정말 애들을 이해할 수가 없어."

"넌 게임을 만드는 게 직업이잖아." 동현이 지적했다. "넌 틀림없이 애들에 대해 아는 게 있어."

"네, 하지만 그건 달라요. 난 어리다는 게 싫어서 애들을 안 좋아하는 것 같아."

"너도 아직 어려." 동현이 말했다.

"하여간, 세이디는 지금 보스턴에 살아요. 그래서……"

"네가 세이디를 보러 갈 수도 있지."

"세이디는 내가 가는 걸 반기지 않을 거예요."

"요즘은 보스턴까지 가는 데 그리 오래 걸리지 않아." 동현이 말했다.

"비행기로 여섯 시간쯤 걸리죠. 항상 그랬듯 똑같아요."

"막힐 때 에코파크에서 베니스까지 가는 것보단 빨라." 동현이 말했다.

"그건 아니죠."

"고전적인 로스앤젤레스의 교통 정체 농담을 한 건데."

"아, 맞네."

"제법 괜찮은 농담 아니냐." 동현이 우겼다.

"난 요즘 뭘 들어도 별로 안 웃겨요."

"그거 농담이냐?" 동현이 웃음을 터뜨리더니 또다시 발작적으로 기침을 해댔다. "난 요즘 모든 게 다 웃긴데." 동현이 눈을 감았다. "세이디하고 얘기하게 되면, 와서 피자 먹으라고 해라. 샘의 친구들은 모두 공짜라고."

"네, 전할게요." 샘이 말했다. 피자 가게는 이태 전에 이름이 바뀌었고 새 주인한테 완전히 넘어갔다.

"사랑한다, 샘." 동현이 말했다.

"나도 사랑해요, 할아버지." 살면서 대체로 샘은 사랑한다는 말을 입 밖에 내기가 어려웠다. 사랑하는 사람에게 사랑을 표현하는 것 따위에 연연하지 않겠다고 생각했다. 그러나 이젠 그게 세상에서 가장 쉬운 일로 보였다. 사랑한다고 말하지 않을 이유가 어디 있는가? 일단 누군가를 사랑하면, 듣기 지겨워질 때까지 사랑한다는 말을 반복한다. 그 말이 의미가 닳을 때까지 사랑한다고 말한다. 안 그럴 이유가 있는가? 당연히, 젠장, 사랑한다고 말한다.

추모식은 한인문화센터에서 열렸고, 동현의 가족과 친구들 외에도 근처 가게 주인들과 식당 주인들이 대거 참석했다. 샘과 봉자는 감사와 위로를 받으며 몇 시간을 보냈다.

오후가 되자 샘은 시야가 흐릿해졌고, 그곳에 있으면서도 없는 상태가 되기로 했다. 이것은 샘이 이십대에 기나긴 회복기를 거치며 터득한 요령이었다. 샘은 일종의 유체이탈을 할 수 있었다. 사람들을 보고, 와줘서 감사하다고 지겹도록 인사하고, 들키지 않으면서 시선을 멀리 두었다. 마치 한인문화센터의 뒤쪽 벽면이 지하철역의 매직아이 포스터라도 되듯.

순간, 샘의 눈이 무언가에 초점을 맞췄다. 평면적 세계에서 누군가가 3D로 나타났다. 세이디였다.

세이디를 못 본 지 거의 5년이 다 됐고, 실물로 나타난 세이디는 마치 환각 같았다.

이틀인가 사흘 전에 세이디가 전화를 하긴 했지만, 직접 올 거라곤 생각지도 않았다.

세이디가 샘에게 손을 흔들었다.

샘은 세이디에게 손을 흔들었다.

세이디가 뭐라고 말을 했지만 너무 멀어서 들리지 않았다.

샘은 알아들은 것처럼 고개를 끄덕였다.

세이디가 나갔다.

두 주 뒤, 동현의 유언장이 공개됐다. 예상했다시피 거의 모든 것을 봉자에게 유증했다. 단 하나 눈에 띄는 예외가 있다면 이것이었다. "오랜 세월 나의 피자 가게에 있던 〈동키콩〉 오락기는 세이디 그린에게 남긴다. 세이디와 내 손자의 오랜 우정에 크나큰 감사와 애정을 표한다."

샘은 여러 해 동안 세이디에게 전화하지 않았다. 곧장 연락이 닿지는 않았지만, 그날 저녁에 세이디에게서 전화가 왔다. 샘은 세이디에게 장례식에 와줘서 고맙다고 말했다. "근데 내가 전화한 이유는 그게 아니고. 할아버지가 유언장에서 너에게 뭘 남기

셨어."

"진짜? 뭔데?"

"〈동키콩〉 오락기."

"뭐?" 세이디의 목소리에 억누를 수 없는 어린애 같은 열정이 묻어났다. "그 〈동키콩〉 진짜 내가 너무너무 좋아하는 건데! 네가 실컷 〈동키콩〉을 할 수 있다고 해서 내가 널 얼마나 부러워했다고. 근데 너희 할아버지가 그걸 왜 나한테 주셨을까?"

"글쎄. 너도 알다시피 할아버지는 우릴 자랑스러워했어. 우리 게임을 자랑스러워했지. 동&봉에 항상 우리 게임 포스터를 붙여 놨잖아.

그리고 너는—음, 너도 분명 알고 있겠지만, 넌 나의 어린 시절 대부분을 차지한 유일한 친구나 마찬가지니까…… 그래서…… 아마도 할아버진, 뭐랄까, 내가 너 없인 다 포기하거나 뭐 그럴 거라고 생각했을지도. 어쩌면 난 정말 다 포기해버렸을지도 몰라. 하여간 할아버진 너한테 고마워했어."

세이디는 생각에 잠겼다. "아냐, 그래도 그건 받을 수 없어. 그 오락기는 네가 가져야 해."

"내가 왜? 〈동키콩〉을 좋아하는 사람은 넌데. 그걸 어떻게 하고 싶은지 말만 해줘. 네가 갖기 싫다면 할머니 집에 놔둘 수도 있어. 그거 무게가 문자 그대로 1톤은 나갈걸."

"배에 실어서 가져올 거야." 세이디가 말했다. "당연히 갖고 싶지. 그건 명품이잖아. 이틀만 기다려봐, 방법을 알아볼게. MIT의 내 연구실에 갖다둬야지."

"할아버지의 오락기가 미국 최고의 대학 중 한 곳에 들어간다면 할아버지도 무척 좋아하실 거야."

"잘 지내?" 세이디가 말했다.

"좀 나아졌어. 나는…… 제반사항을 고려했을 때 비디오게임식 죽음이 더 낫다는 결론을 내렸어."

"빠르고, 간편하고, 당장 부활이 가능하고." 세이디가 말했다.

"비디오게임 캐릭터들은 절대 죽지 않아."

"실질적으로는 맨날 죽어. 그 둘은 의미가 다르지."

"넌 요즘 무슨 일 해?" 샘이 물었다.

"애 키우고, 대학에서 강의하고. 그게 다야."

"도브처럼 학생들 성희롱하고 그래?"

"아냐. 솔직히 이십대 애들이랑 자고 싶다니 난 상상이 안 돼. 십대는 말도 마. 근데 이 얘긴 꼭 덧붙여야 할 것 같은데, 도브는 훌륭한 선생이었어. 왜 도브를 변호하고 싶어지는지 나도 모르겠지만."

"가르치는 일은 맘에 들어?"

"응. 첫날 어떤 애가 메이플타운 저지를 입고 왔더라."

"기분이 어땠어?"

"네 말은 그러니까, 〈메이플월드〉는 내가 초래한 실패의 잿더미에서 날아오른 불사조였다?"

"뭐, 비슷해." 샘이 말했다.

"그애는 그걸 몰랐어. 그 저지는 찬사였지. 애들은 〈메이플월드〉를 내 게임이라고 생각해."

"그건 네 게임 맞잖아?"

"정확히는 네 게임이지." 세이디가 말했다. "그건 다 끝난 애기야. 난 누구의 공이냐에 엄청 신경썼는데, 나중에 보니까 누가 뭘 만들었는지 아무도 기억 못하더라고."

"인터넷의 누군가는 진실을 알고 있을 거야." 샘이 말했다.

"와, 그거 깜짝 놀랄 만큼 나이브한 발언인데." 세이디가 말했다. "세상의 어떤 진실이라도 인터넷상의 누군가는 알고 있을 거라는 순진한 믿음이라니."

"최근에 너무 암담해서." 샘이 인정했다. "궁금해, 넌 이런 걸 어떻게 극복했어?"

"일하는 게 도움이 돼." 세이디가 말했다. "게임도 도움이 되고. 하지만 진짜 가라앉았을 때는 머릿속으로 특정 이미지를 계속 그렸어."

"어떤 이미지?"

"놀이를 하는 사람들. 그게 우리 게임 중 하나일 때도 있고, 그냥 아무 놀이라도 상관없고. 절망에 빠져 허우적거릴 때, 놀이를 하는 사람들을 상상하면 저 밑바닥에서 희망이 살짝 느껴졌어. 아무리 세상이 엿같아도 거기엔 반드시 놀이와 게임을 하는 사람들이 있을 거라고 생각하면."

세이디의 얘기를 들으면서 샘은 오래전 어느 겨울날 오후 지하철역을 꽉 메운 사람들이 자신의 길을 막고 있던 때가 떠올랐다. 그때는 그 사람들이 방해물로 보였지만, 어쩌면 샘이 잘못 판단했을지도 모른다. 어째서 사람들은 숨겨진 이미지에 대한 기대만으로 그 추운 날 지하철역에서 벌벌 떨면서 그걸 보고 싶어했을까? 하지만 따지고 보면, 어째서 사람은 한밤중에 표지판도 없는 도로로 차를 몰고 들어가는 걸까? 어쩌면 모든 인간의 내면에 자리한 영구히 갓난 상태 그대로의 다정한 부분은, 기꺼이 놀고자 하는 의지일지도 몰랐다. 어쩌면 사람을 절망에서 구원하는 것은, 기꺼이 놀고자 하는 의지일지도 몰랐다.

"그나저나 그 매직아이 책 잘 받았어." 샘이 말했다.

"그럼……? 해봤어?"

"아니."

"야, 좀. 샘, 너 도대체? 너 그거 꼭 해야 해. 가서 책 갖고 와."

샘은 선반으로 가서 매직아이를 꺼내왔다.

"너 그거 볼 때까지 나 전화기 붙잡고 같이 있을 거야. 우리집 다섯 살배기도 할 줄 아는데. 내가 보게 해줄게."

"안 될 거야."

"책을 똑바로 들고 얼굴 앞에 갖다대." 세이디가 지시했다. "코 앞에 바로."

"알았어, 알았다고."

"자 이제 눈의 초점을 흐릿하게 풀고, 천천히 책을 뒤로 빼." 세이디가 말했다.

"안 돼." 샘이 말했다.

"다시 해봐." 세이디가 명령했다.

"세이디, 난 이거 안 돼."

"넌 생각이 너무 많아. 된다 안 된다 따지지 말고 그냥 해. 다시."

샘은 다시 시도했고, 세이디는 샘의 숨소리에 귀를 기울였다.

"샘?" 거의 1분이 흘렀다.

"보여." 샘이 말했다. "새야." 샘의 목소리가 떨렸지만 울고 있는 건지는 알 수 없었다.

"잘했어. 새 맞아." 세이디가 말했다.

"이젠 어떡해?"

"다음 장을 봐."

페이지가 넘어가며 부스럭거리는 소리가 들렸다.

"우린 같이 뭔가 만들어야 해." 샘이 말했다.

"어휴, 샘, 우리가 왜? 우린 서로를 비참하게 만들 뿐이야."

"그렇지 않아. 늘 그랬던 건 아냐."

"너 때문이 아니야. 내가 문제야. 마크스도 그렇고. 너무 많은 일들이 있었어. 이제 난 더이상 게임 디자이너가 아닐지도 모르겠다."

"세이디, 그건 내가 살면서 들어본 가장 바보 같은 얘기야."

"고마워."

"그리고 그건 절대 사실이 아니야. 하여간, 난 해야 할 얘기를 했고, 앞으로도 계속 조를 거야. 마음이 바뀌면 나한테 알려줘."

나오미가 세이디의 방에 들어왔다. "잘 시간이에요!" 나오미가 선언했다. 세이디가 개발한 놀이는, 엄마가 얘기하기 전에 나오미가 먼저 잘 시간이라고 일곱 밤 연속 외치게 되면 상으로 피자를 주는 것이었다. 그렇다, 교묘한 조종이고 기본적으로 미끼지만, 다섯 살짜리를 재우는 데 효과적이기도 했다. "누구랑 얘기해요?" 나오미가 물었다.

"엄마 친구, 샘이야. 샘 아저씨한테 인사할래?"

"아뇨, 난 모르는 사람인걸." 나오미가 말했다.

"그래, 네 방에 먼저 가 있어, 엄마도 곧 갈게." 세이디가 샘에게 말했다. "가서 애 재워야겠다. 잘 자요, 닥터 다이달로스."

"잘 자요, 미스 마르크스."

∵

〈동키콩〉 기계는 거의 150킬로그램에 육박했다. 특별 제작이 필요한 박스를 더하면 20킬로그램이 추가됐다. 우편번호 90026 의 주거지에서 02139의 대학 연구실까지 화물 운송에는 사백 달 러가 들고, 사람을 써서 문지방 너머까지 기계를 옮기면 거기서 조금 더 든다.

같은 지역 내에서 〈동키콩〉 오락기를 찾으면 더 싸게 구할 수 있다. 운반에 드는 비용이 대단히 절약될 것이다. 하지만 그 오락 기의 메모리는 이것과 다를 것이다. 예를 들어, 로스앤젤레스 K 타운의 윌셔 대로에 있는 동&봉 뉴욕스타일 피자하우스에서 최 고 점수를 기록한 〈동키콩〉 플레이어는 S.A.M.이라는 이니셜을 쓰는 사람이란 것을 그 오락기로는 알 수 없을 것이다.

기계가 케임브리지에 도착했을 때, 오락기는 여전히 잘 작동했 지만 최고점 기록은 지워져 있었다. 이런 초기 오락기들의 메모 리는 불안정했고, 지워지지 말아야 하는 정보가 날아갔다. 백업 배터리는, 그런 게 있었다 한들, 오래전에 사망했을 것이다.

동현의 오락기가 이제는 텅 빈 명예의 전당 화면을 로딩했을 때, 세이디는 여전히 어렴풋이 S.A.M.을 볼 수 있었다. 그 점수 가 워낙 오래 자리를 지킨 탓에 모니터에 번인 자국이 남았던 것 이다.

4

동현이 세상을 떠나고 1년 가까이 지났을 무렵, 뉴욕과 파리에 기반을 둔 레브주라는 게임회사에서 세번째 〈이치고〉의 개발에 대해 샘과 세이디에게 가능성을 타진해왔다. 레브주는 몇 개의 대형 히트작을 갖고 있었고, 그중에서 무성non-gendered 사무라이 팀의 잠입 및 파쿠르 스타일 게임 〈사무라이 코드〉가 가장 유명했다. 세이디와 샘 둘 다 감명을 받았던 게임이고, 그래서 두 사람은 뉴욕으로 날아가 미팅을 갖기로 했다.

레브주 사람들은 요즘 게임업계 경향이 그렇듯 다들 젊었고, 세이디가 얼핏 계산해봐도 자신과 샘이 그 방에서 최소 5년은 넘게 차이 나는 최연장자였다. 이렇게 금방 최연소자에서 최연장자가 되다니, 세이디는 생각했다.

레브주는 자신들을 〈이치고〉의 광팬이라고 소개했고, 원작 게임의 스타일과 정서를 고스란히 갖고 가면서 현시점의 기술을 최대 화력으로 이용하고 싶다고 했다. 대학을 갓 졸업한 것처럼 보이는 정열적인 프랑스인 마리가 팀의 리더였다. 마리가 〈이치고〉에 대해 말할 때 벅차오르는 감정이 목소리에 고스란히 배어났다. "두 분께서 알아주셨으면 하는 건, 〈이치고〉가 제 영혼의 게임이라는 거예요. 하지만 십대 초반에 〈이치고〉를 접한 후로 저는 항상 〈이치고〉의 스토리가 미완성이라고 느꼈어요. 무엇보다 저는, 어른이 된 이치고가 보고 싶어요."

레브주의 세번째 〈이치고〉 관련 제안서에서 이치고는 이제 월급쟁이가 됐고, 일본의 회사원으로 지하철로 출퇴근하며 직장에서 아홉시부터 다섯시까지 일한다. 이치고는 아내와 어린 딸이 있다. 딸아이가 실종되자 이치고는 월급쟁이의 외피를 벗어던지고 딸을 찾아나선다. 다시 등번호 15번 저지를 입고 또다른 모험을 시작한다. 게임의 서사는 이치고와 이치고의 딸로 나뉜다. 마리는 이치고를 피터팬 캐릭터로 간주했고, 〈언차티드〉나 〈저니〉처럼 감동적인 몰입형 스토리로 만들고 싶어했다.

"꼭 알고 싶은 게 있는데, 두 분은 왜 세번째 〈이치고〉를 안 만드셨나요?" 마리가 말했다. "정말 천재적인 게임인데. 두 분 다 엄청난 천재고요."

아쿠아마린색 안경을 쓴 레브주 팀의 다른 남자가 마리의 질문에 대신 답했다. "두 분은 다른 일을 하느라 바쁘셨겠지." 남자를 다시 본 세이디는 안경 쓴 그 남자가 그나마 자신과 샘 또래일 거라고 추측했다.

만약 세이디와 샘이 〈이치고〉의 속편 제작권을 레브주에 준다면, 두 사람은 책임 프로듀서로 참여하게 되며 게임은 두 회사의 공동작품이 될 것이다. 세이디와 샘이 조언을 하긴 하겠지만 작업은 대부분 레브주 팀에서 맡게 될 것이다.

미팅 마지막에 마리가 샘과 세이디에게 자기 팀에서 만든 세번째 〈이치고〉의 샘플 레벨이 담긴 집 드라이브를 건넸다. "완성본은 아니에요." 마리가 강조했다. "이건 꼭 알아주세요, 두 분이 제게 새로운 〈이치고〉를 만들 수 있는 영광을 주신다면, 제 아이처럼 소중히 키우겠습니다."

호텔로 돌아오는 택시 안에서 샘이 세이디에게 물었다. "어떻게 생각해? 레브주한테 맡겨보고 싶어?"

"글쎄. 레브주는 훌륭한 회사지. 마리도 마음에 들고, 마리가 했던 얘기도 맘에 들어. 내년이면 이치고 16주년이야. 오래된 지식재산권 라이선스를 푸는 게 흔한 일이란 건 알아. 그래도 딴사람들이 우리 게임을 만든다고 생각하니 기분이 이상해."

"이상하지." 샘이 맞장구쳤다.

"하지만 신중히 생각해볼게. 엄청난 게 될 수도 있어. 레브주에서 세번째 게임을 만들면, 우린 그걸 기회로 예전 〈이치고〉를 업데이트하고 재발매해서 신규 유저들에게 선보일 수도 있고."

샘이 고개를 끄덕였다.

"배고파 죽겠다. 우리 뭣 좀 먹으면서 생각해보자." 세이디가 말했다.

수년 동안 함께 보낸 시간이 전혀 없다보니 처음엔 대화가 여느 사업상 저녁식사 자리처럼 딱딱했다. 샘도 세이디도 다음엔 무슨 얘기를 할까 생각하는 동안 긴 침묵이 이어졌다.

"인터랙티브 소설 비슷한 걸 만들고 있다고 들었는데." 샘이 말했다.

"아, 응. 그냥 취미삼아 가볍게 해보는 거야. 도브 수업을 같이 들었던 과 동기를 우연히 만났는데, 미국 시장을 타깃으로 비주얼 노블 게임을 만들고 있다면서 나한테 컨설팅할 생각 없냐고 묻더라고. 그래서, 안 될 거 있나? 싶었지. 정말 빠르게 진행되고 있어서 생각하고 자시고 할 여유가 없는데, 지금 나한텐 그게 편해. 너는?"

"AR로 뭔가를 해보려고 계속 시도해보는 중이야. AR 작업이 만만치는 않은데 결국 누군가는 해낼 테고, 그럼 사람들이 딴 게임은 안 하려 들 거야."

"내 생각은 다른데. 사람들은 기술이 아니라 캐릭터 때문에 게임을 하는 거야. 요즘 플레이해본 게임 중에 괜찮은 거 있어?"

"〈바이오쇼크 2〉." 샘이 말했다. "세계관 설정이 대단해. 비주얼도 훌륭하고, 언리얼 스타일이지. 〈헤비 레인〉은 시점을 기가 막히게 썼어. 〈브레이드〉도 기발하지. 플레이하는 내내 질투했어, 이런 걸 우리가 만들었어야 하는데 하고. 넌 아직 안 해봤지?"

"해볼 계획인데 시간이 많지가 않네, 애가 있어서." 세이디가 말했다. "나오미는 닌텐도 위를 좋아해. 특히 스포츠 게임들. 그래서 우린 그런 거 하고 있어."

"사진 있어?"

세이디가 휴대폰을 꺼냈다. 샘은 고갯짓으로 화면을 가리켰다.

"마크스를 닮았네. 그리고 너도."

"강의실에 데려가면 학생들이 이치고를 닮았다고 하더라."

"사람들이 나한테도 그 얘기 많이 했었는데." 샘이 말했다.

"맞아. 기억나. 그거 때문에 엄청 열받았었지."

"하지만 난 이제 늙어서."

"너 그렇게 안 늙었어."

"서른일곱이야." 샘이 말했다. "레브주의 누구보다도 나이가 많아."

"나도 같은 생각을 했는데. 그러니까 내가 제일 연장자라고 말이야."

엘리베이터로 걸어가며 샘이 말했다. "아직 그렇게 시간이 늦지 않았네. 〈이치고 III〉 샘플 레벨 같이 해볼래?"

"꼭 만들어야 할까?"

"난 만들어야 한다고 생각해. 우린 이치고에 갚아야 할 빚이 있 잖아."

세이디와 샘은 샘의 방으로 올라갔다. 샘이 랩톱에 게임을 설 치했고, 두 사람은 사이좋게 컴퓨터를 주거니 받거니 하며 샘플 레벨을 함께 플레이했다. 샘이 열두 살, 세이디가 열한 살 때 그 랬던 것처럼.

첫 레벨을 깼고, 그 판은 레브주 팀과 샘과 세이디의 디지털 아 바타가 모두 함께 있는 군중 신으로 끝났다.

샘이 랩톱을 덮으며 말했다. "아직 미완성인 걸 감안하면 비주 얼이 꽤 촘촘하네. 사운드도 촘촘하고." 샘이 어깨를 으쓱했다. "대충 끄적거린 건 아닌데. 이 정도면 괜찮은 것 같아. 불만은 없 어. 넌 어떻게 생각해?"

"나도 같은 의견이야." 세이디가 잠시 머뭇거리다 말을 이었 다. "근데 좀 지루했어. 하지만 그렇게 말하면 불공평하겠지. 아 직 완성된 것도 아니고, 우린 이 게임의 타깃층이 아니니까?"

"응, 네 말이 맞을 거야." 샘이 몸을 돌려 세이디를 마주보았 다. "근데 아까부터 계속 드는 생각이 뭔지 알아? 처음 〈이치고〉 를 만들 땐 되게 편했다는 생각이 들더라고. 그때 우리 완전 기계 였잖아―척, 척, 척, 척. 어리고 아무것도 모를 땐 성공작을 만드 는 게 참 쉬워."

"그러게, 나도 그 생각 했어." 세이디가 말했다. "지금 우리가 가진 지식과 경험이, 그게 꼭 도움이 되진 않더라고, 어떻게 보 면."

"되게 맥빠지네." 샘이 웃음을 터뜨렸다. "그렇게 악착같이 죽기 살기로 했던 게 다 무슨 소용일까?"

"게임을 만들지 않는 버전의 우리도 분명 어딘가에 존재하겠지."

"걔네들은 뭘 할까?"

"걔네들은 서로 친구야. 걔네들에겐 삶이 있어!" 세이디가 말했다.

샘이 고개를 끄덕였다. "아, 맞아. 나도 걔네들 얘기 들은 적 있어. 걔네들은 규칙적으로 수면을 취하고, 깨어 있는 모든 시간을 가공의 세계 때문에 괴로워하며 살진 않는다며."

세이디가 미니바로 걸어가 물 한 잔을 따랐다. 세이디의 뒷모습을 보면서 샘은 게이머들이 항상 라라 크로프트를 닮은 머리로만 아는 것처럼 이런 시점에서 보면 진정한 세이디를 알 수 없다고 생각했다.

"나도 한번 시도해볼까나." 샘이 말했다. "그 삶이 있는 인생."

"난 지금 삶이 있는데," 세이디가 말했다. "별로 대단한 건 없어. 너도 물 마실래?"

샘이 고개를 끄덕였다. "전부터 궁금한 게 있었는데, 물어봐도 될까?"

"어이쿠, 그거 심각한 얘기 같다."

"우리가 함께하지 못한 이유가 뭐라고 생각해?"

세이디는 침대 위에 샘과 나란히 앉았다. "샘, 우린 함께였어. 너도 알잖아. 나의 가장 중요한 부분은 네가 가졌어."

"하지만 함께하는 건? 네가 마크스나 도브와 함께했던 것처럼."

"넌 어떻게 그걸 모르니? 연인은······ 흔해빠졌어." 세이디는 샘의 얼굴을 가만히 바라보았다. "너랑 사랑을 나눈다는 생각도 괜찮았지만, 그보다는 너랑 일하는 게 너무 좋았으니까. 인생에서 합이 딱 맞는 협업 파트너는 아주 희귀하니까."

샘은 세이디의 손을 보았고, 기나긴 게임 생활이 오른쪽 검지에 남긴 굳은살을 응시했다. "난 내가 가난해서 그런 줄 알았어. 그리고 내가 가난하지 않게 된 다음엔, 내가 아시아인 혼혈이고 장애인이라서 네가 나한테 매력을 못 느낀다고 생각했어."

"어떻게 날 그런 인간 쓰레기로 몰고 가니? 그건 니 생각이었지, 난 아냐."

"그런가."

"나 아직 안 졸린데. 육아에서 해방됐다는 설렘 때문인가. 나가서 산책이나 할까?"

"좋아." 샘이 말했다.

호텔은 콜럼버스 서클에 있었고, 두 사람은 어퍼웨스트사이드 쪽으로 걸어올라갔다. 3월의 끝자락이었고, 아직 날은 추웠지만 봄기운이 느껴졌다.

"엄마랑 여기 살았었는데." 샘이 말했다.

"내가 너를 알기 전이네."

샘이 고개를 끄덕였다. "응, 우리가 서로를 몰랐던 때가 있었다는 게 도저히 믿기지 않지만. 엄마와 내가 왜 뉴욕을 떴는지 너한테 얘기한 적 있나?"

"못 들은 것 같은데."

"한 여자가 건물에서 뛰어내려 우리 코앞에 떨어졌어."

"죽었어?"

"응. 엄마는 안 죽었다고 시치미를 뗐지만, 손쓰기엔 너무 늦었지. 난 그 여자가 나오는 악몽을 10년 넘게 꿨어."

"그 얘긴 처음 들어. 난 너에 대해 다 알고 있다고 생각했는데."

"다는 아니지. 난 너한테 아주 많은 걸 숨겼으니까." 샘이 말했다.

"왜?"

"너한테 특정한 이미지로 보이고 싶어서였을 거야."

"네가 그렇게 말하니까 신기하다. 우리 과 학생들은 자신의 아픈 과거를 명예의 훈장처럼 두르고 다니던데. 요즘 세대는 누구한테 뭘 숨기는 법이 없어. 내 수업을 듣는 애들은 자기네 트라우마에 대해 엄청 떠들어대. 또 그 트라우마가 자신의 게임에 어떤 영향을 미쳤는지에 대해서. 솔직히 걔네들은 트라우마가 본인들의 가장 흥미로운 부분이라고 생각한다니까. 웃자고 하는 얘기로 들리겠지만, 뭐 그런 면이 없진 않지만, 순전히 농담으로 하는 말은 아니야. 정말이지 걔넨 우리랑 달라도 너무 달라. 걔네들 기준은 더 높아. 성차별과 인종차별은 요만큼도 용납하지 않아, 내가 그럭저럭 봐주고 살았던 것들까지. 하도 그러니까 애들이, 뭐랄까, 좀 딱딱하고 유머가 안 통해. 세대 차이 강조하는 사람들을 엄청 싫어한 주제에 지금 내가 여기서 그러고 있네. 부조리가 따로 없군. 근데 같은 시대에 나고 자란 사람들은 어쩜 다 이렇게 비슷비슷할까?"

"본인의 가장 흥미로운 부분이 트라우마라면, 그걸 어떻게 극복하지?" 샘이 물었다.

"극복 안 하는 것 같던데. 아니면 극복할 필요가 없는 걸지도, 나도 잘 몰라." 세이디가 잠시 말을 끊었다. "학생들을 가르치기 시작한 이후로, 우린 참 운이 좋았다는 생각이 계속 들어. 그 시대에 태어난 게 행운이었어."

"어째서?"

"흠, 우리가 좀더 일찍 태어났다면 그렇게 쉽게 게임을 만들지 못했겠지. 컴퓨터에 접근하는 것 자체가 어려웠을 테고. 플로피 디스크를 지퍼백에 넣어서 차에 실어 게임을 상점까지 실어날라야 하는 세대에 끼게 됐을걸. 또 우리가 조금만 늦게 태어났다면 인터넷과 특정 도구들에 대한 접근성은 훨씬 좋았겠지만 솔직히 게임은 엄청나게 복잡해졌을 거야. 산업은 완전히 전문 영역이 되고. 우리가 했던 것처럼 많은 일을 우리 힘만으로 해내지 못했겠지. 우리가 가진 리소스로는 절대 오퍼스 같은 회사에 팔 수 있는 게임을 만들어내지 못했을걸. 이치고를 일본인으로 설정하지도 못했을 거야, 우리가 일본인이 아니라는 사실을 염려했을 테니까. 그리고 그때 인터넷이 있었다면 얼마나 많은 사람들이 우리랑 똑같은 시도를 하고 있는지 알고서 의욕을 잃었을 것 같아. 우린 엄청난 자유를 누렸잖아―창작 면에서, 기술 면에서. 우릴 지켜보는 사람이 아무도 없었고, 우리 자신조차 우리를 지켜보지 않았어. 우리가 가진 거라곤 말도 안 되게 높은 기준과, 우리가 엄청난 게임을 만들어낼 수 있다는 순전히 가설에 불과한 너의 확신뿐이었지."

"세이디, 우린 어느 시대에 태어났든 상관없이 게임을 만들었을 거야. 내가 그걸 어떻게 아는지 알아?"

세이디는 고개를 흔들었다.

"닥터 다이달로스와 미스 마르크스도 게임 디자이너가 됐으니까."

"그들이 만든 건 체커판이었잖아. 그건 얘기가 다르지. 게다가 넌 〈개척자〉에서 네가 누군지 알고 있었어, 그러니까 그건 셈에 넣으면 안 돼. 넌 저울 눈금을 조작할 수 있는 위치였으니까."

"너도 네가 누군지 알고 있었지."

"그렇기도 하고, 아니기도 했어." 세이디가 말했다. "거기엔 트라우마가 좀 있었던 것 같아―이 단어가 또 나오는군―그 경험을 통해 끝을 볼 수 있었달까. 말로 잘 설명할 수가 없네. 당시에 난 아무것도 이해가 되지 않았고, 굉장히 우울했고, 아이가 있었어. 프리다까지―맙소사, 할머니 보고 싶다―나한테 완전 질리셨지. '우리 세이디, 누구에게나 불행은 닥치기 마련이야. 이제 그만해라.' 이러셨어. 하지만 〈개척자〉 이후론 상황이 그렇게까지 끔찍하게 느껴지진 않더라. 〈개척자〉를 하면서 주로 느낀 건 내가 완전히 외톨이는 아니구나, 하는 거였어. 내가 너한테 정식으로 감사를 표한 적이 한 번도 없었던 것 같은데," 세이디가 샘의 얼굴을 똑바로 마주보았다. 여전히 제 얼굴처럼 익숙한 얼굴이었다. "고마워, 친구야."

샘이 세이디의 어깨에 한 팔을 둘렀다. "'다섯번째 게임'이 밝혀진 후로 네가 왜 나와 정면으로 맞붙었는지에 대한 가설이 한

가지 있는데. 들어볼래?"

"들을 준비 됐어."

"네 안의 게임 디자이너가 고개를 든 거야. 멋들어진 막판의 가능성을 감지한 거지. 내가 처음과 중간을 썼고, 네가 마지막을 쓴 거야."

"가설은 가설일 뿐이지. 힘들면 이만 돌아갈까?" 세이디가 말했다.

"아냐, 괜찮아. 좀더 걷자." 샘이 말했다.

두 사람은 나인티나인스 스트리트와 암스테르담 애비뉴까지 올라갔다. 샘이 비상계단이 외부로 나 있는 공동주택을 가리켰다. "저기가 엄마랑 내가 살았던 곳이야. 7층에. 1984년에는 살벌한 동네였는데 지금 보니 그렇게까지 나쁘진 않네."

"요즘 뉴욕에 살벌한 동네는 없어."

세이디가 건물을 올려다보았다. 창문 밖으로 자신을 내다보는 어린 샘을 상상했다. 아이는 나오미처럼 티 없이 완전무결하다. 하지만 만약 샘에게 트라우마가 없었다면, 세이디는 샘에게 트라우마가 있다는 사실을 지금에야 알았지만, 샘이 그렇게까지 무지막지하게 두 사람을 몰아붙였을까? 샘의 야망이 없었다면 세이디는 지금과 같은 게임 디자이너가 되었을까? 그리고 어린 시절의 트라우마가 없었다면 샘은 그런 야망을 품게 되었을까? 알 수 없는 일이었다. 그 게임들은 세이디의 것이었다. 그렇다. 하지만 동등하게 샘의 것이기도 했다. 두 사람의 것이었고, 두 사람 모두가 아니었다면 그 게임들은 존재하지 않았을 것이다. 그 동어반복을 이해하는 데 족히 20년이 넘는 세월이 걸렸다.

한 아이의 엄마가 되고 또 대학에서 학생들을 가르치기 시작한 후로 부쩍 나이든 느낌이었지만, 그날 밤 세이디는 자신이 전혀 늙지 않았음을 깨달았다. 나이가 들었다면 아직도 이렇게까지 많이 틀릴 리가 없었고, 늙기도 전에 스스로 늙었다고 하는 것 역시 미성숙의 한 반증이었다.

세이디는 건물 너머 하늘을 올려다보았다. 깊고 푸른 벨벳 같은 밤이었고, 불가사의할 정도로 둥근 보름달이 밤하늘에 무겁게 걸려 있었다. "이 엔진은 누가 개발했는지 궁금하다." 세이디가 말했다.

"잘 만들었네." 샘이 말했다. "광원 효과도 멋지게 살렸고, 근데 달이 너무 호화로운걸. 스케일이 좀 안 맞는 것 같아."

"너무 크고 낮지? 그리고 텍스처가 좀더 필요해. 펄린 노이즈를 약간 더 넣고. 좀더 거칠거칠하게 보여야지, 안 그럼 진짜 같지가 않잖아."

"근데 저게 개발자들이 의도한 모습 아닐까?"

"그런가."

세이디의 보스턴행 비행기가 샘의 로스앤젤레스행 비행기보다 한 시간 먼저였지만, 두 사람은 호텔에서 공항까지 같은 택시를 타고 가기로 했다. 시간이 남은 샘이 세이디를 게이트까지 바래다주었다. 세이디는 긴 여정을 앞둔 사람들이 그렇듯 정신이 없었고, 샘은 세이디에게 하고 싶은 말이 있었지만 공항의 왁자지껄한 에너지가 대화를 할 틈을 주지 않았다. 두 사람이 게이트에 다다르니 이미 세이디가 탈 비행기의 보딩이 시작되고 있었다.

"아, 이 줄이네." 세이디가 말했다.

"그 줄이군." 샘이 말했다.

샘은 세이디가 줄 끝으로 가서 서는 것을 가만히 바라보다가, 문득 다시 만날 때까지 몇 년이 걸릴지 모른다는 생각이 들었다. "세이디," 샘이 불렀다. "네가 알아줬으면 좋겠어. 넌 게임을 더 만들어야 해. 나랑 같이든 아니든. 이대로 그만두기엔 넌 너무 아까워."

세이디가 줄을 이탈해서 다시 샘이 서 있는 곳으로 왔다.

"완전히 그만둔 건 아냐. 그니까, 오랫동안 손을 놓긴 했지. 하지만 꼼지락꼼지락 뭔가 만들고는 있어." 세이디가 말했다. "엄청난 게 될 거라고 생각지 않으면 그걸 만들어봤자 무슨 소용이야."

"동감이야. 난 여전히 너랑 게임을 만들고 싶어, 네가 시간만 된다면."

"그게 좋은 생각일까?"

"아마 아니겠지." 샘이 웃음을 터뜨렸다. "어쨌든 난 그러고 싶어. 너랑 게임을 만들고 싶다는 생각을 그치는 방법을 모르겠어. 앞으로 평생 너를 만날 때마다 나하고 같이 게임을 만들자고 조를 거야. 내 머릿속엔 그게 좋은 생각이 맞는다고 주장하는 레일이 깔려 있어."

"그게 정신이상의 정의 아냐? 같은 짓을 계속 반복하면서 다른 결과가 나오길 기대하는 것."

"그게 게임 캐릭터의 인생이기도 하지." 샘이 말했다. "무한한 재시작의 세계. 처음부터 다시 시작하면, 이번엔 깰 수 있어. 우리의 작업이 죄다 나빴던 것도 아니잖아. 난 우리가 만든 것들이 너무너무 좋아. 우린 엄청난 팀이었어."

샘이 세이디에게 손을 내밀었고, 세이디가 그 손을 잡고 흔들었다. 세이디는 샘을 자기 쪽으로 끌어당겨 샘의 뺨에 키스했다. "사랑해, 세이디." 샘이 말했다.

"나도 알아, 샘. 나도 사랑해."

세이디가 다시 줄로 돌아가 섰다. 거의 줄 맨 앞까지 갔을 때 세이디는 두번째로 어깨 너머를 돌아봤다. "샘, 너 아직도 게임 하지?" 세이디의 말투는 경쾌했고 눈이 장난스럽게 빛났으며, 샘은 비디오게임의 타이틀 화면처럼 분명하게 초대장이 왔음을 알아보았다.

"그럼." 샘은 과하다 싶게 열정적으로 얼른 응답했다. "너도 알다시피."

세이디가 랩톱 가방의 앞주머니를 열고 작은 하드디스크를 꺼냈다. 세이디는 그들을 갈라놓은 줄 너머로 손을 내밀어 샘의 두 손에 드라이브를 올려놨다. "시간 나면 한번 봐봐. 이제 막 시작해서 별로 그렇게 좋진 않아. 아직은, 적어도. 너라면 어떻게 해야 좋을지 알지도?"

세이디가 가방 지퍼를 닫고 보딩패스를 게이트 직원에게 건넸다.

"너한테 연락하는 제일 좋은 방법은?" 샘이 물었다.

"문자해. 또는 이메일. 아님 케임브리지에 오게 되면 내 연구실에 들러. 학생 면담시간에는 학교에 있으니까. 화요일과 금요일, 두시부터 네시까지."

"딱 좋다. 로스앤젤레스에서 비행기로 여섯 시간이면 갈 수 있어. 베니스에서 에코파크까지 가는 것보다 빨라."

"오면, 내 연구실에 〈동키콩〉 오락기가 있어. 옛친구들은 공짜로 하게 해줄게."

샘은 세이디가 연결통로로 사라지는 것을 지켜본 후 디스크를 내려다보았다. 게임 제목은 '루도 섹스투스(여섯번째 게임)'였다. 세이디가 손글씨로 제목을 써놨다. 샘은 어디서든 세이디의 손글씨를 알아볼 수 있을 것이다.

비밀 고속도로 따윈 없다. 적어도 내가 아는 한은. 하지만 당신이 카풀 운전자를 제대로 만나거나 로스앤젤레스에 오래 살고 있는 사람과 파티에 가게 된다면 한 번쯤 그 얘기를 들을 수도 있다.

샘처럼 나도 한때 해피 풋 새드 풋 간판이 있는 언덕 위쪽에 살았었다. 그 간판은 2019년에 철거됐지만 실버레이크 어딘가의 선물 가게에 가면 아직 그 유물을 볼 수 있다고들 한다. 시내 반대편으로 넘어가. 조너선 브롭스키가 만든 클라우네리나는 몇 년 전에 복구되어 이제 하루에 몇 시간씩 발차기를 한다는데 나는 못 봤다.

네코 웨이퍼 공장은 케임브리지에서 다른 곳으로 이전한 지 한참 됐지만 급수탑은 여전히 파스텔색이다.

내가 아는 한 셰리 스미스와 톰 바케의 매직아이 시리즈가 하버드스퀘어 지하철역에 크리스마스 광고를 한 적은 없다. 관련해서 덧붙이자면, 오랫동안 나는 매직아이 트릭이 나한테는 안 통한다고 생각했는데 지금은 잘 보인다.

세이디가 고인이 된 사랑하는 사람들의 뇌내 AI 버전에 대해 얘기하면서 언급한 인간의 의식과 자각에 관한 책은 더글러스 호프스태터의 『이상한 고리』이며, 이 정보는 한스 카노사에게서 얻었다.

뱅코의 빈자리를 향해 롤빵을 던지는 맥베스는 폴리 핀들리가 연출하고 크리스토퍼 에클스턴이 주연을 맡은 로열 셰익스피어 컴퍼니의 2018년 공연에 나온다.

프렌드십의 '말을 길들이는 자' 낭송은 앨프리드 존 처치의 1895년 『일리아스』 영문 번역본에서 인용했다.

부모님 두 분이 다 컴퓨터 쪽에서 일했고 나도 평생을 게이머로 살아왔지만, 1990년대와 2000년대 게임 문화와 게임 개발자들에 대한 나의 전반적 생각과 이해에 특히 많은 도움을 준 자료들은 다음과 같다. 제이슨 슈라이어의 『피, 땀, 픽셀: 트리플 A 게임은 어떻게 만들어지는가(권혜정 역, 한빛미디어, 2018)』, 데이비드 쿠쉬너의 『둠의 창조자들: 제국을 만들고 대중문화를 변화시킨 두 남자(이효은 역, 스타비즈, 2023)』, 스티븐 레비의 『해커, 광기의 랩소디: 세상을 바꾼 컴퓨터 혁명의 영웅들(박재호, 이해영 역, 한빛미디어, 2019)』(특히 시에라 온라인에 관한 부분), 딜런 홈스의 『영원히 항해하는 정신: 비디오게임 스토리텔링의 역사』, 톰 비셀의 『보너스 생명: 왜 비디오게임이 중요한가』, 해럴드 골드버그의 『당신의 근간은 전부 우리 것이다: 비디오게임이 대중문화를 장악한 50년』, 제임스 스월스키와 리잔 파조가 감독한 다큐멘터리 영화〈인디 게임: 더 무비〉, 섀넌 선-히긴슨이 감독한〈GTFO〉. 그리고 책을 다 쓴 후에 분다비 수빌레이의『인디 게임』을 읽었는데, 게임이 얼마나 예술적이 될 수 있는지 알고 싶어하는 사람들에게 훌륭한 책이다.

밈으로서의 위상에도 불구하고, '당신은 이질에 걸려 죽었습니다'라는 문장은 세이디와 샘이 플레이했을 것이고 내가 어릴 때 플레이했던 1985년판〈오리건 트레일〉에는 등장하지 않는다. 세이디와 샘이 (그리고 내가) 1980년대에 본 문장은 "당신은 이질에 걸렸습니다"이고, 그다음에 이질에서 회복되지 못하면 "당신은 죽었습니다"가 나왔을 것이다. 이 사실을 비롯해〈오리건 트레일〉에 관한 여러 이야기는 1985년판 게임의 수석 디자이너 R. 필립 부샤드의『당신은 이질에 걸려 죽었습니다: 1980년대 대표적 교육 게임〈오리건 트레일〉의 탄생』에서 찾아볼 수 있다. 또한 〈개척자〉에 영감을 준 게임이 여럿 있었음을 알리고 싶다. 돈 러위치와 빌 하이네만, 폴 딜른버거가 개발한〈오리건 트레일〉을 포함하여, 에릭 바론이 개발한〈스타듀 밸리〉, 에구치 가쓰야와 노가미 히사시, 미야모토 시게루, 데즈카 다카시가 만든〈동물의 숲〉, 와다 야스히로가 만든〈하베스트 문〉, 윌 라이트가 만든〈심즈〉, 브래드 매퀘이드와 존 스메들리, 빌 트로스트, 스티브 클로버가 만든〈에버퀘스트〉. 대체로 창작의 공을 게임 디자이너에게 돌렸지만, 당시 제작 현장에 있지 않는 한 그 게임 또는 게임 요소에 누가 얼마나 공헌했는지 콕 집어 말하긴 어렵다는 것을 이 책의 독자들은 알 것이다. 확실한 건 이거다. 평생 동안 나는 적잖은 수의 버추얼 들소를 죽였고, 드넓은 땅에서 끙끙대며 픽셀화된 돌멩이를 골라냈다.

1996년 1월에 도브가 〈메탈기어 솔리드〉 베타판을 받아봤을 가능성은 희박하고, 1988년 8월에 세이디가 〈킹스 퀘스트 Ⅳ: 로젤라의 위기〉를 플레이했을 가능성도 낮다. 책 전체적으로, 비록 시기는 약간 맞지 않을지언정 이야기상 가장 어울리는 게임들을 골라 넣었다. 예를 들어 〈킹스 퀘스트 Ⅳ〉는 그 시대에 여성을 주인공으로 내세운 아주 드문 독보적 게임 중 하나였으며, 우연이 아니게도 게임 입문기에 내가 제일 좋아한 게임 중 하나였다.

『내일 또 내일 또 내일』은 일에 관한 소설이며, 아이디어와 기량, 질문, 의견, 자극, 격려, 재담, 편지, 전화, 줌 미팅, 문자, 파워포인트 프레젠테이션, 간헐적 궤도수정을 통해 이 책의 질을 높이는 데 엄청난 기여를 한 내 동료들에게 고마워하지 않는다면 이건 직무태만이다. 특히 나의 미국 편집자 제니 잭슨과 저작권 대리인 더글러스 스튜어트에게 감사하다. 또한 스튜어트 겔워그, 데이나 스펙터, 베키 하디, 라라 힌치버거, 브래들리 개릿, 대니엘 부코스키, 실비아 몰나, 마리아 벨, 카스피언 데니스, 니콜 윈스탠리, 레이건 아서, 메리스 다이어, 루이즈 콜라조, 노라 라이카트, 카트리나 노던, 에밀리 레어던, 줄리앤 클랜시, 웍 고드프리, 아이작 클라우즈너, 아비털 시겔, 브라이언 오, 다리아 세렉, 엘리 워커, 캐시 포리스, 타야리 존스, 리베카 설, 제니퍼 울프에게 감사를 표한다.

『내일 또 내일 또 내일』은 일 못지않게 사랑에 관한 소설이다. 내가 가장 좋아하는 인간이자 스포츠엔 젬병이긴 해도 나와 같이 놀이와 게임을 하는 한스 카노사에게 고마움을 전한다. 나는 매 순간 부모님께 감사한다. 왜 아니겠는가? 이토록 탁월한 부모님이 계신데. 두 분의 이름은 리처드 제빈과 애란 제빈이다.

내 책들은 나와 함께하는 개들의 시대로 구분될 수 있다. 『내일 또 내일 또 내일』은 에디와 프랭크의 시대에 시작되어 레아와 프랭크의 시대에 완성됐다. 다들 멋진 개다.

옮긴이 **엄일녀**

을묘년 화곡동에서 태어났다. 서울대학교 언론정보학과를 졸업하고 출판 기획과 잡지 편집을 겸하다 지금은 전업 번역가로 일하고 있다. 『섬에 있는 서점』 『비바, 제인』 『사서 일기』 『그녀의 몸과 타인들의 파티』 『세번째 호텔』 『로즈의 아홉 가지 인생』 『여자는 총을 들고 기다린다』 『비극 숙제』 『나이트 워치』 등을 번역했다. 『리틀 스트레인저』로 제10회 유영번역상을 수상했다.

내일 또 내일 또 내일

1판 1쇄 2023년 8월 24일 | 1판 4쇄 2024년 10월 10일

지은이 개브리얼 제빈 | 옮긴이 엄일녀
책임편집 박효정 | 편집 윤정민
디자인 이보람 유현아 | 저작권 박지영 형소진 최은진 오서영
마케팅 정민호 서지화 한민아 이민경 왕지경 정경주 김수인 김혜원 김하연 김예진
브랜딩 함유지 함근아 박민재 김희숙 이송이 박다솔 조다현 정승민 배진성
제작 강신은 김동욱 이순호 | 제작처 한영문화사

펴낸곳 (주)문학동네 | 펴낸이 김소영
출판등록 1993년 10월 22일 제2003-000045호
주소 10881 경기도 파주시 회동길 210
전자우편 editor@munhak.com | 대표전화 031) 955-8888 | 팩스 031) 955-8855
문의전화 031) 955-1927(마케팅) 031) 955-2685(편집)
문학동네카페 http://cafe.naver.com/mhdn
인스타그램 @munhakdongne | 트위터 @munhakdongne
북클럽문학동네 http://bookclubmunhak.com

ISBN 978-89-546-9494-0 03840

www.munhak.com

이 책에 쏟아진 찬사

등장인물이 겪는 여러 아픔에도 불구하고 『내일 또 내일 또 내일』은 활기차다. 그들이 언제고 다시 만나기를 바라기 때문에, 다시 플레이 버튼을 누르고, 마치 신처럼 모든 것을 다시 세우기를 바라기 때문에. 사랑과 게임, 때로는 사랑-게임을 공들여 만들고 키워내는 일에 대한 경의를 다룬 이 작품은 인간의 삶이 얼마나 풍부한지, 우리가 기억을 계속해서 간직할 수 있다는 건 얼마나 큰 행운인지를 알려준다. _애슐리 바드한(저술가)

소설과 게임이 내는 강력한 시너지 효과를 감동적으로 그려냈다. 스스로를 '영원한 게이머'라고 칭하는 제빈은 어쩌면 여전히 <스페이스 인베이더>를 고이 간직하고 있는 사람들만이 이해할 수 있는 완벽히 밀봉된 향수鄕愁에 대한 이야기를 만들어낼 수도 있었을 것이다. 하지만 그러는 대신 그녀는 방대한 엔터테인먼트 산업의 개척시대에 대해 썼고, 그쪽으론 관심을 주지 않던 책벌레들의 마음까지 사로잡았다. 특유의 깊이와 섬세함으로, 깜박이는 화면의 변치 않는 매력을 그려낸다. _워싱턴 포스트

정말 강력한 작품은 주제가 무엇이든 독자를 낯선 세계에 빠져들게 만든다. 『모비 딕』이 그랬고, 『내일 또 내일 또 내일』이 그렇다. 완전히 새로운 문학의 가능성을 여는 방대하고 아름다운 책. 놀랍게도, 진지한 예술이면서 흥미로운 오락거리가 되는 데 성공한 작품이다. _NPR

수많은 가능성들 중 정확히 어떤 이유로 당신이 『내일 또 내일 또 내일』에 빠져들게 될지 가늠하는 것은 불가능하다. 하지만 결국 피할 수 없는 운명처럼 당신은 빠져들게 될 것이다. 제빈의 예술적이고 포용적인 세계는 진정성 있고 사랑스러운, 생생한 인물들로 채워져 있다. 그리고 샘과 세이디의 관계는 우리가 러브스토리라고 부를 수 있는 그 어떤 것도 뛰어넘는 깊고 복잡한 마법 같은 것이다. 비디오게임을 좋아하든, 좋아하지 않든 이 작품은 여러분이 기다려온 소설이다. _북페이지

인간관계와 창조의 과정, 사랑과 그에 속한 모든 복잡한 레벨들에 대한 아름다운 이야기. 친밀하면서도 방대하고, 현대적이면서도 시대를 초월하는 훌륭한 소설. 테트리스 조각의 유령이 계속 머릿속에서 떨어지는 것처럼, 이 책을 덮은 후에도 많은 장면들이 오래도록 머릿속에 머물렀다. _에린 모겐스턴(소설가)

개브리얼 제빈은 장미 정원과 지뢰밭이 공존하는 삶에 보내는 정교한 러브레터를 써냈다. 지혜와 섬세함으로, 인간관계의 본질을 탐구한다. 이 책을 읽는다는 건 웃다가, 울다가, 배우다가, 성장하게 되는 것이다. —타야리 존스(소설가, 『미국식 결혼』)

'위대한 미국 게이머 소설'이라는 것도 있을까? 없었다면, 방금 제빈이 만들었다. 그는 삶에서 가장 풀기 어려운 문제들에 대한 엄청난 이야기를 썼다. 우정, 가족, 사랑과 상실에 대해. 재미있다가 가슴 아프다가 애석하다가, 종종 충격에 휩싸이는 방식으로, 가장 좋은 방식으로 이 책은 나를 완전히 굴복시켰다. —네이선 힐(소설가)

사랑스러운 마법으로 그려낸 이 세계를 수많은 문학적인 게이머들이 사랑하게 될 것이다. 한편 문학적인 게이머가 아닌 모든 이들은 비디오게임 속에 담긴 아름다움과 드라마, 그리고 인간 존재의 고통에 대해 알아차리는 데 왜 이리 오래 걸렸는지 의아해질 것이다. —뉴욕 타임스

오리지널리티, 전유, 비디오게임과 그 외 예술 형식들의 유사성, 가상 세계에서의 삶이 지닌 무궁무진한 가능성, 창작 파트너로서의 플라토닉한 사랑이 로맨틱한 사랑보다 어떤 식으로 더 깊어지고 의미를 가지게 되는지에 대한 숙고가 촘촘히 짜여 있는 소설. —뉴요커

10년에 한 번 나올까 말까 한 책. 스토리텔링의 장엄한 위업. 이 책은 사랑과 우정, 일과 소명에 대해 이야기한다. 개브리얼 제빈은 현존하는 위대한 소설가 중 한 명이고, 『내일 또 내일 또 내일』은 그의 대표작이 될 것이다. 놀라운 작품이다. —레베카 설(소설가)

개브리얼 제빈의 강력한 신작은 샘이 붐비는 지하철 플랫폼에서 '당신은 이질에 걸려 죽었다'고 외쳐 소꿉친구 세이디의 관심을 끄는 인상 깊은 장면으로 시작한다. 이 장면에서 단박에 〈오리건 트레일〉을 떠올린 사람이라면, 샘과 세이디 같은 인디 게임 디자이너가 좋은 아이디어와 플로피디스크 한 무더기만으로 세상을 뒤집을 수 있었던, 90년대의 이 예측할 수 없는 사랑과 비디오게임에 대한 이야기를 즐길 수밖에 없을 것이다. —필라델피아 인콰이어러

장담하건대 이 책은 인생을 픽셀로 이해하는 사람들만을 위한 것이 아니라, 인생을 이야기로 이해하는 사람들을 위한 것이다. —글래머